我与你相会在日落时分

I Will Meet You At The Sunset

经典诗歌03

悦读纪 编著

江苏凤凰文艺出版社
JIANGSU PHOENIX LITERATURE AND
ART PUBLISHING, LTD

图书在版编目（CIP）数据

我与你相会在日落时分 / 悦读纪编 . —南京：江苏凤凰文艺出版社，2018.7

（三月，有人呼唤我的名字）

ISBN 978-7-5594-0877-8

Ⅰ.①我… Ⅱ.①悦… Ⅲ. ①诗集－世界 Ⅳ.①I12

中国版本图书馆CIP数据核字（2018）第159222号

书　　　名　我与你相会在日落时分
编　　　者　悦读纪
选 题 策 划　侯　开
责 任 编 辑　姚　丽
特 约 编 辑　王冷阳　李宇东
装 帧 设 计　蒋　晴　刘丽霞
责 任 监 制　刘　巍　江伟明
出 版 发 行　江苏凤凰文艺出版社
出版社地址　南京市中央路165号，邮编：210009
出版社网址　http://www.jswenyi.com
印　　　刷　三河市航远印刷有限公司
开　　　本　880毫米×1230毫米　1/32
字　　　数　190千字
印　　　张　8.5
版　　　次　2018年7月第1版，2018年7月第1次印刷
标 准 书 号　ISBN 978-7-5594-0877-8
定　　　价　180.00元（全五册）

影视版权抢订热线　13911704013

江苏文艺版图书凡印刷、装订错误可随时向承印厂调换

目录 CONTENTS

第一辑
俄罗斯
Russia

第一辑

俄罗斯

Russia

亚历山大·谢尔盖耶维奇·普希金

（1799—1837）

　　出生于沙俄莫斯科，是俄国著名的文学家、伟大的诗人、小说家，及现代俄国文学的创始人。十九世纪俄国浪漫主义文学的主要代表人物，同时也是现实主义文学的奠基人，现代标准俄语的创始人，被誉为"俄国文学之父""俄国诗歌的太阳"（高尔基）。普希金一生的经历十分坎坷，但他的作品和思想，影响了一代又一代俄罗斯的优秀作家。果戈理如是评价他："他的作品，像一部词典，包含了我们语言全部的丰富、力量和灵魂。"普希金死于与人决斗，临死前说的最后一句话是："这个世界容不得我活下去。"代表作有《致大海》《假如生活欺骗了你》《我曾经爱过你》《致恰达耶夫》等；诗体小说《叶甫盖尼·奥涅金》；小说《上尉的女儿》《黑桃皇后》等。

致克恩

亚历山大·谢尔盖耶维奇·普希金

我记得那美妙的瞬间：
你就在我的眼前降临，
如同昙花一现的梦幻，
如同纯真之美的化身。

我为绝望的悲痛所折磨，
我因纷乱的忙碌而不安，
一个温柔的声音总响在耳边，
妩媚的身影总在我梦中盘旋。

岁月流逝。一阵阵迷离的冲动
像风暴把往日的幻想吹散，
我忘却了你那温柔的声音，
也忘却了你天仙般的容颜。

在荒凉的乡间，在囚禁的黑暗中，
我的时光在静静地延伸，
没有崇敬的神明，没有灵感，

没有泪水，没有生命，没有爱情。

我的心终于重又觉醒，
你又在我眼前降临，
如同昙花一现的梦幻，
如同纯真之美的化身。

心儿在狂喜中萌动，
一切又为它萌生：
有崇敬的神明，有灵感，
有生命，有泪水，也有爱情。

乌兰汗　译

赏析

生活逼迫爱情，爱情却充满生活。

克恩是普希金的女友。1819年，普希金二十岁时，第一次邂逅克恩，那时克恩才十九岁，但已嫁给一位五十岁的将军。六年后，普希金被囚禁在一个小村庄，生活经历了暴风骤雨般的巨变，往昔的女友那"温柔的声音"也被他在生活的巨变中遗忘了。一个天才诗人受困于"没有崇敬的神明，没有灵感，/没有泪水，没有生命，没有爱情"的阴暗世界。在这样的时候，克恩来到普希金被囚禁的村庄附近探亲。在普希金颠沛流离的生活中，克恩的出现，使他受到了极大的震撼和鼓舞。从此，他又"有崇敬的神明，有灵感，/有生命，有泪水，也有爱情"，又回到了活生生的诗的世界。这就是爱情！它历久弥新的眷顾给人的力量是无穷的。

小皮

致大海

亚历山大·谢尔盖耶维奇·普希金

再见吧，自由的海洋！
这是最后一次在我面前
显示你浩瀚雄伟的美景，
翻动你那蓝色的波澜。

这是我最后一次谛听
你沉郁的喧嚣、召唤的呼喊，
像谛听朋友悲戚的怨诉、
在告别时刻发出的呼唤。

你是我的心灵向往的境界！
我为一个隐秘的思想而痛苦，
默默无言、愁眉不展地
经常在你的岸边踯躅！

我多么喜欢你的回声、
你深沉的轰鸣、来自海底的喧嚣、
你在傍晚时分的寂静

和那变化无常的怒涛!

渔夫们那些普通的帆船,
在你变化莫测的波涛上航行,
它们在勇敢地破浪前进:
但你发起怒来就无法制服,
成群的船舶会在你腹中葬身。

至今我还不能永远离开
你这枯燥的、静止的海岸,
不能欢天喜地地向你庆贺,
我这诗人的逃亡还不能
在波涛汹涌的海面上实现!

你等待着,召唤……可我不自由,
我的心灵徒然地挣扎:
我被一种强烈的感情所主宰,
于是我就在岸边留下……

有什么可惋惜的?如今哪里有
我的无忧无愁的途程?

在你的荒凉的海面上，只有一件事
也许能够震动我的心。

一座岩石，一座光荣的坟墓……
那些动人心魄的回忆
正沉没在死气沉沉的睡梦中：
拿破仑就在那里逝去。

在那里，他正在痛苦中长眠。
紧接在他后面，另一位天才[1]
像暴风雨的呼啸也离开了我们，
那是我们思想上的另一位主宰。

他曾为失去自由而痛哭，
如今逝去了，把桂冠留在世上，
咆哮吧，掀起惊涛骇浪吧，
啊，大海，他曾经为你歌唱。

---

①指拜伦，他于1824年4月19日逝世。

在他身上体现了你的形象，

你的精气塑造了这位诗人，

他像你一样威严、深沉而阴郁，

也和你一样桀骜不驯。

世界空虚了……啊，海洋，

你现在要把我带到何方？

人们的命运到处都一样：

无论是文明，无论是暴君，

都把幸福深深地埋藏。

再见吧，大海！我不会忘记

你那庄严美丽的景象，

我将久久地、久久地倾听

你在黄昏时分发出的轰响。

我将永远怀念你，我要把

你的岩石和你的海湾、

你的光和影、波浪的絮语

带进森林，带进寂静的荒原。

冯春　译

纪念碑
Exegi monumentum. [①]

亚历山大·谢尔盖耶维奇·普希金

我给自己建起了一座非手造的纪念碑，

人民走向那里的小径永远不会荒芜，

它将自己坚定不屈的头颅高高昂起，

　　高过亚历山大的石柱。

不，我绝不会死去，心活在神圣的竖琴中，

它将比我的骨灰活得更久，永不消亡，

只要在这个月照的世界上还有一个诗人，

　　我的名声就会传扬。

整个伟大的俄罗斯都会听到我的传闻，

各种各样的语言都会呼唤我的姓名，

无论骄傲的斯拉夫人的子孙，还是芬兰人、

　　山野的通古斯人、卡尔梅克人。

---

①拉丁文，意为"我建起了一座纪念碑"。

我将长时期地受到人民的尊敬和爱戴：
因为我用竖琴唤起了人民善良的感情，
因为我歌颂过自由，在我的残酷的时代，
　　我还曾为死者呼吁同情。

啊，我的缪斯，你要听从上天的吩咐，
既不怕受人欺侮，也不希求什么桂冠，
什么诽谤，什么赞扬，一概视若粪土，
　　也不必理睬那些笨蛋。

陈守成　译

赏析

伟大的人物总是带着伟大的使命来到这个世界，他们清醒地观察时代，认识并实践自己的使命，他们用自己的一生铸就了一座灵魂的纪念碑。

在这里，普希金用诗的方式，总结了自己一生的使命，也预言了自己灵魂的不朽——什么样的英雄才是真正的精神贵族？普希金就是。

普希金诗歌的意义诚如他自己所总结："我将长时期地受到人民的尊敬和爱戴：因为我用竖琴唤起了人民善良的感情，因为我歌颂过自由，在我的残酷的时代，我还曾为死者呼吁同情。"

写完此诗半年多以后，普希金死于决斗，结束了自己崇高而浪漫的一生。

小皮

假如生活欺骗了你①

亚历山大·谢尔盖耶维奇·普希金

假如生活欺骗了你，

不要忧郁，也不要愤慨！

不顺心时暂且克制自己，

相信吧，快乐之日就会到来。

我们的心儿憧憬着未来，

现今总是令人悲哀：

一切都是暂时的，转瞬即逝，

而那逝去的将变为可爱。

查良铮　译

---

①这首诗题在普·亚·奥西波娃的女儿 E·H·（姬姬）·渥尔夫（1809 —
1883）的纪念册上。当时渥尔夫十五岁。

赏析

这首诗以一个假设破题——"假如生活欺骗了你"。很多人都经历过这样一个致命的假设，它伤透你的心，让你对生活失去希望。对于一个天真无邪的小女孩来说，未来充满了美好的想象，生活的欺骗似乎离她还很遥远。但是人生变幻莫测，即生活中不可能没有悲伤、烦恼，你必须学会克制、忍耐，因为还有一个"欢乐的日子"就要来临。

面对悲哀的现实，诗人告诉小姑娘，要她学习克制自己，想象自己美好的未来，同时必须冷静地观察那些逝去的时日。或许，在一个智慧初开的小姑娘面前摊开残酷的现实生活是冷酷的，但对诗人来说，无论是谁，一旦他来到世间，就被推入这现实的冰窖。要追求美好的理想，寻找生活的快乐，追忆可爱的时光，就要自己去勇敢地面对生活的残酷。

小皮

小链接

1837年普希金死于决斗之事大家当然早已耳熟能详，不过还可以略加增补。1819年末，二十岁的普希金在彼得堡看戏时大喝倒彩，引起邻座杰尼谢维奇少校不满，出面干涉。普希金认为这是对他的侮辱，要求决斗。

十九世纪二十年代初普希金谪居南俄基什尼奥夫期间，又以极其轻狂的态度，卷入过十来次未遂决斗和未造成伤亡的决斗，以致屡遭人们的非议和上司的软禁。在一次舞会上，只因对于舞曲的选用产生分歧，他竟不惜同一个姓斯塔罗夫的上校大动干戈。幸而暴风雪影响了能见度，双方开枪均未命中。当地贵族巴尔希之妻拿这件事开了开玩笑，普希金又勃然变色，立刻向巴尔希挑战，经别人从中调停，这才化险为夷。当时他常在室内用纸弹练习枪法，这与其说他准备继拜伦之后，前去参加希腊民族解放战争，不如说是为了有朝一日与人决斗，或至少是两者兼而有之。

费多尔·伊凡诺维奇·丘特切夫

（1803—1873）

　　十九世纪俄罗斯著名抒情诗人。生于贵族家庭，1819年进入莫斯科大学语文系学习。1822年起作为外交官，先后在国外生活了二十多年，十九世纪三十年代开始发表诗歌。1854年，他出版了第一本诗集，深受评论界好评。十九世纪五十年代是他创作的全盛时期。他一生写有四百首左右的抒情诗，著名的有《春水》《不眠夜》《海上的梦》《最后的爱情》和《两个声音》等。

我见过一双眼睛

费多尔·伊凡诺维奇·丘特切夫

我见过一双眼睛——啊，那眼睛
我多么爱它的黝黑的光波！
它展示一片热情而迷人的夜。
使被迷的心灵再也无法挣脱。

那神秘的一瞥啊，整个地
呈现了她深邃无底的生命
那一片柔波向人诉说着
怎样的悲哀，怎样的深情！

在那睫毛的浓浓的阴影下，
每一瞥都饱含深深的忧愁，
它温柔得有如幸福的感觉，
又像命定的痛苦，无尽无休。

啊，每逢我遇到她的目光，
我的心在那奇异的一刻
就无法不深深激动：看着她，
我的眼泪会不自禁地滴落。

查良铮　译

赏析

　　这是爱的景象：平常的一双眼睛，有着让我们颤抖的力量。不能接近的神秘和恐惧，在爱的光芒的照耀下，自己的羞涩都是这样的本真和自然。小的时候，我们还拥有这自然：我们离心爱的人很近，却羞怯得不敢说话；她漫无目的地看我们一眼，心里便涌起了复杂的情感。这羞怯是难以言说的。

　　深深的忧愁里，藏着的是深深的幸福。事实上，这幸福和忧愁互相包裹，让人难以分辨。当我们的目光日益沧桑和老成，再回过头来看过去的时光，我们该多么为往昔的纯洁感动。因为，美好的东西并不在于得到和失去，而在于能使我们去爱。

　　为一切纯粹的爱祝福吧！柔嫩或成熟，只要源于自然，都是宝贵的。

　　　　　　　　　　　　　　　　吴功青

在初秋的日子里

费多尔·伊凡诺维奇·丘特切夫

在初秋的日子里，

有一段短暂而奇妙的时光——

白昼像水晶般透明，

黄昏更是灿烂辉煌……

方才镰刀踊跃，谷穗倒卧，

而今极目四望一片空阔，

还有那纤细的蜘蛛丝

在空闲的犁沟上闪烁。

空气更空旷，鸟声已灭绝

但还未感到风雪临近的威胁，

只有一片纯净温暖的蔚蓝

向正在休息的田野倾泻……

飞白 译

赏析

　　初秋，万物都柔情地老去。白天，天空比往日更加旷远；黄昏，乌云在霞光的映照下笼罩大地。

　　"方才镰刀踊跃，谷穗倒卧，/而今极目四望一片空阔"。在广袤的土地上，该有多少这样的景象——谷仓在田里矗立着，人们挥舞着镰刀劳作，稻谷慢慢倒伏，之后是土地丰收后的寂寥和空旷……

　　我们常常为季节所感动。平凡的收获，在土地的背景下，有一种撼动人心的力量。

吴功青

米哈依尔·尤利耶维奇·莱蒙托夫
（1814—1841）

　　俄国继普希金之后十九世纪的伟大诗人。
出身贵族家庭。早在中学时期，就开始写诗，
深受普希金和拜伦等人影响。1837年写下著
名的《诗人之死》一诗，悼念普希金，触怒
了沙皇政府，被流放到高加索地区；1840年，
遭到沙皇政府谋杀，身受重伤；1841年离开
人世，年仅二十七岁。他在短短十三年的创
作生涯里，写下了四百多首抒情诗，名篇有
《帆》《浮云》《祖国》，长诗二十余部，
以《恶魔》等为代表，还有剧本《假面舞会》
和长篇小说《当代英雄》等。

天使

米哈依尔·尤利耶维奇·莱蒙托夫

天使飞翔在子夜空中，
口里吟唱轻柔歌声；
月亮、星辰和朵朵翳云，
潜心谛听神圣之声。

他歌唱天国花园清荫下，
纯贞的精灵无比欢欣；
他歌唱伟大至高的上帝，
赞美中不含假意虚情。

他抱来一个年幼的生灵，
送给悲哀与眼泪的尘世；
歌声留在童稚心中，
没有歌词，却不消逝。

那生灵饱受人间苦难，
心中怀着美好希望；
尘寰的歌曲令他厌烦，
怎能替代天国绝唱。

张冰 译

帆

米哈依尔·尤利耶维奇·莱蒙托夫

在那大海上淡蓝色的云雾里
有一片孤帆儿在闪耀着白光！
它寻求什么，在遥远的异地？
它抛下什么，在可爱的故乡？

波涛在汹涌——海风在呼啸，
桅杆弓起了腰身轧轧地作响，
唉！它不是在寻求什么幸福，
也不是逃避幸福而奔向他方！

下面是比蓝天还清澄的碧波，
上面是金黄色的灿烂的阳光，
而它，不安地，在祈求风暴。
仿佛是在风暴中才有着安详！

余振 译

赏析

　　这首诗是莱蒙托夫抒情诗的典范之作，具有明显的象征意味。诗一开始，诗人就以发问的方式透露他的思想：帆在大海上闪耀着光芒究竟是为了什么？"它寻求什么，在遥远的异地？/它抛下什么，在可爱的故乡？"

　　寻求的是幸福吗？不！"它不是在寻求什么幸福"；它是在逃避幸福吗？不！"也不是逃避幸福而奔向他方！"既不是寻求，又不是逃避，这古灵精怪的帆究竟要做什么？

　　诗人在最后一句点明了全诗的宗旨——是的，在海的深处有一种安宁可以享受，在海的上面有灿烂金黄的阳光。可是，这一切都是帆所鄙夷的——宁静的快乐，其实只是一种逃避生活的懦夫行为。人的一生真正精彩的莫过于像帆一样在不安中驰骋，祈求风暴，"仿佛是在风暴中才有着安详"。没有风暴的宁静是一种否定生命的死寂，真正的安详唯有在风暴中才能获得。

　　在十九世纪腐朽的俄罗斯，莱蒙托夫的帆象征着孤独而反叛的灵魂——一颗追求自由永不熄灭的心。

吴功青

诗人之死

米哈依尔·尤利耶维奇·莱蒙托夫

诗人殒没了！光荣的俘虏

他倒下了，为流言所中伤，

低垂下高傲的头颅，胸中

带着铅弹和复仇的渴望……

诗人的心再不能够容忍

那些琐细非礼的侮辱了，

他起来反抗人世的舆论，

依旧是匹马单枪……被杀了！

被杀了……到如今哀泣悲痛、

怨诉的剖白、辩解的空谈、

空洞的赞扬，又有什么用？

命运最后的决定已宣判！

不正是你们首先凶狠地

迫害他自由勇敢的天才，

而你们自己只为了寻欢取乐

把隐蔽的大火煽扬起来？

好了？你们称心了……他已经

不能忍受这最后的苦难：

赏析

1837年，沙皇政府收买的法国流亡者丹特士在决斗中杀害了普希金，俄国上下为之震怒。莱蒙托夫这首诗便是在这时候写的。

最初，诗人只写到"歌手隐身处阴森而狭小，他的嘴唇上还打上烙印"。写出后立即被到处传抄。普希金安葬后几天，莱蒙托夫听说上流社会竭力为凶手丹特士辩护，而又多方诬蔑普希金，愤怒之下，他续写了最后的十六行。后来，附有最后十六行的诗稿也在群众中传抄开来，并引起了很大轰动。宪兵总监下肯多尔夫还没有向沙皇呈报以前，就已经有人把这首诗寄给了沙皇尼古拉一世，并加了"革命檄文"四字作为标题。

莱蒙托夫因此被捕，被流放到高加索。

今天读来，诗歌中纯粹的冲动和高尚的热情仍使人激动。一首诗连接了两个伟大的天才，更连接了两个不同的时代——他们的命运让人哀叹，却只有仰望。

吴功青

稀有的天才火炬般熄灭，

壮丽的花冠也已经凋残。

他的凶手无情地射出了

致命的一击……已无可挽救：

空洞的心均匀地跳动着，

手中的枪没有些微颤抖。

何足怪？听着命运的意志，

给我们从远方抛来一个

好似亡命徒一样的东西，

追逐幸运、猎取高官厚禄；

无礼地讪笑、粗暴地蔑视

他方语言和他方习俗；

对我们的光荣他不爱惜；

他在这血的瞬间不晓得

他把他的手朝什么举起……

他被杀了——已被坟墓带走，

正如那未可知却可爱的诗人，

不可解的嫉妒的牺牲品，

被他用惊人的力量歌唱的人，

小链接

　　1840年6月，莱蒙托夫抵达高加索。同年7月，他参加了瓦列里克河上的战役。翌年1月，他得到了两个月的休假，返回彼得堡，对中学时期就动笔创作、经多次修改而未发表的长诗《恶魔》作了最后的加工。这时，他的文学事业蒸蒸日上。正当他准备利用休假之便设法脱离军界、潜心投入文学创作的时候，却得到四十八小时之内必须离开彼得堡返回高加索的命令。莱蒙托夫被迫再度离开彼得堡，回到高加索。一些来自彼得堡的贵族唆使军官马尔特诺夫与莱蒙托夫决斗。1841年7月27日，诗人在决斗中被杀害，成了一曲没有唱完的歌。

像他一样在无情的手下丧失性命。

他为什么抛开安逸和淳朴的友爱，
而走入充满嫉妒的、使自由的心灵
和烈焰般的热情感到窒息的世界？
他为什么向藐小的中伤者伸出手，
为什么相信那花言巧语、虚情假意，
他年轻时已看穿人们的鬼胎？

他们摘掉他从前的花冠——给他戴上了
一顶满插着月桂枝的荆棘的花环：
但荆冠上看不见的芒刺
生生地刺伤美好的容颜；
可笑的无知的蠢材用奸黠的流言
毒害了他在弥留时的最后的瞬间，

他死了——带着复仇的无用渴望，
带着被欺骗的希望和隐秘的憾念。
奇妙的歌声已经沉默了，
再不会发出嘹亮的声音：
歌手隐身处阴森而狭小，

他的嘴唇上还打上烙印。

* * * * * * * *

你们，以下流卑贱著称的
先人滋生下的傲慢无耻的儿孙，
你们用你们那奴隶的脚踵践踏了
幸运的角逐中败北的人们的踪迹！
你们，蜂拥在宝座前的贪婪的一群，
这些扼杀自由、天才、光荣的屠夫啊！
你们躲在法律的荫庇下，对你们
公论和正义——一向是噤口无声！
但是还有神的裁判啊，荒淫的嬖人！
严厉的裁判等你们；
他绝不理睬金银的声响，
他早看透你们的心思、你们的行径。
那时你们求助于诽谤将徒然无用：
鬼蜮伎俩再不帮助你们，
而你们即使用你们那所有的污血
也洗不净诗人正义血痕！

余振　译

巴尔蒙特·康斯坦丁·德米特里耶维奇

（1867—1942）

俄国诗人、评论家、翻译家，俄国早期象征派诗歌的代表人物之一。著有诗集《在北方的天空下》《在无穷之中》《静》等。

月光

巴尔蒙特·康斯坦丁·德米特里耶维奇

每当月亮在夜雾中开始闪耀，

挥舞一把漂亮而又温柔的银镰，

我的心就会向往另一个世界，

沉迷于远方的一切，那一切漫漫无边。

我像一个不安的精灵，在幻想中疾飞。

奔向森林，奔向山峦，奔向白皑皑的雪山顶上，

我在安谧的世界上空不曾入睡，

甜甜地哭泣，我呼吸着明朗的月光。

像埃尔弗一样在光网里摇摆，

吮吸这些苍白的光晕，

我在听"沉默"如何进行交谈。

亲人们的痛苦离我十分遥远，

我也不参与整个大地的纷争，

我是微风的呼吸，我是云彩。

飞白 译

赏析

　　在仲夏夜的草原上看月亮，这时的月亮一定符合诗人所描写的模样——月亮像银镰一样漂亮、温柔，一化为万，在手上，在水里，在爱人的脸上。这美使人"向往另一个世界，/沉迷于远方的一切"。月亮从远方而来，吸引着人的灵魂"在幻想中疾飞"。

　　月亮美得仿佛不存在：沉默又温柔，使人垂怜。她的光落在有情人的心里，泪水便潸然而下。多少恋人在月下寄去他们的相思，"相思只在明月中"，因为这月亮包容而温和，理解你，但羞羞地绝不外说。

　　除了相思，月亮还寄托了人的哀思。它在又不在彼岸，可望不可即。渴望逃离生存苦难的人，谁不想住到月亮上去？"亲人们的痛苦离我十分遥远，/我也不参与整个大地的纷争"。一定是被现实深深伤透了心！"我是微风的呼吸，我是云彩。"片刻的逍遥，也成了人生的极乐。

吴功青

吉娜伊达·尼古拉耶芙娜·吉皮乌斯
（1869—1945）

　　俄罗斯"白银时代"最具个性、最富宗教感的女诗人之一，其创作被誉为"有着抒情的现代主义整整十五年的历史"，"仿佛是以浓缩的、有力的语言，借助清晰的、敏感的形象，勾画出了一颗现代心灵的全部体验"。著有诗集《1889—1903年诗集》《1903—1909年诗选》《1914—1918年，最后的诗篇》《闪烁集》等。

给 她

吉娜伊达·尼古拉耶芙娜·吉皮乌斯

啊，为什么爱你
是我命中注定？
你或是从我身边的某处走过，
或是出现在我的梦中。

我捕捉着你轻灵曼妙的倩影，
谛听你走近我的脚步声……
我爱你衣裾的冰凉，
可你只要轻轻一触便能使我颤动。

我的园子整个为你所吸引
苍黄的叶子已然落尽……
当你从我的园中走过，
我愁思满怀犹如恋人。

出现吧，你不怒而威的颜容！
散去吧，把你覆盖的烟云！
我想望、害怕又期待着你的召唤……
走进我吧——让我们合成一个圆形。

张冰 译

赏析

　　吉皮乌斯"爱"上了一个姑娘——"你或是从我身边的某处走过，/或是出现在我的梦中。"相思的时候，一阵风都以为是爱人走过，或者傻傻地沉浸在梦里。

　　"我爱你衣裾的冰凉，/可你只要轻轻一触便能使我颤动。"在我小时，有过相似的经历，她捡起我落在地上的钢笔放在我手上，当时我的心就像小鹿一样跳着，手抖得不听使唤。回想这些往事，只觉得温柔香甜。

　　连树叶垂落也是她导致的。她是推动世界的风。"我的园子整个为你所吸引/苍黄的叶子已然落尽……"有时我们也许会说：是她害得我斜视，害得我看不见黑板……可这小的柔情在这些诗句前低头了。叶子都因她的吸引而垂落，哀伤而复杂的景象，包裹着多少不可言喻的东西！

　　现在，诗人哀求又恐惧着她的出现（和我们每个人如出一辙）："我想望、害怕又期待着你的召唤……/走进我吧——让我们合成一个圆形。"两个灵魂残缺的人，像两个半圆，期待最完美的结合。

吴功青

瞬 间

吉娜伊达·尼古拉耶芙娜·吉皮乌斯

窗间映出一片高远的天空，
向晚的天际宁静而又清明。
我孤独的心灵在幸福地哭泣，
它在为天空如此美好而高兴。

恬静的晚霞一片火红，
晚霞烧灼着我的热情。
此刻的世界没有别人，
只有上帝、我和天空。

张冰 译

赏析

吉皮乌斯的诗融合了广阔的自然和宗教的神性——自然使得诗歌清新、灵动；宗教的神性感又使诗歌具备了某种坚定而超越的情怀。

在这个被美完全征服的瞬间，诗人写道："我孤独的心灵在幸福地哭泣，/它在为天空如此美好而高兴。"天空的宁静恰是心灵栖息之所，印证了心灵的纯洁和期望。我怎能不为拥有如此美好的天空而高兴？这高兴中又夹杂着从黑暗中走出的酸楚，不免使人落下泪来。

走在大路上，晚霞将内心的热情燃烧。整个世界都在倾听，陷入沉思。"此刻的世界没有别人，/只有上帝、我和天空。"上帝是善的负重，天空自由而无羁，"我"在这之间行走着，那是多么幸福。

吴功青

倾诉

吉娜伊达·尼古拉耶芙娜·吉皮乌斯

天空沮丧、低垂，
可我知道我心境高尚。
我与你古怪亲近，
我们各自生活孤单。

我的道路残酷无情，
它正把我引向死神。
但我爱自己，如爱上帝
爱情拯救我的灵魂。

我若在途中感到劳累，
开始灰心地牢骚满腹
我若是奋起反抗，
并敢于渴望幸福——

切莫一去不返地把我抛弃
在那灰蒙蒙的艰苦时日。
我恳求你安慰、怜惜

赏析

　　诗人的情感虽有时奇怪，但隐藏于背后的东西往往更加深沉。"天空沮丧、低垂，/可我知道我心境高尚。/我与你古怪亲近，/我们各自生活孤单。"在茫茫尘世中相爱，需要的是信仰般的决心——澄明而决绝。

　　"我"在世上如此艰苦，甚至向着死亡坠落，却未放弃心中纯粹的理想。亲爱的，请对"我"抱着一种深沉的怜惜！"切莫一去不返地把我抛弃、在那灰蒙蒙的艰苦时日。/我恳求你安慰、怜惜/并且拥抱虚弱的兄弟。"在灵魂上，我们是经由上帝命定的兄弟，相互背弃就意味着覆灭。

　　"我与你是唯一的亲人，/我们两人走向东方。"希望的光芒在东方放射，唯有我们的爱使我们抵达。"我相信我们心境高尚"，上帝绝不抛弃真心信仰他的子民。

吴功青

并且拥抱虚弱的兄弟。

我与你是唯一的亲人，

我们两人走向东方。

苍穹低垂，幸灾乐祸，

但我相信我们心境高尚。

吴迪　译

伊凡·亚历克塞维奇·蒲宁

（1870—1953）

俄国作家、诗人。出生于没落的贵族家庭，十九岁便外出谋生，曾受教于托尔斯泰、契诃夫、高尔基等作家。1887年开始发表诗作，1892年出版第一部诗集，1903年以诗集《落叶》获莫斯科学术院的普希金奖。1933年因"继承俄国散文文学古典的传统，表现出精巧的艺术方法"而获诺贝尔文学奖。他是俄罗斯第一位获诺贝尔文学奖的作家。他唯一的长篇小说《阿尔谢尼耶夫的青春年华》是获得诺贝尔文学奖的重要原因。出版诗集《落叶》等。此外还著有中短篇小说二百多部。

晚霞顿时收敛了余光

伊凡·亚历克塞维奇·蒲宁

晚霞顿时收敛了余光。
我遥望四处，心中怅惘
面前已经收割的田野，
只剩下一片暮色苍茫。

伸向远方的广阔的平原，
笼盖着一层秋天的夜色；
只有西天略红的背景上，
光线熹微，树影萧瑟。

四周静悄悄，全无声息，
心中充满了莫名的忧愁……
是由于投宿的地方太远？
还是由于这漆黑的田畴？

或者由于秋天的降临
带来了熟稔而亲切的气息——
乡村间静默无声的愁思，
草原上荒无人烟的凄寂？

祖 国

伊凡·亚历克塞维奇·蒲宁

铅灰的天空越压越低，
阴沉的冬日渐暗渐淡。
一带松林无边无际，
四面不见村落人烟。

唯有一片雾，青灰乳白，
笼罩着积雪的广漠，
仿佛是谁的温柔的悲哀
给黄昏抹上了一笔柔和。

飞白 译

赏析

祖国是我们头顶的天空、脚下的土地、四面环绕的风景，也是我们感知的内心的光芒。在这首诗中，我们看到了名副其实的俄罗斯的忧郁——如国土一样辽阔，如天空下的松林一样连绵不绝。同时我们也看到了蒲宁和他所热爱着的祖国——从她广漠的积雪、松林的无边中，他不仅看到了她的忧郁，还看到了她的温柔，正如他爱她的心一样温柔、幸福。

哑巴

安德烈·别雷
（1880—1934）

俄罗斯象征主义的主要代表人物之一，诗人、批评家、文艺理论家，"阿克梅派"后期代表人物。

1901年开始发表作品。1903年毕业于莫斯科大学数学系。著有诗集《蓝色天空中的金子》《灰烬》，长篇小说《彼得堡》，自传体中篇小说《柯吉克·列达耶夫》，长篇小说《莫斯科》（三部），回忆录《在两个世纪的交接点》等。曾从事象征派美学的研究，在诗歌、散文中最早使用数学的方法研究韵律理论，著有《象征主义》和《韵律即辩证与〈青铜骑士〉》。

太阳
——答《我们将像太阳》作者

安德烈·别雷

太阳温暖人心。
太阳企求永恒的运动。
太阳是永恒的窗口
通向金色的无穷。

玫瑰顶着金色的发丛。
玫瑰在温柔地颤动。
一道金色的光线刺进花心
红色的暖流溢满全身。

贫乏的心中只会恶念丛生
一切都被烧光砸扁、一个不剩。
我们的心灵是一面镜
它只反映赤色的黄金。

张冰 译

赏析

诗的第一节和第二节之间有着极好的韵律。第一节说太阳"温暖人心"，"企求永恒的运动"；第二节说："玫瑰顶着金色的发丛。/玫瑰在温柔地颤动。"玫瑰是太阳的象征，太阳则是玫瑰的头。"一道金色的光线刺进花心/红色的暖流溢满全身。"太阳和玫瑰尖锐或粗糙，却体现着生命强悍的力量；另一方面，他们炽热得甚至要吞并自身，因而纯洁得不留一物。人的心在它们面前会怎样呢？"贫乏的心中只会恶念丛生/一切都被烧光砸扁、一个不剩。"内心所有恶劣的东西注定要被这灼热烧光。这或许就是人们歌颂玫瑰却很少真正靠近的缘故吧。"我们的心灵是一面镜/它只反映赤色的黄金。"玫瑰高昂着头颅，朝向高远的太阳。

吴功青

窗下

安德烈·别雷

目光伸向春天的远方：
那里是蔚蓝色的穹苍……

而摊开在我眼前的是《批判》
它们有皮制的封面……

远方是另一种生存
星星的眼睛是那么明净……

于是，我乍然一惊，心念一闪
原来空间是那般虚幻。

张冰　译

勃洛克
(1880—1921)

俄国十九世纪末二十世纪初著名诗人。出生于彼得堡一个贵族家庭。1906年毕业于彼得堡大学。童年时代就酷爱写诗。1903年开始发表作品。初期诗作深受神秘主义影响。他是象征派诗歌的代表人物之一，在俄罗斯诗歌史上具有重要地位。代表作有《丽人集》《陌生的女郎》《十二个》等。

黄昏啊，春天的黄昏

勃洛克

黄昏啊，春天的黄昏，
冰凉的波浪涌到脚边，
心中升起非人世的希望，
波浪啊涌上了沙滩。

遥远的歌声、回声，
我全都无法分辨。
孤独的灵魂在哭泣——
在对面，在河彼岸。

莫非是心愿变为现实？
莫非是你在远方召唤？
小船在浪中起伏——
是什么，越过河面？

心中升起非人世的希望，
有谁来了——我迎上前……
春天的黄昏，反光熠熠，
对面，彼岸在召唤。

飞白　译

赏析

在许多诗歌中，黄昏是一个极其忧伤的意象。在春天的黄昏里，天空常被乌云占据。而诗人却在这时站在水边，陷入无边的沉思。

冰凉的波浪涌到了脚边，提醒着"我"的存在。然而，内心的悲伤却无处倾诉。"心中升起非人世的希望"，波浪又涌过沙滩……

唉，此岸的愁苦无人理解，灵魂在彼岸哭泣着，是牵引还是回音？

"莫非是心愿变为现实？/莫非是你在远方召唤？"在这里，勃洛克终于说出了秘密——是为了心爱的人才如此这般。小船从此岸抵达彼岸，勾起了诗人的无限向往。然而，等"我"真的抵达了彼岸，爱人怕又溜到此岸来了……此岸与彼岸只是假象，灵魂不能融合才是实质。只落得痴情人在水边伫立，河水静静流淌……

吴功青

我与你相会在日落时分

勃洛克

我与你相会在日落时分，
你用桨荡开了河湾的寂静，
我舍弃了精妙的幻想，
爱上你白色的衣裙。

无言的相会多么奇妙，
前面——在那小沙洲上
傍晚的烛火正在燃烧，
有人思念白色的女郎。

蔚蓝的寂静可否接纳——
移近、靠拢，以及焚燃……
我们相会在暮霭之下，
在涟漪轻漾的河岸。

没有忧郁，没有抱怨，没有爱情，
一切皆黯淡，消逝，去向远方……
白色的身躯，祭祷的声音，
你那金色的船桨。

汪剑钊　译

赏析

"我与你相会在日落时分，/你用桨荡开了河湾的寂静"。在水上，落日的倒影荡漾，一个姑娘划着小船款款而来，这是绝美的画面。"我舍弃了精妙的幻想，/爱上你白色的衣裙。"这个刚才还在发呆的诗人，正羞赧地望着她。

多么洁白的裙子，穿在她身上，仿如天使悄悄飞临人间。

在水边的沙洲上，人们纷纷点起烛火，他们害怕黑暗，生怕房子被妖怪吞噬。可"有人思念白色的女郎"，羞涩的美藏得更深。

勃洛克就这样和她待在水上，急切地想与她结识。"蔚蓝的寂静可否接纳——/移近、靠拢，以及焚燃……"诗人担心打破这黄昏的和谐或者可能是羞涩，再或者只是个可爱的借口。就像我们在教室或马路上遇到心仪的人，总是不好意思当面去问；回到家里却满怀惆怅，写些文字，说当时太美，不忍惊动云云，其实是悔青了肠子，不敢承认。

然而，伊人的确是走了，对他有没有多余的眼神我们不得而知。"一切皆黯淡，消逝，去向远方……"勃洛克自己也已远去。在他美丽凄婉的诗里，他们仿佛一起复活了。

吴功青

无 题

勃洛克

我信仰理想的太阳，
我看见朝霞就在远方。
我期待光明照彻天地，
它来自欢腾的大地。

一切海市蜃楼
全都战栗着退走。
金黄色的田野
无垠地展现在我的眼前。

轻快地，我走过森林
和理想的百合花丛。
天使们扑扇着翅膀，
翱翔在我的头上。

圣洁的强光
放射出万道光芒。
我相信理想的太阳。
我看见你温柔的目光。

张冰 译

赏析

　　这是勃洛克的名作，据说写出之后被人争相传诵。再次读时，诗歌伟大的热情和美妙的意境仍使人激动不已。

　　这首诗感情炽烈，在一个暗淡无光的时代，诗人勇敢地说出"我信仰理想的太阳，/我看见朝霞就在远方。/我期待光明照彻天地，/它来自欢腾的大地"。让一切虚伪的、虚幻的事物统统在阳光下现出原形！"金黄色的田野/无垠地展现在我的眼前。"美终于水落石出。

　　诗人在理想之光下行走，天使像鸽子一样降落在他身上，他几乎在飞舞着，内心如此丰盈而幸福。因为，诗人相信，无论黑暗持续多久，真理之光必照射大地。只要我们相信，那它就必然真实，必然存在。"我相信理想的太阳。/我看见你温柔的目光。"在这真理涌动的刹那，爱人的目光竟越来越温柔——她不得不出现，因为万物已在"我"信仰的光芒中。

吴功青

尼古拉斯·斯捷潘诺维奇·古米廖夫

（1886—1921）

俄罗斯杰出诗人、诗评家，现代主义诗歌流派"阿克梅派"创始人。俄罗斯著名女诗人阿赫玛托娃的第一任丈夫。出身于贵族家庭，才华卓越，充满幻想，酷爱冒险和猎奇，曾三次深入非洲探险。1910年与女诗人阿赫玛托娃结婚，1917年离异。1921年被指控参与"反革命阴谋"活动而遭镇压，死时年仅三十五岁。1986年诗人诞辰一百周年正式恢复名誉。著有《珍珠》《浪漫之花》《异国的天空》等诗集。古米廖夫的诗形式精美，比喻奇特，多抒写航海、爱情、俄罗斯以及异国风情。他的诗从不涉及政治，荒诞的是自己却成了政治的牺牲品。

中国姑娘

尼古拉斯·斯捷潘诺维奇·古米廖夫

蔚蓝色的凉亭
耸立在河心，
像编织的鸟笼，
里面饲养着黄莺。

从这座凉亭
我观赏朝霞，
枝叶怎样婆娑，
有时我也观赏；

枝叶怎样婆娑，
轻舟怎样滑行，
环绕着
耸立在河心的凉亭。

而在我的深闺
摆着一束瓷玫瑰，
一只金属小鸟

赏析

古米廖夫是"阿克梅派"创始人之一，提出了"阿克梅派"创作纲领：反对象征主义的神秘、隐喻和朦胧，提倡清醒地把握具体、现实、客观的世界现象，承认象征在艺术中的作用，但不会因此牺牲其他诗艺的手段。尽管"阿克梅派"包括古米廖夫在内，对这些主张的贯彻并不彻底，但在这首诗中，我们却能看到"阿克梅派"明显的烙印。

诗人以代言人的方式，揭示了一位中国姑娘的情感世界。这是完全中国式的爱情——深闺之中，波澜不惊。既没有对青春肉体的歌颂，也没有灵魂过于炽热的迷醉。"我不相信各种诱惑"，也不在乎"他"的"秃顶和疲累"，他的考试成绩已足以"使人迷恋"。何其讽刺，又何其悲哀。中国女人中毒之深，已不可形容。很难想象，一个民族的成员没有爱情，没有爱情的激发，会有伟大的创造力。

哑巴

尾巴金光闪耀。

我不相信各种诱惑，
在绢帕上我写下诗章，
心平气和地诉说
自己的爱情和忧伤。

我的未婚夫愈加使人迷恋；
尽管他秃顶和疲累，
可不久前他在广东
考试门门及格。

黎华　译

小 象

尼古拉斯·斯捷潘诺维奇·古米廖夫

此刻我对你的爱犹如一头小象，

它生于柏林或是巴黎

它踩着如棉花般柔软的脚掌

在兽王的屋子里徜徉。

对这头小象，你可不能喂它法国小白面包，

也不能喂它白菜或是甘蓝——

它能吃橘子，可也只吃一小瓣儿，

一块白糖或是一点点糖果。

啊，亲爱的，切莫哭泣，不要说

它已成为窄笼里平头百姓的笑柄，

抽烟的人往它鼻子里喷烟圈

马车夫的恶作剧赢得轻薄女的哈哈笑声。

亲爱的，你别以为，总有一天，

它会发怒，会挣脱锁链

会跑到街上，像一辆汽车，

把狂呼乱叫的人们碾成齑粉。

不，你最好把它想象成这样

浑身珠光宝气，浴着晨光的孔雀的翎羽

犹如从前那位伟人

把汉尼拔丢在颤抖的罗马脚下。

张冰　译

赏析

　　一个形象的比喻就是一座桥梁，古米廖夫精巧奇特的比喻总是让人过目难忘。"此刻我对你的爱犹如一头小象"，"踩着如棉花般柔软的脚掌"，通过这个巧妙的比喻，诗人的情感立刻获得了形体，呈现在读者面前。如果我们了解到，站在我们面前的不是一头没有尊严的小象，也不淘气和顽皮，我们便能了解诗人本人和他所要表达的爱情。

哑巴

阿赫玛托娃·安娜·安德烈耶夫娜

(1889—1966)

俄罗斯文学史上最著名的女诗人之一，被誉为"俄罗斯诗歌的月亮"。她和前夫古米廖夫同为"阿克梅派"杰出代表。出版的诗集有《黄昏》《念珠》《白色的云朵》《车前草》等，组诗《安魂曲》以及长诗《没有主角的长诗》等。1964年获意大利国际诗歌奖，1965年获英国牛津大学名誉博士学位。她喜爱中国古典诗歌，曾译过屈原的《离骚》和李商隐的无题诗。

我们俩不会道别

阿赫玛托娃·安娜·安德烈耶夫娜

我们俩不会道别——
肩并肩走个没完。
已经到了黄昏时分，
你沉思，我默默不言。

我们俩走进教堂，看见
祈祷、洗礼、婚娶，
我们俩互不相望，走了出来……
为什么我们俩没有此举？

我们俩来到坟地，
坐在雪地上轻轻叹息，
你用木棍画着宫殿，
将来我们俩永远住在那里。

乌兰汗　译

赏析

从爱情到婚姻，人们面对的是深浅不一的河——有人顺利地蹚水过去；有人中途折回；有人到了对岸回头叹息；也有人站在这边举棋不定。尽管形式各不相同，却可以分为两大类：到对岸的和没有到对岸的。但这种划分，既不足以衡量一对恋人的爱情是否坚贞，也不足以衡量一对夫妇的婚姻是否美满。某种意义上说，婚姻如人的躯体，只是一个较稳固的外形，而爱情则如心灵，变幻不定却是精神所系。只拥有其中之一都是遗憾，但哪一个更遗憾却难定夺。

诗人与自己的恋人在举行婚礼的教堂"互不相望"地走了出来，其缘由颇让人费解，但也是藏在诗人内心的问题——"为什么我们俩没有此举？"是因为在人们的亲近中存在隐秘的界线，还是因为"缪斯夺去了上帝赐予的礼品"？是不是世上的一部分爱情，最终只能住在雪地的宫殿里，而不是温馨舒适的家里？

哑巴

爱 情

阿赫玛托娃·安娜·安德烈耶夫娜

时而化一条小蛇盘成团，
在你的心头施巫术；
时而化一只鸽子，成天价
在乳白的窗口咕咕咕。

时而闪光在炫目的霜里
时而隐现在紫罗兰的梦中……
但它总坚定地悄悄引着你
一步步远离欢乐与安宁。

在思念的小提琴的祈求中
它会如此甜蜜地哭泣，
而在你还不熟识的微笑中
猜出它，又何等使你战栗。

飞白 译

赏析

是爱情已让诗人厌倦，
还是她宁愿经受它的纠缠和
喋喋不休？如果爱情一直在
引导追寻它的人远离欢乐与
安宁，为什么诗人还要在另
一首《致缪斯》的诗中怨艾
缪斯夺去了她的爱情？不管
诗人自己的情感经历如何，
这首诗的确道出了爱情的部
分特质——既让人欢欣，也
让人哭泣；既叫人心神往之，
又叫人胆怯战栗。

哑巴

致缪斯

阿赫玛托娃·安娜·安德烈耶夫娜

缪斯姐姐望了我一眼，

她的目光清澈又晶莹。

她还夺走了我的金戒指，

我的第一件春日的礼品。

缪斯！你看世人是多么幸福——

无论是少女、少妇，还是寡妇……

我宁愿在尘寰中死去，

也强似遭受这种幸福的桎梏。

尽管我也会去采撷

那一朵稚嫩的雏菊；

但在这人世间我命定要忍受

每一次失恋的痛苦。

伴着窗前的烛光燃到清晨，

我内心并不思念任何人，

我并不想、并不想、并不想知道

世人怎样把别的少女亲吻。

明天的镜子面前，我将受到嘲讽：

"你的目光既不清澈，又不晶莹……"

那我要轻声地回答：

"是缪斯夺去了上帝赐予的礼品。"

黎皓智 译

赏析

作为俄罗斯文学史上最著名的女诗人，这首诗对文艺女神缪斯的怨艾之情可能会颇让人费解。

多少人梦想着缪斯的青睐而不可得，而女诗人却认为，她的青睐既是一种幸福，也是一种桎梏。正是缪斯对自己晶莹清澈的一瞥，使她失去了人间最宝贵的爱情。爱情对少女、少妇甚至寡妇都是可得的，却唯独对于一个有着诗歌天赋的女人来说，是不可得的——"是缪斯夺去了上帝赐予的礼品。"女诗人心中的苦涩与宿命之感可见一斑。为什么诗与爱情在女人身上会成为一组非此即彼的矛盾，而在男人身上却能相互激发？这是一个颇值得思量的问题。

哑巴

在人们的亲近中存在隐秘的界限

阿赫玛托娃·安娜·安德烈耶夫娜

在人们的亲近中存在隐秘的界限，

爱慕和激情也不能将它跨越——

哪怕嘴唇在不安的寂静里相互融合，

哪怕心灵由于爱情而一片片碎裂。

友谊在此软弱无力，崇高

与炽热的幸福填充了岁月，

灵魂是自由的，不懂得

情欲那迟缓的慵懒。

它的追求者丧失理智，而它的

占有者却因此苦恼不堪……

如今，你该明白，为什么

我的心脏不在你的手掌下跳动。

汪剑钊　译

赏析

　　在古希腊的神话传说中，最初的人是男女同体的球形人，后来被宙斯用雷电劈开，变成了现代人的模样，现代人从此开始了在世上互相找寻的过程。每个人只要找到他（她）的另一半，就与之紧紧拥抱在一起，期望恢复到原初的完整状态。然而无论如何，他们总不可能达到天衣无缝的境地——当初的分离已在身体和心灵上留下了永恒的裂痕。这就是人为什么渴望爱情而又总在爱情中感到不足的根源。在西方文学中，这个传说被反复引用、阐释，这首诗中"隐秘的界限"即与之异曲同工。

　　在诗人看来，友谊、爱情在这个"隐秘的界限"面前都要望而却步。因为灵魂是自由的，且追求着自由；而面对灵魂自由的追求，必然要求在与别人的亲密关系中保持一个不容逾越的界限。这就是为什么"我的心脏不在你的手掌下跳动"的缘由。这首诗透露出诗人极端强烈的自我意识。但也许正是这一过于强烈的自我意识导致了她在文学上的成就和爱情的失意。

哑巴

小链接

　　"十月革命"前后，阿赫玛托娃的思想经历了复杂的转变。在其后的一二十年中，她的经历非常坎坷。第一任丈夫尼古拉斯·斯捷潘诺维奇·古米廖夫被苏联政权以"莫须有"的罪名处决。她受到了牵连，唯一的儿子列夫也被捕入狱。她为了救儿子四处奔波。有一次，为了探望狱中的儿子，竟排队十七个月。从二十世纪二十年代中期开始，阿赫玛托娃的诗被禁止发表和出版，她本人也被禁止出入公共场合。二十世纪三十年代中期后，阿赫玛托娃再次投入了诗歌创作。卫国战争期间及卫国战争之后，她的诗歌创作进入了新的活跃时期。不料，1946年8月，她又一次受到了批判。直到1952年，才逐渐恢复名誉。历经磨难，诗人变得愈加聪明、愈加成熟。从二十世纪三十年代中期至六十年代，阿赫玛托娃的创作手法和风格与早期截然不同，诗境大开。如果说她早期的抒情诗是与世隔绝的"室内爱情诗"，那么二十世纪三十年代中期以后，她的诗就好像是"敞开了窗户，吹进了时代的劲风"。

鲍利斯·列奥尼多维奇·帕斯捷尔纳克
（1890—1960）

　　苏联著名诗人、小说家。因他在当代抒情诗和伟大的俄罗斯叙事文学方面所取得的杰出成就，他于1958年获得诺贝尔文学奖。他的获奖在苏联国内引起轩然大波，不仅作品受到严厉批判，他本人也被开除作协会籍。有人甚至扬言取消他的公民权，将其驱逐出境。在这种情况下，帕斯捷尔纳克被迫拒绝领奖，并写信给赫鲁晓夫，恳求不要对他采取极端措施。1960年，诗人在"痛苦与孤寂"中病逝。主要作品有：诗集《云中的双子星座》《生活——我的姐妹》等，长篇小说《日瓦戈医生》等。

梦

鲍利斯·列奥尼多维奇·帕斯捷尔纳克

我梦见秋天在半明半暗的玻璃中，
你和朋友们在滑稽可笑的玻璃堆里，
一颗心向你的手上下坠，
就像斗伤的鹰从天空跌落。

但时光在赶，在衰老、流逝，
朝霞从花园里升起，
给窗框镶上银缎，
用九月的血泪染红玻璃。

但时光在赶、在流逝。椅上的锦绸
坚冰一样在开裂、在融化。
大声说话的你，忽然打个嗝，不再言语，
梦也像钟的回声，无声无息。

我渐渐醒来。黎明像秋天般灰暗，
晨风带着白桦朝远处奔去，
随风狂跑的白桦在天空拉成一排，
就像狂风追赶着一车麦秸。

力冈 译

赏析

　　"我梦见秋天在半明半暗的玻璃中"——"玻璃"，这半透明的意象，完美地传达了梦境的意味。秋天嵌入其中，贴切而自然。这样的梦遮蔽着现实，也对现实是一种重构。就像我们自己的梦，聚集着我们的哀伤和幸福，但它自身又在运行，偷偷改变些细微的部分。

　　"但时光在赶，在衰老、流逝"，梦里时间更紧密地前进。在梦里，许多事物被压缩在一个短促的时空中爆发。一个沉重的梦使我们乏力、趋向衰老。"朝霞从花园里升起，/给窗框镶上银缎，/用九月的血泪染红玻璃。"这好像躺在水边做梦，梦到水声，你不知听到的水声究竟是河里的还是梦中的。

　　"但时光在赶、在流逝。"沉沉的梦境加深了我们的命运。我们采花或是征战，而时光在流逝。"椅上的锦绸/坚冰一样在开裂、在融化。"到快结束的时候，梦像水一般铺开。

吴功青

屋里不会再来人了

鲍利斯·列奥尼多维奇·帕斯捷尔纳克

屋里不会再来人了，
唯有昏暗。一个冬日
消融进半开半掩的
窗帘的缝隙。

只有潮湿的白色鹅毛雪
急速闪现、飞舞。
只有屋顶、白雪，除了
白雪和屋顶——一片空无。

又是寒霜画满图样，
又是逝去年华的忧郁
和另一个冬天的情景
在我的心底搅来搅去。

又是那无可宽恕的罪过
至今仍刺痛我的心，
木柴的奇特匮乏

赏析

"屋里不会再来人了"——这是冬天。诗人安坐在屋内，看着雪花静静飘飞。一年的光阴忽然静止，浓缩成一瞬。

而年华已逝。"又是逝去年华的忧郁/和另一个冬天的情景/在我的心底搅来搅去。"景致的浓缩亦是深深的无限。在冬天里安顿下来，往事便清晰地呈现——这些忧郁，另一些冬天。

更是内心的罪过。"又是那无可宽恕的罪过/至今仍刺痛我的心"。雪的洁白将内心的罪恶映照。在冬天，人常常想跪下来亲吻雪花。只因这雪好像上帝的出现，照出内心全部的肮脏。这纯洁使人臣服。

还有对心中女神的相思。这相思因忏悔而深情，因雪的飞舞而走向远方。"你会在门口出现，/身穿素雅的白衣，/仿佛为你织就衣料的/就是那漫天的飞絮。"

这是多么让人期待的情景！一个冬日，一个早晨，爱人像雪花般从空中落下，而"我"的虔诚使得我们已能够宽容并相互拥抱，落下泪来。

吴功青

折磨着十字形的窗棂。

可是，厚重的门帘
会突然掠过一阵战栗。
你会用脚步丈量寂静，
如同前程，走进屋里。

你会在门口出现，
身穿素雅的白衣，
仿佛为你织就衣料的
就是那漫天的飞絮。

吴迪　译

二月

鲍利斯·列奥尼多维奇·帕斯捷尔纳克

二月。墨水足够用来痛哭，

大放悲声抒写二月，

一直到轰响的泥泞，

燃起黑色的春天。

用六十戈比①，雇辆轻便马车，

穿过恭敬、穿过车轮的呼声，

迅速赶到那暴雨的喧嚣

盖过墨水和泪水的地方。

在那儿，像梨子被烧焦一样，

成千的白嘴鸦

从树上落下水洼，

干枯的忧愁沉入眼底。

---

①俄罗斯等国的辅助货币，1 卢币 =100 戈比。

水洼下，雪融化处泛着黑色，

风被呼声翻遍，

越是偶然，就越真实。

并被痛哭着编成诗章。

力冈　译

　　在春天将来未来之际，天空是阴冷的，多少亡灵在此刻哭泣——"二月的雪，二月的雨"。而悲痛更应在自然中栖息，冬天行将结束的抑郁要完全地释放在暴雨中！"迅速赶到那暴雨的喧嚣／盖过墨水和泪水的地方。"自然为什么能消解我们的哀愁？就像中国诗人们所赞美的？暴雨盖过书写的墨水背后，有一种不能抵御的力量。不论命运之吉凶，到最后人还是要回归大地。书写的墨水，哭泣的泪水，永远也不如头顶的雨水。

　　"在那儿，像梨子被烧焦一样，／成千的白嘴鸦／从树上落下水洼，／干枯的忧愁沉入眼底。"把白嘴鸦想象成烧焦的梨子可真是绝妙！想一个满身黑毛的乌鸦又长着一只白白的嘴，可不就像只白梨子被烤焦了嘛。

　　而"越是偶然，就越真实"，二月里我们和树木相遇，和鸟儿相遇，那应是最真实最美丽的日子。

吴功青

生活——我的姐妹

鲍利斯·列奥尼多维奇·帕斯捷尔纳克

生活——我的姐妹，就在今天

它依然像春雨遍洒人间，

但饰金佩玉的人们高傲地抱怨，

并且像麦田里的蛇斯斯文文地咬人。

长者怨天尤人自有道理。

你的道理却非常、非常滑稽；

说什么雷雨时眼睛和草坪是紫色的，

而且天际有一股潮湿的木樨草气息。

说在五月里前往卡梅申途中，

你在火车里翻阅火车时刻表，

那时刻表比《圣经》还要恢宏，

虽然看得非常潦草。

说夕阳刚刚照射到

拥挤在路基上的庄稼人，

我就听出这不是那座小站，

夕阳对我深深表示同情。

三遍铃响过，渐去渐远的铃声
一再向我道歉：很遗憾，不是这个站。
渐渐烧黑的夜色钻进窗来，
草原扑向星空，离开车间的台阶。

有些人眨巴着眼，却睡得十分香甜，
此刻，生活犹如梦幻，
就像一颗心拍打着车厢平台，
把一扇扇车门撒向草原。

力冈　译

赏析

我们对生活充满了怨艾，生活却不停地对我们予以回报。"生活——我的姐妹，就在今/它依然像春雨遍洒人间"。一样的雨水落在我们的头顶，空气和往日一样自然。"但饰金佩玉的人们高傲地抱怨，/并且像麦田里的蛇斯斯文文地咬人。"诗人写生活和命运的公正，却不直接描写，他好像在玩捉迷藏的游戏。"说什么雷雨时眼睛和草坪是紫色的/而且天际有一股潮湿的木樨草气息。"明明是赞美，却要说成抱怨；明明是对人的爱恋，却怯怯地故意对人报以冷漠。

在生活这辆巨大的列车上，一切犹如梦幻，而热爱者还它以真实的面目——把生活当成命运来热爱，把一切幸与不幸都作为人生的整体接收下来，坚定地承受与付出，一切都会变得美好。《圣经》上说"人最大的罪是没有耐心"——诚如是。

吴功青

小链接

在1947年，鲍利斯·列奥尼多维奇·帕斯捷尔纳克获得诺贝尔文学奖候选人提名，肯定了他在现代诗歌创作和翻译西欧古典名著方面的成就，但提名却最终未获瑞典文学院通过。1953年，他再次获得提名，这次却由于他是"生活在苏联的苏联作家"而遭到拒绝——这似乎也多少折射出瑞典文学院的"西方文化中心论"的褊狭。1955年，帕氏写出了至今仍能证明他艺术生命力之恒久的著名长篇小说《日瓦戈医生》。该小说以第一次世界大战和俄国"十月革命"前后为历史背景，记述了日瓦戈医生的悲剧遭遇，借此反映一代知识分子对"十月革命"所表现出的迷茫。

1958年，鉴于《日瓦戈医生》所取得的艺术成就和世界性影响，瑞典文学院再次考虑授予帕斯捷尔纳克诺贝尔文学奖。提名几经周折，终于获得通过。但为了淡化时局的影响，获奖理由并没有直接提及这部小说，只是表彰他在"当代抒情诗创作和继承发扬俄罗斯伟大叙事文学传统方面所取得的杰出成就"——这里的"叙事文学传统"，实际上指的是他的长篇小说《日瓦戈医生》。

奥西普·艾米里耶维奇·曼德尔施塔姆

　　俄罗斯白银时代卓越的天才诗人、散文家、诗歌理论家。"阿克梅派"创始人之一。著有诗集《石头》《哀歌》等，散文集《埃及邮票》《时代的喧嚣》《亚美尼亚旅行记》等。另有大量写于流放地沃罗涅什的诗歌在他死后多年出版。1933年他因写诗讽刺斯大林，次年即遭逮捕和流放，死于远东符拉迪沃斯托克的集中营。

　　阿赫玛托娃对他的诗歌极其推崇，布罗茨基则认为曼氏比他更有资格获得诺贝尔文学奖。

无 题

奥西普·艾米里耶维奇·曼德尔施塔姆

缥缈的，是你那苦行者的形象，

隔着雾，我无法把你触摸。

"天哪！"一句错话我脱口而出，

只因为我不假思索。

神的名字像一只大鸟，

从我的掌中飞跑。

前方移动的，是浓密的雾，

后面，是空空的鸟笼，无鸟。

张冰 译

赏析

　　人与神之间的关系复杂而微妙，它不是依靠单纯的崇拜或给予虔诚以回报那么简单。事实上，任何宗教都是人面对世界的一种创造。信仰的有效性依赖个人的精神历程。

　　但神的形象不可捉摸。现在，诗人正面临这困境。"缥缈的，是你那苦行者的形象，/隔着雾，我无法把你触摸。"人与神之间有着无法逾越的界限——一个是实际的肉身存在，一个是理念中绝对的精神载体。

　　诗人却要求着一种关系、一种亲密、一种行动。"'天哪！'一句错话我脱口而出，/只因为我不假思索。"为何说"天哪"是一句错话？这是诗歌中极其晦涩的地方。

　　"神的名字像一只大鸟，/从我的掌中飞跑。"神和人之间微弱的联系也因这种不当的诉求而消失。雾在前方移动，后面的鸟笼却已空空如也。

　　诗人以近乎天书的文字言说着信仰的困境：接近十字架的旅途可能比我们想象的要艰难得多。这和俄罗斯民族信仰的东正教理论基本契合。

　　　　　　　　　　　　　　　　　　　　吴功青

我不知道……

奥西普·艾米里耶维奇·曼德尔施塔姆

我不知道，从什么时候
这支歌儿开始唱起？
窃贼是否在上面沙沙作响，
蚊子大公是否嗡嗡咿咿？

我不想把任何话语
再一次地诉说一番，
也不想咔嚓划着火柴，
用肩膀去推醒夜晚。

真想一垛一垛地摊开
空气的圆顶，让它受难；
真想把装着荷兰芹的袋子
一点一点地撕碎、拆散。

以便找到枯草的鸣啼，
透过草房、梦境和世纪，
寻回已被窃走的
与玫瑰血液的联系。

吴迪 译

赏析

　　一个天才的诗人必应洞见时代的痼疾。曼德尔施塔姆如此急切地寻找着一种"与玫瑰血液的联系"，显然正是如此。

　　究竟什么才是这个时代的痼疾？"我不知道，从什么时候/这支歌儿/开始唱起？"这支歌又是一首什么样的歌呢？

　　无论是挽歌还是赞歌，在诗人眼里都要还原为沉默。"我不想把任何话语/再一次地诉说一番，/也不想咔嚓划着火柴，/用肩膀去推醒夜晚。"诗人一再要求着沉默。在诗人眼里，二十世纪的世界已在纷乱的嘈杂中丢失了太多东西。历史内在的力量被虚掷了。我们似乎被架空在一条高高的铁索上。

　　是的，精神虚无的问题已被诗人深刻地洞察到。这在卡夫卡和海德格尔那里表现得愈加明显。诗人要求让空气受难，"真想把装着荷兰芹的袋子/一点一点地撕碎、拆散"。表明诗人怎样地深受困扰。工业文明里的空气是提供呼吸养料的原料，与我们本身紧密联系的自然属性已被摧毁——可恶的"袋子"，工业文明的花朵，要一点一点地被撕掉——"以便找到枯草的鸣啼，/透过草房、梦境和世纪，/寻回已被窃走的/与玫瑰血液的联系。"真实的历史啊，要求一个更加坚实的大地。

　　　　　　　　　　　　　　　　　　　吴功青

沉默

奥西普·艾米里耶维奇·曼德尔施塔姆

此刻她还没有诞生，

她是词句也是音乐，

她是一个未解的结，

联结着一切生命。

大海的胸膛静静呼吸，

白昼亮得如此疯狂，

盛开着泡沫的白丁香

在蓝黑色的玻璃盆里。

但愿我的口学会沉默——

回到沉默的泰初，

宛如水晶的音符，

一诞生就晶莹透彻！

留作泡沫吧，阿芙罗狄忒[1]！

---

①希腊神话里象征爱与美的女神，相传从海上的泡沫中诞生。

让词句还原为乐音，

让心羞于见心，

而与生命的本原融合！

飞白　译

有两种语言：一种是日常从我们口中说出的句子，另一种则是这言语背后的未发状态，是一种记忆和沉睡。如同少女还在母亲腹中，花蕊还藏在叶子之中。两种语言好像两种生命、两种美：前者是盛开的、发散的、倾诉的；后者则是闭合的、内敛的、需要用心聆听的。

诗人寻求的正是第二种语言。这语言在哪儿呢？"此刻她还没有诞生，/她是词句也是音乐，/她是一个未解的结，/联结着一切生命。"形式上还没有出现的美，其本质已作为精神在流淌。一条河流到人的脚下，自有深远的源头。这深远的开始需要人丢弃现实的言语，用沉默去聆听。"但愿我的口学会沉默——/回到沉默的泰初，/宛如水晶的音符，/一诞生就晶莹透彻！"而我们现在的审美却是华丽的、竭尽表面的，深处的东西已被我们遗失。

"留作泡沫吧，阿芙罗狄忒！/让词句还原为乐音"，诗人呼唤象征美的女神不要作为一个实际存在而存在这是柏拉图的哲学，也是古往今来诗人们的秘密通道——通过语言，接近存在之本源。

吴功青

玛琳娜·伊万诺夫娜·茨维塔耶娃
（1892—1941）

　　俄罗斯著名女诗人、小说家、剧作家。生于莫斯科。六岁时开始诗歌习作。十八岁自费出版了第一部诗集《黄昏纪念册》，一下子便蜚声文坛。紧接着又出版了两部诗集《神奇的路灯》和《摘自两本书》。二十世纪二十年代出版了两本同名书《里程碑》，其中收录了1914－1921年间的抒情诗。1922年移居布拉格，三年后转赴巴黎。在国外期间，出版了诗集《俄罗斯之后》等。1939年回国。1941年自缢身亡。

　　在俄罗斯诗歌史上，茨维塔耶娃与阿赫玛托娃、曼德尔施塔姆齐名。她的诗具有直入灵魂的冲击力，将女性的直觉体验传达得简洁透彻，诗句感情充沛而不乏冷静敏锐，在黑暗的底色上有一层凛冽的光芒。1987年诺贝尔文学奖获得者、著名诗人布罗茨基曾宣称，茨维塔耶娃是二十世纪俄罗斯最伟大的诗人之一。

倾 斜

玛琳娜·伊万诺夫娜·茨维塔耶娃

透过梦幻的——母亲的——耳朵

我有一个向你倾斜的听力

对受难者倾斜的精神：燃烧？是吗？

我有一个向你倾斜的额际

信仰分岔的三叶胶。

我有向你的心脏倾斜的血液，

有向安恬的岛屿倾斜的天空

我有向你倾斜的河流

世纪……失忆向诗琴倾斜的

明亮斜面，向花园倾斜的台阶，

向路标的逃跑倾斜的柳枝……

我有向你倾斜、向大地倾斜的

所有星星（星星对星星的

亲和力）旗帜对

受尽苦难的坟墓的倾斜。

我有向你倾斜的翅膀。

脉管……猫头鹰对树窟窿的倾斜

黑暗对棺材头的

倾心——要知道，我企图常年睡去！

我有向你倾斜、向泉眼倾斜的

嘴唇……

汪剑钊　译

赏析

　　果实的重量使树木的枝干低垂，而激越的情感则让我们改变自身的形状。倾斜，一个既是物体不再保持自我、寻求接近的姿势，也是一个灵魂承担自我的重负、对另一个灵魂渴念的姿势。诗人曾说过，"我们的灵魂如此接近"——那是因为她"倾斜"得如此厉害。

　　在她的世界中，倾斜是宇宙的组合法则，万物都在彼此接近：天空向岛屿，星星向大地，台阶向花园……一种秘密的力量在拉近它们，琴弦一样绷紧了它们之间的空间。这让人想起比萨的斜塔。这是一个危险的姿势，因为它超出了日常法则；但这也是一个令人惊叹的姿势。

　　谁不曾感受到使他（她）越出自我的力的牵引，谁便没有真正爱过。由此，爱情也是一种超越之力，它既在我们之内，也在我们之外。就像爱能使人勇敢、勇敢能使人爱一样。我们在茨维塔耶娃"倾斜"的灵魂中，看到了她的爱及她的勇敢。

哑巴

像这样细细地听

玛琳娜·伊万诺夫娜·茨维塔耶娃

像这样细细地听，如河口
凝神倾听自己的源头。
像这样深深地嗅，嗅一朵
小花，直到知觉化为乌有。

像这样，在蔚蓝的空气里
融进了无底的渴望。
像这样，在床单的蔚蓝里
孩子遥望记忆的远方。

像这样，莲花般的少年
默默体验血的温泉……
就像这样，与爱情相恋
就像这样，落入深渊。

赏析

　　诗人的心灵是紧绷的琴弦，世上最微弱的风从中经过，都会让它发出声响。而诗人的感官，则是他们切入世界的刀锋，万物由此经过，进入内心。爱情，万物中最无形者，如何才能被心灵感知？茨维塔耶娃说，要"像这样细细地听"……爱情是河口对源头的思念，是知觉沉醉于芬芳，是孩子的遥望、少年的矜持，是落入无底的深渊……

哑巴

生活说着无与伦比的谎话

玛琳娜·伊万诺夫娜·茨维塔耶娃

生活说着无与伦比的谎话：

高于期待，高于谎言……

可是，凭借着所有脉搏的颤动，

你就会懂得：什么是生活！

仿佛你躺在铁锈中：振响，靛蓝……

（你躺在谎言中也成）热气，巨浪……

数百根尖针——透过忍冬花——嘟哝着……

快乐起来吧！喊道。

朋友，不要责备我，我们的

肉体和灵魂受到了怎样的

迷惑——喂，你瞧：前额还顶着梦。

因为呀——为什么歌唱呢？

融入你的寂静之白色的书籍，

融入你的"是"之野性的黏土——

我这粗鲁的人悄悄低下额头：

因为手掌——就是生活。

汪剑钊　译

赏析

　　如果"生活说着无与伦比的谎话"，对生活诚实的人们该当如何？诗人的回答是："凭借着所有脉搏的颤动，/你就会懂得：什么是生活！"生活是剥落的斑斑铁锈，是锋利尖锐的针棘，但生活也要求我们呼喊："快乐起来吧！"为了这生活！因为我们不仅有创造和把握它的手掌，还有额头飘挂着的梦想。在生活面前，人永远都是梦想与现实之间摇曳的花朵。需要记住的是，要时时低下头来，因为手掌才是生活的起点：一切美好的梦想必经由双手去实现。

　　"低下额头"，心怀敬畏。

吴功青

小链接

　　茨维塔耶娃一向蔑视匠气十足的诗歌，她拒绝加入任何诗歌团体，拒绝参加任何诗歌派别。为此，叶甫图申科曾把她誉为"一只硬核桃"。独来独往的茨维塔耶娃看重的当然不是现在，而是远方。她一再强调："我写诗不是为了这里，而是为了那里。"

　　俄国"十月革命"后，她的丈夫艾伏隆走向了战场。战败后，不得不逃向了布拉格，茨维塔耶娃也只好带着儿子随之到了那里。几年后，他们又移居到了巴黎。十七年的流亡生涯，带给她太多的伤痛。

　　十七年后的1939年，她终于回国了。当年，她的丈夫和儿子便被捕入狱；她也被流放到了叶拉布加。他们所热爱的祖国，竟变成了一副疯疯癫癫的模样。因不堪心灵的折磨与摧残，两年后，她自缢身亡。

符拉基米尔·符拉基米罗维奇·马雅可夫斯基
（1893—1930）

苏联著名诗人、剧作家。出生于格鲁吉亚山区的巴格达吉村的一个林务官的家庭。童年时代即喜欢文学。1912年开始诗歌创作，深受未来主义派影响。代表作有长诗《穿裤子的云》等。革命后写了剧本《宗教滑稽剧》，是苏联第一部具有高度思想性和艺术性俱佳的戏剧作品。之后有长诗《列宁》《好！》，讽刺喜剧《臭虫》《澡堂》等。1930年因情感和思想的复杂等原因开枪自杀，留下十三卷诗文。

开会迷

符拉基米尔·符拉基米罗维奇·马雅可夫斯基

每天，当黑夜刚刚化为黎明，

我就看见：

有人去总署，

有人去委员会，

有人去政治部，

有人去教育部，

人们都分别去上班。

刚一走进房里，

公文就雨点儿似的飞来：

挑拣出五十来份——

都是最重要的公文！

职员们就分别去开会。

每次来到，我都请求：

"能不能给我一个接见的机会？

我老早老早就来等候。"

"伊万·万内奇开会去了——

讨论戏剧部和饲马局合并的问题。"

赏析

诗中写到的景象我们并不陌生。诗中描写了二十世纪初苏联官僚主义的丑态：人们忙于用种种会议、口号推卸自己的责任。但是严肃地说，在一个还不健全的社会制度里，它们甚至遮蔽着人真正的良心和自我。人不再需要面对自己，一切的生活都被异化为一种政治生活：开会，开会，开许许多多的会！但解决什么、效率如何、真正的自我价值何在，则无人问津了。

一百层楼梯爬上好几次，

心中厌烦透了。

可又对你说：

"叫你一个钟头以后再来。

在开会：

省合作社

要买一小瓶墨水。"

一个钟头以后，

男秘书，

女秘书全都在这里——

室内空无一人！

二十二岁以下的青年

都在开共青团的会议。

当将近黄昏，我又爬上

七层楼的最高一层。

"伊万·万内奇来了没有？"

"正在出席

甲、乙、丙、丁、戊、己、庚、辛委员会。"

我愤怒万分，

诗人的讽刺真是犀利（也是无奈），连解决这些开会迷的毛病的办法竟还是：开会。"假如/能再召开一次会，/来讨论根绝一切会议，那该多好。"一群人继续开着会研究着杜绝会议的必要性，想想真是幽默而充满讽刺意味。

"开会迷"在今天依旧存在。

吴功青

像雪崩似的，

冲向会场，

一路上喷吐着野蛮的咒骂。

可是，我看到：

坐着的都是半截的人。

哦，活见鬼！

那半截在哪儿呢？

"砍死人了！

杀死人了！"

我满屋乱转着，大声叫喊。

这可怕的景象使我的理智失去了常轨。

这时，我却听见

秘书异常平静的声音：

"他们一下子要出席两个会。

一天

要赶

二十个会。

不得已，才把身子劈开！

齐腰以上留在这里，

那半截

在那里。"

我激动得整夜都没有睡着觉。

一大清早，

我就满怀希望地去迎接黎明：

"哦，

假如

能再召开一次会，

来讨论根绝一切会议，那该多好。"

丘琴　译

穿裤子的云

符拉基米尔·符拉基米罗维奇·马雅可夫斯基

你为什么叫我诗人

我不是诗人

我不过是个哭泣的孩子，你看

我只有洒向沉默的眼泪

你为什么叫我诗人

我的忧愁便是众人不幸的忧愁

我曾有过微不足道的欢乐

如此微不足道

如果把它们告诉你

我会羞愧得脸红

今天我想到了死亡

我想去死，只是因为我疲倦了

只是因为大教堂的玻璃窗上

天使们的画像让我出于爱和悲而颤抖

只是因为，而今我温顺得像一面镜子

像一面不幸而忧伤的镜子

你看，我并不是一个诗人

我只是一个想去寻死的忧愁的孩子

你不要因为我的忧愁而惊奇

你也不要问我

我只会对你说些如此徒劳无益的话

如此徒劳无益

以至于我真的就像

快要死去一样大哭一场

我的眼泪

就像你祈祷时的念珠一样忧伤

可我不是一个诗人

我只是一个温顺、沉思默想的孩子

我爱每一样东西的普普通通的生命

我看见激情渐渐地消逝

为了那些离我们而去的东西

可你耻笑我，你不理解我

我想，我是个病人

我确确实实是个病人

我每天都会死去一点，我可以看到

就像那些东西

我不是一个诗人

我知道，要想被人叫作诗人

应当过完全不同的另外一种生活

天空　　在烟雾中

被遗忘的蓝色的天空

仿佛衣衫褴褛的逃亡者般的乌云

我都把它们拿来渲染这最后的爱情

这爱情鲜艳夺目

就像痨病患者脸上的红晕

你们的思想

幻灭在揉得软绵绵的脑海中，

如同躺在油污睡椅上的肥胖的仆从。

我将戏弄它，使它撞击我血淋淋的心脏的碎片，

莽撞而又辛辣的我，将要尽情地把它戏弄。

我的灵魂中没有一茎白发，

它里面也没有老人的温情和憔悴！

我以喉咙的力量撼动了世界，

走上前来——我奇伟英俊，

我才二十二岁。

粗鲁的人在定音鼓上敲打爱情

温情的人

演奏爱情用小提琴

你们都不能像我一样把自己翻过来,
使我整个身体变成两片嘴唇!

来见识见识我吧——
来自客厅的穿洋纱衣裳的
天使队伍中端庄有礼的贵妇人

像女厨师翻动着烹调手册的书页,
你安详地翻动着你的嘴唇

假如你们愿意——
我可以变成由于肉欲而发狂的人,
变换着自己的情调, 像天空时晴时阴,
假如你们愿意——
我可以变成无可指摘的温情的人,
不是男人, 而是穿裤子的云!

我不信, 会有一个花草芳菲的尼斯!
我又要来歌颂
像医院似的让人睡坏的男人,
像格言似的被人用滥的女人。

佚名 译

赏析

　　诗歌和现实之间，究竟应是一种怎样的关系？痛苦的天才马雅可夫斯基询问着。"我知道，要想被人叫作诗人／应当过完全不同的另外一种生活"。在诗人眼里，自己的有些忧愁和欢乐如此微不足道，自己只能向着沉默哭泣，甚至是"一个病人"。好像这些情感都不够一个诗人的伟大——然而，诗人不正如此吗？在李白的浪漫飘逸和杜甫的沉重感伤之间，后者的诗意，却更是深入历史和人性的。因为快乐的稀少而羞愧，"天使们的画像让我出于爱和悲而颤抖"——不正是一个纯洁心灵的画像吗？诗人执拗地认为自己病了，可是这病，不正是出于苦难的疾病——对人类牵挂的"疾病"吗？"想去寻死的忧愁"，也是因为内心的高贵无法向现实妥协。马雅可夫斯基最终由于感情的问题而自杀，就是由于他卓绝的天性。在诗人殉亡的历史传统中，我们惊讶而哀伤地发现了这个秘密。

　　天空和乌云最后都被用来赞美，"我都把它们拿来渲染这最后的爱情"，"这爱情鲜艳夺目／就像痨病患者脸上的红晕"。在这"病"的伤口中，又开出了多少美丽的花朵！

吴功青

小链接

马雅可夫斯基是一个无可争议的天才。他的天才表现在许多方面。

他早年毕业于一所美术学校，理想是当一名画家。他还是一个出色的演说家，有一副洪亮的大嗓门。他对共鸣的威力很感兴趣，曾躲在酒瓮里练习朗诵诗歌。他还是一个成功的广告设计大师，曾给许多产品作过广告，最著名的是他给一个奶嘴产品作的广告诗。他一生几乎都在和人辩论。有一次，一个对手给他写了一张字条：您的诗不能给人以温暖，不能使人激动，不能感染人。马雅可夫斯基毫不客气地回敬道：我不是炉子，不是大海，也不是鼠疫……

天才都是孤独的，也是脆弱的。他动不动就觉得自己像是受了什么委屈。他喜欢过尼采，也喜欢过杰克·伦敦……他曾愤怒地说："任何时候、任何东西都不想读。书吗——书算什么！"或者亵渎上帝："我原以为你是万能的巨神，原来你是个不学无术之辈，一个微不足道的小神！"

我们几乎不能指望天才从一而终或言行一致，他们是超乎常规的，世俗的规范和标准对他们毫无约束力。他们不规则或不规范的一生，总有一些内在的东西始终是一致的，这些东西才是最主要、最本质的。

谢尔盖·亚历山德罗维奇·叶赛宁
(1895－1925)

　　苏联著名诗人，被誉为俄罗斯"天才的乡村歌手"。出生于一个农民家庭。曾参加意象派文学团体。早期作品曾流露悲观情绪，"十月革命"后的部分诗作，钟情于乌托邦式的"农民的天堂"。他的诗感情真挚，格调清新，擅长描写乡村自然景色。他经历了一条十分复杂的人生之路，曾三度成婚，但都未能幸福。其中，与美国舞蹈家邓肯的婚恋最富传奇色彩。1925年12月28日凌晨，在列宁格勒一家旅馆里，叶赛宁用一条皮带结束了自己年仅三十岁的生命。噩耗传开，举国哀恸。

　　著有诗集《亡灵节》《莫斯科酒馆之音》《苏维埃俄罗斯》等，抒情组诗《波斯抒情》及长诗《安娜·斯涅金娜》等。

失去的东西永不复归

谢尔盖·亚历山德罗维奇·叶赛宁

我无法召回那凉爽之夜，

我无法重见女友的倩影，

我无法听到那只夜莺

在花园里唱出快乐的歌声。

那迷人的春夜飞逝而去

你无法叫它再度降临。

萧瑟的秋天已经来到，

愁雨绵绵，无止无境。

坟墓中的女友正在酣睡，

把爱情的火焰埋葬在内心，

秋天的暴雨惊不醒她的梦幻，

也无法使她的血液重新沸腾。

那支夜莺的歌已经沉寂，

因为夜莺已经飞向海外，

响彻在清凉夜空的动听的歌声，

也已永远地平静了下来。

昔日在生活中体验的欢欣，
早已不翼而飞，
心中只剩下冷却的感情，
失去的东西，永不复归。

吴迪 译

唯有"失去"才能叫人懂得什么是"失去"，然而"失去"却未必能教会人们如何去珍惜。因为，诗人拥有的是一颗动荡不宁、永远处于不断追求之中的心，它注定要处于对过去美好的哀悼和对未来美好的憧憬之中。

叶赛宁的一生仿佛都在恋爱。他与恋人总是一见钟情，并迅速缔结婚姻，却又很快破裂。这位有着"忧郁"气质的天才诗人，难以驾驭自己内心情感的野马，无法与现实达成契合。他追求理想的幸福，却对现实中的"幸福"缺乏消化与吸收能力。唯有当爱已成往事、不需要在其中挣扎徘徊时，他才看到它的美好与可贵，哀叹"失去的东西，永不复归"——不断追求，却无法拥有，是叶赛宁性格的悲剧，而他的才华也是悲剧性的才华。

1925年12月28日凌晨，这位天才诗人踏上了一条不归路。实际上，这个世界已给了他太多的美好，而他想要的却更多。这次轮到全体俄罗斯人民扼腕叹息了——"失去的东西，永不复归"。

哑巴

波斯诗篇 (二首)

[俄罗斯] 谢尔盖·亚历山德罗维奇·叶赛宁

今天我问那换钱的商人，
一个卢布他调换半块金币：
我怎样告诉美丽的拉拉
那句温柔的波斯话"我爱你"？

今天我问那换钱的商人，
比风更轻、比凡河水声更低：
我怎样告诉美丽的拉拉
那句亲切的话"让我吻你"？

我也曾问过换钱的商人，
把羞怯在我心中藏得深深：
我怎样告诉美丽的拉拉，
怎样对她说"我的爱人"？

换钱商人的回答非常简单：
爱情不能够用语言去诉说，
只能悄悄地为了爱情叹息，

让双目像红玉一样地闪烁。
接吻并没有一定的名称，
接吻不是写字的墓碑。
在双唇上融化了它的花瓣，
接吻好像一朵红色的玫瑰。

人们并不向爱情要求保证，
爱情带来痛苦也带来欢欣。
只有揭开了黑色面纱的手
才能够说一声"我的爱人"。

2

夏加奈啊，我的亲爱的，夏加奈！
也许因为我来自遥远的北方，
我打算对你讲讲那一片田野，
那月光下像波浪一样起伏的裸麦。
夏加奈啊，我的亲爱的，夏加奈。

也许因为我来自遥远的北方，
那儿的月亮要大上好几十倍，
不论希拉兹有多么美丽，
但是，利雅桑的旷野它却比不上。

也许因为我来自遥远的北方。

我打算对你讲讲那一片田野，
这些头发我就是从裸麦上摘来，
只要你喜欢，可以绕在指上——
我丝毫也没有疼痛的感觉。
我打算对你讲讲那一片田野。

那月光下像波浪一样起伏的裸麦，
你从我的头发上去想象它的形状。
笑一下，亲爱的，让我高兴一些，
但是，你可不要让我又怀念起来
那月光下像波浪一样起伏的裸麦。

夏加奈啊，我的亲爱的，夏加奈。
那儿，在北方，也有一位姑娘，
她的模样和你非常相像，
也许她正在想念我，正在等待……
夏加奈啊，我的亲爱的，夏加奈。

孙玮 译

赏析

　　1921年，邓肯与叶赛宁相遇。初次见面，诗人就给舞蹈家朗诵了自己的诗篇。尽管言语不通，邓肯仍感受到了叶赛宁诗歌的魅力："我一句也听不懂，但我觉得很美，因为那是音乐，真正的音乐。"

　　《波斯诗篇》是叶赛宁最优秀的抒情诗，写于1924年。此时诗人已与邓肯离异，但还未缔结第三次婚姻。也许是从现实暂时的挣脱使诗人能够回到内心，这一时期叶赛宁的创作进入了一个高峰期。

　　这是两首极为优美曼妙的情诗，透明、婉转、回环叠唱、余音低回，让人感到在这些诗行舒缓摇曳的韵律中，跳动的是一颗何其执迷单纯的心。这是不谙世事的少年式的爱恋，纯净透明，略带哀愁。但正是因为这夜莺般的歌唱，人们忽略了叶赛宁的任性，因为他是在替所有人歌唱。

哑巴

小链接

　　叶赛宁于1925年自尽，只活了短短的三十岁。然而他不仅是二十世纪苏联最优秀的诗人，甚至可以称为二十世纪世界最优秀的诗人。历尽兵燹饥荒，他的诗才在最后几年如火焰般迸发。"江山不幸"触动他写下了无数断肠名篇，也毒化了他的心灵。死神在追逐他，他像溺水者抓住稻草般抓住爱，其结果是非但救不了自己反倒拖下了别人，他戕害了他爱过的每一个女人。他带来了死亡宿命。

　　1926年12月3日，叶赛宁去世周年忌日前夕，叶赛宁的知心女友加琳娜·别尼斯拉夫斯卡娅在叶赛宁坟前开枪自杀。

西蒙诺夫·K·M
(1915—1979)

苏联著名作家、诗人、剧作家。生于军官家庭。1934年开始写作；1938年毕业于高尔基文学院；1942年加入共产党；1939年任军事记者，此后一直从事战争题材的创作。"二战"期间写作诗歌《等着我……》和文章《蜡烛》，因其深切的感情而广为流传。著有剧本《我城一少年》《俄罗斯问题》等，小说《日日夜夜》等，诗集《友与敌》等。

⌄
⌄

等着我吧……
——献给 B.C.

西蒙诺夫·K·M

等着我吧——我会回来的。

只是要你苦苦地等待，

等到那愁煞人的阴雨

勾起你的忧伤满怀，

等到那大雪纷飞，

等到那酷暑难挨

等到别人不再把亲人盼望，

往昔的一切，一股脑儿抛开。

等到那遥远的他乡

不再有家书传来，

等到一起等待的人

心灰意懒——都已倦怠。

等着我吧——我会回来的，

不要祝福那些人平安：

他们口口声声地说——

算了吧，等下去也是枉然！

纵然爱子和慈母认为——

我已不在人间

纵然朋友们等得厌倦，

在炉火旁围坐，

啜饮苦酒，把亡魂追逐……

你可要等下去啊！千万

不要同他们一起，

忙着举起酒盏。

等着我吧——我会回来的：

死神一次次被我挫败！

就让那些不曾等待我的人

说我侥幸——感到意外！

那没有等下去的人不会理解——

亏了你的苦苦等待，

在炮火连天的战场上，

从死神手中，是你把我拯救出来。

我是怎样死里逃生的，

只有你和我两个人明白——

只因为你同别人不一样，

你善于苦苦地等待。

战后，西蒙诺夫以此诗为题，写了一出多幕话剧，导演戈尔恰可夫特意要求由勃兰切尔谱曲的这首诗保留在剧中。为纪念这位诗人，在今天的圣彼得堡城北部，有一条街被命名为"西蒙诺夫街"。

吴功青

苏杭 译

格·伊万诺夫

(1894—1958)

俄罗斯诗人，早期创作受"未来派"影响较大，诗风夸张而华丽，后转向"阿克梅派"，节制而严谨。

1923年诗人迁居法国巴黎后，侨居的生活为其精神开启了一扇新的大门，他力图打破"艺术的谎言"，代之以生活的真理，哪怕是充满了"荒诞性"的真理。成熟期的伊万诺夫流露出较强的怀疑意识，以精美的艺术形式昭示了生存的悲剧性，被评论家认为"是一名比法国人超前多年的俄罗斯存在主义诗人"。著有诗集《灯》《花园》《玫瑰》《漂向齐特尔岛》《没有相似的肖像》和《死亡日记》等。此外，还发表有《彼得堡的冬天》《中国的影子》等。

诗

格·伊万诺夫

心灵怒茁的春枝，

古树生出的幼芽，

寂静中，它们在把什么低诉？

莫不是永恒的夏娃

袒裎着，从肋骨中跳出

世界思睡的初生儿啊，

以太中纯洁的奇迹，

我黄金般的姐妹？

赫别丽德拍打着浪花跳出掌心，

在为美妙的满天星星吃惊，

她啜饮着全宇宙的精华

及其所有的音响和回声；

呢喃着、欢舞着的她在说：

"请把金球抛给我。"

而海神尼丽德在呼告：

"蓝天啊，请跟我一起舞蹈。"

张冰 译

春天里，枝叶从枯干中抽出新绿，究竟是出于一种什么力量？"寂静中，它们在把什么低诉？"司空见惯的生命轮回，在诗人眼中却充满了诗意。而诗歌到底是什么？诗是从无到有的发生。"莫不是永恒的夏娃/袒裎着，从肋骨中跳出"。黑暗被照亮，我们直接抓住了最初："以太中纯洁的奇迹，/我黄金般的姐妹？"

连神也在呼唤着诗歌——它比神还要永恒。

吴功青

库兹明·米哈伊尔·阿列克谢耶维奇
（1872—1936）

　　俄罗斯诗人、小说家、评论家、翻译家。出身于贵族家庭。童年富于幻想，喜欢阅读和音乐。1905年首次发表诗歌，属"象征派"。后转向"阿克梅派"。1908年创作了他最优秀的诗篇《亚历山大之歌》。同年，其第一部诗集《网》出版。1912年出版诗集《秋天的湖》。他在二十世纪二十年代出版了很多诗集：《异域的夜晚》《回声》《曼丽的星期二》《小树林》《抛物线》《新的古尔》《淡水鲑破冰》等。三十年代以后，他将主要精力用于翻译。1936年因心脏病去世。

无 题

库兹明·米哈伊尔·阿列克谢耶维奇

出于盲目，我们似乎并不知道
我们身上有一眼泉水在喷涌——
它永不枯竭，取之不尽，如富有神性，
每时每刻都那么温柔、那么清新。

它在悲哀中崛起，下降时洋溢着欢情……
它比我们的母泉更深沉、更洁净……
要知道每天都是心灵的节日，
每一刻都比宫殿更光明。

一捧捧地，我从心底掬出欢乐，
把它以及穷人神秘的欢情
抛向高远的天空，
凡我亲手所做的一切，我都怀着爱心。

林梢的乌云越聚越浓，
而在太阳的熔炉里越来越轻——
突然仁慈降临大地，
有了雨、彩虹和爱情。

张冰　译

赏析

　　"出于盲目，我们似乎并不知道 /
我们身上有一眼泉水在喷涌"。在我
们心里，似乎时刻都暗藏着一种神秘
的冲动：它不被揭示，独自在黑暗中
徘徊，却那么真切地存在着。"每时
每刻都那么温柔、那么清新。"它在
我们为一个陌生人哭泣的泪水中，在
我们为夕阳悲伤的哀婉中。

　　它不被揭示，但只要你深情地凝
望，它就在黑暗中闪烁夺目的光。"要
知道每天都是心灵的节日，/每一刻都
比宫殿更光明。"这光就是和人紧密
相连的善性之光！"一捧捧地，我从
心底掬出欢乐，/把它以及穷人神秘的
欢情/……凡我亲手所做的一切，我都
怀着爱心。"真的是一股清冽的泉水，
那么洁净、明亮，"每时每刻都那么
温柔、那么清新"。

　　　　　　　　　　　　吴功青

第二辑

希腊

Greece

荷马
（前873—前8世纪）

古希腊最著名、最伟大的诗人，堪称西
方文学的始祖。代表作《荷马史诗》（包括《伊
利亚特》和《奥德赛》两部分），是他根据
民间流传的短歌综合编写而成。

世代如落叶

荷马

提丢斯的勇猛的儿子，为什么问我的家世？

正如树叶的枯荣，人类的世代也如此。

秋风将树叶吹落到地上，春天来临

林中又会萌发，长出新的绿叶，

人类也是一代出生，一代凋零。

罗念生　译

赏析

这首诗选自《伊利亚特》第六卷第145—149行，是两位将士在战场上交战之前的部分谈话内容，类似于中国古代战争中"来者何人？报上名来"。希腊大将狄奥墨得斯在交战之前问特洛伊大将格劳科斯的家世，格劳科斯在自报家门之前来了这样一段优美而凄切的咏唱。

我们仅仅是历史长河中的一片叶子，它的发芽和凋零只不过是人类历史的一瞬罢了。我们是如此谦卑而藐小的生命，这个悲怆的咏叹使人类的战争变得哀伤而凄怆。

小皮

丈夫的回归

她言罢，奥底修斯的心里激起更强烈的悲哭的欲望，

抱着心爱的妻子，呜咽抽泣，她的心地纯洁善良。

像落海的水手看见了陆地，

坚固的海船被波塞冬击碎在

大洋，卷来暴风和汹涌的浪涛，

只有寥寥数人逃出灰黑的水域，游向

岸基，满身盐腥，厚厚的斑迹，

高兴地踏上滩岸，逃身险恶的境况——

对裴奈罗佩，丈夫的回归恰如此番景状。她眼望亲人，

雪白的双臂拢抱着他的脖子，紧紧不放。

其时，黎明，垂着玫瑰红的手指，将点照他俩的悲哭，

若不是灰眼睛女神雅典娜安排了另一种情景。

她让长夜滞留西边，让享用金座的

黎明停等在俄开阿诺斯河旁，不让她

套用捷蹄的快马，把光明带给凡人，

朗波斯和法厄松，载送黎明的驭马。

赏析

　　这首诗选自《奥德赛》第23卷。在特洛伊战争结束后，希腊将领之一依塔卡王奥底修斯（王焕生译作奥德休斯）历经十年磨难和漂泊回到故里，他的妻子裴奈罗珮在家里思念丈夫又必须对付那些无耻的求婚人的纠缠，他们耗费了他的家财，在他家胡作非为。奥底修斯经历了万般磨难回到家里，准备对求婚人复仇。

　　奥底修斯家的老奶妈无比欢欣地向裴奈罗珮禀报她丈夫回归的消息，这时候的裴奈罗珮在兴奋和惊喜之余，却冷静地考验了她十年未归的丈夫。当所有事实涣然冰释，夫妻之间了解了彼此经历的苦难后，他们紧紧抱在了一起。

　　一个人战胜苦难让我们震惊，亲人之间在两地一起经受各种危险和磨难，最后终于并肩一起战胜邪恶，这更让我们感叹——不仅仅是亲情使他们结合在一起，苦难的考验更使他们的爱情弥足珍贵、坚贞不渝。

小皮

小链接

英国历史学家曾指出，古希腊著名盲诗人荷马，可能并非人们一直以为的须眉男儿，而是一名女子。英国著名历史学家和语言学家达尔拜在他的一本书中提出，在荷马生活的时代，女子在古希腊诗坛占有主导地位。

达尔拜称，从荷马两部传世之作《伊利亚特》和《奥德赛》的写作手法来看，诗歌的重要人物虽多为战争中的男性英雄，但作者却能以不同的角度描述相同的故事，且兼顾到了女性人物形象的感受，这是典型的女性作者写法。

英国剑桥大学考古学教授斯诺格拉斯也支持这一说法。他认为，《奥德赛》可能是由一名女子所写，因为整部史诗描述"对和平世界的向往，对家庭的挚爱和忠诚"，而这在荷马时代恰恰接近于女性思维。

当然，这只是一种猜测，还有待进一步考证。

赫西奥德

（前8—前7世纪）

　　古希腊诗人。今天大多数史学家认为他可能比荷马生活的年代要晚一些。《工作与时日》是公认的赫西奥德写的唯一一首长诗。相传《神谱》也是他的作品。

冬日

赫西奥德

要提防勒奈翁月，这时气候十分恶劣，

能让所有的牛全都脱去一层皮。

北风刮过以后，严寒就笼罩了大地。

北风自产马的色雷斯袭来，辽阔的海

卷起波浪，大地和森林一起号叫。

深山峡谷之中，许多高大的橡树，

粗壮的松柏，倒在养育人类的大地上，

无边无际的森林，同时发出呼啸。

只靠软毛护体的野兽，夹起尾巴，

冻得全身不停地发抖，即使前胸

毛茸茸的野兽，也全都被北风吹透，

甚至穿过牛皮，都不能使它停留。

那些有长毛的山羊，北风也能吹透，

却吹不透成群的绵羊，绵羊毛实在太厚。

陈洪文　译

赏析

从公元前五世纪开始，文学史家就开始争论赫西奥德和荷马谁生活得更早，今天大多数史学家认为荷马更早。

《工作与时日》告诉我们，赫西奥德的父亲死后，他的兄弟分割了较大的一部分遗产，结果由于奢侈享乐，终于变穷了，于是向赫西奥德乞求帮助，不然就提起诉讼。为了训诫他的兄弟，劝谕世人，要勤奋工作才能获得生活的物资，过上体面的幸福生活。他以极大的激情写下了这部长诗。

赫西奥德写冬日的劳动，以及劳动中的一些注意事项，却写得绘声绘色，极具激励性，又有现实感。

小皮

蝉鸣时节

赫西奥德

在那令人难受的夏季，菊芋盛开，

只只螽斯，落在树上高声地歌唱，

翅膀下面不断发出吱吱的叫声。

这时，山羊的肉最肥，酒味最醇。

女人放荡不羁，男人却脆弱无能。

因为天狼星使人头部和膝盖发烫，

皮肤也会由于炎热而干枯。这时，

但愿峭壁下能有一块阴凉，加上

比布林的名酒。一碗羊奶，一张薄饼，

一块森林里面牧养的母牛犊儿的肉，

或者山羊羔的肉，坐在阴凉之中。

把美酒畅饮！待到酒足饭饱以后，

转过身去，把脸对着清新的西风，

三次从终年流动，清澈见底的山泉

取水祭祀，第四次将酒献给神明。

陈洪文 译

赏析

多么美好的蝉鸣时节，可是它是怎么得来的？要靠平时的辛勤劳动，要有丰富的物资积累。在生活没有后顾之忧时，我们可以尽情欢唱，有美酒与清风，享尽天伦之乐——多么诱人的生活！

赫西奥德写劳动的劝谕诗，也能写得如此清新优美。只有对于劳动有深刻体验的人才能写出如此清新的诗句。据说赫西奥德一生都过着农民和牧人般勤劳而朴素的生活。

小皮

梭伦

（前638—前559年）

　　古雅典政治改革家和诗人。出身于没落贵族，是古希腊"七贤"之一。公元前594年任执政官，制定法律，实行政治改革，废除农民债务，确立了财产等级制度，史称"梭伦改革"。

忠 告①

梭伦

大雪和冰雹的威力来自阴云，
　　雷鸣产生于耀眼的闪电，
城邦毁于豪强，而人民
　　受专制奴役则因愚昧。
出海太远就不容易靠岸，
　　这一切应好生想想看。②

水建馥　译

---

①这首诗是碑铭体，首行六步，次行五步。
②这首诗是雅典贵族庇士特拉妥上台执政之前梭伦向人民发出的忠告。梭伦出身贫苦，对贵族本能地加以反对。其实庇士特拉妥上台后执行梭伦立法，注重文治，主持荷马诗的修订，功不可没，并非是一个昏庸统治者。

赏析

　　梭伦是当时的雅典执政官，是雅典民主的奠基者，被尊为古希腊"七贤"之一。

　　梭伦首先是政治家和演说家，其次才是诗人。他喜欢到民众中作演说或者朗诵诗歌，和民众进行面对面的交流。

　　梭伦一生致力于民主事业及用立法解决贫富过分悬殊的问题，所以他考虑的是城邦如何更好地长期存在的问题。豪强的争夺会败坏城邦，专制制度的存在是因为人民的愚昧。所以，城邦的重要事务是：牵制豪强，帮助人民改变被奴役的地位。

　　梭伦不是纯粹的理论家，他以自己的政治实践实现了雅典的民主和辉煌。

小皮

两人一样富足①

梭伦

这两人一样富足，一个拥有大量白银

　　和黄金，盛产麦子的田地

及骡马，另一个只拥有这样一些东西：

　　健壮的胃口，腰背和脚腿，

这些才是世人的财富。尽管有比这些

　　更多的钱财也带不进冥土，

没有任何赎金能让人逃避死亡和重病，

　　逃过那越来越近的老年之苦。

水建馥　译

---

①这是希腊传记作家普鲁塔克在《梭伦传》中引用的一首诗。

赏析

　　希罗多德的《历史》中记载着梭伦访问吕底亚国王的一段故事，国王向他展示了他那些贵重而华美的珍宝、富甲天下的财物，问梭伦谁是世界上最幸福的人，梭伦却这样回答他："我认为你极为富有并且是统治着许多人的国王，然而对于你的问题，只有在我听到你幸福地结束了一生的时候才能回答你。拥有最多的东西，把它们保持到临终的那一天并安乐地死去的人。国王啊，我看才能给他加上幸福的头衔。"

　　后来这位国王的爱子死于非命，自己兵败被俘，成了敌国的阶下囚。

　　什么样的人才算是真正的富足与幸福？这需要在世的时候积造功德，且只有在死后方可评价。

小皮

萨福

（约前630或612—约前592或560）

　　古希腊著名女抒情诗人。出身于贵族，嫁给了一位富商，却选择了在莱斯博斯岛上钻研艺术。因写了许多供七弦琴伴奏演出的诗歌，她被称为七弦琴演奏者。她还自己谱曲并改进了当时的主流抒情诗体。她对抒情诗技巧和风格的革新，是希腊抒情诗人从以神为主题到以人为主题转变浪潮的一部分。萨福还是最早以第一人称写作的诗人之一，诗作大多描述自己所亲历的爱情和失恋。相传在听到她的一首歌后，梭伦曾请求人家教他这首歌并说道："因为我学会后就可以死去了。"她曾被柏拉图誉为"第十位缪斯"。

在我看来那人有如天神

萨福

在我看来那人有如天神，
他能近近坐在你面前，
听着你甜蜜
谈话的声音。

你迷人的笑声，我一听到，
心就在胸中怦怦跳动。
我只要看你一眼，
就说不出一句话。

我的舌头像断了，一股热火
立即在我周身流窜，
我的眼睛再看不见，
我的耳朵也在轰鸣。

我流汗，浑身打战，
我比荒草显得更加苍白，
我恹恹的，眼看就要死去。
……

但是我现在贫无所有，只好隐忍。

水建馥　译

赏析

　　由于年代久远，萨福的诗作大多已失传。而这首诗能得以完整地保存下来，完全得益于古罗马朗吉努斯在《论崇高》中的引用。朗吉努斯认为这首诗非常高妙。诗人把心灵、体肤、听觉、视觉等细致的感觉都表达了出来。尽管这些都是情人的常态，但一件件道出，浑然一体，却能产生非凡的艺术感染力。另外，诗人并未直接描写诗中主角的容颜，而是通过对第三者——亦即诗人感受的陈述，使读者间接地感到了那被赞美者有如天神般的幸福和卓越风姿。

　　"但是我现在贫无所有，只好隐忍。"与前文中的几乎不可遏制的激越形成了鲜明的对比，既让人感到隐隐的悲哀，又让人感到爱情的柔韧与力量。

哑巴

致安娜多丽雅

萨福

有人说世间最好的东西
是骑兵、步兵和舰队。
在我看来最好的是
心中的爱。

这全部道理很容易
理解。那美丽绝伦的
海伦就把那毁灭特洛伊
名声的人

看作天下最好的人，
她忘记女儿和自己的
双亲，任凭"爱情"拐带，
摆布她去

恋爱。女性总是对往事
掉以轻心，容易动摇。
可是安娜多丽雅，你千万

想着我们。

我爱你快步轻移的步履，
我爱你光艳明媚的脸，
不爱吕底亚的战车
和武装步兵。

我知道世事绝不能
尽如人意。但记住
往日中共享的一切胜似
将它忘怀。

水建馥 译

阿狄司，你也许会相信

萨福

阿狄司，你也许会相信

即使在沙第司

安娜多丽雅也会常常想起我们

想起在这儿过的日子，那时

对于她，你就像是女神的

化身，你的歌声最使她怡悦

现在，她在吕底亚女人们中间

最为出众，就像长着粉红纤指的

月亮，在黄昏时升起，使她

周围的群星暗淡无光

而她的光华，铺满了

咸的海洋和开着繁花的田野

甘露滴落在新鲜的

玫瑰、柔美的百里香

和开花的甜木樨上，她

漫游着，思念着温柔的
阿狄司，在她纤弱的胸中
她的心上挂着沉重的渴望

她高喊一声：来吧！千耳的夜神
重复着这一叫喊，越过
闪光的大海，传到我们耳边

罗洛　译

赏析

　　本诗可与《致安娜多丽雅》结合起来理解。在萨福组织的文艺团体中，阿狄司和安娜多丽雅都是与萨福最友爱亲密的女伴。这是安娜多丽雅远嫁到吕底亚后，萨福对阿狄司的一段倾诉。萨福要让阿狄司相信的是，安娜多丽雅已把她的美好带到了海洋的另一端，在那里她美丽出众、光华逼人，是她们共同的骄傲。而她心中对阿狄司不变的柔情，更值得萨福反复赞美。安娜多丽雅是纤弱的，她心中沉重的渴望却让她变得有力而坚定，她的喊声穿越了海洋，传到爱人们的耳边。但也许萨福听到的，并不是安娜多丽雅的呼喊，而是萨福自己的呼喊。她写安娜多丽雅思念着她们，不过表明了她正在思念着安娜多丽雅。

小皮

小链接

　　近日，在一具刚刚出土的埃及木乃伊上，人们首次发现了古希腊时期最伟大的抒情诗人萨福的第四首完整诗篇，此项发现被称为近年来欧洲考古史上最罕见的发现。

　　这首写于两千六百多年前的诗篇共有一百零一个古希腊单词，被印在柔软的纤维织片和纸草上，覆盖在木乃伊经处理过的身体表面。

　　在这篇诗作中，萨福带着警戒的笔调，叙述了特洛伊创始人之子提托诺斯的爱情故事。全诗是以老去的提托诺斯口吻写成，主题是永恒的艺术和戏剧般的人生，抒发了一个行将衰亡的躯体对他曾经熟识的年轻时代、爱情、柔韧有力之身体等美好事物的怀念。

　　古希腊悲剧诗人，与索福克勒斯和欧里庇得斯一起被称为古希腊最伟大的悲剧作家，有"悲剧之父"的美誉。共有七部悲剧传世。其中有《被缚的普罗米修斯》和《波斯人》等。据传他的一段墓志铭是自己撰写的，其内容是："墓碑下安睡着雅典人埃斯库罗斯，欧福里翁之子，在丰饶的格拉死亡战胜了他。但马拉松的战场可以证明他的勇敢，连长发的米底人也得承认。"

普罗米修斯的悲叹
——节选自《被缚的普罗米修斯》

埃斯库罗斯

啊，晴明的天空，快翅膀的风，

江河的流水，万顷海波的欢笑，

养育万物的大地和普照的太阳的光轮，

我向你们呼吁：请看

我这个神怎样受了众神迫害。

请看我忍受什么痛苦，

要经过万年的挣扎。

这就是众神的新王想出来的

对付我的有伤我的体面的束缚。

唉，唉，我为这

眼前和未来的灾难而悲叹！

我这苦难的救星

会在什么地方出现啊？

这是什么话呀①？ 一切未来的事

---

① 普罗米修斯责备自己刚才不该说那些软弱的话。

我预先看得清清楚楚；

绝不会有什么意外的灾难落到我头上。

我既知道定数的力量不可抵抗，

就得尽可能忍受这注定的命运。

这些灾难说起来痛苦，闷在心里也痛苦！

只因为我把众神特有的东西送给了人类，

哎呀，才受这样的罪！

我把火种偷来，藏在茴香秆^①里，

使它成为人们各种技艺的教师，

绝大的资力。

因为这点过错，我受罚受辱，

在这露天之下戴上脚镣手铐。

啊，这是什么声音？

什么香气飘到了我这里？

是天神，是凡人，还是半神^②？

———————————

①这种茴香秆有四五尺高，表皮坚硬，晒干后很容易着火。
②半神，指神与人结合而生的人。

是谁到这大地边缘的悬岩上

来探视我的痛苦，或是另有用意呢？

你们看见我这不幸的神戴上脚镣手铐；

只因为我太爱护人类，

成了宙斯的仇敌，

成了那些出入于宙斯的宫廷的

众神所憎恨的神。

啊，我又听见身边有沙沙的声音，

这是什么呀？是飞鸟鼓翅的声音吗？

空气随着翅膀的轻快的扇动而嘘嘘作响。

不管是什么来了，我都害怕啊！

罗念生　译

赏析

　　普罗米修斯是古希腊神话中从宙斯处盗取火种送与凡间的英雄，也是奥林匹斯山众神谱系的一个叛逆者，反抗强权和暴力的勇武象征。但是因为触怒了宙斯，普罗米修斯被捆缚在悬崖上让老鹰啄食。作为一个爱护人类的神，面对着命运的力量同样无法抵抗，只好尽可能忍受着命运的戏弄。普罗米修斯在悬崖上的悲叹，是所有为人类光明事业而罹难的英雄的悲叹。这首诗深刻揭示了英雄在与命运抗争时的悲剧性。

小皮

西摩尼得斯
（约前556—前468）

　　古希腊抒情诗人。其诗歌创作具有泛希腊的意义，曾使全希腊激动的那些事件在他的作品中都得到了鲜明的表现。他写过各种题材的诗歌，尤以挽歌和献给阿波罗的舞歌见长。除少数著名短诗外，其作品只有一些残篇传世。

温泉关凭吊

西摩尼得斯

旅客，请你带话去告诉斯巴达人，

我们在此长眠，遵从了他们的命令。

水建馥　译

赏析

公元前480年，波斯人入侵希腊，希腊人于公元前481年结成了以斯巴达和雅典为首的有三十多个城邦参加的军事同盟，推举拥有强大陆军的斯巴达为盟主，组建希腊联军。波斯军队逼近温泉关，希腊人在温泉关顽强据守，波斯军屡攻不克，死伤甚众。后来波斯人找到一条通往温泉关的小路，派精锐部队包抄过去，斯巴达王列奥尼达腹背受敌。为保存实力，命联军主力撤退，自己则率三百名斯巴达人留下来拼死抵抗。斯巴达人在国王列奥尼达的指挥下，与疯狂进攻的波斯军展开殊死搏斗。长矛断了用剑砍，剑折断了用石头砸，石头没了用拳头打，拳头施展不开了用牙咬。列奥尼达奋不顾身，勇猛杀敌，最终不幸阵亡。斯巴达人为保护国王的尸体，不肯撤退，最后在波斯军的前后夹击下，全部壮烈牺牲。他们以自己的生命掩护了希腊联军主力的撤退，完成了神圣的使命。波斯军最后以损失两万人的代价，才攻破温泉关。

当诗人晚年来到温泉关凭吊时，他写下了这首慷慨悲怆之作，被世代传诵。

小皮

柏拉图

（约前427—前347）

　　古希腊伟大的哲学家、诗人，苏格拉底的学生，亚里士多德的老师。生于雅典一个显贵之家，受过良好的贵族式教育，在雅典开办了著名的阿卡得摩斯学园。这个学园存在了九百多年。他是西方客观唯心主义的创始人。关于他，有几大概念，包括：柏拉图主义、柏拉图式爱情、经济学图表等。著作主要有《理想国》《苏格拉底的申辩》《政治家篇》《飨宴篇》《巴曼尼德斯篇》《法律篇》等。

星

柏拉图

一

我的星你在望着群星。我愿意变作
天空，好得千万只眼睛来望着你。

二

从前你是晨星在人世间发光
如今死后如晚星在逝者中显耀。

水建馥　译

赏析

　　古代哲人仰望星空，他们认为星星是智慧的化身。的确，当我们遥望浩瀚的星空，那深邃的夜空将引起我们无限的遐想和想象。

　　柏拉图是苏格拉底智慧的传人，也是亚里士多德的老师。对于这样的哲人，只有星辉灿烂的天空，才能满足他们的智慧和想象力。当这位哲人仰望灿烂的星空，他认为，只有有智慧的尘世生活才能获得和星星一样的不朽和荣光。

小皮

小链接

　　有一天，柏拉图问他的老师什么是爱情，老师就叫他先到麦田里，摘一束全麦田里最大最金黄的麦穗。其间只能摘一次，并且只可以向前走，不能回头。柏拉图于是照着老师的话做了。结果，他两手空空地走出麦田。老师问他为什么摘不到，他说："因为只能摘一次，又不能走回头路，其间即使见到一束又大又金黄的，因为不知前面是否有更好，所以没有摘；走到前面时，又发觉总不及之前见到的好，原来麦田里最大最金黄的麦穗，早就错过了。于是，我便什么也没摘到。"老师说："这就是爱情。"

　　又有一天，柏拉图问他的老师什么是婚姻，老师就叫他先到树林里砍下一棵全树林最大最茂盛、最适合放在家做圣诞树的树，其间同样只能砍一次，同样只可以向前走，不许回头。于是柏拉图照着老师的话做了。这次，他带了一棵普普通通、不是很茂盛、亦不算太差的树回来。老师问他，怎么带这棵普普通通的树回来，他说："有了上一次经验，当我走到大半路程还两手空空时，看到这棵树也不太差，便砍了下来，免得错过了，最后又什么也带不回来。"老师说："这就是婚姻。"

贺拉斯

（前65—前8）

古罗马诗人，文艺批评家。生于意大利南部。诗歌作品有《讽刺诗集》《歌集》等，另有诗体长信《诗艺》一篇，体现了其美学思想，对后世欧洲文艺理论影响深远。

船啊，波涛又把你推向海上

贺拉斯

船啊，波涛又把你推向海上，
怎么办？毅然停住吧，进港！
　　难道你没有看见，
　　舷边已没有划桨，

桅柱已被强劲的西南风折断，
帆杆在嗟怨悲鸣，没有缆绳，
　　船体怎经受得住
　　风浪的猛烈冲击？

风帆已经破碎，神像也已失去，
不幸时本可吁请他的庇佑，
　　即使是黑海边的
　　松柏，遐迩驰名，

也是徒然称道它们的种族和姓氏，
水手们已不信赖你那斑驳的船舷，
　　你要千万当心啊，

不要做风暴的玩具。

不久前你使我忧烦和厌恶，
如今又令我思念和焦虑不安，
　　光灿灿的基克拉得斯群岛[1]，
　　但愿你能安全避过。

王焕生　译

---

[1]这是一首寓意诗，以船比喻罗马国家，可能写于内战结束之前。
基克拉得斯群岛位于爱琴海南部，盛产大理石，此处比喻罗马当时
激烈的党派纷争。

赏析

  将国家比喻为一条大船，自古有之。

  作为罗马的子民，他的"水手"们已不再信任他了。罗马国家已成为政治家们手里的玩具，诗人对罗马国家的内部党派纷争表示深刻的担忧，试图拯救它于灾难之中。在《抒情诗集》里，贺拉斯甚至把自己描绘成一个奉命去寻找那将把罗马从内战拯救出来的神明。但是，这不过是他的理想罢了。这场让他感到"忧烦和厌恶"的党派纷争，如今又让他变得焦虑不安。

       小皮

康斯坦丁·卡瓦菲斯
（1863—1933）

希腊最重要的现代诗人，也是二十世纪最伟大的诗人之一。生于埃及亚历山大，少年时代曾在英国待过七年，后来除若干次出国旅行和治病外，都生活在亚历山大。1933年死于喉癌。奥登、蒙塔莱、塞菲里斯、埃利蒂斯、米沃什和布罗茨基等众多现代诗人，都对他推崇备至。

凝望得太久……

康斯坦丁·卡瓦菲斯

我凝望得太久，
它充盈了我的双眼。

肉体的轮廓。红的唇。妖媚的四肢。
秀发仿如取自希腊雕像；
总是那么美，即使未曾梳理，
它垂下来，轻轻的，遮着白皙的前额。
爱的脸容，一如我的诗歌
渴求的那样……在我青春的暗夜，
我的夜，那隐秘，那相约……

黄灿然　译

赏析

卡瓦菲斯的爱情诗读起来温暖而美好，有时还略带忧伤。那些青春时期的美好爱情故事，还有青春时期的恋人，在多年以后的他看来，仍温柔迷人，是他的回忆中最美好的部分。

小皮

欲 望

康斯坦丁·卡瓦菲斯

就像那些早夭者的美丽身体

悲哀地禁闭在豪华的陵墓里

玫瑰在头边，茉莉在脚边——

欲望也是这样，它们衰竭了，

从来没有满足过，没有得到过

哪怕是一个欢乐的夜晚，或者一个绚烂的早晨。

黄灿然　译

赏析

　　有多少欲望，就有多少绝望——绝望像
魔鬼一样躲在欲望深处。

　　卡瓦菲斯时常以诗的方式寻找自己欲望
的声音。在他那些高贵而温柔的诗行里，欲
望一直是他追问的一个主题。当然，由于他
的敏感和忧伤，对欲望的体验以及温柔的抚
摩，欲望的结果必然是绝望。因为欲望完好
地被禁闭在人间的坟墓里。

　　　　　　　　　　　　　　　　小皮

乔治·塞菲里斯
（1900—1971）

希腊诗人，生于小亚细亚。他是现代希腊文学的杰出代表。

1963年，由于他出色的抒情作品充满了对古希腊文化遗产的深挚感情而获诺贝尔文学奖。著有诗集《"画眉鸟"号》《转折点》《神话和历史》《航海日志》等。

转折

乔治·塞菲里斯

时机，由一只我所珍爱的手
送过来的时机，
你恰好在傍晚到达我这里，
像只鸽子扑着黑色的羽翼。

我面前那条发白的道路，
睡眠的平静呼吸，
在一顿最后的晚餐末了……
时机，像一颗沙粒。

唯独你保持着
整个悲剧的漏壶默无声息，
仿佛它瞥见了九头蛇，
在那神圣的花园里。

吴为　译

赏析

　　时机总在捉弄我们、引诱我们，让我们等待，让我们徒劳无功。当我们的内心平静下来，它又进入我们生命的黄昏。黑色的时机在傍晚到达，但时间迅速进入黑夜，时机也在黑夜中再度将我们捉弄，它像一颗沙粒，在黑夜中隐藏。它是神圣花园里的九头蛇。九头蛇是希腊神话中的毒蛇许德拉，它在草丛里神出鬼没，为害四方。更可怕的是，它的头中最大的那个是杀不死的，砍掉了，又会生出两个新的头。时机也是这样，它杀不死，时刻等待着吞没我们。

小皮

你慢慢说

乔治·塞菲里斯

你在太阳面前慢慢地说着；
现在天黑了，
而你曾经是我的命运的纬线，
你，他们会叫你毕里俄。

五秒钟；发生了什么呢，
在这广阔的世间？
一种没有写出便被抹掉了的爱
和一只空空的水罐。

现在天黑了……何处是那个地方，
和你那直到腰身的裸露，
还有，上帝，我最心爱的一点
以及你的灵魂的风度！

吴为　译

赏析

面对太阳，面对光，你能否平静地对待，你是否可以慢慢地、语速平缓地述说自己的一切，正视你的遭遇？天很快就会黑下来，面对这短暂的光明，你能否更平静一点，问一问自己，是否害怕黑夜？

时间十分短暂，五秒钟能发生什么让人震惊的事？一种爱可以迅即被抹杀；一瓶水可以瞬间倒空。在这个广阔的世间，你能否更平静，让自己的步调放得更坦然，心灵更宁静？

当天黑下来，光明在世界的哪一端？哪里才能寻找到它？在我们的内心深处，一束上帝之光照着我们的灵魂，你有没有感觉到它？

小皮

密林深处的梧桐树……

乔治·塞菲里斯

睡眠像一棵树，绿叶包住了你，

你像一棵树在寂静的光里呼吸，

而在清爽的池水里我凝视着你的脸：

你闭着眼睛，睫毛刷着水面。

我的手指在柔软的草中

找到你的手指，

我给你摸了一会儿脉搏

但我在别的地方听见你的心痛

在水边的梧桐树下，月桂树林里，

睡眠摇着你，把你散在

我的身边，我的四周。

我无法触摸你的整个身体，

和你的默默无语；

看着你的影子忽大忽小，

消失在阴影里，在放纵

而又束缚你的另一个世界里。

给我们生命生存，

我们就生存。

可惜那些耐心等待

而迷失在繁茂梧桐树下

黝黑月桂树间的人们,

可惜那些孤独地与

水池和井水倾诉而

沉湎在他们声音旋涡里的人们,

可惜那些和我们一起遭难的伙伴

在阳光里,像废墟边远方而来的

乌鸦,没有希望共享我们的欢乐。

在睡梦之外

请给我们宁静。

吴为　译

赏析

谁能像一棵树一样安静,像一棵树一样呼吸?池边的一棵树,倒映在水里。凝视着这样一棵安静的树,诗人脑海里却涌起了那些心痛的回忆。

在月桂树林里的这棵梧桐树,它像一个记忆的总体,散落在诗人的周围。可是,这些记忆静静地消散,诗人只能抓住一些让他心痛的回忆。作为幸存者,"我"只能忆起死亡的人,忆起并怀念那些耐心等待却最后仍迷失的人们,怀念那些孤独的、需要倾诉却只能沉湎进去的人,怀念那些罹难而不能再享有现世欢乐的人。

小皮

扬尼斯·里索斯
（1909—1990）

  二十世纪希腊著名诗人，现代希腊诗歌创始人之一。

  1936年，他为萨洛尼卡烟草工人罢工写下长诗《伊皮达菲奥斯》，从而一举成名。"二战"期间，他投身于抵抗运动；"二战"结束后，他先后两度被囚禁，著作被禁，直到二十世纪七十年代才获释，作品才得以出版。著有诗集《拖拉机》等。曾获列宁和平奖（1977年）等多种国际文学大奖，并多次成为诺贝尔文学奖候选人。

屈 从

扬尼斯·里索斯

她打开窗。猛地，风
撞击着她的头发，像两只肥大的鸟儿，
在她双肩之上。她关上窗。
两只鸟儿在桌子上
瞅着她。她把头低伏在
它们之间，静静地哭了起来。

周伟驰　译

那听得见和听不见的

扬尼斯·里索斯

突然出乎意外的动作：他的手
快快抓紧伤口止住血流，
虽然我们没有听见任何枪声
也没有呼啸的子弹。过一会儿
他放开手并且微笑，
但再一次慢慢移动手掌
按向同处。他掏出钱包，
礼貌地付钱给侍者，离去。

然后小小咖啡杯自己破裂了。
至少这是我们听得清清楚楚的。

谭石　译

赏析

一种紧张的气氛并不需要
太多陈述。一个礼貌的、循规
蹈矩生活的人就这样坚强而勇
敢地忍受战争的罪恶，正视自
己的死亡。"他放开手并且微
笑"——他的微笑是一种死的
坦然，更是对现世的一种深沉
的控诉。

多么让人恐惧、战栗和震
惊的事！而诗人却从日常的描
写、沉默的叙述中，将一个如
此让人出乎意料的事件描述了
出来。疼痛以及深刻的批判都
隐藏在里面了。

小皮

奥底修斯·埃利蒂斯

(1911—1996)

　　希腊诗人、翻译家。生于克里特岛首府伊拉克利翁，后随家迁居雅典。1930年进雅典大学法律系。因对诗歌产生浓厚兴趣，在巴黎攻读文学，深受法国超现实主义诗歌的影响。回国后不断发表诗作，很快成为希腊新诗派代表。常年客居巴黎，终生未婚。由于"他的诗，以希腊传统为背景，用感觉的力量和理智的敏锐，描写现代人为自由和创新而奋斗"，1979年获诺贝尔文学奖。主要诗集有《方向》《初升的太阳》《光明树与第十四个美人》《英雄挽歌》等，散文集有《人所共知》等。1982年被推举为希腊作家协会名誉主席。

我不再认识黑夜

奥底修斯·埃利蒂斯

我不再认识黑夜，死亡的可怕匿名

一支星星的船队已在我的灵魂深处下碇

于是长庚，哨兵啊，你才可以闪耀

在梦见我的小岛上那幸福的微风附近

宣告黎明的到来，从它高高的巉岩上

而我的两眼拥抱你，驶着你前进

凭这真诚的心灵之星：我不再认识夜神。

我不再认识那个否认我的世界的名字

我清晰地读着贝壳、草叶、星辰

在天空的大路上我的对抗无用了

除非那含着泪珠又盯住我的还是梦幻

当我横渡不朽的海洋时，哦，长庚，

那黑夜只不过是黑夜，如今我不再相认。

赏析

　　漫长的黑夜，和死亡交织在一起的黑夜，和恐怖达成密谋的黑夜，试图淹没我们的黑夜！面对这样的黑夜，你感到害怕吗？对黑夜的解读，是使一个人勇敢地走向光明的必由之路。

　　因为黑夜，守候黎明的哨兵才能在幸福的时刻宣告黎明的到来。而仅仅对于黑夜的守候是不够的，用一颗真诚的心灵大胆地拥抱它、驾驭它，才能战胜它。黑夜企图把我们淹没，我们没有自己的名字，但如果我们能在夜空中望见贝壳、草叶、星辰，如果我们的心灵里有一个星辉灿烂的世界，那么，黑夜就会自动消失。真正没有名字的是黑夜，而不是我们。

　　对一个勇敢的人来说，黑夜是用来战胜的，或者干脆直接藐视或否认它的存在。所以，诗人说："我不再认识黑夜"——在他的内心里，已经没有黑夜，那在理想深处闪耀的一线光明已经洞穿了它。

小皮

我们整天在田野行走……

奥底修斯·埃利蒂斯

我们整天在田野行走

同我们的女人、太阳和狗

我们玩呀、唱呀、饮水呀

泉水清清来自古代的源流

午后我们静坐了片刻

彼此深深地注视着对方的眼神

一只蝴蝶从我们的心中飞出

它那样雪白

胜过我们梦尖上那小小的白的芽唇

我们知道它永远不会消失

它根本不记得什么虫子曾在此藏身

晚上我们燃起一堆火

然后围着它唱歌：

火啊，可爱的火，请不要怜惜木头

火啊，可爱的火，请不要化为灰烬

啊，可爱的火，请燃烧我们

告诉我们什么是生命

我们讲述生命，我们拉着它的双手
我们瞧着它的眼睛，它也报以凝眸
如果这使我们沉醉的是磁石，那我们认识
如果这使我们痛苦的是恶行，我们已感受

我们讲述生命，我们前进
同时向鸟类告别，当它们正在移群

我们属于美好的一代人。

李野光　译

赏析

　　每一个乐于行走在田间能够和大自然进行对话的人，都是自然的诗人。

　　每当行走在田野上，我们就满心欢喜，感受生命的宁静与安详。在我们的凝视中，"一只蝴蝶从我们的心中飞出"，我们也成为生动的自然。在这里，我们尽情燃烧我们的生命，深刻地体验生命，体验让我们沉醉的生活，感受痛苦的恶行。在投入大自然的那一刻，我们的生活就开始美好起来。

　　　　　　　　　　小皮

疯狂的石榴树

奥底修斯·埃利蒂斯

在这些刷白的庭园中，当南风

悄悄拂过有拱顶的走廊，告诉我，是那疯狂的石榴树

在阳光中跳跃，在风的嬉戏和絮语中

洒落她果实累累的欢笑？告诉我，

当大清早在高空带着胜利的战果展示她的五光十色，

是那疯狂的石榴树带着新生的枝叶在蹦跳？

当赤身裸体的姑娘们在草地上醒来，

用雪白的手采摘青青的三叶草，

在梦的边缘上游荡，告诉我，是那疯狂的石榴树，

出其不意地把亮光投到她们新编的篮子上，

使她们的名字在鸟儿的歌声中回响，告诉我，

是那疯狂的石榴树与多云的天空在较量？

当白昼用七色彩羽令人妒羡地打扮起来，

用上千支炫目的三棱镜围住不朽的太阳，

告诉我，是那疯狂的石榴树

抓住了一匹受百鞭之笞而狂奔的马的尾鬃，

它不悲哀，不诉苦；告诉我，是那疯狂的石榴树

高声叫嚷着正在绽露的新生的希望？

告诉我，是那疯狂的石榴树老远地欢迎我们，

抛掷着煤火一样的多叶的手帕，

当大海就要为涨了上千次，退向冷僻海岸的潮水

投放成千只船舶，告诉我

是那疯狂的石榴树

使高悬于透明空中的帆吱吱作响？

高高悬挂的绿色葡萄串，扬扬得意地发着光，

狂欢着，充满下坠的危险，告诉我，

是那疯狂的石榴树在世界的中央用光亮粉碎了

魔鬼的险恶的气候，它用白昼的橘黄色的衣领到处伸展，

那衣领绣满了黎明的歌声，告诉我，

是那疯狂的石榴树迅速地把白昼的绸衫解开了？

在四月初春的裙子和八月中旬的蝉声中，

告诉我，那个欢跳的她，狂怒的她，诱人的她，

那驱逐一切恶意的黑色的、邪恶的阴影的人儿，

把晕头转向的鸟倾泻于太阳胸脯上的人儿，

告诉我，在万物怀里，在我们最深沉的梦乡里，

展开翅膀的她，就是那疯狂的石榴树吗？

袁可嘉　译

赏析

在狂乱的世界里，连石榴树也是疯狂的——因为新的生命，因为阳光下的欢笑；石榴树是疯狂的，为了将亮光投向那些象征着美好的姑娘；石榴树是疯狂的，它用新生的希望驱逐悲哀和痛苦；石榴树是疯狂的，是为了欢迎我们的到来，吹动了千只船舶的帆；石榴树是疯狂的，它为我们驱逐险恶的魔鬼，赠予我们黎明的歌声；石榴树是疯狂的，它为我们驱逐黑暗和阴影……石榴树象征着诗人深沉的梦想，而这些美妙的梦在现实生活中看起来却是如此疯狂——是石榴树疯狂，还是诗人为自己的梦想而疯狂？

小皮

第三辑

西班牙

Spain

路易斯·德·贡戈拉
（1561—1627）

西班牙诗人，著名的"贡戈拉主义"开创者。他的诗才，首先被塞万提斯发现。他的谣曲作品发表后获得很高声誉。1627年出版的诗作《西班牙荷马的诗作》曾一度被查禁，1633年重新出版，得以流传至今。代表作是长诗《孤独》，其风格在十七世纪的西班牙诗坛几乎占据了统治地位。

趁你的金发灿烂光辉

路易斯·德·贡戈拉

趁你的金发灿烂光辉，
连太阳光也不敢竞争，
趁你的额素雅白净，
最美的百合花也要自愧；

趁你的唇有众目追随，
赛过早熟的康乃馨，
趁你线条优雅的颈
蔑视水晶的光莹优美；

享受你的秀发和樱唇吧，
莫等你黄金时代的财富——
你的黄金、百合、康乃馨

不但化为白银和折断的花，
而且将和你在烟尘、泥土、
黑夜、虚无中同归于尽。

飞 白 译

赏析

　　青春之美是不可阻挡的，青春时期的自信和骄傲是从骨子里流淌出来的。"趁你的金发灿烂光辉"，这仅仅是外表的美，而青春里值得骄傲的比这更多。

　　"趁你的金发灿烂光辉"——亮出你最美丽的笑容吧，因为它至纯至真，永远也不会被破坏；因为时日已过，它便不复存在。为你拥有的纯真的心灵受伤的心灵默默自豪吧，它在你的生活里存在过，并永远属于你。让那些龌龊的事物在你面前羞惭吧。

　　然而，尽管容颜易逝，青春的精神却永远存在。只要你坚守内心纯洁的信念，并为它执着地付出。

吴功青

当太阳翻过山冈

路易斯·德·贡戈拉

当太阳翻过山冈，

我的仙女把绿色平原的花朵掠抢，

她用美丽的手采摘几朵，

也就用白皙的脚使多少花儿生长。

风儿由于优雅的错误，

穿过纯净的黄金，使它泛起细浪，

正如高傲的白杨的绿叶

在一天的红色黎明中摆动摇晃。

但当她用裙子中的战利品

把她那美丽的眉头捆绑，

在黄金与白雪间筑起一条边疆，

我要发誓说，虽然她的花冠用花朵制就，

却比用九颗星装点天空的那个冠冕，

放射出更明亮的光芒。

张清瑶　译

赏析

第一节的句子美得让人心颤。一个少女在清晨，在阳光下采摘花朵，多么轻盈——"她用美丽的手采摘几朵，/也就用白皙的脚使多少花儿生长。"双手在忙碌地采摘，可她的双脚又好像琴弦，弹奏着美妙的乐曲，使花草轻轻醒来……

到最后才发现她偷偷织了个花环。五颜六色的花朵束在一起，扎在头上。这个我见过的，中学时我曾为心爱的女孩做过。她的美，还用说吗？"虽然她的花冠用花朵制就，/却比用九颗星装点天空的那个冠冕，/放射出更明亮的光芒。"朋友，如果你亲自去试一试，怕比诗人写的还要美。

吴功青

米盖尔·德·乌纳穆诺

（1864—1936）

　　西班牙作家、诗人、哲学家。生于毕尔巴鄂，卒于萨拉曼卡。"九八年一代"的代表作家，二十世纪西班牙文学重要人物之一。1898年西班牙殖民帝国结束，国家重挫，乌纳穆诺呼吁"在历史中追寻历史传统"，倡导回复西班牙中世纪的精髓与精神，摒弃黄金世纪盛世的浮华，对内复兴文化，对外效法欧洲其他国家，重塑一个崭新的西班牙。西班牙"九八年一代"的时代背景与知识分子的觉醒，与中国"五四"运动有诸多相同点，而乌纳穆诺则相当于胡适的地位。主要诗集有《诗集》《威拉克鲁斯的基督》《流亡的谣曲》等。

基督湖畔

米盖尔·德·乌纳穆诺

白的夜，晶莹透澈的水
静静地在湖床里安眠，
上空是一轮明月圆圆，
领着一支星星的军队

在守卫；一棵圣栎魁伟
倒映于波平如镜的湖面；
白的夜，水充当夜的摇篮，
让最高最深的思想酣睡。

这是天的裂口啊，大自然
把天抱在臂弯——天已裂，
当它从上方跌落下界，

如今它在静夜里喃喃
做情人的祈祷——与爱诀别，
与他唯一的财富永诀。

飞白 译

赏析

世间之物，凡美之极致者，总会让人怀疑其并不属于凡尘俗世。这大概就是美所具有的超越性，即引人入胜的魔力。无论是这首诗中的基督湖，还是中国天池，都属此列。在第一、二节中，诗人描写了基督湖的恬静——星月交辉，倒映其中，与天地造化同一。三、四节则发挥想象，追溯了湖水的来源：原来它是上天的裂口，坠落凡间。更巧妙的是，诗人用拟人的手法，把湖水活化为一往情深的恋人，因天地分隔而思念不绝：静夜的水声正是他——一个情人对上天的祈祷。

作者的想象与湖水的名字不无关联。

哑巴

安东尼奥·马查多
（1875—1939）

　　二十世纪西班牙大诗人，文学流派"九八年一代"最著名的人物之一。他的诗作主题为土地、风光和祖国，早期作品富于现代主义色彩，后期则从单纯表现内心转向关注外界事物的直觉型的"永恒诗歌"。他以优美的笔调描绘西班牙自然风光，又关注社会政治生活。其作品在西班牙语国家和世界其他各国产生了重大影响。著有诗集《孤独、长廊和其他诗》《卡斯蒂利亚的田野》等。

我踏着下午的旅途

安东尼奥·马查多

我踏着下午的旅途
走我的梦之路。
金的丘陵，青的松林
路边橡树蒙着灰土

我只是一名过客
不知被小路引向何处，
迎着渐降的暮色，
我的歌低吟轻诉：

"我心里曾有一根
热情的刺，我狠狠心
拔掉了刺，但我如今
再也感不到我的心！"

刹那间田野凝思，
周围一片阴郁肃穆，
只有那风声飒飒

赏析

　　十九世纪丹麦著名思想家克尔凯郭尔曾说过："那悲哀的倒刺一直扎入心中……什么时候拔出，我也就一命呜呼了。"而马查多似乎不愿拔出这根刺。

　　这根刺是生命之刺。唯有它扎在心里，人才能时刻疼痛着，感到存在的紧迫，体会到人和人之间尖锐而深刻的感情。人的心里可能都暗藏着这么一根刺。但在世俗的生活中，人们用外在的享受将它慢慢遗忘，有时甚至像溶剂一样将它在心里融化……正如诗人马查多所写，遗忘之后就是暮色，就是蜿蜒的道路无始无终。因此诗人仍要求这根刺出现，哪怕会遭受极大的痛苦。"尖利的金色的刺啊，/但愿能再感到你/深深扎在心中！"刺扎在心里的疼痛尚且能够忍受，因为它使生命恢复了尊严；可怕的是没有这根刺——人迷茫地生活在大地上，如行尸，如走肉。

小皮

吹拂着河边的白杨树。

暮色啊越来越浓，
路途啊渐渐朦胧
这蜿蜒而微白的路
在暮色里消失无踪。

我的歌啊重新呻吟：
"尖利的金色的刺啊，
但愿能再感到你
深深扎在心中！"

飞白　译

胡安·拉蒙·希梅内斯

（1881—1958）

　　西班牙现代主义诗歌杰出代表，既是西班牙"九八年一代"的主将，又是"二七年一代"的导师。其诗歌继承了温厚的西班牙民族传统，吸收了法国象征主义手法，长于描绘自然景物和内心世界，影响过加西亚·洛尔迦、拉法埃·阿尔维蒂、豪尔·纪廉等大批后来的西班牙语诗人。他被誉为"诗人中的诗人"。1956年，"由于他那西班牙语的抒情诗为高尚的情操和艺术的纯洁提供了一个范例"，他获得了诺贝尔文学奖。

　　著有诗集三十多卷，主要有《诗韵集》《悲哀的咏叹调》《遥远的花园》《春之组曲》《纯粹的挽歌》《温和的挽歌》《石与空》《永恒》《全集》等。另著有长篇散文诗《柏拉特罗与我》等。

我的魂灵

胡安·拉蒙·希梅内斯

我的魂灵是灰色天空
和枯干树叶的姐妹。
秋日深情的太阳
穿透我吧，用你的忧伤！

花园的树木
迷漫着云雾。
从这些树上，我的心看到
未曾相见的亲爱的姑娘；

潮湿的土地上
枯叶向我伸开臂膀。
但愿我的灵魂是一片树叶
并在她们中间躲藏！

太阳将一道奇妙的金光
照在树丛上，
向那些秘密的事物

洒下浮动、柔和的光芒。

对枯叶多么温柔啊
坠落的夕阳!
无限的和谐
笼罩在所有的小路上,

悦耳动听, 精华荟萃,
悠扬、永恒的交响乐
将春天最神圣的花园
染成了金黄。

朦胧的金光
照在枯叶上,
使多么神秘的美感
像彩虹升起在我的心房。

赵振江 译

赏析

　　1900年，希梅内斯的父亲暴病身亡。这件事使诗人内心受到了巨大的打击。他曾多次住进疗养院。因忧伤困扰，诗人这一时期的诗歌格调低沉、哀婉，蕴涵着挽歌的情调。《我的魂灵》便是这一时期诗人沉郁心境的真实写照。诗人把自己的魂灵比作灰色天空和枯枝败叶的姐妹，并在太阳温柔的照耀下获得了安慰。诗境灰暗之中透着光明与和谐，让人感到这是一个暂时消沉的灵魂，它的力量在暗暗积攒。

　　　　　　　　　哑巴

音 乐

胡安·拉蒙·希梅内斯

突然间，喷泉

从裂开的胸膛迸出，

激情之流冲决

黑暗——犹如裸女

敞开阳台之窗，

向星空哭泣，渴望

那无名之死——

这将是她疯狂的永生——

并且永远不再复归——

裸女，或泉水

留在我们中而又进出

既真实而又虚无，

她是如此不可拦阻。

飞 白 译

赏析

与诗歌相比，音乐是更为抽象的艺术。因此，用诗的语言去描述音乐和音乐带来的内心冲撞，不仅要求诗人有一颗对音乐敏感的心，还要具备将抽象转化为具象的语言天赋——修辞的艺术。

如泉水从裂开的胸膛喷涌，如裸女向星空放声哭泣渴望无名之死，通过这两个可见可感的意象，诗人把由听觉引起的内心感受呈现了出来——音乐在我们之中而又进出，不可遏止，真实而又虚无。

通感之所以可能，乃在于人的诸种感官最终维系于一点——人的心灵。

哑巴

达玛索·阿隆索
(1898—1990)

　　西班牙文学批评家、诗人。生于马德里，曾在西班牙和英、美、德等国大学任教。主要诗集有《城市小诗》《黑暗的消息》《愤怒之子》《人和上帝》等。他对十七世纪诗人贡戈拉作品的研究、注释和考证，产生了很大影响，著有《贡戈拉的诗歌语言》。曾获国家文学奖。他还曾翻译英国诗人雪莱、乔伊斯等人的作品。

失 眠

达玛索·阿隆索

马德里是一个有着一百多万个尸体的
城市（根据最近的统计）。
有时候我晚上辗转反侧就落进了
　　这个洞窟，
在里面我已经腐烂了四十五年，
一个个漫长的钟点里我听着狂风
　　的呼啸，
像犬的吠叫，或者月亮光芒的轻柔涌流。
一个个漫长的钟点里我像狂风一样呼啸，
怒犬一样吠叫，老黄牛温热乳房的奶汁
　　一样涌流。
一个个漫长的钟点里我责问上帝，责问他
为什么让我的灵魂慢慢地腐烂，
为什么让马德里这个城市里有一百多万个
　　尸体腐烂，
为什么让世界上有千万百万个尸体
　　在慢慢地腐烂。
对我说，你想用我们的遗骸给哪个
　　园子施肥？

难道你不怕白天的巨大蔷薇树丛

以及你那夜晚的凄凉致命的白荷，

　　把你吸干？

王央乐　译

　　极端的愤怒需要以极端的方式来表达。诗人把马德里人民比作死尸，这样极端的比喻无非是诗人极端愤怒的结果。在上帝面前，诗人质问这现实的存在的合理性。"一个个漫长的钟点里我责问上帝，责问他／为什么让我的灵魂慢慢地腐烂"。没有灵魂的"我"同许多人一样，的确如同死尸！诗人在最后甚至向上帝咆哮，质疑这个全知、全能、全善的存在竟然安排如此荒谬的现实——"难道你不怕白天的巨大蔷薇树丛／以及你那夜晚的凄凉致命的白荷，把你吸干？"诗歌运用了排比等多种修辞手法，具有极强的感染力和震撼力。

吴功青

费德里科·加西亚·洛尔迦
（1898—1936）

　　二十世纪最伟大的西班牙诗人，"二七年一代"的代表人物。出生于西班牙一个庄园主家庭，从小即受到多方面的艺术熏陶，青年时代开始写诗。出版的诗集有《诗篇》《歌集》《吉卜赛谣曲集》《诗人在纽约》和长诗《伊格纳西奥·桑切·梅希亚斯挽歌》等。洛尔迦诗如其人，深沉而又狂热，超凡脱俗而又有血有肉，植根于传统而又创造着传统，被誉为西班牙当代诗坛的一部神话。

我走在布满雏菊的天上

费德里科·加西亚·洛尔迦

我走在

布满雏菊的天上

我是圣徒

今天下午我这样想

人们将月亮

放在我的手上

我重新把它

放回天空

上帝用玫瑰和光环

作为对我的奖赏

我走在

布满雏菊的天上

现在我沿着

这片田野

从坏蛋手中

赏析

　　这是一首简单明快、意象清新的小诗。如果它有色彩，必是半透明的青绿；如果它有重量，必如飞鸟的羽毛；如果它有气味，必如草木之清香；而如果它有形状，则必如初夏的果实，虽不丰盈，却自有简约自然之美……

　　这首诗究竟传达了什么？一个童话。

　　当我们问它究竟表达了什么，它变得模糊；而当我们仅仅只是追随它的词语细细体味，它会再次变得清晰。具体的内容淡去，纯粹的诗歌之美显现出来——色彩之美、音乐之美、形式之美……

哑巴

解救那些小姑娘

并将金币

送给所有的少年郎

我走在

布满雏菊的天上

赵振江　译

哑孩子

费德里科·加西亚·洛尔迦

孩子在找寻他的声音。

（把它带走的是蟋蟀的王。）

在一滴水中，

孩子在找寻他的声音。

我不是要它来说话，

我要把它做个指环，

让我的缄默

戴在他纤小的指头上。

在一滴水中，

孩子在找寻他的声音。

（被俘在远处的声音，

穿上了蟋蟀的衣裳。）

戴望舒　译

赏析

　　奇妙的想象，映照出诗人澄澈的童心。孩子在水滴的透明中找寻自己丢失的声音，而它早已在远处化为蟋蟀的歌唱。也许这是一个隐秘的比喻，意味着人的成长同时也是一种丧失。不愿丢弃童真的人，不得不永远徘徊在从孩子到成人的路上，寻找着返回的可能。而把声音化为缄默的戒指，究竟又作何解释，就要依赖于每一位读者的体验和想象力了。

　　有"童话诗人"之称的顾城曾说："我喜欢西班牙文学，喜欢洛尔迦……他的谣曲写得非常动人，他写哑孩子在露水中寻找他的声音，写得纯美至极。我喜欢洛尔迦，因为他的纯粹。"

哑巴

秋 歌

费德里科·加西亚·洛尔迦

今天我心中

感到星星的颤动，

可是我的道路

却在雾的灵魂中失踪。

光芒将我的翅膀折断

而我的哀怨

将记忆弄湿

在思想的源泉。

所有的玫瑰都是白色

而白色就像我们的忧伤，

其实玫瑰并非白色

而是雪花落在她们身上。

原先她们有彩虹。

心灵的雪有一团团亲吻

和一团团的场景

沉没在阴影

或思念她们的人的光明。

玫瑰上的雪落去

而心灵上的雪却留住，

和岁月的利爪一起

织成裹尸的麻布。

当死神将我们带走

雪会不会融化？

或者会有另一场雪

和另一些更完美的雪花？

和平将与我们同在

像基督对我们的教化？

还是这个问题

永远得不到回答？

爱神是不是将我们蒙哄？

谁会鼓舞我们的生命

既然黄昏使我们陷入

真正的科学之中，

或许善并不存在

而恶却在身边跳动？

倘若希望破灭，

巴别塔也开始塌方，

又有什么样的灯塔

能把地上的路照亮？

如果蓝色使一个梦想

纯贞又将怎样？

如果爱神失去了箭

心灵会多么悲伤？

如果死亡就是死亡

诗人将会怎样？

还有那些昏睡的事物

人们早将它们遗忘？

啊，希望的太阳！

清澈的水！新生的月亮！

岩石粗犷的灵魂！

孩子们的心房！

今天我心中感到星星的跳荡

而所有的玫瑰都是白色

宛似我的忧伤。

赵振江　译

米格尔·埃尔南德斯
(1910—1942)

　　西班牙"第二个黄金时代"最著名的诗人之一。1936年内战爆发，他加入共产党和共和军，作战之余写诗，为官兵朗诵，成为宣传干将和鼓动专家。1939年，共和军完败，埃尔南德斯未能出逃，遂被捕。他拒绝在悔过书上签字，以换取流亡国外，终以叛国罪名获死刑，后减为三十年徒刑。1942年，因肺结核得不到治疗，被丢弃不顾而死于恶牢，终年三十一岁。主要作品有《月球上的技术员》《闪电不停息》《人民的风——米格尔·埃尔南德斯诗选》《相思歌谣》等。

爱在我们之间升起

米格尔·埃尔南德斯

爱在我们之间升起
像月亮在两棵棕榈之间——
它们从未拥抱。

两个身体亲密的絮语
汇成一片沙沙的波涛,
但沙哑的是受折磨的声音,
嘴唇化作了石雕。

肉体燃起互相缠绕的渴望,
连骨髓都被照亮而燃烧,
但伸出去求爱的手臂
却在自身之中枯凋。

爱——月亮——在我们间传递,
而又吞噬销蚀分隔的身体,
我们是两个幽灵,远远相望
而互相寻找。

飞白 译

赏析

两个彼此爱恋的灵魂之间，必定存在着一种强大的、相互吸引的力，但如果他们之间的距离不可逾越，这力便绷紧如琴弦。埃尔南德斯把两个苦苦相恋而又无法接近的灵魂比作两棵棕榈树，把他们之间的爱恋比作从两棵树木间升起的月亮，贴切地传达出两人之间爱的执着和无奈。

但是，即便是两个彼此相恋的灵魂，他们之间必定仍会存在着障碍，而最后一道障碍便是他们自己——自我。阿赫玛托娃曾说的"在人们的亲近中存在隐秘的界限"便是此意。不论人们之间彼此接近的欲望多么强烈，都可能窒息于自我之中："肉体燃起互相缠绕的渴望，/连骨髓都被照亮而燃烧，/但伸出去求爱的手臂/却在自身之中枯凋。"爱，最初和最终都意味着突破自我的坚壳，否则只能像幽灵一样彼此寻找却永远无法真正靠近。

哑巴

爱尔兰

Ireland

威廉·巴特勒·叶芝
（1865—1939）

　　爱尔兰诗人、剧作家，著名的神秘主义者，"爱尔兰文艺复兴运动"的领袖，也是艾比剧院的创始人之一。出生于都柏林一个画师家庭。

　　1923年，"由于其始终充满灵感的诗，通过高度的艺术形式表达了整个民族的精神"而获诺贝尔文学奖。其早期作品带有唯美主义特征和浪漫主义色彩；十九世纪九十年代后诗风逐渐明朗坚实、接近现实。叶芝晚年由于热衷玄学派诗歌研究，自己的诗作也呈现出神秘主义色彩。善恶、生死、美丑、灵肉的矛盾统一，成为叶芝诗歌的表现主题。代表作有《秘密的玫瑰》《心灵的欲望之田》《青春岁月的幻想曲》及《驶向拜占庭》等。叶芝对戏剧也有浓厚的兴趣，先后写过二十六部剧本。英国伟大的诗人艾略特曾称赞叶芝为"当代最伟大的诗人"。

当你老了

威廉·巴特勒·叶芝

当你老了，头白了，睡思昏沉，
炉火旁打盹，请取下这部诗歌，
慢慢读，回想你过去眼神的柔和，
回想它们昔日浓重的阴影；

多少人爱你青春欢畅的时辰，
爱慕你的美丽，假意或真心，
只有一个人爱你那朝圣者的灵魂，
爱你衰老了的脸上痛苦的皱纹；

垂下头来，在红光闪耀的炉子旁，
凄然地轻轻诉说那爱情的消逝，
在头顶的山上它缓缓踱着步子，
在一群星星中间隐藏着脸庞。

袁可嘉　译

赏析

这是叶芝最为脍炙人口的一首情诗，也是古今情诗中的名篇。

这首情诗之所以深刻而感人，在于它戳穿了人们对待爱情的轻佻之后，和盘托出了一种完美爱情的可能。爱，并不仅仅是华美青春的闪光，它还要求持久和绵延。时间——历久的年岁，必须是构成爱情的特质之一。和音乐一样，爱情必然是时间的艺术，要在时间中才能充分展开。人们在青春欢畅时刻所倾诉的爱情，只有在人生的末端才能得到验证："多少人爱你青春欢畅的时辰，/爱慕你的美丽，假意或真心，/只有一个人爱你那朝圣者的灵魂，/爱你衰老了的脸上痛苦的皱纹"……

法国著名小说家杜拉斯的《情人》即借用了叶芝对时光的前置：一对曾经相爱过的恋人年老时在一处公共场所重逢。小说一开头就写道："我已经老了……"把叶芝"当你老了"通过假设而进行的爱的表白，转化成了一场关于爱的回忆。

哑巴

他诉说十全的美

威廉·巴特勒·叶芝

啊，白皙的眼睑，迷惘的眼，

为了用韵文塑出十全的美，

诗人们终生辛劳不停，

却被一个女人的注视而毁，

也被天空逍遥的部族所毁；

因此当露水洒下睡意，我的心

愿向你和自在的星星致敬，

直到上帝把时间燃尽。

袁可嘉　译

赏析

语言是人类独有的天赋。而人类中最善于用语言表达者，莫过于诗人。词语是诗人的建筑材料，他们不仅用它们进行建造，甚至直接创造着这些原材料，不断地挖掘和拓展，使人类语言的表达更加精微和恢宏。

然而语言也有力不能及的界限。诗人们终生辛劳，也可能一无所获。他们精心砌建的词语的宫殿，刹那间即可坍塌为残垣断壁。

这一摧毁的力量，正是语言得以衍生的世界本身。一位美人真实的美，会让诗人对美的描述瞬间失色；星空的深邃辽阔，会让诗人哑然失声，找不到与之匹配的词语。在万物面前，最善于诉说的诗人，也必须保持谦逊，学会在静默中聆听。赞美诗是最高的诗，但万物甚至要让人类连赞美都不可能，因为赞美也要借助人类自己的语词。因此，所剩下的，唯有沉默。沉默是对造物最高的敬意："因此当露水洒下睡意，我的心/愿向你和自在的星星致敬，/直到上帝把时间燃尽。"

哑巴

白鸟

威廉·巴特勒·叶芝

亲爱的，但愿我们是浪尖上一双白鸟！
流星尚未陨逝，我们已厌倦了它的闪耀；
天边低悬，晨光里那颗蓝星的幽光
唤醒了你我心中，一缕不死的忧伤。

露湿的百合、玫瑰梦里溢出一丝困倦；
啊，亲爱的，可别梦那流星的闪耀，
也别梦那蓝星的幽光在滴露中低回：
但愿我们化作浪尖上的白鸟：我和你！

我心头萦绕着无数岛屿和丹南湖滨，
在那里岁月会遗忘我们，悲哀不再来临；
转瞬就会远离玫瑰、百合和星光的侵蚀，
只要我们是双白鸟，亲爱的，出没在浪花里！

傅浩 译

赏析

《白鸟》是叶芝早期的诗歌代表作，从意象的选取和主题的表达上可以看出其鲜明的唯美主义风格和浪漫主义色彩。

流星的闪耀、蓝星的幽光、露湿的百合、玫瑰梦、岛屿等都是浪漫主义者所钟爱的景物和意象；而忧伤、困倦、悲哀的情绪，则是浪漫主义者和唯美主义者在现实世界中呈现出来的普遍情感状态。在诗人看来，"只要我们是双白鸟"，我们的爱情便能避开这个世界的悲哀，逃脱时间的劫持和褫夺。诚然，这只是一种假设和想象，却有着无可否认的恬美。在这首诗中，我们能够感受到浪漫主义者对爱情的执着追求，对完美世界的执着追求。他们心中，早有一个圆满宁静的世界，而他们在现实中对它的寻找却倍加艰辛。

在不完美的世界中执意寻求完美，相伴的必然是转瞬即逝的激情，甚至短暂到"流星尚未陨逝"就已厌倦了它的闪耀，而余味却是无尽的忧伤。

哑巴

柯尔庄园的天鹅

威廉·巴特勒·叶芝

树木披上了美丽的秋装，
林中的小径一片干燥，
在十月的暮色中，流水
把静谧的天空映照，
一块块石头中漾着水波，
游着五十九只天鹅。

自从我第一次数了它们，
十九度秋天已经消逝，
我还来不及细数一遍，就看到
它们一下子全部飞起，
大声拍打着它们的翅膀，
形成大而破碎的圆圈翱翔。

我凝视这些光彩夺目的天鹅，
此刻心中涌起一阵悲痛。
一切都变了，自从第一次在河边，
也正是暮色朦胧，
我听到天鹅在我头上鼓翼，

赏析

这首诗写于1916年，距离叶芝1897年初访柯尔庄园已有十九年的光阴。十九年的时光，足以把一个人从风华正茂带入迟暮之年。

与时光一同流逝的，是青春，也是生命。诗人旧地重游，看到野天鹅们和十九年前一样年轻华美，遂生年华流逝之慨："此刻心中涌起一阵悲痛。/一切都变了……"在诗人眼中，野天鹅们既没有与生俱来的疲倦，也没有爱情逝去的苦痛。"不管它们上哪儿漂泊，它们/总是有着激情，还要赢得爱情。"

于是脚步就更为轻捷。

还没有疲倦，一对对情侣，
在冷冷的友好的河水中
前行或展翅飞入半空，
它们的心依然年轻，
不管它们上哪儿漂泊，它们
总是有着激情，还要赢得爱情。

现在它们在静谧的水面上浮游，
神秘莫测，美丽动人，
可有一天我醒来，它们已飞去。
哦它们会筑居于哪片芦苇丛、
哪一个池边、哪一块湖滨，
使人们悦目赏心？

裴小龙 译

世间的一切都隐藏在时光的隧道中，而那些不在时光中消逝和磨灭的，便是真正的永恒。因此，野天鹅在这首诗中便是永恒之美、爱情和生命的象征。生老枯荣、流转迁徙的只是个体，作为整体的世界，永远生生不息。光华夺目的野天鹅从诗人眼前消失了，正如青春与生命之一去不复返。然而野天鹅必带着它们爱情的忠贞与美丽，栖居于别处的水域，正如一个人会失去青春、爱情和生命，而人类却不会失去它们。一切在时光中消逝的，最终都将进入永恒。

哑巴

秘密的玫瑰

威廉·巴特勒·叶芝

遥远的、秘密的、不可侵犯的玫瑰啊，

你在我关键的时刻拥抱我吧；那儿，

这些在圣墓中或者在酒车中，

寻找你的人，在挫败的梦的骚动

和混乱之外生活着：深深地

在苍白的眼睑中，睡意慵懒而沉重，

人们称之为美。你巨大的叶子覆盖

古人的胡须，光荣的三圣人献来的

红宝石和金子，那个亲眼看到

钉穿了的手和接骨木十字架的皇帝

在德鲁德的幻想中站起，使火炬暗淡，

最后从疯狂中醒来，死去；还有他，他曾遇见

范德在燃烧的露水中走向远方，

走在风中从来吹不到的灰色海岸上，

他在一吻之下丢掉了爱玛和天下；

还有他，他曾把神

从要塞里驱赶出来，

最后一百个早晨开花，姹紫嫣红，

他饱赏美景，又痛哭着埋他死去的人的坟；

那个骄傲的、做着梦的皇帝，把王冠

和悲伤抛开，把森林中那些酒渍斑斑的

流浪者中间的诗人和小丑叫来，

他曾卖了耕田、房屋和日用品，

多少年来，他在岸上和岛上找寻，

最后他终于找到了，又是哭又是笑，

一个光彩如此夺目的女娃，

午夜，人们用一绺头发把稻谷打——

一小绺偷来的头发。我也等待着

飓风般的热爱与痛恨的时刻。

什么时候，星星在天空中被吹得四散，

像铁匠店里冒出的火星，然后暗淡，

显然你的时刻已经到来，你的飙风猛刮

遥远的、最秘密的、无可侵犯的玫瑰花？

裘小龙　译

赏析

  叶芝是一个将其整个生命都沉浸在诗歌里的人，他的诗歌的精神内核深深地体现于其生命中恒久而冰冷的激情。叶芝的诗歌里没有高歌，没有号叫，有的只是幻美、冷静和智慧。

  玫瑰在叶芝的诗中是一个很特殊的意象和象征。1889年，叶芝遇见了爱尔兰民族自治运动的领导人之一、著名的女演员茅德·冈，从此对她怀有深深的爱慕之情，但一直遭到拒绝。后来茅德·冈嫁给了与她并肩战斗的麦克布莱德少校。二十三年后，麦克布莱德少校在斗争中身亡，叶芝再次向茅德·冈求婚，仍遭拒绝。"红玫瑰，骄傲的玫瑰，我一生的悲哀的玫瑰！"尽管在叶芝的诗中，玫瑰象征的含义是多层的、不确定的，但可以肯定它也是对茅德·冈的一种称呼。

  《秘密的玫瑰》是一首完整体现叶芝精神的诗，美的信仰，神谕般的语言，诗行、节奏和思想中蕴藏着崇高的气象。这种崇高的气象，在叶芝后期的诗中体现得更为饱满、鲜明。

哑巴

小链接

叶芝是和永恒拔河的人。他是西方诗坛极为罕见、忠于艺术至终老的诗人，死前的四十八小时仍忙于校对几篇未定的稿件，当时他已七十三岁了。正如1923年领取诺贝尔文学奖时的感言：一度我也曾英俊像个少年，但那时我生涩的诗脆弱不堪，我的诗神也很苍老，现在我已苍老且患风湿，但我的缪斯却年轻起来了，我甚至相信，她永恒地向青春的岁月前进，像使维登堡灵视所见的那些天使一样。

西默斯·希尼
(1939—2013)

　　爱尔兰著名诗人。1939年4月13日生于北爱尔兰一个天主教农民家庭。"日常生活的神奇"是希尼诗歌的最大特色。他的诗既具有鲜明的本土特色，同时又是世界性的。1995年，西默斯·希尼获得诺贝尔文学奖。代表作品有：诗集《一个自然主义者的死亡》《进入黑暗之门》《在外过冬》《北方》《野外工作》等；诗论集《先入之见》《舌头的管辖》《写作的位置》《诗的疗效》等。

挖 掘

西默斯·希尼

在我手指和大拇指中间

一支粗壮的笔躺着，舒适自在像一支枪。

我的窗下，一个清晰而尖厉的响声

铁铲切进了砾石累累的土地：

我爹在挖土。我向下望

看到花坪间他正使劲的臀部

弯下去，伸上来，二十年来

穿过白薯垄有节奏地俯仰着，

他在挖土。

粗劣的靴子踩在铁铲上，长柄

贴着膝头的内侧有力地撬动，

他把表面一层厚土连根掀起，

把铁铲发亮的一边深深埋下去，

使新薯四散，我们捡在手中，

爱它们又凉又硬的味儿。

说真的，这老头子使铁铲的巧劲

就像他那老头子一样。

我爷爷的土纳的泥沼地

一天挖的泥炭比谁个都多。

有一次我给他送去一瓶牛奶，

用纸团松松地塞住瓶口。他直起腰喝了，

　　马上又干开了，

利索地把泥炭截短，切开，把土

撩过肩，为找好泥炭，

一直向下，向下挖掘。

白薯地的冷气，潮湿泥炭地的

咯吱声、咕咕声，铁铲切进活薯根的短促声响

在我头脑中回荡。

但我可没有铁铲像他们那样去干。

在我手指和大拇指中间

那支粗壮的笔躺着。

我要用它去挖掘。

赏析

　　《挖掘》是西默斯·希尼第一部诗集《一个自然主义者的死亡》中的第一首诗，也是他以父亲为主角的三首诗中的其中一首。

　　从父亲在窗下"挖掘"马铃薯这一日常行为出发，诗人发现了自己血缘和根脉之所在："铁铲锋利的切痕穿透生命之根觉醒着我的意识"。他清晰地意识到自己与父辈（即传统）之间的断裂："但我可没有铁铲像他们那样去干。"此刻，诗人笔锋一转，点出了这一断裂仅仅只是一种形式上的变换——尽管诗人手中握着的不是一把锋利的"铁铲"，但"挖掘"这一主题却不会变更。一把铁铲，深入大地；一支矮墩墩的笔，将深入灵魂。

　　笔与铲的类比是这首诗的核心，"挖掘"已成为一个比喻。正如诗人所说，这首诗所要做的，正是让智慧的幼芽脱掉表皮。

哑巴

饮 水

西默斯·希尼

她每天来打水，每一个早晨，

摇摇晃晃走来，像一只老蝙蝠。

水泵的百日咳，水桶的声音，

桶快满时响声逐渐减弱，

宣告她在那儿。她那灰罩裙，

有麻点的白搪瓷吊桶，她那嗓门

吱吱嘎嘎地响就像水泵的柄。

想起那些夜晚，满月飘过山墙，

月光倒穿过窗户映落于

摆在桌上的水杯。又一次

我低下头伸嘴去喝水，

忠实于杯上镌刻的忠告，

嘴唇上掠过："毋忘赐予者"。

袁可嘉　译

赏析

在日常生活中，那些环绕着我们的最重要的事物，被忽略似乎成了它们的常态。然而真理并不在高深处藏身，而是如同蒙尘之镜，抬手拂去，即明光乍泄。水、打水的人，以及饮水这一和人类一样古老的动作，到底意味着什么？恐怕人们不是早已忘记，而是从未有所意识。

希尼这首诗所表达的仍是一个简单的主题——饮水思源。但这却是一个蒙尘的真理。诗人用精微之笔，把一个老妇人打水的过程描画出来，正是在耐心除去蒙住真理之光的尘埃，每一个细节的呈现都在闪烁光芒，直至诗篇的末尾道出《圣经》中古老的训诫："毋忘赐予者"。这赐予者是谁？打水的"摇摇晃晃"的老妇人，锈迹斑斑的水泵，白搪瓷吊桶，还是这杯中明净清凉之水？也许都是，但必有一个最高者使这一切成为可能。当我们低头饮水，请在心中赞美造物者，感念他的恩惠。

哑巴

泥炭沼地
——给 T·P·弗拉纳甘

西默斯·希尼

我们没有草原

可在黄昏时切割一轮大太阳——

目光处处对

入侵的地平线退让

被逼入一个水池的

独眼。我们没遮拦的乡土

是在旭日和夕阳之间

不断硬结的泥沼

他们从泥炭中掘出

爱尔兰大角鹿的

骨架，立起来

像一只盛满空气的大筐。

一百多年前

沉入泥下的奶油

挖出来依然又咸又白。

这土地本身就是柔软、黑色的奶油

在人们脚下融化，敞开，

亿万年来

错过着它的最终定义。

他们在这里永远挖不到煤，

只有被水浸泡的巨杉

树干，柔软得像纸浆。

我们的拓荒者们不断进击，

向里、向下，

他们掀起的每一层

都好像从前有人在上面居住过。

沼眼或许是大西洋的渗漏处。

那潮湿的中心深不见底。

吴德安　译

赏析

沼泽地在爱尔兰分布甚广。弗拉纳甘是希尼的美国朋友，曾向他询问爱尔兰沼泽地的问题。这首诗即诗人对他的回答。

表面上看这首诗描述的是爱尔兰的自然——我们没遮拦的国土，是一片沼泽。但我们分明能感到，一股沉郁的力量凝结其中。在爱尔兰古老独特的地貌中，蕴藏着爱尔兰民族每一代人所走过的艰难印迹和整个民族悠远深邃的发端。垦荒者，形象地道出了爱尔兰民族的生存姿态：不断地开掘，向里、向下。而祖先们的足迹是如此绵长："他们掀起的每一层/都好像从前有人在上面居住过。"

如同人的心灵没有尽头，希尼的沼泽地也没有尽头。这个探寻自己源头的民族最终找到的是，"潮湿的中心深不见底"。它与大西洋广阔的水域秘密相连，鸿蒙浩渺，不可分割。

哑巴

出 空^①
——纪念 M·K·H^② (1911—1984)

西默斯·希尼

她教给我的，她叔叔曾教过她^③：
劈开那最大的煤块是多么容易
如果你找到纹理和下锤的正确角度。

松快而迷人的敲击，

吸收并消除了回声，

教我劈击，教我放松，

教我在锤和煤块之间

勇于承担后果。她的教诲现在我仍在听，

---

①原意为"逐出出租地或租屋"，特指十九世纪爱尔兰地主把不缴租的农人赶出出租屋，烧毁房子。诗人感到母亲去世后自己失去了家，就如被赶出家门一样。

②M·K·H为西默斯·希尼的母亲玛格丽特·希尼（Margaret kathleen Heaney）。

这是一组为纪念母亲而写的十四行诗。

③开头引诗用的是三行诗节押韵法，源于意大利，系但丁在《神曲》中所用。这种形式强调母亲在诗人生活中兼有教师、样板和诗神的角色。

在黑煤块背后击打出富矿。

1

一百年前扔出的一块鹅卵石

不断在我面前出现，这第一块石头

瞄准过曾外祖母背叛的眉间①。

小马颠簸行进骚乱在继续②。

她在小马车里低低蹲着

经受夹道鞭打，那是第一个星期天③

她乘一驾惊慌失措的马车，下斜坡去做弥撒。

她挥鞭穿过镇子，人们追着她高喊"朗第"④

称她"叛教者""与异族通婚的新娘"。

总之，这是风俗画的一个场面

由我母亲一方继承

————————————

①此节写诗人的曾外祖母为坚持自己的信念而不怕牺牲。
②诗人的曾外祖母嫁给天主教徒被视为背叛了自己清教的教规，因而遭石头打。"骚乱"指她去天主教堂那天双方对打。
③指她第一次去天主教堂做弥撒的那个星期天。
④"朗第"是十七世纪爱尔兰德瑞州州长，因开城门迎接杰姆斯王入城而被视为叛徒，他的名字也变得与"叛徒"同义。

现在她已故去，留给我处置的

不是银器和维多利亚时的饰带，

而是这块赦免着和被赦免的石头。

2

擦亮的地板闪着光，黄铜水龙头闪着光[1]。

瓷杯又大又白净——

一套完整的瓷具带有奶盂和糖缸。

茶壶呼啸着。茶点和三明治

被得体妥当地呈上。为防止融化

黄油必须避开阳光。

别掉面包渣。别翘椅子。

别伸手，别指指点点。搅茶的时候别弄出声响[2]。

那是死地，新街五号，

外祖父正起身离座

推一推秃头上的眼镜

欢迎糊里糊涂回家的女儿

---

①此节写诗人想象中死去的母亲回到外祖父家。
②此两句引母亲命令，让他做一切要有序。

而她甚至没来得及敲门。"这是怎么啦？这是怎么啦？"[1]

他们一起在光亮的屋里坐下。

3

当其他人都去了教堂做弥撒

我们在一起削土豆，我完全属于她。

它们打破沉默，一个接一个落下

就像焊锡在烙铁上滴落：

凉凉的舒适安放在我们中间，可分享之物

在桶中的清水里闪烁。

再次让土豆跌落，彼此溅起的

点点欢快水花总是唤起我们的感觉。

当教区的牧师来到她的床边

全力以赴为死者祷告

有些人跟着祈祷有些人在哭泣

我记起她的头曾转向我的头，

她的呼吸融入我的呼吸。我们流利削剜的刀——

一生中从来也没有过如此亲密。

———————————

①这是诗人外祖父常用的口头语，在此表示惊讶女儿的到来，女儿
则不知怎么回到了父亲家。

4

害怕做作反使她不自然

那些力所不及的词，她

总也读不确切。伯托德·布雷克①。

她会弄得五音不全走了调

次次如此，好像她要用

过分修正一个词的发音来

掩盖她的走调和五音不全。

更多地出于挑战而非自尊，她常对我说，"你

懂得所有他们那些玩意儿。"因此我在她面前

得管好自己的舌头，一种名副其实的

矫枉过正掩盖了

我实际拥有的知识。我会说 naw 和 aye②

并有分寸地故意用错

语法，这使我们保持同盟而非对峙③。

---

① "伯托德·布雷克"（Bertold Brek）应为"贝托尔特·布莱希特"
（Bertolt Brecht，1898—1956），德国著名戏剧理论家、剧作家和诗人。
② "naw""aye"分别为故意发错的"no""yes"的音。
③ "对峙"指猎物被赶进角落时与猎人对峙的情况。

5

那刚从晾衣绳上取下的床单的凉感

让我觉得它必定还有些潮湿

但当我捏住亚麻床单一头的两个角

和她相对着拽开，先拉直床单的边

再对角将中心拉平，然后拍打抖动，

床单像船帆在侧风中鼓涌

发出干透了的啪啪声。

我们就这样拽直，折起，最后手触到手

只有一刹那却好像什么事也没有发生

没有任何异乎寻常的事发生

日复一日，只是碰触然后分开

踟蹰不前，又再次接近。

在移动中我是X她是O[①]

写在她用面粉袋缝制的床单中。

---

① X、O 系一种两人对局的儿童游戏（tick-tack-too）中的两个字母。

6

复活节的第一波狂热

我们的《儿子和情人》状态①

在圣周的庆典中达到高潮。

午夜的火光。复活节的烛台。

手肘碰着手肘，在挤满人的

教堂中彼此能紧挨着跪在一起

让我们高兴，我们跟随牧师念经文

和红字部分，为圣水器祈福。

"我的灵魂就像雌鹿渴望着溪水"②，

浸圣水。用毛巾擦干。圣水上喃喃低语。

那水混合着圣油和食油。

祭瓶叮叮当当。正规的甩熏香和

赞美诗作者的歌词被自豪地接纳③。

"日日夜夜我的眼泪就是我的面包。"④

———————————

① "圣周"是复活节前的一周。《儿子和情人》是英国作家戴维·赫
伯特·劳伦斯的小说，1913年出版，叙述有关儿子和母亲间亲密感情
的故事。
②引自《诗篇》第四十二章第一和第三行。
③赞美诗作者指《诗篇》作者大卫王。
④引自《诗篇》第四十二章第一和第三行。

7

最后几分钟他对她说的话

几乎比他们一辈子在一起都多。

"星期一晚上你将会回到纽罗

我会来接你，当我进门时

你会高兴……对不对？"

他的头俯向她被托起的头。

她已听不见我们却欣喜若狂。

他叫她"好人"和"小姑娘"。当寻找脉搏的努力

归于徒然，围着她的我们

都明白：她已撒手归去

我们环立的空间已然空寂

她进入我们内心长存，那是被穿透的

出空，突然出现的空地。

高扬的哭声被砍伐，一种已然发生的纯粹变化。

———————————————

①纽罗是她父亲居住的地方。以下她丈夫说的话，指他会像回到他
们结婚前一样去她父亲家接她回家。
②此处指母亲的死就如接下来描写的诗人童年时栽种的一棵栗子树
被砍伐了一样，两者都是家的象征。

我想在一个空间转着圈行走

空空荡荡，出自同一个源头

在那里被砍倒的栗子树已失去它

在我们屋前香罗兰树篱中的立身之地。

白色的花栗鼠跳着，跳着，蹿向高处。

我听到斧头特异而准确的砍伐声、树的断裂声、叹息声

曾经那么繁茂的树

从震撼的树梢开始全被摧毁。

深深植根的树早已死去，与我同年的

栗子树从一个广口瓶移入一个坑里，

它的魁伟和沉默变成无可存身的光明，

一个灵魂在分蘖直到永远

沉默，在沉默之外倾听。[1]

吴德安 译

————————————

①诗人反对迷信说法，认为死去的人和树不可能再说什么。

赏析

　　这是一组希尼为纪念母亲玛格丽特·希尼而写下的十四行诗。"出空"是爱尔兰的一个历史名词,特指十九世纪爱尔兰地主把不缴租的农人赶出出租屋,烧毁房子。诗人用此词来表达母亲去世后失去家园的放逐感。这首诗开头的三行诗节押韵法,源于意大利,为但丁在《神曲》中所用。诗人采用这种形式意在强调母亲是他生命中实践启迪的力量:"她教给我的,她叔叔曾教过她","教我劈击,教我放松","教我在锤和煤块之间/勇于承担后果"。

　　1987年希尼在一所大学里朗诵了这组诗。吟罢,全场一片肃静,许久才爆发出如雷的掌声。而这首诗的力量正来自诗人内心深沉的情感和婉转的表达。母亲的死亡,哀恸之巨,娓娓道来却如细泉之涓涓。处处都是日常、细微与短暂,却处处闪烁着永恒的光辉:"她已撒手归去/我们环立的空间已然空寂/她进入我们内心长存……"

哑巴

第五辑

中国

China

鲁迅
(1881—1936)

　　原名周树人，字豫山、豫亭（后改名为豫才），浙江绍兴人。中国现代伟大的文学家、革命家和新文学运动的奠基人。死后被誉为"民族魂"。毛泽东评价鲁迅是"文化新军的最伟大和最英勇的旗手，鲁迅的方向，就是中华民族新文化的方向"。1918年5月，首次以"鲁迅"为笔名，发表了中国文学史上第一篇白话小说《狂人日记》。其著作多以小说、杂文为主。代表作有：小说集《呐喊》《彷徨》《故事新编》，散文集《朝花夕拾》（原名《旧事重提》），文学论著《中国小说史略》，散文诗集《野草》《故乡》，论文集《门外文谈》，杂文集《坟》《热风集》《华盖集》《南腔北调集》《而已集》《且介亭杂文集》等十八部。2009年9月，鲁迅入选"一百位为新中国成立做出突出贡献的英雄模范"。

他

鲁 迅

一

"知了"不要叫了，

他在房中睡着；

"知了"叫了，刻刻心头记着。

太阳去了，"知了"住了——

　　还没有见他，

待打门叫他——锈铁链子系着。

二

秋风起了，

快吹开那家窗幕。

开了窗幕，会望见他的双靥。

窗幕开了—— 一望全是粉墙，

白吹下许多枯叶。

三

大雪下了，扫出路寻他；

这路连到山上，山上都是松柏，

他是花一般，这里如何住得！

不如回去寻他——呵！回来

　　还是我的家。

赏析

鲁迅在临去世前两个月中写下
这么一句话："我的确什么欲望也
没有，似乎一切都和我不相干，所
有举动都是多事。我没有想到死，
但也没有觉得生；这就是我所谓'无
所欲状态'，是死亡的第一步。"
那么，这又何尝不是诗人的自我吟
讴。到哪里去寻他，被锈铁链子系
着，一切不过是原地打转。

枕戈

小链接

一部由鲁迅之子周海婴撰写的
回忆录《鲁迅与我七十年》中，除
披露了大量鲜为人知的图片外，还
对"鲁迅之死"进行了大胆的质疑
和推断。周海婴通过大量的证据推
断：鲁迅是被日本军医用残忍的手
段暗杀而不是正常的不治而死。更
奇异的事情是，当鲁迅在有人提醒
这个日本军医的可疑身份后，他竟
坚持不换医生。周海婴在这里把现
代史上一桩特大悬案客观地推到了
世人面前。

绿原
（1922—2009）

著名作家、诗人、翻译家、编辑家。原名刘仁甫，又名刘半九，湖北黄陂人。著有诗集《童话》《人与诗》《另一支歌》《我们走向海》《绿原自选诗》等；文集有《绕指集》《非花非雾集》《苜蓿与葡萄》《绿原说诗》《绿原文集》（六卷）等；译著有《浮士德》《里尔克诗选》《叔本华散文选》《莎士比亚的少女和妇人》《莎士比亚新剧》《爱德华三·两个贵亲戚》等。曾任人民文学出版社副总编辑、中国作协委员会委员等。1998年3月，获斯特鲁加诗歌节最高奖"金环奖"，为获此殊荣的第一位中国人，并获鲁迅文学奖优秀文学翻译彩虹奖、国际华文诗人笔会"中国当代诗魂金奖"、首届"中坤国际诗歌翻译奖"等奖项。

航 海

绿原

人活着，
像航海。

你的恨，你的风暴，
你的爱，你的云彩。

赏析

　　开阔的境界，在短短四行诗句中涌现出来。诗人以最简单的喻体，比喻了最复杂的人生——将生活喻为航海，将风暴形容为人的恨，将云彩形容为人的爱。

　　生活如海洋般辽阔，亦如海洋般时而蓝天白云，时而狂风暴雨。而你，作为生活海洋上的航行者，也有你的风暴——那是你的恨，像风暴一样雷霆万钧、排山倒海；也有你的云彩——那是你的爱，像云彩那样瑰丽诡奇、熠熠闪光。

枕戈

梅绍静
（1948—）

当代著名女诗人。笔名丹纯。1948年生于重庆，祖籍四川广安。1969年赴延安插队务农，后历任延安地区作协副主席、《延安文学》副主编等职。之后进京，入鲁迅文学院深造，后陆续调至秦皇岛、廊坊工作，最后调至《诗刊》。1972年开始发表作品。 1985年加入中国作家协会。著有诗集《兰珍子》《唢呐声声》《她就是那个梅》《女娲的天空》等，散文集《月露之台》《根》《内心的丘陵》等。其中，《她就是那个梅》获第三届全国新诗奖，《唢呐声声》获1984年陕西省文联开拓奖。

她就是那个梅

梅绍静

不要指着你那憨野地笑着的女儿，
对我说："我的二女子！叫唤梅。"

不要停下你絮着棉花的手，抬起眼：
"为甚女子都叫'改'？我就叫她'唤'哩！"

啊，母亲！唤着你的梅的母亲！
你的这些话，惊得我瞪大了眼睛。

"二女子生下来就哭不出声！
是你大娘抱了公鸡来唤我的梅。

嘴对着嘴唤了嘛，唤活来我的梅，
你说叫个唤梅，究究对不对？"

"这名字起好了！"（我笑什么哟？）
你却说："你是学生女子，不还叫了个梅？"

唤梅的母亲！多少年过去了，
你还记不记得那一个梅？

只有你喜欢过我名字里的梅啊，
我本就是你唤来的那一个梅！

不是你把我从大路上唤回你窑里来的吗？
不是你给了我第一阵哭声？

能哭出声来的孩子才能活下去，
那一天，我也叫你家的公鸡嘴对过嘴？

也许只有一个人吧，在这个世界上，
想起那天就觉得羞愧！

你拉着我的手一个劲叫唤梅啊
你慌乱中的呼吸又催出我多少眼泪？

可是那天以后，我好好地活下来了，
像颗野果子，我也包兜着活着的滋味！

啊，母亲！我长在这儿多像马茹子啊，
显眉显眼的，可也叫你放心！

什么时候起，外乡人问我是谁，
你就在那人面前问："她是我的梅！"

什么时候起，你在草窠里寻着几颗野鸽子蛋，
在洼洼上撸着一把杜梨儿。

也这么叫着我："来，我的梅！"
我想不起来了啊，唤梅的母亲！

我总看见一个学生女子走在那沟沟底，
她就是那个在你怀里哭过的梅啊，母亲！

赏析

　　我们很容易想象一个老太太在读这首诗时的情景——她恍惚着回忆，她正抱着这"唤来的梅"亲昵，她不断地"唤回你窑里来"，时而"走在那沟沟底"，又唤着她的"梅"……这似乎又回到那个乡土叙事诗歌的时代，所有的纯粹生活似乎都到了明处。或许也就是在这个时代，信念和幻想背井离乡的"南下客"都成了一种隐喻，尽管这些与诗歌无关，但在某一隐晦的深处，早在某些东西远离我们自身的时候，我们是否也会这样轻轻地呼唤那个叫"梅"的女人，断断续续……

枕戈

小链接

　　1969年初，到延安插队不到三万人的北京知青里，出了个梅绍静。梅绍静当时是北京大学附属中学高中二年级学生，她去了延安地区延长县七里村插队。二十多年后，她才迈入北京大学中文系首届作家班。

　　做知青的时候，她写了两首未见新奇的诗《庄严的时刻在今天》和《出诊》。后者为她的长篇叙事诗创作提供了契机。一年半后，她离开七里村到延安无线电厂当工人。这种变动和距离的调整对她的诗歌创作极为重要。她开始写长叙事诗《兰珍子》，用诗歌讲述一个女知青当赤脚医生的故事。

彭燕郊
（1920—2008）

原名陈德矩，福建莆田人。1938年参加新四军，曾在新四军政治部战地服务团和对敌工作部工作。1939年开始在《七月》《现代文艺》《文化杂志》《诗创作》等刊发表作品，为"七月诗派"代表诗人。曾任中华全国文协桂林分会常务理事，创作部副部长，《广西日报》编辑，《光明日报》副刊编辑，湖南大学中文系副教授，湘潭大学中文系教授等。曾主编《诗苑译林》《现代散文诗名著译丛》《外国诗辞典》等。二十世纪八十年代以来，创办并主编《楚风》杂志。他被誉为"中国新诗的南岳"。

爱

彭燕郊

爱是人生理想的实体

——摘自手记

爱是这样的，是比憎还要锐利的，

以锐利的剑锋，刀刀见血地镂刻着，

雕凿着，为了想要完成一个最完美的形象，

爱者的利刃是残酷的。

激荡的漩流，不安宁的浪涛，

比呼救的信号灯还要焦急，深情的双眼闪烁着，

找寻那堤坝的缺口，急于进行一次爆炸式的溃决。

爱者，用洪水淹没我吧，我要尝尝没顶的极乐！

去，站到吹刮着狂飙的旷野上去，

站到倾泻而下的哗哗大雨里面去，

爱者，狠起心不顾一切地冲刷我，

更加，更加猛烈地摇撼我，让我感到幸福！

而且执拗地纠缠我，盘曲的蛇一样
紧紧地、狂野地抓牢我，
以冲击一只小船的滔天巨浪的威力，
以那比大海还要粗暴的威力，震动我！

不是心灵休息的地方，不是的。
爱者啊，从你这里，我所取得的不只是鼓舞和抚慰；
这里，往往少一点平静，多一点骚乱，
爱者，你的铁手的抚摩是使人战栗的。

心灵撞击心灵，于是火花迸射，
随着热泪而来的，是沉痛的倾诉。

爱是这样地在揪心的痛苦里进行的，
在那里，在爱者的伴随长叹的鞭挞里。

安宁吗？平静吗？不！池塘有一泓碧水，
澄清地照出一天灿烂的云霞，
但那只是云霞，云霞的绚丽，云霞的瑰奇，
而澄清的池塘失去了它自己。

而沐着阳光有晶莹的心灵

却以其结晶的多棱的闪动，

以千万道颤抖的光芒的跳跃，迎接着光和热，

爱者心辉的交映就应该是这样的。

多么苛刻，多么严峻而且固执，

只想成为彼此理想的体现，爱者和被爱者

是如此迫不及待的心情

奔向对方，去为自己的理想找寻见证的。

而他们也都终于看到了并且得到了

捧在彼此手上的那个血淋淋的生命，

那突突地跳着的，暖烘烘的理想

赫然在目，这生和死都无法限量的爱的实体！

赏析

　　爱，在诗人眼中已褪去了温文尔雅，热烈奔放的本性毫不遮掩地呈现了出来，赤裸而真实，热情而真挚。诗人以清新明丽的笔法把激情融入细致描绘的直观意象中。爱，一种永恒的情愫，似乎应细水长流，而诗人的"爱"却蕴涵着一种深沉、庄严而又火热的感情，散发着向上的朝气。这就是诗人眼中的爱。

　　　　　　　　　　　　枕戈

戴望舒
(1905—1950)

　　中国现代派著名象征主义诗人，又称"雨巷诗人"。原名戴梦鸥，曾用笔名艾昂甫、江思等，浙江杭县（今杭州市余杭区）人。1926年在施蛰存、杜衡等人创办的《璎珞》旬刊发表诗作《凝泪出门》；1927年创作、翌年发表的《雨巷》一诗，成为传诵一时的名作，受到叶圣陶的极力推荐；1929年4月出版第一部诗集《我的记忆》；1932年赴法国留学，其间翻译了大量外文著作；1935年春回国。翌年与卞之琳、梁宗岱、冯至等人创办《新诗》月刊。曾担任新闻出版总署国际新闻局法文科科长，从事翻译。二十世纪三十年代"现代派"诗人领袖。著有诗集《我的记忆》《望舒草》《望舒诗稿》《灾难的岁月》《戴望舒诗选》《戴望舒诗集》《戴望舒诗全编》等。

雨 巷

戴望舒

撑着油纸伞，独自
彷徨在悠长、悠长
又寂寥的雨巷，
我希望逢着
一个丁香一样的
结着愁怨的姑娘。

她是有
丁香一样的颜色，
丁香一样的芬芳，
丁香一样的忧愁，
在雨中哀怨，
哀怨又彷徨。

她彷徨在这寂寥的雨巷，
撑着油纸伞
像我一样，
像我一样地

默默彳亍着，

冷漠、凄清，又惆怅。

她默默地走近，

走近，又投出

太息一般的眼光，

她飘过

像梦一般的，

像梦一般的凄婉迷茫。

像梦中飘过

一枝丁香地，

我身旁飘过这女郎；

她静默地远了，远了，

到了颓圮的篱墙，

走尽这雨巷。

在雨的哀曲里，

消了她的颜色，

散了她的芬芳，

消散了，甚至她的

太息般的眼光，

丁香般的惆怅。

撑着油纸伞，独自

彷徨在悠长、悠长

又寂寥的雨巷，

我希望飘过

一个丁香一样的

结着愁怨的姑娘。

赏析

《雨巷》是戴望舒的成名作，他也因此赢得了"雨巷诗人"的雅号。

诗人用清雅、幽婉的诗句塑造了"一个丁香一样的/结着愁怨的姑娘"，充满迷惘情绪和朦胧的希冀。而这位丁香一样的姑娘，既是诗人自身情绪的表达，也是时代环境的反映。

百无聊赖时，诗人撑着油纸伞独自走在狭窄阴沉的雨巷——"我希望逢着一个丁香一样的结着愁怨的姑娘"，这种愿望是强烈的。诗中运用反复、重唱等手法，一唱三叹，造成了回旋往复、婉转悦耳的音乐效果。除了受象征诗歌艺术的影响，《雨巷》借鉴中国古典诗词艺术的痕迹也很明显。"青鸟不传云外信，丁香空结雨中愁"，是南唐中主李璟的名句。戴望舒吸收了古诗词中描写愁情、创造意境的方法来表现怅惘伤感。诗人依据古典诗词的意境、手法，在生活经验的基础上，又加上了自己想象的创造。这是比生活更美的艺术想象的产物。

叶圣陶曾称赞这首诗为中国新诗的音节开辟了"新纪元"。

张猛

我用残损的手掌

戴望舒

我用残损的手掌

摸索这广大的土地：

这一角已变成灰烬，

那一角只是血和泥；

这一片湖该是我的家乡，

（春天，堤上繁花如锦幛，

嫩柳枝折断有奇异的芬芳，）

我触到荇藻和水的微凉；

这长白山的雪峰冷到彻骨，

这黄河的水夹泥沙在指间滑出；

江南的水田，你当年新生的禾草

是那么细，那么软……现在只有蓬蒿；

岭南的荔枝花寂寞地憔悴，

尽那边，我蘸着南海没有渔船的苦水……

无形的手掌掠过无限的江山，

手指沾了血和灰，手掌沾了阴暗，

只有那辽远的一角依然完整，

温暖，明朗，坚固而蓬勃生春。

在那上面，我用残损的手掌轻抚，

像恋人的柔发，婴孩手中乳。

我把全部的力量运在手掌

贴在上面，寄予爱和一切希望，

因为只有那里是太阳，是春，

将驱逐阴暗，带来苏生，

因为只有那里我们不像牲口一样活，

蝼蚁一样死……那里，永恒的中国！

赏析

　　戴望舒写这首诗时，正身陷日军铁牢。如同诸多仁人志士的"铁窗诗"一样，这首诗情真意切，充满了爱国激情和坚定的信念。

　　诗的开篇想象奇特："我用残损的手掌/摸索这广大的土地"。诗人在狱中只能摸索，只能凭借手掌的感觉，而不能亲身感受祖国的大好河山。

　　这一角、那一角，长白山、黄河、江南的水田、岭南的荔枝花……这些昔日灿烂光辉的美丽图景因日军的践踏而破碎、沉沦，大江南北几乎无一净土。但是，在这破碎之中，"只有那辽远的一角依然完整，/温暖，明朗，坚固而蓬勃生春"。在那里，"我们不像牲口一样活，/蝼蚁一样死"，那里"寄予爱和一切希望"。在此，我们不禁要问："那辽远的一角"是哪里？

　　是我们心中伟大的祖国！在我们心中，她永远温暖、明亮，是一个给我们自由和尊严的国度。

张猛

小链接

戴望舒的童年生活原本是平静的，而一场天花却夺去了他活泼可爱的面容，使他的脸上终生落下瘢痕。涉世后，他生理上的缺陷常常使他变成别人奚落的对象，即使后来在诗歌上取得了一些成就，依然常常受到来自同行的嘲笑。

1931年12月，戴望舒的中学同学张天翼在《北斗》杂志上发表了一篇题为《猪肠子的悲哀》的小说。小说素材之一就是戴望舒的生理缺陷。纪弦是比戴望舒晚一辈的诗人，他在纪念戴望舒逝世四十周年的文章中写道："记得有一次，在新雅粤菜馆，我们吃了满桌子的东西。结账时，望舒说：'今天我没带钱，谁个子最高谁付账，好不好？'这当然是指我。朋友们都盯着我瞧。我便说：'不对。谁脸上有装饰趣味的谁请客。'大家没学过画，都听不懂，就问什么叫作'装饰趣味'。杜衡抢着说：'不就是麻子吗？'于是引起哄堂大笑，连邻座不相识的茶客也忍不住笑了起来。"在讥讽与嘲笑中的戴望舒，只有把唯一的希望寄托在诗歌上，这是少年时期就立下的志愿。他认为，一个被生理缺陷困扰的人，要想在社会上立足，就必须是某一方面的强手。

冯至
（1905—1993）

现代著名诗人、翻译家、教授。河北涿州人。受"五四"新文化运动影响，开始写诗。1941年创作的《十四行集》影响很大。他在二十世纪二十年代创作的叙事诗卓有成就，《帷幔》《蚕马》等作品"堪称独步"（朱自清语）。鲁迅评价冯至为"中国最为杰出的抒情诗人"。

著有诗集《昨日之歌》《十四行集》，散文集《山水》，中篇历史小说《伍子胥》，论文集《歌德论述》《诗与遗产》等。此外还有《冯至选集》《冯至全集》出版。

蛇

冯至

我的寂寞是一条蛇，
静静地没有言语。
你万一梦到它时，
千万啊，不要悚惧！

它是我忠诚的侣伴，
心里害着热烈的乡思；
它想那茂密的草原——
你头上的浓郁的乌丝。

它月影一般轻轻地，
从你那儿轻轻走过；
它把你的梦境衔了来，
像一只绯红的花朵。

赏析

这是冯至非常著名的一首诗。

写相思之热烈，却用冰冷无言的蛇打比，大胆而不失贴切——还有什么比相思中的寂寞更深、更冷、更无法诉说呢？"绯红的花朵"是诗中唯一的亮色，如同雨夜中的一盏灯火，吸引一颗孤独寂寞的心慢慢靠近。

爱情让人变得热烈，爱情也让人更加寂寞。

哑巴

我们准备着深深地领受①

冯至

我们准备着深深地领受
那些意想不到的奇迹，
在漫长的岁月里忽然有
彗星的出现，狂风乍起。

我们的生命在这一瞬间，
仿佛在第一次的拥抱里，
过去的悲欢忽然在眼前
凝结成屹然不动的形体。

我们赞颂那些小昆虫，
它们经过了一次交媾
或是抵御了一次危险，

便结束它们美妙的一生。
我们整个的生命在承受
狂风乍起，彗星的出现。

赏析

法国著名女哲学家微依有一本书叫《在期待之中》，道出了人生的基本境况。无论如何，都生活在对某事、某人、某一时刻的期待之中。这一期待带给我们的牵引之力，就像蜡烛燃烧而在它的周围没有光晕一样——如何能想象这样的贫瘠！

那是时间静止如一口深井的时刻。我们从井底窥见自己曾生动鲜活地站在人生的舞台上，在风驰电掣的时间中，生生不息……

哑巴

①此诗为《十四行集》第一首，题目为编者所加。

我们站立在高高的山巅[①]

冯至

我们站立在高高的山巅，

化身为一望无边的远景，

化成面前的广漠的平原，

化成平原上交错的蹊径。

哪条路、哪道水，没有关联，

哪阵风、哪片云，没有呼应：

我们走过的城市、山川，

都化成了我们的生命。

我们的生长、我们的忧愁

是某某山坡的一棵松树，

是某某城上的一片浓雾；

我们随着风吹，随着水流，

化成平原上交错的蹊径，

化成蹊径上行人的生命。

---

①此诗为《十四行集》第十六首，题目为编者所加。

赏析

人类与世界万物究竟有何关联？

"我们站立在高高的山巅，/化身为一望无边的远景，/化成面前的广漠的平原，/化成平原上交错的蹊径。"我们、山巅、一望无边的远景、广漠的平原、交错的蹊径……

在诗中构成了一幅立体的画面，由远及近，由模糊到清晰，我们就在其中穿梭、行进。

路、水，没有关联；风、云，没有呼应。然而，由于我们的生命，它们获得了一个凝聚的核心——"我们走过的城市、山川，/都化成了我们的生命。"

"我们的生长、我们的忧愁/是某某山坡的一棵松树，/是某某城上的一片浓雾"……

我们与万物同在，我们随着风吹、随着水流，与万物相互渗透、融合，由万物而来，又归于万物。

诗人道出了人的生命与世间万物的种种内在的必然联系。

张猛

小链接

1958年，"大跃进"开始了。当时北京大学在"要用党校标准办大学"的口号下，在西语系掀起了一股"批判西方资产阶级文学"的热潮，各个专业都拟定自己的"重点批判对象"。德语专业的师生集中在民主楼的大教室里，大家几乎一致提出要以歌德为重点，因为歌德年轻时就欣然去朝廷做大官，不惜与王公贵族为伍。这时，站在讲台上主持会议的冯至先生以深沉而诚恳的口吻说："同学们，你们现在还不知道，歌德在德国人民的心目中具有多么崇高的威望！"会场上鸦雀无声，个个目瞪口呆。这次由冯至先生主持的"批判动员大会"就这样不了了之。

公木
（1910—1998）

著名诗人、学者、教育家。河北省辛集市人。原名张永年，又名张松甫、张松如，笔名公木、木农等。他是《中国人民解放军进行曲》和《英雄赞歌》的词作者。主要作品有《黄花集》《十里盐湾》《公木诗选》《毛泽东诗词鉴赏》《第三自然界概论》《中国文化与诗学》等。

难老泉

公木

我仿佛感到碧玉泛清凉,
难老泉淙淙向山下流淌;
我仿佛听到翠玉相击响,
绿纱萍轻轻在水底摇晃。

心地纯净得了无纤尘,
眼睛晶莹得浓夜闪光——
我恍惚看见袒胸的水母娘娘,
裸足涉着浅水,素手撩着衣裳。

她向人们播出智慧的种子,
她向大地插上幸福的苗秧,
凡是泉水潺潺流过的地方,
就有荷花和稻花一齐飘香。

赏析

　　"我仿佛感到碧玉泛清凉，/难老泉涼涼向山下流淌；/我仿佛听到翠玉相击响，/绿纱萍轻轻在水底摇晃。"诗人以"碧玉""翠玉"为喻体写出了自己的所见所闻，清新、自然、纯净，泛着灵性的光辉和凉爽的气息。"心地纯净得了无纤尘，/眼睛晶莹得浓夜闪光"，敏感的诗人被感动了，他的心地因难老泉的纯洁而了无纤尘，他的眼睛因感动而泪水盈眶。"我恍惚看见袒胸的水母娘娘，/裸足涉着浅水，素手撩着衣裳。"诗人陷入了恍惚迷离的境界之中，为美而感动，为美而畅想。李白的"素手把芙蓉"也不过是如此境界吧。最后，诗人深情地赞美了难老泉的功绩："凡是泉水潺潺流过的地方，/就有荷花和稻花一齐飘香。"这可能是实情，但就诗歌技艺来说，此处却显得有些削减了诗意。

张猛

后记

版权声明

　　我们这个时代还需要诗歌吗？我们的生活还需要诗歌吗？我们的成长还需要诗歌吗……

　　2012年新年到来之际，当我们精心策划、打造的这套"最美的诗"呈现在大家面前时，这样的疑问仍不绝于耳。

　　诚然，自1995年以来，随着最后一位"大众诗人"汪国真渐渐淡出人们的视野，诗歌这一文学体裁也逐渐淡出了大众的视野。从某种意义上讲，80后、90后、00后这些新生代，几乎是在诗歌"贫瘠的土壤"中成长起来的。海德格尔说得好："诗歌即历史。艺术是真理在作品中的创造性保存。"一个国家的国民素质体现在文学史的发展轨迹上，而诗歌则是其中最为重要的一环。优秀的诗歌首先应该是美的，是美好的有机部分与美的最高境界。作为文学的最高形式，诗歌拥有无可复制的"美"——语言美、意境美、音律美、形式美等。这无疑是青少年提升美育、陶冶情操不可或缺的琼浆玉露。

　　作为出版人，我们肩负着神圣的使命感和责任感，力求打造一套文学中的"高、精、尖"读物，为广大读者奉上唯美、醇正、厚重的精神飨宴。这套诗集共五册，收录了中外二百多位诗人的近五百首诗歌：所选诗人几乎囊括了东西方主要国家最具代表性的文学巨匠，其中有不少诗人是诺贝尔文学奖得主；所选诗歌亦为最具代表性的、最脍炙人口的传世佳作，首首精品。我们希望将这套诗集打

造成诗歌出版史上最权威、最经典、最全面翔实的"诗歌精选集"。

这套诗集初版因编校和版式等存在不足之处，我们重新修订并美编优化，如今重新推出。虽然我们满怀热忱努力做到尽善尽美，但疏漏不足之处恐难避免，请方家多多批评指正。当然，我们希望这套诗集越来越多地出现在青少年的书架上，出现在诗歌爱好者的床头案边，这正是我们出版这套诗集的目的——欣赏最美的诗歌，让美好留存心中！

"最美的诗"总策划人　侯开

2018 年 7 月

后记
版权声明

本套诗集从前期组稿到后期编辑、付梓，历时五载有余。因困难重重，编辑工作曾几度搁浅，但我们都咬牙挺了过来。这其间有檀作文、李暮先生的推荐和创意，有吴功青、赖小皮、哑巴、山鬼鸿、枕戈、王冷阳、苏爱丽等诗歌研究者在精选诗作、撰写赏析等环节所付出的艰辛劳动，其中资深编辑王冷阳先生耗时一年多，通宵达旦、呕心沥血地对书稿进行了重新整合、梳理和最终的编审。此外，诸多热心朋友对本书也给予了不同程度的支持与帮助，我们在此一并深表谢忱。

因这套诗集所选作品涉及作者、译者众多，我们未能一一取得联系，烦请各位作者、译者及版权持有人及时与我们联系，一经核实、确认，即致润笔，奉寄样书。

联系电话：（010）52059569

联系邮箱：houkai@girlbook.cn

"最美的诗" 总策划人　侯开

2018 年 7 月

不要温和地走进那个良夜

Do Not Go Gentle Into That Night

经典诗歌02

悦读纪 编著

江苏凤凰文艺出版社
JIANGSU PHOENIX LITERATURE AND
ART PUBLISHING, LTD

图书在版编目（CIP）数据

不要温和地走进那个良夜 / 悦读纪编 . —南京：
江苏凤凰文艺出版社，2018.7

（三月，有人呼唤我的名字）

ISBN 978-7-5594-0877-8

Ⅰ.①不⋯　Ⅱ.①悦⋯　Ⅲ.①诗集－世界　Ⅳ.
①I12

中国版本图书馆CIP数据核字（2018）第159213号

书　　　名　不要温和地走进那个良夜
编　　　者　悦读纪
选 题 策 划　侯　开
责 任 编 辑　姚　丽
特 约 编 辑　王冷阳　李宇东
装 帧 设 计　蒋　晴　刘丽霞
责 任 监 制　刘　巍　江伟明
出 版 发 行　江苏凤凰文艺出版社
出版社地址　南京市中央路165号，邮编：210009
出版社网址　http://www.jswenyi.com
印　　　刷　三河市航远印刷有限公司
开　　　本　880毫米×1230毫米　1/32
字　　　数　190千字
印　　　张　8.5
版　　　次　2018年7月第1版，2018年7月第1次印刷
标 准 书 号　ISBN 978-7-5594-0877-8
定　　　价　180.00元（全五册）

影视版权抢订热线　13911704013
江苏文艺版图书凡印刷、装订错误可随时向承印厂调换

目录 CONTENTS

第一辑
英国部分
England

**第二辑
法国部分
France**

第一辑

英国部分

England

杰弗雷·乔叟
（约1343—1400）

　　"英国诗歌之父"，英国文艺复兴运动的伟大先驱。曾因外交事务出使许多国家和地区，后遇见薄伽丘与彼特拉克，这对他日后的文学创作产生了很大影响。主要作品有《坎特伯雷故事集》《公爵夫人之书》《声誉之宫》《百鸟会议》《贤妇传说》及《特罗勒斯与克丽西德》等。他逝世后被安葬在伦敦威斯敏斯特教堂的"诗人之角"。

鸟儿回旋曲

杰弗雷·乔叟

来吧，夏天，用你柔和的阳光
对风雪交加的天气发动攻击，
赶得又长又黑的夜就此逃避！

圣瓦伦丁河啊，小鸟在为你歌唱，
你戴着花冠坐在高高的云里。
来吧，夏天，用你柔和的阳光
对风雪交加的天气发动攻击。

那些鸟儿有理由不时地欢唱，
因为它们在树丛里找到伴侣。
啊，它们醒时唱得多幸福甜蜜。
来吧，夏天，用你柔和的阳光
对风雪交加的天气发动攻击，
赶得又长又黑的夜就此逃避。

佚名 译

赏析

在飞雪肆虐的季节，诗人渴望鸟儿的歌唱，它喻示着更加鲜活的生命。"那些鸟儿有理由不时地欢唱，因为它们在树丛里找到伴侣。"我们渴望冰水中有鱼儿探出头来，我们更渴望水中映出爱人的影子。春天和夏天就这样踮着脚，姗姗而至。

吴功青

无情美人回旋曲

杰弗雷·乔叟

你那双大眼睛能一下把我杀掉；
它们的美已使我无法再安详；
我的心被刺出剧痛的创伤。

只有你的话能把我的伤治好，
趁现在这创口尚未开始溃疡——
你那双大眼睛能一下把我杀掉；
它们的美已使我无法再安详。

相信我的话，我把实情奉告：
生前和死后你都是我的女王；
因为我的死会使你了解真相。
你那双大眼睛能一下把我杀掉；
它们的美已使我无法再安详。

我的心被刺出剧痛的创伤。

佚名　译

赏析

　　"回旋曲"的形式给情感插上了上升的翅膀,仿如一只鸟儿在云中翻飞,句子的反复使感情的表达越来越重。"你那双大眼睛能一下把我杀掉;/它们的美已使我无法再安详"——你见过这样的大眼睛吗?它简直比利剑还要锋利!"生前死后你都是我的女王",面对渴望却不能得到的爱,人总会悲伤。有时为了求得一点温暖,甚至宁愿放下自己的尊严。无情的美人啊,连同诗歌一起回旋着上升,在那高耸的天际,在忽远忽近的梦里,诗人能否偷偷将她亲吻……

吴功青

小链接

　　"回旋曲"是由相同的主部和几个不同的插部交替出现而构成的乐曲。它有两种基本的类型——单主题的和对比主题的。前者的各个插部是主部的展开，而后者的各个插部则是和主部相对比的新主题，插部相互之间又形成鲜明的对照。也有"回旋曲"把两种类型结合起来，其中一些插部是单主题的，而另一些插部则是对比主题的。

　　"回旋曲"起源于古代欧洲民间的轮舞歌曲，其中联句（即插部）和叠句（即主部）交替出现，联句的歌词每次不同，而叠句的歌词则每次相同。法国古老的诗歌形式"回旋诗"和后世音乐的"回旋曲"在结构上极为相似，实际上两者同出一源。

　　英国中世纪研究专家特里·琼斯在出版的《谁谋杀了乔叟？》一书中认为，乔叟的死因非常可疑。作为那个时代非常著名的人士，却没有关于他的死亡和遗嘱的记载，这是不正常的。因此，乔叟很可能是被谋杀的。也许是乔叟在《坎特伯雷故事集》中对修士和赦罪者有很多不敬的描写，新任的坎特伯雷大主教托马斯·阿朗戴尔对他心怀嫉恨。也许是乔叟在作品中流露出的反封建、反教会的自由思想，引起了上台不久的亨利四世对他的敌视。种种迹象表明，乔叟极有可能被谋杀。

埃德蒙·斯宾塞

(1552—1599)

　　文艺复兴时期英国伟大诗人,是从杰弗雷·乔叟过渡到莎士比亚之间最杰出的诗人。代表作有长篇史诗《仙后》田园诗集《牧人月历》组诗《情诗小唱十四行诗集》《婚前曲》《祝婚曲》等。他的诗用词典丽、情感细腻、格律严谨、优美动人,对后世的英国诗人,包括弥尔顿、马洛、雪莱、济慈等都有深远影响,被誉为"诗人中的诗人"。他在长诗《仙后》中探索出了一种新的适用于长诗的格律形式,后被称作"斯宾塞诗节"。其爱情十四行诗至今仍是世界上最优美的爱情诗。

　　同杰弗雷·乔叟一样,斯宾塞死后被葬在伦敦威斯敏斯特教堂的"诗人之角",紧挨着杰弗雷·乔叟。

爱情十四行 （第一首）

埃德蒙·斯宾塞

幸福的书页啊，那双百合般的素手，

以致死的力量紧攥着我的生命，

将抚摩你，用爱的柔带把你牢扣，

像征服者面前的囚徒，你战战兢兢。

幸福的诗句啊，那双明亮的眼睛，

将时时像星光俯视来把你看望，

来探察我这濒死的灵魂的愁情，

我内心悲书中用泪水写下的忧伤。

幸福的韵律啊，你浸在赫利孔山上

神圣的溪中，那里是她的来处，

你将会看到那天使快乐的目光，

我心中久缺的食粮，我天国的至福。

书页、诗句和韵律啊，去讨她喜欢，

倘若她高兴，其他人我一概不管。

胡家峦　译

赏析

这是斯宾塞由八十九首爱情诗组成的《爱情十四行》中的一首，据说是斯宾塞写给他的未婚妻伊丽莎白·博伊尔小姐的。这些诗谈不上有多么优美，除了韵律之外，并无太大价值可言，但这些诗行却以纯洁感人的爱情诉说感动了一代又一代读者。

本诗是第一首。爱情和诗一直都结合在一起，爱情是诗歌的食粮，诗歌也因爱情而变得更加美好。

小皮

爱情十四行（第四十五首）

埃德蒙·斯宾塞

小姐啊，不要去看水晶明镜里
你那美丽的自我，永远别去看：
在我的身上，我是说在我的心底，
来把你栩栩如生的影像细瞻。
在我的内心，虽然它很难展现
世俗的眼睛看不见的神圣事物，
你那天国形体的美好理念，
每一部分都永存而不会朽腐。
倘若我的心不是因你的残酷
悲伤得暗淡无光，变成了畸形，
那么你美好的影像，你秀丽的面目，
就在我心中清晰得胜过水晶。
你在我心中的自我，你若能看见，
那就请消除使你光辉变暗的根源。

胡家峦 译

赏析

从"我"的眼睛里，"你"可以看到最完美的自己，"我"才是"你"最完美的一面镜子。但是，这面爱的镜子却因为被女主人公忽略而变得暗淡无光。只有爱，才能使它恢复光亮，才能使"你"更加完美。这是爱的乞求，也是爱的信念。

小皮

爱情十四行（第七十五首）

埃德蒙·斯宾塞

有一天，我把她的名字写在沙滩，

但海浪来了，把那个名字冲跑；

我用手再一次把它写了一遍，

但潮水来了，把我的辛苦又吞掉。

"自负的人啊，"她说，"你这是徒劳，

妄想使世间凡俗的事物不朽；

我本身就会像这样烟消云散，

我的名字也同样会化为乌有。"

"不，"我说，"让低贱的东西去筹谋

死亡之路，但你将靠美名而永活：

我的诗将使你罕见的美德长留，

并把你光辉的名字写在天国。

死亡可以征服整个世界，

我们的爱将长存，生命永不灭。"

胡家峦　译

赏析

一再地把她的名字写在沙滩上，让潮水一再冲洗，这是一种让人感动的坚持。

爱情成为永恒？对于诗人的女友来说，这几乎不可能。但他坚定地认为，这是可能的。通过诗的通道，爱情闪耀着光辉，进入永恒。

小皮

美哉，我的爱人

埃德蒙·斯宾塞

美哉，我的爱人，偶然瞥见
她美丽的金色头发在风中飘舞；
美哉，当那红润的双颊上玫瑰吐艳，
当她双眸中有爱的火光闪现。
美哉，当她挺起胸乳，
像满载奇珍异宝的航船，
美哉，当她用微笑驱散
那遮掩她美丽光辉的骄傲云团。

而她最美之时，则是她轻轻开启
那红宝石与白珍珠的富丽之门，
吐出连珠的妙语，
传达着优雅温柔的情意。
余者皆为造化神工，
唯此处是心的惊奇。

胡家峦　译

小链接

　　"十四行诗"原是流行在欧洲民间的抒情诗体裁，是为歌唱而生的一种诗歌体裁。最早诞生于意大利，十六世纪初被两位英国贵族移植到了英国。十四行诗对于音律和韵脚很讲究，每段的韵脚排列方式也有很多变化。十四行诗的魅力不仅仅局限于诗体的韵律，其格式还有一种建筑美，基本上每行的字数都差不多，这样加上韵律读起来就会朗朗上口。

　　十四行诗的基本要求首先是"十四行"，格律根据每个国家语言语法的不同而有着相应不同的要求。法语翻译过来的十四行诗，基本上是按照每行的音节来译的，每行8、10、12音节不等。英、德文译过来的，大都按其原文每行五步抑扬格的规律来翻译。翻译为汉语，大都译为每行以五个汉语词组来代替原文的五步抑扬格。至于韵脚，可以有很多种变化，如：抱韵体（1221，即一、四句互押，二、三句互押）、交叉韵体（1212，即一、三互押，二、四互押）、并韵体（1122，即一、二互押，三、四互押）等。外国诗歌一般都是按照韵脚的规律来排列诗歌的行距的。

　　中国现代新体诗歌刚流行的时候，很多诗人都受到了十四行诗的影响，如徐志摩、闻一多等。

威廉·莎士比亚

（1564—1616）

　　"文艺复兴"时期英国最伟大的诗人、戏剧家，也是欧洲文学史上少数几位声望最高、影响最大的作家之一。生于英国中部艾汶河畔的斯特拉福镇。二十岁左右前往伦敦，从当剧院的杂役开始，一步步走上了文学创作之路。1599 年，他已是伦敦最豪华的公共剧院环球剧场的股东之一。其剧作大致可分为历史剧、喜剧与悲剧三种。其中，最著名的四大悲剧为《哈姆雷特》《麦克白》《奥赛罗》和《李尔王》。《十四行诗集》是莎士比亚的抒情诗代表作。

十四行诗 （第七十三首）

威廉·莎士比亚

在我身上你或许会看见秋天，

当黄叶，或尽脱，或只三三两两

挂在瑟缩的枯枝上索索抖颤——

荒废的歌坛，那里百鸟曾合唱。

在我身上你或许会看见暮霭，

它在日落后向西方徐徐消退：

黑夜，死的化身，渐渐把它赶开，

严静的安息笼住纷纭的万类。

在我身上你或许会看见余烬，

它在青春的寒灰里奄奄一息，

在惨淡灵床上早晚总要断魂，

给那滋养过它的烈焰所销毁。

看见了这些，你的爱就会加强，

因为他转瞬要辞你溘然长往。

梁宗岱 译

赏析

　　人们对莎士比亚的《十四行诗集》一般有两种看法：一种认为它是一个自传式的整体，贯穿着一条叙事发展的线索；一种则认为诗与诗之间并没有密切的关联，只是在主题上具有一致性。例如，时间与死亡一直出没在前一百二十六首诗里。

　　莎翁的《十四行诗集》修改了诗歌的创作规则，抛弃了十六世纪九十年代十四行诗的宫廷性质和烦琐的神话典故。它们以新的韵律活力在跳动，探索着一种新的感情范畴，努力掌握一种新的语言含义，并在严格的十四行结构中上演了新的戏剧。更重要的是，它们显示："造成并毁损人类乐观情绪的过错既不在于群星，也不在于某个特定的可望而不可即的星宿，而是我们自己"（《牛津简明英国文学史》）。

　　"在我身上你或许会看见秋天"，诗人并不掩饰生命力的消退，也没有陷入哀伤，因为它曾如此强大地在他身上显现："荒废的歌坛，那里百鸟曾合唱。"如同日暮让人更加热爱光明，诗人只是说，"看见了这些，你的爱就会加强，/因为他转瞬要辞你溘然长往"。成熟的生命会更加热爱生命，也更值得热爱——因为它们已站在了坠入永恒的深渊边上。

哑巴

活下去还是不活：这是问题[①]

威廉·莎士比亚

活下去还是不活：这是问题。

要做到高贵，究竟该忍气吞声

来容受狂暴的命运矢石交攻呢，

还是该挺身反抗无边的苦恼，

扫它个干净？死，就是睡眠——

就这样；而如果睡眠就等于了结了

心痛以及千百种身体要担受的

皮痛肉痛，那该是天大的好事，

正求之不得啊！死，就是睡眠；

睡眠也许要做梦，这就麻烦了！

我们一旦摆脱了尘世的牵缠，

在死的睡眠里还会做些什么梦，

一想到就不能不踌躇。这一点顾虑

正好使灾难变成了长期的折磨。

谁甘心忍受人世的鞭挞和嘲弄，

忍受压迫者虐待、傲慢者凌辱，

①著名独白，见《哈姆雷特》第三幕第一场。

忍受失恋的痛苦、法庭的拖延、

衙门的横暴，做埋头苦干的大才

受作威作福的小人一脚踢出去，

如果他只消自己来使一下尖刀

就可以得到解脱啊！谁甘心挑担子，

拖着疲累的生命，呻吟、流汗，

要不是怕一死去了就没有人回来的

那个从未发现的国土，怕那边

还不知会怎样，因此意志动摇了，

因此便宁愿忍受目前的灾殃，

而不愿投奔另一些未知的苦难？

这样子，顾虑使我们都成了懦夫，

也就这样子，决断决行的本色

蒙上了惨白的一层思虑的病容；

本可以轰轰烈烈地大作大为，

由于这一点想不通，就出了别扭，

失去了行动的名分。

卞之琳　译

赏析

生与死的问题，其实是如何生的问题。因为大多数人还是不敢去死的。中国人如此，西方人也不例外。灵魂不死和进入天堂是他们克服死亡恐惧的屏障，因此，当他们还在尘世行走，便有人把头抬得高高的，目光望着远方。

不过，我要严肃地引用莎翁《亨利四世》中两个人的话，警戒人们三思而后行。一个是最后的骑士小潘西，当他被亨利五世杀死时，他说道："我宁愿失去这脆弱易碎的生命，却不能容忍你从我手里赢得不可一世的声名。"可他随即又改口道："可是思想是生命的奴隶，生命是时间的用人，俯瞰全世界的时间，总会有它的停顿。"

另一个是福斯塔夫。在战场上，福斯塔夫有一段很精妙的对死亡和荣誉的反思："假如当我上前的时候，荣誉把我报销了呢？那便怎么样？荣誉能够替我重装一条腿吗？不。重装一条手臂吗？不。解除一个伤口的痛楚吗……什么是荣誉？两个字。那两个字又是什么？一阵空气！"

其实，如果只是在高贵与否之间选择生或死，是简单的；难的是太多时候我们并不明确生活的性质。谁能告诉我现在的生活是否值得一过？宣判的神音，它一直没来。

哑巴

小链接

　　莎士比亚青少年时代酒量可观。一次，他听说斯特拉特福附近的毕得佛小镇上的人都很能喝啤酒，就跑去要和他们较量较量。他问毕得佛镇的一个牧人："会喝酒的在哪儿？"牧人说："会喝酒的不在，只有能啜酒的。"最终，那个"轻量级"的饮酒者使莎士比亚一败涂地。他喝得头昏脑涨，步履蹒跚地离开了毕得佛镇，途中醉倒在路旁一株绿荫如盖的酸苹果树下。后来这株树被称为"莎士比亚的天棚"。莎士比亚曾在他的故居种植多株桑树，而后人把它砍成小块桑木出售，据说它可以引发文思。如今，这株酸苹果树早已不见踪影，大概已被旅游观光的人当作纪念品给肢解了吧！

约翰·弥尔顿
(1608—1674)

　　十七世纪英国资产阶级革命时期的著名诗人。弥尔顿积极参加了当时的宗教论争，其理想是建立一个真正的新教共和国。《论出版自由》是他最著名、最具永久说服力的政论散文。诗歌方面的主要代表作是长诗《失乐园》《复乐园》和《力士参孙》。《荷马史诗》《神曲》《失乐园》被誉为"西方三大诗歌"。他是继威廉·莎士比亚之后英国最伟大的诗人。

哀失明①

约翰·弥尔顿

想到了在这茫茫黑暗的世界里，

还未到半生两眼就已失明，

想到了我这个泰伦特②，要是埋起来，

会招致死亡，却放在

我手里无用，

虽然我一心想用它服务造物主，

免得报账时，得不到他的宽容；

想到这里，我就愚蠢地自问：

"神不给我光明，还要我

做日工？"但"忍耐"

①约翰·弥尔顿于1651年左眼失明，后因写《为英国人民声辩》，劳累过度，双目失明。

②泰伦特（Talent）：古希伯来人计算银子的单位，典故出《圣经·新约·马太福音》。诗人在此指的是自己的文学才能。

看我在抱怨，立刻制止了我：

"神并不要你工作，或给他礼物。

谁最能服从他，谁就是忠于职守。

他君临万方，只要他一声吩咐，

万千个天使就赶忙在海陆奔驰，

但侍立左右的，也还是为他服务。"

殷宝书　译

梦亡妻

约翰·弥尔顿

我仿佛看见我最近死去的爱妻,

被送回人间, 像赫克里斯当初

从死亡手里抢救的

亚尔塞斯蒂,

苍白无力, 又还给她的丈夫。

她好像古时洗身礼拯救的妇女,

已洗涤干净原来产褥的血污;

她穿着她心地那样纯洁的白衣,

正如我相信我会无拘无束

有一天在天堂里面遇见她那样。

她虽然蒙着面纱, 我好像看见

她全身透出亲热、淑善,

和温存,

比任何人脸上显露的都叫人喜欢。

但她正俯身要和我拥抱时,

我醒了,

人空了, 白天带来了黑夜漫漫。

殷宝书 译

赏析

1656年, 弥尔顿第二次结婚, 婚姻十分美满。但仅仅两年之后, 爱妻就死于难产。诗人和妻子结婚时已经失明, 因此从未看到过妻子的面容。"比任何人脸上显露的都叫人喜欢"即为所指。这首诗缠绻深情、缠绵悱恻, 是弥尔顿爱情十四行诗的代表作。"白天带来了黑夜漫漫", 充满悖论的诗句, 却最符合诗人梦醒时分绝望的心境。

哑巴

最近的沛蒙堆大屠杀

约翰·弥尔顿

复仇吧，主啊！圣徒们遭了大难，
白骨散布在寒冷的阿尔卑斯山顶；
当我们的祖先崇拜木石的时辰，
他们已信奉了你那纯粹的真言；
别忘记他们：请录下他们的呻唤，
你的羔羊群，被那血腥的沛蒙堆人
屠杀在古老的羊栏，凶手们把母亲
连婴孩摔下悬岩。他们的悲叹
从山谷传到山峰，再传到上苍。
请把殉难者的血肉播种在意大利
全部国土上，尽管三重冠的暴君
仍然统治着意大利：种子将衍生，
变为千万人，理解了您的真谛，
他们将及早避开巴比伦式的灭亡。

屠岸　译

安德鲁·马维尔
（1621—1678）

　　英国"玄学派"诗人。出生于教士家庭，在十七世纪英国诗坛地位显要。他的诗歌巧妙地重合了伊丽莎白时代抒情诗的优雅及"玄学派"诗歌的严谨。然而，与其他"玄学派"诗人不同的是，他被一些批评家看作是一位承前启后的诗人——他不但继承了伊丽莎白时代爱情诗的浪漫主义传统，成为一位具有浪漫主义气质的诗人，而且开启了十八世纪古典主义的"理性时代"，将浪漫与理性完美结合了起来。除《致羞怯的情人》外，他的《花园》一诗也极为著名。他一生写有哲理诗、赞美诗及讽刺诗共五十余首，另著有散文若干。

致羞怯的情人

安德鲁·马维尔

假若有足够的空间和光阴，

姑娘哟，你的羞怯就不算无情。

我们可以坐下来认真思索

该在哪条路上度过爱的时分；

你可以去印度的恒河边，

去寻觅那闪光的红宝石；

我会在汉伯河[①]畔望水悲叹，

会在洪水[②]前十年就对你钟情；

如果你愿意，你可以拒绝，

直到犹太人成为基督的教民。[③]

我的爱像草木缓慢地生长，

长得比帝国的疆域更宽广无垠。

我可以用上整整一百个年头

来凝视你的面庞，赞美你的眼睛；

①汉伯河，诗人家乡的一条小河。

②《圣经·旧约·创世记》中记载的上古大洪水。

③传说在世界末日到来之前，犹太人将改信基督教。

用两百年来爱慕你的酥胸，
用三万年来崇仰你的全身；
你的每根头发都得爱一个世纪，
待世界末日才窥视你的芳心。
因为，姑娘哟，你值得这般爱恋，
我绝不会降低我火一般的爱情。

但是我常常听见在我身后
时间的飞轮正匆匆逼近；
那边哟，那边，在我们面前
是荒野的浩渺、沉寂的永恒。
你的美貌风韵将不复存在，
你的墓中也不会有我的歌声；
那时只剩下虫豸蠹蛆
来品尝你长久保持的童贞，
你高洁的名誉将变为尘土，
我情欲的烈焰也将燃成灰烬。
坟墓倒是个美好幽静的地方，
但谁也不会在那儿拥抱温存。

所以哟，趁你青春的红颜

像清晨的露珠晶莹娇嫩，

趁你绸缪的心灵正春情荡漾，

趁熊熊欲火煎熬你根根神经，

能欢愉之时让我们尽情欢愉；

就像一对相亲相爱的飞鹰，

在狂欢的瞬间吞下全部岁月，

也不让时光来慢慢消磨青春。

让我们把力量融为一体，

让我们把柔情聚在一身；

让我们为欢乐而奋力搏击，

冲破生活那铁铸的囚门。

我们纵然不能阻止年华流逝，

但可以让那欢乐的佳期早临。

曹明伦　译

赏析

　　这是安德鲁·马维尔最负盛名的一首诗。诗的主旨是劝情人莫迟疑、快接受他的爱情，与我国唐朝诗句"花开堪折直须折，莫待无花空折枝"有异曲同工之处。马维尔以严谨的结构、优美的语言、炽热的情感及崭新的意象，将这一古老的主题开掘出了新意。全诗共分三节，三个词语"假若""但是""所以"恰如逻辑中的演绎推理，使全诗首尾呼应，一气呵成。在假如时间和空间都足够的前提下，诗中青年对他所爱的姑娘说，她的羞怯、忸怩均可理解，他可以用一百年来爱她的眼，两百年来爱她的胸，三万年来爱她的全身。她可以去东方的印度寻求宝藏，而他则可以在西方的家乡等待盼望。这一节意象夸张，口气超然，极富戏剧性，为后文埋下了伏笔。以"但是"开始的第二节语气急转，一扫此前轻松超然的气氛，一针见血地指出了"一朝春尽红颜老，花落人亡两不知"这一严酷的事实。诗人以奇妙的想象力把时间、空间、死亡、爱情点化成惊心动魄的意象，而意象之严酷几乎不顾及读者的神经。"那时只剩下虫豸蛆蛆／来品尝你长久保持的童贞"——这样的场景令人不寒而栗。"坟墓倒是个美好幽静的地方，／但谁也不会在那儿拥抱温存。"这使读者受感染的情绪达到高潮。面对如此严酷的现实，该怎么办呢？以"所以"开始的第三节则顺理成章地指点出迷津——只有及时相爱、及时行乐才能超越时空、战胜死亡。这首感情强烈、意象瑰丽的好诗的确不可多得，难怪诗人 T.S. 艾略特如是评价马维尔的诗——"在轻松的抒情诗的优雅之下蕴藏着坚强的理智"。

　　　　　　　　　　　　　　　　　　佚名

威廉·布莱克

（1757—1827）

　　十九世纪诗人、画家，英国第一位重要的浪漫主义诗人。他一生都保持着宗教、政治和艺术的激进倾向，他浓厚的宗教意识、艺术家的天分和丰富的人生阅历，为其诗歌提供了取之不尽的创作源泉，并使其作品具备了明显的宗教性、预言性、哲理性和艺术性等几大特点。其早期作品简洁明快，中后期作品则趋向玄妙晦涩，充满神秘色彩。著有《诗歌素描》《天真之歌》及《经验之歌》等。

扫烟囱的孩子

威廉·布莱克

我母亲死的时候，我还小得很，

我父亲把我拿出来卖给了别人，

我当时还不大喊得清，"扫呀，扫"

我就扫你们烟囱，裹煤屑睡觉。

有个小托姆，头发鬈得像小羊头，

剃光的时候，哭得好伤心、好难受，

我就说："小托姆，不要紧，光了脑袋，

打起来煤屑就不会糟蹋你白头发。"

他就安安静静了。当天夜里，

托姆睡着了，事情就来得稀奇，

他看见千千万万的扫烟囱小孩

阿猫阿狗全都给锁进了黑棺材。

后来来了个天使，拿了把金钥匙，

开棺材放出了孩子们（真是好天使！）

他们就边跳、边笑、边跑过草坪，

到河里洗了澡，太阳里晒得亮晶晶。

光光的、白白的，把袋子都抛个一地，
他们就升上了云端，在风里游戏；
"只要你做个好孩子，"天使对托姆说，
"上帝会做你的父亲，你永远快乐。"

托姆就醒了。屋子里黑咕隆咚，
我们就起来拿袋子、扫帚去做工。
大清早尽管冷，可托姆的心里温暖；
这叫作：各尽本分，就不怕灾难。

卞之琳　译

赏析

  这首真挚感人的诗选自威廉·布莱克著名的《天真之歌》。

  扫烟囱是烧煤取暖时代的一种特殊职业。当时人们认为，身材瘦小的儿童适合钻入那暗无天日的地方工作。

  但是，对于这些天真无邪的小孩来说，正是悲惨的现实生活将他们投入黑漆漆的烟囱，投入黑暗的童年。这种残酷的工作将这些洁白的小天使变成了"小黑鬼"。诗人对孩子们给予了深深的怜悯和同情，希望他们能在梦里寻找到本应属于他们的自由和幸福。

小皮

啊，向日葵

威廉·布莱克

啊，向日葵！怀着对时间的厌倦，
整天数着太阳的脚步，
它寻求甜蜜而金色的天边——
疲倦的旅途在那儿结束。

那儿，少年因渴望而憔悴早殇，
苍白的处女盖着雪的尸布，
都从他们坟中起来向往——
向着我的向日葵要去的国度。

飞白　译

赏析

　　只有向日葵敢于直视太阳。

　　每个人都有满脑子甜蜜的梦想，可有多少人不是看着它一点一点地夭亡？但是，如果你想到达"金色的天边"、永恒的彼岸，那么，你就必须像向日葵一样勇敢。

　　　　　　　　小皮

天真的预示

威廉·布莱克

一粒沙里看出一个世界，

一朵野花里一座天堂，

把无限放在你的手掌上，

永恒在一刹那里收藏。

梁宗岱　译

赏析

从一粒细沙里观察一个世界，需要一双怎样的眼睛？从细微处入手，可以窥见一个大世界，幻想一座天堂；把小的幸福扩大，让无限和永恒缩小，这样，你就可以更自信、更幸福地生活。充满哲理的对比使这首短诗张力无限。

小皮

摇篮曲

威廉·布莱克

睡吧，睡吧，美丽的宝贝，
愿你在夜的欢乐中安睡；
睡吧，睡吧；当你睡时
小小的悲哀会坐着哭泣。

可爱的宝贝，在你的脸上
我可以看见柔弱的欲望；
隐秘的欢乐和隐秘的微笑，
可爱的婴儿的小小的乖巧。

当我抚摩你稚嫩的肢体，
微笑像早晨偷偷地侵入，
爬上你的脸和你的胸膛，
那里安睡着你小小的心脏。

啊，狡计乖巧就潜伏在
你这小小的安睡的心中！
当你小小的心脏开始苏醒

赏析

并不是每一首《摇篮曲》，都仅仅为了让儿童倾听。每一个拥有父性和母爱的人，都可以谱写一首《摇篮曲》。威廉·布莱克一生都用一双诗人天真的眼睛看着世界。儿童的诡计就是为了纯洁地生活在这个世界上。为了这样的生活，他们忽略了人生所有的阴暗面。只有儿童才能在人世间简单而欢快地生活着。

小皮

从你的脸上从你的眼睛，

会突然爆发可怕的闪电，
落上附近青春的禾捆。
婴儿的微笑和婴儿的狡计
欺骗着平安的天堂和人世。

张 德 明　译

威廉·华兹华斯
（1770—1850）

  英国文学史上最重要的诗人之一，也是英国浪漫主义运动中最伟大、最有影响力的诗人，与柯勒律治、骚塞一同被称为"湖畔派"诗人。其作品一扫古典主义雅致雕饰的诗风，强调一切好诗都是强烈感情的自然流露，以淳朴清新的语言描写大自然的景物和人物以及人们的生活，开创了探索和挖掘人的内心的现代诗风。

  主要作品有：抒情诗《抒情歌谣集》《丁登寺旁》，长诗《序曲》，自传体叙事诗《革命与独立》等。

我孤独地漫游，像一朵云

威廉·华兹华斯

我孤独地漫游，像一朵云

在山丘和谷地上飘荡，

忽然间我看见一群

金色的水仙花迎春开放，

在树荫下，在湖水边，

迎着微风起舞翩翩。

连绵不绝，如繁星灿烂，

在银河里闪闪发光，

它们沿着湖湾的边缘

延伸成无穷无尽的一行；

我一眼看见了一万朵，

在欢舞之中起伏颠簸。

粼粼波光也在跳着舞，

水仙的欢欣却胜过水波；

赏析

想象自己趴在一朵云上，自由地在空中漫游，看着地上小小的人在辛苦地劳作，遍地鲜花迎风绽放……这简朴的自然，给了我们多少纯净的幸福。作为"湖畔派"诗人代表，他如此心仪自然，与其所处的时代隐约相关。"自然"这个概念在古希腊时期指的是自身具有运动来源的存在物，因此具有灵魂和永恒的特质。但工业文明以来这个特质几乎被摧毁殆尽。在工业文明里，"自然"变成了一种物质资料的生产方式、生产力的实验地。诗人对此深为不满。他忧伤地感到：自然神性的衰落暗示着一个时代的衰落。因此，

与这样快活的伴侣为伍，

诗人怎能不满心欢乐！

我久久凝望，却想象不到

这奇景赋予了我多少财宝——

每当我躺在床上不眠，

或心神空茫，或默默沉思，

它们常在心灵中闪现，

那是孤独之中的福祉；

于是我的心便涨满幸福，

和水仙一同翩翩起舞。

飞白 译

他全部的生活都用来歌唱，歌唱自然深处的幸福，歌唱人和自然密不可分的神秘联系。

吴功青

孤独的割麦女

威廉·华兹华斯

看，一个孤独的高原姑娘
在远远的田野间收割，
一边割一边独自歌唱——
请你站住，或者悄悄走过！
她独自把麦子割了又捆，
唱出无限悲凉的歌声，
屏息听吧！深广的谷地
已被歌声涨满而漫溢！

还从未有过夜莺百啭，
唱出过如此迷人的歌，
在沙漠中的绿荫间
抚慰过疲惫的旅客；
还从未有过杜鹃迎春，
声声啼得如此震撼灵魂，
在遥远的赫布利底群岛
打破过大海的寂寥。

赏析

这首诗和葡萄牙诗人费尔南多·佩索亚写割麦女的一首诗可谓姊妹篇——既写出了她们的悲凉，又写出了她们的幸福。

在人与大地分离的时代，我们更应缅怀这种深深的幸福。它根植于土地，因此，即便劳作是痛苦的，却也包含着巨大的安慰。在广袤的大地上，还没见过哪一个人说生活是荒谬的、人的存在是虚无的。他或许没有远大的抱负，但他是真实的、饱满的。而与此相比，城市文明中的人越来越觉得精神空虚，人生充满了虚无——精神虚无的问题是复杂的，但如果我们注意诗人卓绝的歌唱，我们就不会无动于衷。

双手劳动，慰藉心灵。耐心寻找并倾听这歌声吧，怀抱对土地的感恩而生活。

吴功青

她唱什么，谁能告诉我？
忧伤的音符不断流涌，
是把遥远的不幸诉说？
是把古代的战争吟咏？
也许她的歌比较谦卑，
只是唱今日平凡的悲欢，
只是唱自然的哀伤苦痛——
昨天经受过，明天又将重逢？

姑娘唱什么，我猜不着，
她的歌如流水永无尽头；
只见她一面唱一面干活，
弯腰挥镰，操劳不休⋯⋯
我凝神不动，听她歌唱，
然后，当我登上了山冈，
尽管歌声早已不能听到，
它却仍在我心头萦绕。

飞白　译

致杜鹃

威廉·华兹华斯

啊，欢乐的客人！我听见了
听见了你的歌声，我真欢欣。
啊，杜鹃！我该称你为鸟儿呢，
还是称你为飘荡的声音？

当我躺在草地上，
听到你那重叠的声音，
似乎从这山传过那山，
一会儿远，一会儿近。

对着充满阳光和鲜花的山谷，
你细语频频，
向我倾诉着
一个梦幻中的事情。

十二分地欢迎你，春天的宠儿！
对于我你不是鸟儿，
你只是一个看不见的东西，
一个声音，一个谜。

赏析

在天空和大地之间，人的思想像鸟一样，在阴性的存在和阳性的存在之间自由飞翔。而杜鹃，这美丽的精灵，这造物主的恩赐，带来了多少幸福的时光！它是阴性和阳性的融合，美妙的歌喉是阳性，黑夜中的沉默是阴性。事实上，对于鸟类而言，后者更为突出。因此，当我们倾听杜鹃的声音，请注意其中的平静和哀伤。它们来到世上，竭尽全力地歌唱，而它们最终的归宿仍是这大地。

吴功青

这声音我听过,

那时我还是学童,

这声音曾使我到处寻觅,

在林中，在天空。

为了找你，我到处游荡,

穿过树林和草场:

你仍是一个憧憬，一种爱恋,

引人悬念，却无法看见。

我却能听见你的歌声,

我能躺在草地上倾听,

我听着，直到那黄金的时光,

重新回到我身旁。

啊，幸福的鸟儿!

我们漫游的大地上

似乎再现缥缈的仙境,

那正是你向往的地方!

邵劈西　译

罗伯特·彭斯
（1759 —1796）

　　苏格兰伟大的民族诗人。母亲是一位民歌手，所以从小就熟悉苏格兰民歌的旋律。1786年，诗集《主要用苏格兰方言写的诗集》使他一举成名。1788年，他考取税务局职员，翌年获得一个税务官的职位，每天都要骑马巡行二百多里，同时还要务农，这使他劳累过度，心脏受损。三十七岁时，诗人过早地离开了人世。他以虔诚的感情歌颂大自然及乡村生活，以入木三分的犀利言辞讽刺教会及世俗的虚伪。其诗歌多使用苏格兰方言，并多为抒情短诗。他最早创作的苏格兰民歌《友谊地久天长》曾作为电影《魂断蓝桥》主题曲，被经久传唱。诗歌代表作有《一朵红红的玫瑰》等。除诗歌外，他还收集整理了大量苏格兰民歌，编辑出版了六卷本《苏格兰音乐总汇》和八卷本《原始的苏格兰歌曲选集》。

一朵红红的玫瑰

罗伯特·彭斯

啊，我的爱人像一朵红红的玫瑰，
它在六月里初开；
啊，我的爱人像一支乐曲，
美妙地演奏起来。

你是那么美，漂亮的姑娘，
我爱你那么深切；
亲爱的，我会永远爱你，
直到四海枯竭。

直到四海枯竭，亲爱的，
直到太阳把岩石烧裂；
我会永远爱你，亲爱的，
只要生命不绝。

再见吧，我唯一的爱人，
我和你小别片刻；
我会回来的，亲爱的，
即使万里相隔。

袁可嘉　译

赏析

罗伯特·彭斯的这首诗歌简朴而深情，热烈而节制，将诗歌和音乐完美融合在一起，是爱情诗中不朽的杰作。

把心爱的人比作玫瑰，却一点儿也不显得庸俗，只因诗人炽热的情感真实无比——"啊，我的爱人像一朵红红的玫瑰，/它在六月里初开；/啊，我的爱人像一支乐曲，/美妙地演奏起来。"只要生命不息，爱就不会枯竭。而现在，诗人似乎要趟远门，丢下她孤独一人在家守候。然而短暂的离别又算得了什么呢？唯一的爱人！"我们"的爱情仍一如既往地燃烧着。静静地等待吧，小别之后便是更加甜蜜的重逢。

吴功青

塞缪尔·泰勒·柯勒律治

（1772—1834）

英国诗人和评论家，"湖畔派"代表诗人之一，英国浪漫主义文学奠基人之一。生于一个乡镇牧师家庭，九岁丧父。1791年入读剑桥大学，1794年遇见罗伯特·骚塞，计划在美国萨斯奎哈纳河畔建立一个理想社会。1797年夏，与威廉·华兹华斯及其妹妹桃乐茜成为挚友。此后不到一年完成了一些重要诗作，《古舟子咏》发表在《抒情歌谣集》中。此外，他还创作了诗作《克里斯特贝尔》第一部分、《忽必烈汗》及其他诗作。后吸食鸦片，并为其所困。1813年，悲剧作品《悔恨》成功上演。一生作品不多，《苦舟子咏》是其唯一一部完整的长诗。

无望的工作

塞缪尔·泰勒·柯勒律治

整个大自然在工作。虫蚁爬出洞穴，

蜜蜂飞出蜂房，鸟儿展翅高翔；

露天下，睡眼惺忪的；冬天

也绽显笑容，带着春日的梦想！

唯独我无所事事，

既不酿蜜，也不求爱、筑巢或歌唱。

但我熟悉那开满紫苋花的河岸，

我也曾寻找过琼浆迸涌的泉头。

啊！紫苋花已不再为我开放，

那甘洌的酒泉也不再为我奔流！

我丢了花冠，在焦渴中彷徨：

你可愿知道我的灵魂遭何符咒？

无望的工作好比用筛子舀酒；

没有目标的希望又岂能持久。

顾子欣　译

赏析

　　柯勒律治的才华滋养过伟大的小说家博尔赫斯，后者从柯勒律治的一个注释中领悟了文学的全部奥秘。这首诗写出了一种失落了鲜花的焦灼。梦醒的过客不再相信自己，通向神秘世界的大门永远关闭。

　　在古典作家那里，工作总是与美德相连，赫西奥德的长诗《工作与时日》就是这样一个古老传统的开端。然而今天，现代工业已使人丧失了他的整全性，我们都做着乏味的工作，我们都是失落了鲜花的人。柯勒律治曾说，一个人如果不是一个深沉的哲学家，他绝不会是一个伟大的诗人。这句话成就了他自己。

　　　　　　　　　　　　　　　　哑巴

乔治·戈登·拜伦

（1788—1824）

　　十九世纪初英国最伟大的浪漫主义诗人之一。代表作有《恰尔·哈罗德游记》《唐璜》等。拜伦不仅是一位伟大的诗人，还是一个为理想战斗一生的勇士。其诗作引起了全世界革命志士的强烈共鸣。其中，最具代表性、战斗性的作品，也是他最辉煌的作品是长诗《唐璜》，诗中描绘了西班牙贵族子弟唐璜的游历、恋爱及冒险等浪漫故事，揭露了社会中黑暗、丑恶、虚伪的一面，奏响了为自由、幸福和解放而斗争的战歌。重要作品还有《闲散的时光》《想从前我们俩分手》《希腊战歌》《写给奥古斯塔》《普罗米修斯》等。

想从前我们俩分手

乔治·戈登·拜伦

想从前我们俩分手，
默默无言地流着泪，
预感到多年的隔离，
我们忍不住心碎；
你的脸冰凉、发白，
你的吻更似冷冰，
啊，那一刻正预示了
我今日的悲痛。

清早凝结着寒露，
冷彻了我的额角，
那种感觉仿佛是
对我此刻的警告。
你的誓言全破碎了，
你的行为如此轻浮：
人家提起你的名字，
我听了也感到羞辱。

赏析

失去了心爱的女人，拜伦的心疼得无以复加。诗歌中流露着委屈、怨恨的情绪，而更多的则是无法忘却的深情。熟悉拜伦生平的人都知道，他天生一只跛脚，并对此极其敏感。巨大的才华和残疾的落差让他对爱情有着疯狂的追逐——天知道拜伦一生爱过多少女人！然而，诗人与流氓仅仅一线之差的是：他每次都出于内心的真实情感去爱，并且每一次爱情的感受，都能升华并整合到他对世界的整体感受之中。当然，拜伦如此热衷于女性，源自他天生强悍的生命力量。因此，用道德的戒律去苛刻一个诗人，未免有些欠妥。诗歌传递的情感纯洁如露水，炽热如火焰，没有真实而美好的经历，无论如何也无法写出。普通的诗行，写出了我们在爱情前的种种面目。结尾处那富有隐忍的吟哦，更令人动容。

吴功青

他们当着我讲到你，

一声声有如丧钟；

我的全身一阵战栗——

为什么对你如此情重？

没有人知道我熟识你，

啊，熟识得太过了——

我将长久、长久地悔恨，

这深处难以为外人道。

你我秘密地相会，

我又默默地悲伤，

你竟然把我欺骗，

你的心终于遗忘。

如果很多年以后，

我们又偶然会面，

我将要怎样招呼你？

只有含着泪，默默无言。

查良铮　译

我没有爱过这世界

乔治·戈登·拜伦

我没有爱过这世界，它对我也一样；

我没有阿谀过它腐臭的呼吸，也不曾

忍从地屈膝，膜拜它的各种偶像；

我没有在脸上堆着笑，更没有高声

叫嚷着，崇拜一种回音；纷纭的世人

不能把我看作他们一伙；我站在人群中

却不属于他们；也没有把头脑放进

那并非而又算作他们的思想的尸衣中，

一齐列队行进，因此才被压抑而致温顺。

我没有爱过这世界，它对我也一样——

但是，尽管彼此敌视，让我们方方便便

分手吧；虽然我自己不曾看到，在这世上

我相信或许有不骗人的希望，真实的语言，

也许还有些美德，它们的确怀有仁心，

并不给失败的人安排陷阱；我还这样想：

当人们伤心的时候，有些人真的在伤心，

有那么一两个，几乎就是所表现的那样——

我还认为：善不只是说话，幸福并不只是梦想。

查良铮　译

赏析

诗人一直在说"我没有爱过这世界",果真如此吗?"我没有爱过这世界,它对我也一样;/我没有阿谀过它腐臭的呼吸"。更近些看,看到的却是诗人的失落——不爱恰恰是因为太爱!对人和世界理想的期待在现实中全部落空,到处都是腐臭的躯体……人堕落到抛弃思想遗弃灵魂的地步。这叫诗人情何以堪?实际上,诗人仍在爱,甚至更深。对现实抱有如此深重的忧患意识,他就不可能不热爱。因为不爱就会真正地冷漠,而诗人只是说美德如此之少,真正伤心的就那么两个,说"善不只是说话,幸福并不只是梦想"。似乎是不小心露了马脚,诗人不过提出了更高的要求——善的实现依赖于更艰苦的精神阵痛,幸福需要人类集体的创造。因此,诗歌既是批判,又是赞美——批判的是时代的痼疾,而赞美,则以挽歌的形式出现。

吴功青

小链接

拜伦的最大不幸就是先天跛脚,走路一瘸一拐。这个不幸,逼得拜伦曾一度向自己的心窝挥起了利刃。但是倔强的拜伦在不幸的苦痛中并未退却,当同伴们邀他参加游泳比赛的时候,他不再怯懦,跃身入水,劈波斩浪,摘金夺银;当他一瘸一拐地走进校际板球赛场的时候,他没有畏惧,左右拼杀,频频得分,赢得健将称号;当他满腹经纶走向毕业演讲讲坛的时候,他终于认识了自己,走出了忧郁和自卑的阴影,旁征博引,精彩绝伦,征服了听众,赢得了尊严和信任。

珀西·比希·雪莱
（1792—1822）

　　英国文学史上最有才华的抒情诗人之一。生于一个贵族家庭。1813年发表第一部长诗《麦布女王》，引起了英国资产阶级的仇视。1818年被迫侨居意大利，同年发表长诗《伊斯兰的起义》。1818—1819年，完成了两部重要长诗《解放了的普罗米修斯》和《钦契》，以及不朽名作《西风颂》。雪莱还创作了《致英国人民》《1819年的英国》《专制魔王的化装游行》等政治抒情诗，强烈谴责封建统治集团的罪行，号召人民为自由而斗争。雪莱在《云》《云雀颂》《西风颂》等抒情诗中，通过描写自然景象寄托自己的思想感情，作品想象丰富、音韵和谐、节奏明快，在英国诗歌史上占有重要地位。

西风颂

珀西·比希·雪莱

1

哦，狂暴的西风，秋之生命的呼吸！
你无形，但枯死的落叶被你横扫，
有如鬼魅碰到了巫师，纷纷逃避：

黄的，黑的，灰的，红得像患肺痨，
啊，重染疫疫的一群：西风啊，是你
以车驾把有翼的种子催送到

黑暗的冬床上，它们就躺在那里，
像是墓中的死穴，冰冷，深藏，低贱，
直等到春天，你碧空的姊妹吹起

她的喇叭，在沉睡的大地上响遍，
（唤出嫩芽，像羊群一样，觅食空中）
将色和香充满了山峰和平原。

不羁的精灵啊，你无处不运行；

破坏者兼保护者：听吧，你且聆听！

2

没入你的急流，当高空一片混乱，
流云像大地的枯叶一样被撕扯，
脱离天空和海洋的纠缠的枝干。

成为雨和电的使者：它们飘落
在你的磅礴之气的蔚蓝的波面，
有如狂女的飘扬的头发在闪烁，

从天穹的最遥远而模糊的边沿
直抵九霄的中天，到处都在摇曳
欲来雷雨的鬈发。对濒死的一年

你唱出了挽歌，而这密集的黑夜
将成为它广大墓陵的一座圆顶，
里面正有你的万钧之力在凝结；

那是你的浑然之气，从它会迸涌
黑色的雨、冰雹和火焰：哦，你听！

3

是你，你将蓝色的地中海唤醒，

而它曾经昏睡了一整个夏天，

被澄澈水流的回旋催眠入梦，

就在巴亚海湾的一个浮石岛边，

它梦见了古老的宫殿和楼阁

在水天辉映的波影里抖颤，

而且都生满青苔，开满花朵，

那芬芳真迷人欲醉！啊，为了给你

让一条路，大西洋的汹涌的浪波

把自己向两边劈开，而深在渊底

那海洋中的花草和泥污的森林

虽然枝叶扶疏，却没有精力；

听到你的声音，它们已吓得脸色苍白：

一边战栗，一边自动萎缩：哦，你听！

4

唉，假如我是一片枯叶被你浮起，

假如我是能和你飞跑的云雾，

是一个波浪，和你的威力同喘息，

假如我分有你的脉搏，仅仅不如

你那么自由，哦，无法约束的生命！

假如我能像在少年时，凌风而舞

便成了你的伴侣，悠游天空，

因为啊，那时候，要想追你上云霄，

似乎并非梦幻；我就不致像如今

这样焦躁地要和你争相祈祷。

哦，举起我吧，当我是水波、树叶、浮云！

我跌在生活的荆棘上，我流血了！

这被岁月的重轭所制伏的生命

原是和你一样：骄傲、轻捷而不驯。

5

把我当作你的竖琴吧，有如树林：
尽管我的叶落了，那有什么关系！
你巨大的合奏所振起的音乐

将染有树林和我的深邃的秋意：
虽忧伤而甜蜜。啊，但愿你给予我
狂暴的精神！奋勇者啊，让我们合一！

请把我枯死的思想向世界吹落，
让它像枯叶一样促成新的生命！
哦，请听从这一篇符咒似的诗歌，

就把我的话语，像是灰烬和火星
从还未熄灭的炉火向人间播撒！
让预言的喇叭通过我的嘴唇

把昏睡的大地唤醒吧！要是冬天
已经来了，西风啊，春日怎能遥远？

查良铮　译

赏析

内心装着怎样一个世界，才能写出如此气势磅礴的诗篇！雪莱从生活到诗歌都是如此桀骜不驯，他为自由独立而抗争的一生，就是一部最为慷慨激昂的颂歌——在诗歌里，雪莱自己就是狂暴的西风的化身。《西风颂》全诗由五首十四行诗组成。前三首从对于狂暴的西风的呼唤开始，让肆无忌惮的西风狂扫瘟疫般的世界。作为一个狂放不羁的形象，西风所到之处，用万钧之力摇撼世界，也摇撼着地中海。西风就是这个世界的敌人，它不让这个世界安宁，决定把现实的墓穴掀翻。后两首里，一个抒情主人公凸显了出来，诗人开始幻想自己如果和西风一样："唉，假如我是一片枯叶被你浮起，/假如我是能和你飞跑的云雾，是一个波浪，和你的威力同喘息"；"假如我分有你的脉搏，仅仅不如/你那么自由"……

但是，残酷的现实却是："我跌在生活的荆棘上，我流血了！"你不是西风，你幻想西风一样自由和桀骜不驯，只有把自己折腾得伤痕累累。但这种残酷的现实并未让诗人妥协，他反而更加幻想跟随着西风，狂吹这世界，成为这个世界的反叛者。"请把我枯死的思想向世界吹落"，这摧枯拉朽的西风，这狂暴的西风永不停歇，像一个救世主，其命运可想而知。雪莱自己已然显得乐观而充满信心，这种乐观和信心铸成了千古名句："要是冬天/已经来了，西风啊，春日怎能遥远？"

小皮

哀歌

珀西·比希·雪莱

哦，世界！哦，时间！哦，生命！

我登上你们的最后一层，

不禁为我曾立足的地方颤抖；

你们几时能再光华鼎盛？

哦，永不再有——永不再有！

从白天和黑夜的胸怀

一种喜悦已飞往天外；

初春、盛夏和严冬给我的心头

堆满了悲哀，但是那欢快，

哦，永不再有——永不再有！

查良铮　译

赏析

　　光阴易逝，欢乐难再！雪莱是他所在的时代最勇敢的斗士。然而，对这个世界抗争得越多，人会越感到悲哀。但这种悲哀的心情并不影响诗人继续攀登让人颤抖的更高层。在这让人悲哀和沮丧的世界里，只有对于欢乐的回忆才能真正让人受到鼓舞并继续向前。

小皮

小链接

在意大利罗马，一个长眠着英国大诗人雪莱和济慈的公墓面临着被关闭的危险。三个世纪以来，它一直接收外国人的遗体。这些人包括来到罗马的艺术家和知识分子，其中很多是英国人。1822年，雪莱在意大利沿海溺死后就被埋葬在这里。这座公墓里还埋葬着雪莱的朋友、因患肺病比雪莱早一年去世的诗人济慈。济慈的墓碑上刻着："这里安息着一个把名字写在水上的人。"但是，这座公墓现在正走向破败。公墓的管理人员警告说，如果无法继续获得资金，他们将关闭这个公墓。这座公墓近年已被列入世界文化纪念物名单。这份名单是由美国一个非营利性组织提出的，目的是为了引起人们对全球一百个处于濒危状态的历史建筑和文化名胜的关注。

约翰·济慈
（1795—1821）

  英国诗人最杰出的代表之一，也是欧洲浪漫派主要成员。生于伦敦，自幼喜爱文学。因家境窘困，不满十六岁即离校学医。父母在其青少年时期便相继离世。济慈很早就尝试写诗。1816年11月，他决心弃医从文。1817年，第一部诗集出版。翌年春写作长诗《安迪密恩》。济慈诗才横溢，与雪莱、拜伦齐名。他仅活了二十六岁，遗下的诗篇却誉满人间。代表作有《伊莎贝拉》《圣亚尼节前夜》《许佩里恩》《夜莺颂》《希腊古瓮颂》《秋颂》等。他的墓志铭是："这里安息着一个把名字写在水上的人。"

秋 颂

约翰·济慈

1

雾气洋溢、果实圆熟的秋，

你和成熟的太阳成为友伴；

你们密谋用累累的珠球，

缀满茅屋檐下的葡萄藤蔓；

使屋前的老树背负着苹果，

让熟味透进果实的心中，

使葫芦胀大，鼓起了榛子壳，

好塞进甜核；又为了蜜蜂

一次一次开放过迟的花朵，

使它们以为日子将永远暖和，

因为夏季早填满它们的黏巢。

2

谁不经常看见你伴着谷仓？

在田野里也可以把你找到，

你有时随意坐在打麦场上，

让发丝随着簸谷的风轻飘；

赏析

唐朝诗人刘禹锡的《秋词》一诗有这样的诗句："自古逢秋悲寂寥，我言秋日胜春朝。"有什么样的心情，就有什么样的秋天。丹麦评论家勃兰克斯如是评价济慈的诗：跟随着济慈，我们走进一间温室：一种柔和湿润的温暖遇上了我们；我们的眼睛为颜色鲜明的花与多汁的果实所吸引……在济慈这首诗里，我们看到色彩鲜明的秋景及置身其中所引发的美妙联想，同时还能听到秋天的声音。在这些对秋天的白描里，温暖、鲜明、可爱的秋天真的到来了。雪莱是这样看待他的朋友济慈的：他是"一颗露珠培养出来的鲜花"。

小皮

有时候，为罂粟花香所沉迷，

你倒卧在收割一半的田垄，

让镰刀歇在下一畦的花旁；

或者像拾穗人越过小溪，

你昂首背着谷袋，投下倒影，

或者就在榨果架下坐几点钟，

你耐心地瞧着徐徐滴下的酒浆。

3

啊，春日的歌哪里去了？但不要

想这些吧，你也有你的音乐——

当波状的云把将逝的一天映照，

以胭红抹上残梗散碎的田野，

这时啊，河柳下的一群小飞虫

就同奏哀音，它们忽而飞高，

忽而下落，随着微风的起灭；

群羊在山圈里高声咩咩叫；

篱下的蟋蟀在歌唱，在园中

红胸的知更鸟就群起呼哨；

丛飞的燕子在天空呢喃不歇。

查良铮　译

希腊古瓮颂

约翰·济慈

1

你若毫发未损的新娘静静地躺在此处，

　你若漫漫"岁月"与"沉寂"的养子偎在那里，

你若田园史家，竟能讲述

　一个美妙的故事，比我们的吟唱还优美。

你在讲述一个怎样的传奇？以鲜花为边饰，

　托神灵、凡人、神人之形合，

　　飘于泰姆坡①、阿卡狄溪谷②？

这是一群怎样的人与神？少女为什么忸怩？

　是在疯狂地追逐什么？努力地挣脱什么？

　　管笛、铃鼓、在奏何曲？场面怎么如此狂喜？

①泰姆坡(Tempe)：希腊一个美丽的山谷，是高尚的乡村美景的象征。
②阿卡狄溪谷(the dales of Arcady)：古希腊一个叫阿卡狄属国境内的山谷群，
常被看作理想的田园美景的象征。

2

听得见的旋律很优美，听不见的

　　却更悠扬；因此，短笛所奏之曲

虽不入耳际，却更令人流连忘返，

　　因为那是吹向心灵的无声短曲：

树下的美少年，此歌将永远伴着你，

　　树儿也将永葆自己的青春。

　　　勇敢的情人，你虽快要吻到她的红唇，

但将永远不能；不过不要伤心，

　　因为丽人不会逝去；你虽失去甜吻的狂喜，

　　　但将爱她永远，她也将美丽永存。

3

啊！多么幸福的枝条！你不能抖落

　　身上的绿叶，也不会和春天说再见；

快乐的吹笛人，正不知疲倦

　　吹奏永远新颖的歌曲；

多么幸福、多么缠绵的爱恋！

　　情侣将能永远享受这温馨时刻，

　　　富有激情的爱会使他们永葆青春；

凡夫俗子的情爱比之而不及，

情爱之激情不仅让他们面部灼痛，

　舌根发干，并因亲密过度而烦腻，空余伤心！

4

这群前去祭祀的人们是谁？

　丝般滑背的小牛，身上饰满花环，

此刻正哞哞叫向天，神秘的牧师

　你要把它带到哪个新建的祭坛？

在这神圣的清晨，这群人是来自哪个

　依着河或濒着海的小镇，

　　或傍山而建的平静的城堡？

小镇，你的街道将永远寂静一片，

　寂寥的原因唯有古镇生灵知道，

　　然而他们将永远不会往回返。

5

哦！雅典的古朴外形，迷人的姿态！

　上面交织着白皙的少男少女，

还有森林的树枝和踩踏过的草地；

　"冷漠"的田园特！你，外表沉默，

却似永远讥笑我们的无知，

当这一代人因虚度时光而衰老，

你却依然如故，以人类朋友的身份，
对另一些经受我们所不知的悲哀的人说：
"美即是真，真即是美"——这是你们
所知道的一切，并且都该知道

任士明　张宏国　译

赏析

在西方，一些诗人的明眸总是望向遥远的古希腊，他们凝视着那个纯洁、美好、可爱、自由、欢乐的世界。

古瓮是希腊人用来盛放骨灰或作为装饰品使用的，它由大理石或陶瓷制成，上面一般生动形象地绘着古希腊人田园诗般的生活。而诗人面对这个古瓮，却讲述着古希腊泰姆坡和阿卡狄溪谷人神共处的瑰奇而美妙的仙境。对于古瓮的歌颂，就是对于这种生活的热烈追求与向往。

只有在望向一个作为理想的古希腊的时候，诗人才找到了一条通往幸福和理想生活的通道。济慈说："我只确信心灵所爱的神圣性和想象的真实性——想象所认为美的一切也是真的——不管它过去存在过没有。"或许，毋宁说，对于想象力的真实性的信任，才是对真实生活的信任。而古瓮是不是一个这样的想象呢？"美即是真，真即是美"——他所说的美和真之间，是否有这样一条想象的通道？

小皮

蝈蝈和蛐蛐

约翰·济慈

大地的诗歌从未停息：

当骄阳似火，所有的鸟儿

躲进阴凉的林中，有一个声音

伴着新刈草地的芬芳，从篱边响起

那是蝈蝈的吟唱，它率先

沉醉于盛夏的葳蕤，它的喜悦

从未消逝，在歌唱的间隙

它便悠然栖息在舒适的草丛里

大地的诗歌永不停息：

在寂寞冬天的夜晚，当严霜凝起

一片静寂，从炉边传来

蛐蛐的弹唱，在温暖的气息里

在睡意朦胧间，仿佛

是蝈蝈在芳草萋萋的山上鸣叫

佚名 译

赏析

这首短诗和济慈二十六年短暂的生命一样，简洁、优美。蝈蝈的声音衬托出了大地的声音，那是另一种声音，它穿过篱笆，飘进生活的喜悦之中；蛐蛐的声音是让人清醒的声音，它穿过寒冬，进入让人昏昏欲睡的冬天。它们的声音交替鸣唱，那是诗人聆听的大自然的声音——大自然本身就是一首不朽的诗。

小皮

勃朗宁夫人（伊丽莎白·芭蕾特·勃朗宁）

（1806—1861）

　　十九世纪英国著名女诗人。生于英国西南一个富裕的资产阶级家庭，从小即显示出出众的文学才华。十五岁时，在一次骑马中摔伤了脊椎，从此缠绵病榻二十多载。她未受过正式教育，却精通古希腊文、拉丁文和欧洲很多国家的语言。后结识诗人罗伯特·勃朗宁，在强大爱情的感召下战胜了病魔和死神，恢复健康后与其结为伉俪。主要作品有《天使及其他诗歌》《葡萄牙十四行诗集》和《奥罗拉·丽》等。

不是死，是爱①

勃朗宁夫人（伊丽莎白·芭蕾特·勃朗宁）

我想起，当年希腊的诗人曾经歌咏：

年复一年，那良辰在殷切的盼望中

翩然降临，各自带一份礼物

分送给世人——年老或是年少。

当我这么想，感叹着诗人的古调，

穿过我泪眼所逐渐展开的幻觉，

我看见，那欢乐的岁月、哀伤的岁月——

我自己的年华，把一片片黑影接连着

掠过我的身。紧接着，我就觉察

（我哭了）我背后正有个神秘的黑影

在移动，而且一把揪住了我的发，

往后拉，还有一声吆喝（我只是在挣扎）：

"这回是谁逮住了你？猜！""死。"我答话。

听哪，那银铃似的回音："不是死，是爱！"

方平 译

———————————

①本诗为《葡萄牙十四行诗集》第一首，题目为编者所加。

赏析

童年时不幸的遭遇使女诗人一度生活在阴影中，远古诗人们对岁月的赞美只会让她更加悲伤："我自己的年华，把一片片黑影接连着/掠过我的身"。活着，离死亡却如此之近，这就是她曾经不幸的人生。但这只是她人生的一半。她坚韧的生命力、优美的诗篇为她赢得了爱慕。读完她的诗集后，勃朗宁在给她的信中写道："亲爱的芭蕾特小姐，你那些诗篇真叫我喜爱极了，我爱极了你的诗篇——而我也同时爱着你……"第二天，女诗人即回复了一封长长的信。这是他们文墨姻缘的开端。罗伯特·勃朗宁的爱情，催开了她绚烂的生命之花。她不仅恢复了健康，还与勃朗宁缔结了一段美好的婚姻。

"'这回是谁逮住了你？猜！''死'"戏谑的语调透露出女诗人过往的心酸；而她的回答则表明她因早已熟谙死亡而归于平静。然而这一回却超出了她的预料：听哪，那银铃似的回音："不是死，是爱！"何其绝妙的回答，当死亡已再不能令人战栗，爱却能。

哑巴

我究竟怎样爱你①

勃朗宁夫人（伊丽莎白·芭蕾特·勃朗宁）

我究竟怎样爱你？让我细数端详。

我爱你直到我灵魂所能及的

深度、广度和高度——正像我探求

玄冥中上帝的存在和深厚的神恩。

我爱你的程度，就像日光和烛焰下

那每天不用说的需要。

我不假思索地爱你，

就像男子们为正义而斗争；

我纯洁地爱你，像他们在赞美前低头。

我爱你以我童年的信仰；我爱你

以满怀热情，就像往日满腔的辛酸；

我爱你，抵得上那似乎随着消失的圣者

而消逝的爱慕。我爱你以我终生的

呼吸、微笑和眼泪——

假使是上帝的意旨，

那么，我死了还要更加爱你！

方平　译

———————————

①本诗为《葡萄牙十四行诗集》第四十三首，题目为编者所加。

赏析

　　爱情给女诗人创造了奇迹。第一次和勃朗宁见面时，可怜瘦小的她蜷缩在沙发上，甚至不能欠身让座。自从勃朗宁闯进她的生命后，女诗人萎缩的生命重又显示出蓬勃的活力。而她的诗歌创作在这一阶段也达到了一个新的高度，诗的情绪更为饱满，风格和形式也比从前更纯净完美。献给她情人的《葡萄牙十四行诗集》即这一时期的作品。这是她最优秀、最受欢迎的诗作。

　　《葡萄牙十四行诗集》共计四十四首，倾吐了女诗人内心深处的痛苦和挣扎。在第一首诗中，"死亡"和"爱情"都在争夺着她。由于年华已逝和羸弱的病体，她只能用沉默来回应爱情的召唤。然而，爱情的力量何其强大，她深埋的爱终于战胜了死亡的要挟，如一弯纤细的新月，破云而出。那幽微曲折的、情感的细流，终于迸发为不可抑制的汹涌洪流，淹没了以往的幽怨、疑虑……"我究竟怎样爱你？让我细数端详。"仿佛打开了一匹辉煌耀眼的锦缎，她细数心中爱的珍宝。在爱的光华中，她因纯粹而愈加美丽。

哑巴

小链接

　　1845年，长期瘫痪在床的伊丽莎白·芭蕾特·勃朗宁在英国诗坛声名鹊起。本来就钦慕她诗才的勃朗宁给她写了一封信，大胆地对她说："我爱极了你的诗篇——而我同时也爱着你……"女诗人接到信后也给他回了一封热情洋溢的信，两人从此开始了频繁的书信往来。在勃朗宁的多次恳求下，她打破了从不见生人的习惯，两人第一次见面。孰料三天后，抑制不住强烈思念之情的勃朗宁竟给她写了一封求婚信。三十九岁的女诗人至此躺在床上已有二十四年，认为自己不可能嫁给比她小六岁的勃朗宁。尽管如此，两人依然保持着亲密的交往，直至达到谁也离不开谁的地步。奇迹发生了！她突然能下地自由行走了！尽管父亲完全不同意她的婚姻，她还是勇敢地投入了勃朗宁的怀抱。两人一起远离家乡，到意大利生活，后来还生下一个孩子。爱情的力量使她原本羸弱的生命延续了十五年，并促使她写出了更多优秀的诗篇。

阿尔弗雷德·丁尼生

（1809—1892）

英国著名诗人。生于英国林肯郡，出身牧师家庭。曾就读于剑桥大学。诗作题材广泛，想象丰富。内含短诗一百三十一首的组诗《悼念》被视为英国文学史上最优秀的哀歌之一。他继威廉·华兹华斯之后获得"桂冠诗人"称号。其他重要诗作有《尤利西斯》《伊诺克·阿登》《过沙洲》及《悼念集》等。

在爱情里

阿尔弗雷德·丁尼生

在爱情里，爱就是爱，如果我们拥有爱情，

忠诚与背信的力量永远不会等同：

只要背信一次就会永远失去信义。

那诗琴上的小小裂缝，

日久会使琴声减轻，

当裂缝慢慢扩大，最后将毫无声响。

爱人诗琴上的小小裂缝，

或储存水果上的小小疤痕，

会慢慢腐蚀，并将腐蚀一切。

不值得保留了，就把它丢弃；

但是会丢掉吗？说吧，亲爱的，说不会。

完全信任我，要么完全不要信我。

佚名　译

赏析

罗密欧和朱丽叶、梁山伯与祝英台……
他们的爱像星辰一样在历史的天空闪烁——
他们以忠贞超越了所有时代，从而抵达永恒。
对诗人丁尼生而言，情况更是如此——"忠
诚与背信的力量永远不会等同：只要背信一
次就会永远失去信义"。

在爱情里，一些不起眼的缝隙都可能是
一次致命的摧毁。诗人要求绝对的纯洁："完
全信任我，要么完全不要信我。"没有任何
的回旋余地和中间立场。在诗人眼里，爱就
是两颗心最炽烈地、全部地拥有，容不得一
粒沙。而在现实中，我更相信另一种真实：
极端纯粹的爱是偏离人性的，大多数的爱是
在泥泞中慢慢行走的，不可能没有一点儿背
叛——前提是忠诚的心灵始终存在。换言之，
我们的爱情不是一种缥缈的虚无，而是时刻
都建立在大地之上的，丰富才是它最大的美。

吴功青

泪水，无端地流

阿尔弗雷德·丁尼生

泪水，无端地流，我不知道为了什么，

从某种神圣而绝望的深渊，

泪水涌上心头，汇聚眼中——

注视着那秋天幸福的原野，

思索着那一去不返的时光。

像洒在船帆上的第一缕阳光般清新明亮，

从幽冥中带回我们的亲朋，

像铺在船帆上最后一抹残阳般忧郁悲伤，

带着我们所有的爱沉入天际——

如此悲伤，如此清新，那一去不返的时光。

啊，夏日里幽暗的黎明，那么哀伤，那么陌生，

睡眼蒙胧的鸟儿，将最早的歌声

送入垂死的耳畔，窗格渐渐明亮，

将光芒送入垂死的眼睛。

那么哀伤，那么陌生，那一去不返的时光。

像死后记忆中的亲吻般亲密，

像别人唇上无望的幻想般甜蜜，

像爱一般深沉，

像初恋一般深沉，悔恨而癫狂；

我生命中的死亡啊，那一去不返的时光。

佚名 译

赏析

　　我们是否也会在秋日的黄昏，坐在书桌前，看着眼前的风景无端地流泪？并不因为任何事，只是发自生命深处的一种哀伤。生存的幸福随着光阴一点点消逝，而我们却无力抓住。死亡的阴影暗暗浮上我们的面颊……"泪水，无端地流，我不知道为了什么，/从某种神圣而绝望的深渊"。在泪水中，过去的时光依稀重现。我们需要这泪水！这是我们活着的证据！它"像死后记忆中亲吻般亲密，/像别人唇上无望的幻想般甜蜜"……对未知和死亡的恐惧反过来又彰显了人的幸福。当我们意识到自己正行走在远去的路上，思念使我们紧紧相连，内心深处就会响起悠扬的歌……

吴功青

艾米莉·勃朗特
（1818—1848）

　　曾与夏洛蒂·勃朗特（著名小说《简·爱》作者）、安妮·勃朗特（代表作为半自传体小说《阿格尼斯·格雷》）并称为"勃朗特三姐妹"。直到二十世纪，艾米莉·勃朗特才被公认为英国三大女诗人之一。著有传世经典长篇小说《呼啸山庄》。

歌

艾米莉·勃朗特

红雀飞舞在岩石谷中，

百灵在荒野上空高翔，

蜜蜂在石南花间，而花丛

把我美丽的爱人隐藏。

野鹿在她胸口上吃草，

野鸟在那儿做巢孵卵，

他们啊——她之所爱，

已经忘了她，任她孤单。

我料想，当坟墓的暗墙

刚刚把她的形体围住，

他们曾以为他们的心房

将永远忘却欢乐幸福。

当初他们以为悲哀的潮水

将流遍未来的年代，

但如今哪儿有他们的泪？

赏析

　　一首赞颂天使（她）的诗，仿佛写出了一个时代的深情。她如今孤单地在坟墓中间，"野鹿在她胸口上吃草，/野鸟在那儿做巢孵卵"。坟墓上面，是一片绿油油的青草。而原以为这象征美善的天使之死会震撼她所处的时代，可结果却是"但如今哪儿有他们的泪？他们的悲痛又安在？"是的，或许哀悼她本身并不能说明什么，因为哀悼的悲伤和幸福之间并没有根本的不同——重要的在于如何不忘却美的精神，更好地生活。

　　如今，死去的她独自沉睡。时代变迁，也不过是坟冢上的轻风。诗人控诉现实却又表现出英国诗人出众的自然意识：让一切都回到这深深的寂静中。"吹吧，西风，吹这寂寞的坟，夏天的溪水呀，小声叮咚！这儿不需要别的声音/安慰我爱人的梦。"

吴功青

他们的悲痛又安在？

罢了，让他们争夺荣誉之风，

或去追逐欢乐之影，

死之国土的居住者啊

已不同往日，无动于衷。

即使他们永远望着她，

并且哭叫到泪泉枯干，

她也静静睡着，不会回答，

哪怕报以一声长叹。

吹吧，西风，吹这寂寞的坟，

夏天的溪水呀，小声叮咚！

这儿不需要别的声音

安慰我爱人的梦。

佚名　译

希望

艾米莉·勃朗特

希望只是个羞怯的友伴——
她坐在我的囚牢之外，
以自私者的冷眼旁观
观察我的命运的好歹。

她因胆怯而如此冷酷。
郁闷的一天，我透过铁栏，
想看到我的希望的面目，
却见她立即背转了脸！

像一个假看守在假意监视，
一面敌对一面又暗示和平；
当我哀泣时她吟唱歌词，
当我静听她却噤口无声。

她心如铁石而且虚假。
当我最后的欢乐落英遍地，
见此悲惨的遗物四处抛撒

赏析

在艾米莉·勃朗特眼里，"希望"仿如讨厌鬼，总"以自私者的冷眼旁观/观察我的命运的好歹"。而希望又像是"情人"，每个人都爱着这个"情人"，可她却"自私"地在"囚牢"外游荡；当我们想看清她的真实面目时，"她立即背转了脸"。希望也许并没有我们想象的那么美好。第三节诗人说："当我哀泣时她吟唱歌词，/当我静听她却噤口无声。"对"我"的苦痛不管不问。而当最后的幸福消失时，"希望"却连安慰痛苦的耐心都没有，"却伸展双翼向天堂飞去，/一去不返，从此不见影踪。"在诗人眼里，所有虚伪的希望都是谎言，不会对我们的现实起到什么作用，我们的痛苦甚至因为等待希望而走向死亡。

就连"哀愁"也遗憾不已；

而希望，她本来能悄悄耳语
为痛苦欲狂者搽膏止痛，
却伸展双翼向天堂飞去，
一去不返，从此不见影踪。

飞白　译

诗人嘲笑着希望，却并非
叫人不去心怀希望，而是拒绝
那种凭空的、带有自我安慰性
质的希望——努力奋斗改变命
运是人类最大的使命。

吴功青

托马斯·哈代

（1840—1928）

英国诗人、小说家。他是横跨两个世纪的作家，早期以小说为主，继承和发扬了维多利亚时代的文学传统；晚年则以其出色的诗歌开拓了二十世纪的英国文学。

早年曾从事建筑业。其文学生涯始于诗歌创作，后改为小说创作。小说《远离尘嚣》获得极大成功，从此他放弃了建筑业，专事小说创作。一生发表近二十部长篇小说，诗集八部，中短篇小说若干，还有长篇史诗剧《列王》。著名小说有《还乡》《卡斯特桥市长》《德伯家的苔丝》和《无名的裘德》等。

身后①

托马斯·哈代

当我不安度过一生后，"今世"把门一锁，

五月又像新丝织成的纤巧的翅膀，

摆动起欢快的绿叶，邻居们会不会说，

"他这个人素来留意这样的景象"？

若是在黄昏，如眼睑无声地一眨那样，

暮天的苍鹰掠过高地的阴影

落在被风吹斜的荆棘上，注视者会想：

"这准保是他熟悉的情景。"

我若死于一个飞蛾联翩、温暖漆黑的夜里，

当刺猬偷偷摸摸地穿过草地时，

有人会说："他为保护这些小生命出过力，

但没做成什么；如今他已过世。"

人们传闻我终于安息的消息后，

_____

①本诗写于1917年，是托马斯·哈代晚年的名作，可看作他写给自己的墓志铭。

若倚门仰望冬夜布满星斗的天际，

愿从此见不到我的人心中浮现这样的念头：

"他这个人可洞悉那里的奥秘。"

当丧钟开始为我哀鸣，一阵轻风吹过，

哀音随之一顿，旋即继续轰鸣，

仿佛新的钟声又起，可有人会说：

"他听不见了，过去对这却总留心"？

钱兆明　译

赏析

　　从死亡深处向尘世眺望，对自己的身后之名进行调侃，这是多少文人墨客津津乐道的事。

　　晚年的哈代已不再像年轻时那样受到猛烈的抨击。此时，已七十七岁高龄的老哈代开始思考生前身后名了——当"我"战战兢兢地度完此生，人们会以何种方式想起"我"？哈代想要人们记住的是，他生前那些"微不足道"的自然生活时刻；他想要告诉人们的是，其实他度过的是平静的一生。

　　尽管年轻的哈代也试图对这个世界有所作为，但此时的他清醒地认识到：穷尽自己的一生，力量还是太有限了。一个人能在晚年回忆自己逐渐平静下来的一生，是一件幸福的事。

小皮

挡住那个月亮

托马斯·哈代

闭上窗户，拉起窗帘，

挡住那悄悄溜进来的月亮，

她的装束太像她以前——

当我们的诗琴还未积上

岁月的尘埃，我们念到的名字

还未刻在石碑之上。

莫去踏沾了露水的草坪

去观望仙后座的模样，

还有大熊座和小熊座，

以及猎户座闪烁的形象；

闭门不出吧；我们曾被那番景色吸引，

当美好的东西仍未凋亡。

让午夜的香气缠绵不绝。

切莫去拂除花束，

唤醒那同样的甜蜜情意，

像当年的香气吹拂你我

赏析

月光下，适合怀旧，适合诗酒。之所以拒绝月亮，是害怕美好的凋亡，以让回忆驻留。闭门不出，不是为了孤独，而是为了不打搅世界的美好。一个心思细腻的诗人，害怕进入月光下的自然，回避逝去的生活，害怕想起曾经的美好和欢笑，害怕它们把自己深深地伤害。

对很多人、很多时刻而言，回忆是危险的。

小皮

那时节，生活就像在欢笑，
爱情美好得如人们的描述！

在普通的亮着灯光的屋中
囚禁起我的思想和双眼，
让机械性的话语制造出来，
让略黑的细节赤裸地呈现；
人生初开的花朵何等芬芳，
它结出的果实又何等辛酸！

吴笛　译

伤口

托马斯·哈代

我爬上山的顶端，
见西天尘雾蒙蒙。
太阳躺在其间，
恰似伤口的血红。

恰如我的伤口，
谁也不会知晓，
因我不曾袒露，
心被刺透的记号！

飞白　译

赏析

谁在这个世界生活着，却不曾留下伤痕？

哈代出生于贫苦的石匠家庭。哪一个从贫苦出身向着理想出发的人不是带着满身的伤痕？当他爬上山顶，回望自己的来路，一种忧伤之情便袭上心头。而隐藏在内心的伤痕，当它一再被意识到时，就变成了无以复加的疼痛。

哈代曾在自己的日记中写下这样一句话："没有足够的力量支持自己在这个世界上生活下去。"在一个无物可援、无力支撑的生活环境里，哈代是一位充满忧伤的抒情诗人。

小皮

约瑟夫·鲁德亚德·吉卜林

　　英国小说家、诗人，生于印度孟买。1884年
9月发表第一个短篇小说《百愁门》。诗作则多
以英国殖民者的军旅生活为题材。主要作品
有诗集《机关打油诗》《营房谣》《七海》等，
短篇小说集《生命的阻力》《丛林之书》等，
长篇小说《消失的光芒》等。1907年因作品《老
虎！老虎！》而荣获诺贝尔文学奖。

终曲

约瑟夫·鲁德亚德·吉卜林

我们祖祖辈辈的上帝呀，
我们辽远的战线之主，
我们在你可怕的手下
得以统治椰树与松树——
万军之主啊，别遗弃我们，
叫我们默记，默记在心！

骚动、喧哗都将沉寂，
国王、长官寿数将尽：
留下的只有你古老的祭
和一颗谦卑忏悔的心。
万军之主啊，别遗弃我们，
叫我们默记，默记在心！

我们的舰队在远洋消失，
火光在沙洲、海角熄灭：
看我们盛极一时的昨日
归入了亚述、腓尼基之列！

赏析

　　这是一首人生戏剧的终曲。在人生的荒诞戏剧中，这些上帝的子民总是野心太大，渴望统治这个世界。再强大、再狂暴的人类也将归于毁灭，古代文明和战争已经证明了这一点，凭着武力和强权称雄称霸只不过是一种愚蠢、狂妄罢了。在万能的主面前，我们只能谦卑地生活，并不断忏悔自己的罪。

小皮

万国的主宰，宽恕我们，

叫我们默记，默记在心！

如果我们陶醉于强权，

出言不逊，对你不敬，

像异教徒一般口吐狂言，

像不识法律的少数人种——

万军之主啊，别遗弃我们，

叫我们默记，默记在心！

为了异教的心——它只信赖

冒臭气的枪管和铁皮，

尘埃上造楼——称雄的尘埃！

而且还不肯求助于你，

为了狂言、蠢话和吹嘘——

饶恕你的子民吧，上帝！

飞白 译

戴维·赫伯特·劳伦斯

（1885—1930）

　　英国著名小说家、诗人，二十世纪英国最独特、最有争议的作家之一。生于诺丁汉一个矿工家庭，一生创作了四十余部小说、诗歌、游记等作品。《儿子与情人》《恋爱中的女人》《查泰莱夫人的情人》和《误入歧途的女人》等小说作品享誉全世界。著有诗集《阿摩斯》《海湾》《三色紫罗兰》《劳伦斯诗集》等。此外还有大量散文、绘画作品留存于世。

钢琴

戴维·赫伯特·劳伦斯

幽暗中，一个女人对我唱着柔和的歌，

把我引入回忆，直到眼前重现昔日场景——

一个孩子坐在钢琴底下，在钢弦轰鸣中

依偎着母亲的纤足，听她微笑着歌唱。

我身不由己，被这歌声的狡诈艺术

诱回往昔，直到我的心哭泣着要求归属

昔日家中假日的傍晚，门窗把冬天阻挡，

舒适的厅内颂歌荡漾，钢琴叮当为我们导航。

此刻哪怕歌手突然爆发出喧声强烈，

黑色大钢琴也热情奔泻。童稚的日月

已经把我迷住，我的男子气概已没入

回忆的洪流，我像孩子似的为过去哀哭。

吴迪 译

赏析

　　每一个人都乐意将自己的眼光投向那逝去的时间轨道，从童年的生活里开出一枝带着露珠的灿烂的花。童年的记忆可以是温暖、单纯、欢快的，也可以是忧郁、伤感的。从幽暗的歌声出发，向着热情奔放的童年走去，诱人深入的与其说是琴声，不如说是童年的岁月。在童年的追忆中，所谓的男子汉气概的追求是多么可笑。为过去的岁月哀哭是动人的，这种哀哭不就是单纯的少年对于昔日理想中的男子汉的深深失望吗？不就是童年对于成年生活的拒绝吗？

小皮

悲思

戴维·赫伯特·劳伦斯

一片黄叶来自黑暗

如蛙跳跃眼前。

我缘何肃立？

我注视生我的女人

直挺挺地躺在病房的

斑驳的黑暗里，僵硬

欲死：急迫的叶拽我回到

雨中的瑟瑟叶声，街灯和市街，

在我面前搅混。

郑建青　译

赏析

　　这是一首关于低沉的回忆的诗，回忆被一片黄叶勾起，回忆就像一只青蛙一样忽然跳了出来。什么样的回忆源自这昏暗的时刻？

　　是母亲的死亡，是她朝向死亡的意志。这深沉而痛苦的回忆如在眼前，对于母亲死亡那一天的情境，记忆越清晰，怀念便越深沉。

　　　　　　　小皮

小链接

　　1927年3月，劳伦斯完成了《查泰莱夫人的情人》的初稿，当时他就非常清楚地知道，这部小说在短时间内绝不可能有出版的机会，但他还是抱着几分侥幸心理给几个出版商写信，然而几乎所有的出版商都拒绝了他。直到劳伦斯去世前两年，这部惊世之作才在意大利得以出版，并引起了一场轩然大波。意大利和英国警方在此书刚一面世时就下令查抄。英国资产阶级当局认为此书有伤大英帝国的风化，而予以长期查禁。有趣的是，萧伯纳却对这部小说非常欣赏，并公开宣称："凡是待嫁少女都一定要读这本书，否则不发给结婚证书。"

T.S. 艾略特
（1888—1965）

　　英国著名现代派诗人、文艺评论家，后期象征主义的杰出代表。出生于美国，1906年进入哈佛大学攻读哲学专业。1927年加入英国国籍，并自称文学上是古典主义者，政治上是保皇派，宗教上是英国天主教徒。1948年因诗歌《四个四重奏》而获诺贝尔文学奖。著有长诗《荒原》、诗集《四个四重奏》等，另著有文学评论《传统与个人才能》《批评的功能》等。

海伦姑姑

T.S. 艾略特

海伦·斯凌斯比小姐是我的未婚姑姑,

时尚广场旁边的小屋是她的家,

照料饮食起居的仆人多达四个。

当她逝去时天堂里一片寂静,

她居住过的街道尽头也悄寂无声。

百叶窗帘拉下了而殡仪员在擦鞋——

他记得以前发生过此类事情。

那些狗被照料得体体面面,

但不久那只鹦鹉也跟着一命呜呼。

壁炉上德累斯顿钟仍在嘀嗒走动,

而那个男仆坐上了餐桌,

大腿上抱着的是第二个女用人——

她在女主人活着时总是谨小慎微呢。

弱斋 译

赏析

一个人的死亡,将有多少人获得安静、多少人欢庆?对世界的观察,具有讽刺意味的抒写,是艾略特诗歌的特色。"我们是人,还有什么比人的行为和人的态度能使我们更感兴趣呢?"

对于一位已故之人,身后人的作为,以及世事的变迁,和她又有多少干系呢?

小皮

窗前晨景

T.S. 艾略特

地下室厨房里，她们把早餐盘子洗得乒乓响，

沿着人们走过的街道边沿，

我感到女佣们潮湿的灵魂

在地下室前的大门口绝望地发芽。

一阵阵棕色波浪般的雾从街的尽头

向我抛来一张张扭曲的脸，

又从一位穿着泥污的裙子的行人脸上

撕下一个空洞的微笑，微笑逗留在半空，

又沿着屋顶一线消失了。

裘小龙　译

赏析

艾略特一生致力于寻找"思想的情感相称物"。在这首诗中，窗前的两幅晨景成了这种"相称物"。"潮湿"是第一幅晨景的关键词。大雾中的伦敦是潮湿的，地下室是潮湿的，洗早餐用具的女仆们是潮湿的，甚至连她们的灵魂都是潮湿的。在这潮湿的环境中生活的人，该有多么沮丧和绝望！

第二幅晨景是大雾中的伦敦街头。穿过这种云里雾里的生活，可以看到的是一张张扭曲了的脸。这是一个异化了的世界！而行人那"空洞的微笑"，更让人对这窗外的世界感到绝望。

小皮

我最后一次看到的充满泪水的眼睛

T.S. 艾略特

我最后一次看到的充满泪水的眼睛

越过分界线

这里，在死亡的梦幻王国中

金色的幻象重新出现

我看到眼睛，但未看到泪水

这是我的苦难

这是我的苦难

我再也见不到的眼睛

充满决心的眼睛

除了在死亡另一王国的门口

我再也见不到的眼睛

那里，就像在这里

眼睛的生命力更长一些

比泪水的生命力更长一些

眼睛在嘲弄我们

裘小龙　译

赏析

　　这首诗将死亡和梦幻锁定在某一特定的界域内，描述了死亡与生存、梦幻与现实的种种隐性联系。某些诗句反复跌宕，使诗歌更具节奏感。

　　第一节，"我最后一次看到的充满泪水的眼睛"——眼睛作为器官，是灵魂的象征，暗喻了现代人在工业文明时代的种种无助，这泪水或许痛苦，或许甜蜜——泪水是对生命的无声解读。接下来，"越过分界线"，"在死亡的梦幻王国中金色的幻象重新出现"，诗人看到眼睛，却未看到泪水——这是困惑，也是对大地的热爱。此处以矛盾的意象表明，唯有希望不泯，穿越分界线，方能寻到生命的光芒。

　　第二节，诗歌的节奏显然并未中断，而是渐次递进："这是我的苦难/我再也见不到的眼睛充满决心的眼睛/除了在死亡另一王国的门口我再也见不到的眼睛"。"眼睛"作为中心词，隐喻了人的精神之光。以超验的手法扣题，彰显了灵魂的疲惫、精神的虚无，而这一切在死亡面前却又显得如此寂寥、空茫。"那里，就像在这里/眼睛的生命力更长一些/比泪水的生命力更长一些"。"眼睛"是人类透视世界的终极通道，也是检视一切生存命题的必由之路；而泪水则充满了现实的冰凉和生命的幻灭感，精神之光洞穿幽冥的事物，生存之路在混沌中渐渐清晰可见，且具备了永恒的意义。"眼睛在嘲弄我们"——自嘲的口吻表明：我们常常被这个世界所蒙蔽，并对之充满了难以言喻的理解和认知。

王冷阳

小链接

著名传记作家彼得·阿克罗伊德的《T.S.艾略特传》是世界公认的名著，获得过当年的惠特布莱德新作奖。但很多人不知道，阿克罗伊德是在未被允许引用 T.S. 艾略特作品的一字一句的情况下写出这本书的。

T.S. 艾略特的第二任妻子瓦雷丽誓死捍卫丈夫和自己的名誉到了极其敏感的地步，令众多传记作家一筹莫展。T.S. 艾略特书信第一卷已于 1988 年 T.S. 艾略特百年诞辰之际出版，第二卷当时也已编定，却未能出版。因为艾略特的遗孀、比他小三十八岁的瓦雷丽牢牢捍卫着丈夫的隐私。她未曾指派过正式的传记作者，屡屡拒绝那些非正式传记作者查阅 T.S. 艾略特资料的请求。T.S. 艾略特生前就是如此，非但不想要人为他创作正式传记，还指示家人烧毁了一堆书信。

绍莱·麦克林
（1911—1996）

　　苏格兰诗人。出生于苏格兰北部的拉阿瑟岛，毕业于爱丁堡大学。家庭使用当地土著语言盖尔语。"二战"期间在北非服役，三次负伤。1943年出版第一部用盖尔语写成的诗集，对推动盖尔语在苏格兰文学创作中的复兴起到重要作用。著有诗集《爱米尔诗歌》、长诗《拉赛的树林》等。其诗歌全集《从林地到山脊》于1989年出版。

黎明

绍莱·麦克林

你是库林山上的黎明，
克莱拉峰上的白天，
金色河流里懒洋洋的阳光，
地平线上的一朵白玫瑰。

阳光下港湾里白帆闪闪，
蓝色的海，金色的天，
年轻的早晨在你的发上，
在你洁白的双颊上。

黎明的珍宝，夜晚的珍宝，
你的脸和你的好心，
纵有灾祸似灰色木桩，
刺透了我的年轻早晨的胸膛。

王佐良　译

赏析

　　"年轻的早晨在你的发上／在你洁白的双颊上。"清早，当心爱的人从阳光中走出，会让人刹那间变得恍惚——似乎不是阳光照亮了她的脸，而是她的脸使光出现。当我们如此深爱，会令人不由得深深感动——青春的时光多美妙，我们感到她的存在犹如一块珍宝，而我们自身的纯洁还能使我们爱——简单而纯粹的爱充满了每一天。纵使惆怅，也像天边的乌云，美好得让人泪流满面。

吴功青

狄兰·托马斯
（1914—1953）

　　威尔士诗人、作家。出生于英国南威尔士斯温西，其父是一位中学校长。他的诗激越清晰，充满了生命爆破的力量，且超越了文化的意义。他是一个"语言的天才"，具有"点石成金的语言魔法"。1953年，在第四次美国之行中，死于酗酒。白马酒家，他常常光顾和最后一次光顾的酒家，后来一度成为艺术家们聚会的地方。著有诗集《诗十八首》《诗二十五首》《爱的地图》《死亡与入口》《诗集》等。

通过绿色茎管催动花朵的力

狄兰·托马斯

通过绿色茎管催动花朵的力

催动我的绿色年华，毁灭树根的力

也是害我的刽子手。

我缄默不语，无法告诉佝偻的玫瑰

正是这同样的冬天之热病毁损了我的青春。

催动泉水挤过岩缝的力催动

我鲜红的血液；那使絮叨的小溪干涸的力

使我的血液凝固。

我缄默不语，无法对我的脉管张口，

同一双嘴唇怎样吸干了山泉。

搅动着一泓池水的那一只手

也搅动流沙；牵引狂风的手

扯动我的尸布船帆。

我缄默不语，无法告诉走上绞架的人

我的肉体制成了绞刑吏的滑石粉。

时间的嘴唇像水蛭吮吸着泉源，

爱情滴落又凝聚，但流淌的血液

将抚慰她的创痛。

我缄默不语，无法告诉变幻不定的风

时间怎样环绕着繁星凿出一个天穹。

我缄默不语，无法告诉情人的墓穴

我的床单上也蠕动着一样的蛆虫。

汪剑钊　译

赏析

这是狄兰最负盛名的一首诗。是什么主导着这世界的生死枯荣？那涌动的生命的原动力来自何处又去向何方？我们血管中奔流的液体的温热，与花朵的开放可有千丝万缕的联系？我们青春的凋零与繁华不再，与泉眼的干涸可有关联？诗人说，有的！正是那"通过绿色茎管催动花朵的力"，催开了我们的绿色年华！但也正是同一双嘴唇，时间水蛭般的嘴唇，吸干了这涌动的生命之流——那使泉眼干涸的，也是使我们的血液凝固的。

一个人如何感受自己是有力的存在？除非他感到自己存在于万物之中，除非他感到一股浩大的力量紧紧抓住他不放，迫使他实现自身。这力量便是生的力量，同时也是死的力量。它使种子突破自己的外壳破土而出，使树木在虚空中升起，使果实获得丰盈……它只是从"此"经过。所到之处，万物借它获得自己的形式；所过之处，繁花落尽，草木凋零。这巨大的力量之巨轮，让人如何不赞美、不叹息！

哑巴

不要温和地走进那个良夜

狄兰·托马斯

不要温和地走进那个良夜，

老年应当在日暮时燃烧咆哮；

怒斥，怒斥光明的消逝。

虽然智慧的人临终时懂得黑暗有理，

因为他们的话没有迸发出闪电，

他们也并不温和地走进那个良夜。

善良的人，当最后一浪过去，高呼他们脆弱的善行

可能曾会多么光辉地在绿色的海湾里舞蹈，

怒斥，怒斥光明的消逝。

狂暴的人抓住并歌唱过翱翔的太阳，

懂得，但为时太晚，他们使太阳在途中悲伤，

也并不温和地走进那个良夜。

严肃的人，接近死亡，用炫目的视觉看出

失明的眼睛可以像流星一样闪耀欢欣，

怒斥，怒斥光明的消逝。

您啊，我的父亲，在那悲哀的高处，

现在用您的热泪诅咒我，祝福我吧，我求您

不要温和地走进那个良夜。

怒斥，怒斥光明的消逝。

巫宁坤　译

赏析

这首诗让人想起尼采。

尼采吁求一个光明灼灼的太阳，而狄兰则"怒斥光明的消逝"。狄兰死时年仅三十九岁，他的最后一句话"一个人一不留神就到了三十九岁"让人相信，他已经感到了生命之秋的悄然降临。但他并未像里尔克在《秋日》中那样感到宇宙不可逆转的力量，并被这力量所压倒，而是如一头被激怒的狮子，暴怒着一跃而起，要与迎面而来的衰老抗争到底："怒斥，怒斥光明的消逝。"这时光的流逝，这青春与生命的流逝，严重地伤害了他那颗高傲的心："太高傲了，以致无法死去！"因此，上苍只好允许他死于酗酒。1953年11月，狄兰在美国白马酒家干了十八杯纯威士忌外加两杯啤酒后陷入昏迷。

秋日的草茎中残存着绿色。但谁又知道，如果它有声音，该是如何宏大的声响！而谁又能确定在那里没有一场伟大的战争！狄兰——会生长的、会咆哮的、会发出光明的、誓死抵抗的、让一切孱弱者感到羞惭的……

哑巴

我知道这邪恶的点滴的时间

狄兰·托马斯

我知道这邪恶的点滴的时间；

它是血液里的一种酸涩的移动，

它，像一棵树，植根于你，

又在你体内抽芽含苞。

每一个银色的瞬间发出

铮钹的琴音，

而我仍是一只小鸟，或许能

在半空中抓紧它、听见它。

你有一颗不安的、滴答的心；

我会疯狂地沉浸于你，将你

塞入我的内心，我发现

你比以往更为幽暗。

灌满了血，我的爱无法流入。

中止是不真实的；

我要用我的抚触

捕捉真实，

不，只是作为一种象征、石块、

陈述或什么也不，

赏析

"时间围绕着星星滴答出一个天堂。"如同一棵树，时间也在我们内部生长，从细弱到繁茂；而我们自己则像小鸟一样栖身于它的浓荫下，聆听它"每一个银色的瞬间"所迸发出的——琴音。然而时间却让人如此迷惑，无论人如何沉醉迷恋，都无法将它真正把握。"我的爱无法流入"——爱无法进入时间，是因为时间径自前行，不会为爱停留。甚至，时间正是要带走爱、带走生命的罪魁祸首。然而这点滴流逝的时间，并不仅仅是它自身，它也属于我们，我们必须在这些时间中有所作为，除非已经到了不得不消失的时刻。正是对时间流逝有着如此的切肤之痛，狄兰的诗才充满了张力——一股蓬勃的、势不可当的生之力量。

哑巴

而真实，我知道它的音韵

是声音的回环而不是音阶的高低。

我希望消失；

然后我将消失，

可又想到正在流逝的

分分秒秒是我的

我或许能用它做点其他的事情。

没有一刻停留，

除非我消失或者死亡。

韦白　译

第二辑

法国部分

France

维克多·雨果
（1802—1885）

　　法国浪漫主义作家，法国文学史上卓越的资产阶级民主作家，被誉为"法兰西的莎士比亚"。其父为拿破仑麾下将军。雨果少年时代即显示出非凡才华。他立下宏愿，要成为文坛的夏多布里昂。1827年，雨果发表《克伦威尔》和著名浪漫主义宣言，成为十九世纪浪漫主义文学运动的领袖。他在小说、诗歌、戏剧等方面均成就卓著，还是伟大的人道主义战士和出色的社会活动家。逝世后，法兰西为他举行了国葬。小说作品有《巴黎圣母院》《悲惨世界》《笑面人》《九三年》等，诗歌作品主要有《东方诗集》《惩罚集》《沉思集》《光与影》等，史诗有《历代传说》《上帝》和《撒旦的末日》等。

播种季——傍晚

维克多·雨果

这正是黄昏的时分。
我坐在门楼下，观赏
这白昼的余晖照临
工作的最后时光。

在沿着夜色的田野，
我凝望着一个衣衫
褴褛的老人，一把把
将未来的收获播撒。

他那高大的黑身影
统治着深沉的耕地。
你感到他多么相信
光阴的有益的飞逝。

他独自在大野上来去，
将种子往远处抛掷，
张开手，又重复开始，

赏析

　　雨果的一生是勤奋的一生，也是硕果累累的一生。从这首诗中，我们或许可以找到诗人何以成就卓著的缘由：一种对自我价值实现的自觉精神——播种，收获。没有播种，就没有收获。即便到了黄昏，也要把握住这最后的工作时光。那位相信时光的有益飞逝的老人，已是智慧的化身。唯有历经岁月的老人，才能真切地感受到时间的丰厚与空无——天道酬勤。

　　这首诗意境开阔，素朴无华，正如其所道出的真理，让人感到踏实、信赖。正如雨果本人，自有一股浑厚、开阔之力。

哑巴

我呢，幽暗的旁观者。

沉思着，当杂着蜚声，
黑夜展开它的影子，
仿佛扩大到了群星
那播种者庄严的姿势。

梁宗岱　译

六月之夜

维克多·雨果

当夏日的白昼退尽，繁花似锦的平原

向四面八方飘洒着令人陶醉的香气；

耳边响起渐近渐远的喧嚣之声，闭上双眼，

依稀入睡，进入透明见底的梦境。

繁星越发皎洁，一派姣美的夜色，

幽幽苍穹披上了朦朦胧胧的色彩；

柔和苍白的曙光期待着登台时刻，

仿佛整夜都在遥远的天际里徘徊。

白英瑞　译

赏析

　　一切景语皆情语。

　　这首优美的抒情诗，语言流丽，意境开阔，形象地描画出六月之夜的恬淡安宁。鲜花平原，繁星苍穹；夜色流连，曙光徘徊……这哪里是真实的夜晚？分明是在梦境之中。

　　这是诗人梦到的六月之夜，也是诗人六月之夜一个"透明见底"的梦。

　　诗人的心灵，恬淡如斯，深远如斯，优美如斯，澄澈如斯。

　　　　　　　　　　　　　　　　　　　　哑巴

既然我把我的唇……

维克多·雨果

既然我把我的唇放进你永远充溢的酒樽，

既然我把我苍白的额贴近你的手心，

既然我有时呼吸到你的灵魂里温柔的气息，

一种深埋在暗影里的芬芳；

既然我有时从你的话语里，

听到你散步的神秘的心声；

既然我看见你哭泣，既然我看见你微笑，

我的嘴对着你的嘴，我的眼睛对着你的眼睛；

既然我看见你那颗星在我头上光芒闪耀，

唉！可它老是深藏不露，觌面无由；

既然我看见一瓣花从你那年华之树上

掉下来，坠入我生命的波流；

现在我可以向疾逝的韶光讲了——

消逝吧，不断地消逝！我将青春永葆！

你和你那些憔悴的花儿一齐消逝吧，

我心灵里有朵花儿谁也不能摘掉！

我这只供我解渴的玉壶已经盛满，

你的翅膀掠过，也溅不起其中的琼浆半点。

你的灰烬远不足以扑灭我的灵火！

你的遗忘远不足以吞没我的爱恋！

闻家驷　译

赏析

在法国文学史上，没有谁比雨果更富有诗意和激情，也没有谁比他更富有蓬勃的生机和力量。他的诗作充盈着丰沛激越的情感，既如夏天的果实满载甘甜的汁液，又如雨季的江河恣肆汪洋势不可当。

在这首诗中，七个"既然"的排比如浪花迭起，把诗人的情感一层层推向波峰浪尖。在最高处，诗人大声向时光发出挑战的疾呼："消逝吧，不断地消逝！我将青春永葆！"诗中的"你"即生命的象征。诗人的生命已是如此丰盈强大，以致时光根本无法再掠夺他，使他贫困如洗。他心中的花朵常开不谢，他解渴的玉壶已经盛满，他的灵魂不灭，爱恋永驻。

多少诗人为生命短暂、爱情易逝而黯然神伤，而雨果却发出如此豪迈、自信的呼声。他让我们看到——人可以是且必须是有力的存在，如他本人一样。

哑巴

夜

维克多·雨果

一

继铜色的天幕之后，是灰沉
的苍穹。夜迈出一步。
黑暗之物将生，
树林窃窃私语。

风，吹自九霄。
黄昏金毯闪烁
的水面，皱起，一道道
黑夜的幽波。

夜又进了一步。
刚才，万物在聆听；
此刻，已阒然无语，
一切都在逃亡、藏匿、沉寂。

所有生命、存在和思想
焦急关注
冥冥寂静走向

赏析

　　雨果遗言的最后一条写
道：我相信上帝。但雨果的
信仰已不是纯粹基督教的信
仰，而是"新宗教"，即自
然神论、泛神论、善恶二元
论以及乐观主义的综合。

　　《夜》是雨果对上帝、
对世界存在的沉思。白日的
喧嚣使神明远离，而夜的降
临则使人在万物的沉寂中，
听到他来临的跫音。当上帝
走在夜幕的暗影中，目睹世
界从纷乱归入虚无，他会作
何感想？如果这个世界在他
看来已充满罪恶，他会不会
扬手毁弃它再重新创造一
个？那么，什么才能拯救
那些正处于罪恶之中的人
们——拯救我们？"唯有祈
祷是避难所！"雨果如此回
答，但他同时也感到惶惑：
为什么人如此畏惧向上帝的
回归，如此畏惧宁静？"到

阴暗大境的脚步。

此刻，在云霄，
在阴暗的广度，
万物明显感到
一个伟大神秘的人物。

二
陷入沉思，
边毁边创造的上帝，
面对从混乱走向
虚无的世界，会怎么想？

他是否在倾听我们的声音
并附耳于天使，倾耳于恶魔？
巡视我们昏睡
的梦境，他又想到什么？

几多太阳，崇高的幽灵，
闪亮的轨道上多少星体，
在深渊，有多少

底发生了什么事情？"雨果的追问，指向的是一个基本的宗教主题——人的堕落。堕落之后的人永远无法再回到与上帝同在的宁静时光。在另一首诗里雨果写道："人看不见上帝，但可以向它走去/只要循着善的光芒，它无时不在。"这几句诗诠释了雨果的一生。尽管存在着最深的困惑，雨果仍相信：人能从大地一直走回天堂。

哑巴

他或不满意的天地!

汪洋无垠,
几多巨魔,
黑暗中,滚动
多少畸形的生灵。

液汁流淌的宇宙,
还值得注视?
他是否会砸烂这铸模,
抛弃一切,重新开始?

三

唯有祈祷是避难所!
在幽暗的时刻,我们看见
所有创造
似黑魆魆的大殿。

当寒影浮荡,
当蓝天从眼中隐去,
来自天空的思想
只是缕缕恐惧。

啊！沉寂苍白之夜

在我们心间抖动某物！

为何在虚中觅寻？

为何要跪地匍匐？

这神秘的纤维是什么？

阴郁的恐慌，

为何麻雀失去自由，

雄狮再无法称王？

沉于黑暗的一个个问题：

在布满哀愁的天空；

在灵魂沉落、双眼迷失

闻所未闻的幽冥中，

到底发生了什么事情？

致使人，被驱逐的精神，

怕见你可怕的宁静——

啊，无垠的阴影。

杜青钢　译

欧仁·鲍狄埃
(1816—1887)

　　生于法国一个木工家庭，十二岁起以劳动为生，开始歌谣习作。1871年巴黎公社期间，为保卫公社战斗到5月"流血周"的最后一天。同年6月，他创作了全世界无产阶级的歌——《国际歌》。翌年，业余音乐家皮埃·狄盖特为《国际歌》谱曲。此后的一百多年中，《国际歌》被译为各国文字，作为无产阶级的战歌传遍了世界的每一个角落。列宁称鲍狄埃是"一位最伟大的用诗歌作为工具的宣传家"。

国际歌（节选）

欧仁·鲍狄埃

起来，饥寒交迫的奴隶！

起来，全世界受苦的人！

满腔的热血已经沸腾，

要为真理而斗争！

旧世界打个落花流水，

奴隶们起来，起来！

不要说我们一无所有，

我们要做天下的主人！

这是最后的斗争，

团结起来到明天，

英特纳雄耐尔就一定要实现！

从来就没有什么救世主，

也不靠神仙皇帝！

要创造人类的幸福，

全靠我们自己！

我们要夺回劳动果实，

让思想冲破牢笼！

赏析

我国最早能唱的《国际歌》，是 1923 年 6 月《新青年》第一期上发表的瞿秋白从法文译来的词和简谱。1935 年初，瞿秋白被俘，临刑前，他神色自若地唱起了自己所译的《国际歌》。今天传唱的，是 1923 年诗人萧三在莫斯科译配的《国际歌》词曲，副歌译为："这是最后的斗争，团结起来到明天，英特纳雄耐尔就一定要实现。"

《国际歌》全曲只有一段贯穿首尾的旋律，以及通用的三段歌词。悲壮的前奏过后，深沉的第一主题昂首进入，表现出革命志士们不屈的气节；中段旋律始终庄严、雄浑，曲调中越发透出光明与希望；最后，乐曲的前奏经过自然再现，在雄壮而嘹亮的气氛中结束。

哑巴

快把那炉火烧得通红，
趁热打铁才能成功！

是谁创造了人类世界？
是我们劳动群众！
一切归劳动者所有，
哪能容得寄生虫！
最可恨那些毒蛇猛兽，
吃尽了我们的血肉！
一旦把它们消灭干净，
鲜红的太阳照遍全球！

夏尔·皮埃尔·波德莱尔

（1821—1867）

　　法国象征派先驱，现代派诗歌的鼻祖。代表作有《恶之花》《巴黎的忧郁》等。诗人阿尔蒂·兰波在《洞察者的信》中叙述法国诗歌史时，对波德莱尔如是称赞："波德莱尔是最初的洞察者、诗人之王、真正的神。"

阳台

夏尔·皮埃尔·波德莱尔

我的回忆之母，情人中的情人，
我全部的快乐，我全部的敬意！
你呀，你可曾记得抚爱之温存，
那炉边的温馨，那黄昏的魅力，
我的回忆之母，情人中的情人！

那些傍晚，有熊熊的炭火映照，
阳台上的黄昏，玫瑰色的氤氲。
你的乳房多温暖，你的心多好！
我们常把些不朽的事情谈论。
那些傍晚，有熊熊的炭火映照。

温暖的黄昏里阳光多么美丽！
宇宙多么深邃，心灵多么坚强！
我崇拜的女王，当我俯身向你，
我好像闻到你的血液的芳香，
温暖的黄昏里阳光多么美丽！

夜色转浓，仿佛隔板慢慢关好，
暗中我的眼睛猜到你的眼睛，
我啜饮你的气息，蜜糖啊毒药！
你的脚在我友爱的手中入梦。
夜色转浓，仿佛隔板慢慢关好。

我知道怎样召回幸福的时辰，
蜷缩在你的膝间，我重温过去。
因为呀，你慵倦的美哪里去寻，
除了你温存的心，可爱的身躯？
我知道怎样召回幸福的时辰。

那些盟誓、芬芳、无休止的亲吻，
可会复生于不可测知的深渊，
就像在深邃的海底沐浴干净、
重获青春的太阳又升上青天？
那些盟誓、芬芳、无休止的亲吻。

郭宏安 译

赏析

这是波德莱尔非常著名的一首诗，因其奇异的旋律和高超的音乐节奏而广为流传。

一个普通的阳台给予诗人无限的回忆。第二、三节的句子像黄金一样灿烂。"温暖的黄昏里阳光多么美丽！宇宙多么深邃，心灵多么坚强！我崇拜的女王，当我俯身向你，我好像闻到你的血液的芳香，温暖的黄昏里阳光多么美丽！"爱的幸福因与宇宙的和谐相通而变得颤抖，连血液都开始芬芳！黄昏的美丽加深了爱的幽深，爱之幽深又使得黄昏愈加华美。"夜色转浓，仿佛隔板慢慢关好。"这一细微的比喻极具音乐性：它的缓慢和它的忧伤。阳台上的黄昏慢慢向夜滑去，而在诗人眼里，这样的美本身要求一种永恒！"那些盟誓、芬芳、无休止的亲吻，/可会复生于不可测知的深渊，/就像在深邃的海底沐浴干净、/重获青春的太阳又升上青天？"永恒不可能作为实体永远存在，而是在思想的力量下，因其过去的绝对魅力而一直回旋。回忆之光映照着它们，它们就像阳光从海水中升腾——"那些盟誓、芬芳、无休止的亲吻。"

吴功青

黄昏的和谐

夏尔·皮埃尔·波德莱尔

时辰到了，花儿在枝头战栗，
每一朵都似香炉散发着芬芳；
声音和香气都在晚风中飘荡；
忧郁的圆舞曲，懒洋洋的眩晕！

每一朵都似香炉散发着芬芳；
小提琴幽幽咽咽如受伤的心；
忧郁的圆舞曲，懒洋洋的眩晕！
天空又悲又美，像大祭台一样。

小提琴幽幽咽咽如受伤的心；
温柔的心，憎恶广而黑的死亡！
天空又悲又美，像大祭台一样。
太阳在自己的凝血之中下沉。

温柔的心，憎恶广而黑的死亡！
收纳着光辉往昔的一切遗痕！

赏析

这首诗运用了"交韵"手法（前一段的第二句和次段的第一句押韵。这里是相同），使诗歌焕发出新鲜的光泽。起始处写到战栗的花朵，让我们的思想自然地铺展开来。圆舞曲也悄悄地走入黄昏。音乐和花朵自然而然地融合到了一起。

在波德莱尔那里，和谐更是罪性的升华（这是他为什么写《恶之花》的原因）。因此，在他的诗中，华美的意象常常带着一种透彻的悲伤。"每一朵都似香炉散发着芬芳；小提琴幽幽咽咽如受伤的心"。生命本身就是哀伤的，音乐和我们的心灵紧紧相连。"天空又悲又美，像大祭台一

太阳在自己的凝血之中下沉。
想起你就仿佛看见圣体发光。

郭宏安　译

样。"自然的忧郁又掺入宗教性，有一种难以抗拒的力量。心就在这音乐之中达到极致的升华，生命内在的和谐力量达到了壮美。它的力量接近太阳。而太阳的生命也存在着极大的痛苦。"太阳在自己的凝血之中下沉。"自身孕育自身，艰难的自我分娩……而最永恒的却是"你"——一个未被交代的女性，一位绝对的女神！因为"想起你就仿佛看见圣体发光"。人的存在上升到神性。多么神圣的黄昏啊，那位被如此赞颂的女人该是多么幸福！

吴功青

月亮的哀愁

夏尔·皮埃尔·波德莱尔

今夜，月亮进入无限慵懒的梦中，
像在重叠的垫褥上躺着的美人，
在入寐以前，用她的手，漫不经心
轻轻将自己乳房的轮廓抚弄。

在雪崩似的绵软的缎子被上，
月亮奄奄一息地耽于昏厥状态，
她的眼睛眺望那如同百花盛开
向蓝天里袅袅上升的白色幻象。

有时，当她感到懒洋洋无事可为，
给地球上滴下一滴悄悄的眼泪，
一位虔诚的诗人，厌恶睡眠之士，

就把这一滴像猫眼石碎片一样
闪着红光的苍白眼泪收进手掌，
放进远离太阳眼睛的他的心里。

钱春绮　译

赏析

不得不震撼于波德莱尔惊人的想象力！月亮被写成美人，却生出了如此的温柔和高贵。"用她的手，漫不经心/轻轻将自己乳房的轮廓抚弄"……月亮躺在乌云上面，悠然地漫游着，的确像极了一个女人。"她的眼睛眺望那如同百花盛开/向蓝天里袅袅上升的白色幻象。"这白色幻象或者是炊烟，或者是云朵，它们向月亮飞去好像一朵花直直地开到空中——绝美的比喻！而后两节写得尤其婉约又诙谐。月亮的泪水落到一个诗人的心里，就变成了诗，并被如此虔诚地爱护。这语气有一些自嘲，更多的却是对诗人纯洁心灵的赞美。只不过他借月亮的嘴说，诗人自己倒显得无辜。

吴功青

秋之十四行诗

夏尔·皮埃尔·波德莱尔

你明如水晶的眼睛告诉我：

"对于你我有什么价值，奇怪的朋友？"

可爱的，不要作声！除了远古

野兽的单纯，仅有我这恼怒的心，

我不愿向你透露那地狱的秘密

和那用火焰写成的阴暗奇闻，

手扶摇篮诱我长眠入梦的女人。

我憎恨热情，精神给我带来痛苦！

我们悄悄地相爱，爱神在阴郁的哨所，

那里暗伏着命运的弓矢。

我知道那古代兵工厂的武器：

罪恶、恐怖和疯狂！哦，苍白的玛格丽特，

你已不是秋天的太阳，像我一样，

哦，如此洁白而冰冷的玛格丽特！

梁宗岱　译

赏析

恶之花！这诗更是一个典型。诗人仿佛真的从地狱而来，也更使得他说出的爱有着类似圣光的美。

"我们悄悄地相爱，爱神在阴郁的哨所，/那里暗伏着命运的弓矢。""我们"在相爱着，却染上了命运的疾病。这患有癫狂症的爱情，随时都可能被击中。苍白的爱情却泛着更加阴柔的光辉。"我憎恨热情，精神给我带来痛苦！"诗人最后似乎跪在了基督面前。两个人沾着内心的罪恶，逼近上帝而爱。苍白的玛格丽特！"你已不是秋天的太阳，像我一样"。好像两个经过无数命运折磨的人相爱，爱的色泽洁白而冰冷，却积聚了一生的重量。

吴功青

秋歌（之二）

夏尔·皮埃尔·波德莱尔

我爱你的修眼里的碧辉，爱人，
可是今天什么我都觉得凄凉，
无论你的闺房，你的爱和炉温
都敌不过那海上太阳的金光。

可是，还是爱我吧，温婉的心啊！
像母亲般，即使对逆子或坏人；
请赐我，情人或妹妹啊，那晚霞
或光荣的秋天的瞬息的温存。

不过一瞬！坟墓等着！它多贪婪！
唉！让我，把额头放在你的膝上，
一壁惋惜那炎夏白热的璀璨，
细细尝着这晚秋黄色的柔光！

梁宗岱　译

赏析

秋天，人总要在自然和人之间挣扎：在爱情的柔波里，死亡的等待和内心的热切相互搏击。"我爱你的修眼里的碧辉，爱人，/可是今天什么我都觉得凄凉"。某种意义上，爱情的美好更加深了人对死亡的恐惧。"无论你的闺房，你的爱和炉温/敌不过那海上太阳的金光。"诗人一心想要回到栖息的家园——自然。

然而，这种逃离也可能是一种恶——诗人正警醒着。而现实的热情又怎能放弃？"可是，还是爱我吧，温婉的心啊！像母亲般，即使对逆子或坏人"。希望她能如圣女般垂怜自己。

诗人恳求这宽容的爱，而死亡还在远方伫立。注定年岁有限的人啊，不得不继续撕扯。"不过一瞬！坟墓等着！它多贪婪！"美丽的事物总是短暂，坟墓才是永恒的归宿。而在这万分惆怅中，爱人的温柔仍照亮了生活。晚秋黄色的柔光，在诗人心中缓缓流淌。

秋的悲切几乎被波德莱尔写到了极致，读得都要颤抖，却觉得幸福。忍得住这战栗限度的人，才能接近真正的美。

吴功青

小链接

波德莱尔和德拉克洛瓦，当历史为这两个伟大的法国人安排一次邂逅的时候，艺术的火花迸发了。生于1798年的画家和生于1821年的诗人尽管年龄相差二十多岁，但波德莱尔还是一下子就为德拉克洛瓦的天才所折服。在《1845年沙龙》中，波德莱尔对德拉克洛瓦发出了第一声赞美和喝彩，预言他是"当代之人杰"，从此诗人与画家之间惺惺相惜，一直到德拉克洛瓦去世。诗人对画家的崇敬和赞美从未停息，那些诗性的文字和深刻见解遂汇成了波德莱尔《我看德拉克洛瓦》一书。

苏利·普吕多姆

（1839－1907）

　　法国第一位以诗歌著称的天才作家，也是第一位诺贝尔文学奖获奖作家。生于巴黎。早年当过职员、工程师，并从事过法律工作，后转入诗歌创作。十九世纪六十年代曾参加帕尔纳斯派诗歌运动，并成为该派代表人物之一。他是法国象征派的先驱。他的抒情诗善于揭示人心灵深处的隐秘、幽微的感受和体验，灵感诗和哲理诗则长于分析。1901年，瑞典文学院为"特别表彰他的诗作，它们是高尚的理想、完美的艺术和罕有的心灵与智慧的实证"，把第一届诺贝尔文学奖颁发给了他，获奖作品为《铁锤与沉思》。著有诗集《长短诗集》《孤独与沉思》《徒劳的柔情》《战争印象》《正义》《幸福》等。

眼睛

苏利·普吕多姆

天蓝、乌黑，都被爱，都美，
无数的眼睛见过了晨光；
它们在坟墓深处沉睡，
而朝阳依旧把世界照亮。

比白昼更温存的黑夜
用魔术迷住了无数眼睛；
星星永远闪耀不歇，
眼睛却盛满了无边阴影。

难道它们的眼神已经熄灭？
不，不可能，这是错觉！
它们只是转向了他方
那被称为不可见的世界。

西斜的星辰辞别了我们
但仍飘游在茫茫天宇，
眼珠虽也像星星般西沉，

赏析

　　从哲学思考中捕获灵感，提炼诗的主题，是普吕多姆诗歌的重要特征。这首以"眼睛"为题的诗，其核心却是对人的生死及永恒等问题的思考。通过把眼睛的闭合和星星的沉落进行类比，揭示了人的死亡并非一个永恒的终结；那些美丽的、爱过与被爱过的眼睛，虽然在这个世界合上了，却"在坟墓的另一面，在他方，/合上的眼睛仍在眺望"。"一个不可见的世界"，划出了人类经验和知识的边界。尽管不可见，却可信——正如信仰。

哑巴

但它们并没有真的死去。

天蓝、乌黑，都被爱，都美，
开启眼帘， 面向无限的晨光；
在坟墓的另一面， 在他方，
合上的眼睛仍在眺望。

银河

苏利·普吕多姆

有一夜，我对星星们说：
"你们看起来并不幸福；
你们在无限黑暗中闪烁，
脉脉柔情里含着痛苦。

"仰望长空，我似乎看见
一支白色的哀悼的队伍，
贞女们忧伤地络绎而行，
擎着千千万万支蜡烛。

"你们莫非永远祷告不停？
你们莫非是受伤的星星？
你们洒下的不是星光啊，
点点滴滴，是泪水晶莹。

"星星们，你们是人的先祖，
你们也是神的先祖，
为什么你们竟含着泪……"

赏析

星辰流转，亘古如初；人世却如落叶，代代飘零。在宇宙的永恒中，人不仅是终有一死的存在，还是唯一能感知这一存在的存在。因而，孤独的不是星辰，而是仰望星空的人。

在这首诗中，诗人先是把天上的银河比作孤独的心灵："一支白色的哀悼的队伍/贞女们忧伤地络绎而行/擎着千千万万支蜡烛"；后又把人的孤独的心灵比作天上的星辰："在夜的寂静中默默自燃"，前后辉映，把人的孤独的本质刻画了出来。台湾女歌手齐豫有一首名为《答案》的歌："天上的星星为何/像人群一般的拥挤呢/地上的人们为何又像星星一样的疏远"……名为《答案》，却无答案。敏感的心总会提出很多问题，然而有问无答却是人生不变的旋律。

哑巴

星星们回答道："我们孤独……

"每一颗星都远离姐妹们，
你却以为她们都是近邻。
星星的光多么温柔、敏感，
在她的国内却没有证人，

"她的烈焰放出满腔热情，
默然消失在冷漠的太空。"
于是我说："我懂得你们！
因为你们就像心灵，

"每颗心发光，离姐妹很远，
尽管看起来近在身边。
而她——永恒孤独的她
在夜的寂静中默默自燃。"

飞白 译

斯特芳·马拉美

(1842—1898)

　　法国象征主义诗人、散文家。生于巴黎一个官员之家，自幼失去双亲和姐姐，不幸的身世造就了他孤傲的性格。他热爱读书，大量阅读了波德莱尔和美国作家爱伦·坡等人的作品，对日后创作有着深远影响。1876年，长诗《牧神的午后》为他赢得了巨大声誉。1896年，他被选为法国"诗歌之王"。马拉美不断阐述象征主义理论，其作品也典型地体现了象征主义文学的特征。著有《诗与散文》、诗集《徜徉集》及长诗《希罗狄亚德》《牧神的午后》等。

天鹅

斯特芳·马拉美

纯洁、活泼、美丽，它今天

是否将扑动狂醉的翅膀，撕破

这被遗忘的坚湖，白霜下面

未曾飞翔的透明的冰川，在那里踟蹰！

旧日的一只天鹅想起自己

曾那样英姿勃勃，可如今无望逃走

因为当不育的冬天带来烦恼

它还没有歌唱一心向往的天地。

这白色的飞鸟痛苦不堪

它拒绝太空而成囚犯，

它抖动全身，却不能腾空飞起。

它纯净的光辉指定它在这里，

这幽灵一动不动，陷入轻蔑的寒梦，

徒劳的流放中天鹅拥有这梦境。

飞白 小跃 译

赏析

　　《天鹅》是马拉美的经典名篇。"天鹅"在诗中有着复杂的象征意味。它美丽、纯洁、活泼，是天使、信仰者的化身，绝不与世俗妥协。但它不得不面对"坚湖""白霜""冰川"等世俗物的袭击——是啊，寒冬来了。

　　"旧日的一只天鹅想起自己/曾那样英姿勃勃，可如今无望逃走/因为当不育的冬天带来烦恼/它还没有歌唱一心向往的天地。"那曾经执着而充满力量的信仰正被层层夹击。"这白色的飞鸟痛苦不堪/拒绝太空而成囚犯，/它抖动全身，却不能腾空飞起。"渴望逃离那些背叛主的人，而飞翔的力气却没有了，身边的世人苍蝇般压在身上。可一种深处的高傲还在，属于天鹅自身的、永恒的高贵，被冻死在雪地里也绝不向他们祈求一点温暖。执着于蓝天（圣主）、执着于飞翔的信仰永不消退。"这幽灵一动不动，陷入轻蔑的寒梦"。

吴功青

叹息

斯特芳·马拉美

我的灵魂，安静的妹妹呀，飞向你的额头，

铺满雀斑的秋天在那梦思悠悠，

飞向你天使般的眼睛，飘动的云天，

就像忧郁的花园里白色的喷泉

忠诚地，向着太空叹息！

向着苍白纯洁的十月恻隐的天空，

太空无边的萎靡映照在巨大的水塘，

它让昏黄的太阳在死寂的水上

拖着长长的光芒，枯叶在那儿

随风而漂，划出一道冰凉的犁沟。

飞白　小跃　译

赏析

　　灵魂的咏唱，像音乐反复上升又反复垂落。"我的灵魂，安静的妹妹呀，飞向你的额头，铺满雀斑的秋天在那梦思悠悠，飞向你天使般的眼睛，飘动的云天"……这是内心热烈的渴望！灵魂和我们在一起，像自己的一个安静的妹妹，她那么向往另一颗和她相似的心灵。这么吸引着又在叹息：世间的灵魂都在如此孤单地叹息。"它让昏黄的太阳在死寂的水上/拖着长长的光芒，枯叶在那儿/随风而漂，划出一道冰凉的犁沟。"荒凉的场景象征着我们自己的生活，得到上帝眷恋的人总是少数，许多人的灵魂只能长久地孤寂着，直至衰亡。

吴功青

保尔·魏尔伦

（1844—1896）

　　法国象征派诗歌的"诗人之王"。在诗歌艺术中，其反叛而不失传统的诗风、哀伤却不流于颓废的诗意，为他在法国诗坛赢得了崇高声誉。他的诗以极大的艺术魅力为读者留下了巨大的思索空间，令人在咀嚼诗歌艺术的同时，通过字里行间透出的难以捉摸的情绪，深深地沉醉于诗中。代表作有《绿》等，出版诗集《智慧》《死后书》等。

月光曲

保尔·魏尔伦

你的心灵是一幅绝妙的风景画
村野的假面舞令人陶醉忘情，
舞蹈者跳啊，唱啊，弹着琵琶，
奇幻的面具下透出一丝凄清。

当欢舞者用"小调"的音符，
歌唱爱的凯旋和生的吉祥，
他们似乎不相信自己的幸福，
当他们的歌声融入了月光——

月光啊，忧伤、美丽、静寂，
照得小鸟在树丛中沉沉入梦，
激起那纤瘦的喷泉狂喜悲泣，
在大理石雕像之间腾向半空。

佚名 译

赏析

　　一群在月光下唱歌跳舞的人，却有一颗颗抑郁的心——"舞蹈者跳啊，唱啊，弹着琵琶，/奇幻的面具下透出一丝凄清。"诗人并未言明这一切的原因，但自然和月光有关系。在月光下获得的一切，虽美如梦幻却难以抓住。"当欢舞者用'小调'的音符，/歌唱爱的凯旋和生的吉祥，/他们似乎不相信自己的幸福"。歌声于不知不觉中飞到了黎明。"月光啊，忧伤、美丽、静寂，/照得小鸟在树丛中沉沉入梦"。月光清凉，愉快而幽怨的情绪被渲染得酣畅淋漓。

吴功青

小夜曲

保尔·魏尔伦

如亡灵的歌声，从深深的坟冢
刺耳地飘出，
情人啊，你可听见我走调的声音
飞向你的窗户。

听到我的琴声，请张开
心灵和耳朵：
为了你，我唱出这支
残酷的柔歌。

我将歌唱你玛瑙般的金眼
纯净无影，
歌唱你乳汁的忘川，
黑发的冥河。

如亡灵的歌声，从深深的坟冢
刺耳地飘出，
情人啊，你可听见我走调的声音

赏析

这首诗歌使人战栗！诗人深情地对着爱人歌唱，"如亡灵的歌声，从深深的坟冢／刺耳地飘出"。因为没有她的相伴，"我"才恍若置身深深的坟冢。"听到我的琴声，请张开心灵和耳朵"。诗人满心的忧伤渴望被倾听，可怜可怜这颗受伤的心吧！这奇异的魔力，永不凋谢的爱之花！"我将歌唱你玛瑙般的金眼纯净无影，歌唱你乳汁的忘川，／黑发的冥河。"在诗人眼里，她披着一层神圣的光环。"最后，我将歌唱你的亲吻，你的红唇，歌唱你折磨我的温存"……多么美好的韵律！连她的折磨仿佛也是恩赐！真是不可救药！可世上不可救药的人该有多少啊！

吴功青

飞向你的窗户。

我还将大加赞美，理应如此，
你的圣体，
在我不眠的夜里，那馥郁的香气
阵阵袭来。

最后，我将歌唱你的亲吻，
你的红唇，
歌唱你折磨我的温存，
我的天使！我的情人！

听到我的琴声，请张开
心灵和耳朵：
为了你，我唱出这支
残酷的柔歌。

小跃　译

多情的散步

保尔·魏尔伦

夕阳倾洒着最后的霞光，
晚风轻摇着苍白的睡莲；
巨大的睡莲，在芦苇中间
在宁静的水面凄凄闪亮。
我带着创伤，沿着水塘，
独自在柳林中漫游，
迷茫的夜雾显出一个
巨大的白色幽灵，它
死亡、哭泣、声如野鸭，
野鸭拍着翅膀
在我带着创伤
独自漫游的柳林中
浮想联翩；厚厚的浓黑
在这白浪里，淹没了夕阳
最后的霞光，淹没了芦苇间，
宁静的水面上巨大的睡莲。

小跃 译

赏析

最是多情黄昏后。中西方诗人对事物的感触基本上是相似的。黄昏巨大的包容气息往往和我们的内心相融合。在黄昏散步，将心里的情绪缓缓放逐，看着夕阳落下像落在心里……这种贴切和温柔恐怕我们都体会过。"夕阳倾洒着最后的霞光，/晚风轻摇着苍白的睡莲"。睡莲本是极阴柔的形象，又偏偏在晚风中摇摆，更生出了几分婉约。然而，霞光是"最后的"，黑夜马上就要来临，内心的酸楚连同水上的睡莲立即要被黑暗淹没，现在的时光该多么珍贵！便是黑暗再深，现在的美还是被紧紧藏在心里。因为无论如何，人都要回到这水边，与自然为伴。"最后的霞光，淹没了芦苇间，/宁静的水面上巨大的睡莲。"终有一天，这霞光也将淹没我们，在无边的寂静之中。

吴功青

阿尔蒂尔·兰波

（1854—1891）

　　十九世纪法国天才诗人，早期象征主义诗歌代表人物，超现实主义诗歌鼻祖。只活了三十七个春秋。自童年起，就以其闪光的智慧和超人的天赋使他的教师感到震惊。1871年9月，他和保尔·魏尔伦一见如故。重要作品有《奥菲利娅》《醉舟》《地狱一季》《彩画集》《兰波书信集》等。

奥菲利娅

阿尔蒂尔·兰波

1

在繁星沉睡的宁静而黝黑的水面上
白色的奥菲利娅[①]漂浮着像一朵大百合花，
躺在她修长的纱巾里极缓地漂游……
远远林中传来猎人的号角。

已有一千多年了，忧郁的奥菲利娅
如白色幽灵淌过这黑色长河；
已有一千多年，她温柔的疯狂
在晚风中低吟她的情歌。

微风吻着她的乳房，把她的长纱巾
散成花冠，水波软软地把它晃动；
轻颤的柳条在她肩头垂泣，
芦苇倾泻在她梦幻般的宽阔天庭上。

---

①莎士比亚《哈姆雷特》中的奥菲利娅，因爱人哈姆雷特的装疯和父亲的死而精神崩溃，在河边失足落水。

折断的柳条围绕她长吁短叹；

她有惊醒昏睡的桤木上的鸟巢，

里面逸出一阵翅膀的轻颤：

金子般的星辰落下一支神秘的歌。

2

苍白的奥菲利娅啊，雪一般美！

是啊，孩子，你葬身在卷动的河水中

是因为从挪威高峰上降临的长风

曾对你低声说起严酷的自由；

是因为一阵风卷曲了你的长发，

给你梦幻的灵魂送来奇异的声音；

是因为在树的呻吟、夜的叹息中

你的心听见大自然在歌唱；

是因为疯狂的海涛声，像巨大的喘息，

撕碎了你过分缠绵温柔的孩童般的心；

是因为一个四月的早晨，一个苍白的美骑士

一个可怜的疯子，默默坐在你的膝边！

天堂！爱情！自由！多美的梦，可怜的疯女郎！

你融化于它，如同雪融化于火，

你伟大的视觉哽住了你的话语，

可怕的无限惊呆了你的蓝色眼睛！

3

诗人说，在夜晚的星光中

你来寻找你摘下的花儿吧，

还说他看见白色的奥菲利娅

躺在她的长纱巾中漂浮，像一朵大百合花。

飞白　译

赏析

兰波的诗是天然的歌唱。诗人海子称"兰波是诗歌的王子"。他的诗歌才华和奇异的命运配得上这荣耀。

奥菲利娅坠河溺水，引起了诗人无限的哀思。在这一事件中，他感到了人生存的绝望：对自由与爱的追求，总是有限度的。

就如奥菲利娅，就如屈原，就如许许多多执着于某种信仰的人，多数都以悲剧收场。然而，这哀婉同时也是歌唱。因为真正的悲剧不能不同时是一种歌唱。这就是兰波的天才之处——任何事物在他笔下都显示出一种音乐之美，任何眼泪都汇入一片深远的琴声之中。

"天堂！爱情！自由！多美的梦，可怜的疯女郎！/你融化于它，如同雪融化于火，/你伟大的视觉哽住了你的话语，/可怕的无限惊呆了你的蓝色眼睛！"历史的一切苦难聚集，形成一个坚固的领地。诗人渴望着这领地。

吴功青

牧神的头

阿尔蒂尔·兰波

在树丛这镀着金斑的绿色宝匣中，
在树丛这开着绚烂花朵的朦胧中，
睡着那甜蜜的吻，
突然　那活泼打乱一片锦绣，

惊愕的牧神抬起眼睛，
皓齿间叼着红色的花卉，
他那陈年老酒般鲜亮的嘴唇，
在树枝间发出笑声。

他逃走了，就像一只松鼠——
他的笑还在每片树叶上颤动，
一只灰雀飞来惊扰了
树林中正在沉思的金色的吻。

葛雷　梁栋　译

赏析

兰波的诗与海子的诗的确有相似之处，但兰波的诗更多了一层神性的东西。就说这个掌管收获种植的牧神，他进入山林，可他未必是最大；相反，他也要服从树林的和谐。红色的花卉和飞雀的运动，自己有自己的生命。"甜蜜的吻"在树林里安睡，可这亲吻究竟是什么呢？可能就是自然深处作为一种整体的宁静吧，就像我们走在山上，静下心所倾听到的……牧神却像个孩子，叼着花儿，嘴唇鲜美，在林里晃晃悠悠地走来走去，却被一只鸟儿惊走了。而"他的笑还在每片树叶上颤动"。"松鼠"的身子却一溜烟不见了。

吴功青

黄昏

阿尔蒂尔·兰波

夏日蓝色的黄昏里，我将走上幽径，
不顾麦茎刺肤，漫步地踏青；
感受那沁凉渗入脚心，我梦幻……
长风啊，轻拂我的头顶。

我将什么也不说，什么也不动；
无边的爱却自灵魂深处泛滥。
好像波西米亚人，我将走向大自然，
欢愉啊，恰似跟女人同在一般。

程抱一　译

赏析

读这首诗的时候，我正走在南国的乡村小路上，四周的景色与兰波的诗句几乎一模一样。"我将什么也不说，什么也不动；/无边的爱却自灵魂深处泛滥。"世俗的我们，感受到的是一部分人的爱、一部分人的恨。世界在我们心里从不是一个整体；而兰波说，"无边的爱却自灵魂深处泛滥"。对于人世的爱不可抑制，因为在这夏日的黄昏，生命在往复中已显出它迷人的光影。我们满心欢喜地"走向大自然"，走向雨后的彩虹，嫩绿的青草，芬芳的土地……我们必将从这种沉浸中返回，获取一种纯洁的生活的力量。

吴功青

雷·德·古尔蒙

（1858—1915）

　　雷·德·古尔蒙"是法国后期象征主义
诗坛的领袖，他的诗有着绝妙的微妙——心
灵的微妙与感觉的微妙。他的诗情完全是呈
给读者的神经，给微细到纤毫的感觉的，即
使是无韵诗，但是读者会觉得每一篇中都有
着很个性的音乐"（戴望舒语）。代表作有
诗集《西茉纳集》，随笔《海之美》等。

发

雷·德·古尔蒙

西茉纳，有个大神秘
在你头发的林里。

你吐着干蕊的香味，你吐着野兽
睡过的石头的香味；
你吐着熟皮的香味，你吐着刚籁过的
小麦的香味；
你吐着木材的香味，你吐着早晨送来的
面包的香味；
你吐着沿荒垣
开着的花的香味；
你吐着黑莓的香味，你吐着被雨洗过的
常春藤的香味；
你吐着黄昏间割下的
灯芯草和薇蕨的香味；
你吐着冬青的香味，你吐着苔藓的香味，
你吐着在篱阴中结了种子的
衰黄的野草的香味；

你吐着荨麻如金雀花的香味，

你吐着苜蓿的香味，你吐着牛乳的香味；

你吐着茴香的香味；

你吐着胡桃的香味，你吐着熟透而采下的

果子的香味；

你吐着花繁叶满时的

柳树和菩提树的香味；

你吐着蜜的香味，你吐着徘徊在牧场中的

生命的香味；

你吐着泥土和河的香味；

你吐着爱的香味，你吐着火的香味。

西茉纳，有个大神秘

在你头发的林里。

戴望舒　译

赏析

　　西茉纳一定是个女子，一定有一头波浪一样的头发。她一定曾被诗人深深地爱过。"西茉纳，有个大神秘/在你头发的林里。"有什么神秘呢？当我们爱时，不觉得对方的每个器官都沐浴了新的光泽吗？它们说话，嘴唇就像水波流动；它们倾听，耳朵就像弯弯的月亮……现在，诗人说："西茉纳，有个大神秘/在你头发的林里。"那便一定是有的了。这"发"几乎是魔幻的。我还从没见过人能从头发里发现这么多东西——这个草那个草，这种香那种香……不就是全世界了吗？"你吐着爱的香味，你吐着火的香味。"被这样赞美和热爱的头发，怕要烧着了。

　　"西茉纳，有个大神秘/在你头发的林里。"世间哪个爱人的心里没有这动人的秘密呢？

吴功青

保尔·瓦雷里
（1871—1945）

法国象征派大师，法兰西学院院士。他的诗耽于哲理，倾向于内心的真实，追求形式的完美，往往以象征的意境表达生与死、灵与肉、永恒与变幻等主题。被誉为"二十世纪法国最伟大的诗人"。主要作品有《旧诗稿》《年轻的命运女神》《幻美集》等。

石榴

保尔·瓦雷里

微裂的硬壳石榴，

因籽粒的饱满而张开了口；

宛若那睿智的头脑

被自己的新思涨破了头！

假如太阳通过对你们的炙烤

微微裂开的石榴啊，

用精制的骄傲，

迸开你们那红宝石的膈膜，

假如你们那皮的干涸金色

耐不住强力的突破，

裂成满含汁水的红玉，

这光辉的决裂

使我梦见自己的灵魂，

就像那石榴带着这神秘的结构。

佚名 译

赏析

石榴由青涩到成熟，其过程坚韧而灿烂。"微裂的硬壳石榴，/因籽粒的饱满而张开了口……"渐渐成熟的时候，石榴的确微微张开自己的小嘴，内部积蓄的力量，等待着爆发。

这爆发的力量来自对太阳的承受和回报："假如太阳通过对你们的炙烤/微微裂开的石榴啊/用精制的骄傲，/迸开你们那红宝石的隔膜……"从一丝裂口到身体的爆炸，迎着太阳强烈的光芒！"假如你们那皮的干涸金色/耐不住强力的突破，/裂成满含汁水的红玉"。成熟就是撕裂，以血的代价。不回避也不埋怨。石榴的身体如花般绽放！

石榴从隐忍到开放，这其间的一切多像一种高贵的灵魂：永远迎着善之光前进，经过漫长的等待和付出，最后牺牲在十字架上。"光辉的决裂"——"使我梦见自己的灵魂/就像那石榴带着这神秘的结构。"

吴功青

伊凡·哥尔

(1891—1950)

　　二十世纪前半期最重要的法国现代主义诗人之一，共出版过十多卷诗作。生活在两次世界大战之间，对现代诗歌的重大贡献是作品有助于现代诗歌感觉的形成，体现出从表现主义到超现实主义这一转变过程。早期作品富于表现主义的抒情性，并渗入晚期作品的超现实主义精神中；晚期诗作则较朦胧，深入到人类精神、自我、梦幻和死亡等领域中进行探索。他以自己对超现实主义的理解方式去创造"超现实"，用新的联想、意象、隐喻去写作。

第七朵玫瑰

伊凡·哥尔

第一朵玫瑰是花岗石

第二朵玫瑰是红葡萄酒

第三朵玫瑰是云雀翅膀

第四朵玫瑰是铁锈

第五朵玫瑰是怀念

第六朵玫瑰是锡

而第七朵

最为娇嫩

那信仰的玫瑰

那夜之玫瑰

那姐妹般的玫瑰

只有在你死后

才会长出你的棺材

董继平　译

赏析

　　六朵玫瑰都是美的，犹如世界的许多事物——花岗石的坚硬和华美；红葡萄酒的甘甜和醇美；云雀翅膀向着天空飞翔；铁锈坚韧地沉在水里；思念使人的生存饱满；锡那么柔和洁白……

　　可最美的玫瑰仍是"那信仰的玫瑰/那夜之玫瑰/那姐妹般的玫瑰"。信仰的玫瑰使人真正脱离生存的局限性，使人上升到一种精神的崇高。它是一个人一生的艰难和创造。而这玫瑰，"只有在你死后/才会长出你的棺材"。信仰是一件永远无法验明的事，信就是一切。这玫瑰是否长出棺材并不是信者的牵挂，只要信仰的玫瑰能一直开在心里，那便是永恒。

吴功青

主人无名

伊凡·哥尔

我死去的心灵常常在夜里吱嘎作响

如同一个古式壁橱

梦见它樱桃树的青春年华。

于是我再次伸出我的褐色枝条

铺展我的叶片之手

在鸟语下摇动。

我投影于你的草场上

我用蓝色影子抚摩你

在红樱桃里把我的所有血液

都抛向你。

白日里我闭拢睫毛而伫立

如同一所被遗弃的海边别墅

它的主人无名。

董继平 译

赏析

　　人的心灵想寻找一个栖息之地，枯萎的灵魂更是在每夜哀鸣："我死去的心灵常常在夜里吱嘎作响/如同一个古式壁橱/梦见它樱桃树的青春年华。"已经是木头的壁橱，还梦见它曾是樱桃树的年华。现在的心灵思念过去的纯洁和青春，不就像干枯的木头回忆它青葱的岁月吗？这种寻求是艰苦的、感伤的。过去的美好让人疼痛。为了回到过去，"我用蓝色影子抚摩你/在红樱桃里把我的所有血液都抛向你"。把回忆里青春的美都献给灵魂的主人，期望得到宽恕，达成和解。然而，这仅仅是夜里的呐喊，白天"我"仍会到现实中，继续过着灵魂无依无靠的生活。"如同一所被遗弃的海边别墅/它的主人无名。"只剩下空荡荡的肉体在大地上彳亍。

吴功青

保尔·艾吕雅
（1895—1952）

　　法国当代杰出诗人。生于巴黎北部的圣德尼。1924年，一场婚姻危机使他独自一人远走太平洋上的塔希提岛，六个月后返回法国，投入超现实主义运动，写出了一批重要作品。出版诗集数十种，主要有《痛苦之都》《不死之死》《公共的玫瑰》《凤凰》《天然的流水》等。艾吕雅与画家毕加索等人过从甚密。他的诗尽管在形式上刻意创新，却贴近现实，不懈而深入地探求爱情与人生的意义。他是二十世纪法国最优秀的诗人之一。

恋人

保尔·艾吕雅

她站在我的眼睑上

而她的头发披拂在我的头发中间

她有我手掌的形状

她有我眸子的颜色

她被我的影子所吞没

仿佛一块宝石在天上

她的眼睛总是睁开

不让我睡去

在大白天她的梦

使阳光失了色，

使我笑，哭了又笑

要说什么但却什么话也说不出

徐知免　译

赏析

这首诗将一对恋人的默契写到了出神入化的地步。所谓如影随形、如胶似漆，也不过是两个互相分离的个体，而"她的眼睛总是睁开/不让我睡去"，俨然融为了一体。世上果真有这样的恋人吗？若有，世界将因这样的爱而美好；若没有，世界仍将因这首诗而美妙——诗人预言了这种可能。

这首诗带有典型的超现实主义色彩。

哑巴

自由

保尔·艾吕雅

在我的练习本上，

在我的书桌上，树木上，

沙上，雪上，

我写你的名字；

在所有念过的篇页上，

在所有洁白的篇页上，

在石头、鲜血、白纸或焦灰上，

我写你的名字；

在涂金的画像上，

在战士们的武器上，

在君主们的王冠上，

我写你的名字；

在丛林上，沙漠上，

鸟巢上，花枝上，

在我童年的回音上，

我写你的名字；

赏析

这首诗写于"二战"期间。当时的法兰西正处于法西斯铁蹄的蹂躏之下。该诗收在 1942 年诗人秘密出版的《诗与真》中。

诗人笔法铺陈，恣肆汪洋，同一句式的排比给人以汹涌奔流、势不可当之感，让人感受到诗人心中鼓荡着的一股不可遏制的激情。仿佛一股旋风，诗人迫不及待地在世间万物上都写下了同一个名字——童年的回声，高高在上的寂静，燃烧的、熄灭的灯……一切有形和无形之物；一切过去和现有之物。这个名字是神秘的，它隐藏在诗的末端，像激流的源头隐藏在深山之间一样。但这个名字一经道出，便使全诗瞬间被照亮，获得了核心和灵魂。诗人在这首诗里耍了一个小小的花招，即:

在黑夜的奇妙事物上，
在白天的洁白面包上，
在和谐配合的四季里，
我写你的名字；

在我所见的几片蓝天上，
阳光照着的发霉的水池上，
月光照着的活泼的湖面上，
我写你的名字；

在田野间在地平线上，
在飞鸟的羽翼上，
在旋转的黑影上，
我写你的名字；

在黎明的阵阵气息上，
在大海，在船舶上，
在狂风暴雨的高山上，
我写你的名字；
在云的泡沫上，
在雷雨的汗水上，
在浓厚而乏味的雨点上，

让我们一直处于悬念之中。这是全诗的张力所在。如果我们曾猜测诗人所写的是恋人的名字，它的结尾便会让我们想起裴多菲的名句："生命诚可贵，爱情价更高；若为自由故，两者皆可抛。"唯有"自由"一词内涵之重，压得住前文铺陈之盛。

哑巴

我写你的名字；

在闪闪烁烁的各种形体上，

在各种颜色的钟上，

在物质的真理上，

我写你的名字；

在活泼的羊肠小道上，

在伸展到远方的大路上，

在群众拥挤的广场上，

我写你的名字；

在光亮的灯上，

在熄灭的灯上，

在我的集合起来的房屋上，

我写你的名字；

在我的房间和镜中所照的房间，

形成的对切开的果子上，

在空贝壳似的我的床上，

我写你的名字；

在我那只温和而馋嘴的狗身上，

在它的竖立的耳朵上，

在它的笨拙的爪子上，

我写你的名字；

在跳板似的我的门上，

在家常的器物上，

在受人欢迎的熊熊的火上，

我写你的名字；

在所有得到允许的肉体上，

在我朋友们的前额，

在每只伸过来的友谊之手上，

我写你的名字；

在充满惊奇的眼睛上，

在小心翼翼的嘴唇上，

在高高在上的寂静中，

我写你的名字；

在被摧毁了的隐身处，

在倒塌了的灯塔上，

在我的无聊厌倦的墙上，

我写你的名字；

在并非自愿的别离中，

在赤裸裸的寂寞中，

在死亡的阶梯上，

我写你的名字；

在重新恢复的健康上，

在已经消除的危险上，

在没有记忆的希望上，

我写你的名字；

由于一个字的力量，

我重新开始生活，

我活在世上是为了认识你，

为了叫你的名字：

自由。

罗大冈　译

安德烈·布勒东
（1896—1966）

　　法国诗人、评论家，超现实主义首领。他和其他超现实主义者追求自由想象，摆脱传统美学的束缚，将梦幻和冲动引入日常生活，以创造一种新的现实。曾就读于巴黎大学医学院，其间接触到弗洛伊德的著作。弗洛伊德关于潜意识的概念对安德烈·布勒东的作品影响至深。著有诗集《水汽》《大地之光》《傅立叶颂诗》等，小说《娜嘉》《连接器》等。

警觉

安德烈·布勒东

巴黎的圣雅克塔摇摇晃晃

仿佛一株向日葵

额头有时碰到塞纳河，影子在拖船间悄悄滑过

这时候，在睡梦里踮起脚尖

向我躺着的房间走去

在那里我点起一把火

为了把我被迫同意的一切烧光

于是家具化作同等大小的动物，友善地凝视着我

有雄狮，椅子在它的鬃毛里变为灰烬

还有鲨鱼，它雪白的肚皮是发出最后颤动的被子

在那爱情和眼皮变成蓝色的时刻

我也燃烧起来了，我看见自己的躯体

像一个装满零碎的庄严的密室

被火鹤的尖嘴慢慢地啄啮

当一切都完结的时候，我悄悄地踏上了方舟

不理会那些生活的过客，尽管远处传来了他们

懒洋洋的脚步

透过蒙蒙细雨

我看见太阳的棱角

我听见人的皮肉像一片宽大的树叶

在色空交织的魔爪下碎裂

一切纺织机都亮了，只留下一团喷香的花边

一团像乳房般完美的花边

我只接触事物的核心，我手里牵着线

张冠尧　译

赏析

警觉？对什么警觉？超现实主义的诗歌
作品应当有超现实的解读。但超现实不是和
现实无关的——在表现手法上，他们力求通
过歪曲、隐喻、互文等手法对现实进行新的
思索。

诗人一开始写到巴黎的圣雅克塔，又写
到"我"想把房间烧掉，并说这一切是"被
迫同意的"。这可能隐喻了一种需要警惕的
工业社会里人被麻痹的生存状态。为了达到
这个目的，他把周围的一切都动物化了。有
趣是有趣，然而里面的黑色是明显的。宁愿
要动物吞噬"我"，也绝不可被现实的无趣
麻痹。"我悄悄地踏上了方舟"，拯救的道
路靠远离就可以吗？"我只接触事物的核心，
我手里牵着线"，这似乎是超现实的主张——
颠覆着现实，并与之保持对立。然而，要想
负担生活并渴望一种意义，警觉虽不可少，
却似乎更需要一种承担。超现实是反思的，
但未必就有行动的合理性。

哑巴

永远作为第一次

安德烈·布勒东

永远作为第一次

就好像我刚刚跟你面熟

你在夜晚某时回到我窗前一座倾斜的屋子里

完全想象中的屋子

正是每时每刻在这儿

在未经触动的夜里

我预计又一次会发生迷人的裂口

门面和我的心儿

唯一的裂口

我越走近你

事实上

钥匙在这个陌生的房门上唱得越欢

我觉得你在室内似乎是孤独的

你起初整个儿隐没在光辉中

从窗帘的一角匆匆瞥一眼

这是一片茉莉花的田野

我在黎明时分格拉斯郊区路上观赏过的

还有穿梭般的卖花姑娘

她们的身后是摘去花朵的下垂的残枝

她们的身前是令人眼花缭乱的畦田

门帘不知不觉地卷起

所有花朵乱哄哄地进来

你在想方设法消磨这过分冗长的时间

直到睡觉以前绝不会安定下来

你要能保持面目不变

除非我永远不会再和你相会

你假装不知道我在观察你

妙的是我也不比你所知道的更有信心

你的慵困使我眼中充满泪水

围绕你每个手势可做出一大堆乌云似的解释

这是一种对蜜汁的追求

一座桥上有摇椅

森林中有差点儿把你的皮肤划破的树枝堆

罗莱特圣母街一个玻璃橱窗内

有两条腿穿着高筒丝袜的美丽的腿交叉着

从一株巨大的白色三叶草的中心开出来

有一个丝绸的软梯展开在常春藤旁

有呀有

我俯身在悬崖上

从没有希望见到你或者不见你的模糊感觉中

我找到了

爱你的秘诀

永远作为第一次

金志平　译

赏析

　　"永远作为第一次"——这不仅是爱的秘诀，也是生命本身的秘诀。布勒东看她的深情和沉迷只需要一个句子便知："你假装不知道我在观察你/妙的是我也不比你所知道的更有信心"。一个在假装中显露着羞涩，一个在凝视中遗忘自我。这真的是最美好的感觉！抵抗厌倦的方法就是这种遗忘——好像对方和自己都是第一次出现在这个世界上，或者好像每次都是从黑暗中被光照亮。两人在当场突然发生，"永远作为第一次"。而这种新鲜其实孕育在每个人的心中。总是努力地向善，亲近伟大的艺术，生命便时刻经受着洗礼。一切都像刚发生一样，"我"变成了孩童，天天嬉戏在花园里。

吴功青

路易·阿拉贡

（1897—1982）

法国当代著名诗人、小说家及编辑。早年参加达达主义和超现实主义文学运动，后加入法国共产党。作品有：诗集《欢乐之火》《艾尔莎的眼睛》《断肠集》，散文集《巴黎的乡人》，小说《受难周》等。他被尊为"二十世纪的雨果"。

春天的不相识的女子

路易·阿拉贡

在市场角落上我遇到一双眼睛

那奇异的凝眸在梦想什么

啊雨后巴黎的心在扑扑跳动

下了这么多雨她还觉得快乐吗

小溪泉水中间多少花枝

逝去了更无一点颜色

我永远望见那昂丹的长堤

和神女蹀躞的帕尔姆人行道

黄昏的淡漠者和辚辚车辆

夜色的面纱和无数惊险奇遇

人们朝三一教堂走过几步

这犹豫时刻众人纷纷离去

在圣 - 拉萨尔火车站的尘嚣中间
为什么这双邂逅的眼睛会流泪呢

啊巴黎巴黎你不再歌唱
你侧过头去脚步踉跄

现在是点煤气灯和轻率地行动的时候了
这些街心公园充满了喁喁情话

现在是点煤气灯的时候了你还没有点
你还没有点而巴黎却已沉默无言

徐知免　译

赏析

在都市中，他人的存在对我们永远都是一个秘密，一道平面风景——能看到，却不知晓。春天的不相识的女子，人群中转瞬即逝的女子，她的悲伤或许只是因为一个简单的缘由，却如此深不可测——是因为雨后的巴黎，还是因为蹒跚的黄昏，抑或是离散的人群？她包裹在怎样的梦中，这梦又如何装饰了她的人生？当诗人被一双多愁的眼睛牵引着探究这些问题，他便是在探寻另一个生命存在的秘密。但他沿着她的视线，看到的不过是一个黯然神伤的巴黎："啊巴黎巴黎你不再歌唱/你侧过头去脚步踉跄"。这位姑娘的表情成了巴黎的表情，心情成了巴黎的心情，而其中的缘由，他永远无法知晓。波德莱尔有一首类似的诗作，描写了与一位女子在街头的擦肩而过和一瞥的惊心动魄。人和人在人群中相遇，眼神交错的瞬间照亮彼此，看清了各自身上的命运，而后又没入涌动的人群——黑暗的存在之中："电光一闪……随后是黑夜用你的一瞥/突然使我如获重生的、消逝的丽人，难道除了在来世，就不能再见到你？"

哑巴

雅克·普列维尔

（1900—1977）

　　二十世纪法国著名诗人、剧作家。他的诗歌十分口语、朴实，而平凡的词语中却蕴涵着奇异的想象和震撼人心的力量，揭示了平凡生活的真实，却又远远超越生活的真实。根据他的诗歌谱曲而成的歌曲被传唱至今。二十世纪法国知名歌手几乎都演唱过他的歌曲。主要作品有《话语》《雨天和晴天》《故事集》《废物》等。他最著名的电影作品是《天上人间》及众所周知的《巴黎圣母院》（雨果原著）等。

花店

雅克·普列维尔

一个男人走进一家卖花的店

选了一些花

卖花的包起了花

那人把手伸进他的袋子里

拿钱

要拿钱来付花账

但同时他把手

忽然

按在他的心胸上

倒了下去

在他倒下的同时

钱滚到地上

接着花掉下

与那人同时

与那钱同时

卖花人站在那里

钱滚着

花毁坏

人将死

这一切显然都很可悲

而她必要做些事

那卖花人

可是她不知道从何着手

她不知道

从哪一端开始

有那么多的事要做

这人将死

这些花毁坏

以及这钱

这滚动的钱

这不停滚动的钱

Jean—Marie Schiff 陈瑞献　译

云

雅克·普列维尔

我要去做我的羊毛编织而小羊跟着我

灰色的小羊

他不像大羊那样怀有疑心

他还很小

她也很小

可是她内心有些东西像世界那样古老

她已经

懂得恶劣的事物

比如

人应该警惕

她看着那小羊而小羊看着她

她想哭

他就像我

她说

有一点悲伤也有一点欢畅

之后她大笑

雨开始落下

Jean-Marie Schiff 陈瑞献　译

　　诗歌以《云》为题，耐人寻味。"我"与小羊相处，维持一种人类与动物的良好关系。可是，在动物眼里，这背后的东西多么悲哀。而愈是如此，诗人愈是说"他不像大羊那样怀有疑心／他还很小"，而"我要去做我的羊毛编织而小羊跟着我"。小羊柔弱得让人疼爱。可是，这种爱究竟是一种什么意义上的爱，就像冬天我们给一只小狗穿上毛衣而从不愿关心一个将被冻死的乞丐？"她也很小／可是她内心有些东西像世界那样古老／她已经／懂得恶劣的事物"。本让人觉得诗人要写小羊应对人类保持警惕，而诗人却说"人应该警惕／她看着那小羊而小羊看着她"，这不能不说是一种讽刺。小羊温顺地站在身边，没有言语却更悲哀。"她想哭／他就像我／她说／有一点悲伤也有一点欢畅"。或许，许多时候，我们自己也正和小羊一样，为了生活，不自由地做着许多事，在夹缝中得到片刻的欢愉。"之后她大笑雨开始落下"。这笑是给自己的，也是诗人自己给自己的，更是给每一个活着的同类的。

　　　　　　　　　　　　　　　　　　吴功青

懒学生

雅克·普列维尔

他用头说是

但是他用心说不

他向他所爱的说是

他向先生说不

他站立

他被诘问

所有的问题都提了出来

忽来的笑声攫住他

而他擦去一切

那些数目和文字

那些名称和日期

那些句子和圈套

且不管那先生的恐吓

在神童们的倒彩声中

用各种颜色的粉笔

在不幸的黑板上

他画出幸福的颜面

Jean-Marie Schiff 陈瑞献　译

赏析

我们在读书的时候会常常见到那些所谓的"坏学生""懒学生"，我们把他们贴上标签以区分彼此，仿佛我们更健全、更有希望，我们甚至拿这个名堂去羞辱他们，觉得这一切都理所当然。

而诗人则深刻地进入他们的内心："他用头说是/但是他用心说不/他向他所爱的说是/他向先生说不"。我们可以强制一个人的身体，却无法强制一个人的内心。每个人都有说"不"的权利。"他站立/他被诘问/所有的问题都提了出来"。这大概也是我们国家一些懒学生被训诫的情景吧：老师站在高高的讲台上，质问他为什么这么懒、这么笨，这也不会，那也不会，之后便是大家疯狂的嘲笑声。在此过程中，人的尊严从未有人过问。然而，他却固执地"用各种颜色的粉笔/在不幸的黑板上/他画出幸福的颜面"。他们倔强地面对自己的内心，并坚强地为之付出、决斗。

吴功青

彼埃尔·德·龙沙
（1524－1585）

　　法国第一位近代抒情诗人。出身贵族家庭，曾随从出使，到过很多国家，后因病失聪，决心写诗。1547年组织"七星诗社"，1550年发表《颂歌集》四卷，声名鹊起。1574年所写组诗《致埃莱娜十四行诗》被认为是他四部情诗中的最佳作品。他的诗讲究技巧、音律，反对禁欲主义，热爱现实生活，但情调常忧郁低沉。他的诗在欧洲宫廷被传诵一时。

当你到了老年——选自《致埃莱娜十四行诗》

彼埃尔·德·龙沙

当你到了老年，夜晚，烛光摇曳，

你坐在炉火边，纺着纱，缠着线，

像唱歌一样背诵着我的诗句，并且还惊讶地说：

"想当年我年轻貌美，还曾得到过龙沙的赞美。"

这句话你的使女当时并没有听见，

由于劳累，她早已双眼蒙眬行将入睡。

龙沙的细语并没有使她醒来，

如泣如诉的诗句不断祝福你，那赞美之词将永久流传。

那时我已长眠地下，成了飘忽不定的幽灵。

在那香桃木的树荫下我将得到安息。

而你那时也到了风烛残年，蜷缩在炉旁，

为了自己当年过于骄傲，拒绝了我的爱情而深深后悔。

请相信我，你要真正生活，别去等待明天，

从今天起就请你来采撷那生活里的玫瑰。

远方 译

赏析

　　《致埃莱娜十四行诗》作为组诗，是龙沙最好的抒情诗。本诗为其中第二卷第四十三首。这首诗采用回忆的方式描绘爱情。开篇就是一幅温馨的画面："当你到了老年，夜晚，烛光摇曳，/你坐在炉火边，纺着纱、缠着线"……人到暮年，一切回忆都恍如梦境般美好、迷人。我们可以想象诗人写到这里，应该带着深情的微笑，很阳光、很灿烂，语调亲切，甚至带有一丝孩子般的顽皮："像唱歌一样背诵着我的诗句，并且还惊讶地说：'想当年我年轻貌美，还曾得到过龙沙的赞美。'"多么纯真的龙沙！那么真挚的爱，那么深的思念，他却极优雅地控制了诗歌的节奏："这句话你的使女当时并没有听见，/由于劳累，她早已双眼蒙眬行将入睡。/龙沙的细语并没有使她醒来，/如泣如诉的诗句不断祝福你，那赞美之词将永久流传。"并非顾左右却言他，并非走神儿——视线移开的一瞬，在想象的画面中，是什么抵达了永恒？他心怀爱慕却不动声色，娓娓道出那份绝美的爱，打开了永志不忘的情感绝唱，同时也拓展了诗意。"那时我已长眠地下，成了飘忽不定的幽灵。/在那香桃木的树荫下我将得到安息。"肉体腐朽，而爱将在"香桃木的树荫下"继续蔓延、传唱。错过你，将是我一生的遗憾！但诗人并未让诗歌笼罩在悲戚的阴影之下，而是仰望苍穹，献出了热情洋溢的祝福："请相信我，你要真正生活，别去等待明天，/从今天起就请你来采撷那生活里的玫瑰。"既然是真爱，就不应徒劳地等待——"花开堪折直须折，莫待无花空折枝"。爱她未必一定要得到她，真正的爱是付出，是祝福心爱的人抓住属于她的幸福，勇敢地"采撷"属于她自己的"玫瑰"——这玫瑰，不仅仅象征爱情，也喻示了美好生活的全部。后世诗人叶芝的《当你老了》通篇弥漫着迟暮之年对爱情的深深叹惋，而龙沙却在这首诗中更多地传递了阳光般和煦的温暖，展示出大地般开阔的胸襟——笑对人生，珍惜眼前幸福！

王冷阳

悼玛丽之死

彼埃尔·德·龙沙

就像看到蔷薇枝头，在五月里，
那青春的鲜花，朵朵含苞初开，
黎明在破晓时用露水去灌溉，
使天空也嫉妒它鲜艳的色彩。

它使庭园和树林充满了香气，
在它花瓣里休憩着优美和爱；
可是，想不到酷暑和暴雨袭来，
花瓣片片零落，它竟枯萎而死。

你的娇滴滴的青春也是如此，
当天和地都在赞颂你的美丽，
死神攫去了你，你已化成了灰。

这满壶的牛乳，这满篮的鲜花，
还有祭奠之泪，全都请你收下，
让你生前死后都像一朵蔷薇。

钱春绮　译

赏析

　　一个生命曾在这个世界怒放过，就像蔷薇花一样，给这个世界带来美的震撼。正是五月，正是生命最热烈的季节，"那青春的鲜花，朵朵含苞初开"，就连"天空也嫉妒它鲜艳的色彩"。

　　在此，"酷暑和暴雨"承担了死神的象征意义——剥夺生命，蚕食记忆中最美好也是最痛的部分："花瓣片片零落，它竟枯萎而死。"玛丽，一个集结了诗人爱情和美好生活的精神容器，在死神来临的那一刻，羽化为一缕青烟，飘逝在茫茫大地。她"娇滴滴的青春"，最终成为"满篮的鲜花"，她的灵魂沐浴着诗人的"祭奠之泪"，盛开在世人久远的回忆里……

　　生命在时光中旅行，这是梦乡无法挽留的美。谁能了解时光背后的东西？风把往事统统带走：生命，死亡，爱情……唯一的玫瑰在哪里凋谢？这首令人痛心疾首的十四行诗，揭示了生和死的永恒主题。

王冷阳

除了你，我不会另有所爱

彼埃尔·德·龙沙

除了你，我不会另有所爱，
恋人，我不会干这种事情。
除了你，无人能使我称心，
哪怕维纳斯从天上下来。

你的眼睛如此优美可爱，
眨一眨就可以使我丧命，
再一眨又突然使我活命，
两下子能使我死去活来。

我即使活五十万个春秋，
除了你，我亲爱的女友，
不会有别人做我的恋人：

我必须另外装一些血管，
你的爱把我的血管塞满，
再也容不下更多的爱情。

钱春绮　译

赏析

　　这首诗是龙沙被传诵一时的名篇。整首诗歌深情无比，诗人一颗忠贞不贰的心滚烫无比。"除了你，我不会另有所爱，/恋人，我不会干这种事情。"诗人直抒胸臆——除了"你"，没有人会走进"我"的内心，在爱情的国度里，"你"是"我"唯一的神。在诗人眼里，就连维纳斯这位美丽的女神都妄想让他的爱动摇！"你的眼睛如此优美可爱，/眨一眨就可以使我丧命，/再一眨又突然使我活命，/两下子能使我死去活来。"眼睛是灵魂的窗口，也是美的源泉。诗人着力描述恋人的眼睛具有如此神奇的力量，是因"她"的眼睛有着爱情的神圣光芒。诗人对她是如此着迷，以至能随着她眼睛的眨动而死去活来，可见诗人对她的爱有多么刻骨铭心。"我即使活五十万个春秋，除了你，我亲爱的女友，不会有别人做我的恋人"。这绝非廉价的海誓山盟，而是一颗鲜红跳动的真心！最后，诗人甚至把自己的心都挖了出来，呈献在自己心爱的女人面前："我必须另外装一些血管，你的爱把我的血管塞满，再也容不下更多的爱情。"至情至爱，日月可鉴。诗人的每一丝血脉都承载着对恋人的深深爱意！还有什么比这份爱更为深厚、刻骨？无限深情，令天下女性不由得为之垂泪、动容。

王冷阳

第三辑

意大利

Italy

阿利盖利·但丁
（1265－1321）

　　意大利"文艺复兴"时期的伟大诗人。被誉为"中世纪最后一位诗人，同时也是新时代的最初一位诗人"。生于意大利佛罗伦萨。九岁那年，在一位绅士的家宴上，他见到一位同龄的小女孩，是这家主人的女儿。九年之后他们在路上偶遇过一次，说过不多的几句话。这女孩长大后嫁给了一位银行家，不久死去。爱情的失落给诗人留下了永无止境的痛苦。这位被神化的女性原名叫贝雅特里齐，是但丁诗集《新生》里的女主角，也是后来《神曲》中的一位具有象征意义的理想人物。

谈论着您的温情脉脉的思想

阿利盖利·但丁

谈论着您的温情脉脉的思想，

经常飞来我这儿，与我一起，

它们，异常温存地和爱情说理，

希望我这颗心同意它的主张。

灵魂对心说："这是谁呀，他想

前来对我们的心加以慰藉，

而且以一种强大无比的威力，

把其他种种思想驱离我们身旁？"

对此，心答道："哦，思想之灵魂，

这是爱情新派遣来的精灵，

来我面前播撒情欲的种子，

而它的全部威力以及它的生命

都来自满怀同情的女郎的眼睛，

她使我们的痛苦永不停息。"

钱鸿嘉　译

赏析

　　但丁爱过的那个女孩叫贝雅特里齐。没有人知道真正的贝雅特里齐是什么样子，有着怎样的美丽与端庄，但她却活在但丁每一行激越的诗句里，活在伟大的《神曲》里。七百多年来，她的灵魂缠绕在每一个亚平宁女子的发髻上。这首诗选自但丁早年的诗集《新生》，当时他还没有卷入复杂的政治生活，对贝雅特里齐的情感也还没有太多形而上的色彩。这部诗集给予了贝雅特里齐第二次生命，也暗示了诗人自己的新生。

哑巴

小链接

　　在佛罗伦萨的一栋古老建筑的修复过程中，发现了但丁最早的画像，这幅画像很大程度上改变了人们对但丁面容的认识。这幅画中的但丁是个小个子，表情阴暗，下嘴唇突出，鼻子很长。而在经典的文艺复兴画像中，但丁鼻子大，且是鹰钩鼻。

彼特拉克
（1304—1374）

意大利文艺复兴时期著名的诗人、学者，人文主义的奠基者。他的诗很丰富，其中《歌集》《阿非利加》《意大利颂》和《名人列传》等著称于世。

满脑子甜蜜的幻想

彼特拉克

满脑子甜蜜的幻想，使我同别人
全都疏远，因而我独自浪迹天涯，
经常神思恍惚，忘乎所以，
寻找我避而不见的她。
我见她如此姣美地走过，
我的灵魂战栗，而不敢飞向她；
她，发出阵阵叹息，像在保卫自己，
她是爱情之敌，也是我的冤家。

哦，如果没错，我在她高扬而阴郁的
眉间，看到一丝怜悯的光芒，
使我那颗忧伤的心豁然开朗。
于是我又振作精神；我正想
在她面前冒昧地作一番表白，
可要说的话太多，竟不敢启齿把话讲。

钱鸿嘉　译

赏析

　　爱情是彼特拉克诗歌的重要主题之一。他一生共写了三百七十五首十四行诗，汇集成《抒情诗集》，献给他的情人劳拉。这首诗细致入微地再现了初恋男孩的内心涌动：一个年轻人初恋的时候总是怀揣着一颗敏感而易受伤的心，但这个时候又是多么的美好啊。我们总是愿意把自己设想成一个独特的自我，但这个自我又是如此孤独，同别人全都疏远。我们的内心完全被一个人占据。恋爱的时候心灵像是一个孤独的塔楼，我们把自己囚禁在里边，至少在那里我们是安全的。因此我总是对她"避而不见"，但又无可自拔地渴望从远处看她一眼。然而这种观望并不能化解心中的焦渴和惆怅，反而让自己承受了更大的煎熬——她到底爱不爱我？于是，诗人大胆地把爱恋的对象称为"爱情之敌"——多么贴切的比喻！细想一下，所有爱情不都是一场伟大的战役吗？

哑巴

夜莺婉转而悲切地啼鸣

彼特拉克

夜莺婉转而悲切地啼鸣，

也许是唱给小鸟或它的伴侣听；

天穹和田野都荡漾着它的歌声，

曲调是那么凄楚动人。

歌声似乎整夜伴随着我，

使我想起自己不幸的命运；

除自己外，我不能向谁倾诉衷情，

因为我不信，死亡会在女神面前降临。

多么容易啊，要欺骗一个满怀自信的人！

谁会想到比太阳亮得多的两道美丽的光芒，

结果变为黑黑的一堆泥尘？

现在我知道，我可怕的命运

就是活着含泪去领会这一真情：

尘世既没有欢乐，也没有永恒。

钱鸿嘉　译

赏析

　　这首诗是诗人同命运的对话。夜莺歌唱夜晚，诗人歌唱生命，两者的曲调同样的凄楚动人。但夜莺能唱给伴侣听，而诗人却只能对自己倾诉衷情。这样看来，诗人似乎更为不幸，但更大的不幸也许来自生命终将结束的事实。我相信，这是诗人晚年的作品。在七十年的漫长人生中，诗人满怀希望地歌唱，满怀希望地认为缪斯最终会战胜死神，但却不得不接受自己可怕的命运。"尘世既没有欢乐，也没有永恒"，人生舞台的帷幕最终将会拉上。1374年7月19日，彼特拉克在一个叫阿克瓦的小村子里去世。当人们发现他的尸体时，他的头还埋在维吉尔的手稿中。

哑巴

乔祖埃·卡尔杜齐

（1835—1907）

意大利诗人、文艺批评家。著有诗集《声韵集》《青春诗》《轻松的诗与严肃的诗》《新诗抄》《蛮歌集》《有韵的诗与有节奏的诗》，长诗《撒旦颂》，专著《早期意大利文学研究：行吟诗人和骑士诗歌》《意大利民族文学的发展》等。1906年，卡尔杜齐获得了诺贝尔文学奖。

初衷

乔祖埃·卡尔杜齐

瞧，从冬天懒散的怀抱里
春天又一次升起：
裸露在冰冷的空气中
哆嗦着，犹如忍受着痛疾，
看，拉拉奇，那闪闪发光的，
可是太阳眼里的泪滴？

花儿从雪床中醒来，
怀着极大的惊惶：
急切的目光朝向天空，
然而，比惊惶更多的是渴望，
哦，拉拉奇，一些美好的回忆，
确实在那里闪着异光。

盖着皑皑的冬雪，
他们沉睡在甜梦里，
睡梦中看到了露珠晶莹的黎明，
看到了夏日阳光普照大地，

赏析

如果一个人在少年时代没有过忧伤，他就不曾真的拥有过青春——青春的泪水，青春的疼痛，青春的激情与渴望，青春的美好回忆，青春的梦想，青春的甜蜜，青春的遐思，青春的微笑……这些，你都感受过吗？你是否正拥有青春年少？你是否曾经拥有过青春年少？当你在老年的时候，回忆着自己的青春岁月，你是否会感到悲凄？在卡尔杜齐笔下，这个青春年少时代的拉拉奇，在如此年轻的时候就不幸经历了人生的种种悲凄。

小皮

还有你那明亮的眼睛，哦，拉拉奇，
难道这梦不是一种预示？

今天我的心在梦中酣睡，
悠悠遐思飞向哪里？
紧挨着你美丽的脸庞，春天和我，
站在一起微笑；然而，拉拉奇，
哪里来的这么多眼泪？
难道春天也感到了暮年的悲凄？

郑利平　译

朱塞培·翁加雷蒂

（1888—1970）

  意大利"隐逸派"诗歌重要代表。代表作有诗集《覆舟的愉快》《时代的感情》《悲哀》《呼喊和风景》《老人笔记》等。

请不要再喧哗

朱塞培·翁加雷蒂

别再杀害死者，

啊，请不要再喧哗，不要再喧哗

倘使你们还想听到他们的声音，

倘使你们不再希望毁灭他们。

他们不再发出声响，

絮絮低语

仿佛破土的芳草。

欣悦存在于人迹罕至的地方。

吕同六　译

赏析

　　作为"隐逸派"诗歌的重要代表人物，朱塞培·翁加雷蒂的诗歌的确具有许多神秘的色彩。然而这隐秘不同于巫术，本身其实可以言明。这首诗歌正是如此。对死者来说，无论他生前经历过什么，有多大的荣光和罪恶，我们都应予以宽容。《圣经》上说"恺撒的归恺撒，撒旦的归撒旦"，对于生者和死者，我们似乎也可以说"让生者生，让死者死"。任何不当的评说都可能成为一种冒犯。因为死者已经在他的命运中完成了自身。"别再杀害死者，啊，请不要再喧哗，不要再喧哗"。诗人如此严厉地控诉。历史上多少借死人说话的事情本质上无非都是为了其他目的，和死去的人本身没有什么关系。人在这个世界上生存，死的权利也是一种最大的权利。而在死去的人面前，我们唯有默默哀悼，并送上我们虔诚的祝福。"倘使你们还想听到他们的声音，/倘使你们不再希望毁灭他们。"如果有什么使我们和死者有关联，那便是我们的沉默。

吴功青

我失去了一切

朱塞培·翁加雷蒂

我失去了童年的一切

我再也不能

用一声呼喊来忘却过去。

我已把童年

埋葬在黑夜的深渊

如今，无形的利剑

使我同一切分离

我记得对你的爱使我欣悦

而此刻我迷失在

无边无际的黑夜中

绝望的情绪日甚一日

生命于我不过是

一块哽在咽喉的

叫喊的岩石

赏析

这是最黑色的绝望(与"二战"有关)。诗人与世界的美好联系已被彻底地摧毁。自童年以来培育的善心已被利剑斩断，人陷入无边的黑暗之中。"生命于我不过是/一块哽在咽喉的/叫喊的岩石。"在灵魂深处痛苦地呐喊，却压抑着不能喊出，人就这样陷入不自由的境地之中，默默等待着最终的死亡。

吴功青

吕同六 译

埃乌杰尼奥·蒙塔莱

(1896—1981)

意大利现代派诗人。主要作品有《乌贼骨》《命运》《风暴及其他》《狄纳德的蝴蝶》《萨图拉》，评论集《我们的时代》等。1975年获得诺贝尔文学奖。

誓言

埃乌杰尼奥·蒙塔莱

你知道：我应该让自己
不再想你
但我不能
在这开始，一切一切
搅乱了我
每一步行动，每一声哭泣
甚至码头上海盐的气息
扩散而来，把这里的春日
变得阴郁

黑衣的地带，桅杆的地带
黄昏在烟尘里静立的山林
从空旷里传来的嗡嗡声
吱吱声像指甲摩擦着玻璃
我寻找着
失落并且是唯一的旗号

赏析

在强烈的爱情面前，理智永远筑不起坚固的堤坝。一切都会带来有关他（她）的信息，像潮湿的空气一样，缠绕着不肯离去。然而最悲哀的莫过于，一颗如此殷切张望的心，被断然拒绝："我想从你心中找到／让我解脱的誓言／可地狱却在眼前"。或许正因为爱，才让人变得如此脆弱，才会让地狱一直逼迫到眼前。对于渴望爱情的心灵来说，哪里没有爱，哪里就是地狱。

哑巴

我想从你心中找到

让我解脱的誓言

可地狱却在眼前

赵小克 译

重新见到你的希望

埃乌杰尼奥·蒙塔莱

重新见到你的希望

荡然无存了；

我暗自询问，

这影像的屏幕

生生拆散了你与我

可代表死亡，

或者永恒的回忆，

兴许竟是闪烁着你变换、扭曲的

倩影的微光。

（莫德纳城的回廊，

穿制服的奴仆

牵来两条用皮带系着的狼犬。）

吕同六　译

赏析

摧毁一个人是轻而易举的，只要他（她）心中抱有爱情，每一次拒绝都会是致命的。他（她）能在一切影像中看到他（她）的悲哀，仿佛整个世界都是他（她）悲伤的倒影。然而，爱情也是柔韧之物，绝望之中总会隐藏着秘密的希望的种子。

哑巴

萨瓦多尔·夸西莫多

（1901—1968）

　　意大利著名诗人。生于意大利西西里岛。早年学土木建筑专业，后因家庭经济困难，中断学习，当过绘图员、营业员等。1930年，第一部诗集《水与土》问世，使他一举成名。夸西莫多与蒙塔莱、翁加雷蒂并称为当代意大利最杰出的诗人，是"隐逸派"诗歌的重要代表之一。一生著有许多作品，尤以诗歌著名。主要作品有：诗集《水与土》《消逝的笛音》《瞬息间是夜晚》和《日复一日》等。1959年，"由于他的抒情诗以高贵的热情表现了我们时代生命的悲剧性体验"而获得诺贝尔文学奖。

鲜花已经逝去

萨瓦多尔·夸西莫多

我不了解我的生命

幽暗单调的血统。

我不知爱过谁，爱着谁

如今——萎缩在我的四肢里

在三月里衰竭的风中

我列出一串不吉利的解惑的日子。

鲜花已经逝去

从枝头飞去，而我等着

它不倦地头也不回地飞行。

赵小克　译

赏析

　　鲜花已逝，生命中的好时光一去不复返。人最不能抗拒的便是时间的不可逆性。当然，也正是这种不可逆性，才造就了世间的一切价值。在这首诗中，鲜花的凋谢仅仅是一个浮动的意象，背后仍是时间的流逝——过去的一切经历似乎都已淡忘，却更深地陷在骨骼中。"鲜花已经逝去"，任何痛苦都应如鲜花一样消失在岁月的长河中，只有如鲜花一样轮回、枯荣，才能有轮回的新生。

吴功青

现在天已破晓

萨瓦多尔·夸西莫多

夜已过去，月亮
静静融进水波里，
落进河水里。
九月就在这朴素的
土地上，翠绿的草原
像春天南方的山谷。

我已离开伙伴
把心深深藏在旧墙内，
独自静静地想念你。
你现在比月亮还遥远，
现在天已破晓
马蹄正在踢着石头！

赵小克　译

赏析

夸西莫多的诗歌是朴素的，语言少用比喻和修饰，但这恰恰显示了大师的功力，犹如水回到水，本身已足够。黎明时分，世界静谧得让人心颤。"夜已过去，月亮/静静融进水波里，/落进河水里。"秋天的早晨，月亮悄悄隐藏到云里去了，而诗人则偏偏认为月亮掉到了河里。看见月亮的影子了吗？"九月就在这朴素的/土地上，翠绿的草原/像春天南方的山谷。"是的，九月的土地就是这样忧伤而干净地矗立在这里，而诗人自己似乎另有一颗心。"把心深深藏在旧墙内，/独自静静地想念你。"天空纵如大海般宽阔，可"我"的世界仍如此闭塞，只对你一人敞开。在黑暗慢慢退去的时刻，思念如刀绞般让人疼痛。"你现在比月亮还遥远"，月亮慢慢隐退的时候，我至少能瞥见它坠落的影子，可亲爱的人，她在哪里，则无从知晓。马踢着石头！外面世界的流转更加深了内心的剧痛。全诗简洁如水，却山谷一样幽深。

吴功青

致大地

萨瓦多尔·夸西莫多

太阳迸发膨胀而进入睡眠，

群树痛哭；

爱冒险的晨曦

你在此，解缆，升帆，

而温暖的航海季节

将近临盆而骚动的海岸。

我在这里，懦弱，清醒，

怀着另一片大地

怀着歌声变幻无常的怜悯

爱在我心中发芽

在男人们的心中，在死亡中。

我的悲伤长出了新绿，

但手空气似的

在你的枝丫上，

把忧伤关在

女人的孤独中

赏析

在这首诗中，我们约莫能洞悉出夸西莫多的伟大之处——自然的大地和神性的天堂如此温柔地相互包含着。从某种意义上讲，大地是一种更加实在的天堂，两者的关系可描述为如下的句子：大地因神恩的洗礼而更加丰满，天堂因大地的显露而更加神圣。"在你身上我投入自己：教堂里的/冷静沉在心中；/天使赤裸的脚步/响起，在那里，在黑暗中。"人被召唤、被圣化的场所只能是大地，而在这个深厚而无边的界所，天使的歌声一直很轻。

吴功青

但时间从未抚摩，

那使我变灰白的、剥掉我的树皮的一切。

在你身上我投入自己：教堂里的

冷静沉在心中；

天使赤裸的脚步

响起，在那里，在黑暗中。

沈睿　译

雨洒落过来了

萨瓦多尔·夸西莫多

雨向着我们洒落过来了,

扫击静静的天空。

燕子披着伦巴第湖面上

惨白的雨点飞翔,

像海鸥追逐游玩的小鱼;

从菜园那边飘来干草的清香。

又一个虚度的年华,

没有一声悲叹,没有一声笑语

击碎时光的锁链。

吕同六　译

赏析

　　夸西莫多似乎只是在写自然，写树木的阴暗、天气的变化，但每次读完，似乎又觉得比自然本身要多点儿什么。完美的诗句就是这样，接近自然本身，却又总比我们所认为的要多。诗人平静地写到了风景，但它所暗示的忧郁却十分强烈——情感建立在世界整体的存在之中，因此显得和谐而深刻。"又一个虚度的年华，没有一声悲叹，没有一声笑语击碎时光的锁链。"时间造就了一切。雨从空中落下，准确而无法改变。

吴功青

第四辑

中国

China

艾青
（1910—1996）

中国现代著名诗人。原名蒋正涵，号海澄，浙江金华人。1932年7月因参加"中国左翼美术家联盟"而被捕入狱，在狱中创作了成名作《大堰河——我的保姆》。著有诗集《大堰河——我的保姆》《北方》《旷野》《黎明的通知》等。

我爱这土地

艾青

假如我是一只鸟,

我也应该用嘶哑的喉咙歌唱:

这被暴风雨所打击着的土地,

这永远汹涌着我们的悲愤的河流,

这无止息地吹刮着的激怒的风,

和那来自林间的无比温柔的黎明……

——然后我死了,

连羽毛也腐烂在土地里面。

为什么我的眼里常含泪水?

因为我对这土地爱得深沉……

赏析

《我爱这土地》是艾青的代表作之一，浓郁深情，充满爱国主义气息，只一句："为什么我的眼里常含泪水？/因为我对这土地爱得深沉……"就足以让人潸然泪下。

这首小诗把诗人的爱国主义情感表现得淋漓尽致，凝聚了对祖国——大地母亲最深沉的爱。诗人写道："假如我是一只鸟，/我也应该用嘶哑的喉咙歌唱"。"应该"一词，道出了诗人内心深沉的责任感——为自己的土地歌唱，是鸟儿们恒久的职责，也是它们的歌声之所以悦耳动听的缘由。有家园时它们要歌唱家园的美丽；失去家园时它们要歌唱家园的破碎，直至死后"连羽毛也腐烂在土地里面"。这便是我们的土地和家园。我们一刻也不能与之分离，如植物一样，依赖她、装点她、丰富她，同时也是在完成我们自身。

张猛

雪落在中国的土地上

艾青

雪落在中国的土地上，
寒冷在封锁着中国呀……

风，
像一个太悲哀了的老妇，
紧紧地跟随着，
伸出寒冷的趾爪，
拉扯着行人的衣襟，
用着你土地一样古老的，
一刻也不停地絮聒着……

那从林间出现的，
赶着马车的，
你中国的农夫，
戴着皮帽，
冒着大雪，
要到哪儿去呢？

告诉你，

我也是农人的后裔——

由于你们的，

刻满了痛苦的皱纹的脸，

我能如此深深地

知道了

生活在草原上的人们的

岁月的艰辛。

而我，

也并不比你们快乐啊，

躺在时间的河流上，

苦难的浪涛，

曾经几次把我吞没而又卷起——

流浪与监禁，

已失去了我的青春的最可贵的日子，

我的生命，

也像你们的生命

一样的憔悴呀。

雪落在中国的土地上，

寒冷在封锁着中国呀……

沿着雪夜的河流，

一盏小油灯在徐缓地移行，

那破烂的乌篷船里，

映着灯光，垂着头，

坐着的是谁呀？

啊，你，

蓬发垢面的小妇，

是不是？

你的家——

那幸福与温暖的巢穴，

已被暴戾的敌人

烧毁了吗？

是不是

也像这样的夜间，

失去了男人的保护，

在死亡的恐怖里，

你已经受尽敌人刺刀的戏弄？

唉，就在如此寒冷的今夜
无数的
我们的年老的母亲，

就像异邦人
不知明天的车轮
要滚上怎样的路程？
而且，
中国的路
是如此的崎岖，
是如此的泥泞呀。

雪落在中国的土地上：
寒冷在封锁着中国呀……

透过雪夜的草原，
那些被烽火所啮啃着的地域，
无数的，土地的垦植者
失去了他们所饲养的家畜

失去了他们肥沃的田地

拥挤在

生活的绝望的污巷里；

饥馑的大地

伸向阴暗的天，

伸出乞援的

颤抖着的两臂。

中国的痛苦与灾难

像这雪夜一样广阔而又漫长呀！

雪落在中国的土地上，

寒冷在封锁着中国呀……

中国，

我在没有灯光的晚上

所写的无力的诗句

能给你些许的温暖吗？

赏析

　　提起艾青，人们首先想到的是"吹芦笛的诗人"这个称号。的确，艾青早年曾留学法国，受到法国现代派的影响，"从欧洲带回来一支芦笛"。但回到祖国后，艾青很快便将他的诗艺和中国的现实结合在了一起，他歌唱的是祖国的苦难和新生。他的诗忧郁深沉，感情内蕴，视觉形象鲜明，多具有广阔的象征意义。

　　这首《雪落在中国的土地上》就充满了典型的"艾青式"的忧郁，悠扬的旋律从内心深处激荡着人们的心灵。"雪落在中国的土地上，/寒冷在封锁着中国……"旋律深沉而反复，诗人精心构造了"农夫""小妇"等形象，透过对沉重的民族灾难的描述，审视我们民族的过去、现在和未来，借以寻找可能的出路。诗人是忧郁的，贫困和痛苦交加，但他的诗却能带给危难中的民族些许的温暖。

　　　　　　　　　　　　　　　张猛

小链接

1928年夏天，十八岁的艾青考入杭州国立西湖艺术院学习绘画，第二年春天，艾青和几个年轻人踏上了赴巴黎的路。艾青在巴黎全身心地沐浴在刚兴起的现代艺术思潮的洗礼中。1931年"九一八"事变后，艾青返回祖国。在上海，他正式参加了"中国左翼美术家联盟"，不久被捕。在监狱里没有条件画画，艾青不得不放弃了多年热爱的绘画，暗中握起了写诗的笔。1949年2月北平解放，艾青等人以军代表的身份，接管了中央美术学院。艾青原想留在美术界工作，重操旧业，但由于工作的需要，他不久就被调回文学界工作了，第二次与美术断了缘分。艾青说："从那以后，我只能算是一个美术爱好者了。"

卞之琳
（1910—2000）

　　著名诗人、评论家、翻译家。江苏海门人。曾是徐志摩的学生。著有诗集《三秋草》《鱼目集》《汉园集》（与何其芳、李广田合著）等，是二十世纪三十年代"现代派"代表诗人之一。

断章

卞之琳

你站在桥上看风景，
看风景的人在楼上看你。

明月装饰了你的窗子，
你装饰了别人的梦。

冰心
（1900—1999）

现代诗人、小说家，原名谢婉莹，福建长乐人，中国现代文学史上第一位著名女作家。1919年开始发表小说，1921年加入文学研究会。著有诗集《繁星》《春水》《冰心诗集》，散文集《寄小读者》等。

繁星 （节选一、五、八）

冰心

一

繁星闪烁着——

深蓝的太空

何曾听得见它们对话

沉默中

微光里

它们深深地互相颂赞了

五

黑暗

怎样幽深地描画呢

心灵的深深处

宇宙的深深处

灿烂光中的休息处

赏析

冰心的诗歌创作深受印度诗人泰戈尔的影响,擅长即兴式的小诗,一般以三行、五行为一首,表现作者刹那间的感悟,寄寓着人生哲理。

在《繁星》所选的三首诗中,诗人敏锐地捕捉到了心灵深处刹那间的微妙变化,并将之诗意地呈现了出来。深蓝的天空何曾听到过闪烁的繁星的对话呢? 在沉默中、在微光里,"它们深深地互相颂赞了"——是啊,星星也在互相颂赞;那么,人呢? 有灵性、有智慧的人呢? 是不是也应该学着互相关爱、互相颂赞呢? "黑暗"——究竟如何描写才是诗人所要说的黑暗呢? 在心灵、宇宙的深处,在灿烂的光中,有一个休息的所在,那就是黑暗。在诗人眼中,黑暗是感受光明、孕育光明的母亲。

八

残花缀在繁枝上

鸟儿飞去了

撒得落红满地——

生命也是这般的一瞥吗

"生命也是这般的一瞥吗"，残花缀枝、鸟儿飞逝、落红满地，一片凄清和荒凉——而生命则是繁花盛开、百鸟云集、落红护春，是美丽、灿烂与关爱。

张猛

纸船
——寄母亲

冰心

我从不肯妄弃了一张纸，

总是留着——留着，

叠成一只一只很小的船儿，

从舟上抛下在海里。

有的被天风吹卷到舟中的窗里，

有的被海浪打湿，沾在船头上。

我仍是不灰心地每天叠着，

总希望有一只能流到我要它到的地方去。

母亲，倘若你梦中看见一只很小的白船儿，

不要惊讶它无端入梦。

这是你至爱的女儿含着泪叠的，

万水千山，求它载着她的爱和悲哀归去。

赏析

冰心笃信"爱的哲学"，她的诗中充满了温馨和柔情。《纸船》是一首寄给母亲的诗，诗中充满了她对母亲的爱恋和思念。

诗人用散文化的叙事语言开启了诗意的思念之旅——把每一张纸留下来，叠成小船，放在海中，"总希望有一只能流到我要它到的地方去"。

可是，天不遂人愿，那些纸船，"有的被天风吹卷到舟中的窗里，/有的被海浪打湿，沾在船头上"。真是命运多舛啊！诗人的纸船也在风雨中飘摇，几多坎坷，几多悲伤……"母亲,倘若你梦中看见一只很小的白船儿，/不要惊讶它无端入梦。"既然诗人的小船不能在风雨中驶到母亲身边，那就让它漂荡到母亲的梦中吧——请不要惊讶，那是女儿最殷切的希冀……

张猛

郭沫若
（1892—1978）

　　原名郭开贞，字鼎堂，四川乐山人。1916年开始白话新诗创作。1921年出版第一部诗集《女神》，成为中国现代汉诗的奠基之作，反映了狂飙突进的"五四"时代精神。另著有诗集《星空》《潮汐集》《骆驼集》《天上的街市》《雷电颂》等。

女神之再生（节选）

郭沫若

女神之一

自从炼就五色彩石

曾把天孔补全，

把黑暗驱逐了一半

向那天球外边；

在这优美的世界当中，

吹奏起无声的音乐雍融。

不知道月儿圆了多少回，

照着这生命底音波吹送。

女神之二

可是，我们今天的音调，

为什么总是不能和谐？

怕在这宇宙之中，

有什么浩劫要再！

听呀！那喧嚷着的声音，

赏析

　　《女神之再生》是诗集《女神》的开篇诗剧，气度恢宏，色彩明丽，非常富有时代气息。在女娲开拓的优美世界中，音乐飘扬、花好月圆，生命自由自在。诗人以女娲补天的神话开篇，表达了对太平盛世的向往。

　　"可是，我们今天的音调，为什么总是不能和谐？"面对黑暗暴烈的现实，诗人不断地发出诘问——这是一位有着社会责任感的诗人对现实的诘问，也是时代的精神使命。军阀混战使这个国家陷入困顿破败，激起了诗人的愤怒和再造新家园的勇气。"我要去创造个新鲜的太阳"——沧海横流，方显英雄本色。郭

愈见高，愈见逼近！

那是海中的涛声？空中的风声？

可还是——罪恶底交鸣？

女神之三

刚才不是有武夫蛮伯之群

打从这不周山下经过？

说是要去争做什么元首……

哦，闹得真是过火！

姊妹们呀，我们该做什么？

我们这五色天球看看要被震破！

倦了的太阳只在空中睡眠，

全也不吐放些儿炽烈的光波。

女神之一

我要去创造些新的光明，

不能再在这壁龛之中做神。

女神之二

我要去创造些新的温热，

好同你新造的光明相结。

女神之三

姊妹们，新造的葡萄酒浆

不能盛在那旧了的皮囊。

为容受你们的新热、新光，

我要去创造个新鲜的太阳！

（其他全体）

我们要去创造个新的太阳，

不能再在这壁龛之中做甚神像！

全体向山阙后海中消逝。

牛汉
（1923—2013）

现代著名诗人，原名史承汉，曾用笔名谷风。1923年10月生于山西定襄县。远祖系蒙古族。"七月派"代表诗人之一。二十世纪四十年代著有《鄂尔多斯草原》等诗作，此后在六十年代和七十年代再次迎来创作高峰。著有诗集《彩色的生活》、《爱与歌》、《温泉》（获全国优秀新诗集奖）、《海上蝴蝶》、《沉默的悬崖》，散文集《牛汉散文》《萤火集》《童年牧歌》等。

华南虎

牛汉

在桂林

小小的动物园里

我见到一只老虎。

我挤在叽叽喳喳的人群中

隔着两道铁栅栏

向笼里的老虎

张望了许久许久，

但一直没有瞧见

老虎斑斓的面孔

和火焰似的眼睛。

笼里的老虎

背对胆怯而绝望的观众

安详地卧在一个角落，

有人用石块砸它

有人向它厉声呵斥

有人还苦苦劝诱

赏析

牛汉的咏物诗融合了强烈的感情和人格信念，回旋着生命力的激荡和呐喊。这首《华南虎》便是如此。在诗中，我们看到的不单单是动物园里老虎的生存状态，还有诗人的思考和信念。

"在桂林小小的动物园里我见到一只老虎。"诗人用平淡的叙述开始了抒情的历程，小小的动物园和老虎形成了鲜明的对比，而"我"则作为一个参观者，不禁为老虎的处境深感悲哀。

"我"在铁栅栏外站了好久，也没有见到"老虎斑斓的面孔和火焰似的眼睛"，此时的老虎并不理会人们的嬉笑和调戏，对"我"也冷漠非常，只是它那"又长又粗的尾巴悠悠地在拂动"。想家了？是回首自己啸傲山林的美好日子，为今日的"虎落平阳"而深切悲痛，还是以此表达对游人的不满和不屑呢？或许都不是。

在诗人眼中，笼中的老虎依然是老虎，困兽犹斗。它反抗、争斗，不屈服、不放弃，它的灵魂足以震撼每一个前来参观的游人。于是，在"我"离去的时候，恍惚中，"我看见了火焰似的斑纹/和火焰似的眼睛，/还有巨大而破碎的滴血的趾爪"。

张猛

它都一概不理！

又长又粗的尾巴

悠悠地在拂动,

哦, 老虎, 笼中的老虎,

你是梦见了苍苍莽莽的山林吗?

是屈辱的心灵在抽搐吗?

还是想用尾巴鞭击那些可怜而又可笑的观众?

你的健壮的腿

直挺挺地向四方伸开,

我看见你的每个趾爪

全都是破碎的,

凝结着浓浓的鲜血！

你的趾爪

是被人捆绑着

活活地铰掉的吗?

还是由于悲愤

你用同样破碎的牙齿

（听说你的牙齿是被钢锯锯掉的）

把它们和着热血咬碎……

我看见铁笼里

灰灰的水泥墙壁上

有一道一道的血淋淋的沟壑

像闪电那般耀眼刺目！

我终于明白……

羞愧地离开了动物园。

恍惚之中听见一声

石破天惊的咆哮，

有一个不羁的灵魂

掠过我的头顶

腾空而去，

我看见了火焰似的斑纹

和火焰似的眼睛，

还有巨大而破碎的滴血的趾爪！

夜

牛汉

关死门窗

觉得黑暗不会再进来

我点起了灯

但黑暗是一群狼

还伏在我的门口

听见有千万只爪子

不停地撕袭着我的窗户

灯在颤抖

在不安的灯光下我写诗

诗不颤抖！

赏析

牛汉的诗和他的经历就如同一只牛，有着铮铮的铁骨。在夜里写诗，把门窗关上，点起灯盏，以为黑暗就会消失。然而，可见的黑暗虽然消失，但另一种黑暗仍藏在深处——"但黑暗是一群狼还伏在我的门口"，"千万只爪子"在凶猛地"撕袭着我的窗户"——这是什么黑暗？

这是历史的黑暗，是地狱之手。现实的、可见的罪行容易消失，而镌刻在心灵深处的软弱、自私等下贱的品性却需要漫长的时间来洗刷。在灯下"我"写着诗，试图让新的精神创造来祛除内心的一切痼疾。"诗不颤抖！"它站得住！

吴功青

后记

版权声明

　　我们这个时代还需要诗歌吗？我们的生活还需要诗歌吗？我们的成长还需要诗歌吗……

　　2012年新年到来之际，当我们精心策划、打造的这套"最美的诗"呈现在大家面前时，这样的疑问仍不绝于耳。

　　诚然，自1995年以来，随着最后一位"大众诗人"汪国真渐渐淡出人们的视野，诗歌这一文学体裁也逐渐淡出了大众的视野。从某种意义上讲，80后、90后、00后这些新生代，几乎是在诗歌"贫瘠的土壤"中成长起来的。海德格尔说得好："诗歌即历史。艺术是真理在作品中的创造性保存。"一个国家的国民素质体现在文学史的发展轨迹上，而诗歌则是其中最为重要的一环。优秀的诗歌首先应该是美的，是美好的有机部分与美的最高境界。作为文学的最高形式，诗歌拥有无可复制的"美"——语言美、意境美、音律美、形式美等。这无疑是青少年提升美育、陶冶情操不可或缺的琼浆玉露。

　　作为出版人，我们肩负着神圣的使命感和责任感，力求打造一套文学中的"高、精、尖"读物，为广大读者奉上唯美、醇正、厚重的精神飨宴。这套诗集共五册，收录了中外二百多位诗人的近五百首诗歌：所选诗人几乎囊括了东西方主要国家最具代表性的文学巨匠，其中有不少诗人是诺贝尔文学奖得主；所选诗歌亦为最具代表性的、最脍炙人口的传世佳作，首首精品。我们希望将这套诗集打

造成诗歌出版史上最权威、最经典、最全面翔实的"诗歌精选集"。

　　这套诗集初版因编校和版式等存在不足之处，我们重新修订并美编优化，如今重新推出。虽然我们满怀热忱努力做到尽善尽美，但疏漏不足之处恐难避免，请方家多多批评指正。当然，我们希望这套诗集越来越多地出现在青少年的书架上，出现在诗歌爱好者的床头案边，这正是我们出版这套诗集的目的——欣赏最美的诗歌，让美好留存心中！

"最美的诗"总策划人　侯开

2018 年 7 月

后记
版权声明

　　本套诗集从前期组稿到后期编辑、付梓，历时五载有余。因困难重重，编辑工作曾几度搁浅，但我们都咬牙挺了过来。这其间有檀作文、李暮先生的推荐和创意，有吴功青、赖小皮、哑巴、山鬼鸿、枕戈、王冷阳、苏爱丽等诗歌研究者在精选诗作、撰写赏析等环节所付出的艰辛劳动，其中资深编辑王冷阳先生耗时一年多，通宵达旦、呕心沥血地对书稿进行了重新整合、梳理和最终的编审。此外，诸多热心朋友对本书也给予了不同程度的支持与帮助，我们在此一并深表谢忱。

　　因这套诗集所选作品涉及作者、译者众多，我们未能一一取得联系，烦请各位作者、译者及版权持有人及时与我们联系，一经核实、确认，即致润笔，奉寄样书。

　　联系电话：（010）52059569

　　联系邮箱：houkai@girlbook.cn

"最美的诗"总策划人　侯开

2018 年 7 月

风起的
时候

As The
Wind Blows

经典诗歌01

悦读纪 编著

江苏凤凰文艺出版社
JIANGSU PHOENIX LITERATURE AND
ART PUBLISHING, LTD

图书在版编目（CIP）数据

风起的时候／悦读纪编. —南京：江苏凤凰文
艺出版社，2018.7
（三月，有人呼唤我的名字）
ISBN 978-7-5594-0877-8

Ⅰ.①风… Ⅱ.①悦… Ⅲ. ①诗集－世界 Ⅳ.
①I12

中国版本图书馆CIP数据核字（2018）第159201号

书　　　　名	风起的时候
编　　　　者	悦读纪
出 版 统 筹	黄小初　侯　开
选 题 策 划	侯　开
责 任 编 辑	姚　丽
特 约 编 辑	王冷阳　李宇东
装 帧 设 计	蒋　晴　刘丽霞
责 任 监 制	刘　巍　江伟明
出 版 发 行	江苏凤凰文艺出版社
出版社地址	南京市中央路165号，邮编：210009
出版社网址	http://www.jswenyi.com
印　　　　刷	三河市航远印刷有限公司
开　　　　本	880毫米×1230毫米　1/32
字　　　　数	190千字
印　　　　张	10
版　　　　次	2018年7月第1版，2018年7月第1次印刷
标 准 书 号	ISBN 978-7-5594-0877-8
定　　　　价	180.00元（全五册）

影视版权抢订热线　13911704013
江苏文艺版图书凡印刷、装订错误可随时向承印厂调换

目录 CONTENTS

辛笛
（1912—2004）

　　本名王馨迪，祖籍江苏淮安，生于天津。1935年毕业于清华大学外文系。1936－1939年，在英国爱丁堡大学进修，与名诗人艾略特及其后辈史本德·刘易士等时相往来。抗战胜利后，任《美国文学丛书》及《中国新诗》编委，并创办《民歌》诗刊。上海解放后，任上海市作家协会副主席、国际笔会上海中心理事等。诗集有《珠贝集》《手掌集》《辛笛诗稿》等，作品被译为英、法、德、日等国文字。系"九叶"诗派代表诗人。2004年1月8日病逝于上海中山医院。

刈禾女之歌

辛 笛

大城外是山

山外是我的家

我记起家中长案上的水瓶

我记起门下车水的深深的井

我的眼在唱着原野之歌

为什么我的心也是空而常满

金黄的穗子在风里摇

在雨里生长

如今我们来日光下收获

我想告诉给姊妹们

我的原野上的主人

风吹过镰刀下

也吹过我的头巾

在麦浪里

我看不见自己

蓝的天空有白云

是一队队飞腾的马

你听风与云

在我的镰刀下

奔骤而来

赏析

　　辛笛的深沉从他的诗歌里反倒不容易看出，无论是悲情主义还是他忧郁内省的气质，都是人们为之动容的因素。内涵越深，埋藏得也就越深。

　　刘禾女，阳光下，手中的镰刀，一幅金色的收割图。在丰收的情调里不需要去回味辛苦，只需抬头——蓝色的天，白色的云，漫天的想象和歌声……想象是给自己的微笑，歌声是对自己的嘉奖。汇聚喜悦里的精华，用多彩的情感去渲染。

枕戈

小链接

　　二十世纪四十年代后期，辛笛、穆旦、陈敬容等一批年轻诗人陆续发表了大量诗作，在社会上产生广泛的影响。八十年代初，他们当中具有代表性的九位诗人结集出版诗集《九叶集》，"九叶诗派"由此得名。

　　九叶诗人在用诗歌表现重大社会问题的同时，又兼顾抒写个人心绪的自由；在表现社会、人生时，注重主体的哲学思考和理性探索。"九叶诗派"有大量战争题材的作品，他们对于战争少有正面的描写，而是着力于战争状态下人的深层心态的揭示和抗争精神的寻求。"九叶诗派"也有大量诅咒黑暗、反思历史的作品，他们在批判丑恶、揭露黑暗中揭示历史发展的动向，展望光明的未来。"九叶诗派"还有一部分作品表现出诗人对现代人生存处境的思考，对人的生命价值的探讨，这部分作品更能体现出九叶诗人灵魂的丰富与深刻。

　　"九叶诗派"的创作探索为中国新诗的发展做出了重要贡献，虽然后来因特定的社会环境使这种探索没有继续下去，但在新时期到来之后，其诗学价值便有效地转化在新一代诗人的创作中。

纪弦

（1913—2013）

台湾著名诗人。原籍陕西周至，生于河北清苑。原名路逾，曾用笔名路易士等。

台湾"现代派"组织者和代表诗人。出版的诗集有《易士诗集》《火灾的城》《不朽的肖像》《摘星的少年》《饮者诗抄》《晚景集》《半岛之歌》等，诗论集有《纪弦诗论》《夜记》《一封信》《纪弦论现代诗》及《纪弦自选集》等。

你的名字

纪弦

用了世界上最轻最轻的声音，
轻轻地唤你的名字每夜每夜。

写你的名字，
画你的名字，
而梦见的是你的发光的名字：
如日，如星，你的名字。
如灯，如钻石，你的名字。
如缤纷的火花，如闪电，你的名字。
如原始森林的燃烧，你的名字。

刻你的名字！
刻你的名字在树上。
刻你的名字在不凋的生命树上。
当这植物长成了参天的古木时，
啊啊，多好，多好，
你的名字也大起来。

赏析

有些诗只能去读。一遍一遍地读来，当读者的情感逐渐和诗人趋同时，才会有明晰的审美效果和情感愉悦。

纪弦的这首《你的名字》亦是如此。在这首赠诗里，诗人一连用了十多个"你的名字"来表达对对方的感情，读来并不觉得冗长啰唆，反而自然紧凑，悠长而深情。

张猛

大起来了，你的名字。

亮起来了，你的名字。

于是，轻轻轻轻轻轻地唤你的名字。

狼之独步

纪弦

我乃旷野独来独往的一匹狼

不是先知

没有半个字的叹息

而以数声凄厉已极之长嗥

摇撼彼空无一物之天地

使天地战栗如同发了疟疾

并刮起凉风飒飒得令我毛骨悚然

这是一种厉害

一种过瘾

赏析

狼是凶狠野蛮的象征，还是惨无人道的侵略者，抑或是摇撼凄厉的狂欢者？"我乃旷野独来独往的一匹狼"——旷野中独来独往、离群索居是狼的本性，也是狼得以生存的前提条件。诗人以狼自喻，表达了自己不肯与世俗为伍，孤傲清高，渴望自由自在的理想。

然而，我"不是先知/没有半个字的叹息"，在坎坷、残酷的事实面前，谁能充当"先知"的角色呢？唯有"以数声凄厉已极之长嗥/摇撼彼空无一物之天地/使天地战栗如同发了疟疾"。这是诗人的狂躁和愤懑，是对这个世界的背叛和反抗。

张猛

田间
（1916—1985）

原名童天鉴，安徽无为人。这位独特的现代诗人用自己独特的诗歌挥洒着满腔激情，在诗坛上拥有了属于自己和读者的一片天地。新中国成立后，曾任中国作协创作部副部长、河北省文联主席。著有诗集《未明集》《中国牧歌》《誓词》《抗战诗抄》和长诗《给战斗者》《赶车传》等。

假使我们不去打仗

田间

假使我们不去打仗，

敌人用刺刀

杀死了我们，

还要用手指着我们骨头说：

"看，

这是奴隶！"

穆旦
（1918—1977）

　　本名查良铮，祖籍浙江海宁，生于天津。著名诗人、翻译家，"九叶派"成员之一。曾用笔名梁真，与著名作家金庸（查良镛）为同族叔伯兄弟，皆属良字辈。二十世纪八十年代之后，许多现代文学专家推其为中国现代诗歌第一人。著有诗集《探险队》《旗》《穆旦诗集（1939—1945）》《穆旦诗文集》等，译诗有《唐璜》《普希金抒情诗》《英国现代诗选》《青铜骑士》等。

赞 美

穆旦

走不尽的山峦和起伏，河流和草原，

数不尽的密密的村庄，鸡鸣和狗吠，

接连在原是荒凉的亚洲的土地上，

在野草的茫茫中呼啸着干燥的风，

在低压的暗云下唱着单调的东流的水，

在忧郁的森林里有无数埋藏的年代。

它们静静地和我拥抱：

说不尽的故事是说不尽的灾难，沉默的

是爱情，是在天空飞翔的鹰群，

是干枯的眼睛期待着泉涌的热泪，

当不移的灰色的行列在遥远的天际爬行；

我有太多的话语，太悠久的感情，

我要以荒凉的沙漠，坎坷的小路，骡子车，

我要以槽子船，漫山的野花，阴雨的天气，

我要以一切拥抱你，你，

我到处看见的人民啊，

在耻辱里生活的人民，佝偻的人民，

我要以带血的手和你们一一拥抱。

因为一个民族已经起来。

一个农夫，他粗糙的身躯移动在田野中，

他是一个女人的孩子，许多孩子的父亲，

多少朝代在他的身边升起又降落了

而把希望和失望压在他身上，

而他永远无言地跟在犁后旋转，

翻起同样的泥土溶解过他祖先的，

是同样的受难的形象凝固在路旁。

在大路上多少次愉快的歌声流过去了，

多少次跟来的是临到他的忧患；

在大路上人们演说，叫嚣，欢快，

然而他没有，他只放下了古代的锄头，

再一次相信名词，融进了大众的爱，

坚定地，他看着自己融进死亡里，

而这样的路是无限的悠长的

而他是不能够流泪的，

他没有流泪，因为一个民族已经起来。

在群山的包围里，在蔚蓝的天空下，

在春天和秋天经过他家园的时候，

在幽深的谷里隐着最含蓄的悲哀：

一个老妇期待着孩子，许多孩子期待着

饥饿，而又在饥饿里忍耐，

在路旁仍是那聚集着黑暗的茅屋，

一样的是不可知的恐惧，一样的是

大自然中那侵蚀着生活的泥土，

而他走去了从不回头诅咒。

为了他我要拥抱每一个人，

为了他我失去了拥抱的安慰，

因为他，我们是不能给以幸福的，

痛哭吧，让我们在他的身上痛哭吧，

因为一个民族已经起来。

一样的是这悠久的年代的风，

一样的是从这倾圮的屋檐下散开的

无尽的呻吟和寒冷，

它歌唱在一片枯槁的树顶上，

它吹过了荒芜的沼泽，芦苇和虫鸣，

一样的是这飞过的乌鸦的声音。

当我走过，站在路上踟蹰，

我踟蹰着为了多年耻辱的历史

仍在这广大的山河中等待，

等待着，我们无言的痛苦是太多了，

然而一个民族已经起来，

然而一个民族已经起来。

赏析

　　"我有太多的话语，太悠久的感情"——发自内心真实的抒情永远是那么动人。在那个血雨腥风的年代，人和人如此深深相连，才产生了这么真切的感情。祖国的山山水水，每一个过往的行人，似乎都沐浴在天堂初现的霞光中。"在耻辱里生活的人民，佝偻的人民，/我要以带血的手和你们一一拥抱。"只有在灾难中一同经历、一同忍受，"人民"才能成为一个真实的词。抗日战争使鸦片战争以来的中国人从肉体到精神熔铸为一体，"因为一个民族已经起来"！

　　"我有太多的话语，太悠久的感情"，是因为诗人看到，在深重的灾难面前，没有人退却，而是选择了承受，"他只放下了古代的锄头，/再一次相信名词，融进了大众的爱"。这是中华民族悠久的传统，是根植于土地文明深处的营养。

　　"我有太多的话语，太悠久的感情"——多少辛酸和幸福交织，凝聚成深深的期待。

　　"然而一个民族已经起来，/然而一个民族已经起来。"

吴功青

春

穆旦

绿色的火焰在草上摇曳,

他渴求着拥抱你,花朵。

反抗着土地,花朵伸出来,

当暖风吹来烦恼,或者欢乐。

如果你是醒了,推开窗子,

看这满园的欲望多么美丽。

蓝天下,为永远的谜迷惑着的

是我们二十岁的紧闭的肉体,

一如那泥土做成的鸟的歌,

你们被点燃,却无处归依。

啊,光,影,声,色,都已经赤裸,

痛苦着,等待伸入新的组合。

赏析

在中国古典诗歌中,和"春"这一题材相伴的常常是青春生命的愁苦和哀怨。而作为一名现代诗人,穆旦对欲望的赞颂是热切而大胆的。在诗人心中,欲望和生命是同一的,欲望不仅没有罪恶,反而是美丽而值得歌颂的。只有唤醒每个人心中沉睡的爱欲,才会有绚烂的"春",才会有生命的创造和新生。"啊,光、影、声、色,都已经赤裸/痛苦着,等待伸入新的组合。"在这首诗中,时令之"春"和生命之"春"是同样的。人的生命不过是时序女神花环上的一朵小花,随季节的流转而适时开放,并因其热烈短暂而愈加美丽,因其美丽而愈加值得热爱。

张猛

智慧之歌

穆旦

我已走到了幻的尽头，
这是一片落叶飘零的树林，
每一片叶子标记着一种欢喜，
现在都枯黄地堆积在内心。

有一种欢喜是青春的爱情，
那时遥远天边的灿烂的流星，
有的不知去向，永远消逝了，
有的落在脚前，冰冷而僵硬。

另一种欢喜是喧腾的友谊，
茂盛的花不知道还有秋季，
社会的格局代替了血的沸腾，
生活的冷风把热情铸为实际。

另一种欢喜是迷人的理想，
他使我在荆棘之途走得够远，
为理想而痛苦并不可怕，

可怕的是看它终于成笑谈。

只有痛苦还在，它是日常生活
每天在惩罚自己过去的傲慢，
那绚烂的天空都受到谴责，
还有什么彩色留在这片荒原？

但唯有一棵智慧之树不凋，
我知道它以我的苦汁为营养，
它的碧绿是对我无情的嘲弄，
我咒诅它每一片叶的滋长。

赏析

"穿过我青春的所有说谎的日子，/我在阳光下抖掉我的枝叶和花朵；/现在我可以枯萎而进入真理。"这是叶芝的诗《随时间而来的真理》中的诗句。无论是"真理"还是"智慧"，都必须在时间中经受锤炼，经受光阴的打磨。

然而，随时间而来的智慧必定是苦涩的——青春的爱情、喧腾的友谊、迷人的理想，都无法抵挡时间的侵蚀。唯有痛苦如影随形，无法摆脱，在一切欢乐消失之后如夜色渐至而愈加浓重。

古希腊的哲人认定智慧是人类存在的根本动力，处于极端精神困境的诗人，最终也只能寄希望于它。"但唯有一棵智慧之树不凋"——诗人的希望同时又几乎是嘲弄的：智慧的增长，却要以青春的凋谢为代价。唯有在生命之树枯萎之后，智慧之树才枝繁叶茂。大概这是人生最大的悖论。生命的欢愉和智慧不可兼得——快乐的永远是无知的孩子和少年，痛苦的永远是充满智慧的老人。

吴功青

小链接

金庸原名查良镛，原是浙江海宁的望族。康熙年间，曾有两代人在朝中做官，有"一门十进士，兄弟三翰林"之说。在天津，查家也有一支，其中的一位名人就是我国著名的现代爱国主义诗人和诗歌翻译家穆旦。

穆旦与金庸是叔伯兄弟，都是"良"字辈，名字都带金字旁，而且二人在起笔名的时候有着惊人的相似，查良铮拆"查"字为木旦——穆旦；查良镛则拆"镛"为金庸。

郑 敏
（1920—）

生于1920年，福建闽侯人，著名女诗人。1943年毕业于西南联大哲学系；1952年在美国布朗大学获文学硕士学位；自1960年起在北京师范大学外语系英美文学任教至今。著有诗集《诗集1942—1947》《寻觅集》《心象》《早晨，我在雨里采花》等。系"九叶诗派"重要女诗人。

金黄的稻束

郑 敏

金黄的稻束站在

割过的秋天的田里，

我想起无数个疲倦的母亲

黄昏的路上我看见那皱了的美丽的脸

收获日的满月在

高耸的树巅上

暮色里，远山是

围着我们的心边

没有一个雕像能比这更静默。

肩荷着那伟大的疲倦，你们

在这伸向远远的一片

秋天的田里低首沉思

静默。静默。历史也不过是

脚下一条流去的小河

而你们，站在那儿

将成了人类的一个思想。

赏析

郑敏擅长营造静态的、具有凝定效果的雕塑意象，以显现澄明的智慧和静默的思想。在这首诗里，诗人以"雕像"连缀全篇，一股沉着浑然的力量贯穿其中。

"金黄的稻束站在／割过的秋天的田里"。"站"一词的静态效果明显，既是稻束的站，也是诗人的站。随后，诗人想起了在"割过的秋天的田里"无数个母亲的"疲倦"，由此感慨母亲发皱的"脸"依然是美丽的，因为她们是母亲，她们因为辛苦和劳累才变得疲倦，脸上爬满了皱纹。

"肩荷着那伟大的疲倦"，低首沉思、静默，诗人想到"历史也不过是／脚下一条流去的小河"，而"金黄的稻束"则"站在那儿／将成了人类的一个思想"。这思想是智慧与爱的结晶。

张猛

树

郑敏

我从来没有真正听见声音

像我听见树的声音，

当它悲伤，当它忧郁

当它鼓舞，当它多情

时的一切声音

即使在黑暗的冬夜里，

你走过它也应当像

走过一个失去民族自由的人民

你听不见那封锁在血里的声音吗？

当春天来到时

它的每一只强壮的手臂里

埋藏着千百个啼扰的婴儿。

我从来没有真正感觉过宁静

像我从树的姿态里

所感受到的那样深

无论自哪一个思想里醒来

我的眼睛遇见它

赏析

对诗人的耳朵而言，万物竟是如此喧闹。连看似哑然的树木也在向她传递着内心的呼喊："我从来没有真正听见声音/像我听见树的声音……"在众生喧哗之中，只有树木自然的声响更接近生命的本真。

而诗人对树木的聆听，也是对自我的聆听。心灵，当如树木，有向上的伸展，也有向下的沉着；有在时空流转中的怡然，也有对荫蔽生灵的慈悲情怀。

哑巴

屹立在那同一的姿态里。

在它的手臂间星斗转移

在它的注视下溪水慢慢流去，

在它的胸怀里小鸟来去

而它永远那么祈祷，沉思

仿佛生长在永恒宁静的土地上。

唐祈
(1920—1990)

原名唐克蕃，江苏苏州人。1938年开始发表作品。"九叶诗派"重要诗人之一。1942年毕业于西北联合大学文学院历史学系。历任兰州省立工专教师、上海《中国新诗》编委、《人民文学》小说散文组组长、《诗刊》编辑、赣南地区作协副主席等职。他的诗注重抒情色彩和情调，以漂泊无依的命运感去接触生活，越是在困顿中越是表现出坚韧的意志。出版的诗集有《诗第一册》《唐祈诗选》等。

游牧人

唐祈

看啊，古代蒲昌海边的
羌女，你从草原的哪个方向来？
山坡上，你像一只纯白的羊呀，
你像一朵顶清净的云彩。

游牧人爱草原，爱阳光，爱水，
帐幕里你有先知一样遨游的智慧，
美妙的笛孔里热情是流不尽的乳汁，
月光下你比牝羊更爱温柔地睡。

牧歌里你唱；青春的头发上
很快会盖满了秋霜，
不欢乐生活啊，人很早会夭亡
哪儿是游牧人安身的地方？

美丽的羌女唱得忧愁；
官府的命令留下羊，驱逐人走。

赏析

　　《游牧人》以十四行诗为形式，顿挫的节奏有着汉诗固有的韵律。

　　游牧民族的生活，梦想般的生活——草原、阳光、羊群、河水、水草……游牧民族开朗的性格在蓝天白云下油然而生，这本该是多么美妙自然的组合。

　　可是，诗人在最后却以牧歌的形式刻画出了游牧人心中的积郁，是"官府的命令"毁灭了游牧人美好的生活梦想。

　　"美丽的羌女唱得忧愁"，何处才是游牧人安身的地方？前后感情环境、人物描写形成了强烈鲜明的对比，引起读者共鸣。战歌给人带来秋霜，用阴霾取代了温柔的月光，游牧人的自由生活在哪里？歌颂自由，反抗压迫——这一永恒的主题在诗歌中凸现出来。

　　这首诗还是南方诗人对北方人民生活的一种体验，由此体现出中国诗歌文化的南北融合。这种融合在唐祈的作品中表现为以南方人的心态和眼光打量北方风情，构建出独特的抒情话语，在情绪内涵上则是沉思、迷惑与希望的交织。

张猛

唐湜
(1920—2005)

　　原名唐扬和，生于浙江温州一个书香门第，父亲曾是小学校长。1943年考取浙江大学外文系，开始真正的诗艺探索。1946年在上海结识了杭约赫和陈敬容，后参与《诗创造》的编辑工作。1948年大学毕业，后在北京的《戏剧报》工作。1958年被错划右派。1961年从北大荒回到温州，在永嘉昆剧团做临时编剧。上世纪八十年代在温州房管局下属的一个修建队干体力活，期间笔耕不辍。后供职于温州市文化局下属的艺术研究所。2005年1月28日下午在温州逝世。

　　1943年开始发表作品，1982年加入中国作家协会。著有诗集《骚动的城》《飞扬的歌》《海陵王》《九叶集》（合作）、《遐思诗之美》《霞楼梦笛》《春江花月夜》《蓝色的十四行》等，评论集《意度集》《新意度集》《翠羽集》等，论文集《民族戏曲散论》，长诗《英雄的草原》等。唐湜是"九叶诗派"在新时期创作产量最大的一位。他在"九叶诗派"中的身份是双重的，不仅是诗人，同时也是最重要的诗译家之一。

偷穗头的姑娘

唐湜

泥土是你的皮肤

麦刺是你的头发

你的手是枯死的树枝

掌心是满是树皮的皱纹

你匆匆穿过阡陌

像老鼠一样跳过麦田

你的眼里映着黄昏的太阳

瞳仁里满是信心的光辉

你像母鸡样搜索割过的麦田

一粒粒拾起嵌在泥里的麦粒

你的耳朵贴在地上

候田岸上的足音过去

偷偷地跑向麦田，摘下穗头

藏到怀里，藏着满心的喜悦

风吹着你飘动的头巾

像是夜在轻轻儿吹哨

赏析

诗人以质朴无华的语言刻画了一位质朴无华的姑娘，一位生活在苦难的中国大地上的农村姑娘。她肤若泥土，头若麦刺，犹如中国大地苦难的外表。

这位枯瘦的姑娘是饥饿中国的一个侧影。这首诗包含着一个"偷"的动作，但诗人把它写进诗歌，却无关道德——

是什么让这位勤劳的姑娘如此贫困？一缕飘动的头巾，让人想到她如花的青春正被饥饿和穷困吞没。

刹那即永恒。诗人抓住一个历史的瞬间画面，对历史和现实的拷问已在不言之中。

九叶派诗人的冷峻和深思可见一斑。

枕戈

背剑者

唐湜

一切的街，转向黎明
一切的窗，开向白日

声音起来又起来
手臂举起又举起
当黑夜掩起耳朵
宣判别人，就在他背后
时间吹起了审判的喇叭

舞蛇的臂给印上了
死的诅咒，蒙着耻辱的文身人
拖起了犁，淮南幽暗的黄昏
列车翻转了身
哪里有笙管哭泣的吹奏？

我站在这里，这里是我的
岗哨，雾的光晕里有一幅
永恒的图画，江水壮阔地

赏析

　　高度凝练的语言，使背剑者充满血性的形象展现在我们眼前：忧郁而坚毅的眼神，展露着希望却又有些许失落。

　　独自上路，敢于独自奋战，是背剑者的使命，也是诗人的使命。诅咒、哭泣或者徘徊都不属于这位剑客。孤独是他不可消除的烙印，沉默也是他唯一的表情。反抗强者，这位背剑者的追求执着而坚定。

　　其时，新中国正孕育于拂晓前的黑暗之中。背剑者也是一个新时代的先行者。

　　　　　　　　　　枕戈

向南方流去，渡头的腥红的
阳光、树影间，背剑的
复仇者兀然挺身，船桨
拨起了沉默的花朵

袁可嘉
（1921—2008）

诗人，翻译家。生于浙江省慈溪。自1946年起，长期从事英美文学（以诗和文学批评为主）研究和编译工作。早期从事新诗创作和评论。著译作品主要有：《西方现代派文学概论》《现代派论·英美诗论》《论新诗现代化》《半个世纪的脚印——袁可嘉诗文选》，诗集《九叶集》（合集），主编《欧美现代十大流派诗选》《现代主义文学研究》等。

母 亲

袁可嘉

迎上门来堆一脸感激，
仿佛我的到来是太多的赐予；
探问旅途如顽童探问奇迹，
一双老花眼总充满疑惧。

从不提自己，五十年谦虚，
超越恩怨，你建立绝对的良心；
多少次我担心你在这人世寂寞，
紧挨着你的却是全人类的母亲。

面对你我觉得下坠的空虚，
像狂士在佛像前失去自信；
书名人名如残叶掠空而去，
见了你才恍然于根本的根本。

赏析

　　冷静和敏锐在知性的引导下造就了诗人和他的诗歌。

　　面对时间和爱的相互纠缠，诗人爱着母亲的每一个感动却深深地压抑在内心深处。冷静而知性，内心火热而外表冷漠，这是现代派的九叶诗人共有的特征。这里我们明显看到另一位耀眼的诗歌天才——穆旦的影子。九叶诗人的情感是深挚内敛的，是一种反省现实的大爱，是关注人类全体生存的爱——"多少次我担心你在这人世寂寞，/紧挨着你的却是全人类的母亲。"

枕戈

流沙河
（1931—）

中国当代著名诗人。原名余勋坦，1931年生于成都，四川金堂人。很早便进入诗坛。新中国成立后，曾历任川西《农民报》副刊编辑、四川省文联创作员、《星星》诗刊编辑、中国作协第四届理事。后在中国作协四川分会专门从事创作。曾遭到公开批判，并被打为右派遣送原籍，直至上世纪七十年代末才重拾诗笔。主要作品集有《流沙河诗集》《故园别》《游踪》等。他的诗《理想》入选"人教版"教材、"人教天津版"教材、"鲁教版"及"鄂教版"等教材。他是第一个把台湾诗人余光中的诗歌介绍给内地读者的人。余光中说，如果没有流沙河的推荐，他不可能在祖国大陆拥有这么多的读者。

就是那一只蟋蟀

流沙河

台湾诗人 Y 先生说："在海外，夜间听到蟋蟀叫，
就会以为那是在四川乡下听到的那一只。"

就是那一只蟋蟀
钢翅响拍着金风
一跳跳过了海峡
从台北上空悄悄降落
落在你的院子里
夜夜唱歌

就是那一只蟋蟀
在《豳风·七月》里唱过
在《唐风·蟋蟀》里唱过
在《古诗十九首》里唱过
在花木兰的织机旁唱过
在姜夔的词里唱过
劳人听过
思妇听过

就是那一只蟋蟀

在深山的驿道边唱过

在长城的烽台上唱过

在旅馆的天井中唱过

在战场的野草间唱过

孤客听过

伤兵听过

就是那一只蟋蟀

在你的记忆里唱歌

在我的记忆里唱歌

唱童年的惊喜

唱中年的寂寞

想起雕竹做笼

想起呼灯篱落

想起月饼

想起桂花

想起满腹珍珠的石榴果

想起故园飞黄叶

赏析

　　一只蟋蟀，从小唱到大，从古唱到今，从海峡那边唱到海峡这边，唱出了回忆，也唱出了思念。流沙河让一只蟋蟀承载了太多文化意蕴。

　　"就是那一只蟋蟀"，让现代四处漂泊的人重新捡起那份浓浓的乡愁。蟋蟀的每一声歌唱都是记忆里曾经的片断，画面闪烁，唱出的是古今共明月、天涯共此时——童年、母亲、故园，所有这些都在蟋蟀的歌唱中凝结再凝结，终于化为一颗晶莹剔透的中国心。潺潺的情感就在这里升华，在每个人的心头，集结为浓烈的思念。这是一种伟大的默契。

枕戈

想起野塘剩残荷

想起雁南飞

想起田间一堆堆的草垛

想起妈妈唤我们回去加衣裳

想起岁月偷偷流去许多许多

就是那一只蟋蟀

在海峡那边唱歌

在台北的一条巷子里唱歌

在四川的一个乡村里唱歌

在每个中国人脚迹所到之处

处处唱歌

比最单调的乐曲更单调

比最谐和的音响更谐和

凝成水

是露珠

燃成光

是萤火

变成鸟

是鹧鸪

啼叫在乡愁者的心窝

就是那一只蟋蟀

在你的窗外唱歌

在我的窗外唱歌

你在倾听

你在想念

我在倾听

我在吟哦

你该猜到我在吟些什么

我会猜到你在想些什么

中国人有中国人的心态

中国人有中国人的耳朵

屠岸
（1923—2017）

　　1923年生于江苏常州，原名蒋璧厚。1941年开始发表作品。历任上海市军事管制委员会文艺处干部，华东地区文化部科长，《戏剧报》编辑、编辑部主任，中国戏剧家协会研究室副主任，人民文学出版社现代文学编辑室副主任、主任及副总编、总编、专家委员会副主任。著有诗集《萱荫阁诗抄》《屠岸十四行诗》《哑歌人的自白——屠岸诗选》《深秋有如初春——屠岸诗选》等。此外还翻译了大量外国文学作品，如惠特曼诗集《鼓声》《莎士比亚十四行诗集》等。

纸 船

屠岸

那一年我和你曾到废园的池塘，
把蚂蚁放进一群纸折的小船，
让它们漂过绿荫下广阔的海洋，
被阵阵西风从此岸猛吹到彼岸。

你还说组成了小人国无敌舰队，
在港口举行隆重的出征典礼。
我们为胜利的战士唱凯歌助威，
我们为牺牲的水手洒哀悼的泪滴。

把这些美丽的话语留在我心上，
你凭着孩子的好奇亲自去航海了。
当纸船在我的心浪上颠簸的时光，
作为失败者你从海上归来了。

世界上常有失败和胜利的交替，
幻象却永远保持着不败的魅力！

赏析

纸船带给我们的是一张记录了旧时美好幻想的老照片。"废园的池塘""蚂蚁""纸折的纸船"，这些都是从发黄的童年记忆里跳出来的影像，仅仅几个回忆的画面就构成了一幅金光闪闪的童趣图。

"小人国无敌舰队""胜利的战士""牺牲的水手"，则都是成功和失败的交织体。但无论现实中的成功和失败怎样交替，那只纸船承载的永远是一个起点、一个心灵的历程、一种完美的幻想。

纸船，漂洋过海，没有失去一点点光色，只是被成长的眼泪打湿，在潮湿的回忆里还看得见不灭的幻象，依旧是金黄色的笑颜，在纸船的周围荡开一圈圈的涟漪，似乎还应该有清脆的回声，抛锚，起航。

枕戈

徐迟
(1914—1996)

　　著名散文学家、诗人、翻译家，浙江南浔人。以报告文学创作最为出色，二十世纪五十年代即产生巨大影响，后更以《哥德巴赫猜想》在文坛引起轰动。著有诗集《二十岁人》《最强音》，散文集《法国，一个春天的旅行》《徐迟散文选集》，报告文学《哥德巴赫猜想》《地质之光》《生命之树常绿》《祁连山下》等。

江南（一）

徐迟

火车在雨下飞奔，

车窗上都是水珠，

模糊了窗外景色。

火车车窗是最好的画框，

如果里面是春雨江南，

那就是世界上最好的画。

清明之后，谷雨之前，

江南田野上的油菜花，

一直伸展到天边。

只有小桥、河流切断它，

只有麦田和紫云英变换它，

油菜花伸展到下一站，下一站。

透过最好的画框，

江南旋转着身子，

让我们从后影看到前身。

赏析

　　风到这里粘住过客的思念，雨到这里缠成线，缠着我们流连人间，流连着人间美好的江南……

　　这便是诗人细心为我们描绘的江南。诗人将江南的特色一一展现在我们眼前：小桥、流水、油菜花、麦田、紫云英……一个如画的江南真实地呈现在我们眼前。江南在此是灵动的，跟随火车，旋转着自己的身子，仿佛一位多姿的姑娘从身边走过。

枕戈

曾卓
（1922—2002）

　　现代诗人、剧作家。原名曾庆冠，湖北武汉人。最初在重庆《国民公报》副刊《文群》、《新华日报》副刊、《文学月报》、桂林《文艺生活》《诗创作》《诗》刊和昆明《创作月刊》等进步报刊上发表诗歌、散文。

　　著有诗集《门》《悬崖边的树》《曾卓抒情诗集》等，散文集《痛苦与欢乐》《美的寻求者》《听笛人手记》《曾卓散文选》等，独幕剧《同病相怜》等。1951 年在《长江文艺》上发表日记体报告文学《和最可爱的人相处的日子》。1962 年，写了歌颂共产主义战士江竹筠的话剧《江姐》。是"七月派"重要诗人之一。

悬崖边的树

曾卓

不知道是什么奇异的风
将一棵树吹到了那边——
平原的尽头
临近深谷的悬崖上

它倾听远处森林的喧哗
和深谷中小溪的歌唱
它孤独地站在那里
显得寂寞而又倔犟

它的弯曲的身体
留下了风的形状
它似乎即将倾跌进深谷里
却又像是要展翅飞翔……

赏析

没有艳丽的词语，仅通俗简练的几句话，就勾勒出一幅奇景。

尽管诗的前半部分描写的景象有些寂寞、凄凉，但整首诗却有一种积极向上的基调。诗的最后一句是点睛之笔：树的决心和意志，在"跌进深谷"和"展翅飞翔"两种截然不同的极端中体现出来。诗人把它们有机地糅合在一起，于矛盾中体现了树的精神和自己的理想，于是这棵悬崖边的树，就成了理想人格化的象征。

感情真挚，形象鲜明是曾卓作品的典型特征，诗人将自己的一颗赤诚之心融于浓烈的历史感和时代感之中，唱出了这首辛酸而又深沉的歌。就如从历史的深渊中站起来的诗人自己一样，悬崖边的树启示人们绝不沉沦，在经历重大挫败之后，仍要以火热的心灵去直面人生和历史。这是诗人傲岸风骨的完美体现。

枕戈

铁栏与火

曾 卓

虎在笼中旋转。

虎在狭的笼中
沉默地
旋转,
低声地
咆哮,
不理睬笼外的嘲弄和施舍。
它累了,俯卧着
铁栏内
一团灿烂的斑纹,
一团火!

站起来,
两眼炯炯地发光,
锋锐的长牙露出,
扑出去的姿势
使笼外发出一片惊呼!

赏析

作为兽中之王的老虎,历来为人称颂。诗人用拟人手法,以"悲愤的长啸"突出虎之不屈,进而又以一个新奇的比喻——虎的长啸"像光芒/流过"暗夜,强化虎的精神;最后点题"铁栏锁着/火",又是一个新奇巧妙的比喻,将虎的品格再一次点明。

而诗人对虎的歌颂,乃是对伟大人格的赞颂。通过细致观察与入微的刻画,诗人引导读者将虎与火两个意象自然巧妙地融合在一起——虎的怒目、身上草莽的气息、庄严的生活、悲愤的长啸、锋锐的牙齿、灿烂的斑纹……都是老虎烈火般性情的外化,在铁栏的冷酷与火的热情之间形成了一种本能的抗争。

其实真正充满力量的是诗人自己。从《悬崖边的树》到《铁栏与火》,我们看到的是一个刚毅的曾卓。

枕戈

它深深呼吸着

栏外流来的

原野的气息，

它深深地俯嗅着

自己身上残留的草莽的气息，

它怀念：

大山，森林，深谷……

无羁的岁月，

庄严的生活。

深夜

它扑站在栏前，

它的凝聚着悲愤的长啸

震撼着黑夜

在暗空中流过，

像光芒

流过！

铁栏锁着

火！

余光中
(1928—2017)

　　台湾诗坛著述最丰的学者型诗人。祖籍福建永春，1928年10月21日生于江苏南京。1947年入金陵大学外语系(后转入厦门大学)；1949年随父母迁居香港，次年赴台，就读于台湾大学，逐渐成为台湾诗坛的重要诗人。著有诗集《舟子的悲歌》《蓝色的羽毛》《万圣节》《莲的联想》《武陵少年》《白玉苦瓜》《紫荆赋》等。

乡 愁

余光中

小时候

乡愁是一枚小小的邮票

我在这头

母亲在那头

长大后

乡愁是一张窄窄的船票

我在这头

新娘在那头

后来啊

乡愁是一方矮矮的坟墓

我在外头

母亲在里头

而现在

乡愁是一湾浅浅的海峡

我在这头

大陆在那头

赏析

《乡愁》是现代汉诗中不可多得的怀乡力作。

诗人一唱三叹，写出了常年漂泊在外的游子对家乡故园深沉的眷恋之情，在不间断的抒情中，把个人的乡情离愁升发为具有普遍性的集体怀乡愁绪。

顺着时间的顺序，诗人依次写了"小时候""长大后""后来啊""而现在"等几个不同的年龄阶段，把乡愁分别比喻为"邮票""船票""坟墓""海峡"等，由生离到死别，再到有家难回、故土不再，由浅入深、逐步生成，写出了思念和回忆的沉重与无奈。

张猛

等你在雨中

余光中

等你　在雨中　在造虹的雨中
蝉声沉落　蛙声升起
一池的红莲如红焰　在雨中

你来不来都一样　竟感觉
每朵莲都像你
尤其隔着黄昏　隔着这样的细雨

永恒　刹那　刹那　永恒
等你　在时间之外
在时间之内　等你　在刹那　在永恒

如果你的手在我的手中　此刻
如果你的清芬
在我的鼻孔　我会说　小情人

喏　这只手应该采莲　在吴宫
这只手应该

摇一柄桂桨　在木兰舟中

一颗星悬在科学馆的飞檐

耳坠子一般地悬着

瑞士表说都七点了　忽然你走来

步雨后的红莲　翩翩　你走来

像一首小令

从一则爱情的典故中　你走来

从姜白石的词中　有韵地　你走来

赏析

我们不得不佩服诗人细腻的情感和深邃的洞察力，即使是简简单单的在雨中等待情人的场景，诗人也能把感情拿捏得如此到位，美而不艳，让人怅然而向往。

"在雨中 在造虹的雨中等你/蝉声沉落 蛙声升起 /一池的红莲如红焰"……多么美丽的情景，多么动听的交响乐！哦，诗人有福了，诗人等待的女子也有福了。可是，"你来不来都一样"，因为，在"我"的眼中，"每朵莲都像你"。在"我"心中，时间已是永恒，不再有过去和未来。

在这细雨的黄昏，诗人等着他的小情人前来约会，她还会来吗？我们也为诗人着急。终于在焦急的等待中，她翩然而至，如这首小诗，美丽、典雅而有韵味。

张猛

小链接

2005 年 4 月，年近八旬的余光中回到了阔别半个多世纪的母校——南京市第五中学。

余光中在南京上了小学后，抗战时期举家搬迁至四川。十二岁那年，家人将他送到了离家十里的从南京迁到"大后方"的南京青年会中学，也就是现在的南京第五中学。后来回到南京，读了高三最后一个学期，他同时考取了北京大学和金陵大学，最终选择了金陵大学。

余光中在自己的母校感慨地说："中学时代对一个人的成长是有决定性作用的。我日后有一分成就，都是在中学打下的基础。"

洛夫
(1928—2018)

　　著名诗人，现居台湾。原名莫洛夫，
1928年5月11日生于湖南衡阳市衡南县。1954
年与张默、痖弦共同创办《创世纪》诗刊，
推崇"超现实主义"并开始前卫作品的试验。
著有诗集《时间之伤》《灵河》《石室之死
亡》《众荷喧哗》《因为风的缘故》《月光
房子》等三十余部，散文集《一朵午荷》《落
叶在火中沉思》等，评论集《诗人之境》《洛
夫诗论选集》等。他是台湾最著名的诗人，曾
获诺贝尔文学奖的提名，被诗坛誉为"诗魔"。

子夜读信

洛夫

子夜的灯
是一条未穿衣裳的
小河

你的信像一尾鱼游来
读水的温暖
读你额上动人的鳞片
读江河如读一面镜
读镜中你的笑
如读泡沫

赏析

　　子夜读信，灯光弥漫在纸上，像极了一条小河；而文字则像水里的鱼儿，蜿蜒而上，轻轻触碰岸边伊人的双手和嘴唇——哦，连"额上动人的鳞片"也被他调皮地摸到了。仿佛不是眼睛在读信，而是信在读眼睛，是文字后的人和读文字的人在水边嬉戏。

　　而现在，水里的人还笑呢，咕噜咕噜来自深处。像不像一团泡沫，蘑菇样大小，开满了诗人的心？

吴功青

痖弦
（1932—）

　　著名诗人，现居台湾。原名王庆麟，1932年生于河南南阳。1954年与洛夫、张默创办《创世纪》诗刊。著有诗集《痖弦诗抄》《深渊》《盐》等。曾在舞台剧《孙中山传》中饰演孙中山，海内外巡演七十多场，红极一时。

水 夫

痖 弦

他拉紧盐渍的绳索
他爬上高高的桅杆
到晚上他把他想心事的头
垂在甲板上有月光的地方

而地球是圆的

他妹子从烟花院里老远捎信给他
而他把她的小名连同一朵雏菊刺在臂上
当微雨中风在摇灯塔后面的白杨
街坊上有支歌是关于他的

而地球是圆的
海啊，这一切对你都是蠢行

赏析

　　水夫日夜流浪在海上，难得片刻休憩与安稳。在艰辛、苦闷而无聊的生活中，"他"唯一能做的就是拉紧绳索，爬上桅杆，在晚上把头垂在甲板上，借着月光，思念远方的恋人。

　　"而地球是圆的""他"是不可能望见烟花院里的妹子的，只好"把她的小名连同一朵雏菊刺在臂上"。诗人在为水手悲慨。"当微雨中风在摇灯塔后面的白杨/街坊上有支歌是关于他的"，真的是这样吗？谁又知道这虚无缥缈、转瞬即逝的歌声的真实含义呢？

张猛

如歌的行板

痖弦

温柔之必要

肯定之必要

一点点酒和木樨花之必要

正正经经看一名女子走过之必要

君非海明威此一起码认识之必要

欧战，雨，加农炮，天气与红十字会之必要

散步之必要

遛狗之必要

薄荷茶之必要

每晚七点钟自证券交易所彼端

草一般飘起来的谣言之必要。旋转玻璃门之必要。

盘尼西林之必要。暗杀之必要。晚报之必要

穿法兰绒长裤之必要。马票之必要

姑母继承遗产之必要

阳台、海、微笑之必要

懒洋洋之必要

而既被目为一条河总得继续流下去的

世界老这样总这样——

观音在远远的山上

罂粟在罂粟的田里

赏析

　　对于我们的生活，什么是必要的？这是一个严肃的问题。

　　温柔是必要的，肯定是必要的，一点点酒和木樨花是必要的，正正经经看一名女子走过是必要的，自知之明是必要的，武器、天气和红十字会是必要的，散步是必要的，遛狗是必要的，薄荷茶是必要的，每晚七点钟自证券交易所彼端草一般飘起来的谣言是必要的，西药是必要的，时尚是必要的，暗杀和晚报是必要的，继承姑母的遗产是必要的，阳台、海、微笑是必要的，懒洋洋也是必要的……

　　什么才是不必要的？

张猛

小链接

　　2004 年，在海峡诗会上，与会的台湾老诗人痖弦格外引人注目。记者在他下榻的酒店进行专访，曾任台湾《联合报》副总编辑兼副刊主编的痖弦，经他发现并扶掖的作家众多，如读者熟悉的诗人席慕蓉。

　　痖弦说，自己十七岁就离开家乡河南辗转去了台湾，"当时还以为是出去远足一次，穿过一片麦田就可以回家……惨痛啊，这一去就是四十二年！"古诗说，十五从军征，八十始得归。当时不解其中辛酸，没想到自己回大陆时，也"垂垂老矣"，与父母也成永诀。对他来说，乡愁越老越重，是永远挥之不去的一个结，也成为他创作中的一个重要主题。"两岸文化同根，这是什么都割不断的。"痖弦又出版了四十多万字的专著《聚散花序》，收录了他二十多年为他人写的序和跋。

郑愁予
（1933—）

　　著名诗人，本名郑文韬，祖籍河北宁河，1933年生于山东济南。1949年到台湾。1968年应邀参加美国爱荷华大学的"国际写作计划"，1970年入爱荷华大学英文系创作班进修，获艺术硕士学位。后任教于耶鲁大学。著有诗集《梦土上》《衣钵》《窗外的女奴》《郑愁予诗集Ⅰ》《燕人行》《雪的可能》《刺绣的歌谣》《寂寞的人坐着看花》等。其中，《郑愁予诗集Ⅰ》被列为"影响台湾三十年的三十本书"之一。上世纪八十年代，他曾多次被选为台湾"最受欢迎作家"，并名列榜首。他是历史名人郑成功的后裔。

错 误

郑愁予

我打江南走过

那等在季节里的容颜如莲花的开落

东风不来，三月的柳絮不飞

你的心如小小寂寞的城

恰若青石的街道向晚

跫音不响，三月的春帷不揭

你的心是小小的窗扉紧掩

我达达的马蹄是美丽的错误

我不是归人，是个过客……

赏析

在郑愁予的诗中，流传最广的莫过于这首《错误》了。这首诗在台湾被誉为"现代抒情诗的绝唱"。

作为现代派的主将，郑愁予的诗处处流淌着古典韵味——婉约清浅，意味悠远。可以说，这首诗正是宋词大家柳永《八声甘州》的现代翻版："想佳人、妆楼颙望，误几回，天际识归舟。"不同的是，诗人与那等待着的如花容颜并非眷属。

"我不是归人，是个过客……"这句告白该让多少等待着的心，如花瓣一样落地成灰。

哑巴

昌耀
(1936—2000)

当代著名诗人。原名王昌耀，生于湖南常德，祖籍湖南省桃源县。十四岁参加中国人民解放军，任宣传队员；同年，响应祖国号召，赴朝鲜参加抗美援朝。1953年，在朝鲜战场负伤后，转入河北省荣军学校读书。1954年开始发表诗作。1955年主动报名参加开发大西北，调入青海省文联。1958年，因发表诗歌《林中试笛》被打为"右派"，此后辗转于青海从事农垦。1979年平反。1985年加入中国作家协会。1988年，在青海省作协第三次代表大会上，被选为青海省作家协会副主席。出版的诗集有《昌耀抒情诗集》《命运之书》《情感历程》《黑的结构》《昌耀的诗》及《昌耀诗文总集》等。

慈航（节选）

昌 耀

6. 邂逅

他独坐裸原。

脚边，流星的碎片尚留有天火的热吻。

背后，大自然虚构的河床——

鱼贝和海藻的精灵

从泥盆纪脱颖而出，

追戏于这日光幻变之水。

没有墓冢。

鹰的天空

交织着钻石多棱的射线。

直到那时，他才看到你从仙山驰来。

奔马的四蹄陡然在路边站定。

花蕊一齐摆动，为你

摇响了五月的铃铎。

——不悦吗，旷野的君主？

……但前方是否有村落？

他无须隐讳那些阴暗的故事,

那些镀金的骗局,那些……童话。

他会告诉你有过那疯狂的一瞬——

有过那春季里的严冬:

　　　　　　冷酷的纸帽,

　　　　　　癫醉的棍棒,

　　　　　　嗜血的猫狗……

天下奇寒,雏鸟

在暗夜里敲不醒一扇

庇身的门窦。

他会告诉你:为了光明再现的柯枝,

必然的妖风终将啼鸟和西天的羊群一同裹挟……

而所在羁留的那个古老的山岬,

原本是山神的祭坛。

秋气之中,间或可闻天鹅的呼唤,

雪原上偶尔留下

白唇鹿的请柬——

那里原是一个好地方。

……

……

黄昏来了，

宁静而柔和。

土伯特女儿墨黑的葡萄在星光下思索，

似乎向他表示：

    我懂。

    我献与。

    我笃行……

那从上方凝视他的两汪清波

不再飞起迟疑的鸟翼。

11. 爱的史书

……

……

在不朽的荒原。

在荒原那个黎明的前夕，

有一头难产的母牛

独卧在冻土。

冷风萧萧，

只有一个路经这里的流浪汉

看到那求助的双眼

饱含了两颗痛楚的泪珠。

只有他理解这泪珠特定的象征——

　　是时候了:

　　该出生的一定要出生!

　　该速朽的必定得速朽!

他在绳结上读着这个日子。

那里, 有一双佩戴玉镯的手臂

将指掌抠进黑夜模拟的厚壁,

绞紧的辫发

搓揉出蕴积的电火。

在那不见青灯的旷野,

一个婴儿降落了。

笑了的流浪汉

读着这个日子, 潜行在不朽的

荒原。

你啊, 大漠的居士, 笑了的

流浪汉，既然你是诸种元素的衍生物，

既然你是基本粒子的聚合体，

面对物质变幻无涯的迷宫，

你似乎不应忧患，

　　　也无须欣喜。

你或许

曾属于一只

卧在史前排卵的昆虫；

你或许曾属于一滴

熔落古鼎享神的

浮脂。

设想你业已氧化的前生

织成了大礼服上传世的绶带；

期望你此生待朽的骨骸

可育作沙洲一株啸傲的红柳。

你应无穷地古老，超然时空之上；

你应无穷地年轻，占有不尽的未来。

你属于这宏观整体中的既不可多得、

也不该减少的总和。

你是风雨雷电合乎逻辑的选择。

你只当再现在这特定时空相交的一点。

但你毕竟是这星体赋予了感官的生物。

是岁月有意孕成的琴键。

为了遗传基因尚未透露的丑恶，

为了生命耐力创纪录地拼搏，

你既是牺牲品，又是享有者，

你既是苦行僧，又是欢乐佛。

……

……

是的，在善恶的角力中

爱的繁衍与生殖

比死亡的戕残更古老、

　　　　　更勇武百倍！

赏析

　　《慈航》是昌耀的代表作之一，系长篇史诗，由十二首短诗组成，分别是：《爱与死》《记忆中的荒原》《彼岸》《众神》《众神的宠偶》《邂逅》《慈航》《净土》《净土（之二）》《沐礼》《爱的史书》《极乐界》。这里辑选的是第六首《邂逅》和第十一首《爱的史书》。

　　《邂逅》和《爱的史书》中充满了恍惚迷离的意象和神秘玄虚的境界，令人难以捉摸。正如前人所说的"诗无达诂"，也许我们并不需要去细致地分析每一个句子、每一个词，而是要反复地阅读，从整体上感受这首诗的美和爱，就足够了。

张猛

鹿的角枝

昌耀

在雄鹿的颅骨，生有两株
被精血所滋养的小树。雾光里
这些挺拔的枝状体明丽而珍重，
遁越于危崖、沼泽，与猎人相周旋。

若干个世纪以后，在我的书架，
在我新得的收藏品之上，才听到
来自高原腹地的那一声火枪——
那样的夕阳倾照着那样呼唤的荒野。
从高岩，飞动的鹿角，猝然倒仆……

是悲壮的。

赏析

昌耀的诗洋溢着一种塞外高原的神秘色彩，比如这首《鹿的角枝》，诗人正是在死去的鹿的角枝上，看到了生命的挣扎、努力与破灭。

摆在诗人书桌上的是被雄鹿的精血所滋养的充满生命力和战斗精神的鹿的角枝。诗人面对这干枯的鹿的角枝，回想往事，在塞外高原的雾气朦胧中，雄鹿们就是带着这些美丽的角枝，奔波于沼泽、悬崖，与猎人周旋，争取生命。

然而，某一天，随着一声枪响，有生命的精灵变成了干枯的装饰品。当冷酷的火枪之声穿越时空，跋山涉水来到"我"的眼前，"我"看到的却是作为工艺品的鹿的角枝，是干枯的生命。于是，诗人脑海中浮现出这样一幅场景："那样的夕阳倾照着那样呼唤的荒野。/从高岩，飞动的鹿角，猝然倒仆……"

自由自在的生命在猎人的贪婪和欲望下瞬间烟消云散了。除了感到"悲壮"，我们是不是也要反思和忏悔些什么呢？

张猛

小链接

他，中国现代最杰出的诗人之一。他的诗深沉、厚重，他把自己的苦乐、追抚、叩问以及一言一行都镶进了巨幅诗中，它们是留在二十世纪中国新诗史上的那种心灵与山河对话的唐诗宋词式的诗篇。他是一位把心灵与身体语言真正融入西部边塞大地的最成功的诗人。在风雨如磐的人生岁月里，他度过了短暂的六十四个春秋。在二十一岁血脉偾张的青春时期，他开始了长达二十二年的囚徒生涯。经历九死一生的黄泉路后他又回来了，他依然昂起诗人高贵的头颅。他的一生，是诗的一生；他的一生，是与风雨雷电搏击的一生。

2000年3月23日清晨7时，他在肺癌的侵扰中，从医院三楼的阳台朝着满目的曙光纵身一跃——他定然是听到了天堂召唤的晨钟……

他就是——昌耀。

任洪渊
（1937—）

当代著名诗人、诗歌评论家，生于1937年，四川邛崃人。1961年毕业于北京师大中文系。曾先后任教于首都师范大学、北京师范大学。他是专业作家，北京作家协会理事。著有诗集《女娲的语言》《大陆当代诗选·任洪渊诗选》《新歌谣》《心声》等，散文体诗学专著《墨写的黄河》，大型组诗《汉字，2000》《司马迁的第二创世纪》《东方智慧》等，长诗《焦裕禄之歌》《钻塔上的青春》等。部分作品入选国内外选本。

没有一个汉字抛进行星椭圆的轨道

任洪渊

连太阳的第十个

星　也拒绝

牛顿定律

在阳光下

隐藏

我从不把一个汉字

抛进　行星椭圆的轨道

寻找人的失落

俑

蛹

在遥远的梦中　蝶化

一个古汉字

咬穿了天空也咬穿了坟墓

飞出　轻轻扑落地球

扇着文字

旋转

在另一种时间

在另一种空间

我的每一个汉字　互相吸引着

拒绝牛顿定律

赏析

　　在遥远的空间，人类的文化纵横交错，用看不见的光芒分割着宇宙；而宇宙则成为一个个口袋，璀璨的文化从口袋中透出熠熠光芒，相互辉映却从不混淆，就像汉字不会掉进任何定理公式的纠缠一样。

　　当汉语诗人痛彻于母语的遭遇，情感喷薄而出时，就是力量和力度的展示。诗人试图用诗歌去唤醒人们对自己母语的重新认识，甚或一种语言上的改革。在经受了太多来自于汉语外部的压力和役使后，必定会有这样的呼声——任洪渊就是其中的代表。

　　在自己的精神世界里，诗人将语言分解、糅合、净化、整合，诠释了什么才是真正纯正的汉语。对文字的拯救，也是对文化的救赎。要幻化为蝶，就必须冲破曾将自己包裹的丝茧，这就是诗人召唤我们做的，"给名词第一次命名""给动词第一动力""还原形容词的第一形容"……

枕戈

叶维廉
（1937—）

　　1937年生于广东中山，著名学者、翻译家、诗人、散文家。先后毕业于台湾大学外文系、台湾师大英语研究所，并获爱荷华大学美学硕士及普林斯顿大学比较文学博士学位。现为美国加州大学教授。著有诗集《叶维廉诗选》《三十年诗》《留不住的航渡》等，文艺理论集《东西方比较文学模子的运用》《比较诗学》等。

水乡之歌
——赠江南友人

叶维廉

这的确是不寻常的

一朵半放的花

一瓣长的水

绕着一瓣宽的稻

夹着另一瓣

飘荡着香的稻穗

一瓣鱼跃

拥着一瓣雀腾

在春天

如果你跟着我

一层一层地往花里探

你最好屏神凝注

屏神凝注

水瓣里的

稻瓣里的

水瓣里的

蕊心的顶上

赏析

　　巧妙的构思，将水乡的春天都植入了一朵花之中，想象在江南的水乡里飘荡。诗人用最自然、真切的语言引领读者层层深入水乡的种种场景——水、稻、鱼儿、花蕊、江南女子……一切粗野和暴戾无不被水乡的温柔所软化，自然显得浑然一体。

　　以柔克刚，那是自古以来我们的文化精髓与奥妙。水乡自古独自温柔，独自美丽。

枕戈

正摇荡着一叶小舟

小舟上站着一个

红里透白

白里透香

香里透柔

水一样的

苏州姑娘

你我最好屏神凝注

在这个不寻常的春天里

一同把

无故突发的风雨抵住

好让她香柔的力量

软化历史的粗野和暴戾

软化你我一时的

鲁莽与狂蛮

席慕蓉
（1943—）

　　著名诗人、散文家、画家，蒙古族，1943年生于重庆。幼年在香港度过，成长于台湾。著有诗集、散文集、画册及选本等五十余种，读者遍及海内外。近十年来，潜心探索蒙古文化，以原乡为创作主题。

　　2002年受聘为内蒙古大学名誉教授。她写爱情、人生、乡愁，淡雅剔透，灵动精致，饱含着对生命的挚爱，影响了整整一代人的成长历程。出版的诗集有《七里香》《无怨的青春》《时光九篇》等，散文集《成长的痕迹》《同心集》（合著）、《我的家乡在高原上》《在那遥远的地方》等。

一棵开花的树

席慕蓉

如何让你遇见我
在我最美丽的时刻

为这
我已在佛前求了五百年
求佛让我们结一段尘缘
佛于是把我化做一棵树
长在你必经的路旁

阳光下
慎重地开满了花
朵朵都是我前世的盼望

当你走近
请你细听
那颤抖的叶
是我等待的热情

赏析

一棵树因爱而开花，一树花因错过而凋谢。虽平平淡淡，却在绽放与凋谢之中，自有一种凄美叩人心扉。

如果非要从席慕蓉的诗中读出点什么，唯"情"一字足矣。友情，让人撩襟拭泪、难以释怀；亲情，让人感动而恋恋不舍、回想万千；而这里的爱情，又是这么让人痛心而失声。以最彻底的方式，诗人将爱情投注于轮回与等待之中，将少女之爱的虔诚与热烈尽收于短短几行文字之中。

还有多少人如此去爱？

枕戈

而当你终于无视地走过

在你身后落了一地的

朋友啊

那不是花瓣

那是我凋零的心

乡 愁

席慕蓉

故乡的歌是一支清远的笛
总在有月亮的晚上响起

故乡的面貌却是一种模糊的怅惘
仿佛雾里的挥手别离

离别后
乡愁是一棵没有年轮的树
永不老去

赏析

乡愁，是多少游子最难以释怀的惆怅，也是多少诗人一直最难以割舍的情怀！这种愁苦往往和离别、回忆相纠结。不论游子在哪里，也不论是故乡的笛声，还是故乡的月亮，带给他们的都是无尽的乡愁。

诗人把自己心底最缠绵的情思缓缓吐出，浓浓的惆怅和薄雾般的低喃，隐隐透出的是思念背后的坚定。

枕戈

渡口

席慕蓉

让我与你握别

再轻轻抽出我的手

知道思念从此生根

浮云白日　山川庄严温柔

让我与你握别

再轻轻抽出我的手

华年从此停顿

热泪在心中汇成河流

是那样万般无奈的凝视

渡口旁找不到一朵可以相送的花

就把祝福别在襟上吧

而明日

明日又隔天涯

赏析

读这首《渡口》，人们不难想到蔡琴。一个是淡素忧缠的气质诗人，一个则是古韵抑扬的抒情歌手，诗与歌的完美结合，使两者一起回到了最初的生动。无论是在碧水荡漾的渡口，还是在依依惜别的长亭，这首诗都让人哽咽落泪。

且不说诗里的轻轻一握包含了多少难舍，且不说面对随后到来的离别和思念有多么熬人，单一句"渡口旁找不到一朵可以相送的花/就把祝福别在襟上吧"，所有的情感便倾泻而出——伤感也罢，不舍也罢，只需轻轻把手抽回，用祝福来种植心中的万般无奈和明日的相隔天涯。

一首离别曲，两地相思情。

枕戈

送 别

席慕蓉

不是所有的梦　都来得及实现

不是所有的话　都来得及告诉你

疚恨总要深植在离别后的心中

尽管　他们说

世间种种最后终必成空

我并不是立意要错过

可是　我一直都在这样做

错过那花满枝丫的昨日　又要

错过今朝

今朝仍要重复那相同的别离

余生将成陌路　一去千里

在暮霭里向你深深地俯首　请

为我珍重　尽管　他们说

世间种种最后终必　终必成空

赏析

席慕蓉已成了一种情思的代言人。她以女性独特的视角诠释着世间的种种——离别、重逢、陌路、熟稔……无奈总在离别后，思念如春草般渐行渐远。过去总是不能成为过去，在暮霭沉沉里，彼此安慰着珍重。猛然记起，送别的无论是何人，都是一列客车，驶不出自己的心轨，尽管所有乘客最后都会下车。

在离别在即的长亭，或是西风夕阳下的古道，送别的笛声隐隐飘忽在今日与昨日的交会点上。梦想和记忆，内疚和祝福，从不说对方在自己的眼里、心上，时至今日，方晓得错过的难以成空，却又终将成空。

枕戈

小链接

席慕蓉其实是蒙古族名字。凭着一张蒙古族人的脸，1991年，她到蒙古国一个叫慕容的城市去，买机票时，按照当地规定，观光客要付二十美元；如果是当地人，则只需付两美元。她的护照一拿出来，对方就说要付二十美元，这时旁边一个人说，你抬头看看她像不像蒙古族人。对方问她要去哪里，她说我叫席慕蓉，要去慕容市。结果大家全部笑开了。席慕蓉只花了两美元便买到了去慕容市的机票。

杨 牧
（1944—）

　　1944年生，四川渠县人。初中辍学后流浪到新疆。1980年发表《我是青年》一诗，引起很大反响。著有诗集《绿色的星》《复活的海》《雄风》《边魂》《荒原与剑》《野玫瑰》及《夕阳和我》等，神话长诗《塔格莱丽赛》，并著有自传《西域流浪记》及小说《天狼星下》等。杨牧的创作之根深扎于大西北。他描写边塞风光、大漠奇景，描写多浪河畔的深情牧女、新疆的民族风情以及鲜明的地域特色，使其诗作在新时期诗坛上独树一帜，诗人也由此成为"新边塞诗派"的突出代表。

风起的时候

杨 牧

风起的时候

廊下铃铛响着

小黄鹂鸟低飞帘起

你倚着栏杆，不再看花，不再看桥

看那西天薄暮的云彩

风起的时候，我将记起

风起的时候，我凝视你草帽下美丽的惊惧

你肩上停着夕照

风沙咬啮我南方人的双唇

你在我波浪的胸怀

我们并立，看暮色自

彼此的肩膀轻轻地落下

轻轻地落下

赏析

　　诗人的语言,缠绵中不乏大气,潇洒中密布细腻。风起之时——这样一个平常而让人遐思的时刻,在诗歌舒缓的节奏中,我们变得安静、沉默,陷入静思。

　　风有一只神奇的大手,拂过脸庞却能触动心底最柔软的部分,让人在风中久久不能释怀。夕照停在"我们"的肩上,风沙咬啮着"我"的双唇,生动形象地描绘出夕阳与风沙打造的图景。伴着美丽的惊惧,让夕阳在风中落下双肩⋯⋯诗意盎然,感情真挚,言近旨远,风光无限。

枕戈

食 指

（1948—）

　　当代著名诗人，原名郭路生，1948年生，祖籍山东。青少年时期生活于北京。"朦胧诗派"代表诗人。在中国上世纪六七十年代，他开新诗历史之先河，一个全新的文学流派——"朦胧诗派"，在中国文坛应运而生。著有诗集《相信未来》《食指黑大春现代抒情诗合集》《诗探索金库·食指卷》《食指的诗》等。

　　1973年，食指被诊断出患有精神分裂症，遂入北医三院就医。出院后继续写作。1990年至今在北京第三福利院接受治疗。2001年春天，与已故诗人海子同获第三届人民文学奖诗歌奖。

　　提起中国当代诗歌，人们都知道北岛，却鲜有人知道对北岛的诗歌产生过深刻影响的一个人——食指。

相信未来

食指

当蜘蛛网无情地查封了我的炉台

当灰烬的余烟叹息着贫困的悲哀

我依然固执地铺平失望的灰烬

用美丽的雪花写下：相信未来

当我的紫葡萄化为深秋的露水

当我的鲜花依偎在别人的情怀

我依然固执地用凝霜的枯藤

在凄凉的大地上写下：相信未来

我要用手指那涌向天边的排浪

我要用手掌那托住太阳的大海

摇曳着曙光那支温暖漂亮的笔杆

用孩子的笔体写下：相信未来

我之所以坚定地相信未来

是我相信未来人们的眼睛

她有拨开历史风尘的睫毛

她有看透岁月篇章的瞳孔

不管人们对于我们腐烂的皮肉
那些迷途的惆怅、失败的苦痛
是寄予感动的热泪、深切的同情
还是给以轻蔑的微笑、辛辣的嘲讽

我坚信人们对于我们的脊骨
那无数次的探索、迷途、失败和成功
一定会给予热情、客观、公正的评定
是的，我焦急地等待着他们的评定

朋友，坚定地相信未来吧
相信不屈不挠的努力
相信战胜死亡的年轻
相信未来，热爱生命

赏析

曾有幸现场看到食指亲口朗诵这首诗——一个五十多岁、饱经沧桑的男人用低沉而激越的声音吟诵着"相信未来，热爱生命"，全场的人们无不为之动容。那是一个冬天，窗外正飘着很大很大的雪花。

这是那个迷茫时代最果敢的声音，最彻底的声音。不管遭受怎样的不幸，历史总会公正地判决一切。"我坚信人们对于我们的脊骨/那无数次的探索、迷途、失败和成功/一定会给予热情、客观、公正的评定"。

这声音仿如一支利箭，穿行在2006年的天空，裹挟着怎样的风声和光芒！

食指是执着的。这执着使他的诗歌坚定而灿烂，仿佛钢铁自黑暗中重见天日；他本人也正因这执着无法与时代妥协而精神崩溃。

吴功青

这是四点零八分的北京

食指

这是四点零八分的北京
一片手的海浪翻动
这是四点零八分的北京
一声尖厉的汽笛长鸣

北京车站高大的建筑
突然一阵剧烈地抖动
我吃惊地望着窗外
不知发生了什么事情

我的心骤然一阵疼痛，一定是
妈妈缀扣子的针线穿透了心胸
这时，我的心变成了一只风筝
风筝的线绳就在妈妈手中

线绳绷得太紧了，就要扯断了
我不得不把头探出车厢的窗棂
直到这时，直到这个时候

赏析

一位和食指同龄、如今已年迈的教授对我说，他们当初自发朗诵食指的诗歌，读到"我的心骤然一阵疼痛，一定是/妈妈缀扣子的针线穿透了心胸"时，每个人都感到仿佛真的有一根针扎在心上，泪水情不自禁地涌出眼眶。这是属于他们时代的感情，是他们自己的诗。

那是一个迷惘的年代，一群迷惘的年轻人！如果说"文革"开始时许多年轻人充满了革命的热情，那么随着它的深入，他们对于这场声势浩大的运动越来越产生了怀疑。可以想象，在那个天还未亮的黎明，火车即将载着他们去一个未知的地方，去做一件未知的事，他们对于命运怀有怎样一种隐忧！想离开又想紧紧抓住："想一把抓住她的衣领/然后对她亲热地叫喊：/永远记着我，妈妈啊北京"……

而如今，汽笛声远去，带着一个时代的热切和温度。

吴功青

我才明白发生了什么事情

　　——一阵阵告别的声浪
　　就要卷走车站
　　北京在我的脚下
　　已经缓缓地移动

我再次向北京挥动手臂
想一把抓住她的衣领
然后对她亲热地叫喊：
永远记着我，妈妈啊北京

终于抓住了什么东西
管他是谁的手，不能松
因为这是我的北京
这是我的最后的北京

叶延滨
（1948—）

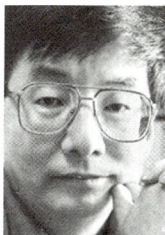

1948年生于哈尔滨，当代著名诗人。历任《星星》诗刊主编、北京广播学院（今中国传媒大学）文艺系主任及教授、《诗刊》主编等职。中国作家协会全国委员会委员，享受国务院政府津贴专家。迄今已出版诗文集《不悔》《二重奏》《乳泉》《囚徒与白鸽》《在天堂与地狱之间》《血液的歌声》《禁果的诱惑》《诗与思》《从哪一头吃香蕉》《烛光与夜色》《玫瑰火焰》《二十一世纪印象》等数十部。曾获中国作家协会优秀中青年诗人诗歌奖（1979–1980）、第三届中国新诗集奖（1985–1986）及十月文学奖、四川文学奖、北京文学奖、郭沫若文学奖等四十余种文学艺术奖项。

囚徒与白鸽

叶延滨

我不知道这个故事的年代和时间，但我坚信这是一个真实的故事。

——题记

一只洁白如雪的鸽子

被一颗无声的铁弹射中

坠落在一扇被阳光遗忘的窗口

囚牢的窗口

血滴的锈迹斑斑的铁棚上

雪似的羽毛上

还鼓着最后的

自由的风

囚室囚禁一块冷冰冰的岩石

一个死去的躯体上

只有两只没死的眼睛

没死的灵魂

注视着这个窗口

在这个窗口
系着囚徒

呼吸着的毅力和期冀
一双云般柔软的翅膀
安详地伏在囚徒的胸膛
这长着一颗人心的
石头啊，是石头
也有人的温暖
囚徒的心也是
热的

多么可怕的温暖啊
熔掉铁弹携来的痛苦
让白鸽忘记了飞翔
把囚室当成了太阳
多么危险的洁白啊
纯洁的雪白的羽翼
让囚徒的眼睛忘记窗口
忘记这里只该囚禁
一个囚徒

囚徒的胸膛

温暖的鸽巢

温暖着一切

一切都遗忘

但受伤的翅膀（尽管受伤）

没有忘

但囚徒的心房（尽管被囚）

没有忘

不肯遗忘的翅膀

在问不肯遗忘的心房：

最需要什么？自由!

最热恋什么？飞翔!

于是双翅无情地飞腾

狠命拉起不肯离去的鸽子

鸽爪还苦苦地抓紧

囚徒凝血的前襟

于是囚徒的心冷酷地命令

命令戴镣铐的手臂

颤抖地举过头顶

把白鸽捧出窗口

高高地，高高地飞吧
属于天空的白鸽
囚室里不会有温暖

囚室里囚不住爱
囚室里永远只有——
剪不掉羽翼的
向往自由和飞翔的
囚禁的灵魂
囚徒在永远望着白鸽飞
那一扇囚窗
是永远不闭的眼睛
永远不闭
只因那胸前曾有的鸽翼
是白云伴着阴冷的囚牢
一颗永远不冷的
心……

赏析

　　似乎是多年前回忆的呼声，甚至是重复的吟诵。似乎这是一幅肖像画和生活照，捕捉的既是远逝的又是烦琐的，由此我不断地将某事物引用下来，当做一顿丰盛的午宴在殿堂里享用，既雅且俗，载歌载舞。几十年前，在我们未曾出生的年代，他只告诉我们这只是一个真实的故事。于是，这暂且只是一个故事！

　　囚室与白鸽，一组相反相成的意象。但这白鸽正是囚徒心中的鸟。

枕戈

北岛
（1949—）

　　中国最有影响力的诗人之一，"朦胧诗派"代表人物之一。原名赵振开，1949年生于北京。著有诗集、散文集、小说集多部，作品被译成二十多种语言。1978年创办文学杂志《今天》，并成为"朦胧诗"运动的核心人物。曾获诺贝尔文学奖提名。自1989年起长期在海外漂泊，先后在欧美多所大学任教，被美国艺术文学院选为终身荣誉院士。著有诗集《太阳城札记》《北岛诗选》《北岛顾城诗选》等，散文集有《青灯》《蓝房子》《午夜之门》《失败之书》《时间的玫瑰》等，中短篇小说集《波动》，译著诗集《北欧现代诗选》。

宣 告
——给遇罗克烈士

北 岛

也许最后的时刻到了

我没有留下遗嘱

只留下笔，给我的母亲

我并不是英雄

在没有英雄的年代里

我只想做一个人

宁静的地平线

分开了生者和死者的行列

我只能选择天空

绝不跪在地上

以显出刽子手们的高大

好阻挡那自由的风

从星星般的弹孔里

流出了血红的黎明

赏析

诗人宣告了一个人的谦卑、一个人的不屈、一个人的信念……

而这正是烈士遇罗克。

全诗以遇罗克烈士遇害前的那个特定瞬间为切入点，以烈士的自我内心独白为载体，选材精当，简练传神，全面而深刻地揭示了烈士的精神世界，完成了诗人自身与诗歌人物形象的同构——他们一个是追求真理的勇士，一个是洞悉未来的预言家。当他们的精神世界融为一体时，便成就了这首《宣告》。

王冷阳

回 答

北岛

卑鄙是卑鄙者的通行证，
高尚是高尚者的墓志铭。
看吧，在镀金的天空中，
飘满了死者弯曲的倒影。

冰川纪已过去了，
为什么到处都是冰凌？
好望角发现了，
为什么死海里千帆相竞？

我来到这个世界上，
只带着纸、绳索和身影。
为了在审判之前，
宣读那些被判决的声音：

告诉你吧，世界，
我——不——相——信！
如果你脚下有一千名挑战者，

赏析

很多人认识北岛正是从这首诗开始的。"卑鄙是卑鄙者的通行证，/高尚是高尚者的墓志铭。"铿锵有力的诗句在中国几乎已经妇孺皆知。

"看吧，在镀金的天空中，/飘满了死者弯曲的倒影。"顺着诗人所指的方向，我们看到的是历史被扭曲的倒影。这让人想起德国犹太思想家本雅明"往事并未完结"的观点。过去不能成为过去，正是因为从过去传来了受难者呼求救赎的声音。

与"面朝过去，背对外来"的本雅明不同的是，诗人北岛在悲愤之余对未来仍抱有坚定的信念。那些尚未出生的人，被赋予了希望之光。

张猛

那就把我算作第一千零一名。

我不相信天是蓝的；
我不相信雷的回声；
我不相信梦是假的；
我不相信死无报应。

如果海洋注定要决堤，
就让所有苦水都注入我心中；
如果陆地注定要上升，
就让人类重新选择生存的峰顶。

新的转机和闪闪的星斗，
正在缀满没有遮拦的天空。
那是五千年的象形文字，
那是未来人们凝视的眼睛。

时间的玫瑰

北岛

当守门人沉睡

你和风暴一起转身

拥抱中老去的是

时间的玫瑰

当鸟路界定天空

你回望那落日

消失中呈现的是

时间的玫瑰

当刀在水中折弯

你踏笛声过桥

密谋中哭喊的是

时间的玫瑰

当笔画出地平线

你被东方之锣惊醒

回声中开放的是

赏析

　　没有人能躲得过时间的箭矢，唯诗人看见，时间如玫瑰盛开。时间，是会凋残的玫瑰，是会呼喊的玫瑰，也是重生的玫瑰。

哑巴

时间的玫瑰

镜中永远是此刻
此刻通向重生之门
那门开向大海
时间的玫瑰

小链接

　　北岛获得诺贝尔文学奖的提名不是因为
他的诗，而是因为他的小说。他的小说很纯
粹——没有政治呐喊，没有社会意识形态，
不关心国家大事，不反映人民热点话题，是
人心里痛苦冷峻的思绪的流淌。如果从历史、
社会角度来读他的小说，你会认为北岛的小
说是微不足道的。北岛的小说高妙得无视社
会时代背景的外部描摹，他只让人心感到如
春暖花开之后的化冰的小溪一样涓涓流淌。
诗人的眼光锁定的是一切有意味而又阴冷的
细节，你能看到锋利的刀锋、微暗的火焰。
这正是我们所称道的艺术性。北岛的小说是
中国意识流小说的开山鼻祖，北岛的意识流
是自发的，是作家内心的真正需要，是一种
诗人的艺术直觉。

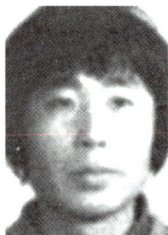

江河
（1949—）

　　原名于友泽，著名诗人，1949年生，北京人。1968年高中毕业。1980年开始在《上海文学》发表诗歌处女作《星星变奏曲》。上世纪八十年代与杨炼共同倡导"现代史诗"。著有诗集《从这里开始》《太阳和他的反光》。"朦胧诗派"代表人物之一。

星星变奏曲

江河

如果大地的每个角落都充满了光明

谁还需要星星，谁还会

在夜里凝望

寻找遥远的安慰

谁不愿意

每天

都是一首诗

每个字都是一颗星

像蜜蜂在心头颤动

谁不愿意，有一个柔软的晚上

柔软得像一片湖

萤火虫和星星在睡莲丛中游动

谁不喜欢春天

鸟落满枝头

像星星落满天空

闪闪烁烁的声音从远方飘来

一团团白丁香朦朦胧胧

如果大地每个角落都充满了光明

谁还需要星星，谁还会

在寒冷中寂寞地燃烧

寻求星星点点的希望

谁愿意

一年又一年

总写苦难的诗

每一首是一群颤抖的星星

像冰雪覆盖心头

谁愿意，看着夜晚冻僵

僵硬得像一片土地

风吹落一颗又一颗瘦小的星

谁不喜欢飘动的旗子

喜欢火

涌出金黄的星星

在天上的星星疲倦的时候——升起

照耀太阳照不到的地方

赏析

对在"文革"里承受过苦难的一代人来说，这首诗是他们心灵的绝响。

"如果大地每个角落都充满了光明／谁还需要星星？"在黑夜里遥望星辰，正是因为大地上没有光明！长年累月的争斗，人和人之间无休无止的相互侮辱，暗无天日的时光让人难以忍受："如果大地每个角落都充满了光明／谁还需要星星，谁还会／在夜里凝望／寻找遥远的安慰"。月光从远方而来，散发着清冷的光芒。对于深陷黑暗的人们来说，却是至深的安慰。它至少说明，一切还有希望。光明最终总会降临大地。

是的，如果大地上不存在苦难，谁又愿意自寻烦恼，承受精神和物质的双重折磨。"谁愿意／一年又一年／总写苦难的诗／每一首是一群颤抖的星星／像冰雪覆盖心头"。是这不能跨越唯有默默承受的历史，催发着人内心真实的光芒。从"文革"时期留下的资料来看，我们能看到坚定的付出、人性的崇高。他们中的许多人为了能说出真理，甘心被羞辱和杀害。

"如果大地每个角落都充满了光明，谁还需要星星……"当夜幕垂下，多少亡灵的泪水在星光中默默流淌。

吴功青

林莽
（1949—）

　　著名诗人，生于1949年11月，河北徐水人。"白洋淀诗歌群落"主要成员之一。

　　曾先后参加"今天文学研究会"和"幸存者诗人俱乐部"等文学团体。著有《我流过这片土地》《林莽的诗》《永恒的瞬间》等诗集。现在《诗刊》工作。

瞬 间

林 莽

有时候，邻家的鸽子落在我的窗台上

咕咕地轻啼

窗口的大杨树不知不觉间已高过了四层楼的屋顶

它们轻绕那些树冠又飞回来

阳光在蓬松的羽毛上那么温柔

生命日复一日

我往往空着手从街上回来

把书和上衣掷在床上

日子过得匆匆忙忙

我时常不能带回来什么

即使离家数日

只留下你和这小小的屋子

生活日复一日

面对无声无息的默契

我们已习惯了彼此间的宽容

一对鸽子在窗台上咕咕地轻啼

它们在许多瞬间属于我们

日复一日

灰尘落在书籍上渐渐变黄

如果生活时时在给予

那也许是另一回事

我知道，那无意间提出的请求并不过分

我知道，夏日正转向秋天

也许一场夜雨过后就会落叶纷飞

不是说再回到阳光下幽深的绿荫

日子需要闲暇的时候

把家收拾干净，即使

轻声述说些无关紧要的事

情感也会在其间潜潜走过

当唇际间最初的战栗使你感知了幸福

这一瞬已延伸到了生命的尽头

而那些请求都是无意间说出的

赏析

　　诗人在说什么？瞬间、永恒，还是生活？在我看来，诗人是在叙述生活，感慨生活忙忙碌碌，"生命日复一日"，匆匆又匆匆。

　　"有时候，邻家的鸽子落在我的窗台上／咕咕地轻啼"，从啼叫的鸽子身上，"我"看到了生命的真切和匆忙，"窗口的大杨树不知不觉间已高过了四层楼的屋顶"，也许真的是太匆忙了，对于熟悉的事物却熟视无睹，日复一日、年复一年地重复着相同的故事。"我往往空着手从街上回来／把书和上衣掷在床上"……"我"的生活中有书，日子过得平淡如水，却内心平静。"面对无声无息的默契／我们已习惯了彼此间的宽容"。在此，无意识变为默契，宽容代替激情成了生活的主角。

　　"我知道，那无意间提出的请求并不过分"，这请求是什么呢？"日子需要闲暇的时候／把家收拾干净"，然后诉说彼此的感情，"当唇际间最初的战栗使你感知了幸福"，也许这一瞬间就是生命的尽头，"而那些请求都是无意间说出的"……依然是平淡如水。

张猛

小链接

　　1969 年，林莽带着一个小木箱，坐着老乡的小木船进了白洋淀。他的小木箱里盛着许多书，他和朋友们怀揣着不同的理想，像革命者一样到农村去接受生活的历练。他和芒克、多多、方含、江河等把自己的手抄本相互传阅。

　　这样的一群人，就是我们所说的"白洋淀诗歌群落"，林莽是其中的主要成员。1975年初，林莽回到北京的一所中学任物理教师。几年当中，林莽写下了《我流过这片土地》《海明威，我的海明威》《圆明园·秋雨》《盲人》等一系列诗作。但是当时还不能把这些诗作拿出来发表，它们被锁在抽屉里，直到1980年以后，才开始陆续公开发表出来。

芒 克
（1950—）

当代著名诗人，"朦胧诗派"诗人之一。原名姜世伟，1950年生于北京。上世纪七十年代开始写诗，与北岛等创建民间刊物《今天》。"白洋淀诗歌群落"的核心人物。著有诗集《阳光中的向日葵》《芒克诗选》等，长篇小说《野事》，随笔集《瞧！这些人》等。作品被译成多国文字，并先后应邀赴美、法、意、德、日、荷兰、澳大利亚等国交流访问。现居北京。

阳光中的向日葵

芒克

你看到了吗

你看到阳光中的那棵向日葵了吗

你看它，它没有低下头

而是把头转向身后

就好像是为了一口咬断

那套在它脖子上的

那牵在太阳手中的绳索

你看到它了吗

你看到那棵昂着头

怒视着太阳的向日葵了吗

它的头几乎已把太阳遮住

它的头即使是在没有太阳的时候

也依然在闪耀着光芒

你看到那棵向日葵了吗

你应该走近它去看看

你走近它便会发现

它的生命是和土地连在一起的

你走近它你顿时就会觉得

它脚下的那片泥土

你每抓起一把

都一定会攥出血来

赏析

芒克笔下的向日葵要与太阳对立，甚至比太阳还要孤傲、决绝。

向日葵顶着自己黄色的头颅，向着阳光的方向，好像一个人，为了在自己理想的路上前进，甘愿抛弃一切现有的享受，独自忍受黑暗和孤独。"你看它，它没有低下头/而是把头转向身后/就好像是为了一口咬断/那套在它脖子上的/那牵在太阳手中的绳索"……

这也是芒克的傲骨！向着太阳怒视的向日葵，自身发出灼热的光芒！"它的头即使是在没有太阳的时候/也依然在闪耀着光芒"。这是属于生命本身的光芒。什么太阳，什么权力，永远也不能使"我"低下高傲的头，让它（头）就这么昂着，哪怕寒冷将至，哪怕夏日的风暴将"我"席卷，哪怕这坚持必付出血的代价，浸湿脚下深厚的土地……

吴功青

小链接

芒克一向被冠以"一生放纵爱自由"的"浪荡者"的美誉，三十年后的今天，他已经"转型"成了画家。他画了三个月，画出十几幅，朋友们捧场，给办了个画展，结果还真卖出去不少。他用这笔钱在北京东边的四惠付了房子的首付。买了房子之后，和娇妻爱子一起过上了他迄今为止"最为稳定"的生活。

伊蕾
（1951—）

女，原名孙桂贞，1951年8月生，天津人，中共党员。1974年开始发表作品。毕业于中国作家协会鲁迅文学院、北京大学中文系作家班。1985年加入中国作家协会。

著有诗集《爱的火焰》《爱的方式》《独身女人的卧室》《伊蕾爱情诗》《黄皮肤的旗帜》《叛逆的手》《女性年龄》和《伊蕾诗选》等。1992年至1997年在莫斯科工作、生活。1997年在天津创办"伊蕾诗人艺苑"。曾获庄重文文学奖等。部分作品被译成英、日、法、意、俄等国文字。

三月永生（组诗节选）

伊 蕾

3

而我曾经活过吗？

我生来就活着吗？

让你男性的铁沟深入些

再深入些

看是否死水一潭

我从死那边来

带来了新鲜的毒素

在春天会有冰凉的蛇为香气陶醉

在夜晚会有人误入花丛

而我愿意死愿意死吗？

还有一时三刻，足够苟且偷生

茂盛的荒草坡

仅仅是死人的清谈所

活人的殉葬地吗？

点一盘犀牛牌蚊香

赏析

伊蕾，好似一根黑色而带刺的长藤，用自己的身体写作。而她的诗歌就像所有凸现女性意识的诗人一样，写生活的犀利和沉醉，用自己的语言表述着自己，也遮掩着自己。就像这首诗里的每一个"生"、每一个"死"，每一种渴望，每一种残酷，用身体的敏觉和自我的痛苦来撞击诗歌。血，黑夜，这些残酷或神秘的语言充斥在她的诗中，就像是用自己的生命去丰满诗歌的灵魂。这是一种用牙齿间的力量来追求自己创作和表达的方式。

你是带生殖器的男神
我是带生殖器的女神
我喘息着，生生地看见
世界小得只有一捧

放开你手中的绳索吧
你不知道死一次多好
我像女鬼日伏夜出
始终没有念那一声咒语

灵魂在大腿间越缠越紧
你粗暴的手指却没有血色

在柿子成熟之前我想到了生
在柿子成熟之后我想到了死
它们和柿子一起烂掉
在我的口袋中一片血红

你的叹息紧紧抓住我的叹息
前门和后门都已锁紧
流浪者的危险是残酷的

法国当代小说家、戏剧家埃莱娜·西苏说：妇女的身体带着一千零一个通向激情的门槛，一旦她通过粉碎枷锁、摆脱监视，而让它明确表达出四通八达贯穿全身的丰富含义时，就将让陈旧的、一成不变的母语以多种语言发出回响。

在这首诗中，我们看到的就是这样一个真实而纯粹的女人。

枕戈

保护一个女人更残酷

你太累了吧，手臂湿如水帘

却不肯息肩

7

给我一口水吧

请给我永生之水

三十七年我以水为生

一百次想到要在水中死去

因此我才这样淡泊如水

因此我才这样柔韧如水

撕也难毁

烧也难毁

千回百转也会翻然悔悟

日常把我磨砺得体无完肤

以心印心，我就是你的经验

让我随风飘扬

落草于万物之间

我不再会害怕灯的破灭

在黑夜我的肌体依然洁白

宇宙薄如蝉翼

亲近它，于一举手一投足之间

请分享我弥漫于天空的自由吧

在颠簸中，让我携带你

你知道什么叫守身如玉？

就是给了你便不再索取

该分离时就要分离

我是一颗神秘的果核

该收获的都不会失去

多多
（1951—）

当代著名诗人，"朦胧诗派"重要成员之一，原名栗世征，祖籍辽宁，生于北京。他是当代最有名望的诗人之一。1969年到白洋淀插队，后调入《农民日报》工作。1972年开始写诗，1982年开始发表作品。1986年获北京大学文化节诗歌奖，2000年获首届安高诗歌奖，2010年获纽斯塔国际文学奖。出版诗集有《在风城》《白马集》《路》《微雕世界》《阿姆斯特丹的河流》《行礼：诗38首》《里程：多多诗选1973—1988》《多多诗选》等。

在英格兰

多多

当教堂的尖顶与城市的烟囱沉下地平线后

英格兰的天空，比情人的低语声还要阴暗

两个盲人手风琴演奏者，垂首走过

没有农夫，便不会有晚祷

没有墓碑，便不会有朗诵者

两行新栽的苹果树，刺痛我的心

是我的翅膀使我出名，是英格兰

使我到达我被失去的地点

记忆，但不再留下犁沟

耻辱，那是我的地址

整个英格兰，没有一个女人不会亲嘴

整个英格兰，容不下我的骄傲

从指甲缝中隐藏的泥土，我

认出我的祖国——母亲

已被打进一个小包裹，远远寄走……

赏析

多多是一个真正的中国诗人。他在外流浪多年，胸中跳动的依然是一颗中国心。

在英格兰，在异国他乡，诗人睹物伤怀，深切地感受到了从未有过的孤独和怀乡情绪，并由此引发了对于生死的思考。诗人看到当教堂的尖顶与城市的烟囱沉下地平线后，英格兰的天空，比情人的低语声还要阴暗，这时，两个盲人手风琴演奏者垂首走过。黑夜来临，这正是怀乡思人的时刻。两个永远生活在黑暗中的盲人，更加深了诗人的感伤和忧郁。然而，墓地的苹果树刺痛了"我"的心，"我"虽然身在英格兰，但耻辱和悲伤袭击着"我""整个英格兰，容不下我的骄傲"！

张猛

小链接

多多获马斯特里赫特国际诗歌奖的授奖词：

自二十世纪九十年代以来，多多写出了他最好的作品。这些诗，意象简洁，却有着真正感人的张力。通过对他的作品的众多翻译和研究，以及他参加的世界各地的文化活动，让他在世界文坛留下了深远影响。他的声音是坚定地忠于诗歌的声音，对潮流避之则吉，对批评嗤之以鼻。这是一位旅途上的独行者的声音，只有他自己才知道旅途的终点在哪里。

李小雨
（1951—）

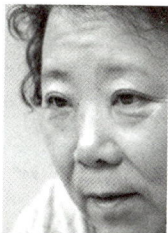

　　当代著名女诗人。1951年生，河北丰润人。毕业于北京大学中文系文学专业。1969年赴河北丰润县中门庄公社插队，1971年应征入伍。1972年开始发表作品。自1976年至今，在《诗刊》工作。1983年加入中国作家协会。曾在中国作家协会文学讲习所学习。中国诗歌学会副秘书长。

　　现任《诗刊》副主编。著有诗集《雁翎歌》《玫瑰谷》《东方之光》《声音的雕像》等多部。在当今中国诗坛，李瑛、李小雨父女是一道靓丽的风景。父亲李瑛被誉为"诗坛常青树"。

盐

李小雨

盐在我的血液里咯咯作响

盐在我的骨头里咯咯作响

盐从我的眼睛和毛孔里滴落下来

啊人！你这个小小的直立的海洋

盐四处走着

盐把最感人的力量

从厚厚的岩层和活着的生命中

渗透出来

灼热的皮肤

伤口有边缘

日子的味道

思想如一条条鱼晾晒着

看一粒盐

那是谁的眼睛

那是谁的海水

那是谁的足迹

那是谁的背影

赏析

如果说美是一种难能可贵的植物，那么"盐"就是一种大公无私不可抗拒的动物——盐从天而降，从海洋出发，终于从一个遥远的地方来到我们身边，"盐从我的眼睛和毛孔里滴落下来"。在我们冷静而空洞的内心深处，在久远而独特的人类文明史上，盐一直在默默无闻地陪伴、关注着我们。在我们悄悄地来到这个世界之前，盐就一直在关注着我们，从未停止过。这或许就是一种宿命。就像这沉默的一代，在"源流派"的悲悯本性中寻找另外一些东西。在这情境粲然的诗句里，李小雨的写作特征与"朦胧诗"的"现代性"有意无意地保持或拉开了距离。

枕戈

苦涩而滞重

盐咸味的影子锈蚀海浪

粉碎无数的太阳和风

那新鲜的、腥味的白色沙丘啊

那最普通最低微又最高贵的

细小颗粒啊

路边遗落的盐

踩在脚下的盐

勺子和舌尖上的盐

永远伴随着面包而生的盐

在破旧简陋的茅屋里

如淳朴健壮的农妇

人和牛羊全都朝你低下头来

在生活的最深处

永远是盐

当我手中的时间正在消逝时

蓦然回首，除了甜蜜以外

还有另外一些东西

正在结晶

舒 婷
（1952—）

中国当代著名女诗人，原名龚佩瑜，生于1952年，福建泉州人。"朦胧诗派"代表人物之一。

1969年下乡插队，1972年返城当工人，1979年开始发表诗歌作品，1980年至福建省文联工作，从事专业写作。民刊《今天》的主要撰稿人。著有诗集《双桅船》《舒婷顾城抒情诗选》《会唱歌的鸢尾花》《始祖鸟》《舒婷的诗》，散文集《心烟》等。她和同代人北岛、顾城、梁小斌等人以迥乎前人的诗风，掀起了"朦胧诗"大潮，其《致橡树》系朦胧诗潮代表作之一。

致橡树

舒婷

我如果爱你——

绝不像攀援的凌霄花,

借你的高枝炫耀自己;

我如果爱你——

绝不学痴情的鸟儿,

为绿荫重复单调的歌曲;

也不止像泉源,

常年送来清凉的慰藉;

也不止像险峰,

增加你的高度,衬托你的威仪。

甚至日光。

甚至春雨。

不,这些都还不够!

我必须是你近旁的一株木棉,

作为树的形象和你站在一起。

根,紧握在地下,

叶,相触在云里。

每一阵风过,

赏析

纯粹的爱必超越狭隘的索取——不因其强盛而炫耀,不因其低落而抱怨。爱就是爱一个人,他的心灵,他的全部……真正的爱是两个人坚实地站在一起,一起抵御命运的风暴。爱是内心最真实的需要和指引,不是用来达到其他目的的工具。那些借爱之名而寻利的人们,在这美妙的诗歌面前,你可曾感到羞惭?"这才是伟大的爱情,/坚贞就在这里:/不仅爱你伟岸的身躯,/也爱你坚持的位置,脚下的土地。"

用心去爱的人有福了!上帝赐予你的,将比你付出的还要多。

吴功青

我们都互相致意，

但没有人

听懂我们的言语。

你有你的铜枝铁干，

像刀、像剑，

也像戟；

我有我红硕的花朵，

像沉重的叹息，

又像英勇的火炬。

我们分担寒潮、风雷、霹雳；

我们共享雾霭、流岚、虹霓。

仿佛永远分离，

却又终身相依。

这才是伟大的爱情，

坚贞就在这里：

不仅爱你伟岸的身躯，

也爱你坚持的位置，

足下的土地。

神女峰

舒婷

在向你挥舞的各色花帕中
是谁的手突然收回
紧紧捂住了自己的眼睛
当人们四散离去，谁
还站在船尾
衣裙漫飞，如翻涌不息的云
江涛

　　　　高一声

　　　　　　低一声

美丽的梦留下美丽的忧伤
人间天上，代代相传
但是，心
真能变成石头吗
为盼望远天的杳鹤
错过无数次春江月明

沿着江岸

金光菊和女贞子的洪流

正煽动新的背叛

与其在悬崖上展览千年

不如在爱人肩头痛哭一晚

双桅船

舒婷

雾打湿了我的双翼

可风却不容我再迟疑

岸啊，心爱的岸

昨天刚刚和你告别

今天你又在这里

明天我们将在

另一个纬度相遇

是一场风暴、一盏灯

把我们联系在一起

是一场风暴、另一盏灯

使我们再分东西

不怕天涯海角

岂在朝朝夕夕

你在我的航程上

我在你的视线里

赏析

这首诗并不华丽，简简单单的词语却道出了爱的真谛："不怕天涯海角/岂在朝朝夕夕"。与秦观的"两情若是长久时，又岂在朝朝暮暮"虽形异却神似，都是对真情真爱的坚持和信仰。感谢这"一场风暴、一盏灯"，他们使相爱的人有了距离，却又能彼此靠近，在流转迁徙之中，永不迷失。

张猛

小链接

朦胧诗是自1978年北岛等人主编的《今天》杂志开始的。当时活跃于《今天》杂志的诗人包括后来大名鼎鼎的舒婷、顾城、杨炼、江河、梁小斌、芒克等。他们受西方现代主义诗歌影响，借鉴一些西方现代派的表现手法，表达自己的感受、情绪与思考。他们所创作出来的诗歌，与当时诗坛盛行的现实主义或浪漫主义诗歌风格呈现截然不同的面貌。这些诗歌后来被统称为"朦胧诗"。

朦胧诗的历史功绩及艺术成就是不容忽视的，当代汉语诗歌最具实质性影响的努力有三次，即朦胧诗、口语化努力、叙事性的强调。其中，朦胧诗的出现使中国的新诗传统在滞缓几十年之后再次与世界接轨，并逐渐同步。它最大的贡献是唤醒了一种现代意识，一种新诗现代化的意识。确实，由于朦胧诗人大多经历了"文革"导致的精神危机，出现了类似西方"上帝死了"之后的现代主义背景，因此，朦胧诗人迅速被西方现代主义诗歌所吸引并产生了强烈的共鸣，也因此使中国当代汉语诗歌向前跳跃了好几步，并逐步与西方现代主义诗歌走到了同一起跑线上。

阳飏
(1953—)

　　1953年生于北京。上世纪八十年代初开始在《诗刊》《人民文学》《散文》《天涯》等刊物发表诗歌、随笔等作品。曾获《星星》诗刊跨世纪诗歌奖等奖项。著有诗集《阳飏诗选》《风起兮》等，随笔集《墨迹·颜色》等。中国作家协会会员，甘肃省文学院荣誉作家。

狼

阳飏

上千公里的青藏公路线

没见一只狼

真想见一只旷野中的狼啊

远远的，最好跛一条腿

更有英雄气概

晚云猩红

恍若狼族为这个世界贡献的血

这只狼沿着山脊缓缓走去

一跛一跛地驮负着过于沉重的天空

额上有刀伤的落日

用一个王朝的历史删改了自己

一种被奉为神鹰的飞翔动物

用比黑夜更黑的翅膀删改着死亡

一只跛腿的狼

行走在西藏的天空下

仿佛替人类驮负着

某种光荣与罪过

赏析

　　诗歌开始呈现出散文化的趋向，也许是为了容纳更多的"颗粒"——本来要精粹，但他反其道而行之。就像我们沿着某条山道行走时，将每一条岔道都走一遍，然后想象在无穷尽的、本不属于这种事物本身的虚构之刀，就像匍匐在鹰的翅膀上扶摇直上，凭空摘了许多星星和月亮。

枕戈

小链接

　　阳飏自《青海湖长短三句话》获得1999年度"星星跨世纪诗歌奖"之后，其长诗《风起额济纳》、大型组诗《面朝大风》等，因其汪洋恣肆的激情、举重若轻的语言驾驭能力和诗化万物的能力、开阔的视野和对题材的融合把握，及其在人性、时间、思想之间的自由穿越、结构的完整和胸怀的博大等，从而确立了自己优秀诗人的地位。

严力
(1954—)

1954年生于北京。"朦胧诗派"代表诗人之一。1973年开始诗歌创作；1979年开始绘画创作；1978年参与"今天"的诗歌发表及活动；1979年为民间艺术团体"星星画会"的成员；1984年在上海人民公园展室首次举办个人画展，是最早在国内举办的前卫个人画展；1985年夏留学美国纽约；1987年在纽约创办《一行》诗歌艺术团体，并出版《一行》诗歌艺术季刊，任主编。1985年至2002年，曾在中国的香港、台湾，法国、英国、美国、日本、瑞典举办过个人展与集体展。在国内外出版过小说集和诗集十种以上，作品被译成日本、瑞典、英国、意大利、朝鲜等国文字。在中国香港、美国、瑞典的多所大学进行过诗歌朗诵和文学交流。著有诗集《这首诗可能还不错》《黄昏制造者》《严力诗选》等。

永恒的恋曲——维纳斯

严力

她被推下水去

压倒一片成熟的水草

鱼儿如标点符号般惊起

她和她的故事

沉默地睡了几个世纪之后被捞了起来

今天

我久久地坐在进餐的位置反省

很小的食欲在很大的盘子里呻吟

身体中有很多个欲念来自遥远的前世

我清楚地忆起了她

我曾强行挣脱过她的拥抱

她留在我脖子上的那条断臂

今世依然无法接上

赏析

一种"维纳斯"之美？这恍惚的异样长时间让人不得不质疑，滋生爱怜或者被世人误解？多少世纪以来，这种疑惑就像留在诗人脖子上的"那条断臂"，在很小的时候，在很短的一把虚构之刀里。沉默地在这片诗坛上含糊地挂上一面祭旗，似乎暗示了我们绝大部分的"诗欲"有如黄昏来得迟钝。让恋情寄托在一条断臂上？可这蜿蜒了几世纪的疑惑仍然只能是暗示，只能"被推下水去"，等我们反省。

诗人对人生原型的思考与独悟巧妙地镶嵌在圆润的诗境里。但这所有的诗感伴随着陌生，严力诗歌的口语化与机智，似乎被大众在惊慌中忽略了——也正因如此，他的诗歌像一种音符，渐渐成为淡漠的背影，却无法被抹去。

枕戈

小链接

严力诗歌的发展脉络可分为三个阶段：火性生命意识，原型画意，对理性秩序的挑战。严力是中西结合的一个先行者之一，同时也有机地融入了不同时段的先锋诗歌进程，成为其不可或缺的活性因子。严力由此成了先锋诗歌界的常青树，一位跨越三个时代而总是"在场"的"老先锋"。从接受美学的角度看，严力的存在，无疑具备了某种"经典"的意义。

他的主业是绘画，而诗歌写作是他的"业余"，这可能无形中给了他更多的自由和不在意，他诗歌的主语是"我"而不是"我们"，是"小我"而不是"大我"。他不是破门而入，而是穿引针鼻，从一丝光亮里带出了无尽的线索。

欧阳江河

（1956—）

　　中国当代最重要的诗人之一。原名江河，祖籍河北，1956年生于四川泸州。上世纪八十年代中期"后新诗潮"代表人物之一。1979年开始发表诗歌作品，1983－1984年间，创作了长诗《悬棺》，该诗显示了其文学才华和雄心。多次应邀赴美国、德国、英国、荷兰、法国、意大利等国的二十余所大学及多个文学基金会讲学，朗诵诗歌，访问写作。

　　代表作有《玻璃工厂》《汉英之间》《计划经济时代的爱情》《傍晚穿过广场》《最后的幻象》《椅中人的倾听与交谈》《咖啡馆》《雪》等。著有诗集《透过词语的玻璃》《谁去谁留》《事物的眼泪》，文论及随笔集《站在虚构这边》等。除诗歌写作外，他还致力于当代诗学理论批评的研究和写作。迄今发表诗歌作品数百首，发表诗学理论文章及当代美术、音乐、电影、戏剧批评文章数十万字。他被视为上世纪八十年代以来中国最重要的代表性诗人，同时被国际诗歌界誉为"最好的中国诗人"。现居北京，从事写作和国内外文化交流策划事务。

玻璃工厂

欧阳江河

1

从看见到看见，中间只有玻璃。

从脸到脸

隔开是看不见的。

在玻璃中，物质并不透明。

整个玻璃工厂是一只巨大的眼珠，

劳动是其中最黑的部分，

它的白天在事物的核心闪耀。

事物坚持了最初的泪水，

就像鸟在一片纯光中坚持了阴影。

以黑暗方式收回光芒，然后奉献。

在到处都是玻璃的地方，

玻璃已经不是它自己，而是

一种精神。

就像到处都是空气，空气近乎不存在。

2

工厂附近是大海。

对水的认识就是对玻璃的认识。

凝固，寒冷，易碎，

这些都是透明的代价。

透明是一种神秘的、能看见波浪的语言，

我在说出它的时候已经脱离了它，

脱离了杯子、茶几、穿衣镜，所有这些

具体的、成批生产的物质。

但我又置身于物质的包围之中，

生命被欲望充满。

语言溢出，枯竭，在透明之前。

语言就是飞翔，就是

以空旷对空旷，以闪电对闪电。

如此多的天空在飞鸟的躯体之外，

而一只孤鸟的影子

可以是光在海上的轻轻的擦痕。

有什么东西从玻璃上划过，比影子更轻，

比切口更深，比刀锋更难逾越。

裂缝是看不见的。

3

我来了，我看见，我说出。

语言和时间混浊，泥沙俱下，

一片盲目从中心散开。

同样的经验也发生在玻璃内部。

火焰的呼吸，火焰的心脏。

所谓玻璃就是水在火焰里改变态度，

就是两种精神相遇，

两次毁灭进入同一永生。

水经过火焰变成玻璃，

变成零度以下的冷峻的燃烧，

像一个真理或一种感情

浅显，清晰，拒绝流动。

在果实里，在大海深处，水从不流动。

4

那么这就是我看到的玻璃——

依旧是石头，但已不再坚固。

依旧是火焰，但已不复温暖。

依旧是水，但既不柔软也不流逝。

它是一些伤口但从不流血，

它是一种声音但从不经过寂静。

从失去到失去：这就是玻璃。

语言和时间透明，

付出高代价。

5

在同一工厂我看见三种玻璃：

物态的，装饰的，象征的。

人们告诉我玻璃的父亲是一些混乱的石头。

在石头的空虚里，死亡并非终结，

而是一种可改变的原始的事实。

石头粉碎，玻璃诞生。

这是真实的。但还有另一种真实

把我引入另一种境界：从高处到高处。

在那种真实里玻璃仅仅是水，是已经

或正在变硬的、有骨头的、泼不掉的水，

而火焰是彻骨的寒冷，

并且最美丽的也最容易破碎。

世间一切崇高的事物，以及

事物的眼泪。

赏析

这首诗是欧阳江河最为经典的作品之一。

"词真的能像灯一样打开，像器皿一样擦亮，真能照耀我们身边的物吗？"（欧阳江河）本诗恰到好处地回答了他自己的这个问题。在欧阳江河之前，玻璃是一种以二氧化硅为主要成分的非金属材料；但在欧阳江河之后，玻璃本身的亮度被极大地提高了，因为"整个玻璃工厂是一只巨大的眼珠，/劳动是其中最黑的部分……"它成为一种与黑暗对峙的精神，一种透明的生命表征，一团凝固的火焰，美丽而易碎。

开篇从"看见"开始，视觉穿透物质，物质在被触摸之前都是抽象的、精神化的。

玻璃既造就了消费文明的神话，更造就了消费文明的新视觉方式；既在中世纪参与了教堂的神话特征，也在消费时代参与了橱窗这一世俗神话。而在钢筋水泥的世界里，玻璃则扮演了构建消费心理的重要角色，"看得见，摸不着"的视觉文化直接作用于物质时代。这种虚伪的透明性渗透于社会机制乃至社会群体心理的内部。置身茫茫尘世，我们需要"看见"，需要"说出"，而"玻璃"则恰恰代表了视觉性，使我们在摒除"透明性"的同时，看到玻璃的实质。

"本诗介入了个我经验和现象世界的描述，内核坚硬，语义稳定而不容分说，没有挑衅的欲望却强劲有力，是诗歌处理当下材料的成功之作，几乎影响了更多青年诗人，包括许多与欧阳江河的写作态度相悖的'第三代诗人'。"（陈超）这首诗歌构建了中国新诗的真正"屋脊"，无疑是汉语诗歌写作的里程碑式的典范之作。

王冷阳

傍晚穿过广场

欧阳江河

我不知道一个过去年代的广场
从何而始，从何而终
有的人用一小时穿过广场
有的人用一生——
早晨是孩子，傍晚已是垂暮之人
我不知道还要在夕光中走出多远
才能停住脚步？

还要在夕光中眺望多久才能
闭上眼睛？
当高速行驶的汽车打开刺目的车灯
那些曾在一个明媚早晨穿过广场的人
我从汽车的后视镜看见过他们一闪即逝
的面孔
傍晚他们乘车离去

一个无人离去的地方不是广场
一个无人倒下的地方也不是

离去的重新归来
倒下的却永远倒下了
一种叫做石头的东西
迅速地堆积、屹立
不像骨头的生长需要一百年的时间
也不像骨头那么软弱

每个广场都有一个用石头垒起来的
脑袋，使两手空空的人们感到生存的
分量。以巨大的石头脑袋去思考和仰望
对任何人都不是一件轻松的事
石头的重量

减轻了人们肩上的责任、爱情和牺牲
或许人们会在一个明媚的早晨穿过广场
张开手臂在四面来风中柔情地拥抱
但当黑夜降临
双手就变得沉重
唯一的发光体是脑袋里的石头
唯一刺向石头的利剑悄然坠地

黑暗和寒冷在上升

广场周围的高层建筑穿上了瓷和玻璃的时装

一切变得矮小了。石头的世界

在玻璃反射出来的世界中轻轻浮起

像是涂在孩子们作业本上的

一个随时会被撕下来揉成一团的阴沉念头

汽车疾驶而过，把流水的速度

倾泻到有着钢铁筋骨的庞大混凝土制度中

赋予寂静以喇叭的形状

一个过去年代的广场从汽车的后视镜消失了

永远消失了——

一个青春期的、初恋的、布满粉刺的广场

一个从未在账单和死亡通知书上出现的广场

一个露出胸膛、挽起衣袖、扎紧腰带

一个双手使劲搓洗的带补丁的广场

一个通过年轻的血液流到身体之外

用舌头去舔、用前额去下磕、用旗帜去覆盖

的广场

空想的、消失的、不复存在的广场

像下了一夜的大雪在早晨停住

一种纯洁而神秘的融化

在良心和眼睛里交替闪耀

一部分成为叫做泪水的东西

另一部分在叫做石头的东西里变得坚硬起来

石头的世界崩溃了

一个软组织的世界爬到高处

整个过程就像泉水从吸管离开矿物

进入密封的、蒸馏过的、有着精美包装的空间

我乘坐高速电梯在雨天的伞柄里上升

回到地面时，我看到雨伞一样张开的

一座圆形餐厅在城市上空旋转

像一顶从魔法变出来的帽子

它的尺寸并不适合

用石头垒起来的巨人的脑袋

那些曾托起广场的手臂放了下来

如今巨人仅靠一柄短剑来支撑

它会不会刺破什么呢？比如，一场曾经有过的

从纸上掀起、在墙上张贴的脆弱革命？

从来没有一种力量

能把两个不同的世界长久地粘在一起

一个反复张贴的脑袋最终将被撕去

反复粉刷的墙壁

被露出大腿的混血女郎占据了一半

另一半是头发再生、假肢安装之类的诱人广告

一辆婴儿车静静地停在傍晚的广场上

静静地，和这个快要发疯的世界没有关系

我猜婴儿和落日之间的距离有一百年之遥

这是近乎无限的尺度，足以测量

穿过广场所要经历的一个幽闭时代有多么漫长

对幽闭的普遍恐惧，使人们从各自的栖居

云集广场，把一生中的孤独时刻变成热烈的节日

但在栖居深处，在爱与死的默默的注目礼中
一个空无人迹的影子广场被珍藏着
像紧闭的忏悔室只属于内心的秘密

是否穿越广场之前必须穿越内心的黑暗？
现在黑暗中最黑的两个世界合为一体
坚硬的石头脑袋被劈开
利剑在黑暗中闪闪发光

如果我能用被劈成两半的神秘黑夜
去解释一个双脚踏在大地上的明媚早晨——
如果我能沿着洒满晨曦的台阶
去登上虚无之巅的巨人的肩膀
不是为了升起，而是为了陨落——
如果黄金镌刻的铭文不是为了被传颂
而是为了被抹去、被遗忘、被践踏——

正如一个被践踏的广场迟早要落到践踏者头上
那些曾在一个明媚早晨穿过广场的人
他们的黑色皮鞋也迟早要落到利剑之上
像必将落下的棺盖落到棺材上那么沉重

躺在里面的不是我，也不是

行走在剑刃上的人

我没想到这么多人会在一个明媚的早晨

穿过广场，避开孤独和永生

他们是幽闭时代的幸存者

我没想到他们会在傍晚时离去或倒下

一个无人倒下的地方不是广场

一个无人站立的地方也不是

我曾是站着的吗？还要站立多久？

毕竟我和那些倒下去的人一样

从来不是一个永生者

赏析

　　《傍晚穿过广场》中包含了三个词语："傍晚"引入了时间和死亡主题；"穿过"作为人在制度语境中的存在方式暗示着政治或对政治的冷漠；"广场"则隐含了公共生活和世界图景的各种面相。"我不知道一个过去年代的广场/从何而始，从何而终"。诗人带着莫大的疑惑，由此发问："我不知道还要在夕光中走出多远/才能停住脚步？"是啊，有的人要用一小时，有的人却要用一生来穿越广场。人不同，广场也不同；可是人的总体命运却是相同的，每个人都要穿越广场，或长或短。

张猛

美 人

欧阳江河

这是万物的软骨头的夜晚，
大地睡眠中最弱的波澜。
她低下头来掩饰水的脸孔，
睫毛后面，水加深了疼痛。

这是她倒在水上的第一夜，
隐身的月亮冰清玉洁。
我们看见风靡的刮起的苍白
焚烧她的额头，一片覆盖！

未经琢磨的钢琴的颗粒，
抖动着丝绸一样薄的天气。
她是否把起初的雪看做高傲，
当泪水借着皇冠在闪耀？

她抒情的手为我们带来安魂之梦。
整个夜晚漂浮在倒影和反光中
格外黑暗，她的眼睛对我们是太亮了。

为了这一夜，我们的一生将瞎掉。

然而她的美并不使我们更丑陋。

她冷冷地笑着，我却热泪横流。

所有的人都曾美好地生活过，

然后怀念，忧伤，美无边而没落。

赏析

  这是一首有点儿伤感的诗。"所有的人都曾美好地生活过，/然后怀念，忧伤，美无边而没落"，这既是诗的主旨，也是诗人给每个人的预言。

  美人之美，集天地万物之美于一身。曹雪芹说，"女儿都是水做的骨肉"。这一夜，"她"倒在了水上，冰清玉洁，却掩不住岁月的流逝，风刮起的苍白焚烧她的额头，残酷而真实。"她"高傲，泪流满面；"她"温婉柔美，"她"美丽的眼睛毁灭我们的一生。

  "然而她的美并不使我们更丑陋。"美则美矣，与他人何干？然而美人却是我们每个人心中的缩影。

张猛

梁小斌
（1954—）

　　1954年生，安徽合肥人。"朦胧诗派"代表诗人之一。自1984年被工厂除名后，一直靠阶段性的打工为生。他前后曾从事过车间操作工、绿化工、电台编辑、杂志编辑、计划生育宣传干部、广告公司策划等多种职业。1972年开始诗歌创作，他的诗《中国，我的钥匙丢了》《雪白的墙》等被列为新时期朦胧诗代表诗作。1991年加入中国作家协会。诗作被选入高中教材。著有诗集《少女军鼓队》，思想随笔集《独自成蛹》《地主研究》《梁小斌如是说》等。

　　2005年中央电视台新年新诗会上，梁小斌被评为年度推荐诗人。

中国，我的钥匙丢了

梁小斌

中国，我的钥匙丢了。

那是十多年前，

我沿着红色大街疯狂地奔跑，

我跑到了郊外的荒野上欢叫，

后来，

我的钥匙丢了。

心灵，苦难的心灵，

不愿再流浪了，

我想回家

打开抽屉，翻一翻我儿童时代的画片，

还看一看那夹在书页里的

翠绿的三叶草。

而且，

我还想打开书橱，

取出一本《海涅歌谣》，

我要去约会，

我要向她举起这本书，
作为我向蓝天发出的
爱情的信号。

这一切，
这美好的一切都无法办到，
中国，我的钥匙丢了。
天，又开始下雨，
我的钥匙啊，
你躺在哪里？

我想风雨腐蚀了你，
你已经锈迹斑斑了；
不，我不那样认为，
我要顽强地寻找，
希望能把你重新找到。

太阳啊，
你看见了我的钥匙了吗？
愿你的光芒
为它热烈地照耀。

我在这广大的田野上行走，

我沿着心灵的足迹寻找，

那一切丢失了的，

我都在认真思考。

赏析

2005年中央电视台新年新诗会上，梁小斌被评为年度推荐诗人。推荐语中写道："诗人梁小斌，一个磨难时代的诗歌童话，他坚韧而坚强地持续写作，在生活的边缘依然把诗歌完全融入了生命的状态。新时期文学启蒙时这位诗人坚实、清澈、透明而深邃的诗句，在中国所有城市的旷野呼啸而过，他朴素而寓意深切的诗歌依然影响着现在的人们。梁小斌诗歌中蕴涵的深情和智慧，是近十五年来汉语写作历程一个多棱面的见证。更难得可贵的是，这样冰块一样生活着的诗人，通过自己卧薪尝胆的努力，恢复或曰绵延着一种纯粹、高贵的文学理想：以透明消解阴晦，以深沉埋葬浅薄，以少战胜多。"

"中国，我的钥匙丢了"，诗的第一节写到了那场灾难的开始，无知的少年激动地呐喊、奔跑，以为时代将和青春一样精彩。他们上山下乡，他们坐免费的火车四处游行，他们当知青，揪"走资派"的辫子……十年的心灵流浪史，缺乏反思和批判的流浪史！开启个人生命智慧和民族未来的"钥匙"被暴力抛进了茫茫大海。

而在经历了漫长的迷茫之后，心灵却在热切地寻找！不能不如此！"太阳啊，/你看见了我的钥匙了吗？/愿你的光芒/为它热烈地照耀。"真理之心，青春之心，在灾难之后仍然如此激动而纯真。而这又是多么漫长的寻找！因为过往的一切，被我们糟践得太深！需要艰苦的跋涉，更需要冷峻而严格的思索。"那一切丢失了的，/我都在认真思考。"纵时间流逝，变成绯红，这心声仍是那么让人难忘。

吴功青

小链接

一个体质孱弱、精神顽强的诗人，无论在什么样的社会格局中，只要他同物质的现实发生关系，便会立刻显出其古怪的、与整体不协调的原形，并导致残酷的、甚至是流血的情感冲突。在这种冲突中，诗人没有后退，也没有逃避，而是"自愿地"将冲突作为考验，迎着黑暗、屈辱与痛苦而上，停留在其间反复叩问，以检验内在精神的纯度。

在文学界，还没有其他作家能够像梁小斌这样，用心灵的魔术将一切混乱的、轰轰烈烈的社会生活内在化，使其变为一种心灵的倾诉。就像有魔力在驱使诗人的笔一样，他不断地将那些表层记忆作为材料，用巫术赋予它们崭新的用途，从潜意识的深渊里构建本质的光芒。

杨炼
（1955—）

　　"朦胧诗派"代表人物之一。1955年生于瑞士伯尔尼，六岁时回到北京。1977年发表处女作。1983年以长诗《诺日朗》出名。1988年被中国大陆读者推选为"十大诗人"之一，同年在北京与芒克、多多等创立"幸存者诗歌俱乐部"。著有诗集《礼魂》《荒魂》《黄》《大海停止之处》等。现居伦敦，继续文学创作。

秋天（之二）

杨炼

黑夜是凝滞的岁月，

岁月是流动的黑夜。

你停在门口，回过头，

递给我短短的一瞥。

这就是离别吗？

难道一切都将被忘却？

像绚丽的秋天过去，

到处要蒙上冷漠的白雪。

我珍爱果实，

但也不畏惧这空旷的拒绝。

只要心灵饮着热血，

未来就没有凋残的季节！

秋风摇荡繁星——

哦，那是永恒在天空书写。

是的，一瞥就够了，

我已经深深把你感谢。

赏析

"黑夜是凝滞的岁月，/岁月是流动的黑夜。"以"黑夜"和"岁月"比照，写出了诗人内心的悲凉和感慨。

时间静止、黑暗蔓延，一切都处在恐惧和不安之中。

诗人是孤独的。我们不知道是谁在临别时只是给了诗人"短短的一瞥"，但我们知道，这一瞥加深了这离别的仓皇和难以言喻的悲伤。

但诗人是坚强的。他"不畏惧这空旷的拒绝"，坚信用热血可以换来未来的季节。还是那一瞥，使孤寂的诗人看到了希望——"一瞥"即"永恒"。

张猛

小链接

黑衣，长发，黑皮裤……杨炼以先锋派艺术家的形象，带来了一股不羁的风。他似乎是在用饱满的激情玩一个晦涩的意象游戏，只怕痛苦的姿势不够僵硬，只怕血泊、腐烂、蛆虫这些可怕的词汇不够深刻。他不说"人生如梦"，却说"一个梦，有时比一生更漫长"（《梦中的高度》）；不说"人生到处知何似，应似飞鸿踏雪泥"，却说"往事无声，雪上留不下脚印"（《事》）。他还喜欢用拧麻花般的句式考验读者的哲思及智商。例如，他说，"从未真正抵达的秋天/从来都是秋天""从未真正抵达的远方/从来在逼近脚下"。又说，"现实之无根，正是精神之根"。

1999年，杨炼以其作品译文获得意大利PLAINO国际诗歌奖，被英国诗歌书籍协会推荐英译诗集奖。他还频频地在国际上参加各种学术及节庆活动，被誉为当代中国文学最有代表性的声音之一。与此同时，中国政府也撤销禁令，允许出版杨炼作品集《大海停止之处》《鬼话·智力的空间》。2000年，上海文艺出版社又出版了他的诗文集《幸福鬼魂手记》。

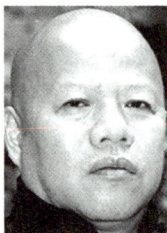

于 坚
（1954—）

当代著名诗人。1954年8月8日生于昆明。十四岁辍学。自十六岁起，当过铆工、电焊工、搬运工、宣传干事、农场工人、大学生、大学教师、研究人员等。二十岁开始写诗，二十五岁发表作品。曾与同学创办银杏文学社和《他们》文学杂志。系"第三代"诗歌的代表性诗人之一，以世俗化、平民化的风格为自己的追求，其诗平易却蕴涵深意，是少数能表达出自己对世界哲学认知的诗人。著有长诗《〇档案》《飞行》，诗集《于坚的诗》《诗集与图像》《便条集》《空地》《对一只乌鸦的命名》《一枚穿过天空的钉子》《作为事件的诗歌》《只有大海苍茫如幕》《诗六十首》等，散文集《棕皮手记》《人间笔记》《云南这边》《丽江后面》《相遇了几分钟》《暗盒笔记》等。

作品《只有大海苍茫如幕》获第四届鲁迅文学奖全国优秀诗歌奖。他还曾获"华语文学传媒大奖"2002年度诗人奖。

避雨之树

于坚

寄身在一棵树下　躲避一场暴雨

它用一条手臂为我挡住水　为另外的人

从另一条路来的生人　挡住雨水

它像房顶一样自然地敞开　让人们进来

我们互不相识的　一齐紧贴着它的腹部

蚂蚁那样吸附着它苍青的皮肤　它的气味使我们安静

像草原上的小袋鼠那样　在皮囊中东张西望

注视着天色　担心着闪电　雷和洪水

在这棵树下我们逃避死亡　它稳若高山

那时候我听见雷子砸进它的脑门　多么凶狠

那是黑人拳击手最后致命的一击

但我不惊慌　我知道它不会倒下　这是来自母亲怀中的经验

不会　它从不躲避大雷雨或斧子这类令我们恐惧的事物

它是树　是我们在一月份叫做春天的那种东西

是我们在十一月叫做柴火或乌鸦之巢的那种东西

它是水一类的东西　地上的水从不躲避天上的水

在夏季我们叫它伞　而在城里我们叫它风景

它是那种使我们永远感激信赖而无以报答的事物

我们甚至无法像报答母亲那样报答它　我们将比它先老

我们听到它在风中落叶的声音就热泪盈眶

我们不知道为什么爱它　这感情与生俱来

它不躲避斧子　也说不上它是在面对或等待这类遭遇

它不是一种哲学或宗教　当它的肉被切开

白色的浆液立即干掉　一千片美丽的叶子

像一千个少女的眼睛卷起　永远不再睁开

这死亡惨不忍睹　这死亡触目惊心

它并不关心天气　不关心斧子雷雨或者鸟儿这类的事物

它牢牢地抓住大地　抓住它的那一小片地盘

一天天渗入深处　它进入那最深的思想中

它琢磨那抓在它手心的东西　那些地层下面黑暗的部分

那些从树根上升到它生命中的东西

那是什么　使它显示出风的形状　让鸟儿们一万次飞走一万

次回来

那是什么　使它在春天令人激动　使它在秋天令人忧伤

那是什么　使它在死去之后　成为斧柄或者火焰

它不关心或者拒绝我们这些避雨的人

它不关心这首诗是否出自一个避雨者的灵感

它牢牢地抓住那片黑夜　那深藏于地层下面的

那使得它的手掌永远无法捏拢的

我紧贴着它的腹部　作为它的一只鸟　等待着雨停时飞走

风暴大片大片地落下　雨越来越瘦

透过它最粗的手臂我看见它的另外那些手臂

它像千手观音一样　有那么多手臂

我看见蛇　鼹鼠　蚂蚁和鸟蛋这些面目各异的族类

都在一棵树上　在一只袋鼠的腹中

在它的第二十一条手臂上我发现一串蝴蝶

它们像葡萄那样垂下　绣在绿叶之旁

在更高处　在靠近天空的部分

我看见两只鹰站在那里　披着黑袍　安静而谦虚

在所有树叶下面　小虫子一排排地卧着

像战争年代　人们在防空洞中　等待警报解除

那时候全世界都逃向这棵树

它站在一万年后的那个地点　稳若高山

雨停时我们弃它而去　人们纷纷上路　鸟儿回到天空

那时太阳从天上垂下　把所有的阳光奉献给它

它并不躲避　这棵亚热带丛林中的榕树

像一只美丽的孔雀　周身闪着宝石似的水光

赏析

并非只有诗人才"寄身在一棵树下"。活在珍贵的人间，如果无家可归，那是一件多么痛苦又多么痛快的事啊。这好比一段难言之隐，说出来甚至会让炫目的阳光憔悴下去。

为了"躲避一场暴雨"，在诗歌日趋散文化的"非诗"时代，于坚的诗"像一只美丽的孔雀"张开画屏，展现给我们的是一阵又一阵缥缈而充溢着惊喜的视觉冲击波。回归到语言本身，与日常生活保持一种极为亲近的关系，使诗歌可以更亲和地表现这个时代的想象、存在状况和复杂感情。在"避雨之树"中，它的肌肤和眼睛都在渴求着。一片混乱的印象和纷繁复杂的意境，在诗人的想象中形成了一道屏障，而希望的曙光在诗中被暗示为"非诗"的禅悟。

枕戈

一枚穿过天空的钉子

于坚

一直为帽子所遮蔽 直到有一天

帽子腐烂 落下 它才从墙壁上突出

那个多年之前 把它敲进墙壁的动作

似乎刚刚停止　微小而静止的金属

露在墙壁上的秃顶正穿过阳光

进入它从未具备的锋利

在那里 它不只穿过阳光

也穿过房间和它的天空

它从实在的 深的一面

用秃顶 向空的 浅的一面 刺进

这种进入和天空多么吻合

和简单的心多么吻合

一枚穿过天空的钉子

像一位刚刚登基的国王

锋利　辽阔　光芒四射

赏析

　　于坚的诗植根于当下我们空洞而盲目的生活，一枚钉子，一枚穿过天空的钉子，如同一口活在我们身边的井，值得一提的是，这口井绝对非同一般。一枚钉子也好，一口井也好，当它被我们息息相关的生活抛上天空或深入土地时，事实上"它从实在的 深的一面/用秃顶 向空的 浅的一面 刺进"。

　　这样独树一帜的诗歌风格，朴素、直接、粗粝甚至惊世骇俗的诗歌语言，在诗坛发出浑厚深沉的金属之声。在这样精妙的场景设计里，诗人以国王的名义给了读者一片辽阔的想象空间。

枕戈

纯棉的母亲

于坚

纯棉的母亲　　100% 的棉

这意思就是　　俗不可耐的

温暖　柔软　包裹着……

落后于时代的料子

总是为儿子们　怕冷怕热

极易划破　在电话里

说到为她买毛衣的事情

我的声音稍微大了点

就感到她握着另一个听筒

在发愣　永远改造不过来的

小家碧玉　到了六十五岁

依然会脸红　在陌生人面前

在校长面前　总是被时代板着脸

呵斥　拦脚绊手的包袱

只知道过日子　只会缝缝补补

开会　斗争　她要喂奶

我母亲勇敢地抖开尿布

在铁和红旗之间　美丽地妊娠

赏析

　　或多或少，"母亲"这个词在诗人与读者之间增添了几分诗歌的魅力。

　　天性使然，无可厚非。爱是琐碎而动人心魄的，于坚在这首诗歌中迂回地、反复地描绘着许许多多的精彩细节。"永远改造不过来的"，不仅仅是母亲在我们心目中的美丽容颜，更多的是我们被"100% 的纯棉"所包裹着的成长的足迹。哪怕"经过千百次的洗涤 熨烫/百孔千疮"，依旧永不褪色。就如这虚构的诗歌形象说秋天在一种神话般的节奏中，这样重复地对一份挚爱的描述，让人感到何其委婉。

　　诗人至少写出了一代人所感受到的幸福和欣慰。

枕戈

她不得不把我的摇篮交给组织

炼钢铁　她用憋出来的普通话

催促我复习课文　盼望着我

成为永远的 100 分

但她每天总是要梳头　要把小圆镜

举到亮处　要搽雪花膏

"起来慵整纤纤手

露浓花瘦　薄汗轻衣透"

要流些眼泪　抱怨着

没有梳妆台和粉

妖精般的小动作　露出破绽

窈窕淑女　旧小说中常见的角色

这是她无法掩盖的出身

我终于看出　我母亲

比她的时代美丽得多

与我那铁板一样坚硬的胸部不同

她丰满地隆起　像大地上

破苞而出的棉花

那些正在看大字报的眼睛

会忽然醒过来　闪烁

我敢于在 1954 年

出生并开始说话

这要归功于我的母亲

经过千百次的洗涤　熨烫

百孔千疮

她依然是 100% 的

纯棉

小链接

上世纪七八十年代，中国诗歌从"十年浩劫"中苏醒。那是一个诗歌断裂、蜕变、寻找新出路的重要时期。于坚以一种批判的精神，反"英雄主义"，反"崇高"，主张平民意识，客观抒写日常生活状态和内心感受，提出"口语化"写作，让诗歌回归日常生活。于坚倡导的不仅是一种诗歌语言，而且是一种新的诗歌观念、诗歌立场和诗歌精神，是对当时时代背景下的诗歌观念、诗歌秩序和诗歌语意的挑战，从而引起强烈争议。不管人们怎么议论，于坚仍坚持按照自己的写作立场进行创作。

于坚诗歌的口语写作不是写作的目的，诗美才是目的。口语写作不过是为了让人更容易欣赏美，让更多的人尤其是普通人享受到美。在当代中国诗坛，于坚高举口语写作旗帜，在艳阳下，在风雨中，在赞扬和讥嘲声中前进。他无疑已取得了令人称羡的成就。

王小妮
（1955—）

当代著名诗人、作家，1955年生，吉林长春人。1982年毕业于吉林大学中文系。1985年移居深圳。2000年秋参加在东京举行的"世界诗人节"。2001年夏，受邀赴德国讲学。2003年获得由中国诗歌界最具影响力的三家核心期刊《星星》诗刊、《诗选刊》《诗歌月刊》联合颁发的"中国2002年度诗歌奖"。后又获美国安高诗歌奖、茶花杯艾青诗歌奖、华语文学传媒奖诗歌奖、新诗界诗歌国际奖、美国波士顿西蒙斯大学汉语诗歌奖等。著有诗集《我的诗选》《我悠悠的世界》《我的纸里包着我的火》《王小妮的诗》等，诗文集《世界何以辽阔》等，长篇小说《人鸟低飞》《方圆四十里》等。

十枝水莲（选三）

王小妮

1. 不平静的日子

猜不出它为什么对水发笑。

站在液体里睡觉的水莲。
跑出梦境窥视人间的水莲。
兴奋把玻璃瓶涨得发紫的水莲。
是谁的幸运
这十枝花没被带去医学院
内科病房空空荡荡。

没理由跟过来的水莲
只为我一个人
发出陈年绣线的暗香。
什么该和什么缝在一起？

三月的风们脱去厚皮袍
刚翻过太行山
从蒙古射过来的箭就连连落地。
河边的冬麦又飘又远。

不是个平静的日子

军队正从晚报上开拔

直升机为我裹起十枝鲜花。

水呀水都等在哪儿

士兵踩烂雪白的山谷。

水莲花粉颤颤

孩子要随着大人回家。

4. 谁像傻子一样唱歌

今天热闹了

乌鸦学校放出了喜鹊的孩子。

就在这个日光微弱的下午

紫花把黄蕊吐出来。

谁升到流水之上

响声重叠像云彩的台阶。

鸟们不自觉地张开毛刺刺的嘴。

不着急的只有窗口的水莲

有些人早习惯了沉默

张口而四下无声。

哀伤。"它就要闭上紫色的眼睛/这将是我最后见到的颜色。"又说人在花面前的可怜，比不得它们的简单。

"所以水莲在早晨的微光里开了/像导师又像书童/像不绝的水又像短促的花。"

读这样的诗，如沐春风。

吴功青

以藐小去打动大。

有人在呼喊

风急于圈定一块私家飞地

它忍不住胡言乱语。

一座城里有数不尽的人在唱

唇膏油亮亮的地方。

天下太斑斓了

作坊里堆满不真实的花瓣。

我和我以外

植物一心把根盘紧

现在安静比什么都重要。

6. 水莲为什么来到人间

许多完美的东西生在水里。

人因为不满意

才去欣赏银龙鱼和珊瑚。

我带着水莲回家

看它日夜开合像一个勤劳的人。

天光将灭

它就要闭上紫色的眼睛
这将是我最后见到的颜色。
我早说过
时间不会再多了。

现在它们默默守在窗口
它生得太好了
晚上终于找到了秉烛人
夜深得见了底
我们的缺点一点点显现出来。

花不觉得生命太短
人却活得太长了
耐心已经磨得又轻又碎又飘。
水动而花开
谁都知道我们总是犯错误。

怎么样沉得住气
学习植物简单地活着。
所以水莲在早晨的微光里开了
像导师又像书童
像不绝的水又像短促的花。

半个我正在疼痛

王小妮

有一只漂亮的小虫
情愿蛀我的牙。

世界
它的右侧骤然动人。
身体原来
只是一栋烂房子。

半个我里蹦跳出黑火
半个我装满了药水声。

你伸出双手
一只抓到我
另一只抓到不透明的空气。
疼痛也是生命
我们永远按不住它。

坐着　再站着

赏析

看吧！这就是诗人的迷人之处——普通的牙疼，看她写出了多少！痛，一个表述身体不适的词，在她笔下却意味着更多："疼痛也是生命/我们永远按不住它。"而半个"我"在疼痛，半个"我"保持健康，两者同时在一个身体上增长……多么微妙的一组力量！好像我们的善与恶，无声无息地在我们体内繁衍生息。有时平衡，有时相斥。而只有当一方试图突出时，两者的争斗才显得饶有趣味。"用不疼的半边/迷恋你/用左手替你推动着门。/世界的右部/灿烂明亮。"

人永远无力面对世界的复杂，但应当在它面前保持忠诚。你明白，但永远不能说出。

吴功青

让风这边那边地吹。

疼痛闪烁的时候

才发现这世界并不平凡。

我们不健康

但是,

还想走来走去。

用不疼的半边

迷恋你。

用左手替你推动着门。

世界的右部

灿烂明亮。

疼痛的长发

飘散成丛林。

那也是我

那是另外一个好女人。

月光白得很

王小妮

月亮在深夜照出了一切的骨头。

我呼进了青白的气息。
人间的琐碎皮毛
变成下坠的萤火虫。
城市是一具死去的骨架。

没有哪个生命
配得上这样纯的夜色。
打开窗帘
天地正在眼前交接白银
月光使我忘记我是一个人。

生命的最后一幕
在一片素色里静静地彩排。
月光来到地板上
我的两只脚已经预先白了。

赏析

　　"月亮在深夜照出了一切的骨头。"我认为，作为纯粹的"王氏"笔法，精确而果敢。在此，诗人用句号阻断了诗意的延伸，带有哲理思考和人文意味的双重效应。

　　诗人在月光下遥望星空，"人间的琐碎皮毛/变成下坠的萤火虫。"纷纷跌落，不堪与"青白的气息"相媲美。随着月光，诗人的视角逐渐向下移动，"城市是一具死去的骨架。"此时，诗人不禁咒骂、感慨、悲愤城市的丑陋和罪恶，对其所生存的城市怜悯、哀叹，甚至是痛斥。

　　"没有哪个生命/配得上这样纯的夜色。"那她自己呢？"打开窗帘/天地正在眼前交接白银/月光使我忘记我是一个人。"月光如水，挥洒白银，也使"我"忘记了自己是一个人，也就是说，"我"没有生命了，何必在乎呢！

　　"生命的最后一幕/在一片素色里静静地彩排。"纯美的月光下，诗人忘却了自己，和月光灵犀相通，"月光来到地板上/我的两只脚已经预先白了。"诗人和月光达到了交融的境界，留下一幅悠远辽阔的画面，令人回味无穷。

张猛

小链接

在近年文坛的浮躁和颓唐中，王小妮的写作属于那种少见的亮色之一。她孤愤的知识立场、真切的生命体察、魂牵梦萦的历史忧患意识以及舒卷自如的自由文体，都给其作品打上了深深的个人印记，令人读后难以释怀。

在诗歌批评家、王小妮的丈夫徐敬亚看来，王小妮"丝毫没有女人那种思绪的混乱与纠缠。没有把自己作为低等动物向男人献媚或故作高深的、或卑或亢的作态！在人格与人文的判定上，她的'善''恶'盾牌，敏感而强硬"。并且，"她最反对以男人与女人来划分世界。她从来不愿进入所谓'女诗人'那些狭隘的创作领域"。尽管，王小妮认为"女性将更接近纯粹写作，她们将写得更自然松弛，更好"。但她并不希望将她的写作粗率简单地划归所谓的"女性诗歌"。她说："个性，比女性重要得多。相对于女性，个性的研究难度要大得多。"

关于王小妮个人文体的描述，王小妮用"入手文体"这个崭新的名词为自己的写作命名，以此廓清了自己这种自由的、边缘性的写作状态。

王小妮对"入手文体"的解释是：彻底打破现有的传统文体的窠臼，不为所囿，完全从表达的需要出发，以写作时"入手"的感觉确定文体，以期文质相洽、相互激荡、相互完成。

在近年关于文体的研究与争论中，"入手文体"的提出是令人欣喜的，虽然难说它是理论上的重大发现，但因其有强大丰富的写作实践相支持，因此，它包含了巨大的启发性。它告诉我们这样一个道理：一切与写作有关的理论，如果它想要获得生机，那它一定要以写作实践为基础，否则，它就是不知所云的、无关痛痒和不着边际的。

翟永明

（1955—）

　　中国当代最优秀的女诗人之一。1955年生于四川成都。毕业于四川成都电子科技大学，曾就职于某物理研究所。作品被译为英、德、日、荷等国文字。出版诗集有《女人》《在一切玫瑰之上》《称之为一切》《黑夜中的素歌》《翟永明诗集》《终于使我周转不灵》等，散文随笔集《纸上建筑》《坚韧的破碎之花》《纽约，纽约以西》等。1984年完成大型组诗《女人》，其中所包括的二十首抒情诗均以独特奇诡的语言风格和惊世骇俗的女性立场震撼了诗坛。在此后近二十年的诗歌写作中，她一直保持充沛的写作和思考的活力，每个时期都有重要作品问世，在中国诗坛具有毋庸置疑的重要性。有人称其为"东方最美丽的女诗人"，并有传言为"第三代诗人都有翟永明情结"。

　　现居成都，写作兼经营"白夜"酒吧。

静安庄（组诗选二）

翟永明

第一月

仿佛早已存在，仿佛早已就绪

我走来，声音概不由己

它把我安顿在朝南的厢房

第一次来我就赶上漆黑的日子

到处都有脸形相像的小径

凉风吹得我苍白寂寞

玉米地在这种时刻精神抖擞

我来到这里，听到双鱼星的哞叫

又听见敏感的夜抖动不已

极小的草垛散布肃穆

脆弱唯一的云像孤独的野兽

蹑足走来，含有坏天气的味道

如同与我相逢成为值得理解的内心

鱼竿在水面滑动，忽明忽灭的油灯

热烈沙哑的狗吠使人默想

昨天巨大的风声似乎了解一切

不要容纳黑树

每个角落布置一次杀机

忍受布满人体的时刻

现在我可以无拘无束地成为月光

已婚夫妇梦中听见卯时雨水的声音

黑驴们靠着石磨商量明天

那里，阴阳混合的土地

对所有年月了如指掌

我听见公鸡打鸣

又听见辘轳打水的声音

第二月

从早到午，走遍整个村庄

我的脚听从地下的声音

让我到达沉默的深度

无论走到哪家门前，总有人站着

端着饭碗，有人摇着空空的摇篮

走过一堵又一堵墙，我的脚不着地

荒屋在那里穷凶极恶，积着薄薄红土

是什么挡住我如此温情的视线？

在蚂蚁的必死之路

脸上盖着树叶的人走来

向日葵被割掉头颅，粗糙糜烂的脖子

伸在天空下如同一排谎言

蓑衣装扮成神，夜里将作恶多端

寒食节出现的呼喊

村里人因抚慰死者而自我克制

我寻找，总带着未遂的笑容

内心伤口与他们的肉眼连成一线

怎样才能进入静安庄

尽管每天都有溺婴尸体和服毒的新娘

他们回来了，花朵列成纵队反抗

分娩的声音突然提高

感觉落日从里面崩溃

我在想：怎样才能进入

这时鸦雀无声的村庄

赏析

　　"第一次来我就赶上漆黑的日子"——翟永明的"黑夜"是一种精神之夜。

　　这正是翟永明等女性诗人掀起"黑色风暴"的间歇期。诗里所描绘的"静安庄"有一股诡异的气息。我们感觉到的是万籁俱寂和一种将头颅伸向黑夜也不能释怀的抑郁。如同被驱赶而无处归依的孤魂。黑色，在墨绿、深褐、绛紫这些深色调中旋转。在静安庄，诗人的女性本能在阴阳混合的世界里平生出沉郁和幽寂，唯一与之交流的黑暗和怪诞物都在一瞬间消失了。"黑夜意识"，在那座闲散而优雅的城市，散漫的夜晚属于每一个在静安庄游走的人。

枕戈

小链接

　　在成都这座闲散而优雅的城市里，女诗人翟永明的酒吧开设在聚居着大批画家、文人、音乐人、摄影师、记者的城市南芳草小区，叫"白夜"。

　　酒吧包裹在一系列纤细的线条中，两壁的书籍、杂志，墙上房柱上的摄影图片，不经意摆放的干花，还有夜色中的一张张面孔组成的"浮动的世界"，使这个不大的酒吧有了与众不同的魅力。

　　酒吧的特色总是在夜晚凸现出来。几乎每天夜里九点以后，翟永明都会坐在"白夜"的某一个位置，她的唯美的气质以及与神秘的夜晚极为默契的姿态，总使人觉得什么地方有些特别。

　　翟永明对酒吧是情有独钟的。她对酒吧的理解很容易叫人联想到世纪之初的现代派艺术家们对酒吧的热爱——他们聚在酒吧里，吸烟、喝酒、聊天，创作烟雾与人声，酒香在夜色中缭绕。这是他们依恋的最地道的生活。

顾城
(1956—1993)

　　北京人。上世纪七十年代中后期成为"朦胧诗潮"中与北岛、舒婷等诗人并称的代表诗人之一，被誉为"童话诗人"、当代的唯灵浪漫主义诗人。1962年开始写诗。曾参加诗刊社首届青春诗会。1985年加入中国作家协会。1987年5月应邀赴德国参加明斯特"国际诗歌节"，随后开始周游西欧和北欧诸国。后隐居新西兰激流岛。1993年10月8日，在激流岛杀妻自戕。留下大量诗、文、书法及绘画等作品。著有诗集《黑眼睛》《白昼的月亮》《顾城的诗》《顾城新诗自选集》《顾城诗全编》等，长篇小说《英儿》（与谢烨合著）等。作品被译为英、法、德、西班牙、瑞典等十多种文字。

一代人

顾城

黑夜给了我黑色的眼睛
我却用它寻找光明

赏析

　　这是顾城最脍炙人口的诗作。

　　漆黑如夜的世界，可以染黑我们的眼睛，却不能阻止我们对光明的向往。所谓黑夜，不过是让光明的愈加光明、纯洁的愈加纯洁而已。

　　在这首诗中，我们找到了黑暗与光明的分界线。

　　这是一首黑眼睛的赞美诗——黑眼睛的黑，不再是黑夜的黑，而是我们汇集光明的泉源。

哑巴

远和近

顾城

你
一会儿看我
一会儿看云

我觉得
你看我时很远
你看云时很近

赏析

这首诗中的"远和近"作为一对辩证概念，既不是空间的距离，也不是时间的隔阂，而是心灵间的距离和隔阂。因此，远可以是近，而近也可以是远。

为什么"你"一会儿看"我"、一会儿看云？"你"看云是为了看"我"，还是看"我"是为了看云？这是一个无从回答的问题。然而在"我"的感觉中，"你"的"看"却有着远近之别："你看我时很远"，遥不可及；"你看云时很近"，触手可及。

从这短短的几行诗句中，也许我们可以看出一段恋情的轨迹。

张猛

我是一个任性的孩子

顾城

也许

我是被妈妈宠坏的孩子

我任性

我希望

每一个时刻

都像彩色蜡笔那样美丽

我希望

能在心爱的白纸上画画

画出笨拙的自由

画下一只永远不会

流泪的眼睛

一片天空

一片属于天空的羽毛和树叶

一个淡蓝的夜晚和苹果

我想画下早晨

画下露水所能看见的微笑

赏析

《圣经》上说，人若不再是小孩子，便不当再做孩子气的事。也许我们可以补充一句：诗人除外。而顾城就是这些被除外中的一个。

正是在顾城孩子般的任性中，我们看到一些未曾泯灭的纯真，历经时光的侵蚀却鲜活如初。"我是一个任性的孩子"——只有任性的孩子，才会对人生有如此大胆的呼求——呼求色彩，呼求光明，呼求爱情的欢乐和永恒。而又有多少人，多少懂得事理的"大人"，在折中和默然之中屈服于现实的暗淡，像一块块砖石，砌进了时间灰色的壁垒。生命从他们身上流过，却没有发出任何声音。

尼采说，一切欢乐都要求永恒，深深的永恒。而我们要说的是，一切生命都要求梦想和欢乐——绚丽的梦想和深深的欢乐！

哑巴

画下所有最年轻的

没有痛苦的爱情

画下想象中

我的爱人

她没有见过阴云

她的眼睛是晴空的颜色

她永远看着我

永远，看着

绝不会忽然掉过头去

我想画下遥远的风景

画下清晰的地平线和水波

画下许许多多快乐的小河

画下丘陵——

长满淡淡的茸毛

我让它们挨得很近

让它们相爱

让每一个默许

每一阵静静的春天激动

都成为一朵小花的生日

我还想画下未来

我没有见过她，也不可能

但知道她很美

我画下她秋天的风衣

画下那些燃烧的烛火和枫叶

画下许多因为爱她

而熄灭的心

画下婚礼

画下一个个早早醒来的节日

上面贴着玻璃糖纸

和北方童话的插图

我是一个任性的孩子

我想涂去一切不幸

我想在大地上

画满窗子

让所有习惯黑暗的眼睛

都习惯光明

我想画下风

画下一架比一架更高大的山岭

画下东方民族的渴望

画下大海——

无边无际愉快的声音

最后，在纸角上

我还想画下自己

画下一只树熊

他坐在维多利亚深色的丛林里

坐在安安静静的树枝上

发愣

他没有家

没有一颗留在远处的心

他只有很多很多

浆果一样的梦

和很大很大的眼睛

我在希望

在想

但不知为什么

我没有领到蜡笔

没有得到一个彩色的时刻

我只有我

我的手指和创痛

只有撕碎那一张张

心爱的白纸

让它们去寻找蝴蝶

让它们从今天消失

我是一个孩子

一个被幻想妈妈宠坏的孩子

我任性

小链接

顾城杀妻自戕的事件，在当时的确是爆炸性新闻，而现在来看已经不再是什么新闻了。如果顾城与谢烨、英儿或顾城与英儿、"另一个男人"的"三角恋"发生在今天，算不上什么惊世骇俗的事；但在那样一个年代，还是有着惊天动地的意味的。

顾城尽管孩子气，毕竟是个有世俗欲望的男人，同时又更是一位诗人，因此才把他生命中的两个女人，在视为"欲望女体"的同时，还视为世间的艺术珍品。

他对谢烨的爱情是真挚的、诗化的；对英儿的爱同样是真挚的、诗化的。作为诗人，他没有欺骗两个女人的感情；但他"唐·吉诃德式"的意念使他努力想营造的，是一个亚当两个夏娃吃了禁果却假装没吃的"伊甸园"——新西兰"激流岛"。作为男人，他却"自私"地要占有两个女人的感情和肉体，以为吃了禁果把责任推给撒旦就行了。诗人的艺术"纯粹"与男人的肉体"欲望"在顾城身上是并存的。

柏桦
（1956—）

　　当代最出色的诗人之一。1956年1月出生，重庆人。1982年毕业于广州外国语学院英语系。曾先后在中国科学技术情报研究所重庆分所、西南农业大学、四川外语学院工作。1986年考入四川大学中文系，十九、二十世纪西方文学思潮专业研究生，1987年自动退学。1988年8月赴南京农业大学教授英文。1992年自愿辞职。现居成都，从事自由写作，兼任成都市作协副主席。

　　著有诗集《表达》《往事》，长篇随笔《去见梁宗岱》，回忆录《左边——毛泽东时代的抒情诗人》，文论专著《二十世纪外国重要诗人如是说》《今天的激情——柏桦十年文选》等。

震 颤

柏 桦

漆黑的深夜在这里安眠

一切都不会发生

整个房间只有水波在钢琴上如歌低诉

你面对不动的空门

会心慌，会害怕，会突然丧失信心

会敏捷地跳开

蜷入房间的一角

一分钟内闪过上千次阴暗的念头

少女在走廊尽头洗着雪白的肌肤

向你喃喃倾诉

孤寂是诗人的皇后

那个声音困扰着你

影子已在窗上晃动

花园寂寞的芬芳

吹入你羸瘦的胸中

你会突然揭开窗帘

愉快地偷看一眼

外面辽阔繁衍的灯火

火焰还在徐徐降落

这里没有一丝风

那个声音渐渐消失

你会突然想到东京乐团

此刻正在繁华地演奏

想到亚历山大城浩瀚的夏夜

滚烫的海水侵蚀古代的炮楼

金黄头发的罗马少女

站立悬崖岸边

聆听密林深处老虎的怒吼

依然安详地微笑

等待你的歌声，你的痛哭

你明年冬夜用手枪杀死一只野兽

你每夜要花一半的时间来冥想

你无法想象有这么多成群的意念

像蜂群在你头脑中涌荡

华尔兹、雪亮的灯光、丰盈的白皮肤

一个向你转过头来的陌生人

一具优美僵直的尸体

即将迫近的火车、乌云和浪潮

你会受不住

会突然沉重地倒在沙发上

扣着心口喘气、愤怒、抑郁或忘却

死去一个夜晚

好久才复活

那个声音又向你走来

很近，几乎贴上你的脸

她的呼吸和气味进入你的身体

整个儿把你围住

今夜你无论如何得死去

因为她明天就要来临

黎明已传来了她遥远的海边情歌

赏析

"诗歌已死"的传言在上世纪八十年代以后的诗坛像瘟疫一样蔓延，令人猝不及防。但柏桦却说"我是爆发型诗人""诗人比诗歌重要"，谣言的产生"与上世纪八十年代的诗歌阅读和创作氛围不复存在无关。没必要为所谓的'诗歌已死'担心"。

对美好往昔的追忆，对纯真之爱的渴求，以及濒于自戕的激情，在诗中得到呈现。它恍惚打开了回忆的闸门。一间房子显得多么孤寂，但它把我们带回那已逝的岁月中，并让死去的一切复活。过去的生活仿佛震颤起来。柏桦诗中这种特殊的穿透力，在将具有象征意义的事件转化为诗歌资源的瞬间，迸发出令人肃然起敬的精神火花。

枕戈

汪国真
(1956—)

　　1956年生于北京，当代最著名的诗人之一，祖籍厦门。著有诗集《年轻的潮》《年轻的风》《年轻的思绪》《年轻的温馨》《年轻的潇洒》等。1990年7月4日，其诗集被《新闻出版报》列为十大畅销书之一，其诗集发行量创有新诗以来诗集发行量之最，时称"汪国真现象"。1990年10月，北京高校出现汪国真诗歌演讲热。

　　汪国真的散文作品曾入选全日制普通高中语文读本。他在书画领域也取得了令人瞩目的成就。

热爱生命

汪国真

我不去想是否能够成功

既然选择了远方

便只顾风雨兼程

我不去想能否赢得爱情

既然钟情于玫瑰

就勇敢地吐露真诚

我不去想身后会不会袭来寒风冷雨

既然目标是地平线

留给世界的只能是背影

我不去想未来是平坦还是泥泞

只要热爱生命

一切，都在意料之中

赏析

　　汪国真的诗强调个人对理想的追求，常用爱情、成功等积极意象构造诗篇，以其哲理底蕴隐约体现出一种教化功能。

　　《热爱生命》是汪国真的代表作之一，这首诗以四个肯定的回答表达出为何要热爱生命的哲理。四个段落分别以"成功""爱情""奋斗"和"未来"为核心意象进行分析和阐述，清新雅致而鼓舞人心。

　　成功、爱情、奋斗、未来，构成了我们的生命。诗人热爱生命，我们又何尝不是呢！

张猛

王家新
（1957—）

当代著名诗人、诗歌评论家、文学教授，被视为"朦胧诗"后最重要、最有影响的诗人之一，当代诗坛"知识分子写作"的主要代表诗人之一。1957年生，湖北丹江人。毕业于武汉大学中文系。大学期间开始发表诗作。1983年参加诗刊社青春诗会。1985—1990年在诗刊社从事编辑工作。1992—1994年旅居英国等国，做访问作家。回国后任教于北京教育学院，任中文系教授。著有诗集《纪念》《游动悬崖》《楼梯》《王家新的诗》《未完成的诗》等，诗论集《人与世界的相遇》《夜莺在它自己的时代》《没有英雄的诗》《坐矮板凳的天使》《取道斯德哥尔摩》《为凤凰找寻栖所——现代诗歌论集》《雪的款待》等。

译著有《叶芝文集》（卷一）、《保罗·策兰诗文选》（与人合译）等。编选有《中国当代实验诗选》（与唐晓渡合编）、《当代欧美诗选》《外国二十世纪纯抒情诗精华》（与唐晓渡合编）、《叶芝文集》（三卷本）、《欧美现代诗歌流派诗选》（三卷本）、《中外现代诗歌鉴赏》（高中语文选修教程正式教科书）等。

帕斯捷尔纳克

王家新

不能到你的墓地献上一束花

却注定要以一生的倾注，读你的诗

以几千里风雪的穿越

一个节日的破碎，和我灵魂的战栗

终于能按照自己的内心写作了

却不能按一个人的内心生活

这是我们共同的悲剧

你的嘴角更加缄默，那是

命运的秘密，你不能说出

只是承受、承受，让笔下的刻痕加深

为了获得，而放弃

为了生，你要求自己去死，彻底地死

这就是你，从一次次劫难里你找到我

检验我，使我的生命骤然疼痛

从雪到雪，我在北京的轰然泥泞的

公共汽车上读你的诗，我在心中

呼喊那些高贵的名字

那些放逐、牺牲、见证，那些

在弥撒曲的震颤中相逢的灵魂

那些死亡中的闪耀，和我的

自己的土地！那北方牲畜眼中的泪光

在风中燃烧的枫叶

人民胃中的黑暗、饥饿，我怎能

撇开这一切来谈论我自己

正如你，要忍受更剧烈的风雪扑打

才能守住你的俄罗斯，你的

拉丽萨，那美丽的、再也不能伤害的

你的，不敢相信的奇迹

带着一身雪的寒气，就在眼前！

还有烛光照亮的列维坦的秋天

普希金诗韵中的死亡、赞美、罪孽

春天到来，广阔大地裸现的黑色

把灵魂朝向这一切吧，诗人

这是苦难，是从心底升起的最高律令

不是苦难，是你最终承担起的这些

仍无可阻止地，前来寻找我们

发掘我们：它在要求一个对称

或一支比回声更激荡的安魂曲

而我们，又怎配走到你的墓前？

这是耻辱！这是北京的十二月的冬天

这是你目光中的忧伤、探寻和质问

钟声一样，压迫着我的灵魂

这是痛苦，是幸福，要说出它

需要以冰雪来充满我的一生

赏析

王家新是一位有承担的诗人，他的诗不但耐读，而且有着丰富的历史底蕴和人文情怀，尽管他的有些诗常常会因为异域地名或人名的大量运用，而阻碍我们进一步了解和认识。

帕斯捷尔纳克是俄罗斯著名小说家、诗人，以其特有的忧郁和高贵品格对中国当代诗人产生了很大的影响，王家新便是其中之一。

"终于能按照自己的内心写作了／却不能按一个人的内心生活"——其实，诗人正是在按照这个人的内心生活。他把帕斯捷尔纳克看做一个对艰难岁月和苦难命运的"承担者"，并以此为尺度来考量自己的作为。

面对人民胃中的黑暗和饥饿，诗人心底升起了最高的律令，他毅然选择了承担。觉醒之后，既认识到"这是痛苦，是幸福，要说出它，／需要以冰雪来充满自己的一生"。

张猛

吕德安
（1960—）

1960年生，福建人，著名诗人、画家。著有诗集《纸蛇》《南方以北》《顽石》及长诗《曼凯托》和《适得其所》等。部分作品被译成多种外语。曾多次应邀参加国际诗歌节和戏剧节，是当代颇有影响的诗人之一。现游居在福建省和美国纽约两地。吕德安的诗是故事片，近乎动作片，抒情成分极少。他现在的口语诗彻底摒弃了抒情，仅取其"冷"。

父亲和我

吕德安

父亲和我
我们并肩走着
秋雨稍歇
和前一阵雨
像隔了多年时光

我们走在雨和雨的间歇里
肩头清晰地靠在一起
却没有一句要说的话

我们刚从屋子里出来
所以没有一句要说的话
这是长久生活在一起
造成的

滴水的声音像折下的一枝细枝条
像过冬的梅花

赏析

　　我们从画家那里看到过这样的画面。那是不知多少年前的胡同巷子里，人们身上还穿着青衣的年代。吕德安让我们长久地在屋子里向这孤独的角落画上半截子的惊叹号，好比一层窗纸无意间在人群中穿梭。上世纪八十年代或更远的沉默，我或者你们，都是摸着这层窗纸并肩走着的，直到晃晃悠悠地，似乎从睡梦里醒来。这隐约含有不堪言语的落幕终于姗姗来迟。在这样的朦胧境界里，字里行间那种缓慢的节奏，令人的心境达到一种平衡。即使在"父亲"这一概括性的名词概念里，吕德安仍将他的感情复制起来，在这一不可替代的时代情结里，

父亲的头发已经全白
但这近乎于一种灵魂
会使人不禁肃然起敬

依然是熟悉的街道
熟悉的人要举手致意
父亲和我都怀着难言的恩情
安详地走着

这里所代表的意义太过复
杂而深沉，与岁月的沧桑
有关，与他经历过的那个
遥远黯淡的剧烈变乱的年
代有关，比如那个"秋雨"
显然已经超出了自然意义
的秋季的雨。而对于恩情
来说，这里描述的情景大
概隐藏了太多。

张猛

陈东东
（1961—）

1961年生于上海，1981年开始写诗。第三代诗人代表之一。民间诗刊《作品》（1982－1984）、《倾向》（1988－1991）和《南方诗志》（1992－1993）的主要编者。曾任海外文学人文杂志《倾向》的诗歌编辑（1994－1997），1996－1998 年刘丽安诗歌奖和 1999－2000年安高诗歌奖评委。

著有诗集《即景与杂说》《解禁书》《下扬州》《海神的一夜》《明净的部分》，散文集《一排浪》《短篇》，随笔集《只言片语来自写作》等。

秋歌之三

陈东东

跟随着暗夜，飞快上升的女性之光
以竖琴为形式，以动物园深处孔雀的激情
展开秋天。诗歌的刀锋上，
吟诵真言者掠过又止步，
一轮明月要为他照耀死亡和虚构。

一轮明月，从矿井到港口。
上涨的新城里公共游乐场翻卷起火把。
冒险的大教堂。翠绿的电报局。
玻璃防波堤阻挡旗鱼和灰色处女海。

女性的光芒，自水中上升——
按时的钟声令她们出浴并进入音乐。
虚构。死亡！孤心的坠楼者盛开和牺牲——
那卷刃的词语无法说出，
弹拨的手指却已经触动了血腥之弦。

白昼回转一次，飞鸟把夜色镂空。

新的黑暗，在同样的星下重复着疼痛。

吟诵真言者掠过又止步，

秋之曲调超出优美达到了残忍。

生命落下，光芒正上升。热烈的姑娘们

围拢白银和碎身的姐妹。

吟诵真言者止步——慰抚，

他慰抚死亡，完满虚构的

风景和意义。

一轮明月向西倾斜。灰色处女海拍打着新城。

孔雀。对称。四季循环的物质和灵魂

随竖琴低鸣——而女性的光芒，

女性的光芒在诗歌的刀锋上盛开和牺牲。

赏析

陈东东的诗被誉为"无意义的意义之
作"——在他的诗歌中，每句话都似乎没
有意义，但却在整首诗上注满了他的思想
和感觉。《秋歌》是他的代表作，在诗里
他以音乐般的语调，和着自己的哲性思维，
用词语跳舞。"白昼回转一次，飞鸟把夜
色镂空。"在这样的线条里，我们和诗人
一起感动和体味。

在陈东东的诗里，"非我化"的特征
很明显。他努力让自己从诗里撤出，让诗
歌容纳更多的内容。或许，正如诗人所说，
诗歌只是诗歌自己，不是诗人。诗人只是
用诗歌来表达诗歌，作为一种方式，却又
不是道路。在这样复杂的情形中，他的诗
理所当然地就只是诗了。

"但是我更喜欢信马由缰"。一句直
白的表达，读者是不是也要学会在诗的内
部去自由感悟呢？

枕戈

韩 东
(1961—)

　　当代著名诗人，"他们"诗歌流派主要成员之一。1961年5月生于南京。八岁随父母下放到苏北农村。1980年开始发表作品。1982年毕业于山东大学哲学系。上世纪八十年代中期，与李亚伟等人推出一股"先锋派"诗歌新潮，发表了《有关大雁塔》《你见过大海》《明月降临》等诗作。1984年与于坚、丁当等人创办民间文学刊物《他们》，形成"他们"诗歌流派。1990年加入中国作家协会。著有诗集《吉祥的老虎》《爸爸在天上看我》等，小说集《西天上》《我的柏拉图》《我们的身体》，长篇小说《扎根》《我和你》《知青变形记》，散文《爱情力学》，诗文集《交叉跑动》，访谈录《毛焰访谈录》等。作品被译为多国文字。现为自由撰稿人。

有关大雁塔

韩东

有关大雁塔

我们又能知道些什么

有很多人从远方赶来

为了爬上去

做一次英雄

也有的还来做第二次

或者更多

那些不得意的人们

那些发福的人们

统统爬上去

做一做英雄

然后下来

走进这条大街

转眼不见了

也有有种的往下跳

在台阶上开一朵红花

那就真的成了英雄

当代英雄

赏析

"诗到语言为止",颇为耐人寻味的一句话。诗难道不应追求精神的崇高与深刻之美吗?果真如此,那诗歌不就仅仅履行了文字的符号功能吗?

在韩东看来,诗便只意味着语言,只意味着语言本身所能表达的东西。而语言只能描述事物。那么,"诗到语言为止"的背后含义应是"还一切以一个真实的面貌……"

还世界一个真实的面貌就是诗了吗?为什么纪实文学就不是诗?这就要看以什么样的方式还原了。

因此"诗到语言为止"还是以诗的语言来还原。这就意味着:语言是用来表现事实本身的东西,多余的东西,如果不是语言自身的,对于诗而言,其实都是一种损害,会使诗歌本身变得不纯粹。而为什么还原?因为事实如同石头遮蔽在水里,需要双手的技艺拨开它。

有关大雁塔

我们又能知道些什么

我们爬上去

看看四周的风景

然后再下来

回到这首诗上，我相信它仅仅是一个开始。对于八十年代许多滥情的虚伪的写作而言，韩东想告诉他们：没准你们什么也没写。就像那些游客和大雁塔。你在上面走一圈，撒泡尿，甚至从上头跳下来，大雁塔还是大雁塔，你永远也够不着。

吴功青

温柔的部分

韩 东

我有过寂寞的乡村生活

它形成了我生活中温柔的部分

每当厌倦的情绪来临

就会有一阵风为我解脱

至少我不那么无知

我知道粮食的由来

你看我怎样把清贫的日子过到底

并能从中体会到快乐

而早出晚归的习惯

捡起来还会像锄头那样顺手

只是我再也不能收获些什么

不能重复其中每一个细小的动作

这里永远怀有某种真实的悲哀

就像农民痛哭自己的庄稼

赏析

《温柔的部分》的确让我们感到韩东的另一面，然而我并不惊讶。因为这温柔而真实的力量正是他的诗学主张所要求的。全诗没有一个比喻，没有一句口号或大抒情，但却如此深入人心。"诗到语言为止"——"诗到事实为止"，不用担心不赞颂母亲的勤劳，勤劳就不被看到，如果我们写到了母亲在冬天的冰水里洗着菜，事实本身便已完全显露了自身。它不仅不需要说，而且会比能说出的更多。

韩东笔下的乡村生活就是这样的。我们怀念或赞美它们从来不是因为言辞，而是它充满了有稻谷、锄头和无边的天空。

吴功青

小链接

"先锋派"诗歌也被人称为"后现代主义"诗歌，是继"朦胧诗"与"寻根诗"之后出现的一种诗歌现象。"朦胧诗"以象征、意象等手法表达主观情绪与伸张人性；"寻根诗"则把诗歌推向民族的文化历史，试图在"天人合一""人神合一"的古文化境界中找回人们的"生命冲动"与"英雄精神"；而"先锋派"诗作则一反常调，把诗歌拉回到当代人的生活现象与实际存在中来。他们主张诗歌与"生命"联系，认为"诗到语言为止"，从而显示出"反文化""反意象""反英雄"的诗歌倾向。

骆一禾
（1961—1989）

　　北京人，当代青年诗人。1979年考入北京大学中国语言文学系中国文学专业。1984年9月毕业到北京出版社《十月》编辑部工作。1983年开始发表诗，1988年参加诗刊社举办的青春诗会。

　　1989年5月31日因突发性脑血管破裂大面积出血而死，年仅二十八岁。翌年长诗《世界的血》出版。生前发表过小说、散文、诗论多种，主要是诗歌。身后留下大约近两万行的诗作，其中包括两部巨制长诗。1990年获《十月》冰熊奖，《屋宇》获北京建国四十周年优秀文学作品奖。著有《世界的血》《海子、骆一禾作品集》《骆一禾诗全编》等作品。

为美而想

骆一禾

在五月里一块大岩石旁边

我想到美

河流不远　靠在一块紫色的大岩石旁边

我想到美　雷电闪在离寂静

不远的地方

有一片晒烫的地衣

闪耀着翅膀

在暴力中吸上岩层

那只在深红色五月的青苔上

孜孜不倦的工蜂

是背着美的呀

在五月的一块大岩石的旁边

我感到岩石下面的目的

有一层沉思在为美而冥想

赏析

有人说，如果把海子的诗当做歌唱的喉咙，骆一禾的诗则是一对倾听的耳朵。

的确，骆一禾的诗、生平甚至是死亡的方式几乎都像是对海子的回应。尤其是后者，让人不得不产生宿命之感。而在诗歌艺术上，骆一禾拥有与海子"同样强度、不同质地的才华"。这首写于二十岁左右的诗歌就是证明。

"在五月里一块大岩石旁边／我想到美"。夏日里，雷雨从天空逼近，而瞬间的寂静更加刻骨。诗人坐在一块大岩石上，想到了美。但它是什么？之后他说出了闪电，是美，但又不完全。最美的在这冥想中。一个人在雷雨到来之前，安坐在一个地方不动，闪电如刀光一样在脸上映照，此时他最能接近存在。静止中总有力在繁衍、生殖。

"在五月的一块大岩石的旁边／我感到岩石下面的目的／有一层沉思在为美而冥想"。在沉思中倾听世界的人最终完成了自我倾听，抵达无限。

吴功青

大河

骆一禾

在那个时候我们架着大船驶过河流

在清晨

在那个时候我们的衣领陈旧而干净

那个时候我们不知疲倦

那是我们年轻的时候

我们只身一人

我们也不要工钱

喝河里的水

迎着天上的太阳

蓝色的门廊不住开合

涂满红漆的轮片在身后挥动

甲板上拥挤不堪

陌不相识的人们倒在一起沉睡

那时候我们没有家

只有一扇窗户

我们没有经验

我们还远远没有懂得它

生着老锈的锋利的船头漂着水沫

赏析

这是屈原的大河、李白的大河、皇帝和无名小卒的大河、生者的大河和死者的大河……骆一禾在此"大河"上游行，也是在向历史回溯。和"陌不相识的人们倒在一起沉睡"，划着大船没有目的地航行——而河已在这之中。它就是这些陌生人，就是海面上的风，"划开肉体"。这祖先的大河，连接着人和亡灵的存在，阴性的大地的伸展，才是汉民族真正的养料和源头。海子写作《但是水，水》，而骆一禾的天才也正在此：用语言强大的力量穿过历史的乌云，直抵最初的存在，这个最初，可以是民族的，但更是世界的——遥远的金字塔，人诞生的刹那。古往今来的文明都

风吹得面颊生疼

在天蓬上入睡的时候眼帘像燃烧一样

我们一动不动地

看着在白天的绿荫下发黑的河湾

浓烈的薄荷一闪而过

划开肉体

积雪在大路上一下子就黑了

我们仰首喝水

饮着大河的光泽

要求被还原成一种诗歌构成。"我们仰首喝水 / 饮着大河的光泽"。

吴功青

小链接

骆一禾早在二十多年前就已离我们而去，所幸的是他为我们留下了一笔宝贵的文化遗产，留下了一种"敢于正视淋漓的鲜血"的抗争精神和对诗歌艺术孜孜不倦的追求。所幸还有那么一群人在时间无涯的荒野里怀念他，抚摩他留在血色夕阳下的深深浅浅的足迹。正如捷克诗歌巨匠塞弗尔特所说：诗人必须说出人们震耳欲聋的言辞所遮盖的东西。那就是存留在我们生命之旅中最基本而又最不易表达出来的东西。骆一禾将自己深切的目光、困苦的思索和隐隐的睿智注到人生的舞台，充分体味生活，让所有的诗句更能贴近读者的心灵。

王 寅
(1962—)

　　1962年生于上海，诗人、作家。毕业于上海师大中文系。做过教师、记者、电视编导。1983年开始发表作品。第三代诗人代表之一。著有《王寅诗选》、随笔集《刺破梦境》等。王寅上世纪九十年代以来的诗歌，是对中国当代诗歌的一项突出贡献。他把个人的生存境遇与时代的狂暴用完美的艺术表现结合起来，成为从个人出发反抗与讽喻现实的典范。

想起一部捷克电影想不起片名

王寅

鹅卵石街道湿漉漉的

布拉格湿漉漉的

公园拐角上姑娘吻了你

你的眼睛一眨不眨

后来面对枪口也是这样

党卫军雨衣反穿

像光亮的皮大衣

三轮摩托驶过

你和朋友们倒下的时候

雨还在下

我看见一滴雨水与另一滴雨水

在电线上追逐

最后掉到鹅卵石路上

我想起你

嘴唇动了动

没有人看见

西川
（1963—）

　　原名刘军，1963年生于江苏徐州。大学时代开始写诗，是"后新诗潮"代表诗人之一。1985年毕业于北京大学英文系。现执教于中央美术学院人文学院。

　　自上世纪八十年代起西川即投身于全国性的青年诗歌运动。曾与友人创办民刊《倾向》（1988—1991），参与民刊《现代汉诗》的编辑工作。其创作和诗歌理念在当代中国诗歌界产生了广泛影响。著有诗集《虚构的家谱》《隐秘的汇合》《大意如此》《西川的诗》等，诗文集《深浅》，散文集《水渍》等，随笔集《让蒙面人说话》，译著有《博尔赫斯八十忆旧》《米沃什词典》（与人合译）等，编有《海子的诗》《海子诗全编》等。曾获《十月》文学奖、《上海文学》奖、现代汉诗奖、《人民文学》奖、联合国教科文组织阿齐伯格奖修金、德国魏玛全球论文竞赛前十名、第二届鲁迅文学奖、美国弗里曼基金会奖修金、庄重文文学奖等奖项，录入英国剑桥《杰出成就名人录》。部分作品被译为英、法、荷、西、意、日等国文字。

把羊群赶下大海

西川

请把羊群赶下大海，牧羊人，

请把世界留给石头——

黑夜的石头，在天空它们便是

璀璨的群星，你不会看见。

请把羊群赶下大海，牧羊人，

让大海从最底层掀起波澜。

海滨低地似乌云一般旷远，

剩下孤单的我们，在另一个世界面前。

凌厉的海风。你脸上的盐。

伟大的太阳在沉船的深渊。

灯塔走向大海，水上起了火焰

海岬以西河流的声音低缓。

告别昨天的一场大雨，

承受黑夜的压力、恐怖的摧残。

沉寂的树木接住波涛，

海岬以东汇合着我们两人的夏天。

因为我站在道路的尽头发现

你是唯一可以走近的人；

我为你的羊群祝福：把它们赶下大海

我们相识在这一带荒凉的海岸。

赏析

　　"请把羊群赶下大海，牧羊人"——是啊，牧羊人，请把你的羊群赶下大海吧，我们需要的不是你的羊群，而是相识，我们在海岬两岸的相识。因为，"黑夜的石头，在天空它们便是 /璀璨的群星，你不会看见。"而"海滨低地似乌云一般旷远，/剩下孤单的我们，在另一个世界面前。"

　　天空是不属于我们的，海滨也不属于我们，属于我们的是另外一个世界，这个世界有"凌厉的海风""你脸上的盐""沉船"、走向大海的灯塔以及水面上的火焰。但是，这些又怎么样呢？"海岬以西河流的声音低缓。""我站在道路的尽头"，面对荒凉的海岸，独自感慨。

　　可是，当我告别了昨天、黑暗、恐怖以后，我终于发现"海岬以东汇合着我们两人的夏天"，这时候，我走近你，我为你的羊群祝福，更为我们的相识而兴奋，心潮澎湃。

张猛

十二只天鹅

西川

那闪耀于湖面的十二只天鹅
没有阴影

那相互依恋的十二只天鹅
难于接近

十二只天鹅——十二件乐器——
当它们鸣叫

当它们挥舞银子般的翅膀
空气将它们庞大的身躯
托举

一个时代退避一旁，连同它的
讥诮

想一想，我与十二只天鹅
生活在同一座城市！

赏析

"十二只天鹅"是"十二件乐器"，"当它们鸣叫/当它们挥舞银子般的翅膀/空气将它们庞大的身躯/托举"，在这细致的描述中，我们知道了"十二只天鹅"也就是"十二件乐器"，然而这"十二件乐器"是同一种乐器。因此，这"十二只天鹅"也就是十二只天鹅的鸣叫。

那么，诗人为什么选择"十二只天鹅"这个意象呢？要回答这个问题，依然需要回到诗本身。诗人写到，"十二只天鹅"闪耀于湖面，没有阴影；相互依恋，难以接近；它们的叫声却使得"一个时代退避一旁，连同它的讥诮"。十二只天鹅的叫声纯洁了一个时代的讥诮，于是，诗人选择了这个意象，同时，这个意象契合了诗人的情感需要，起到了连缀全诗、构造诗意、显现意境的作用。

这首诗要反复地阅读才能体会出其中蕴涵的形神交融，读来诗意盎然。

张猛

那闪耀于湖面的十二只天鹅
使人肉跳心惊

在水鸭子中间，它们保持着
纯洁的兽性

水是它们的田亩
泡沫是它们的宝石

一旦我们梦见那十二只天鹅
它们傲慢的颈项
便向水中弯曲

是什么使它们免于下沉？
是脚蹼吗？

凭着羽毛的占相
它们一次次找回丢失的护身符

湖水茫茫，天空高远：诗歌

是多余的

我多想看到九十九只天鹅

在月光里诞生！

必须化作一只天鹅，才能尾随在

它们身后——

靠星座导航

或者从荷花与水葫芦的叶子上

将黑夜吸吮

谢久明
（1973—）

　　男，上世纪七十年代生，河北衡水武邑县人。习诗二十余载，发表诗作近百首。先后六次获不同级别的文学奖项。民刊《六十七度》发起人之一，衡水市作协理事。现居衡水。

三月，有人呼唤我的名字

谢久明

在感情的那片绿地上

常常有人呼唤我的名字

每轻唤一声

你都会撷取我一次痛苦的回首

你为什么

总将这不是风景的风景当做风景

有一种意义我始终没有体会

就像有一种欲望时刻拍击着

我鲜嫩的肢体

在为一个人默默地流着血

从此

我的名字将我痛苦地缠绕

我忧郁的名字

是一枚无法成熟的果子

那么请把我摘下来吧

我甘愿为你去死一次

而你是否明白我最终的期待

对于你

我已无数次地期待过

就像三月的草青了又黄黄了又青

赏析

　　谢久明的这首诗写得情真意切，字里行间洋溢的爱情誓言令人动容。"在感情的那片绿地上/常常有人呼唤我的名字/每轻唤一声/你都会撷取我一次痛苦的回首。"青春总是往返于爱与伤口之间，诗人爱着的，是一个人，抑或是一个模糊的影子——这个影子囊括了所有青春的岁月，以及春天最迷人的部分。因为年轻，所以懵懂——年少的情怀在爱与被爱的精神世界里盛开，致使"我的名字将我痛苦地缠绕"。如果"你"能明白，请摘下"我"的心，摘下"我"年轻的生命，"我甘愿为你去死一次"——

　　多么铿锵的青春姿态！既然爱过，青春就不会留下遗憾。无数的期待与仰望，在少年的梦里葳蕤生长，"就像三月的草青了又黄黄了又青"。

　　整首诗温暖、感伤，却又不乏青春的蓬勃朝气。诗歌优美、动人，像一道清泉，汩汩淌入我们的心田。

苏爱丽

李亚伟
（1963—）

　　当代著名诗人。1963年出生，重庆酉阳人。1982年开始现代诗创作。1984年与万夏、胡冬、马松、二毛、胡钰、蔡利华等人创立"莽汉"诗歌流派，同年写作《我是中国》《硬汉们》《中文系》《毕业分配》《苏东坡和他的朋友们》等作品。1993年下海经商，常年往返于北京和成都两地。2000年创办成都五谷田餐饮文化有限公司，兼职出版社总编辑。因出版诗集《豪猪的诗篇》获华语传媒盛典2005年度诗人奖。

　　作为上世纪八十年代最负盛名的地下诗人之一，他的诗歌最早多以在酒桌上朗诵的方式发表，后以一首《中文系》被传抄遍全国各大学的中文系。李亚伟在诗歌写作中表现出的卓越的语言才能和反讽意义，使他被认为是北岛之后最受欢迎的大陆诗人之一和中国后现代诗歌的重要代表诗人。诗作被编入《后朦胧诗全集》（1993）。主要作品有《中文系》《少年与光头》《异乡的女子》《风中的美人》《酒中的窗户》和《秋天的红颜》等。其中，《中文系》曾入选多种诗歌选本，包括教材。

中文系

李亚伟

中文系是一条撒满钓饵的大河

浅滩边，一个教授和一群讲师正在撒网

网住的鱼儿

上岸就当助教，然后

当屈原的秘书，当李白的随从

当儿童们的故事大王，然后，再去撒网

有时，一个树桩般的老太婆

来到河埠头——鲁迅的洗手处

搅起些早已沉滞的肥皂泡

让孩子们吃下。一个老头

在讲桌上爆炒野草的时候

放些失效的味精

这些要吃透《野草》的人

把鲁迅存进银行，吃他的利息

在河的上游，孔子仍在垂钓

一些教授用成缕的胡须当钓线

以孔子的名义放排钩钓无数的人

当钟声敲响教室的阶梯

阶梯和窗格荡起夕阳的水波

一尾戴眼镜的小鱼还在独自咬钩

当一个大诗人率领一伙小诗人在古代写诗

写王维写过的那块石头

一些蠢鲫鱼或一条傻白鲢

就可能在期末渔汛的尾声

挨一记考试的耳光飞跌出门外

老师说过要做伟人

就得吃伟人的剩饭背诵伟人的咳嗽

亚伟想做伟人

想和古代的伟人一起干

他每天咳着各种各样的声音从图书馆

回到寝室

一年级的学生，那些

小金鱼小鲫鱼还不太到图书馆

及茶馆酒楼去吃细菌，常停泊在教室或

老乡的身边，有时在黑桃 Q 的桌下

快活地穿梭

诗人胡玉是个老油子

就是溜冰不太在行，于是

常常踏着自己的长发溜进

女生密集的场所用腮

唱一首关于晚风吹了澎湖湾的歌

更多的时间是和亚伟

在酒馆的石缝里吐各种气泡

二十四岁的敖歌已经

二十四年都没写诗了

可他本身就是一首诗

常在五公尺外爱一个姑娘

节假日发半价电报

由于没记住韩愈是中国人还是苏联人

敖歌悲壮地降了一级，他想外逃

但他害怕爬上香港的海滩会立即

被警察抓去考古汉语

万夏每天起床后的问题是
继续吃饭还是永远不再吃了
和女朋友卖完旧衣服后
脑袋常吱吱地发出喝酒的信号
他的水龙头身材里拍击着
黄河愤怒的波涛，拐弯处挂着
寻人启事和他的画夹

大伙的拜把兄弟小绵阳
花一个月读完半页书后去食堂
打饭也打炊哥
最后他却被蒋学模主编的那枚深水炸弹
击出浅水区
现已不知饿死在哪个遥远的车站

中文系就是这么的
学生们白天朝拜古人和王力和黑板
晚上就朝拜银幕或很容易地
就到街上去凤求凰兮
中文系的姑娘一般只跟本系男孩厮混
来不及和外系娃儿说话

这显示了中文系自食其力的能力

亚伟在露水上爱过的那医专的桃金娘

被历史系的瘦猴赊去了很久

最后也还回来了，亚伟

是进攻医专的元勋他拒绝谈判

医专的姑娘就有被全歼的可能医专

就有光荣地成为中文系的夫人学校的可能

诗人杨洋老是打算

和刚认识的姑娘结婚，老是

以鲨鱼的面孔游上赌饭票的牌桌

这条恶棍认识四个食堂的炊哥

却连写作课的老师至今还不认得

他曾精辟地认为大学

就是电影院就是美味的火锅

火锅就是医专就是知识

知识就是书本就是女人

女人就是考试

每个男人可要及格啦

中文系就这样流着

教授们在讲义上喃喃游动

学生们找到了关键的字

就在外面画上旋涡画上

教授们可能设置的陷阱

把教授们嘀嘀咕咕吐出的气泡

在林荫道上吹到期末

教授们也骑上自己的气泡

朝下漂像手执丈八蛇矛的

辫子将军在河上巡逻

河那边他说"之"河这边说"乎"

遇到情况教授警惕地问口令："者"

学生在暗处答道："也"

根据校规领导命令

学生思想自由命令学生

在大小集会上不得胡说八道

校规规定教授要鼓励学生创新

成果可在酒馆里对女服务员汇报

不得污染期终卷面

中文系也学外国文学

重点学鲍狄埃学高尔基，有晚上

厕所里奔出一神色慌张的讲师

他大声喊：同学们

快撤，里面有现代派

中文系在古战场上流过

在怀抱贞节的教授和意境深远的月亮

下边流过，河岸上奔跑着烈女

那些石洞里坐满了忠于杜甫的寡妇

和三姨太，坐满了秀才进士们的小妾

中文系从马致远的古道旁流过

以后置宾语的身份

被字句提到生活的前面

中文系如今是流上茅盾巴金们的讲台了

中文系有时在梦中流过，缓缓地

像亚伟撒在干土上的小便像可怜的流浪着的

小绵阳身后那消逝而又起伏的脚印，它的波浪

正随毕业时的被盖卷一叠叠地远去

赏析

　　《中文系》是一首典型意义上的"莽汉诗歌"，按照诗人自己的意图，这首诗是献给中文系的学生和老师的。老师和学生都读懂了，便因此成了一个典型。诗人认为"这首诗只是口语诗中的一个早期样本"。

　　《中文系》呈现出现代大学生相对怀疑的精神。新生代诗人有一个共同的审美特征，即反文化、反崇高、反优美。在他们的艺术语义、价值取向及文化深层构成上，多少可以感觉到他们受美国"垮掉的一代"的影响。事实上，他们"反文化"的精神实质是反对封建理性，"反崇高"意在恢复现实的人的主体意识，"反优美"则是要打破规行矩步的古典审美趣味，追求一种新的冲突的美。而这些都与"垮掉的一代"深为不同。"反文化"就意味着出现了另一种新的文化现象，这是时代的必然。

　　这首诗对我国高校封闭保守的教学方式及以述而不作的治学态度为特征的超稳定型文化传统进行了某种嘲弄。这是此诗的一个方面；另一个方面，诗人描述了几个骚动不宁的灵魂。这些人具有玩世不恭、厌倦颓丧、放荡不羁、迷惘荒诞、六神无主的性格特征。这些人是当代的"多余人"类型。他们不满现状但采取了自恋乃至自渎的反抗方式。诗人仅仅"呈现"了这一切，这是具有相当的认识价值的。我们不能一厢情愿地认为，诗人是在歌颂这一切。

　　事实上，一首诗仅仅是"呈现"，其结论应由读者得出。正如劳·坡林所言："我们务必谨慎，不可随便把诗中的情节安在诗人身上。诗人和小说家、戏剧家一样，有充分的理由把自己的实际经验加以改装，使之具有普遍意义……因为这是故事中人物的发言而非诗人自己的发言。"(《怎样欣赏英美诗歌》)这首诗改变了以往"爱憎分明、是非分明"两极化的认识类型，形成一种暧昧的态度，这些有意性实验，我们应当予以谅解、宽容。

陈超

海子
(1964—1989)

原名查海生，生于安徽怀宁县高河镇查湾村。1979年考入北京大学法律系，1982年开始写诗，1983年自北大毕业后分配至中国政法大学哲学教研室工作。1989年3月26日在山海关卧轨自杀，年仅二十五岁。在他短暂的生命里，他保持了一颗圣洁的心。曾长期不被世人理解，但他是中国上世纪七八十年代新文学史中一位全力冲击文学与生命极限的诗人。死后由朋友、著名诗人西川等人编辑出版了《土地》《海子的诗》《海子诗全编》《海子诗全集》等作品。部分作品被收入近二十种诗歌选本及各类大学中文系教材。

面朝大海，春暖花开

海子

从明天起，做一个幸福的人

喂马，劈柴，周游世界

从明天起，关心粮食和蔬菜

我有一所房子，面朝大海，春暖花开

从明天起，和每一个亲人通信

告诉他们我的幸福

那幸福的闪电告诉我的

我将告诉每一个人

给每一条河每一座山取一个温暖的名字

陌生人，我也为你祝福

愿你有一个灿烂的前程

愿你有情人终成眷属

愿你在尘世获得幸福

我只愿面朝大海，春暖花开

赏析

在一个日渐堕落的时代，追求精神崇高的诗人不能不被一个问题所困扰：神性的幸福如何与现世的幸福相协调？这恐怕更是每一个真正有良心、以生命来写作的知识分子所必须面对的。随着自我精神伸展入一个紧张的世界，它与现世的矛盾便达到了极点。也许这便是海子自杀的悲剧根源所在。

今天，我们读"从明天起，和每一个亲人通信 / 告诉他们我的幸福 / 那幸福的闪电告诉我的 / 我将告诉每一个人"，会为这份灿烂而平和的情感所感动，为自己被祝福而欣慰，然而，这其中又有多少是真实，多少是虚构？对于海子本人来说，这首诗只是他最后在现实与死亡之间徘徊的一个间隙，温柔的火光背后，是他无尽的哀伤。

但即便如此，我们理解的仍是一个诗人的高贵，在无力清理自我和世界的对立之后，海子并未盲目地否定尘世。毋宁说，他始终试图肯定。"面朝大海，春暖花开"——这属于《新约》、逍遥之道的意象已具有真正的存在本质（一种素朴的大地情怀，常常被中国文人所遗忘的），被赋予与历史的堕落相对抗的使命。然而结局一定是悲剧性的。

"我只愿面朝大海，春暖花开"，简单的"只"字已显露诗人最后的疲惫。亲爱的人啊，你们在世界里好好珍重，让"我"把这哀痛与罪恶都承担下来吧，让"我"一个人静静地死去——而多少读这诗歌的人，忽略了海子自身文化和命运的悲剧，漫不经心地阅读着对英雄死亡后的赞美。可他们真的抵达了赞美本身吗？

吴功青

黎明（之一）

海子

我把天空和大地打扫干干净净

归还给一个陌不相识的人

我寂寞地等，我阴沉地等

二月的雪，二月的雨

泉水白白流淌

花朵为谁开放

永远是这样美丽负伤的麦子

吐着芳香，站在山冈上

荒凉大地承受着荒凉天空的雷霆

圣书上卷是我的翅膀，无比明亮

有时像一个阴沉沉的今天

圣书下卷肮脏而快乐

当然也是我受伤的翅膀

荒凉大地承受着更加荒凉的天空

我空空荡荡的大地和天空

赏析

海子的诗中飘忽着一种不可捉摸的神性，当我们试图接近这种神性时，它已走远。

谁能把天空和大地打扫得干干净净？

只有那个在天空下行走、在大地上仰望的人。

只有海子。

张猛

是上卷和下卷合成一本

的圣书，是我重又劈开的肢体

流着雨雪、泪水在二月

日 记

海子

姐姐，今夜我在德令哈，夜色笼罩
姐姐，今夜我只有戈壁

草原尽头我两手空空
悲痛时握不住一颗泪滴
姐姐，今夜我在德令哈
这是雨水中一座荒凉的城

除了那些路过的和居住的
德令哈……今夜
这是唯一的，最后的，抒情。
这是唯一的，最后的，草原。

我把石头还给石头
让胜利的胜利
今夜青稞只属于她自己
一切都在生长
今夜我只有美丽的戈壁　空空
姐姐，今夜我不关心人类，我只想你

赏析

德令哈，蒙语意为"金色的世界"，位于柴达木盆地东北边缘的戈壁滩上。

1988年7月25日，海子坐火车来到德令哈，面对这座雨水中荒凉的城，他想起了早夭的姐姐，写下了这首诗。

也许我们只有走到世上最遥远的地方，才能叫出我们心中所思念的那个名字。

天地旷远，道路漫长，唯有她陪伴你所有的旅程。在沙漠中，她就是雨水；在雨水中，她就是灯火……

这是一首令天下姐姐垂泪的诗。

哑巴

小链接

海子所熟悉的尼采认为死亡是人生应该学习的最美的庆典。死得其时，则生命意义完全发挥，命运被战胜，并且带给生者激励与应许。海子自愿赴死，因为海子认识到他的时机已经成熟，死亡这一事件正符合他的人生和诗歌所追求的目标。从这一意义上说，海子之死正是他和他的诗歌最美的庆典。

1989年2月，海子自杀前一个月，他谈到对自己和诗歌的希望："我的诗歌理想是在中国成就一种伟大的集体的诗。我不想成为一个抒情诗人，或一位戏剧诗人，甚至不想成为一名史诗诗人，我只想融合中国的行动，成就一种民族和人类结合、诗和真理合一的大诗。"海子的诗，正是他所希望的越来越趋向行动的诗，而他的诗歌行动，则以青春生命为手段和代价。他的诗歌走向导致了1989年3月26日黄昏——这次自杀作为一项最后也是最初的行动，又反过来成为海子诗歌重要的一部分。

李 南
(1964—)

　　女，当代著名诗人。1964年10月生，祖籍陕西武功，在青海长大，现居河北石家庄。1983年开始写诗，1994年出版诗集《李南诗选》。1999年参加诗刊社第十五届青春诗会。现供职于某新闻单位。

小小炊烟

李 南

我注意到民心河畔
那片小草　它们羞怯卑微的表情
和我是一样的。

在槐岭菜场，我听见了
怀抱断秤的乡下女孩
她轻轻地啜泣

到了夜晚，我抬头
找到了群星中最亮的那颗
那是患病的昌耀——他多么孤独啊！

而我什么也做不了。谦卑地
像小草那样难过地
低下头来。

我在大地上活着，轻如羽毛
思想、话语和爱怨
不过是小小村庄的炊烟。

苏爱丽
(1981—)

女，80后，河北石家庄市人。作家，知名乐评人，几家专业主流媒体主笔。大学时代曾出没于各大酒吧，担纲驻唱。在幽暗迷离的光束中，任音乐的精灵闪烁命运氤氲的气息，任血液驮着梦境，自由翱翔于生命七彩的穹苍。

此生最大梦想曾是——带着自己的乐队，与迈克尔·杰克逊同台献艺，自己的名字能与他的名字列在一起，沐浴神话的光芒……

番 茄

苏爱丽

在公车站我捧着她

与阴霾的天空对比她倍觉明亮

血液在皮肤下开出美丽的花朵

轻触间流入指缝遍布全身

清炒让她经历油盐的苦难

成熟后的一次选择她努力祈祷

红色浸染糖

汁液流淌代表幸福

一左一右间她不知

如何靠近晴朗的临界点

镜子揭开眼中的伤口

身体的疼痛让她忘记爱情

锋芒让她掰掉身上的刺学会

圆滑可爱

从酸中嗅到甜

赏析

番茄，极具爆炸性的意义载体，在这首诗中承担着象征和穿针引线的功能。女性对生命独特的省察，在短促的句子中表现得淋漓尽致。

场景：公车站；主角：番茄，或番茄一样的女子；事件：清炒、重生。

隐形和显性的生命光谱聚焦在意识深处，照亮她斑驳陆离的精神世界。

与阴霾的天空形成对比，从光芒中获得物质和精神的对接点，构成自我审视的姿态，形式平静，本质汹涌。"血液在皮肤下开出美丽的花朵"——血液在此获得了象征意义。番茄，一个在流浪中辗转反侧的暗影，时刻提醒着她介入时间的天平，用小小的番茄称量命运的火焰。而命运从来不缺乏对心灵的质询与拷问。灵魂的花朵开在时间和风雨之外，一个人从喧嚣的市井中抽身而出，获得了片刻的宁静，在辗转浪迹的精神异乡，操守着永恒的天空与沉思。"清炒让她经历油盐的苦难""汁液流淌代表幸福"——苦难愈深，爱愈浓厚。世事难料，伤害重重，却从未熄灭对大地的眷恋。推崇梦幻，却在现实的风雨中一遍遍打磨勇气和耐性。没有什么能使我们放弃对尘世的热爱和称颂，是的——"锋芒让她瓣掉身上的刺/学会圆滑可爱/从酸中嗅到甜"。放弃锋芒和夺目的辞藻，让青春仿如低低飞翔的光线和黄昏，在密集的钢筋丛林中放飞幸福的歌谣。微醺的诗意迎风招展，生命和激情在殷红的血液中涌向时光的高处。

王冷阳

小海
(1965—)

　　男，本名涂海燕，1965年生于江苏海安。南京大学中文系毕业。自1980年起在海内外报刊发表诗作千余首，有诗作入选百余种选集。第三代诗歌及"他们"诗派代表诗人之一。主编有《〈他们〉十年诗歌选》（与杨克合编）等。著有诗集《必须弯腰拔草到午后》等。现居苏州。

必须弯腰拔草到午后

小海

男孩和女孩

像他们的父母那样

在拔草

男孩的姑妈朝脸上搽粉

女孩正哀悼一只猫

有时候

他停下来

看手背

也看看自己的脚跟

那些草

一直到她的膝盖

如果不让它们枯掉

谁来除害虫

男孩和女孩

必须弯腰拔草到午后

赏析

第三代诗歌是意识形态下诗歌与时代相纠结的传统的延续。这里有一种困惑——不论是在想念北方还是在坚持二十年的诗歌写作里，他的这些简单语言是否可以比拟为一种生活？

但直至二十一世纪，我们看到的只是近代诗歌的局限性。它们只是一味在黯淡的生活里有了些许道德感触，欲与传统脱节却又下降到了失语的背面。诗歌因此从文本回到心灵本身，找到它持久生存的本源。

剔除了诗歌中强加的伪饰成分，使描绘的事物从概念语言回归到现实，即本真语言的"性灵之诗"，小海在这里的描写本身便是一种灵性，简单的形式却喻示着某种传统，从事物的本性到外部表现，无一例外被流放到这一深暗的背面，被这一隐含的诗性所遮掩。

枕戈

赵丽华
（1964—）

　　女，1964年生于河北省霸州市。著名诗人，国家一级作家。诗歌偏重口语风格，言简意赅。当下诗坛通常把赵丽华诗歌风格和模仿赵丽华诗歌风格的诗歌统称为"梨花体"，赵丽华则被称为"梨花教主"，在互联网拥有大批拥戴者、反对者和效仿者。"赵丽华诗歌事件"是2006年最具标志性的网络事件之一。该事件因波及范围之广、影响之大、持续时间之长，而被媒体称为自1916年胡适、郭沫若新诗运动以来最大的诗歌事件和文化事件。

　　曾担任某诗歌刊物编辑部主任等职，并先后在《南方周末》《中国民航》等多家报刊开过随笔专栏。在新浪、腾讯、网易、搜狐、博客中国、博联社等多家网站开有博客，是网络极具影响力的文化学者、公共知识分子和意见领袖，也是当下最具方向性、争议性和探索意义的诗人。著有诗集《赵丽华诗选》《我将侧身走过》等。编有《中国诗选》（与人合编）等。曾获1999年"诗神杯"全国新诗大奖赛一等奖等奖项。2001年参加诗刊社第十七届青春诗会。鲁迅文学奖诗歌奖评委，柔刚诗歌奖评委。

爱 情

赵丽华

当我不写爱情诗的时候

我的爱情已经熟透了

当我不再矫情、抱怨或假装清高地炫耀拒绝

当我从来不提"爱情"这两个字，只当它根本不存在

实际上它已经像度过漫长雨季的葡萄

躲在不为人知的绿荫中，脱却了酸涩

赏析

解析一首诗歌，语言技术只是形式的尺度，其
内核的亮度才是检视一个诗人精神向度的重要标准。
爱情是诗歌的第一常客。在流淌的诗意中，在恣意
洒脱的叙述中，在简洁明快的节奏中，新时代女性
对爱情高昂、自信、倔犟的姿态在率性的抒写中袅
袅升起，天趣自成，像雨后披着阳光舞蹈的花朵，
在我们审视的目光中，褪去灵魂的外衣，裸露光鲜
如初的迷人芬芳。在探求诗歌感性与知性、内在复
杂度与外在简约形式的切点上，赵丽华有着超乎寻
常的把握能力和悟性，其写作姿态随意、自如，毫
无矫揉造作之态，有时从容、淡定，有时又大胆、
前倾。

诗歌言简意赅，有四两拨千斤之妙。

这首诗歌可看做她的诗歌作品的一个典型。"当
我不写爱情诗的时候/我的爱情已经熟透了"。

时间的流逝令人有着措手不及的仓皇。蓦然回
首，爱情会不会就藏身我们不经意的地方向我们偷
偷张望？伴随着成长，一个人慢慢褪掉了年少的青
涩与稚拙。当成熟的躯体遭遇大地的寒冷，当炫目
的爱情与冰冷的现实"狭路相逢"，两种精神相遇，
冰与火的相拥，淬火的生命必发出铿锵的灵魂绝
响——让我们祝福爱情的坦然绽放。

王冷阳

雷平阳
(1966—)

著名诗人、作家。1966年生于云南昭通。现居昆明。主要从事诗歌创作，兼及散文、小说等。曾参加诗刊社第十九届青春诗会和第三届鲁迅文学院高级作家研讨班。出版作品有《云南黄昏的秩序》《风中的群山》《画卷》《普洱茶记》等。曾获华文青年诗人奖、"茅台杯"人民文学诗歌奖、青年作家奖、第五届鲁迅文学奖诗歌奖等。他的诗歌所暗藏的"草根性"，是一种对个人在历史与地理的缝隙间存在意义的思考，其笔触深刻地触到了某种境界。

背着母亲上高山

雷平阳

背着母亲上高山，让她看看
她困顿了一生的地盘。真的，那只是
一块弹丸之地，在几株白杨树之间，
河是小河，路是小路，屋是小屋
命是小命。我是她的小儿子，小如虚空
像一张蚂蚁的脸，承受不了最小的闪电
我们站在高山之巅，顺着天空往下看
母亲没找到她刚栽下的那些青菜
我的焦虑则布满了白杨之外的空间
没有边际的小，扩散着，像古老的时光
一次次排练的恩怨，恒久而简单

赏析

　　雷平阳的诗歌有一种生命的质感与深厚的生活经验。在这首诗中，有一种生命的厚重和天性的草根气息。"我是她的小儿子，小如虚空"，这深层次的意象诠释，就算是"顺着天空往下看"，诗人还是无法逃脱这永恒的卑微，"恒久而简单"。

　　在似乎被割据而又自成一体的天人生活图中，那仿佛是从一个角落窥探到的磅礴的村庄史里，蕴涵着无穷尽的感言。只是很少有人在这种情境里和诗人相忆，也很少有人愿意将母亲背上高山，在那高瞻远瞩的精神世界里总是孤零零地出现诗人或者英雄的背影。或许这便是雷平阳的诗歌，脱离了纸上的风景而独自在生活的一角默默生存。

　　　　　　　　　　　　　　　　枕戈

亲 人

雷平阳

我只爱我寄宿的云南，因为其他省

我都不爱；我只爱云南的昭通市

因为其他市我都不爱；我只爱昭通市的土城乡

因为其他乡我都不爱……

我的爱狭隘、偏执，像针尖上的蜂蜜

假如有一天我再不能继续下去

我会只爱我的亲人——这逐渐缩小的过程

耗尽了我的青春和悲悯

赏析

就像寓言里所描绘的旧世界一样，所有人进入自言自语的状态，仿佛回忆。雷平阳像个患了自闭症的诗人，默默地生活在故乡，并且似乎很固执地倾诉着：我知道我皮肤的漆黑，像有一片不变的夜色把我与世界隔开，所以，我怕太强的光；所以，我一直身体向内收缩。无一例外，雷平阳找到了梦里的水乡，像等待救赎的影子一样向彩云之南眺望。

枕戈

伊 沙
(1966—)

原名吴文健，1966年5月生于四川成都。1989年毕业于北京师范大学中文系，现任教于西安外国语大学中国语言文学学院。著有诗集《饿死诗人》《野种之歌》《我的英雄》《伊沙诗选》等，诗歌专论集《十诗人批判书》(与人合著)，散文随笔集《一个都不放过》《无知者无耻》《被迫过着花天酒地的生活》，中短篇小说集《俗人理解不了的幸福》《谁痛谁知道》，长篇小说《狂欢》《迷乱》《中国往事》《黄金在天上》等。另编著有《世纪诗典》《现代诗经》《被遗忘的经典诗歌》(上下卷)等。部分作品被译为德、日、韩、瑞典等国文字。

曾当选为《女友》评选的"读者最喜爱的十佳诗人"，《世界汉语诗刊》评选的"当代十大青年诗人"，《羊城晚报》《诗歌月刊》等联合评选的"中国当代十大新锐诗人"。非官方、反学院派的"民间写作"的代表诗人。现居西安。

饿死诗人

伊沙

那样轻松的　你们

开始复述农业

耕作的事宜以及

春来秋去

挥汗如雨　收获麦子

你们以为麦粒就是你们

为女人迸溅的泪滴吗

麦芒就像你们贴在腮帮上的

猪鬃般柔软吗

你们拥挤在流浪之路的那一年

北方的麦子自个儿长大了

它们挥舞着一弯弯

阳光之镰

割断麦秆　自己的脖子

割断与土地最后的联系

成全了你们

诗人们已经吃饱了

一望无边的麦田

赏析

　　虽然诗坛想摆脱海子以麦子建立起来的诗歌神话，但终究摆脱不了诗歌神话倾斜下来的长长影子，只不过他们的诗歌是朝着与神圣相反的方向行进，或者是神话轰然倒下去的碎片。

　　伊沙以一名诗人的身份，呼吁以"阳光和雨水"的名义"饿死诗人"，不知道九泉之下的海子读了以后是哭还是笑。诗人向我们展现了后现代社会疯疯癫癫的诗人形象，开创了一种"亵渎式"的写作，为后来的诗人打开了"下半身"的大门。

枕戈

在他们腹中香气弥漫

城市中最伟大的懒汉

做了诗歌中光荣的农夫

麦子　以阳光和雨水的名义

我呼吁：饿死他们

狗日的诗人

首先饿死我

一个用墨水污染土地的帮凶

一个艺术世界的杂种

小链接

在这个时代的文化氛围和诗歌体制中，要否定伊沙这样的诗人很容易，并且可以由此获得"诗歌正确"和道德的优越感。但是，要肯定他却需要勇气和创造力，伊沙的诗不仅是对体制化诗歌美学的挑战，也是对正人君子的道德感和意义系统的挑战。承认他，必须把自己的阅读趣味置于一片荒野之上，在此地没有诗歌美学的安全灯为你照亮道路，必须自己独立对诗作出判断，它考验的是你的阅读趣味的生殖力，在那里，你会获得找到队伍回到高雅的美学之家的幸福，在这里，你受伤、受辱、流血，面对的不只是一个霸道的诗人的很难苟同的世界观，也是他粗鲁地呈现在你面前的身体。

王冷阳

七〇后，生于河北邯郸。诗人、资深出版编辑。上世纪八十年代中期开始写作。迄今发表诗歌、散文、评论等作品数百篇（首），作品散见《十月》《诗刊》《星星》诗刊、《绿风》《诗选刊》《诗歌月刊》《中国青年》《散文百家》等。部分作品入选《2000年中国诗歌精选》《词语的盛宴——中国二十世纪六七十年代出生诗人作品精选》《2002年中国精短美文100篇》《2003中国年度最佳诗歌》《2004年中国诗歌精选》《感动大学生的100首诗歌》《70后诗歌档案》等。大学毕业后从事新闻出版工作至今已十余载，主持并操作图书百余种。现居北京。

星空下的钢琴曲

王冷阳

让我平静地迎接这些音乐的碎片吧

树木再一次抬高了翅膀上的星光

我不能说出爱，不能说出死亡中动人的一环

如果天空赋予我沉默的权利，我将缄口不语

有什么从两颊淌下。这遥远的神话，刀尖上的准则

再次将梦幻指引给我。请打开我的皮肤

如果血液流出：请让我学会忘记

命运一次次濯洗我疲惫的躯体。预言掠过泪水的湖

命运明亮的部分遮蔽我们的双眼

音乐无边无际，亡灵庞大的序列穿过谁的头颅？

我们一同毁灭！我们一同诞生！

美无边而没落。悲剧的美使我们口渴

风继续吹。迟到的幸福颠覆命运中最轻的一夜

你不要遗弃！空气和阴影，白金的呼喊

使我们沉醉于一场欺骗。一架钢琴焚烧的午夜

在一只猫身上留下清晰的灰烬

让我倒向茫茫星空吧！千古卷帙，修辞和肺病
只是一杯水的倒影。禁果高悬而我们坚守体内的黄金
岁月无尽而往世不远。穿过黑暗的大门，没有谁
能使亡魂重返家园。你什么都能遗弃：除了死亡本身

赏析

黑夜是激发诗人灵感的时刻，内心的波澜将空灵的低八度旋律撕扯得支离破碎，理想与现实背道而驰，梦幻却是指引诗人的方向——这方向是忘记，而这滴血的忘记又意味着什么？

音乐真的是那么无边无际吗？诗人为何又将乐曲的第一个音符和最后一个音符描述得如此刻骨而悲凉："我们一同毁灭！我们一同诞生！"走入绝境的思绪，以及那难以抓住的转瞬即逝的幸福，诗人面对星空无声地呼喊。此刻他就像那只午夜的猫，备受孤独、黑暗和恐惧的煎熬，将一切与泪水有关的词语都付诸笔端，并刻画得美丽绝伦。诗人是多么无助，内心充斥着怎样的悲悯！在孤独的午夜，他为自己勾画了一幅最美的谎言。绝望的他深知——唯有死亡才是最真实可靠的灵魂栖息地。

苏爱丽

戈麦
(1967—1991)

　　原名褚福军，生于1967年，黑龙江省萝北县人。1985年考入北京大学中文系，1989年分配至《中国文学》杂志社做编辑，1991年9月24日留下一纸遗书和两百多首诗稿后，在一个安静的晚上自沉于当年国学大师王国维溺死的北京西郊万泉河中，时年二十四岁。戈麦短暂的一生中时时在冥想死亡，也在抒写死亡。死亡如同附骨之疽一样死死地跟着他。抒写死亡的人未必都是大诗人，但大诗人大都抒写过死亡，或起码思索过死亡。这里无意说戈麦是大诗人，也许他可能会是，但在成为大诗人之前他就辞世了。戈麦死后，他的生前好友、诗人西渡编选了《戈麦诗全编》。

誓 言

戈 麦

好了。我现在接受全部的失败
全部的空酒瓶子和漏着小眼儿的鸡蛋
好了。我已经可以完成一次重要的分裂
仅仅一次，就可以干得异常完美

对于我们身上的补品，抽干的校样
爱情、行为、唾液和远大理想
我完全可以把它们全部煮进锅里
送给你，渴望我完全垮掉的人

但我对于我肢解后的那些零件
是给予优厚的希冀，还是颓丧的废弃
我送给你一颗米粒，好似忠告
是作为美好形成的句点还是丑恶的证明

所以，还要进行第二次分裂
瞄准遗物中我堆砌的最软弱的部分
判决——我不需要剩下的一切

哪怕第三、第四，加法和乘法

全部扔给你。还有死鸟留下的衣裳
我同样不需要减法，以及除法
这些权利的姐妹，也同样送给你
用它们继续把我的零也给废除掉

赏析

　　诗歌成了诱人自杀的灵媒？戈麦永久地搁浅，在这"失败"
面前立起"誓言"，似乎是在"轻飘的生"中一个巨大的反讽和
冷静的寓言。

　　诗人完成这重要的分裂，将身上所有的补品都送走，尤其是"肢
解后的那些零件，好似忠告"。将什么都抛弃了。在一个混乱的年代，
诗人只剩下这样的叙说方式："还要进行第二次分裂，/瞄准遗物
中我堆砌的最软弱的部分，/判决——我不需要剩下的一切""继
续把我的零也给废除掉"……

　　戈麦的死使我们不再仅仅从孤立的个体生命的消殒这一狭窄
的角度来思考死亡了。不知怎样被召唤而来，却不能不离去，以
至抛弃了全部生活。这是他最大的悲哀。而在诗歌中灵魂正因如
此才得以永恒，它至少在某种程度上剖开了诗人心灵的冰河，仿
佛他把厌世转化为一种美，这种美反过来又为他的厌世镇痛。

　　　　　　　　　　　　　　　　　　　　　　　　　　　枕戈

蓝 蓝

(1967—)

　　女，原名胡兰兰，1967年生于山东烟台，后随父母到河南。1980年发表处女作《我要歌唱》，从此开始写作生涯。陆续出版诗集《含笑终生》《情歌》《内心生活》等。1988年大学毕业。1992年参加诗刊社第十届青春诗会。2003年应邀参加法国巴黎国际诗歌节。

　　曾当过工人、编辑，现供职于河南省文学院。

我是别的事物

蓝蓝

我是我的花要的果实
我是我的春夏后的霜雪
我是衰老的妇人和她昔日青春
全部的美丽

我是别的事物

我是我曾读过的书
靠过的墙壁　笔和梳子
是母亲的乳房和婴儿的小嘴
是一场风暴后腐烂的树叶——
黑色的泥土

赏析

　　朴素、敏锐的感觉力，
瞬间以一种优美的缄默旋转
着进入昔日的幻觉世界。这
种缄默似乎已成为一种内在
的精神尺度，与逼近事物的
专注和对人性的洞察结合在
一起。于是我们看到可触摸
的灵魂同样有着尘世的温暖
和柔软的质感。

　　蓝蓝依靠这"别的事物"
将她的全部美丽放在一只瓮
里，就像她最后写下的"黑
色泥土"所蕴涵的神性，我们
在细微中体味了女性的细腻。

枕戈

仓央嘉措

(1683—1706)

　　六世达赖喇嘛仓央嘉措，意为"梵音海"，门巴族人，系藏南门隅之邬坚岭地方人，西藏历史上著名的人物，是位爱美人不爱佛祖的才人，写下了大量优美的爱情诗歌。公元1683年（藏历水猪年，康熙二十二年）生于一户农奴家庭，父亲扎西丹增，母亲次旦拉姆，家中世代信奉宁玛派（红教）佛教。十四岁时剃度入布达拉宫为黄教领袖，十年后为西藏政教斗争殃及，被清廷废黜，解送北上，途经青海（今纳木措湖）时中夜遁去，不知所终，死因至今成谜。

　　他是藏族史上最著名的诗人之一。他所写的诗歌驰名中外，不但在藏族文学史上有重要的地位，在藏族人民中也产生了广泛深远的影响，在世界诗坛也是引人注目的一朵奇葩，引起了不少学者文人的研究兴趣。

　　仓央嘉措成为五世达赖的继承人，是第巴桑结嘉措一手制造的政治斗争的产物。十四年的乡村生活，使他拥有大量尘世生活经历和对大自然的热爱，激发了他的创作灵感，他写下了大量情意缠绵的"情歌"。藏文中，"仓央嘉措情歌"意为"仓央嘉措道歌"或"仓央嘉措诗集"，保留下来约六十六首，大多描写男女爱情的忠贞、欢乐及遭挫折时的哀怨，词句优美，朴实生动。《情歌》的藏文原著广泛流传，有的以口头形式流传，有的以手抄本问世，有的以木刻本印行。中文译本海内外至少有十种，国外有英语、法语、日语、俄语等译本。

见与不见①

扎西拉姆·多多

你见，或者不见我

我就在那里

不悲不喜

你念，或者不念我

情就在那里

不来不去

赏析

数百年来，六世达赖喇嘛仓央嘉措的身世，始终是个谜。这首《见与不见》更加重了人们对他的怀念与神往。在爱的世界里，见与不见，体现的不仅仅是恋人间的钟情与痴缠。相见不如怀念——随着时光的淘洗，许多往事一一重启，随着歌声纷至沓来，携带着梦境与恋人的体温。

①这首诗属伪名托名作品，意为该作品并非仓央嘉措的作品，也非其作品的汉语译文，而是作者另有其人，或者扩充改写的仓央嘉措作品。据考证，这首诗实际上名为《班扎古鲁白玛的沉默》（班扎古鲁白玛，音译，意为"莲花生大师"），作者扎西拉姆·多多，出自其2007年创作的《疑似风月》。

2008年，这首诗被刊登在《读者》第20期，改题作《见与不见》，署名为仓央嘉措，因此多被讹传为仓央嘉措所作。此事并非出自作者本意，后《读者》为此事道歉。

2010年12月22日，这首诗出现在贺岁电影《非诚勿扰Ⅱ》中，由李香山（孙红雷饰）的女儿川川念诵。

你爱，或者不爱我

爱就在那里

不增不减

你跟，或者不跟我

我的手就在你手里

不舍不弃

来我的怀里

或者

让我住进你的心里

默然　相爱

寂静　欢喜

"你爱，或者不爱我/爱就在那里/不增不减"。令人心碎的美，感天动地的言辞，令人不禁为之伤感、垂泪。作为"世间最美的情郎"，在他身后，多少情歌激越回荡，爱情的神话久久飘扬，像漫天的哈达，在接近天堂的地方触摸最纯美的梦想。"你跟，或者不跟我/我的手就在你手里/不舍不弃"。无论恋人之间相距多远，无论她的手是否在他的手中，他们的心和魂永远熔铸在一起，不舍不弃。"来我的怀里/或者/让我住进你的心里/默然　相爱/寂静　欢喜"……就让爱人保持神秘而诗意的形象，深居在"我"的心底吧！

宗教与爱情的双重执着和内在矛盾，仿如一柄剑，挑开红尘，直取灵魂——暗合了我们的审美期待。如此日月可鉴的两颗心，纵是千年之后，那种爱的动人光芒，依旧熠熠闪烁，依旧剥离出穿越时空的鲜艳的美，为多舛的人生预备一场情感风暴。

王冷阳

那一天，那一月，那一年，那一世[①]

仓央嘉措

版本一

那一夜，我听了一宿梵唱，不为参悟，只为寻你的一丝气息。

那一月，我转过所有的经轮，不为超度，只为触摸你的指纹。

那一年，我磕长头拥抱尘埃，不为朝佛，只为贴着你的温暖。

那一世，我翻遍十万大山，不为修来世，只为佑你平安喜乐。

版本二

那一刻，我升起风马，不为祈福，只为守候你的到来；

那一天，闭目在经殿的香雾中，蓦然听见你颂经的真言；

那一月，我转动所有的经筒，不为超度，只为触摸你的指尖；

那一年，我磕长头匍匐在山路，不为觐见，只为贴着你的温暖；

[①]这首诗属伪名托名作品，部分句段出自1997年歌星朱哲琴专集《央金玛》中的歌曲《信徒》的歌词，词曲作者是何训田。或许因为《央金玛》专辑中另有一首歌名为《六世达赖喇嘛情歌》，而这首歌的歌词意境优美，又有转经、磕长头等藏传佛教内容，故被讹传为"仓央嘉措情歌"之一。部分词句估计为世人仿作，且在流传过程中版本众多。这里选录的"版本二"在众版本中流传最广。

那一世，我转山转水转佛塔呀，不为修来世，只为途中与你
相见。

天空中洁白的仙鹤，请将你的双翅借我，

我不往远处去飞，只到理塘就回。

只是，就在那一夜，

我忘却了所有，抛却了信仰，舍弃了轮回，

只为，那曾在佛前哭泣的玫瑰，早已失去旧日的光泽。

赏析

　　这首诗以时间为经线，以场景为纬线，以穿越时空的深情痴恋织就了一曲爱的绝唱。

　　正如草的尽头是绿色，果实的尽头是甜蜜，而语言的尽头却并非神话。诗人以相似的句式结构，从渐次递进的时间跨度上，层层剥开情感的内核，对爱人的深深思念犹如年轮，一圈圈缠绕世人的心怀。我们从中读到的，不啻爱恋，更有生死诀别的巨大伤感——广大的悲剧之美笼罩着诗篇。

　　诗歌的前半部分，传达了诗人的种种心愿——听见你颂经的真言、触摸你的指尖、贴着你的温暖、期待与你相见……后半部分则笔锋陡转，由实转虚，从具体的时间层面转入精神的凌空高蹈，虚实相生之间，以虚无的仙鹤隐喻爱和牵念，一字一泪，每一行都浸出血来。诗人情愿忘却所有，抛却信仰，舍弃轮回，"只为，那曾在佛前哭泣的玫瑰"，哪怕她"早已失去旧日的光泽"。足见诗人对"她"思念之深、感情之真！在充满血泪的诗句中，由内心和现世双向展开了一副臂膀，拥抱梦境和现实，在倾诉与缅怀、虚无与存在、宗教与爱情等多种要素中完成了统一或对峙——刻骨铭心的爱，赤诚火热的心，在一咏三叹的歌吟中留给人们无尽的神往与追思。

王冷阳

十诫诗

仓央嘉措

版本一[1]

第一最好是不相见，如此便可不至相恋。

第二最好是不相识，如此便可不用相思。

版本二[2]

但曾相见便相知，相见何如不见时。

安得与君相决绝，免教生死作相思。

版本三[3]

第一最好不相见，如此便可不相恋。

---

[1]于道泉的现代诗译本。

[2]曾缄的古体诗译本。

[3]这是白衣悠蓝添加后的《十诫诗》，也是当下流传最广的版本。"第一""第二"和最后四句，系仓央嘉措的同一首诗，只是译本不同。被誉为"燃情天后"的女作家桐华对于道泉版本进行了"简化改编"，遂成现在的"第一""第二"诗句。中间的"第三"到"第十"，据桐华称，为其小说《步步惊心》的读者白衣悠蓝在桐华"改编原诗"的基础上添加、续写的内容。

第二最好不相知，如此便可不相思。

第三最好不相伴，如此便可不相欠。

第四最好不相惜，如此便可不相忆。

第五最好不相爱，如此便可不相弃。

第六最好不相对，如此便可不相会。

第七最好不相误，如此便可不相负。

第八最好不相许，如此便可不相续。

第九最好不相依，如此便可不相偎。

第十最好不相遇，如此便可不相聚。

但曾相见便相知，相见何如不见时。

安得与君相诀绝，免教生死作相思。

赏析

凄婉的爱情在整齐划一的句子中发酵，酿造出诗歌极致的美。这首诗描绘了热恋男女的情思和愁绪，读来令人感慨良多。

情至酣处，却不能与相爱的人长相厮守，那种极致淡漠的压抑、近乎绝情的态度、对尊严的保留和对爱情的尊重，所有复杂的情愫糅合在一起，朴素简单的文字便具备了震撼人心的力量。若无相见，怎会相恋？若无相知，何来相思？若无相伴，何来相欠？若无相惜，何来相忆？若无相爱，又何谈相弃……理性的诉说压抑着悲伤，深沉的爱意和不能自拔的迷茫，更彰显了爱的坚不可摧。

当灵魂与灵魂对视，心心相印的默契带来的又岂是时间流逝不能湮灭的朝朝暮暮。十指相扣，死生契阔，那些点点滴滴的时光，在袅袅升起的云霭中缠绕我们刻骨铭心的一生。

不曾相对，不曾贻误过对方，不曾情定三生，也不曾相依，因为我们从来未曾相遇——这样，我们便可"不相会""不相负""不相续""不相偎"，也就不必再相聚……这决绝，这巨大的怆然，在胸口撕裂开来——所有的言辞都向着相反的方向飞去。是谁走遍了灵魂的每一个角落？如果琴弦是我早已辜负的道路，你的眼眸就是我的天涯；如果月亮不是最冷的花瓣，你的名字就是我的故乡……

"但曾相见便相知，相见何如不见时。/安得与君相诀绝，免教生死作相思。"锥心刺骨的肺腑之言！既然遇见你如此痛苦，为何还要遇见你？到底怎样才能彻底忘记你？爱到情痴，无视生死。

王冷阳

叶丽隽
(1972—)

女，又名风事，1972年生，浙江丽水人。高中开始习诗，喜欢画画、音乐。毕业于美术教育专业。曾在中国美术学院进修油画。2004年参加诗刊社第二十届青春诗会。作品散见于《人民文学》《诗刊》等。著有诗集《眺望》。她是一个在自然中漫步的灵魂，一个靠近神明的"修持者"，在诗中远离城市而又保持着低飞的姿势。她的诗歌方式，就是在自然的世界中，将自身的记忆还原。她的"撑竿"就是语言。如果说诗的语言是燃烧的迷津，那么对她来说，不是火焰不是疾步起落，而是细细的流水，是一种慢。

槐花香

叶丽隽

从住处到邮局，要经过
一段黄昏、一座石桥、一棵石桥下
古老的槐树

桥下的流水缓缓地汇入瓯江
也有时，涨潮的江水运回些水草
枯枝和泥沙
只有槐树是安详的。当我寄了信件回来
靠近满是青苔的桥栏，我站得
那么轻，新鲜而久远的
花香一样轻……一些事物
细细地飘落，另一些，正悄悄地
返回到自身。啊，我业已疲惫
却不再感到痛楚。合上眼，就这样
深深地呼吸——
我不由自主的身体探出
探出　那空阔的
令人迷醉的天空

赏析

五月的大部分时间里我尚在某种伤痛之中，曾有人问，槐花香了？于是我从南方的一个城市流放到北方，像从钢琴架上流下来，到喧闹的街市、充溢着繁华和微微伤情的另一个世界，似乎是潮涨潮落，似乎靠在一张藤椅上，在夜晚和黎明尚未达到缥缈至极的境界。

叶丽隽十分感怀，像小品文里精致的装潢，抓住那中国现代女人微细如小资一样的虚荣情调，小心翼翼地嗅闻一抹清香，轻盈又怡悦地，终于张开手将身体探出来。

枕戈

尹丽川
（1973—）

　　女，1973年生于重庆，祖籍江苏。著名作家、诗人。1996年毕业于北京大学西语系。1998年硕士毕业于法国 ESEC 电影学校。1999年冬开始写作。"下半身"诗歌主要成员之一。作品散见于《天涯》《芙蓉》《现场》《北京文学》等。七〇后作家代言人之一。2001年于博库网站推出电子版图书《爱情沙尘暴》，同年出版小说诗歌合集《再舒服一些》；2002年出版长篇小说《贱人》；2006年执导电影处女作《公园》；第二部电影作品《牛郎织女》于2008年入围戛纳电影节"导演双周"单元、慕尼黑电影节、多伦多电影节等多个国际电影节。2010年秋季上映的、由张艺谋执导的电影《山楂树之恋》，尹丽川是首席编剧。现居北京。

妈 妈

尹丽川

十三岁时我问

活着为什么你。看你上大学

我上了大学，妈妈

你活着为什么又。你的双眼还睁着

我们很久没说过话。一个女人

怎么会是另一个女人

的妈妈。带着相似的身体

我该做你没做的事吗，妈妈

你曾那么地美丽，直到生下了我

自从我认识你，你不再水性杨花

为了另一个女人

你这样做值得吗

你成了个空虚的老太太

一把废弃的扇。什么能证明

是你生出了我，妈妈。

当我在回家的路上瞥见

一个老年妇女提着菜篮的背影

妈妈，还有谁比你更陌生

赏析

　　在尹丽川这里，我们看到的是女性自我证明与自我表达的迫切。那么，我们该怎样理解母女间这样的对话："我们很久没说过话。一个女人，/怎么会是另一个女人的妈妈。"这似乎将沉郁幽寂的面孔和身影叠印起来，或者将这两代人的代沟划分得如此鲜明，陌生感如此明显。到了最后，几乎是哽咽着含糊起来："妈妈，还有谁比你更陌生"……尹丽川的平民生活在这里无疑有了最具特性的体现。在"诗江湖"中，传统诗歌惯性的驱使，及女性肉身的反抗造就了一卷被缪斯眷恋的书法。对同时代所有人来讲，她的灵性和突兀所体现的，无非是在一场梦里将故事娓娓道来。

　　　　　　　　　　枕戈

手

尹丽川

你的手常年在一筐圆白菜中
找出最值的那个。都是一块钱，
你可有三个孩子。你的手在食堂
擦几十张饭桌。油腻是洗不掉的了
回家拿起毛衣针，女儿还皱眉：
妈，把电视关了，我在做功课。
你的手忙来忙去，扯住丈夫的衣角
丈夫最终没走，比以前更瞧你不起。
儿女们大了，你手里捧着孙子
直到来了，身强体壮的保姆。妈，
您就别操心了，儿子说，累了一辈子，该
享福了。你伸手想摸摸儿子的脸
扑空了。儿子出门办公了。
你讪讪地笑着，坐到窗边
俯视这个城市飘扬的尿布。你张开十指
你都忘了，这些年怎么能就这样
从指缝中流走。你不知道
今天下午，应该做些什么，直到天黑

赏析

这些烦琐、平常到了极致的语言，究竟藏了多少生活的油腻和酸涩？甚至散发着太多聒噪的气味？但从另一种角度来看，这同时也是一种新的相遇和发现。这种相遇和发现也许就在身边，它们正从这执拗的感觉里流露出来，从"妈妈"或者"手"这类代表性的词语中显露出来。因此，之于尹丽川，"下半身"是一种具有代表性的感觉表现主义。还没有人敢这样在一双手的距离间频繁对这个名词作出论述。

或许我们应该来观看这样一种形象：她叼着一支香烟的那种姿势，在城市欲望的边缘处，被一颗划破黑夜的流星扰乱视线。

枕戈

小链接

从任何角度看，尹丽川都是真正有才华的女性作家。有读者甚至称尹丽川为"女王小波"，这或许是对她智商的嘉奖。尹丽川的小说外壳是冰冷犀利的，她的作品凸现了七〇后的尖锐和叛逆。在她年轻智慧的游走中，新生代作家的智慧锋芒寒光凛冽。她对这个世界的反抗和消解、对生活的怀疑和批判以及对人性的冷静观察，都是这种冰冷感觉的诱因。花点时间阅读尹丽川是值得的，她是位让人期待的作家。

尽管她一样是从北京大学那片奇怪的文科阵地出现在朋友们的视野中，一起吃饭，一起跳舞，一起在北京的夜晚消失在酒精或者争论中的烟雾里；但她大部分时间都是一个人待在家里看DVD、看书、听音乐和晒太阳。看书越多，越喜欢简单、朴实、平铺直叙的东西，尹丽川想去一个小城市待一待，只需带上钱、几本书和一条"中南海"就够了。

莫少寒
（1983—）

　　本名卢培金，1983年生于河北邯郸。曾在国内数十家报刊发表大量文学作品，并在腾讯、乐趣园、诗生活等网站、论坛开设专栏。获国内外文学奖项若干。其中，诗歌作品The Night I Saw A Black Bird荣获第三届意大利"杜伊诺国际诗歌奖"。部分作品被译成意、英、法等国文字。近年从事出版、网络营销及企业策划等职业。现居北京。

核 桃

莫少寒

我愿化为一枚核桃
将心装进硬硬的壳
度过这个寒冷的冬天

在北京，我想让自己静下来
躲进一座密封的房子
或者成为一株核桃树
黑暗中独自沉醉
抱着骨头和诗篇
来年春天在乡下醒来

赏析

速度成为我们生存中最突出的问题。

快节奏的生活，使得我们一度在钢筋水泥的丛林里迷失。无论是生存还是爱情，无论是城市还是记忆中的乡下故居，都在时间的流逝中，磨砺着我们的心，使我们彻夜难眠。重压之下，"我愿化为一枚核桃/将心装进硬硬的壳/度过这个寒冷的冬天"。这种做法并非是消极的回避，而恰恰是对恪守多年的灵魂准则的一种本能反应，也是达观的入世态度。当这种情感愈演愈烈，达到巅峰，诗人宁愿"成为一株核桃树"，在孤寂无人的夜里弹响最为悠扬的心灵。而漂泊的灵魂终能省察、甄别什么才是最为昂贵的花朵——深藏心中的不泯的爱。对爱情忠守，对生活保持不减的热情，在茫茫人海中寻找属于自己的灵魂居所……这种情愫，几乎是"北漂一族"共有的。诗人"抱着骨头和诗篇"，便是怀抱梦想和坚韧不拔的品格，以及与命运"死磕到底"的决心。无论经受多少磨难，"来年春天在乡下醒来"，接近久违的自然和心灵的源头，这始终是我们最好的慰藉。

王冷阳

李小洛

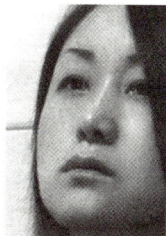

　　女，七〇后，生于陕西安康。学医，绘画。中国作家协会会员。2004年开始在《花城》《诗刊》《星星》诗刊、《诗选刊》《天涯》《特区文学》《诗歌月刊》《诗潮》《飞天》《绿风》等刊发表诗歌作品。出版个人专著多部。曾获第三届"华语文学传媒大奖"年度诗人提名、第四届"华文青年诗人奖"、"新世纪十佳青年女诗人"等奖项。2006年参加诗刊社第二十二届青春诗会。现居北京。

我背对着火车行走的方向坐下来

李小洛

我背对着火车行走的方向坐下来

感觉自己正从一些生活的场景里徐徐后退

后退着返回消失的时光

一点一点接近从前的春天

从前的房屋和车站

我喜欢这种倒退的感觉

像一部老电影的回放

一些重要的片段总是可以一遍遍重来

我就在这其中一再返回河流

一再返回青草，禾苗和田野

我喜欢把那枚后退键

掌握在自己的手里

这样一路倒退

一路倒退着从后来的结局

从你的身边离开

一直退回到遥远的那个清晨

母亲的柔软，温暖的子宫

赏析

在这个人心因疲惫而消隐的年代，诗性本身即意味着一种回归。

李小洛的诗中有一种经由隐喻、转喻、物象而触发的情境，这种情境是自在的。跌宕起伏的情绪波荡在诗行中。情绪在她的作品中似乎找到了母体，作为中国女性诗歌的一种新的证据延伸出追溯的踪迹。她的简单叙事，却又与世人拉开距离，在艺术公社里似乎将一部黑白电影重复放映了几次。

枕戈

苏 格
（1982—）

本名张华，曾用笔名山上石，1982年生，河北唐山人。作品散见于《诗刊》《星星》诗刊、《诗选刊》《飞天》《文友》《北京文学》《诗歌月刊》《长江文艺》《红岩》等刊。现居北京，供职于某网站娱乐频道，兼任唐网主编。

红苹果

苏 格

她眼中的雾气　像极了秋天的河水

一点一点地从远处

向我涌来　那些带着红晕的

光滑而隐秘的肢体

就像她体内细小的核一样

不能被轻易打开，或者触及

我也不能，因为那不是我的

那是属于她内心的光阴

她的傍晚

她的忧伤与安宁——

那是她永不被涉及的水域

赏析

  寓居城市，爱情俨然是一道清凉的泉水，在纷繁芜杂的事物面前，保持着最初的亮色和记忆。"她眼中的雾气"酷似水的质地，携带着往日的体温，击中了"我"，使"我"的内心为之一动。"那些带着红晕的 / 光滑而隐秘的肢体 / 就像她体内细小的核一样 / 不能被轻易打开，或者触及"。爱如花朵，盛绽之后凋零如我们疲惫的肢体，在自己缔造的梦境里陈列成另一幅画，而梦幻依然诱惑着我们，使我们心驰神往。绝美的梦境，恰如苹果细小的核，凝聚着千言万语，囊括了那些灿烂的青春和幸福的时日。

  但，这就是青春——当梦境阒寂离去，那些统治我们的光阴，"不能被轻易打开，或者触及"，你不能，我也不能，"因为那不是我的"。此时，"她"已经不仅仅代表爱情，也涵盖了整个鲜活的青春生命，以及对生命的纵深思索。"那是属于她内心的光阴"，使得"她的傍晚""她的忧伤与安宁"，成为我们深深眺望的神话——那是我们永恒追缅的青春的水域。

王冷阳

宇 向

　　七〇后女诗人。生于山东济南，祖籍烟台。自幼喜爱绘画、写作。第十一届柔刚诗歌奖、首届宇龙诗歌奖获得者。著有诗集《哈气》。现居济南。

慢慢消失

宇向

有人拨动琴弦

但不是我在抒情

有人吹口哨

但不是我喜悦

一个女人在哭

不是我的悲伤

一个女人在呻吟

不是我在爱

一个母亲打孩子

不是我的暴力

一个人死了

那是我的温度在慢慢消失

赏析

　　一个特殊的日子里，有人将这首诗献给一位母亲，或者不是，但我们无法将这种意识完全归结起来，以至我们常常怀念那么一个女人越来越模糊的印象：在众多普遍的回忆里，我们实实在在地掩埋了许多往事。某个夜晚，特别是在那间正在怀念的黑房子里，诗人正用键盘或墨水写下一个故事，无法点点滴滴地记下所有，只是寥寥数字。

枕戈

朵 渔
（1973—）

原名高照亮，著名青年诗人、学者。1973年生于山东单县。毕业于北京师范大学。蛰居天津，十年来埋读文史，多有心得。作为"下半身"诗歌团体发起人之一的七〇后诗人，朵渔的诗歌却没有"下半身"所具备的肉感与原始性，也没有七〇后诗人的反叛与先锋姿态。他深沉的表达与抒情化的风格与其他诗人的感性、反抒情形成了鲜明的对比，但这并不影响他成为七〇后诗人中最具智性与理论性的诗人之一。

著有诗集《暗街》《高原上》《非常爱》等，文史随笔集《史间道》《禅机》《十张脸》等。主编《诗歌现场》。

向阳街的黄房子

朵渔

人总是比周围的事物最先老去。
那清晨将窗子打开的老人
像打开一面厚实的墙壁
他弯腰步行的姿势，泄露了多少
人生的秘密：少年慌乱的性事
即兴的爱情，时代的恶作剧
和打斗的血，在街道的一角
蒙尘的房间，被他独自默默享用
一个个秋天逝去，他已能
从那巨大的落叶的秘密中
听到，那些早年扔出去的石头
已纷纷坠地。

赏析

朵渔深谙所谓的"身体"或"下半身"更多是指一种气质，因此他回到早年。他似乎毫无感情地叙说着关于荒废的生活、失眠、焦虑、神经质和对这个城市的夏天深深的不适……没有人理解这样呆板的动作里隐含的是自己的影子，或者孤独到了默默享用这一隐私被掀起一角的快感。

不论黄房子还是老房子，不论这里面描绘的是什么事物，似乎都只是一个载体。他以陈述语式的从容和松弛给予了诗歌一种状态，以一种独特的视角在顷刻间抓住了颜色或时空，仿佛他在诗歌世界里唱起了《圣经》，以这另类风格的机智向人传递着他与诗歌的遭遇。

枕戈

苏瓷瓷
（1981—）

　　女，1981年生。1998年医学院毕业。曾在精神病院工作五年。做过迪厅领舞。2003年开始诗歌创作，2005年开始小说创作，被誉为中国最具女性色彩和个人意识的八〇后女作家。作品散见于《收获》《人民文学》《花城》《作家》《星星》诗刊、《诗歌月刊》《芳草》《中国诗人》《新汉诗》等刊物。主要作品有《李丽妮，快跑》《伴娘》《第九夜》等，出版中短篇小说集《第九夜》、随笔集《一个人的医院》等。

　　曾获"春天文学奖""平行文学奖""完美小说奖"等。短篇小说《李丽妮，快跑》入围"2006年度中国小说排行榜"。现居湖北十堰。

破碎的瓷器

苏瓷瓷

我曾在水草之外的地方流浪，张开双手，迎接落单的绿色

它们逃离了坟地，逃离了我的家乡

汇入钟声，在每次转身处，投下灰色的余音

我想制造这种气氛，刺破所有的文字、状态和爱情

黑色的血液，趁夜潜过青白的瓷，成就了诗人的愤怒

凶手带着一支唇膏，涂满你们空白的表情

我的双肩瘦若水仙，不胜盈握的仍是那一片

深情的黑暗

它蛰伏在瓷器的陷阱中，等待乌鸦归来

瓶口再也开不出一茎鲜红的虞美人，它开始堕落

内心里满是秋雨的粪便

花开始剃度，光秃秃地砍断，长了发的旗帜

没有颜色，没有了所谓的暧昧

在月中挣扎的手指，不应有过多的修饰，并且

对灵魂撒一个弥天大谎，说我离你们很近

拒绝喊出爱人的名字，我怕我的疤痕，停止伤痛

而破碎是那么迷人的童话

它追随了胭脂的寒冷和错误的微笑

一切的情节等待苍茧的老手整理，我想听完后入眠

要去的，去了，阳光的倒影在篱笆外送别

在芦苇最白的那天，宽恕了你涂鸦的罪恶

麻雀也吵闹地出走，留下反思的季节

我还伸着扭曲的脖子，等待黄金的王冠

大地穿上黑袍，谁看到最后的仪式

关于一个女人的加冕

赏析

　　苏瓷瓷的诗歌有着"苏氏"特有的气息，她的诗歌深深打上了自己的标签，独标于世，充满着巫术与邪气，氤氲的叙述将诡异的气氛拓展到极致。她的诗歌所营造的世界，是一个饱受伤害者擦拭伤痕、啖食血痂的所在，是与罪恶、死亡相濡以沫的被虐者与自虐者的集中营。黑暗仿佛是为了命名光明而诞生的另一种光亮，她是一位将彼作为此的象征、隐喻的诗人，内心沉闷却暗藏炽烈，颓废却又抑制不住亢奋的激情——午夜裹挟着语言的岩浆喷薄出众人的梦魇，这梦魇深藏着患有狂想症的女人的肉体和谶语。"我想制造这种气氛，刺破所有的文字、状态和爱情/黑色的血液，趁夜潜过青白的瓷，成就了诗人的愤怒/凶手带着一支唇膏，涂满你们空白的表情"……梦的解码安置在夜幕，熠熠闪光，爆炸为久久传唱的生和死、爱与恨。

　　"无论你们怎么想，我都有文字上的自由……并且绝不阻止自己撒野。"苏瓷瓷用别样的目光刺探诗歌中的另一个"我"，试图在诗歌中将两个"我"合二而一；而语言的暴力则将这些努力推向更为寂寥的虚空——挣扎、疼痛却又幸福、惬意，支离破碎的血脉将她的诗歌风暴连缀起来，编织成一件时而柔滑时而粗粝、肉眼不可见的泛着神光的布匹，覆盖于我们仰望的天空。

　　"大地穿上黑袍，谁看到最后的仪式/关于一个女人的加冕"。当混浊的世界渐渐清晰，当一个女人的灵魂被大地接纳，她全部的姿容，在时光老去的瞬间凋零，酷肖玉碎宫倾的女王。

王冷阳

后记
版权声明

　　我们这个时代还需要诗歌吗？我们的生活还需要诗歌吗？我们的成长还需要诗歌吗……

　　2012 年新年到来之际，当我们精心策划、打造的这套"最美的诗"呈现在大家面前时，这样的疑问仍不绝于耳。

　　诚然，自 1995 年以来，随着最后一位"大众诗人"汪国真渐渐淡出人们的视野，诗歌这一文学体裁也逐渐淡出了大众的视野。从某种意义上讲，80 后、90 后、00 后这些新生代，几乎是在诗歌"贫瘠的土壤"中成长起来的。海德格尔说得好："诗歌即历史。艺术是真理在作品中的创造性保存。"一个国家的国民素质体现在文学史的发展轨迹上，而诗歌则是其中最为重要的一环。优秀的诗歌首先应该是美的，是美好的有机部分与美的最高境界。作为文学的最高形式，诗歌拥有无可复制的"美"——语言美、意境美、音律美、形式美等。这无疑是青少年提升美育、陶冶情操不可或缺的琼浆玉露。

　　作为出版人，我们肩负着神圣的使命感和责任感，力求打造一套文学中的"高、精、尖"读物，为广大读者奉上唯美、醇正、厚重的精神飨宴。这套诗集共五册，收录了中外二百多位诗人的近五百首诗歌：所选诗人几乎囊括了东西方主要国家最具代表性的文学巨匠，其中有不少诗人是诺贝尔文学奖得主；所选诗歌亦为最具代表性的、最脍炙人口的传世佳作，首首精品。我们希望将这套诗集打

造成诗歌出版史上最权威、最经典、最全面翔实的"诗歌精选集"。

这套诗集初版因编校和版式等存在不足之处，我们重新修订并美编优化，如今重新推出。虽然我们满怀热忱努力做到尽善尽美，但疏漏不足之处恐难避免，请方家多多批评指正。当然，我们希望这套诗集越来越多地出现在青少年的书架上，出现在诗歌爱好者的床头案边，这正是我们出版这套诗集的目的——欣赏最美的诗歌，让美好留存心中！

"最美的诗"总策划人　侯开

2018 年 7 月

后记
版权声明

　　本套诗集从前期组稿到后期编辑、付梓，历时五载有余。因困难重重，编辑工作曾几度搁浅，但我们都咬牙挺了过来。这其间有檀作文、李暮先生的推荐和创意，有吴功青、赖小皮、哑巴、山鬼鸿、枕戈、王冷阳、苏爱丽等诗歌研究者在精选诗作、撰写赏析等环节所付出的艰辛劳动，其中资深编辑王冷阳先生耗时一年多，通宵达旦、呕心沥血地对书稿进行了重新整合、梳理和最终的编审。此外，诸多热心朋友对本书也给予了不同程度的支持与帮助，我们在此一并深表谢忱。

　　因这套诗集所选作品涉及作者、译者众多，我们未能一一取得联系，烦请各位作者、译者及版权持有人及时与我们联系，一经核实、确认，即致润笔，奉寄样书。

联系电话：（010）52059569

联系邮箱：houkai@girlbook.cn

"最美的诗"总策划人　侯开

2018 年 7 月

挡住
那个月亮

Block the moon

经典诗歌05

悦读纪 编著

江苏凤凰文艺出版社
JIANGSU PHOENIX LITERATURE AND
ART PUBLISHING, LTD

图书在版编目（CIP）数据

挡住那个月亮 / 悦读纪编. —南京：江苏凤凰文
艺出版社，2018.7

（三月，有人呼唤我的名字）

ISBN 978-7-5594-0877-8

Ⅰ.①挡…　Ⅱ.①悦…　Ⅲ.①诗集－世界　Ⅳ.
①I12

中国版本图书馆CIP数据核字（2018）第159215号

书　　　　名　挡住那个月亮
编　　　者　悦读纪
选 题 策 划　侯　开
责 任 编 辑　姚　丽
特 约 编 辑　王冷阳　李宇东
装 帧 设 计　蒋　晴　刘丽霞
责 任 监 制　刘　巍　江伟明
出 版 发 行　江苏凤凰文艺出版社
出版社地址　南京市中央路165号，邮编：210009
出版社网址　http://www.jswenyi.com
印　　　刷　三河市航远印刷有限公司
开　　　本　880毫米×1230毫米　1/32
字　　　数　190千字
印　　　张　8.5
版　　　次　2018年7月第1版，2018年7月第1次印刷
标 准 书 号　ISBN 978-7-5594-0877-8
定　　　价　180.00元（全五册）

影视版权抢订热线　13911704013

江苏文艺版图书凡印刷、装订错误可随时向承印厂调换

目录 CONTENTS

第十辑
中国
China

第一辑

德国

Germany

约翰·沃尔夫冈·冯·歌德
（1749—1832）

　　十八世纪中叶到十九世纪初德国和欧洲最重要的剧作家、诗人、思想家。出生于法兰克福一个富裕的市民家庭，十岁开始写作。1774年秋，《少年维特之烦恼》的出版使他一举成名。

　　1794年，歌德与席勒相遇并结交，开辟了德国古典文学全盛时期。歌德创作了旷世巨著《浮士德》。两位文学巨人把德国古典文学推向了高峰。歌德是德国"狂飙突进运动"的代表人物。主要作品有：剧本《葛兹·冯·伯里欣根》，小说《少年维特之烦恼》，未完成的诗剧《普罗米修斯》和诗剧《浮士德》等。

迷娘曲（之一）

约翰·沃尔夫冈·冯·歌德

你知道吗，那柠檬花开的地方，

茂密的绿叶中，橙子金黄，

蓝天上送来怡人的和风，

桃金娘静立，月桂梢头高展，

你可知道那地方？

前往！前往——

我愿跟随你，爱人啊，随你前往！

你可知道那所房子，圆柱成行，

厅堂辉煌，居室宽敞明亮，

大理石立像凝望着我：

人们把你怎么了，可怜的姑娘？

你可知道那所房子？

前往！前往——

我愿跟随你，恩人啊，随你前往！

你知道吗，那云径和山冈？

驴儿在雾中觅路前进，

岩洞里有古老龙种的行藏，

危崖欲坠，瀑布奔忙，

你可知道那座山冈？

前往！前往——

我愿跟随你，父亲啊，随你前往！

杨武能　译

赏析

这首诗出自歌德的长篇小说《威廉·麦斯特的学习年代》。迷娘是一个出身悲惨的意大利小姑娘，年仅十三岁。她从小跟着杂技团四处流浪，受尽虐待。威廉·麦斯特把她从杂技团赎了出来，但由于在流浪生涯中早已饱受摧残，迷娘最终还是病死了。这首诗在小说中是由迷娘唱出来的，这是《迷娘曲》中最感人至深的一首。诗以"你知道吗，那柠檬花开的地方"开始，美好中透露着悲伤。由于威廉·麦斯特是迷娘唯一可亲之人，所以在诗中迷娘称他为"爱人""恩人"和"父亲"。对可怜的迷娘来说，威廉·麦斯特便是她的一切。迷娘决定忠贞不渝地跟着威廉·麦斯特前往，并对他们的未来充满美好的想象，她决定和威廉·麦斯特一起，为了他们的美好未来而直面所有艰难险阻。诗以"你知道吗"开头，又以"随你前往"结束，是一首抑扬格的优秀格律诗。译成中文后，韵味犹存。

小皮

迷娘曲（之二）

约翰·沃尔夫冈·冯·歌德

只有懂得相思的人，

才了解我的苦难！

形单影只，失去了

一切欢乐，

我仰望苍穹，

向远方送去思念。

唉，那知我爱我者，

他远在天边。

我五内俱焚，

头晕目眩。

只有懂得相思的人，

才了解我的苦难！

杨武能　译

赏析

　　只有懂得苦难的人，才能理解这种相思。对于一个身世飘零、无依无靠的少女来说，威廉·麦斯特是多重身份的集合——爱人、恩人和父亲。他对她来说意义非凡，而远在天边的威廉·麦斯特却使迷娘看起来如此孤单。当一个人刚从苦难深处挣脱出来，当她的爱人、恩人、父亲离开她的时候，一个人的生活对她来说将是多么忧虑、恐惧。这样的相思对她来说无异于一场灾难。

小皮

迷娘曲（之三）

约翰·沃尔夫冈·冯·歌德

别让我讲，让我沉默，
我有义务保守秘密。
我本想向你倾诉衷肠，
只是命运它不愿意。

时候到了，日出会驱散
黑夜，天空会豁然明朗；
坚硬的岩石会敞开胸怀，
让深藏的泉水流到地上。

谁不愿躺在友人怀中，
倾吐他胸中的积郁；
只是誓言迫使我缄默，
只有神能开启我的嘴唇。

杨武能　译

赏析

　　整首诗都在解释沉默的原因。在诗的第一节，迷娘的解释是：命运让我对你保持缄默。然而，到底是怎样的命运阻碍她"倾诉衷肠"？在第二节里，我们知道一种黑暗正包围着迷娘，但她坚信黑暗必然会被驱除，天空必然会明朗。她的信念坚定得让人震惊："坚硬的岩石会敞开胸怀，/让深藏的泉水流到地上。"到底是什么样的黑夜，必须要等到岩石裂开才能驱除？在诗的最后一节我们并未如愿以偿地找到答案。我们只知道：是誓言迫使她缄默。但那又是怎样的铮铮誓言？"只有神能开启我的嘴唇。"如果神使"我"的嘴唇开启，那飞出的将是怎样的言辞？这种对沉默的诗意解释，使沉默本身显得如此深刻，也把主人公那不可言说的痛苦表现得淋漓尽致。

小皮

野蔷薇

约翰·沃尔夫冈·冯·歌德

少年看到一朵蔷薇，

荒野的小蔷薇，

那样的娇嫩可爱而鲜艳，

急急忙忙走向前，

看得非常欢喜。

蔷薇，蔷薇，红蔷薇，

荒野的小蔷薇。

少年说："我要来采你，

荒野的小蔷薇！"

蔷薇说："我要刺你，

让你永不会忘记。

我不愿被你采摘。"

蔷薇，蔷薇，红蔷薇，

荒野的小蔷薇。

野蛮少年去采她，

荒野的小蔷薇；

赏析

　　这是歌德在《少年维特之烦恼》中的一首诗。不少人认为这是一首爱情诗，因为爱情题材在歌德的作品中占有极大的比重；也有人认为，这首诗是悲情的控诉，是歌德对骑士时代野蛮的求爱方式，以及对骑士不尊重女人情感自主的控诉。蔷薇象征地位卑微的女人，而少年便是野蛮的化身。全诗洋溢着对小蔷薇的爱恋之情。全诗分为三节，三节中又有三个重叠的句子，富有民歌色彩，所以它也为许多音乐家所看中，被谱成了百余种曲子，并被广为传唱。

小皮

蔷薇自卫去刺他，

她徒然含悲忍泪，

还是遭到采摘。

蔷薇，蔷薇，红蔷薇，

荒野的小蔷薇。

钱春绮　译

浪游者的夜歌

约翰·沃尔夫冈·冯·歌德

一切峰顶上

一片宁静，

一切树梢上

感不到

一丝微风；

林中鸟群已沉默。

稍等，片刻，

你也将安静。

飞白　译

赏析

有一类诗,短小精悍,朴素无华,却浑然天成,意味隽永。《浪游者的夜歌》便是这样一首可遇而不可求的优秀诗作,它甚至被誉为"最纯的诗"。这首诗写于歌德在魏玛公国任职期间。此时的歌德不得不以极大的忍耐力来处理枯燥的公务,投入到喧嚣的世俗生活中。但他的内心却极渴望宁静。在这样的境遇中,歌德一进入山林,便沉迷其中。他迫不及待地将自己抛入深山老林,与群峰、小树林和栖息的鸟儿一起获得内心短暂的休憩。在一封写给女友斯泰因夫人的信中,歌德这样写道:"我在这地区最高的山基克尔汉住宿,为的是躲避这个小城市的扰攘,人们的怨诉、要求、无法改善的混乱。"(冯至译)这首写于基克尔汉山的山顶别墅墙壁上的诗,语言简洁纯净,意蕴清雅,是一首不可多得的佳作。歌德在《自然和艺术》一诗里的两句话或许最适合评价这首诗:"自然和艺术,好像在互相回避,刹那之间,它们又碰在一起。"音乐家舒伯特、李斯特等为本诗作的曲使之在欧洲广为流传,家喻户晓。

小皮

小链接

歌德在公园里散步，在一条狭窄得仅容一人通过的小道上，他遇见了一位曾尖刻地批评过他的作品的批评家，两人越走越近。批评家傲慢地说："我是从不给蠢货让路的！""我正好相反。"歌德一边让路一边笑道。

约翰·克里斯托弗·弗里德里希·冯·席勒

（1759—1805）

德国十八世纪著名诗人、哲学家、历史学家和剧作家，德国启蒙文学代表人物之一，"狂飙突进运动"的代表人物之一，被誉为"德国的莎士比亚"。出生于德国符腾堡的小城马尔巴赫一个贫穷的市民家庭。他童年时代就对诗歌、戏剧有浓厚的兴趣。1776年开始发表抒情诗。1777年开始创作剧本《强盗》，后获得巨大成功。1782-1787年，相继完成作品《阴谋与爱情》《欢乐颂》《唐·卡洛斯》等。《阴谋与爱情》与歌德的《少年维特之烦恼》同为"狂飙突进运动"最杰出的成果；《欢乐颂》被贝多芬谱为《第九交响曲》，四海传唱。1794年，席勒与歌德结交并成为挚友。1795年出版美学论著《审美教育书简》。

憧 憬

约翰·克里斯托弗·弗里德里希·冯·席勒

山谷迷漫着一片凉雾，

啊，从这山谷的深处，

我要是能找到出路，

啊，我会觉得何等幸福！

那边我看到美丽的小山，

永远年轻而常青！

我若有羽翼，我若有翅膀，

我真想飞上那座山顶。

我听到和谐的音调，

甘美的平静的天国的声音，

微风给我送来

香油树的芳馨，

我看到金色的果实

在绿叶间闪烁迎人，

还有在那边盛开的花儿，

在冬天也不会凋零。

啊，在那无尽的阳光之中

散步逍遥，该是多么欢畅，

那座小山上的空气，

它该是多么凉爽！

可是奔腾的激流

阻拦了我的前路，

它的波涛汹涌，

使我心神恐怖。

我看到一只小舟漂动，

可是，唉！缺少艄公。

上去吧，不要犹疑！

轻帆已经孕满了好风。

你要有信心，你要能冒险，

神并不给世人担保；

只有一件奇迹才能

把你带往美丽的仙岛。

钱春绮　译

赏析

　　对理想的美妙憧憬使得我们心情愉快。在美妙的憧憬之中，我们似乎听到了和谐的音调，也听到了天国的召唤。而生活本身是一场冒险，当我们踏入世界，便踏入了一个危险的境地，理想把我们推到汹涌的波涛面前。在生活这场冒险中，"神并不给世人担保"，只有我们自己去创造奇迹，才能见到美妙的理想。如何才能使憧憬成为现实？在另一首诗中，诗人在为自己找到方向的同时，似乎也在指引我们："如能超越感官的限制，遁入思想自由之地，恐怖的幻影就会消逝于无形，永远的深渊就会化险为夷；你能采纳神意做你的意志，神就会离开宇宙宝座而降临。"（《理想与生活》，钱春绮译）

　　　　　　　　　　　　　　小皮

欢乐（合唱：大家拥抱吧，千万生民）

约翰·克里斯托弗·弗里德里希·冯·席勒

合 唱

大家拥抱吧，千万生民！

把这飞吻送给全世界！

弟兄们，在那星空上界，

一定住着个慈爱的父亲。

谁有这种极大的幸运，

能有个朋友友好相处，

能获得一个温柔的女性，

就让他来一同欢呼！

确实，在这扰攘的世界，

总是能够得一知己，

如果不能，就让他离开

这个同盟去向隅暗泣。

钱春绮　译

赏析

　　1785年，为参加自己的戏剧《强盗》的首演，席勒从军营里逃了出来，回去后遭到军队的禁闭——不许写诗和戏剧。于是，席勒离开了军队，开始了贫的逃亡生涯。在朋友的帮助下，席勒找到一份工作。同年十月，他应邀来到德累斯顿近郊的一个村庄。在那里，他和那些人人都称为"兄弟"的朋友们觥筹交错，为自己获取自由的生活而欢欣鼓舞，于是写下了这首《欢乐颂》。席勒很早就有为"千万生民"写作的伟大抱负。在这首诗里，我们可以看到诗人和他的朋友们是如何心怀宽广、恣肆汪洋地向全世界送出"飞吻"，如何与朋友们一起欢呼的。只有像席勒这样伟大的诗人，才敢于在那个伟大的时代里如此达观奔放。

小皮

欢乐颂（合唱：毅然忍耐吧，千万生民）

约翰·克里斯托弗·弗里德里希·冯·席勒

合 唱

毅然忍耐吧，千万生民！
为更好的世界忍耐！
在上面的星空世界，
伟大的主会酬报我们。

我们对神灵无以为报，
只要能肖似神灵就行。
即使有困苦忧伤来到，
要跟快活人一起高兴。
应当忘记怨恨和复仇，
对于死敌要加以宽恕。
不要逼得他眼泪长流，
不要让他尝后悔之苦。

赏 析

经历过很多苦难，诗人依然对生活心存敬畏，并不像常人那样耽于小欢乐。他明白，在这个世界里生存，需要更大的毅力，需要经受更大的忍耐。我们的所有付出都不会落空，"伟大的主会酬报我们"，馈赠我们以更多的、真正的欢乐。只有为"千万生民"欢乐的人，才敢于生活得"肖似神灵"。只有这样的人，才能在困苦和忧伤时快乐，对敌人予以宽恕。

小皮

钱春绮　译

欢乐颂（合唱：星辰的颤音将他颂扬）

约翰·克里斯托弗·弗里德里希·冯·席勒

合唱

星辰的颤音将他颂扬，
还有天使的赞美歌声，
把这杯献给善良的神，
他在那边星空之上！

遇到重忧要坚持勇敢，
要帮助流泪的无辜之人，
要永远信守立下的誓言，
对友与敌都待以真诚。
在国王驾前也意气昂昂，
弟兄们，别吝惜生命财产，
让有功者把花冠戴上，
让骗子们彻底完蛋！

钱春绮　译

赏析

这是一种神圣的欢乐。这种欢乐值得我们矢志不渝地加以巩固，值得我们用整个生命为之高唱颂歌。更为伟大的是，席勒以强大的内心和勇敢的行动坚守着自己这曲颂歌里面的誓言："遇到重忧要坚持勇敢，/要帮助流泪的无辜之人，/要永远信守立下的誓言，/对友与敌都待以真诚。"当然，也不轻易饶恕这个世上的任何一个骗子。这首神性的颂歌曾使青年贝多芬深受鼓舞，决心为之谱曲。直到三十年后，已然失明的贝多芬才完成了年少时期的夙愿，在《第九交响曲》的"终曲合唱"中完美地使用了这首诗，将诗歌和音乐推向艺术的顶峰。

一首意气风发的诗与一曲气势磅礴的音乐完美地结合在一起，铸就了诗与音乐的永恒典范。

小皮

弗里德里希·荷尔德林
（1770—1843）

德国十八世纪最伟大的诗人之一，古典浪漫派诗歌的先驱。他的诗作受到古典主义和浪漫主义的影响，兼具两者特征，形成自己独特风格。他生前曾精神失常，默默无闻，死后多年人们才发现其价值，并确立了他在文学史上的重要地位。代表作有《自由颂》《人类颂》《为祖国而死》《日落》《梅农为狄奥提玛而哀叹》《流浪者》《还乡曲》《爱琴海群岛》及《给大地母亲》《莱茵河》《怀念》等。唯一的书信体小说《许佩里昂》是其成名作。

献给命运女神们

弗里德里希·荷尔德林

万能的女神们！请借我一个夏季，
一个秋季，让我的诗歌成熟，
那么，我的心儿，满足于
这甘美的游戏，就乐愿死去。

这颗心灵，在生时不能获得它那
高贵的权利，死后也不会安宁；
可是，有一天，这神圣的事业，
深藏在我心中的诗歌获得完成。

那么，冥府的沉寂，欢迎你来吧！
我将会满足，即使我的乐器
没有伴我同住；我只要有一天
过着神的生活，我就更无他求。

钱春绮　译

赏析

在荷尔德林那里，世界的意义须由精神出发，沿着黑格尔式的辩证法（正－反－合）循环上升至永恒，因此，他的诗歌一直致力于歌颂，是人性中最神圣的部分。诗人对诗歌成熟的渴望极为强烈——"请借我一个夏季，/一个秋季，让我的诗歌成熟，/那么，我的心儿，满足于/这甘美的游戏，就乐愿死去。"为了这崇高而甜蜜的幸福，死亡在诗人面前都显得微不足道——对一个真正的诗人来说，诗歌便是他全部的生命，追求诗歌成熟便是追求生命的意义本身。既然如此，生的每一瞬间都应向着这高贵迈进。"可是，有一天，这神圣的事业，/深藏在我心中的诗歌获得完成"。"我心中的诗歌"即灵魂深处的神性。只要它最终在心里实现，像风吹开花朵，石头从水中走出，"我"便过上了神的生活。是啊，"我"该多么满足，因为"我"的夙愿在死后得到了实现——随着时间的推移，荷尔德林的诗歌犹如磐石，越来越坚不可摧。

吴功青

许贝利翁①的命运之歌

弗里德里希·荷尔德林

你们徘徊在神秘的光中

在丰收的大地上

充盈着欢欣的天才啊

微风神圣地闪烁

轻轻地触动你们

就像艺术家的手指

拨动了圣洁的琴弦

在命运之先

在熟睡中滋生 呼吸着不朽

圣洁地保存一切

在新芽之中

而精神永远盛开 灿烂

啊 这些满是欢欣的眼睛

静寂地观照着

永恒的澄明

①又译许佩里昂。

但是我们却失去了

栖息的家园

人性的崇高

盲目地一点点沉沦　消失

就像撞落在悬崖上的浪花

又无知地扑向另一个悬崖

年复一年　没有目的

宋非　译

赏析

　　许贝利翁是希腊后期一个致力于征服故土的理想主义者（最终失败）。荷尔德林在诗剧《许贝利翁或希腊的隐士》中，借主人公之口表达了对神性遗落的哀伤——对这些向着神性沉思的人来说，"微风神圣地闪烁/轻轻地触动你们"。这简单的气流，因一种对神性的仰望而散发着新的光泽。"就像艺术家的手指/拨动了圣洁的琴弦"。是的，有时候，当我们倾听那些伟大的交响乐时，也时常能感到灵魂的飞升、身体的下坠。在荷尔德林及有着相似艺术感受的人那里，神是一种无限的、永恒的境界。现在，琴弦的声音轻轻传来："啊/这些满是欢欣的眼睛/静寂地观照着/永恒的澄明"。充满神性的大眼睛，温柔地享受着永恒的福祉。而"我们"，这些遗失了古希腊伟大传统的"我们"（诗中的"你们"主要指古希腊人），失去了"栖息的家园/人性的崇高"，像浪花一样盲目地在悬崖上激荡。伟大的诗人！正是他意识到西方文明乃至整个人类文明精神的危机。"大地"被摧毁后，剩下的将是大片工业文明造就的精神废墟。人越来越虚无，"家园亟须重建"。

吴功青

致大自然

弗里德里希·荷尔德林

当我还在你的面纱旁游戏，

还像花儿依傍在你身旁，

还倾听你每一声心跳，

它将我温柔颤抖的心环绕；

当我还像你一样满怀信仰和渴望，

站在你的图像前，

为我的泪寻找一个场所，

为我的爱寻找一个世界。

当我的心还向着太阳，

以为阳光听得见它的跃动，

它把星星称作兄弟，

把春天当作神的旋律；

当小树林里气息浮动，

你的灵魂，你欢乐的灵魂，

在寂静的心之波里摇荡，

那时金色的日子将我环抱。

钱春绮　译

赏析

　　春天，冰融化成水，我们把花当作嘴唇；夏日，树叶温柔地将我们遮蔽；秋天，果实爬上枝头，像夕阳一样美；冬天，我们以雪为梦，期待世上最安静的日子降临……在大自然里，我们的痛苦消融无踪，而快乐因和周遭相连而不断伸展；我们原本是没有分别的东西。天空和大地，如此和谐地栖息在一起；而人，则应诗意地栖居在大地上。这首诗除了歌颂之外，似乎还有一种近乎哀悼的感情色彩。我们知道，自十六世纪以来，科技的力量统治了世界，古代神性的自然观节节败退。在工业文明里，自然是技术统治的对象，人和自然是利用与被利用的关系。作为神圣的场所，自然与人不可分割的联系被割断了。"当我的心还向着太阳"——现在，我们的心，究竟该向着哪里呢？

小皮

诺瓦利斯
（1772—1801）

　　德国早期浪漫派（耶拿派）杰出诗人。他的诗歌语言优美，风格清新自然，富于变化，有着较为浓厚的宗教气息。代表作有《夜颂》《圣歌》等。诺瓦利斯还写过长篇小说《亨利·封·奥弗特丁根》。小说中的"蓝花"成为德国浪漫主义憧憬的象征，他自己也因此获得了"蓝花诗人"的称号。

圣歌（之十四）

诺瓦利斯

我看到你，玛利亚，被画成
千万种的可爱的形姿，
可是，全都无法描绘你，
如我的心灵看出的你。

我只知道，扰攘的世界
从此像梦一样消逝，
一种莫名的可爱的天空
永远留在我的心里。

钱春绮　译

赏析

　　安徒生有一篇童话《世界上最美丽的一朵玫瑰花》，故事讲的是：一位皇后生了病，一位最聪明的御医说，只有世上最美的玫瑰才能治好她的病。人们送来了各式各样的玫瑰花，却都不是最美的那一朵。最后，皇后的小儿子流着泪给母亲读了他刚从一本书上看到的故事。在那本书里，有一个人为拯救人类在十字架上牺牲了自己的生命。皇后苍白的脸上露出一片玫瑰色的光彩。因为她看到了世上最美的花——从基督的鲜血里绽开的苦难之花。十八世纪最后一位诗人诺瓦利斯，正是这样一朵从基督之血里诞生的花朵。他在世间仅仅停留了二十八年，留下了数量众多的宗教诗歌。这组《圣歌》（又称《宗教之歌》）创作于1799年，不到两年，诺瓦利斯病逝。

哑巴

夜颂[①] （之三）

诺瓦利斯

从前，当我流着辛酸的眼泪——当我
沉浸于痛苦之中，失去了希望，我孤
单单地站在枯干的丘冢之旁，丘冢把
我的生命的形姿埋在狭窄的黑暗地室
里，从未有一个孤独者像我那样孤独，
我被说不出的忧心所逼，颓然无力，
只剩下深感不幸的沉思——那时我是
怎样仓皇四顾、寻求救星，进也不能，
退也不能——对飞逝消失的生命寄予
无限憧憬——那时，从遥远的碧空，
从我往日的幸福的高处降临了黄昏的
恐怖——突然切断了诞生的纽带、光
的锁链——尘世的壮丽消逝，我的忧

---

① 1794年11月，诺瓦利斯认识了一位十三岁的姑娘索菲·封·库恩，
之后订了婚。1797年3月，年轻的未婚妻因病去世，这对他打击很大。
他曾到她的墓前凭吊，随后写下组诗《夜颂》。初稿有六首，除本首外，
其余均为分行的诗体，后来发表时改为散文体。本首为整组诗的核心。

伤也随之而去。哀愁汇合在一起流入
一个新的不可测度的世界——你，夜
之灵感，天国的瞌睡降临到我的头上。
四周的地面慢慢高起——地面上流
淌着我的解放了的新生的灵气。丘冢
化为云烟，透过云烟，我看到我的恋
人净化的容颜——她的眼里栖息着永
恒——我握住她的手，眼泪流成割不
断的闪光的飘带。千年的韶光坠入远
方，像暴风雨一样——我吊住她的脖
子，流下对新生感到喜悦的眼泪。这
是在你黑夜中的最初之梦。梦过去了，
却留下它的光辉，对夜空和它的太阳、
恋人的永不可动摇的信仰。

钱春绮　译

赏析

　　这首诗表达了诗人对亡妻的怀念。诺瓦利斯诗歌中的神学内涵，后世学者有着不同的看法——有人认为他对基督有着浪漫化的理解，将对圣母玛利亚的赞颂凌驾于耶稣之上。撇开这些复杂的神学问题不管，我们仍可领略到诺瓦利斯精湛的诗艺。

哑巴

小链接

　　因肺结核而早逝的诺瓦利斯将患病看作刺激丰富多彩的生活的强有力的兴奋剂，并肯定地将疾病说成是创造力。创造力、天才与疾病连在一起的思想在十九世纪广为流传。德国著名哲学家、精神病专家卡尔·西奥多·雅斯贝尔斯说："所谓病迹，就是杰出人物的异常性格特征或引起精神病理学者兴趣的精神活动过程的一个侧面，以及它对作家一生用作品影响的轨迹的表现形态。"西方病迹学家研究的对象包括歌德、荷尔德林、文森特·威廉·梵高等一流诗人、画家。

艾辛多夫
（1788—1857）

十九世纪德国浪漫主义诗人，德语文学中最优秀的诗人之一。他的诗大多描写自然景色，语言明快，形式质朴，富有民歌特色。作品有中篇小说《一个无用的人的生涯》和长篇小说《预感与现实》等。

菩提树旁

艾辛多夫

心爱的树啊，我能否重新见到你，
我曾在春光美好的梦境里
趁着它那年轻的冲动和欲望
刻下了自己初恋的姓名？

从此以后树枝显得多么惊奇，
顺着坚硬的树干，可爱的树啊
长得挺拔高大，繁荣昌盛
如同她的爱情和那美好的时光！

我也像你一样悄悄地长大，
没有什么还跟从前一样，
我的伤口随着增长——而且不会结痂
也许这辈子再也不会痊愈。

曹乃云　译

赏析

树在这里是一个双重比喻——恋人在树上刻下对方的名字时，爱情也在上面刻下了自己的枯荣。但峥嵘岁月之后，树木和人迎来的却是各自不同的命运。一边是"她的爱情和那美好的时光"，一边是"我的伤口随着增长——而且不会结痂"。岁月在树木身上留下印记，树木虽不言语，却将永久的伤痛化作了记忆。诗人用一个朴素的比喻道出了永恒的真理：爱情之路满布伤痕。树犹如此，人何以堪！

哑巴

眼 神

艾辛多夫

你微笑着用双眼
好像从天空里注视着我，
我似乎感到，什么样的嘴唇
也说不出这样的一番话来。

要是她真能这样说，
话儿都从心底里往外涌流，
安详地对着眼睛嘱咐，
就会更加甜蜜地得到满足。

我望着天空的泉源，
它早已对我紧紧地合上，
而从圣洁的眼眶里
奔流在纯洁的月亮中。

我的心扉里悄悄地打开了
一切，一切都迎着这个目光，
它以汩汩流动的幸福
填满了我那痛苦的深渊。

曹乃云 译

赏析

在爱情中，很多时候，语言都是多余的。爱，不需要繁文缛节的仪式，不需要甜言蜜语的温存，更不需要天长地久的誓言。爱只是一个回眸、一次感动，是起伏于人潮人海仍无法磨灭的印记。爱人之于诗人，如同丰盈的女神，一个眼神就足以使自己心怀喜悦。但爱情总有一个阶段在战战兢兢中度过。这首诗让我们感受到了诗人在爱中的敏感与痛楚。诗人直打胸臆，却并不显得突兀直露，反而让那种刻骨铭心的无奈与伤感变得更真实可触。

哑巴

克莱门斯·布伦塔诺

（1778—1842）

　　德国著名诗人、小说家、剧作家，"海德堡浪漫派"的创立者。他与德国著名作家阿尔尼(1781—1831)合编的民歌集赏析《少年的魔角》，收录了德国数百年来流传的一些民歌，对德国浪漫主义诗歌起到了巨大的推动作用，影响了一代诗人。

小夜曲

克莱门斯·布伦塔诺

听，怨笛声又响起，

伴着冷泉声隐隐，

金色的声音正飘落——

静些，静些，让我们倾听。

似亲切的祈求，似温馨的渴慕，

它们正向心儿絮语！

透过弥漫的夜，

声音的光把我照临。

欧凡　译

赏析

　　《小夜曲》原是布伦塔诺的歌剧《快乐的乐师》之中的一个小唱段，后来作为独立的一首诗收入在他的诗集中，被视为德国浪漫主义诗歌的代表作之一。这首诗的背景是：在一个静谧的夜晚，一位双眼失明的老流浪歌手和他的养女来到一处泉水边上，此时笛声从幕后传来。这时，一老一少开始了他们的对唱，一人两句，总共八句。这八句组成了这首诗。对于少女来说，初听笛声和泉水的声音是哀怨、冰冷的，但对双目失明的老流浪歌手来说，这金色的声音仿佛从空中飘落，他静静地聆听着。在老人的感召下，少女也开始安静下来，倾听自己内心的声音。而这个时候，对于老歌手来说，声音已经穿过黑夜，穿过苦难的生活，使他的生命变丰满起来。这美妙的声音，是他能够感觉到的生命之光。

小皮

海因里希·海涅
(1797—1856)

　　继歌德之后德国最重要的诗人。生于莱茵河畔一个犹太商人家庭。1819-1824年，先后在波恩大学和柏林大学学习法律和哲学。他早在二十岁时便开始了文学创作，早期诗作多以个人遭遇和爱情苦恼为主题，反映了封建专制下个性所受到的压抑及找不到出路的苦恼和迷茫。晚年思想上的矛盾与怀疑突出表现在他对共产主义的信念与理解上。主要作品有《青春的苦恼》《抒情插曲》《还乡集》《北海集》等。

心，我的心，不要悲哀

海因里希·海涅

心，我的心，不要悲哀，
你要忍受命运的安排，
严冬劫掠去的一切，
新春会给你还来。

你还是那样绰绰有余！
世界还是那样美丽多彩！
我的心，只要你情之所钟，
你都可以尽量去爱！

钱春绮　译

赏析

　　海涅的诗非常简洁、朴素、单纯，有着民歌般的特质。爱情在海涅一生中占据极其重要的地位。在爱情面前，他不是强势的人，多次的失恋在他的内心烙下了深深的伤痕。但他并不因此而否定生活本身，他依然对生活充满了信心和热爱。尽管一直为抑郁和悲伤所困扰，他还是一样热爱生活、相信爱情——人生图景的美丽一直在召唤着这位诗人。他曾经批评德国浪漫派的诗人不是"生活的诗人"，他们是"死亡的诗人"。从这首诗中，我们感受到，作为一个浪漫派的叛逆者，海涅把自己活生生的内心以直白而大胆的方式表达出来，是多么真挚感人。

小皮

抒情插曲（第三十五首）

海因里希·海涅

有一棵松树孤单单
在北国荒山上面。
它进入睡乡；冰和雪
给它裹上了白毯。

它梦见一棵棕榈，
长在遥远的东方，
孤单单默然哀伤，
在灼热的岩壁上。

钱春绮　译

赏析

这些插曲组诗和序诗加在一起，共七十首，每首都动人心扉，让人爱不释手。这些组诗是插在两部悲剧之间的间奏曲，故被称为"抒情插曲"。诗的主要内容是表达海涅对他的堂妹阿玛莉的爱情。其时，海涅的堂妹嫁给了一位商人，这让他非常伤心。在这首诗里，孤单的松树象征着诗人自己，而棕榈树则象征堂妹，它们一株在北方，一株在东方，只有在孤单的梦乡才能相见。尼采如是评价海涅："海涅让我体会到抒情诗人的最高境界。我上溯几千年，在所有的古老帝国里，都无法找到像他诗歌中呈现的那种悦耳而又热情奔放的音乐。"

小皮

抒情插曲（第四十三首）

海因里希·海涅

一位少年爱上一位姑娘①，

这位姑娘却看中了别人；

那男人却另有所爱，

而且和他的爱人成婚。

这姑娘满怀气愤，

随便找了对象结婚，

嫁给一个萍水相逢的人②；

那少年十分郁闷。

这是一个古代的故事，

可是它却是万古常新；

要是碰到了谁的头上，

谁就要因此裂碎了心。

钱春绮　译

---

①少年指诗人自己，姑娘指诗人爱着的堂妹阿玛莉。
②萍水相逢的人，指阿玛莉的丈夫弗里德兰德。

赏析

在这里，海涅（可能）借用了一位印度诗人所写的古代故事，故事内容大概是：一个少年爱上某位姑娘，姑娘却爱上了别的男人，而那个男人却爱上了别的女人。少年和姑娘都被爱情伤了心。但姑娘并不成全少年，而是选择了随便嫁给另一个男人，这让少年伤透了心。故事很简单，但"要是碰到了谁的头上，/谁就要因此裂碎了心"。置身事外，我们根本不清楚爱情有多么残忍。在《抒情插曲》的扉页，海涅写道："我把叹息和苦痛，灌输在这本书中，你要是把它打开，就露出我的隐衷。"当你用一颗满怀爱的心来解读这首诗的时候，你会发现，诗中包含了多少叹息和痛苦。

小皮

抒情插曲（第五十三首）

海因里希·海涅

他们①都将我折磨，

气得我脸色发白，

有的用他们的恨，

有的用他们的爱。

他们给我拿毒药

放进面包和酒杯。

有的用他们的恨，

有的用他们的爱。

可是她②，她最使我

痛苦、气恼而难过，

她从来没有恨过我，

也从来没爱过我。

钱春绮　译

赏析

　　这是一首感人至深的爱情诗。

　　诗人的堂妹阿玛莉是一位百万富翁的小姐，她尽管同情海涅，却不能接受他的爱情。这让海涅伤透了心。最后，她嫁给了一个有钱的地主，这给海涅的心灵带来沉重的打击。从这首诗里，我们可以感受到，诗人面对这段毫无指望的爱情是多么痛苦。

　　　　　　　　小皮

①指汉堡的亲戚。
②指堂妹阿玛莉。这一节表明她对诗人的冷淡。

教 义

海因里希·海涅

敲起鼓来，你不要恐惧，
去吻一吻随军商店的少女！
这就是全部学问，
这就是书里最深的意义。

把人们从昏睡中敲起，
敲着起身鼓，用青春的力气，
敲着鼓永远向前迈进，
这就是全部的学问。

这是黑格尔的哲学，
这是书里最深的意义！
我聪明，又是一个好鼓手，
所以我懂得这个道理。

冯至 译

赏析

　　这是政治抒情诗《时事诗》中的第一首，《时事诗》收录在海涅的《新诗集》里。《新诗集》一出版便遭禁止。普鲁士政府还同时宣布：只要海涅一进入普鲁士境内，就马上将他逮捕。海涅从来就是一个不合作的诗人。还在哥廷根大学上学期间，他就由于要求和同学决斗而遭受处分。他的骨子里有一股反叛的倔劲。在这首诗里，海涅勇敢地向现实生活和统治秩序发出挑战。海涅曾称自己是一个"幽默的诗人"。在这里，"和女商贩亲个嘴"的说法就是海涅幽默的表达。在政治生活中，海涅终其一生都是一位幽默的"鼓手"。

小皮

小链接

　　一天，海涅收到朋友寄来的一封很重的欠邮资的信。他拆开一看，原来是一大捆包装纸，里面附着一张小字条："我很好，你放心吧！你的梅厄。"几天后，梅厄也收到海涅寄去的一包很重的欠资包裹，他领取这包裹时不得不付一大笔现金，原来里面装的是一块石头，也附有一张字条："亲爱的梅厄：当我知道你很好时，我心里这块石头也就落地了。"马克思住在巴黎的时候，海涅经常到马克思家做客，他们之间的友谊正像马克思自己说的，到了"只要半句就能互相了解"的地步。海涅当时写下了一篇篇战斗诗篇。夜晚，就到马克思家来朗诵自己的新作。马克思和燕妮一起与他加工、修改、润色，但马克思从不在别人面前"泄露天机"，直到海涅的诗作在报刊上发表为止。海涅称马克思是"最能保密"的朋友。正因如此，他们的友谊为世人所羡慕、称颂。

弗里德里希·威廉·尼采
(1844—1900)

　　德国最著名的哲学家之一，西方现代哲学的开创者，同时也是卓越的诗人和散文家。他的"超人""权力意志"和"重估一切价值"等哲学学说对后世影响巨大而深远。后来的生命哲学、存在主义、弗洛伊德主义、后现代主义，都以各自的形式回应尼采的哲学思想。在诗歌艺术上，尼采亦表现出独特的个性，音乐性和思想性在诗中得到奇异的结合，具有很高的艺术价值。

醉 歌

弗里德里希·威廉·尼采

人啊！留神吧！

深沉的午夜在说什么？

"我睡着，我睡着——

我从深沉的梦里醒来——

世界是深沉的，

比白昼所想的还要深沉。

痛苦是深沉的——

快乐啊！却比心疼还要深沉；

痛苦说：消灭吧！

可是一切快乐都要求永恒——

要求深沉，深沉的永恒！"

梁宗岱　译

赏析

　　读尼采的诗常常感到突兀：能感受到诗歌中巨大的力量、奇异的美，却总是觉得无法把握。这并不奇怪。作为一个哲学家，尼采也遭受了无数的非议。他的哲学观点以惊世骇俗著称。作为其生命意志的直接体现，他的诗歌自然显得深邃而独特。在这首诗里，我们听到尼采在呼喊的是："痛苦是深沉的——/快乐啊！却比心疼还要深沉"。难道尼采是个普通的快乐主义者？可是，我们必须同时了解的是：在尼采那里，快乐可不是饮食男女这么简单；尼采主张快乐，甚至有时主张身体的放纵，都是和他酒神精神的哲学主张联系在一起的。尼采认为：历史上那些貌似鄙视身体快乐的人都对生命犯了罪，是仇视生命本身意志的行为。生命本身的意志应如希腊神话中酒神狄俄尼索斯一样，在大地上肆意奔放，这种属于生命本身的快乐，才是真正有价值的。历史上所谓的"精神不死""肉体有限"的说法在尼采这里统统是谎言。从这个角度看，诗中快乐的含义是有所指的，并非简单意义上的幸福快乐，而是要求每个人都应发扬生命主体的力量，去拥抱生命，发挥自己最大的潜力。快乐全部的意义只在于创造！从这点出发，我们感到的是生命最真实的力量。

小皮

忧郁颂

弗里德里希·威廉·尼采

忧郁啊，请你不要责怪我，

我削尖我的鹅毛笔来歌颂你，

我把头低垂到膝盖上面，

像隐士般坐在树墩上歌颂你。

你常看到我，昨天也曾有多次，

坐在上午的炎热的阳光里：

兀鹫向谷中发出贪婪的叫声，

它梦想着枯木桩上的腐尸。

粗野的禽鸟，你弄错了，尽管我

在我的木块上休息，像木乃伊一样！

你没看到我眼睛，它还充满喜气、

在转来转去，高傲而得意扬扬。

尽管它不能到达你那样的高处，

不能眺望最遥远的云海波浪，

它却因此而沉得更深，以便

像电光般把自身中存在的深渊照亮。

我就这样常坐在深深的荒漠之中，

丑陋地弯着身体，像献祭的野蛮人，

而且总是在惦念着你，忧郁啊，

像个忏悔者，尽管我年纪轻轻！

我就这样坐着，欣看兀鹫的飞翔，

欣闻滚滚的雪崩发出轰隆之声，

你毫无世人的虚伪，对我说出

真情实话，面色却严肃得骇人。

你这具有岩石野性的严厉的女神，

你这位女友，爱出现在我的身旁；

你威胁地指给我看兀鹫的行踪

和那要毁灭我的雪崩的欲望，

四周飘荡着咬牙切齿的杀机：

要强夺生命的充满痛苦的渴望！

在坚硬的岩石上面，花儿在那里

怀念着蝴蝶，像进行诱惑一样，

这一切就是我——我战战兢兢地感到——

受到诱惑的蝴蝶，孤独的花枝，

那兀鹫和那湍急奔流的冰溪，

暴风的怒吼——一切都是为了荣耀你，

赫赫的女神，我对你深弯着身子，

头垂到膝上，哼一首恐怖的赞美诗，

只是为了荣耀你，我才渴望着

生命、生命、生命，坚定不移！

恶意的女神，请你不要责怪我，

我编造优美的诗句将你裹起。

你露出可怕的脸色走近谁，谁就发抖，

你向谁伸出恶意的右手，谁就战栗。

我在这里发抖着，哼一首一首的歌，

以一种有节奏的姿势战栗地跳起：

墨水在流动，削尖的笔在挥写——

啊，女神，女神，让我——让我独行其是！

钱春绮　译

赏析

"忧郁啊，请你不要责怪我，/我削尖我的鹅毛笔来歌颂你"——不是诅咒，不是怨恨，却是歌颂！许多诗人都在歌颂着孤独，歌颂着忧郁。尼采的歌唱却如荆棘鸟一样，有着凄厉的嗓子，使人心痛，也充满力量。因为尼采乃是在用他的生命歌唱，自身已融化其中。是的，禽鸟把他视为木乃伊，陷入冰冷，没有生命。可唯独他自己知道，下降乃是为了更高地飞升！"它却因此而沉得更深，以便/像电光般把自身中存在的深渊照亮。"是的，所受的这一切苦只是为了对生命予以更高的肯定。因为越是理解生命忧郁和孤独本质的人，越具有强大的力量。"只是为了荣耀你，我才渴望着/生命、生命、生命，坚定不移！"在人类史上，在当今时代，我们都能从人群中看到这些孤独的斗士。而尼采则宛如引领这些斗士前进的雄鹰，高傲地翱翔在云端天际。

吴功青

我的蔷薇

弗里德里希·威廉·尼采

是的！我的幸福——要使人幸福——
确实，一切幸福都想使人幸福！
你们想要把我的蔷薇采去？
那就得在岩石和荆棘围篱之间

弯下你们的身体、躲在那里，
并且常常舔舔你们的手指！

因为我的幸福——它喜爱打趣！
因为我的幸福——它喜爱恶作剧——
你们想要把我的蔷薇采去？

钱春绮　译

赏析

"是的！我的幸福——要使人幸福——"前一个句子就像一滴露水，打湿了后一句。"愿你有情人终成眷属/愿你在尘世获得幸福"。海子在祝福中自己不能下降到俗世中去，他的痛苦是深沉的。在尼采这里，接着却是"一切幸福都想使人幸福"。所有幸福都是生命自身力量的增长和内在的统一，诗人欢喜着它们的累积。"你们想要把我的蔷薇采去？""我"的蔷薇，为何是他的？"那就得在岩石和荆棘围篱之间/弯下你们的身体、躲在那里，/并且常常舔舔你们的手指"。蔷薇，这象征着美和崇高的意象，常常在岩石上盛开。想嗅得它的芳香吗？那就需要低下你的头颅，冒着流血的危险，伸出双手去采摘。"因为我的幸福——它喜爱恶作剧——/你们想要把我的蔷薇采去？"

吴功青

看这个人

弗里德里希·威廉·尼采

是的！我知道我的本源！
我毫无满足，就像火焰
在燃烧着而烧毁自己。
我把握住的，全变成光，
我丢弃的，全变成灰烬一样：
我是火焰，确实无疑。

钱春绮　译

赏析

　　这首诗纯粹是尼采写给自己的独白，也是他卓绝而孤独的一生的写照。"是的！我知道我的本源！/我毫无满足，就像火焰"。这位生于十九世纪中期的哲学天才，从一开始就显示出奇异的禀赋。据说尼采七岁时就自创了一首歌曲。进入大学，做了语文学教授之后，他的才智更加突出。在他二十七岁时写的《悲剧的诞生》一书中，他以酒神自喻，从此开始了他那伟大的哲学道路。之后创作的《查拉图斯特拉如是说》《权力意志》等作品，无不像火焰在燃烧。作品就是尼采自身的生命。这危险的火焰注定要烧毁尼采自己，仿佛上帝妒忌尼采的天才，1889年他突然发疯，至死未愈。对于伟人的一生，我们无力评说。他自己早已洞察了自己全部的人生。"我把握住的，全变成光，/我丢弃的，全变成灰烬一样"。尼采的火焰至今仍在燃烧。

吴功青

小链接

　　在西方思想史上，尼采恐怕是最有争议的人物之一。人们对他毁誉不一，用不同的观点对他的思想作出各种各样的解释。尼采也常常遭到误解。在中国，尼采学说也是命运多舛的，以至在很长时间内，尼采的名字在中国成为"禁忌"，直到二十世纪八十年代开始才逐渐恢复对尼采的研究，甚至一度出现了"尼采热"。

君特·格拉斯
(1927—2015)

　　德国著名作家。1927年生于但泽市。父亲是德国商人，母亲为波兰人。格拉斯的创作从诗歌开始，发表的诗集有《风信鸡之优点》《三角轨道》等。他最主要的成就是小说。1959年问世的长篇小说《铁皮鼓》为他赢得了世界声誉。1999年他荣获诺贝尔文学奖。其他重要作品有《猫与鼠》《狗的年月》《蜗牛日记》等。

戴安娜①——或物体

君特·格拉斯

当她的右手绕过
右肩往箭筒取箭，
她的右脚一步踏前。

当她射中了我，
她的物体射中了我的
灵魂，对她来说是个物体。

物体总是
搁置在星期一
我的膝盖碎了。

但她，带着打猎执照，
或者只是复印的
在猎狗群中奔跑。

①此处指罗马神话中的月亮女神和狩猎女神，被视为野兽的保护神。

当她说对了跟着射箭，
她在自然界射中了物体，
而且剥下了皮。

我总是拒绝
让我可铸造影子的身体
被没有影子的意念所伤。

但你，戴安娜，
连同你的弓，
于我总是客观而负责的。

叶辉　译

赏析

君特·格拉斯的诗融合了表现主义和现实主义两种风格。受伤的男人，顾影自怜的男人，被抛弃的哭泣的男人，被女人射中的男人……我愿意这样来读这首诗。有的女人是天生的猎手，以打猎为乐。在她眼中，男人只是猎物，是无关痛痒的物体。而男人敞开胸膛任其射中，但最终被"剥下了皮"。男人渴望长久的爱情，拒绝"被没有影子的意念所伤"，却对自己的命运束手无策。即使遍体鳞伤，他们仍坚守在她身边，愿意献出自己"客观而负责"的心。

哑巴

樱 桃

君特·格拉斯

当爱情踩着高跷

沿着碎石小路如履薄冰

终于走到树顶

我高兴刚好在樱桃？

体验着樱桃恰似樱桃，

不多久伸手嫌太短，

爬梯嫌老爬不到

一级，只差那么一级，

便尝到熟透或随风而落的鲜果。

甜而且更甜，甜得闷透；

穿红衣的即如画眉鸟梦见——

谁在亲吻谁，

当爱情

踩着高跷走到树顶。

叶辉　译

赏析

　　德国诗人的诗，总是多少带着点儿哲理的味道。樱桃是幸福的象征，而关于爱情和樱桃的滋味，究竟哪一个更美？诗人并未言明，他只是将爱情与采摘樱桃并置，使后者成为前者的比喻——为了品尝樱桃的甜美，爱情踩着高跷，却把自己置于危险之境。这不正是爱情的本意吗？在抵达爱情的过程中，"伸手嫌太短，/爬梯嫌老爬不到/一级，只差那么一级"。这是一生都无法企及的距离。于是我们只能静坐树下，期待"熟透或随风而落的鲜果"，在梦中期待爱情"踩着高跷走到树顶"。

哑巴

小链接

　　在君特·格拉斯的小儿子布鲁诺的印象里，"爸爸是一个作家"——爸爸要么在写童话，要么在童话中冒险，爸爸本来是个小矮人，后来长高了，曾经和自己一样矮，他挎着玩具铁皮鼓，不停地敲打，有时候大喊大叫，准能震碎几英里外的玻璃——但后来爸爸决定长高，他似乎将自己身上的某些螺丝拧松了，开始让自己不停地长……

第二辑

奥地利

Austria

赖内·马利亚·里尔克

（1875—1926）

　　奥地利著名诗人。生于奥匈帝国布拉格一个德语少数民族家庭。母亲从小把他当作女孩抚养，对他成年后性格的形成影响很深，并反映在他的创作中。其诗歌尽管充满孤独、痛苦的情绪和悲观、虚无的思想，但艺术造诣很深。其作品不仅展示了诗歌的音乐美和雕塑美，且表达了一些难以表达的内容，扩大了诗歌的艺术表现领域，对现代诗歌的发展产生了巨大影响。著有诗集《生活与诗歌》《祭神》《梦幻》《耶稣降临节》《图像集》《祈祷书》《新诗集》《新诗续集》《杜伊诺哀歌》和《致奥尔弗斯的十四行诗》等。他与威廉·巴特勒·叶芝、T.S.艾略特被誉为欧洲现代最伟大的三位诗人。

秋 日

赖内·马利亚·里尔克

主啊！是时候了。夏日曾经很盛大。

把你的阴影落在日晷上，

让秋风刮过田野。

让最后的果实长得丰满，

再给它们两天南方的气候，

迫使它们成熟，

把最后的甘甜酿入浓酒。

谁这时没有房屋，就不必建筑，

谁这时孤独，就永远孤独，

就醒着，读着，写着长信，

在林荫道上来回

不安地游荡，当落叶纷飞。

赏析

秋天是一年中最常入诗的季节。而在汉语诗歌中，悲秋之作更是数不胜数。虽然里尔克的这首《秋日》同样是感于节令，却在沉郁悲凉中自有一股深沉、恢宏之力。秋日究竟是什么样的时刻，竟让诗人开篇即呼"主啊！是时候了"？是夏日已逝、秋风渐起的时候，是果实丰盈、贮满甘甜的时候；但同时也是，还没有完成就再也无法完成的时候，是此刻孤独就要永远孤独下去的时候……让石头们待在原地吧，不必再建造了；到林荫路上去蒙受孤独如蒙受落叶之轻抚吧，因为现在是宣判的时刻、分晓的时刻，一切生长的努力、建造的努力，都将以此刻——秋之降临为终结。因此，在人生的夏日中，开花的要开花，结果的要结果，建造的就要建造。每个人都必须在造物主赋予的时光中充分地完成自身。这样的完成无可替代。而错过这样的时光，就要承担一切惩罚，"就永远孤独"。

佚名

豹——在巴黎动物园

赖内·马利亚·里尔克

它的目光被那走不完的铁栏
缠得这般疲倦，什么也不能收留。
它好像只有千条的铁栏杆，
千条的铁栏后便没有宇宙。

强韧的脚步迈着柔软的步容，
步容在这极小的圈中旋转，
仿佛力之舞围绕着一个中心，
在中心一个伟大的意志昏眩。

只有时眼帘无声地撩起——
于是有一幅图像侵入，
通过四肢紧张的静寂——
在心中化为乌有。

冯至 译

赏析

　　这首诗发表于1903年，是里尔克"咏物诗"的代表作，也是他最负盛名的作品之一。奥古斯特·施塔尔对本诗的一句评语可以视为本诗的创作背景："自然的生活空间的丧失或者对它的威胁是世纪更替时的一个重要题目。""自然的生活空间的丧失"在本诗中具体表现为，豹子不再是草原上自由尊贵的野兽，而是成了动物园中被囚禁与观看的玩赏对象。诗人从动物的内心状态出发进行叙述，仿佛自己与这匹困兽已化为同一。第二小节是本诗的核心及高潮，豹子柔软强韧的步伐与极端狭小的空间构成对比，勾勒出豹子这一动物尊贵的本质和窘迫的命运——最充沛的力量和潜能，被压抑到一个中心，陷入昏眩。"一个伟大的意志"，正是与野兽的本质同一的自由——铁栏的关押和监禁剥夺了它的自由，而它本身却属于自由。还有学者认为本诗含蓄地表达了作者在探索人生意义时的迷惘、彷徨和苦闷的心情。

佚名

沉重的时刻

赖内·马利亚·里尔克

此刻有谁在世上的某处哭，
无缘无故地在世上哭，
哭我。

此刻有谁在夜里的某处笑，
无缘无故地在夜里笑，
笑我。

此刻有谁在世上的某处走，
无缘无故地在世上走，
走向我。

此刻有谁在世上的某处死
无缘无故地在世上死，
望着我。

冯至　译

赏析

在二十世纪德语诗人中，还从来没有哪一位像里尔克那样，童年寂寞暗淡，一生无家可归，最后死得痛苦且孤单。而其诗歌艺术造诣却永远放射着穿透时空的光芒。这首诗形式简洁，内涵却异常沉重。它所揭示的是人生在世一个隐藏最深的秘密。不同的人，尽管被空间分隔，分散于世上各个不同的角落，却分享着大致相同的命运——哭、笑、漂泊、游走，直至终老。而这个命运之轮，每时每刻都从个体生命上碾过，借助它们的鲜活充盈着自身，从不止息。因此，"沉重的时刻"，不是时间中的某个可以越过或逃脱的点，而是永远的"此刻"——时时刻刻。命运带着变幻不定的面纱，正是为了遮掩它永恒的面容。人无法抵达永恒。"无缘无故"是这个时刻之所以严重的根源。它抽去人类一切行为的根基。哭和笑是无缘无故的，漂泊和死是无缘无故的，因此，生也是无缘无故的。命运呈现出它的另一特质——偶然。"我"是这首诗中另一个中心词。命运的实现，必须落实到"我"之上。而在共同的命运面前，个体早已消除了差异，任何人的悲痛都是"我"的悲痛，任何人的"死"都是我的一次死亡。"我"只能存在于命运之轮的整体中，被它碾过，成为它巨大车辙的质料。

佚名

爱的歌曲

赖内·马利亚·里尔克

我怎么能制止我的灵魂，让它

不向你的灵魂接触？我怎能让它

越过你向着其他的事物？

啊，我多么愿意把它安放

在阴暗的任何一个遗忘处，

在一个生疏的寂静的地方，

那里不再波动，如果你的深心波动。

可是一切啊，凡是触动你的和我的，

好像拉琴弓把我们拉在一起，

从两根弦里发出"一个"声响。

我们被拉在什么样的乐器上？

什么样的琴手把我们握在手里？

啊，甜美的歌曲。

冯至　译

赏析

　　法国象征派大师保尔·瓦雷里曾说，
里尔克是世界上最柔弱、精神最为充溢的
人。形形色色奇异的恐惧和精神的奥秘使
他遭受了比谁都多的打击。里尔克的孤独
是最独特的生命体验，源自个体难以替代
和必然毁灭的偶然。因此，里尔克的诗大
部分都给人沉郁之感。这首《爱的歌曲》
具备了他诗歌中少有的亮色。但即便在这
亮色之中，也仍有一种遥远而神秘的反光。
爱情，使两个人的灵魂互相吸引、接近，
如同琴弓把两根不同的琴弦拉在一起而发
出"一个"声响。任何尘世的爱情，恐怕
都不会甚于这个比喻所揭示的和谐与完
美。它是里尔克心中爱情的完美体现。然
而里尔克却仍要追问："我们被拉在什么
样的乐器上?/什么样的琴手把我们握在手
里？"而这个追问实际上充满了危险。好
在诗人结尾处笔锋一转，把越轨的精神重
又拉回到赞美之中："啊，甜美的歌曲。"
正是这冒险的偏离，使这首爱情诗超出
了普通情诗的范畴。

　　　　　　　　　　　　　　　佚名

杜伊诺哀歌（第一首）

赖内·马利亚·里尔克

如果我叫喊，谁将在天使的序列中

听到我？即使他们之中有一位突然

把我拥到他胸前，我也将在他那更强大的

存在的力量中消失。因为美不是什么

而是我们刚好可以承受的恐怖的开始，

而我们之所以这样赞许它是因为它安详地

不屑于毁灭我们。每一位天使都是可怕的。

因此我抑制自己，吞下深处黑暗的

呜咽的叫声。啊，我们需要时

可以求助于谁？不是天使，不是人；

就连那些知道的野兽也意识到

在这个被解释的世界我们

并不感到很安全。也许仍有

某棵树留在斜坡上，供我们日夜观看，

仍有为我们留下的昨天的散步和对于一个习惯的

长期效忠，这习惯一旦跟我们住下便不愿离开。

哦，还有黑夜，那黑夜，当一阵充满无限空间的风

啃起我们的脸。黑夜为了谁而不留下——这想望已久的、

温和的、不抱幻想的存在，这颗孤寂的心

与它相会是如此痛苦。难道情人们就更容易些吗？

但是他们继续利用彼此来隐藏各自的命运。

难道你还不知道吗？将你怀中的虚空抛进

我们呼吸的空间；也许鸟儿们

会带着更热情的飞翔感到这扩大的空气。

是的，春天需要你。常常一颗星

会等待你去注意它。一股波浪从遥远的过去

卷向你，或者当你在一个敞开的窗下

散步，一把小提琴

会让自身顺从于你的聆听。这一切都是使命。

但是你能完成吗？难道你不总是

被期望分散注意力，仿佛每件事

都宣布一位心爱的人要来了？（你到哪里找地方

安置她，带着你所有这些巨大而生疏的思想

来来去去并且经常留下来过夜。）

但是当你感到渴念，就歌唱恋爱中的女人吧；

因为她们著名的激情仍然不是不朽的。歌唱

被抛弃的凄惨的女人（你几乎要羡慕她们），

她们可以爱得比那些满足者更为纯粹。

一再地开始那永远得不到的赞颂；

请记住：英雄继续活着；就连他的衰落

也只是他达至最后出生的借口。

但是消耗殆尽的大自然把恋人们带回

到她那里，仿佛世上没有足够的力量

来第二次创造他们。你曾经竭力想象够了

加斯帕斯·斯坦帕，以便任何被她的心爱的人

抛弃的女孩都可以受到那翱翔的、盲目的爱的

极端例子所鼓舞，并对她自己说"也许我可以像她"？

难道这种最古老的受苦最终不会

给我们结下更丰富的果实吗？

难道现在不是我们怀着爱意

从心爱的人那里解放出来并在颤抖中忍受的时候了吗：

就像箭忍受着弓的紧张，以便

在射出的刹那超越自己。因为

世上没有地方供我们停留。

声音。声音。我的心聆听，就像只有

圣徒才会聆听的那样：直到那巨大的召唤把他们

从地面提起；然而他们不可能地继续

下跪并且一点也不在意：

他们的聆听是如此完整。岂止像你忍受

上帝的声音——远不止于此。而是聆听风的声音

和那在沉默中形成的持久的讯息。

现在它正从那些早夭的人那里朝着你呢喃。

无论你何时走进一座教堂，在那不勒斯，或罗马，

难道他们的命运没有悄悄走来向你说话？

或者在高处，某篇颂文委托你一个使命，

就像去年在圣玛利亚福摩萨的匾牌上。

他们要我做的就是轻轻把有关他们死亡的

不公正的看法的外表抹掉——这看法有时候

会略微妨碍他们的灵魂向前迈进。

这确实是奇怪的：不再居住在大地上，

还要放弃刚刚有时间去学习的风俗，

不去观看玫瑰和其他关乎人类未来的

有希望的事物；不再是无限焦急的手中

那个往昔的自己；甚至还要

把自己的名字遗弃，忘记它，

像一个孩子忘记破碎的玩具。

奇怪的是不再对欲望抱有欲望。奇怪的是

看到曾经紧紧结合的意义如今朝着

各个方向失散。而死去是一件苦事

并且在我们可以逐渐感到一点永恒的

痕迹之前就已经充满挽救的可能——尽管生者错误地信仰

他们自己制造的过于明显的区别。

天使们（他们说）不知道他们置身其间的

是生者，还是死者。永恒的激流

把所有的年代卷入其中，通过两个王国，

永远地，而他们的声音就在它那如雷的吼声中溺毙。

最后，那些早走的就不再需要我们了：

他们断绝了大地上的悲喜，就像孩子乖乖地

长大，不再需要他们母亲温柔的乳房。但是我们却需要

这类伟大的秘密，对我们来说忧伤往往是

精神成长的源泉——我们怎能存在而没有它们？

那个传说是没有意义的吗，它告诉我们，在哀悼纳莱斯时

歌中那最初的勇敢的音符如何穿透荒芜的麻木不仁；

然后在一个可爱如神的青年突然永远离开的

可怕的空间里，虚空第一次感到震惊，

这震惊现在激励我们安慰我们并帮助我们。

黄灿然　译

赏析

里尔克于1912年在亚得里亚海滨的杜伊诺城堡动笔写《杜伊诺哀歌》，1922年完成于瑞士的慕佐城堡，前后历时十年之久。这部作品由十首哀歌组成，与《致奥尔弗斯的十四行诗》一起，是里尔克诗歌花园中的两朵奇葩。《杜伊诺哀歌》具有厚重而原始的结构，荒诞离奇而又充满希望，让人想起圣母玛利亚。《杜伊诺哀歌》被视为现代诗歌史上的一部"天书"，语言的创意和思想的深蕴，都达到了难以企及的境地。它所蕴涵的神学母题尽管对中国读者来说有些陌生，但作为最基本的生存体验和对世界的总体思考，仍具有直指人心的力量。

佚名

第三辑

波兰

Poland

亚当·密茨凯维奇
（1798—1855）

十九世纪波兰最伟大的诗人、革命家。生于一个律师家庭，从小便了解祖国的悲惨命运。大学期间，密茨凯维奇积极参加爱国学生活动，并开始发表文学作品。1820年创作的《青春颂》，标志着波兰浪漫主义文学的兴起。1822年出版首部诗集《歌谣和传奇》。1823年出版第二部诗集，收有长诗《格拉席娜》和诗剧《先人祭》第二、四部。同年因参加爱国青年运动被捕，流放俄国达五年之久，在那里与普希金结为至交。1826—1828年，出版《十四行诗集》和长诗《康拉·华伦洛德》。后来他逃离俄国，1829年到达罗马，途经德国，拜访了大诗人歌德。1830年写出《先人祭》第三部。1834年完成代表作《塔杜施先生》（长诗）。1855年因染霍乱客死他乡。

青春颂

亚当·密茨凯维奇

我要飞翔在这死灭的世界之上，

我要飞向幻想的天堂，

在那里，热情创造了奇迹，

撒下了新奇的花朵，

以金色的画像显示着它的希望。

当一个人走向垂暮的时候，

他不得不低下他那打皱的额头，

用他的迟钝的目光，

只看见他身边的世界。

青春，飞吧！

从地平线上高高地飞起，

以太阳的光照，

穿透这密集的人群。

你往下看！那里，永不消失的云雾

遮盖了泛滥着怠情旋涡的土地，

这就是我们的大地。

你看！在那一动不动的死水之上，

冒出了一只负着甲壳的爬虫，

它就是一只船，既张帆，又掌舵，

在本能地追赶着一只更小的爬虫，

它跳起来了，一会儿又深深地钻入水中。

它不去触碰水浪，水浪也不来犯它，

可这时候，它像水泡似的，在礁石上

碰得粉碎。

谁都不知它是活着，还是已经死去，

这就是自私者的命运。

青春！生命的美酒会给你带来甜蜜，

只要你和别的人一起品尝。

每当你将全线连接着天堂，

你的心就会陶醉于天堂的欢乐。

年轻的朋友，让我们走在一起，

大众的幸福乃是我们的目的。

团结就是力量，热情才有智慧。

年轻的朋友，让我们走在一起，

幸福属于那些在痛苦中倒下，

奋不顾身地给别人

提供了通向光荣之城的阶梯的人们。

年轻的朋友，让我们走在一起，

尽管道路崎岖和艰险，

暴力和软弱使我们不能前进，

要以暴力反抗暴力，

对软弱，从小就要学会去克服它。

如果摇篮里的孩子敢于斩断多头蛇的头，

他长大后就会掐死马怪，

就会从地狱里拿来牺牲，

就会去天堂里争取月桂。

去吧！去那目光莫及的远方，

摧毁理智所不能毁坏的一切，

青春！你的手臂就像雷电似的威风，

你的飞翔宛如雄鹰般的矫健。

嘿！肩并着肩，用我们共有的链带

把这个地球缠住，

把我们的思想和灵魂，

都射在一个焦点上，

然后，在这个地球上占住一块地盘。

我们要把你推上新的道路，

一直到你脱下发霉的皮壳，
记起你的绿色的年代。

在一些黑夜和混沌的国度里，
爱争吵的分子正在大声喧闹，
上帝大叫一声："站起来！"
物的世界就牢固地立于定位上。
大风呼啸，洪水泛滥，
天上的星星在闪烁。

在人间还是一片沉寂的黑夜，
情欲的因素还在不断地争吵，
可那里升起了爱的火焰，
混浊中出现了灵的世界，
青春将它拥抱在自己的怀中，
友谊和它永远结合在一起。

大地上无情的冰雪
和遮掩着光明的成见一齐消泯，
欢迎你，自由的晨曦，
拯救的太阳在跟着你升起！

张振辉　译

赏析

　　高尔基曾说，亚当·密茨凯维奇和普希金、舍甫琴科一样，都最华丽、最有力和最丰富地体现了民族精神。十九世纪初，波兰民族解放运动日益高涨，浪漫主义文学也有了很大发展，其代表人物就是亚当·密茨凯维奇。他不仅奠定了波兰积极浪漫主义文学的基础，还为波兰现实主义文学的发展开辟了道路。他从中学时代开始写诗，早年醉心于伏尔泰、歌德、席勒和拜伦等人的作品。《青春颂》是诗人大学毕业后写成的最早的浪漫主义抒情诗。该诗以"青春"为名，热情洋溢地号召青年们起来推翻旧世界，建设新生活。"欢迎你，自由的晨曦，/拯救的太阳在跟着你升起！"以这两行为结尾，这首诗立即在进步的波兰青年中广泛流传开来，并对1830年华沙起义产生了重大影响。

哑巴

切斯瓦夫·米沃什
（1911—2004）

　　波兰当代最伟大的诗人。出生于立陶宛维尔诺附近的谢泰伊涅一个贵族家庭。1933年出版第一部诗集《冰封的日子》，1980年获诺贝尔文学奖。主要诗歌作品有《白昼之光》《诗的论文》《波别尔王和其他的诗》《中了魔的古乔》《没有名字的城市》《太阳从何处升起，在何处下沉》《诗集》等。

礼 物

切斯瓦夫·米沃什

如此幸福的一天。

雾一早就散了。我在花园里干活。

蜂鸟停在忍冬花上。

这世上没有一样东西我想占有。

我知道没有一个人值得我羡慕。

任何我曾遭受的不幸，我都已忘记。

想到故我今我同为一人并不使我难为情。

在我身上没有痛苦。

直起腰来，我望见蓝色的大海和帆影。

西川　译

赏析

　　并不是每一天都能快乐地度过，并不是每一天都能发现世界和生活的美好。但是，一天甚至一分钟的美好生活体验，对我们的一生都至关重要。或许，我们可以体验到的美好生活确实太少了，也或许是因为我们缺少发现美好生活的眼睛。美好的事物不仅仅是实际中的花园以及花园里的风景，而且是一颗释放了的心，一颗获得片刻安宁的心——它澄明、安静。它放弃了占有的欲望，放弃了恩怨，放弃了对苦难的记忆，放弃了深刻而烦琐的思考，放弃了对疼痛的知觉。怀有一颗这样的心才能接近幸福。

小皮

我忠实的母语

切斯瓦夫·米沃什

忠实的母语啊

我一直在侍奉你。

每天晚上，我总在你面前摆下各种颜色的小碗

你就可以有你的白桦，你的蟋蟀，你的金翅雀

像保存在我的记忆中一样。

这样持续了多少年。

你就是我的故国；我再没有别的故国。

我相信你还是一个信使

在我和一些好人之间

即使他们很少，二十个，十个

或者至今尚未出世。

现在，我承认我的疑虑。

有时候我觉得我浪费了我的一生。

因为你是低贱者的、无理智者的

一种语言，他们憎恨自己

甚至超过憎恨其他民族；

是告密者的一种语言，

是因自己天真而患病的糊涂人的一种语言。

但，没有你，我又成什么人啊？

不过是遥远国家的一名学者，一个

没有顾虑和屈辱的、功成名就的人。

是的，我没有你又会是什么人？

不过是一个哲学家，像任何别人一样。

我懂得，这指的是我的教育：

个性的荣誉被剥夺了，

命运铺开一面红地毯

在一出道德剧的罪人面前

而在亚麻布的背景上一盏魔灯

投出了备受天上人间酷刑的图像。

忠实的母语啊，

也许毕竟是我试图拯救你，

所以我要继续在你面前摆下各种颜色的小碗

尽可能使它们明亮而纯净，

因为在灾祸中所需要的正是一点点秩序和美。

绿原　译

赏析

作为一个身在美国的流亡诗人，米沃什一生都坚持用波兰语进行创作。米沃什拥有两个祖国：波兰和立陶宛，后者是米沃什的出生地，上世纪初曾属波兰版图。作为一个流亡诗人，米沃什倍加珍视母语的写作。他把英语世界的莎士比亚和许多美国当代诗歌译成了波兰。他曾说："我是一个波兰诗人，不是立陶宛诗人。"语言对于诗人的意义就像身体对于灵魂的意义。米沃什敏感地意识到，作为他的母语的波兰语是被人视为低贱的、无理智的，它甚至有太多不尽如人意的地方。所以，诗人甚至对波兰语说出这样的话："我试图拯救你。"这也深刻反映了诗人对祖国语言的热爱。

小皮

使命

切斯瓦夫·米沃什

在恐惧和战栗中，我想我会完成我的生命，

只当我促使自己提出公开的自白书，

揭示我自己和我这时代的羞耻：

我们被允许以侏儒和恶魔的口舌尖叫，

而真纯和宽宏的话却被禁止；

在如此严峻的惩罚下，谁敢说出一个字，

谁就自认为是个失踪的人。

杜国清　译

赏析

　　在糟糕的时代面前，诗人、艺术家总是勇敢地率先担负起自己的使命，即使有时看来这些抗争显得毫无意义。"我们被允许以侏儒和恶魔的口舌尖叫，/而真纯和宽宏的话却被禁止"。在如此危险而羞耻的时代里，使命的完成需要多么大的勇气！但即便是这样，诗人还是要冒着失踪的风险，勇敢地"提出自己的自白书"，向全世界宣布这个时代的羞耻。

　　　　　　　　　　　　　　　　小皮

在月亮

切斯瓦夫·米沃什

在月亮升起时女人们穿着花衣服闲逛，

我震惊于她们的眼睛、睫毛，以及世界的整个安排。①

在我看来，从这样强烈的相互吸引②中，

最终将会引发终极的真理。③

张曙光　译

①眼睛和睫毛是具体、可感的，而"世界的整个安排"则是抽象的。
后者正是从前者引发出来的。
②指男女间的爱慕。
③最后的真理无法确知，而从诗意中推测，或许是爱。

赏析

　　这是一幅简单而唯美的画面。让我们惊诧的是，当诗人面对月光下穿着花衣服的女人时，他发出的感叹是："我震惊于她们的眼睛、睫毛，以及世界的整个安排。"月光和穿花衣服的女人对于诗人来说是造物主的杰作。当我们体会了这一点，体会了造物主的美妙安排，我们离真理也就不远了。

小皮

维斯瓦娃·希姆博尔斯卡
(1923—2012)

　　波兰当代著名女诗人，也是当今波兰最受欢迎的女诗人。1923年生于波兰波兹南省库尔尼克的布宁村。1952年出版第一部诗集《我们为什么活着》。1954年出版第二部诗集《询问自己》，后相继出版诗集《呼唤雪人》《盐》《一百种乐趣》《任何情况》《巨大的数字》《桥上的人》及《结束和开始》等。1996年获诺贝尔文学奖。

金婚纪念日

维斯瓦娃·希姆博尔斯卡

他们过去必定不相似，

如同水火那样截然不同。

他们在色欲中占有和付出，

强奸素不相识的人。

他们紧紧拥抱，

相互占有相互疏远

是这样的长久。

以至于在他们的臂膀中，

只留下闪电掠过之后的透明空气。

某一天回答先于提问，

某一夜他们在黑暗中，

沉默地猜测着

各自眼中的神情。

性别退化了，秘密蜕变了，

相似中出现了差异，

如同白色中的所有色彩。

他们中谁有双重身份，谁没有？

谁在用两种笑声大笑？

谁在用两种声调说话？

谁在用点头表示赞成？

他们用何种手势把汤匙送到嘴边？

是谁在这里剥下别人的皮？

在这里，谁还活着谁已死去？

谁缠绕在谁的掌纹中？

目睹缓缓出生的双胞胎，

亲切是最完美的母亲。

两个孩子很难分辨清楚，

一个认出，另一个刚记住。

在金婚的日子，在隆重的纪念日里，

他们同时看见窗台上落下一只鸽子。

林洪亮　译

赏析

一对恋人，从年轻时开始相爱，直到走完漫长的一生，这本身就是一件伟大的事。无论两人如何深情，都不可能没有摩擦、冲撞，尤其是个性强的人。法国哲学家萨特在他的戏剧《禁闭》中借三个在地狱里还纠缠不清的人之口说出一句让人恐惧的话——"他人就是地狱"。

回到这一对已届金婚的恋人上来。"他们过去必定不相似，/如同水火那样截然不同。/他们在色欲中占有和付出，/强奸素不相识的人。"我们在爱情中很难说没有这种妥协——一定程度上，甚至是原则性的。然而，这种妥协并不意味着就是自我的放弃，因为"相似中出现了差异，/如同白色中的所有色彩"。而后时间慢慢地流逝，直到"亲切是最完美的母亲。/两个孩子很难分辨清楚，/一个认出，另一个刚记住"。两人融为一体，好像生命自己照着镜子。

人和人之间相爱一生，该是多么刻骨的感觉。平凡的动作，已孕育了全部的重量——"在隆重的纪念日里，/他们同时看见窗台上落下一只鸽子。"

吴功青

和石头交谈

维斯瓦娃·希姆博尔斯卡

我敲石头的门。

"是我，请让我进去。

我想进入你的里面，

我想看看，

在你里面呼吸空气。"

"走开。"石头说，

"我紧闭着。

即便你将我粉碎，

我也是全然封闭的。

你可以将我磨成沙，

我也不会让你进来。"

我敲石头的门。

"是我，请让我进去。

我来只是出于纯粹的好奇。

唯有生命能将它熄灭。

我想漫步你的宫殿，

再和树叶和水滴谈谈。

我时间不多。

我之易朽应能将你打动。"

"我是石质造就，"石头说，

"所以只有一副不变的表情。

走开吧。

我没有会笑的肌肉。"

我敲石头的门。

"是我，请让我进去。

我听说你里面的大厅空着，

无人看见，它们的美也是徒然，

寂静，没有脚步的回声。

你得承认，你对它们也不甚了解。"

"大而空，的确，"石头说，

"但这里没有你的空间。

很美，也许，但是并不适合

你可怜感觉之趣味。

你也许能了解我，但你绝对不会彻底。

我的全部外表朝向你，

我所有内里却转了过去。"

我敲石头的门。

"是我，请让我进去。

我并不寻求永久的庇护。

我并非不快乐。

我并非无家可归。

这世界值得回去。

我将空手进、空手出。

我存在的证明

只是我的词语，

它们不会有人相信。"

"你不可进入。"石头说，

"你缺少加入的感觉。

别的感觉都不能弥补它的缺席。

即便能让你透视一切的内视力

也不能助你，一旦你缺少加入的感觉。

你不能进来，你只有感觉所应是的感觉，

那只是感觉的种子，想象。"

我敲石头的门。

"是我，请让我进去。

我已经等了二十个世纪，

所以请让我来到你的屋檐下。"

"如果你不相信我，"石头说，

"尽可去问一滴水，它和叶子的说法将会一样。

最后，也可以问问你自己的头发。

我放声大笑，是的，大笑，笑声巨大，

尽管我不知道如何笑。"

我敲石头的门。

"是我，请让我进去"

"我没有门。"石头说。

李以亮　译

赏析

世间万物，只有人才有如此多奇妙的愿望。比如，执意要到石头中去。但石头的拒绝也是坚决的。在人和石头之间，有着人的野心难以逾越的界限。在紧闭的石头之前，人的想象力和愿望既贫乏又荒谬，人的多次请求显得滑稽可笑。这首诗让我们看到的是一颗顽石不可侵犯的尊严，以及对人的好奇心或野心的辛辣嘲讽。对人来说，永远存在着一个并不向他敞开的世界，而在这个世界面前，人应该有足够的自知和敬畏。希姆博尔斯卡的诗，语言简洁直白，却透射着睿智思想的光辉，具有发人深省的力量。

哑巴

第四辑

瑞士

Switzerland

　　德国作家。生于德国施瓦本地区卡尔夫
市一个牧师家庭。四十六岁（1923年）加入瑞
士国籍。他深受中国和印度哲学影响，1946年，
"由于他的富于灵感的作品具有遒劲的气势
和洞察力，也为崇高的人道主义理想和高尚
风格提供了一个范例"，黑塞获诺贝尔文学奖。
主要作品有《浪漫主义之歌》《彼得·卡门青》
《荒原狼》《东方之行》《玻璃球游戏》等。

七月的孩子

赫尔曼·黑塞

我们，七月里出生的孩子，
喜爱白茉莉花的清香，
我们沿着繁茂的花园游逛，
静静地耽于沉重的梦里。

大红的罂粟花是我们的同胞，
它在麦田里，灼热的墙上，
闪烁着颤巍巍的红光，
然后，它的花瓣被风刮掉。

我们的生涯也要像七月之夜，
背着幻梦，把它的轮舞跳完
热衷于梦想和热烈的收获节，
手拿着麦穗和红罂粟的花环。

钱春绮　译

赏析

在黑塞的作品中，我们看到他不仅秉承了德国人敏于哲思的精神传统，而且还有着德国黑森林的深邃和忧郁。在他的诗中，还有一种德国诗人少有的柔和、生动之美。黑塞和美术一直有着不解之缘，曾创作过很多优美的风景画。他对色彩的敏感和自然之美的热爱也反映在他的诗歌中。他的诗不事雕琢，浑然天成，素朴而纯真。黑塞本人就是"七月的孩子"，清新、炽热，心中充满无数闪闪发光的幻想。

哑巴

白云

赫尔曼·黑塞

瞧，她们又在
蔚蓝的天空里飘荡，
仿佛是被遗忘了的
美妙的歌调一样！

只有在风尘之中
跋涉过长途的旅程，
懂得漂泊者的甘苦的人
才能了解她们。

我爱那白色的浮云，
我爱太阳、风和海，
因为她们是
无家可归者的姊妹和使者。

钱春绮　译

赏析

　　人与人之间的距离，有时很近，有时很远。与人相比，大自然与我们更加亲近，更能为人们的心灵带来安慰与宁静。谁会跟随一颗漂泊不定的心，一路走走停停呢？只有天上的白云了。当流浪者走在远离故园的路上，举头便见有白云千里相随，心中自然会感到无尽的宽慰："因为她们是/无家可归者的姊妹和使者"。这首诗简洁而意味深远，明快而略带忧郁，如同蓝天中滑过的鸽子的哨音，令人怅然。

哑巴

写在沙上

赫尔曼·黑塞

世间美好和迷人的事物，

都只是一片薄雾、一阵飞雪，

因为珍贵而可爱的东西，

全都不可能长存；

不论云彩、鲜花、肥皂泡，

不论烟火和儿童的欢笑，

不论镜子里的花容月貌，

还有无数其他美妙的事物，

它们刚刚出现，便已消失，

只存在短短的瞬间，

仅仅是一缕芳香、一丝微风。

懂得这一切，我们多么伤心；

而所有恒久固定的东西，

我们内心并不珍爱；

闪烁冷光的宝石，

沉甸甸的灿烂的金条。

就是那数不清的星星，

遥远而陌生地高挂天穹，

赏析

尼采曾说过：一切欢乐都要求永恒，深深的永恒！但人的生命是非常有限的，又如何能获得永恒的欢乐？时光飞逝，年华催人老，从生至死，不过天地一瞬。然而，既然伸出去的手注定握不住一线光阴，何必再黯然神伤。索性放开手去，任其自然奔流。注定消逝的事物，我们就要微笑着面对。黑塞是一个透彻而可亲的诗人。从这首叹惋时光的诗中，我们读到的是他对生命深深的、深深的热爱——因其生动而热爱，因其美好而热爱，因其短暂易逝而热爱！

哑巴

我们短暂过客无法比拟，

它们也不会进入我们内心。

不，我们内心所珍爱的，

却是属于凋零的事物，

而且常常是已濒临灭亡，

我们才懂得珍惜。

我们最最心爱的，

莫过于音乐的声调，

刚一出现便已消失、流逝，

像风吹，像水流，像野兽奔走，

还缠绕着淡淡的伤感，

因为不允许它稍作停留，

稍有片刻的停息、休止；

一声接一声，刚刚奏响，

便已消失，便已离开。

我们的心便是这样，

爱流动、爱飞逝、爱生命，

爱得宽广而忠贞，

绝不爱僵死的事物。

那固定不变的岩石、星空和珍宝，

小链接

赫尔曼·黑塞奖金每两年于7月2日赫尔曼·黑塞诞辰那天颁发，奖金为20000马克，从2002年起改为15000欧元。奖金交替发给一份德语文学杂志或者黑塞这位诺贝尔奖获得者的著作的翻译家。此外，为了纪念诗人赫尔曼·黑塞，维护属于文学的传统并促进国际上对他的精神的理解，赫尔曼·黑塞基金会也颁发赫尔曼·黑塞奖学金，每年三次，一位诗人或者一位文学翻译家可以躲进卡尔夫市内的诗人隐居处，紧挨着赫尔曼·黑塞出生的房屋。因此，奖金获得者有可能在这里进行或者结束他的比较重要的工作。

我们很快便腻烦，

风和肥皂泡的灵性，

驱使我们永恒变化不停，

它们与时间结亲，永不停留。

那玫瑰花瓣上的露珠，

那一只小鸟的欢乐，

那一片亮云的消散，

那闪光的白雪、彩虹，

那翩翩飞去的蝴蝶，

那一阵清脆的笑声，

所有和我们一触即逝的东西，

才能够让我们体会欢乐或者痛苦。

我们爱和我们相同的东西，

我们认识风儿写在沙上的字迹。

张佩芬　译

菲利普·雅各泰

（1925—）

  当代重要法语诗人之一。1925年生于瑞士，十七岁开始写诗。1953年起定居法国南部德隆省的小村庄格里昂，潜心于诗歌、散文、文学批评的创作活动。曾获蒙田文学奖、法兰西科学院奖、荷尔德林诗歌奖、彼特拉克诗歌奖等奖项。2004年获法国龚古尔诗歌奖，同年入围诺贝尔文学奖候选人。他还是一位出色的翻译家。著有诗集《在冬日阳光照耀下》和《诗》等。

无知的人

菲利普·雅各泰

我越老，我的无知就越大，

我经历得越多，占有就越少，统治就越少。

我的一切，是一个空间，有时

盖着雪，有时闪着光，但从不被居住。

哪里是赐予者、领路人、守护者？

我待在我的房间里，先是沉默

（寂静侍者般进入，布下一点秩序），

然后等着谎言一个个散开：

剩下什么？对这位如此巧妙地阻拦着

死亡的垂死者，还剩下什么？怎样的

力量还让它在四墙之间说话？

难道我知道他，我这无知的人、忧虑的人？

但我真的听到他在说话，他的话

同白昼一起进入，有点模糊：

"就像火，爱只在木炭灰烬的

错误和美丽之上，才确立清澈……"

树才　译

赏析

古希腊哲人苏格拉底有一句名言：我唯一知道的事情便是我一无所知。年岁使人获得智慧，但智慧的增长也给人带来痛苦，因为它是以青春的错误和一去不返的时光为代价而获取的。它还让人看清自身的无知与卑微。但在这首诗中，诗人并未在年老中陷入虚无，因为他认识到自身的无知，便是获得了绝对的智慧。在谎言散尽之后，诗人听到的是更纯粹的声音："就像火，爱只在木炭灰烬的/错误和美丽之上，才确立清澈……"这是与年岁一同到来的智慧。

哑巴

现在我知道我什么都不拥有

菲利普·雅各泰

现在我知道我什么都不拥有,
甚至不拥有这漂亮的金子:腐烂的叶片,
更不拥有从昨天飞到明天的这些日子,
它们拍着大翅膀,飞向一个幸福的祖国。

疲乏的侨民,她同他们在一起,
孱弱的美,连同她褪色的秘密,
穿着雾衣裳。人们可能会把她带往
别处,穿过多雨的森林。就像从前,
我坐在一个不真实的冬天的门槛上,
执拗的灰雀在那里唱着,仅有的叫声
不肯停歇,像常青藤。但谁能说出

这叫声是什么意思?我眼看身体变弱,
如同这堆短暂的火迎雾而上,
一阵寒风使它更旺,消失……天黑了。

树才 译

赏析

这首诗可视为一首老年的悲歌。
人的一生可能会拥有很多东西，诸如
梦想、青春、爱情、荣耀等，但在人
生的末端却会发现，自己过去所牢牢
把握的，现在都已化为烟尘。没有什
么是真正属于自己的，甚至包括身体。
世界再一次变得陌生，如同生命之初
的进入。尽管从我们指尖流逝的日子，
还要继续在别人的指尖匆匆流逝，但
这朵生命的火焰却要永远地熄灭了。
然而在年老的寒风中，在熄灭之前，
还应该有更加耀眼的一刻。一阵寒风
使它更旺，然后再次消失……天黑了。
既然黑暗的降临是必然的，为何不迸
发出更夺目的火花？生命，除了爱它
至死，我们别无选择。

哑巴

第五辑

葡萄牙

Portugal

安特罗·德·肯塔尔

(1842—1891)

　　葡萄牙诗人。生于一个贵族家庭。1861年开始发表十四行诗，显示出卓越的文学才华。肯塔尔还是葡萄牙文学史上"七十年代派"的主要导师。主要作品有《现代颂诗》《浪漫的春天：二十年的诗》《十四行诗全集》《已消失的光线》等。

梦幻曲

安特罗·德·肯塔尔

你这飘过的精灵，当风儿
在海面平息而月上中空，
傲慢的夜之子在游荡，
只有你善解我的痛苦……

像一首悠远的歌——舒缓而悲凉
细细地沁入并回荡，
在我思绪纷乱的心房，
你一点一点倾诉着遗忘……

我把梦境向你吐露
梦里一束心灵的光，冲破黑幕，
寻觅着，在幻觉中，永恒的幸福。

你理解我难以言状的痛苦，
那消耗着我的理想的热情，
只有你，舍你其谁，夜的精灵！

丁文林　译

赏析

　　在这首诗里，诗人心里隐藏着巨大的痛苦，然而这痛苦却难以向人诉说，十是使只能说给夜的精灵。夜，漆黑一片，却有着巨大的包容力。她抱住了高大的山脉、静谧的河水，也抱住了浪子的心；抱住了受伤者的灵魂，也抱住了幸福者的心跳。黑夜如梦，吸纳而又升华着我们——就如诗歌和绘画升华了我们对世界的热情一样。弗洛伊德学说认为文学和艺术的创造活动是性欲的高度升华，是人在这个世界最大的希望。这首诗从这个角度来理解就显露出了别样的色彩。

　　　　　　　　　　吴功青

在上帝手中

安特罗·德·肯塔尔

在上帝手中，在他的右手上，
我的心得到彻底安歇。
幻想的宫殿已空空荡荡，
我沿狭窄的阶梯拾级而下。

如同必然开败的花朵，用来美化
儿童般的无知，却终将枯萎，
短暂而并不完美的形体
使理想和激情销声匿迹。

像婴儿，微笑得那么空蒙，
被母亲紧紧抱在怀中，
穿行在黑暗的生命旅程。

森林、海洋、大漠黄河……
获得自由的心，你入睡吧，
在上帝的手中永远地安歇！

丁文林　译

赏析

当灵魂拥有信仰，此在的躯体，必将"使理想和激情销声匿迹"。没有信仰的生命，注定要在灵魂的牢狱里哭泣。"像婴儿，微笑得那么空蒙，/被母亲紧紧抱在怀中，/穿行在黑暗的生命旅程。"诗人的理想是"在上帝手中，在他的右手上，/我的心得到彻底安歇"。做一个被上帝宠爱的天使，为他穿衣、唱赞美诗。不仅自己，诗人要求自然也被神化——高大的森林、宽阔的海洋，都要在上帝的创造中获得它们自己的位置。就如上帝当初所做的那样。对于我们来说，这是一个纯洁而高远的理想。

吴功青

费尔南多·佩索亚

（1888—1935）

　　葡萄牙诗人、作家。生于里斯本。生前只出版了诗集《使命》，这部诗集也让他闻名于世。他被认为是继卡蒙斯之后最伟大的葡语作家，甚至被视为和巴勃·聂鲁达并列的最能代表二十世纪的诗人。

她在唱，可怜的割麦人

费尔南多·佩索亚

她在唱，可怜的割麦人，
也许她觉得幸福；
唱着，割着，她的嗓音，充满着
欢乐和莫名的孤独，

婉转如鸟儿的啼鸣
在净洁如洗的天空，
柔和的曲调有起有伏
那是她唱出的歌声。

听她唱我快乐而又悲伤，
那嗓音里有田野和繁忙，
她唱着仿佛她认为
比生活还重要的是歌唱。

啊，唱吧，随心所欲地唱
我的体会正在思索。
你含混的声音在飘荡

弥漫在我的心房！

啊！如果我能够是你，
有你的那般快乐豁达，
和那样的坦然！天空啊！
田野啊！歌声啊！学问

如此沉重而生命如此短暂！
为我进来吧！把我的灵魂
交还你们去庇荫！
然后，带上我，飘然而去！

丁文林　译

赏析

　　诗中描绘了这样一幅场景：割麦人独自一人，站在空旷而孤寂的土地上奋力劳动，天空柔美而宁静，其中的荒凉自不必说，而她的灵魂却更加坚韧，足以抵挡孤独，乃至化为幸福。诗人看到这样的场景，不禁为之深深感动。听着割麦人的歌声，诗人既快乐又悲伤——可怜的割麦人让人体会到生命和人生。即便生命如此短暂而沉重，但歌唱本身远比生活更重要。诗人写这首诗也许正孕育着这样一种情怀：人只要紧贴着大地劳作，任何孤独和痛苦都可以被战胜、遗忘。因此，唱吧，孤独的割麦人，在洁白的云朵下，我们都是从未谋面的姐妹和兄弟。

吴功青

尤格尼欧·德·安德拉德
（1923—2005）

　　葡萄牙最著名的当代诗人。生于丰丹。生前曾被提名为诺贝尔文学奖候选人。2002年获卡蒙斯文学奖，这是葡萄牙文学最高奖。作品被译成二十多种文字，广受欢迎。主要作品有《青年》《双手和果实》《没有钱的情侣》《禁止的话语》《明天见》《一日之计》《九月的大海》《白色上的白》等。他的作品主题是自然与人，在"人这个悲伤的家园中"歌颂阳光、大海、果实、天空、土地和生命。

九月的哀歌

尤格尼欧·德·安德拉德

我不知你从何而来，
但必定有一条路
使你起死回生。

你坐在花园里，
双手放在胸前满怀柔情，
凝视着九月漫长而恬静的白昼
绽开着的最后几枝玫瑰花红。

什么乐曲使你如此入神，
竟然没有发现我已走近？
森林，河流，还有海洋？
或是在你的心底
一切都依然歌唱？

我想上前与你交谈，
只对你说我就在你的身边，
然而我又感到害怕，

害怕所有的音乐因此而中止，

害怕你不能再把玫瑰花凝视，

害怕扯断那根细线，

你正用它把无须记忆的时日编织。

用什么样的话语

或吻，或泪

能使死者醒来又不受伤害，

不把他们带到这

阴影笼罩、人人重复的

黑色世界中来？

你就这样坐着别动，

满怀着柔情

凝视着玫瑰

任心驰神往

察觉不到我就在你的身旁。

姚京明　孙成敖　译

赏析

　　诗人没有交代诗歌写作的背景，但我们能隐约猜出几许："她"一定是经历过许多创痛的女人，几乎从死亡中走出来。"我不知你从何而来，/但必定有一条路/使你起死回生。"经过沉痛而坚定地走出来的人，必定如天使般圣洁。九月的哀歌，深情地献给她。她端坐在花园里，仿佛倾听着一支神秘的曲子——来自过去的岁月、自然的力量。"森林，河流，还有海洋？/或是在你的心底/一切都依然歌唱？"是的，当我们从伤痛里走出，自然将前所未有地亲近我们。她端坐在花园里，发现被过去忽略的美再次呈现，且更加丰盈。而诗人默默地望着她，希望时间就此停住。

　　　　　　　　　　　　吴功青

平静的自然，结满果实

尤格尼欧·德·安德拉德

一

覆盆子清晨的血液
选择亚麻的白色作为爱情。

二

清晨充溢着光辉和甜蜜
把纯洁的面容俯向苹果。

三

橘子里的太阳和月亮
携手同眠。

四

每一粒葡萄都能背诵
夏日时光的名字。

五

在石榴树中我喜爱
火焰心中的休憩。

姚京明　孙成敖　译

赏析

安德拉德笔下的自然静谧、美好——太阳，月亮，苹果，葡萄……这些普通的事物都沐浴着一种圣洁的光芒。覆盆子和亚麻之间，有你看不到的爱情；日光和苹果，互相碰着面颊亲近；橘子里有火热和温凉，好像太阳和月亮在一起安眠；葡萄在秋风中摇摆，想念自己嫩绿的时光；石榴树则是火焰的休憩，是火神偷偷把自己放在水中，包围着，不被看到……自然啊，内在的生命默默流淌。

吴功青

第六辑

匈牙利

Hungary

裴多菲·山陀尔

（1823—1849）

　　匈牙利十九世纪最伟大的诗人，资产阶级民主主义革命家，也是匈牙利民族文学的奠基人。出生于多瑙河畔阿伏德平原上匈牙利小城萨堡德沙拉斯一个屠户家庭。由于生活在社会最底层，裴多菲少年时期过着流浪生活，做过演员，当过兵。1842年发表诗歌《酒徒》，开始了写作生涯。1849年7月31日，裴多菲在同沙俄军队作战时牺牲，年仅二十六岁。其作品多用民歌体，题材多取自人民生活。他一生写了八百多首抒情短诗和《亚诺什勇士》《使徒》等八首长篇叙事诗，其作品对匈牙利民族文学的发展有巨大而深远的影响。

我愿意是急流

裴多菲·山陀尔

我愿意是急流,
山里的小河,
在崎岖的路上,
岩石上经过……
只要我的爱人
是一条小鱼,
在我的浪花中
快乐地游来游去。

我愿意是荒林,
在河流的两岸,
对一阵阵的狂风,
勇敢地作战……
只要我的爱人
是一只小鸟,
在我的稠密的
树枝间做巢、鸣叫。

我愿意是废墟,
在峻峭的山岩上,
这静默的毁灭

赏析

这是裴多菲最著名的爱情诗。诗人用博喻的手法表达了自己对爱情的追求和渴望。对爱情诗来说,没有比这更能打动人的心扉了。在情人耳畔如此低语,情人的心恐怕早就醉了。瞬间与永恒,奉献与获得,逝去与珍藏,隽永与热烈……诗人相信,爱情让自己脆弱,却也甘愿靠近另一颗火热的心。这也是每一个恋爱中的人对自我的抛弃和对另一个自我的寻求。

哑巴

并不使我懊丧……
只要我的爱人
是青青的常春藤，
沿着我荒凉的额，
亲密地攀缘上升。

我愿意是草屋，
在深深的山谷底，
草屋的顶上，
饱受风雨的打击……
只要我的爱人
是可爱的火焰，
在我的炉子里，
愉快地缓慢闪现。

我愿意是云朵，
是灰色的破旗，
在广漠的空中，
懒懒地飘来荡去，
只要我的爱人
是珊瑚似的夕阳，
傍着我苍白的脸，
显出鲜艳的辉煌。

孙用　译

我的爱情并不是一只夜莺

裴多菲·山陀尔

我的爱情并不是一只夜莺，
在黎明的招呼中苏醒，
在因太阳的吻而繁华的地上，
它唱出了美妙的歌声。

我的爱情并不是可爱的园地，
有白鸽在安静的湖上浮游，
向着那映在水中的月光，
它的雪白的颈子尽在点头。

我的爱情并不是安乐的家，
像是一个花园，弥漫着和平，
里面是幸福，母亲似的住着，
生下了仙女：美丽的欢欣。

我的爱情却是荒凉的森林；
其中是嫉妒，像强盗一样，
它的手里拿着剑：是绝望，
每一刺又都是残酷的死亡。

孙用　译

赏析

　　怎样的爱情才算是真正的爱情？是执子之手与子偕老，还是碧海万顷相忘于江湖？不同的人恐怕会有不同的诠释。有谁愿意在玫瑰与荆棘之间选择后者呢？当然有！这个人就是裴多菲。也许只有荆棘一样的爱情、苦酒一样的爱情、利剑一样的爱情、死亡一样的爱情，才配得上裴多菲这颗燃烧的炽烈的心。

哑巴

自由与爱情

裴多菲·山陀尔

生命诚可贵，

爱情价更高。

若为自由故，

二者皆可抛！

殷夫　译

赏析

　　如果说没有爱情的生命是荒芜之地，那么，没有自由的生命便是死亡之地。还有什么比反抗死亡更正当的呢？这是《自由与爱情》的最早译本，它在中国曾唤起一代又一代青年人为自由、为爱情而献身。鲁迅是将裴多菲介绍到中国的第一人，他极为推崇裴多菲。他早在1907年写的《摩罗诗力说》中就把裴多菲同拜伦、雪莱、普希金、莱蒙托夫等一起列为"摩罗诗人"（指有反抗精神的诗人）。

哑巴

伊迪特·索德格朗

（1892—1923）

芬兰著名瑞典语女诗人，二十世纪北欧诗歌先驱。她早期受表现主义、象征主义及未来主义的影响，后开创北欧现代主义诗歌先河。她的诗作在二十世纪初北欧传统诗歌向现代主义诗歌转变的过程中产生了重大影响，具有划时代意义。她的诗短小精悍、形式自由、想象力丰富，是对生活、爱情的写照和对死亡、上帝的冥想。著有诗集《诗》《九月的竖琴》《玫瑰祭坛》和《未来的阴影》等。

我

伊迪特·索德格朗

我是个陌生人，在这片

位于重压的深海之下的国土，

太阳用一束束鬈发探望

而空气在我的双手之间浮动。

据说我曾生在狱中——

这里没有我所熟悉的面孔。

难道我是被人扔进海底的石头？

难道我是枝头上过重的果子？

在这里我潜伏于沙沙作响的树下，

我将怎么爬上这滑溜溜的树干？

摇摆的树顶交叉在一起

我想坐在那里观望

我故土的烟囱中的烟……

北 岛　译

赏析

　　索德格朗生于彼得堡，父母是芬兰人。她十六岁以后一直在瑞典治病，后来随母亲居住在俄罗斯和芬兰交界处的乡间。她只活了三十一岁，短短的一生都处于孤独和疾病中，她身体孱弱，不断迁徙，爱情的失败和生活的孤独使她的人生几乎变成了一座地狱。在自由开放的地方，她找不到任何熟悉而自然的感觉。这是怎么回事？当诗人发出这样的追问，答案便如石沉海底、重果压枝。诗人多么渴望能爬上树的顶端，看清楚这个贫病交加的世界；多么渴望在这个世上有一个故乡，那里宁静安详，没有病痛和孤独。然而，对于年轻的索德格朗，生活的故乡就像是温柔的他乡。

　　　　　　　　　　小皮

痛 苦

伊迪特·索德格朗

幸福没有歌，没有思想，一无所有。

击碎你的幸福吧，因为它是灾祸。

幸福和睡眠的灌木里清晨的耳语一起漫步而来，

幸福随那些在蓝色的深渊之上的浮云飘离而去，

幸福是正午的热度中入睡的原野

或沐浴在垂直射线下无边的大海，

幸福软弱无力，她睡眠、呼吸而一无所知……

你感到痛苦吗？她巨大而强壮，秘密地握紧拳头。

你感到痛苦吗？她在悲哀的眼睛下面带着希望的微笑。

痛苦给予我们所需的一切——

她给我们通向死亡之国的钥匙

在我们犹豫的时候，她把我们推进大门。

痛苦为孩子们洗礼，和母亲一起彻夜不眠

并打制所有结婚的金戒指。

痛苦统治着众人，她将平思想家的前额，

她把首饰系在贪婪女人的脖颈上，

当男人从情人那里走出来时，她站在门口……

痛苦还赐给她所爱的人什么？

我所知道的仅仅如此。

她献给我们珍珠和鲜花，她给予我们歌与梦，

她给我们一千个空洞的吻，

她只给我们一个真实的吻。

她给我们陌生的灵魂和古怪的思想，

她给我们毕生最高的奖赏：

爱、孤独和死亡的面孔。

北岛 译

赏析

痛苦是什么？你是否想过这个问题？
那幸福呢？它是遥不可及的，还是一触即
逝的？对于现世生活的人来说，它会不会
是一种灾祸或邪恶？索德格朗曾在《基督
式的忏悔》中写道："幸福不是我们所梦
之物，幸福不是我们所回忆之夜，幸福不
是我们所渴望的歌。幸福是我们从不想要
的东西，幸福是我们发现难以理解的东西，
幸福是为每个人而竖起的十字架。""你
感到痛苦吗？"这个狠毒的发问击中了每
一个人的心。谁在这个世界上没有痛苦？
痛苦、死亡、虚假的幸福、贪婪、思想、
爱情、梦想和孤独……紧紧缠绕在一起。
但是，痛苦却是造物主的千真万确的馈赠，
给我们唯一的真实，给我们带来"陌生的
灵魂和古怪的思想"，"她给我们毕生最
高的奖赏：/爱、孤独和死亡的面孔"。

小皮

星光灿烂之夜

伊迪特·索德格朗

不必要的受难，

不必要的等待，

世界像你的笑声一样空洞。

星星纷纷坠落——

寒冷而宏伟的夜晚。

爱在其睡眠中微笑，

爱梦见永恒……

不必要的恐惧，不必要的痛苦，

这世界比乌有还小，

从探入深渊的爱的手上，

滑落永恒的戒指。

北岛　译

赏析

当你遥望星空，你是喜不自胜地看着满天星辉，还是在沉静中陷入沉思？索德格朗一生为星星写过很多首诗，每首诗都是在星空下发出的孤独而痛苦的思考。星星是黑夜中遥远的光明。寒冷的夜空，只有爱接近永恒，只有爱才能战胜恐惧和苦痛。只有无边的虚无、无穷的想象可以超越世界的边缘；只有爱，比世界还要广阔。从对于虚无的想象中，我们触摸到了爱的深处那永恒的意义。

小皮

第八辑

瑞典

Sweden

魏尔纳·海顿斯坦姆

（1859—1940）

瑞典诗人、小说家。1916年，为"褒奖他在瑞典文学新纪元中所占之重要代表地位"，授予其诺贝尔文学奖。主要作品有诗集《朝圣年代》，小说《查理十二世的人马》和《福尔孔世家》等。

春天的时刻

魏尔纳·海顿斯坦姆

现在，人们对死者感到遗憾，

他们不能在春天的时刻里

沐浴着阳光

坐在明亮温暖的开满鲜花的山坡上。

但是，死者也许在轻轻细语

讲给西洋樱草和紫罗兰，

没有一个活着的人能听懂。

死者比活者知道得更多。

当太阳落山时，

也许他们将比我们更欢快地

在夜晚的阴影中游荡，

那些神秘的思想，

只有坟墓才知道。

石琴娥　雷抒雁　译

赏析

活着不易，当生者享受着浅薄的欢乐，他们或许会为死者感到惋惜。但是，他们真的理解了死亡吗？这是死亡寂静中的沉思。在死亡深处，埋藏着比生更为深刻的思想——活着有什么可以沾沾自喜的？从死亡深处张望生活，你才能发现更为深刻的东西。对死都不感到畏惧，生活还有什么可怕的？还有什么值得沾沾自喜的？所以，当心灵做到像死一样宁静的时候，你便能明白生活中的一切道理。

小皮

索尔维格·凡·绍尔茨

　　二十世纪芬兰著名瑞典语女诗人。1940
年以来相继出版了《心之工作》《雪与夏》
《我的时辰》等诗集。她是精湛的语言大师，
她的抒情诗风格独特，以并不感伤的爱而著
称，是北欧抒情诗的典范。她也是小说家，
作品以微妙的心理分析引人入胜。著有短篇
小说集《一种计时的方式》。

鸟儿

索尔维格·凡·绍尔茨

最初我只听到了嗓音
你的和我的
相互围绕交织在一起
某些词语在我们身后坠落。
后来我听到了鸟儿
在薄雾中编织它们的
雨线之巢。
羽翅在我们身后
被击落
嘴喙在
钻石上搏击。

董继平　译

赏析

我们的声音，我们的行为，我们的爱情，像我们谈话的声音一样，更多的词汇被遗忘，只有少数偶尔能够记起。并不单单我们人类这样，鸟儿也一样。它们清脆的声音，它们在薄雾中的劳动，也将像它们自己的羽毛一样从空中坠落，被它们自己遗忘。但是经历的一切何尝不是一种际遇？在对生活的种种遗忘中，我们偶然拾起的那一点点声音，会使我们变得像这首诗一样，敏锐而丰富。

小皮

托马斯·特朗斯特罗默

（1931—2015）

　　瑞典当代著名诗人。1931年生于斯德哥尔摩。1954年出版第一部诗集《十七首诗》并引起轰动，成为二十世纪五十年代瑞典诗坛的一件大事。他善于运用意象、隐喻来表现内心世界，诗作新颖、敏锐、坚实。他的诗曾获多种文学奖，并被译成三十多种文字。主要作品有《十七首诗》《完成一半的天堂》《大路上的秘密》《在黑暗中观看》《声响与足迹》《凶猛的广场》等。2011年10月，他迎来了人生中最耀眼的光环——诺贝尔文学奖。

尾曲

托马斯·特朗斯特罗默

我像一只抓钩在世界的地板上拖曳而过。

我无须抓住一切东西。

疲倦的愤怒，闪亮的屈从。

执行者收集石头，上帝在沙滩上写字。

静悄悄的房间。

家具在月光中看起来准备好猝然爆发。

我穿过一片空铠甲的森林

慢慢走进自己。

董 继 平　译

赏析

时光像一块巨大的磨刀石，打磨着人的躯体和心灵，把我们打磨得闪闪发亮。我们试图留住任何东西的想法最终都将归于失败。值得留住的记忆实在太少了。在内心镌刻下来的，永远是我们对现实的愤怒、对现实的屈从，它带来的耻辱，让我们越来越麻木。只有上帝会在沙滩上记下我们的罪行，但那也不过是上帝的游戏罢了——海水会刷去他毫无意义的书写。只有在静寂中穿过虚假，坚强地面对生活，我们才能慢慢地走向自己，接近生活的本质。

小皮

冰岛

Iceland

斯泰因·斯泰纳尔
（1908—1958）

　　二十世纪最重要的冰岛诗人，北欧现代主义诗歌创始人之一。一只手残废，以写作为生，自学成才。著有诗集《烈火熊熊》《沙上的脚印》《诗》《禁止的旅行》《时间与水》等。另外还写了不少散文作品。他的诗歌题材多涉及人生哲学、宗教等，擅长在日常生活中发现诗歌的闪光点。他的诗歌在欧洲文坛影响极大。

大理石雕

斯泰因·斯泰纳尔

这希腊的辉煌，

这罗马的光荣

是我

表面上的尘埃。

风有朝一日

会将它吹走。

看吧：

我躺卧，未被

任何人类之手摸过

等待着我的主人。

董继平　译

赏析

华丽的大理石雕，几人眼里的"希腊的辉煌，罗马的光荣"，在大理石雕自己眼里，却只是表面的尘埃。"风有朝一日/会将它吹走"。在尘世的风雨中矗立千年，却说"未被/任何人类之手摸过/等待着我的主人"。这奇怪的大理石雕，是在说发疯的胡话吧？然而，这不又是实实在在的吗？一块在尘世矗立的石头，在有限的人的理解中，又怎么获得它本身的生命？这些在阳光下繁殖的花朵和牛羊，岂不都在默默等待着它们的主人吗？生命的永恒，不在现实可能的荣耀中，而是在时间这条长河里实现灵魂的自由。在诗人眼里，人在某种意义上恐怕还不如这表面死寂然而永恒的石头吧。

吴功青

小链接

斯泰因·斯泰纳尔的诗歌展示了从传统抒情到现代主义精神世界这样一个转变过程。他的诗集《时间与水》具有划时代的重大意义，这部诗集的问世标志着冰岛现代主义诗歌从发轫到走向成熟，成为二十世纪冰岛诗歌史上的一个巅峰。可以说，正是他开创了冰岛现代诗歌史上的一代诗风。

第十辑

中国

China

李叔同
（1880—1942）

　　即弘一法师。祖籍浙江平湖，生于天津。中国话剧开拓者之一，在音乐、书法、绘画和戏剧方面，都颇有造诣。早岁即以书艺驰誉当世。1918年在杭州虎跑寺落发为僧。弘一法师博学多识，琴棋书画兼长，是中国现代文化史上的通才和奇才。作为新文化运动的先驱者之一，他最早将西方油画、钢琴、话剧等引入中国，是西方乐理传入中国的第一人。国内第一个用五线谱作曲的便是他。被广为传唱的歌曲《送别》，是他的代表作。

送 别

李叔同

长亭外，
古道边，
芳草碧连天。
晚风扶柳笛声残，
夕阳山外山。

天之涯，
地之角，
知交半零落。
一斛浊酒尽余欢，
今宵别梦寒。

长亭外，
古道边，
芳草碧连天。
晚风扶柳笛声残，
夕阳山外山。

赏析

这是一首学堂歌曲，是少有的以歌曲而流传至今的词作。曲与词双璧辉映。长亭、古道、芳草、残笛、酒……这些是古典诗词中极常见的词语，且在古诗词中，以"送别"为题材写得非常出色的诗词也是俯拾即是。但李叔同本来就无意于再重写一首送别诗，这是他写的一首歌词，是用来谱曲、用来唱的。在那个时代，这举动不能不说十分特别。他借鉴了西洋的作曲方法，给古老民族的音乐注入了新的元素。这首诗歌的影响是深远的，至少直到现在我们还熟悉它。李叔同在他的禅道里仿佛觅到一层和生活相似的境界，在这首类似于《西厢记》的场景里，他只做了个吹箫的伴奏者，或许也只有他一人明白其中的奥秘。在他自己弃身修道时，他与妻子的告别不也正是这样一种描述吗？或许，这更是他为自己送别。

枕戈

小链接

李叔同是一位艺术全才—— 话剧、美术、音乐、作文、吟诗、填词、书法、篆刻……无一不精，在中国艺术史上创造了颇多的第一，一生中在诸多领域开了先河。他的才气大概是空前的，甚至有可能也是绝后的，是令人赞羡、仰慕、敬重的。曾有人撰文写道：如果李叔同后来不出家，如果他继续向着原定目标努力，那么他演戏将不下于梅兰芳，绘画将不下于徐悲鸿，诗词文章则不下于苏曼殊，教育成就不下于陶行知……

刘大白
(1880—1932)

现代著名诗人。原名金庆棪，后改姓刘，字大白，浙江绍兴人。他是新诗的积极倡导者之一。他的诗以描写民众疾苦之作影响最大。他的新诗还显示了由旧诗蜕化而来的特点，感情浓烈，语言明快有力，通俗易懂，并触及重大社会课题和鲜明的乡土色彩，在"五四"时期的诗坛上别具一格。著有诗集《卖布谣》《旧梦》《邮吻》《秋之泪》等。1958年，人民文学出版社出版了《刘大白诗选》。

邮 吻

刘大白

我不是不能用指头儿撕，

我不是不能用剪刀儿剖，

只是缓缓地

轻轻地

很仔细地挑开了紫色的信唇；

我知道这信唇里面，

藏着她秘密的一吻。

从她的很郑重的折叠里，

我把那粉红色的信笺，

很郑重地展开了。

我把她很郑重地写的，

一字字一行行，

一行行一字字地

很郑重地读了。

我不是爱那一角模糊的邮印，

我不是爱那满幅精致的花纹,

只是缓缓地

轻轻地

很仔细地揭开那绿色的邮花;

我知道这邮花背后,

藏着她秘密的一吻。

赏析

　　《邮吻》写于1923年5月，是刘大白的得意之作。诗人从生活的细微处选择了较好的视角，轻松而又深刻地描绘出了少男少女的手,独具慧眼地选恋情。诗人写道，"我"不是不能用指头儿撕、用剪刀儿剖，我"只是缓缓地，/轻轻地，/很仔细地挑开了紫色的信唇"。少年的心情是急切的，他很想看到心上人的来信，但他没有撕、剖，而是缓缓地、轻轻地挑开了紫色的信唇——因为那里面有着缠绵的情话，有着热烈的吻。诗人没有直接推出这一对恋人，而是捕捉到了传递爱情的媒介，把笔墨都放在了这一封信上，细腻地刻画了少年拆信、读信和揭开邮花时的心理状态。避实就虚，两次提到"藏着她秘密的一吻"，以此来写爱情的甜美和羞涩，含蓄而委婉，比之赤裸裸地描写拥抱接吻更胜一筹。

张猛

刘半农
（1891—1934）

　　原名刘寿彭，后改名刘复，字半农，号曲庵，江苏江阴人。中国近现代史上著名的文学家、语言学家和教育家。早年参加《新青年》编辑工作，后旅欧留法，获法国国家文学博士学位。1925年回国，任北京大学教授。一生著作甚丰，著有诗集《扬鞭集》和民歌体诗集《瓦釜集》等。

教我如何不想她

刘半农

天上飘着些微云，
地上吹着些微风。
啊！
微风吹动了我头发，
教我如何不想她？

月光恋爱着海洋，
海洋恋爱着月光。
啊！
这般蜜也似的银夜，
教我如何不想她？

水面落花慢慢流，
水底鱼儿慢慢游。
啊！
燕子你说些什么话？
教我如何不想她？

赏析

　　这首诗是诗人1920年8月6日在伦敦写的。诗人运用比兴手法，书写远离祖国的游子的怀乡之情，带有浓烈的"乡愁"气息，表达出眷恋祖国的思想感情。在诗中，诗人分别用"天上"和"地上"、"月光"和"海洋"、"水面"和"水底"、"枯树"和"野火"等不同的词语设置了不同的情境，然后在这不一样的情境中从不同侧面反复咏唱"我"对"她"的思念之情。而"她"在不同的情境中又有着不同的含义——可以是妻子、爱人、情人，也可以是家乡、故园、祖国……其实，在诗人心中，家国是一体的，怀念是有着双重甚至是多重意味的，又比如作为暗示的"微风""银夜""燕子""残霞"等。这首诗曾被赵元任先生配谱，并广泛传唱。新中国成立后，曾一度被认为是靡靡之音，很少提起。

张猛

枯树在冷风里摇,

野火在暮色中烧。

啊!

西天还有些儿残霞,

教我如何不想她?

铁 匠

刘半农

叮当！叮当！
清脆的打铁声，
激动夜间沉闷的空气。
小门里时时闪出红光，
愈显得外间黑漆漆地。

我从门前经过，
看见门里的铁匠。
叮当！叮当！
他锤子一上一下。
砧上的铁，
闪作血也似的光，
照见他额上淋淋的汗，
和他裸着的，宽阔的胸膛。

我走得远了，
还隐隐地听见，
叮当！叮当！

朋友,

你该留心这声音,

他永远地在沉沉的自然界中激荡。

你若回过头去,

还可以看见几点火花,

飞射在漆黑的地上。

赏析

　　这首诗写于1919年9月，"五四"运动落潮后，诗人的心情也难免从高涨回归至平淡，但诗人不甘心，不想革命的激情和运动的浪潮从此跌落。因此，他心情沉重，一直在思考革命的出路。于是，在郁闷与沉寂的情境下，诗人从铁匠铺里"叮当"的声音开始，以火花"飞射在漆黑的地上"的动作结束，写出了诗人亲历并有着切身感受的一个故事。这样的叙述和诗人参与"新文化运动"的经历何其相似！"清脆的打铁声/激动夜间沉闷的空气。""我"看见漆黑的小门里铁匠的锤子一上一下，"砧上的铁，/闪着血也似的光，/照见他额上淋淋的汗，/和他裸着的，宽阔的胸膛"。然而，"我走得远了，还隐隐地听见，叮当！叮当！"诗人的心还留在狂飙突进的激荡时刻。

张猛

小链接

　　刘半农自法国带回来多种研究语音学的仪器，在北京大学开设了一个语音乐律实验室，利用这些仪器测量出语言的波浪曲线，根据测试的结果，写出《声调之推断及声调推断尺之制造与用法》《调查中国方音用标音符号表》《北平方音析数表》等专著。

胡适
（1891—1962）

　　现代著名学者、诗人、历史学家、文学家、哲学家。字适之，安徽绩溪人。1917年初在《新青年》上发表了《文学改良刍议》，是新文化运动的领袖。1923年与徐志摩等人组织"新月社"。1939年获诺贝尔文学奖提名。1946年任北京大学校长。他在学术上影响最大的是提倡"大胆地假设、小心地求证"的治学方法。而他的《尝试集》，反陆游的"尝试成功自古无"，而倡导"自古成功在尝试"，为新诗的第一部诗集。1962年在台北因心脏病突发逝世。胡适是与鲁迅并肩的新文化运动的巨擘，影响巨大。

一笑

胡适

十几年前
一个人对我笑了一笑
我当时不懂得什么
只觉得他笑得很好

那个人后来不知怎样了
只是他那一笑还在
我不但忘不了他
还觉得他越久越可爱

我借他作了许多情诗
我替他想出种种境地
有的人读了伤心
有的人读了欢喜

欢喜也罢 伤心也罢
其实只是那一笑
我也许不会再见那笑的人
但我很感谢他笑得真好

赏析

这种"直言"形式，胡适认为是从文言这种"半死"的语言中解脱出来的，他的《尝试集》诗歌十分突出地采用了这种"直言"形式。现在看来，这简单的结构或许浅薄而无味，但我们无法浅尝的是那种感觉，似乎在多年前我们就做过这样的梦，做过类似于"一笑"的白日梦。于是这种用浅显的白话文书写的诗歌体裁被称作"胡适之体"。于是，我们在很早以前就明白这么一件事情，从他这"一笑"中，将散文的笔法和小说的抒情因素融入诗歌中，创造出一种抒情而写意的诗歌。和众多人在这近乎孤独的境地中回忆一场恋爱，回忆那时在某条林荫道上的浪漫及温馨，诗人那一刻必是无比欣慰的，人生有了这么一笑的回味，就仿如饮了一坛陈酿老酒。

枕戈

小链接

胡适因家道中落，十六岁便考取中国
公学，二十岁考取了清华庚子赔款留学美
国官费生。为节省学费、接济家庭，胡适
入康奈尔大学，选读农科。康奈尔农学院
的教学大纲里设有实习课程，学生必须实
习各项农事，包括洗马、套车、驾车等，
还要亲自下田农耕。本来，胡适生于乡野，
不畏农事，对洗马、套车还都有兴趣，也
可应付自如。

可是，到了苹果分类一项时，胡适却
洋相百出。校方要求学生把三十多种苹
果分门别类，许多美国农家出身的学生
二三十分钟就弄得一清二楚；而胡适却花
去两个半小时对苹果翻来覆去地仔细比较、
观察，也只能勉强分辨出二十种。如此下去，
胡适丧失了学农兴趣，也失去了信心，便
转学自己感兴趣的历史、文学。学海无涯，
以苦作乐，终至功成名就。

胡适一生得过三十五个博士学位。如
果，当初不是因为苹果改行，哪里会有以
文学、哲学闻名于世的胡适之呢？

徐志摩
（1896—1931）

　　现代著名诗人、散文家。浙江海宁人。他是金庸的表兄，1921年开始创作新诗，1923年参与发起成立"新月社"，并与闻一多、朱湘等诗人倡导新诗格律化运动，系"新月派"代表人物之一。著有诗集《志摩的诗》《翡冷翠的一夜》《猛虎集》《云游》等，散文集有《再别康桥》《落叶》《巴黎的鳞爪》等，小说作品有《春痕》等。此外还有戏剧作品、译著等。

再别康桥

徐志摩

轻轻的我走了，
正如我轻轻的来；
我轻轻的招手，
作别西天的云彩。

那河畔的金柳，
是夕阳中的新娘；
波光里的艳影，
在我的心头荡漾。

软泥上的青荇，
油油的在水底招摇；
在康桥的柔波里，
我甘心做一条水草！

那榆荫下的一潭，
不是清泉，是天上虹，
揉碎在浮藻间，

赏析

　　康桥是英国著名的剑桥大学所在地。1920年10月至1922年8月，诗人曾游学于此。1928年，诗人故地重游。在随后的归国途中，写下了这首诗。

　　作为徐志摩的代表作，这首诗兼具优美、自然、和谐、灵巧轻盈的特点，且不失真情、深邃、幽静，淡而有味，表面的平静中潜藏着丰富而强烈的感情，于无声处见惊雷。从第一节开始，带有感情地朗诵和不间断地回味——"轻轻的我走了，/正如我轻轻的来；/我轻轻的招手，/作别西天的云彩"；"悄悄的我走了，/正如我悄悄的来；/我挥一挥衣袖，/不带走一片云彩"。

张猛

沉淀着彩虹似的梦。

寻梦？撑一支长篙，
向青草更青处漫溯；
满载一船星辉，
在星辉斑斓里放歌。

但我不能放歌，
悄悄是别离的笙箫；
夏虫也为我沉默，
沉默是今晚的康桥！

悄悄的我走了，
正如我悄悄的来；
我挥一挥衣袖，
不带走一片云彩。

沙扬娜拉
赠日本女郎

徐志摩

最是那一低头的温柔，

像一朵水莲花不胜凉风的娇羞，

道一声珍重，道一声珍重，

那一声珍重里有着蜜甜的忧愁——

沙扬娜拉！

赏析

常言道：诗不贵多而贵在精致。其实，作为一门崇尚精美简练的艺术，这样一首五行小诗的艺术感染力和价值可能远远胜过某些鸿篇巨制。"最是那一低头的温柔，/像一朵水莲花不胜凉风的娇羞"，这两句写出了日本女郎温柔贤淑的特质，诗人抓住了女郎道别时"一低头"这样一个美丽的细节，"温柔""娇羞"等词语准确地传达出少女楚楚动人的韵致。接下来，"道一声珍重，/道一声珍重，/那一声珍重里有着蜜甜的忧愁——/沙扬娜拉"……日本女郎虽善解人意，用蜜甜的声音道别，却怎么也掩饰不住离别时的愁绪。诗人用温婉柔情的词语刻画出了温情和浪漫，"水莲花"般的少女更是冲淡了离愁，不胜凄凉，却蕴涵甜蜜。

张猛

我不知道风是在哪一个方向吹

徐志摩

我不知道风

是在哪一个方向吹——

我是在梦中,

在梦的轻波里低回。

我不知道风

是在哪一个方向吹——

我是在梦中,

她的温存,我的迷醉。

我不知道风

是在哪一个方向吹——

我是在梦中,

甜美是梦里的光辉。

我不知道风

是在哪一个方向吹——

我是在梦中,

她的负心，我的伤悲。

我不知道风
是在哪一个方向吹——
我是在梦中，
在梦的悲哀里心碎！

我不知道风
是在哪一个方向吹——
我是在梦中，
黯淡是梦里的光辉。

小链接

二十世纪二十年代的"新月派"诗人徐志摩，和当今武侠小说一代宗师金庸（查良镛）同是浙江海宁人，早为人知；然而，他俩是一对表兄弟，却鲜为人知。

海宁袁花查家和硖石徐家，同是名门望族。查家在清代"一门十进士，兄弟三翰林"，被康熙称为"唐宋以来巨族，江南有数人家"，赐以"澹远堂""敬业堂""嘉瑞堂"等匾额。徐家则是古镇一大富商，祖代相沿经营着酱园、绸庄、钱庄等业。清末民初，徐志摩的父亲徐申如先后创办了缫丝、纺织、发电、电话等新兴工业，硖石与袁花两镇相距仅十四公里，两家祖辈素有来往，早结姻亲。徐志摩在日记和家信中多次提到的"蒋姑母"，即查良镛同宗的远房姑姑查品珍，是徐志摩的姻亲婶母（军事学家蒋百里之妻）。1901年，徐志摩五岁时在家启蒙读书，塾师便是查家"澹远堂"的查桐轸。

宗白华
（1897—1986）

　　中国现代哲学家、美学家、诗人。原名宗之櫆，字伯华，江苏常熟人。宗白华把中国艺术精神的重要特色归结为"充实"与"空灵"、"有限"与"无限"的统一，他对中国魏晋玄学中的美学思想给予了特殊的注意，还着重研究了中国艺术中的意境和空间意识问题。主要著作：诗集《流云》，美学文论集《美学散步》，译著《判断力批判》和《欧洲现代画派画论选》。现已出版《宗白华全集》。

我 们

宗白华

我们并立天河下。

人间已落沉睡里。

天上的双星

映在我们的两心里。

我们握着手，看着天，不语。

一个神秘的微颤。

经过我们两心深处。

赏析

宗白华是著名的美学家，而他又兼具诗人的身份，这也使他的学术著作带有一种诗意的风格。同时，美学家的身份又令他的诗有迥乎流俗的趣味。宗白华的诗继承了中国古诗的传统，在简单的词句中追求一种意境的生发。就像这首诗，我们感觉到它的奇妙，它的清新空灵。但当我们读完之后，便会感悟到一种意境。意境是诉诸空间的，而悟却是意识，所以作者之贡献就在于把这两者统一于诗中，这在中国新诗中尤为难得。诗人用洋溢着艺术灵性与激情的生动文笔，在我们面前铺开一段绚丽多姿的寻美历程，达到了逻辑思维和形象思维的诗性结合。

枕戈

王统照
（1897—1957）

现代小说家、散文家、著名诗人，"新文化运动"的先驱。字剑三，笔名息庐、容庐，山东诸城人。创办了《曙光》杂志。1931年赴东北短期教书并游历，将沿途见闻和东北危亡的深切感受写成报告文学集《北国之春》，并构思著名的长篇小说《山雨》。抗战胜利后返回青岛，历任山东省文联主席、山东大学中文系主任、省文化局局长等职。出版诗集《鹊华小集》和小说集《王统照短篇小说选》等。

盆中的蒲花

王统照

盆中的蒲花开了；

颤颤的紫穗，正在风中摇动。

碧润的细叶的影，映在疏疏的帘上，

却变成长的淡痕。

放学童子归来，

扇着满脸的汗珠，

用惊讶与不踌躇的决定的面色，

勇猛地摘去一朵。

五月的阳光照着，

可爱的蒲草，也并没一些的嫌恶。

帘痕动处：

跳跃的童子去了，

断了灵魂的蒲花，却委弃在地。

弱的，被遗弃的，并没有一句怨语。

蒲叶仍然的碧绿，

日光仍然的暖丽，

一个小的花苞，又从嫩嫩的根上抽出。

赏析

平平平淡淡，无怨无恨。"断了灵魂的蒲花，却委弃在地""一个小的花苞，又从嫩嫩的根上抽出"——蒲花的精神，蒲花的世界。

蒲花，拥有英雄气质的植物，虽折断犹坚韧不屈。在诗歌的家园里栖居，从晚唐体苦吟的意义及其影响而形成的近代新诗，以接近群众的白话语言反映现实生活的空白寓意，事实上王统照的这种写实主义，加速了"人生派"诗人的集结。其"为人生"的文艺将现实和象征相结合，反映了一个真正诗人的王统照其内心的迷惘、苦闷和彷徨。这也反映了二十世纪三十年代专制的政治高压，人民一切有生气、有创造力的思想都不能得到正常的体现。诗人的这盆蒲花，在某种意义上来说，是借那个童子的手摘取被这现实所涵盖的虚幻内容，而憎恶感并不明显地体现出来。在诗歌里，童子是备受爱戴的，而蒲花这小小的苞蕾与他形成了一种融合。在那闲适的五月阳光里，这里莫不是有一种老年的喟叹——跳跃的童子去了，断了灵魂的蒲花，"却委弃在地"。

枕戈

朱自清

（1898—1948）

　　现代著名散文家、诗人、学者、民主战士。江苏扬州人，祖籍浙江绍兴。早年以诗闻名，是中国新诗初创期的重要诗人。出版的诗集有和周作人、俞平伯等人合集的《雪朝》，诗文合集《踪迹》等。散文创作成就较大，呈现丰富多样的面貌。早期写景散文的刻意精致、中期叙事抒情散文的自然深情、中后期人文写景的自如厚实、晚期人文随笔的深入浅出，以及他在国家危难之际不屑嗟来之食的节气，都堪称典范。著有散文集《背影》《荷塘月色》《匆匆》等。

黑 暗

朱自清

这是一个黑漆漆的晚上，

我孤零零地在广场的角上坐着。

远远屋子里射出些灯光，

仿佛闪电的花纹，散着的在黑绒毡上——

这些便是所有的光了。

他们有意无意地，

尽管微弱的力量跳荡；

看哪，一闪一烁地，

这些是黑暗的眼波哟！

颤动的他们里，

憧憧地几个人影转着；

周围的柏树默默无言地响着……

一片——世界的声音；市声，人声；

从远远近近所在吹来的，

汹涌着，融和着……

这些是黑暗的心澜哟！

广场的确大了，

大到不能再大了；

黑暗的翼张开，

谁能想象他们的界线呢？

他们又慈爱，又温暖，

什么都愿意让他们覆着；

所有的自己全被忘却了。

一切都黑暗，

"咱们一伙儿！"

赏析

在朱自清先生细致的笔下，"黑暗"这一无形无状无味无言的抽象词，成了一首充满立体感充满张力的诗。

这首诗，内心活动和外面景物相互交融，充满象征的意味。这很容易让人想起《荷塘月色》的开头，内心孤独沉重至极。因为压抑，诗就显得厚实。作者善于运用反差来展现诗意，黑暗用光来衬托，于是那些远远地从屋里射出的花纹般的光则使黑绒般的黑暗更具魔力。这黑暗是如此稠、如此黏，以至于光线的闪动仅仅成了它的眼波而变得那么微弱和乏力。黑暗给人的感受是沉重、凝滞，而在这样的氛围中，却有憧憧的几个人影转着，市声、人声、整个世界的声，从远远近近的地方骚动着、汹涌着、融和着，交织于越来越浓厚越来越无法挣脱的黑绒毡中，使黑更显得混沌。躁动的声音与周围柏树的默默无言又形成了巨大反差，从而更显其黑暗的内在韵律，而且也更孕育了黑暗的茫茫无边。黑暗翅翼的扩展和张开，覆盖了整个世界，于是整个黑暗则更压抑更沉闷更令人无法逃避。诗人在如此的黑暗中，却依然呐喊光明……

枕戈

闻一多
(1899—1946)

现代诗人、学者、民主战士。原名闻家骅，又名亦多，字友三，号友山，湖北浠水人。著有诗集《红烛》《死水》等。他是"新月派"代表诗人，倡导"格律诗"理论。1946年7月15日在云南大学发表《最后一次讲演》后被国民党特务暗杀。

死 水

闻一多

这是一沟绝望的死水，
清风吹不起半点漪沦。
不如多扔些破铜烂铁，
爽性泼你的剩菜残羹。

也许铜的要绿成翡翠，
铁罐上锈出几瓣桃花；
再让油腻织一层罗绮，
霉菌给他蒸出些云霞。

让死水酵成一沟绿酒，
漂满了珍珠似的白沫；
小珠笑一声变成大珠，
又被偷酒的花蚊咬破。

那么一沟绝望的死水，
也就夸得上几分鲜明。
如果青蛙耐不住寂寞，

赏析

这是闻一多的代表作之一。1925年诗人回国之后，亲眼目睹了军阀混战、民不聊生的惨状，产生了怒其不争的激愤情绪。"死水"在此具有象征意义。

诗人既失望又愤怒。"这是一沟绝望的死水，/清风吹不起半点漪沦。"这样的死水还有什么用？"不如多扔些破铜烂铁，/爽性泼你的剩菜残羹。"诗人愤慨之余，又无可奈何。"也许铜的要绿成翡翠，/铁罐上锈出几瓣桃花；/再让油腻织一层罗绮，/霉菌给他蒸出些云霞。/让死水酵成一沟绿酒，/漂满了珍珠似的白沫"。在此，诗人用了"翡翠""桃花""罗绮""云霞""绿酒""珍珠"等美丽的事物反衬"死水"的丑陋，更加写出了诗人的愤怒和绝望。"小珠笑一声变成大珠，/又被偷酒的花蚊咬破"，却有一种冷峻的幽默，令人不寒而栗。"那么一沟绝望的死水，/也就夸得上几分鲜明。"是啊，或许有青蛙

又算死水叫出了歌声。

这是一沟绝望的死水，
这里断不是美的所在，
不如让给丑恶来开垦，
看他造出个什么世界。

歌唱，或许还有美的所在。但，"这
是一沟绝望的死水"，"不如让
给丑恶来开垦，/看他造出个什么
世界"。这就由绝望演变为不屑
和不敬了。

张猛

也许——葬歌

闻一多

也许你真是哭得太累，
也许，也许你要睡一睡，
那么叫夜鹰不要咳嗽，
蛙不要号，蝙蝠不要飞，

不许阳光拨你的眼帘，
不许清风刷上你的眉，
无论谁都不能惊醒你，
撑一伞松荫庇护你睡，

也许你听这蚯蚓翻泥，
听这细草的根儿吸水，
也许你听这般的音乐，
比那咒骂的人声更美；

那么你先把眼皮闭紧，
我就让你睡，我让你睡，
我把黄土轻轻盖着你，
我叫纸钱儿缓缓地飞。

赏析

　　《也许》是闻一多用来悼念自己早夭的女儿立瑛的，最早发表在《京报副刊》上，原题为《也许（为一个苦命的夭折的少女而作）》。原先是六节，后收入《死水》时删为四节。这首诗意象新颖，节奏明晰，感情深挚，具有极高的审美价值。《也许》共四节，每节四句，每句九字，每一、二、四句押韵，诗行整饬，韵律匀整，琅琅上口。

　　比如"不许阳光拨你的眼帘，/不许清风刷上你的眉，/无论谁都不能惊醒你，/撑一伞松荫庇护你睡"，读来颇觉清爽、自然、亲切，然而感情却是深沉、凝重的，甚至悲切、激烈，如同地下的岩浆在奔突，时刻准备喷薄而出。再则，诗中的意象新颖奇特、纷繁芜杂，每一个词句、每一组意象里，都包含着诗人的愤怒与忧伤，却并不外露，足见其艺术功力之深。

张猛

废名
(1901—1967)

　　现代著名作家、诗人。曾为"语丝社"成员。原名冯文炳，笔名废名，湖北黄梅人。著有短篇小说集《竹林的故事》《桃园》，长篇小说《桥》《莫须有先生传》等，具有浓郁的诗化倾向。废名的诗也别具一格，被称为"现代派"中最晦涩的诗人之一。

理发店

废名

理发店的胰子沫

同宇宙不相干，

又好似鱼相忘于江湖。

匠人手下的剃刀

想起人类的理解，

画得许多痕迹。

墙上下等的无线电开了，

是灵魂之吐沫。

赏析

废名的诗以晦涩著称，这首《理发店》是他在理发店理发时偶然得到的思考片断。从理发的"胰子沫""剃刀"到墙上的"无线电"收音机，诗人浮想联翩，如风行水上，来去自如。

"理发店的胰子沫／同宇宙不相干，／又好似鱼相忘于江湖。"理发的"胰子沫"和宇宙能有什么关系呢？的确是"不相干"。恐怕没有人会想到两者的关联；然而，诗人却说"又好似鱼相忘于江湖"，这是句著名的楔子，既表达出了两者的关系，又显现了诗人的睿智和聪颖，以及深厚的佛学功底。"匠人手下的剃刀／想起人类的理解，／画得许多痕迹。""剃刀"也在思考，怪不得这个世界如此纷繁芜杂，诗人赋予"剃刀"人类的思考，意在说明思考的普遍性和自在性。

"墙上下等的无线电开了，／是灵魂之吐沫。""无线电"收音机当时还没有普及，这里用的也是下等的，然而就是这"下等的无线电"，在它打开之时，诗人还是感到了足以撼动灵魂的力量；"吐沫"——鄙视之情溢于言表！

张猛

十二月十九夜

废名

深夜一支灯，

若高山流水，

有身外之海。

星之空是鸟林，

是花，是鱼，

是天上的梦，

海是夜的镜子，

思想是一个美人，

是家，

是日，

是月，

是灯，

是炉火，

炉火是墙上的树影，

是冬夜的声音。

赏析

这首诗是废名的代表作。这首诗意象恍惚，光怪陆离，却包含无限生机。

"深夜一支灯，若高山流水，有身外之海。"夜深了，诗人的灯还在挣扎，犹如黑暗之海中的一支曲子，慢慢地演奏"高山流水"的乐章。

"星之空是鸟林，是花，是鱼，是天上的梦"——鸟、花、鱼、梦，好朦胧好烂漫的遐思，令人神往不已。而"海是夜的镜子"，映照出黑暗中的一切，而黑暗本身就是海。"思想是一个美人，/是家，/是日，/是月，/是灯，/是炉火"。思想是什么？思想是美人的外衣，是家的所在，是日月的映衬，是灯的单薄与素朴，也是炉火，是炉火的激情与热烈，或瞬间燃烧，不再拥有……

"炉火是墙上的树影，/是冬夜的声音。"这是冬夜，炉火映照在墙上，恍惚迷离，如同"树影"婆娑，轻轻拂过人的思维，声音也是动听的，噼里啪啦。

张猛

小链接

　　有关废名与熊十力"打架"的传闻，版本颇多，但大都极尽想象、虚构之能事，离事实相去甚远，遑论史料钩沉所讲求的一个"信"字。2002年《万象》第九期载有汤一介先生的一篇题名为《"真人"废名》的文章，文中云：大概在1948年夏日，他们两位都住在原沙滩北大校办松公府的后院，门对门。熊十力写《新唯识论》批评了佛教，而废名信仰佛教，两人常常因此辩论。他们的每次辩论都是声音越辩越高，前院的人都可以听到，有时甚至动手动脚。这日两人均穿单衣裤，又大辩起来，声音也是越来越大，可忽然万籁俱寂，一点声音都没有了。前院人感到奇怪，忙去后院看。一看，原来熊、冯二人互相卡住对方的脖子，都发不出声音了。这真是"此时无声胜有声"。

应修人

（1900—1933）

　　现代作家、诗人、革命家。字修士，笔名丁九、丁休人。浙江宁波人。早年在上海钱庄当学徒，"五四"时期开始创作新诗。著有《应修人潘漠华选集》。1922年春与冯雪峰、汪静之、潘漠华、魏金枝在杭州的西子湖畔成立了"湖畔诗社"。这是中国新诗的第一个团体，后人因此称他们为"湖畔诗人"。他们对新诗的最大贡献是爱情诗的创作。

到邮局去

应修人

异样闪眼的繁的灯。
异样醉心的轻的风。
我带着那封信,
那封紧紧地封了的信。

异样闪眼的繁的灯。
异样醉心的轻的风。
手指儿近了信箱时,
再仔细看看信面字。

赏析

　　爱情或思念,像墙上一本永不发黄的日历,是春天里最动人的宣言。温馨又飘逸,甜蜜的因子散布在周围所有的空气里。诗歌以反反复复的"异样",渲染着周围的情景,使寻常的情愫给人一种异样的不平凡的感动。这就是诗歌的力量,在平凡中写出不平凡。正如古人所说:人人心里有,而人人笔下无。平凡中的不平凡也是诗的一种境界。

枕戈

妹妹你是水

应修人

妹妹你是水——
你是清溪里的水。
无愁地镇日流，
率真地长是笑，
自然地引我忘了归路了。

妹妹你是水——
你是温泉里的水。
我的心儿他尽是爱游泳，
我想捞回来，
烫得我手心痛。

妹妹你是水——
你是荷塘里的水。
借荷叶做船儿，
借荷梗做篙儿，
妹妹我要到荷花深处来！

赏析

诗人以水的比喻来描写爱情，尽显清新自由。我们不禁联想到"莲叶何田田"中的江南少女，还有贾宝玉对女儿经典的描绘——女儿是水做的。整首诗柔美清丽，富有活力和激情。爱情常常会给人意外的惊喜——我原想捧起一簇浪花，你却给了我整个海洋；我原想撷取一枚枫叶，你却给了我整座枫林；我原想亲吻一朵雪花，你却给了我银色的世界……诗人在三节诗中分别将姑娘比作清溪里、温泉里、荷塘里的水，既赞美了姑娘的天真纯洁、活泼欢快，又创造了富于诗情的意境。语言自然朴素，清新淡雅。

朱自清曾指出："中国缺少情诗，有的只是'忆内''寄内'，或曲喻隐指之作；坦率的告白恋爱者绝少，为爱情而歌咏爱情的更是稀缺……但真正专心致志写情诗的，是'湖畔'的四个年轻人。"《妹妹你是水》，不愧是"湖畔派"诗人爱情诗中的佳作。

枕戈

李金发
（1900—1976）

中国第一位象征主义诗人。原名李淑良，笔名金发。广东梅县人。1925年出版诗集《微雨》，在中国诗坛引起轰动，成为中国初期象征派诗人的代表，其诗歌以晦涩难懂著称。此外还著有诗集《为幸福而歌》《食客与凶年》等。

弃妇

李金发

长发披遍我两眼之前,

遂割断了一切羞恶之疾视,

与鲜血之急流,枯骨之沉睡。

黑夜与蚊虫联步徐来,

越此短墙之角,

狂呼在我清白之耳后,

如荒野狂风怒号:

战栗了无数游牧

靠一根草儿,与上帝之灵往返在空谷里。

我的哀戚唯游蜂之脑能深印着;

或与山泉长泻在悬崖,

然后随红叶而俱去。

弃妇之隐忧堆积在动作上,

夕阳之火不能把时间之烦闷

化成灰烬,从烟囱里飞去,

长染在游鸦之羽,

将同栖止于海啸之石上，

静听舟子之歌。

衰老的裙裾发出哀吟，

徜徉在丘墓之侧，

永无热泪，

点滴在草地，

为世界之装饰。

赏析

　　弃妇，中国文化和中国历史的词汇，本身就聚集着太多的文化内涵。她们被强权的男性所抛弃，却又无力反抗。她们内心的怨气颇多，却只能孤零零地咀嚼寂寞，发一些感慨，唱几句词曲，也耐不过长年的艰苦和世俗的恶毒。我们几时懂得她们的灵魂？"衰老的裙裾发出哀吟，/徜徉在丘墓之侧，/永无热泪，/点滴在草地，/为世界之装饰。"我们时代对历史的态度更多的却是戏说，写出的王妃奴妾无不是得了宠的，真正深锁在闺房里的却无人问津。对待历史，我们似乎总是在取乐。另一种则似乎严肃得过了头，他们口口声声追寻着历史的规律，以求对今日有所裨益，实则更加可怕。历史在他们那里成了僵硬的尸体，人的命运荡然无存。就如诗人李金发所写的弃妇，我们的历史和文学真正理解了吗？然而，不理解过去人命运的人，又如何理解我们自己，并进而理解生命本身呢？就像我们的时代里，人的尊严和价值被抽空，使我们陷入深深的忧虑之中。

吴功青

汪静之
（1902—1996）

现代著名作家、诗人。生于安徽绩溪县。1925年开始发表作品。"五四"时期著名作家，先后是"晨光文学社""湖畔诗社"的主要成员。他用自己一颗充满爱的心，在新诗的发展历程中写下不可或缺的一笔，无论是《蕙的风》《耶稣的吩咐》《翠黄及其夫的故事》，还是《寂寞的国》《人肉》《父与子》等，都是他真情的演绎。

蕙的风

汪静之

是哪里吹来
这蕙花的风——
温馨的蕙花的风？

蕙花深锁在园里，
伊满怀着幽怨。
伊底幽香潜出园外，
去招伊所爱的蝶儿。

雅洁的蝶儿，
熏在蕙风里：
他陶醉了；
想去寻着伊呢。

他怎寻得到被禁锢的伊呢？
他只迷在伊底风里，
隐忍着这悲惨而甜蜜的伤心，
醺醺地翩翩地飞着。

赏析

　　汪静之这首早期的诗，分行整齐，清新自然，迷离无奈，几丝温馨的"蕙的风"让我们感受到了诗人的那颗不老之心。诗人不顾当时的世俗偏见，潇洒地大笔一挥，爱情便栩栩如生地跃然纸上；他时刻用那颗浪漫稚真的心去浸润着一首首热烈真挚的情诗。他那大胆而又痴迷的情诗，可以说是诗融于情而不轻，情浓于诗而不腻，尤其是这首诗，犹如一只七彩的蝶影划过单调的天空，让人们惊喜——爱情飞回来了。不用去想象蝶儿的爱情最终如何，它的确是用美丽娇柔的翅膀，一下一下叩击着深锁着蕙的园门，那紧闭着的漆黑而古老的封建之朽门。同时诗人也用他的情和诗打开了禁锢新诗的门。

枕戈

小链接

汪静之到暨南大学教书的时候，大约还未到而立之年。暨南师友，识与不识都戏称他"汪诗人"。他性情很好，可是他捣起蛋来，闯的祸也非同小可。汪诗人平日上课，虽教的是国文，却总喜欢教学生唱诗，尤其喜欢唱他自己写的诗。他虽然发给学生的讲义是他自己编的《诗歌原理》，却教学生人手一册的他的诗集。有一次，在教室里，有个同学问他：《蕙的风》这书名的意义是怎样来的？他就坦然地说："蕙就是我从前追求的理想的爱人，我这部诗集就是为她而写的。我写好了，书出版了，送了给她。谁知她正眼也不瞧一瞧，她嫌我穷，后来嫁给一个官僚了。女人就是这样愚蠢的。"

胡风
（1902—1985）

现代诗人、文艺理论家、翻译家。原名张光人，湖北蕲春人。二十世纪三十年代创办并主编著名的《七月》杂志，为"七月派"代表诗人之一。1954年因反对文艺上的"机械论"而蒙冤。其诗作极富个性，表达了追求自由和幸福的强烈愿望。著有诗集《野花与箭》《为祖国而歌》《胡风的诗》等。

为祖国而歌

胡 风

在黑暗里 在重压下 在侮辱中
苦痛着 呻吟着 挣扎着
是我的祖国
是我的受难的祖国!

在祖国
忍受着面色的痉挛
和呼吸的喘促
以及茫茫的亚细亚的黑夜,
如暴风雨下的树群
我们成长了

为了明天
为了抖去苦痛和侮辱的重载
朝阳似的
绿草似的
生活含笑,
祖国啊

你的儿女们

歌唱在你的大地上面

战斗在你的大地上面

喋血在你的大地上面

在卢沟桥

在南口

在黄浦江上

在敌人的铁蹄所到的一切地方，

迎着枪声 炮声 炸弹声的呼啸声——

祖国啊

为了你

为了你的勇敢的儿女们

为了明天

我要尽情地歌唱：

用我的感激

我的悲愤

我的热泪

我的也许迸溅在你的土壤上的活血！

人说：无用的笔啊

把它扔掉好啦。

然而，祖国啊

就是当我拿着一把刀

或者一支枪

在崇山茂林中出没的时候吧

依然要尽情地歌唱

依然要倾听兄弟们的赤诚的歌唱——

迎着铁的风暴

火的风暴

血的风暴

歌唱出郁积在心头上的仇火

歌唱出郁积在心头上的真爱

也歌唱掉盘结在你古老的灵魂里的一切死渣和污秽

为了抖掉苦痛和侮辱的重载

为了胜利

为了自由而幸福的明天

为了你啊，生我的 养我的 教给我什么是爱

什么是恨的， 使我在爱里恨里痛苦的，

辗转于苦痛里但依然能够给我希望给我力量的

我的受难的祖国！

赏析

　　这首诗写于1937年"八·一三"上海抗战的时候。日本帝国主义的野蛮侵略，使中华民族蒙受了巨大的灾难和耻辱，而正是这种灾难和耻辱，使得中国人民在久被压迫和残害之后终于觉醒和反抗。全诗充满着中国儿女的满腔热血——为祖国而奋斗，为祖国而献身！

　　这是用血和泪迸溅出来的诗歌。为了祖国的大船能在飘摇的风浪中坚持到达胜利的彼岸，诗人举起手里的笔，在浪尖风里战斗，心里只是告诉自己：为了我的祖国不再受难，我的笔就是武器。

　　仇恨、真爱，交织在整首诗中，用明显的对比和强烈的情感来体验祖国所承受的苦痛和侮辱。在诗人的期待中，他向往着祖国像坚硬的大地在承载了太多的负重之后，能够崛起，开始平和安静的明天。

枕戈

林徽因
（1904—1955）

　　中国第一位女性建筑学家，同时也是作家，当时被誉为一代才女。又名林徽音，福建闽侯人，生于杭州。"新月派"才女之一。文学方面，她一生著述颇丰，包括散文、诗歌、小说、剧本、译文和书信等。代表作有诗歌《你是人间的四月天》、小说《九十九度中》等。在美术方面，她曾做过三件大事：一是参与了国徽设计，二是改造了传统景泰蓝，三是参与了天安门人民英雄纪念碑的设计，为民族及国家做出了莫大的贡献。

你是人间的四月天——一句爱的赞颂

林徽因

我说你是人间的四月天；
笑声点亮了四面风；轻灵
在春的光艳中交舞着变。

你是四月早天里的云烟，
黄昏吹着风的软，星子在
无意中闪，细雨点洒在花前。

那轻，那娉婷你是，鲜妍
百花的冠冕你戴着，你是
天真，庄严，你是夜夜的月圆。

雪化后那篇鹅黄，你像；新鲜
初放芽的绿，你是；柔嫩喜悦
水光浮动着你梦中期待的白莲。

你是一树一树的花开，是燕
在梁间呢喃——你是爱，是暖，
是希望，你是人间的四月天！

赏析

　　曾有一部描写徐志摩爱情和生活经历的电视剧《人间四月天》红遍大江南北，片中的女主人公林徽因，貌若天仙、才华横溢、温婉细腻，大才子徐志摩为她深深倾倒。只是，有情人难成眷属，美丽的爱情只能是断章残篇，流为故事，让后人体味品说。

　　《你是人间的四月天》的篇名来自唐代诗人白居易的诗句"人间四月芳菲尽，/山寺桃花始盛开"。那么，人间四月天是什么呢？是"笑"，是"风"，是"细雨"，是"花"，是"月圆"，还是"新鲜的绿""梦中的白莲"或者呢喃双飞的燕子呢？最后诗人给出了答复：是"爱"，是"暖"，是"希望"。其实，在有情人眼中，一草一木都是深情的，因为有爱的滋润和温暖。

张猛

笑

林徽因

笑的是她的眼睛，口唇；

和唇边浑圆的旋涡。

艳丽如同露珠，

朵朵的笑向

贝齿的闪光里躲。

那是笑——神的笑，美的笑；

水的映影，风的轻歌。

笑的是她惺忪的鬈发，

散乱地挨着她的耳朵。

轻软如同花影，

痒痒的甜蜜

涌进了你的心窝。

那是笑——诗的笑，画的笑：

云的留痕，浪的柔波。

赏析

笑的是什么，诗人林徽因告诉我们，"笑的是她的眼睛，口唇；/和唇边浑圆的旋涡"，"她"的眼睛、口唇和唇边浑圆的酒窝都在笑，"笑的是她惺忪的鬈发，/散乱地挨着她的耳朵"，"她"的惺忪的鬈发，散乱地挨着她的耳朵，这引起了诗人的笑，也是诗人的笑的归宿和所在。

于是，我们看到，"艳丽如同露珠，/朵朵的笑向/贝齿的闪光里躲"。"她"也在笑，笑得妩媚动人，含蓄深情。那是笑，神的笑，美的笑，水的影姿，风的轻歌，是大自然中最美丽动听的笑声和最吸引人的笑容。

然而，"她"的笑，"轻软如同花影，/痒痒的甜蜜/涌进了你的心窝"。笑声打动了诗人，吸引着诗人去追寻和描摹，如同花影，甜蜜而温柔。那也是笑，诗的笑，画的笑，云的留痕，浪的柔波……这一切多么细腻而温馨！

张猛

小链接

徐志摩深爱着林徽因。林徽因秀外慧中，是有名的才女，其父林长民也是社会名流。她与徐志摩相识时只有十七岁，两人虽然相知很深，但最后林徽因还是嫁给了梁启超之子、后来的著名建筑学家梁思成，他们的姻缘也成为一段佳话。从此林徽因成为徐志摩梦中可望而不可即的一个梦。

臧克家
（1905—2004）

　　现代著名诗人、作家、编辑家。生于山东诸城。一首《有的人》，让有的人鼓舞，有的人汗颜。凭着敏锐的洞察力，他奉献了一部部闪烁着思想光芒的作品：《难民》《老马》《烙印》《语丝》《运河》等。这首《有的人》，在伟大的革命作家鲁迅离开多年后，让人们把一种悲伤转化为决心和力量。

有的人——纪念鲁迅有感

臧克家

有的人活着

他已经死了；

有的人死了

他还活着。

有的人

骑在人民头上："啊，我多伟大！"

有的人

俯下身子给人民当牛马。

有的人

把名字刻入石头想"不朽"；

有的人

情愿做野草，等着地下的火烧。

有的人

他活着别人就不能活；

有的人

他活着为了多数人更好地活。

骑在人民头上的，
人民把他摔垮；
给人民做牛马的，
人民永远记住他！

把名字刻入石头的，
名字比尸首烂得更早；
只要春风吹到的地方，
到处是青青的野草。

他活着别人就不能活的人，
他的下场可以看到；
他活着为了多数人更好地活着的人，
群众把他抬举得很高，很高。

赏析

"有的人活着/他已经死了；/有的人死了/他还活着。"诗人的有感而发，让整首诗体现为一种理性和情感的完美交融。面对新中国，面对终于站起来的广大人民，面对仍耀瓺地"骑在人民头上的"，诗人只是默然用了三个字——"有的人"。"有的人"是站在鲁迅身后的千千万万个巨大的身影；"有的人"是被人民"摔垮"在地上痛苦挣扎的呻吟者。或许天空就是灰色的，在沉沉的灰色后面却是清逸的蔚蓝。伸出一根手指，不需要语言，只是指向天空，于是，"有的人"便会在惆怅抑或惊讶的空气中出现，让世界惆怅抑或惊讶。

正是这首诗的诞生，让人们看到了应该高高举起的"有的人"是谁，其名字在风里快速腐烂的"有的人"又是谁。

枕戈

李广田
（1906—1968）

　　现代诗人、散文家。山东邹平人。曾任云南大学副校长、校长等职，"文革"中被迫害而死。出版的诗集有《汉园集》《春城集》《李广田诗选》等。

窗

李广田

偶尔投在我的窗前的
是九年前的你的面影吗？
我的绿纱窗是褪成了苍白的，
九年前的却还是九年前。

随微飔和落叶的窸窣而来的
还是九年前的你那秋天的哀怨吗？
这埋在土里的旧哀怨
种下了今日的烦忧草，青青的。

你是正在旅行中的一只候鸟，
偶尔地，过访了我这座秋的园林，
（如今，我成了一座秋的园林）
毫无顾惜地，你又自遥远了。

遥远了，远到不可知的天边，
你去寻，寻另一座春的园林吗？
我则独对了苍白的窗纱，而沉默，
怅望向窗外：一点白云和一片青天。

赏析

  在诗人眼中，九年是漫长的。九年过后，"我"从"春的园林"变成了"秋的园林"，从青春浪漫的小伙子变成了垂垂老矣的中年人，激情不再，只好守候在窗前期待邂逅。也许期待是徒劳的，而"我"却在等待，一直在等待。

  于是，恍惚中我看到了"九年前的你的面影"，却不敢承认；因为，"我的绿纱窗是褪成了苍白的"，而"你"却还是一如既往的美丽。"九年前的你那秋天的哀怨"变成了今日的"烦忧草"，青青地生长在园中，也生长在我的心头。

  这时飘来候鸟的影子，遥远地飞过了，远到不可知的天边。可是，在"我"的窗前，依然是"苍白的窗纱"，"我"依然是沉默地怅望窗外：一点白云，一片青天，似乎没有经历过。可是九年了，"我"守候在窗前，期待化为泡影，得到的却是长久的思念和回忆……

张猛

曹葆华
（1906—1978）

现代诗人。四川乐山人。著有诗集《寄
诗魂》《落日颂》《灵焰》《无题草》等，
译著有《马恩列斯论文艺》《苏联的文学》
《苏联文学问题》《列宁与文艺问题》等。

她这一点头

曹葆华

她这一点头，

是一杯蔷薇酒；

倾进了我的咽喉，

散一阵凉风的清幽；

我细玩滋味，意态悠悠，

像湖上青鱼在雨后浮游。

她这一点头，

是一只象牙舟；

载去了我的烦愁，

转运来茉莉的芳秀；

我伫立台阶，情波荡流，

刹那间瞧见美丽的宇宙。

赏析

诗人完全把自己放到了"她这一点头"之后的幸福和喜悦中去了。蔷薇酒、清幽的凉风、湖上的青鱼……诗人眼中所有那么清新的事物，都源于"她这一点头"；象牙舟、茉莉的芳香以及美丽的宇宙也都是"她这一点头"给诗人的憧憬。

诗人在满山的青翠里找到了远远望着自己的花朵，她正轻轻朝他点头，于是一切都回到了春天的烂漫——他的喜爱、他的等待、他的执着，终于换来了整个心灵和幸福的绽放。

"她这一点头"也喻示着爱情的如期而降，在久候的期待后是无尽的幸福。诗人欢欣之情溢于言表，语调清雅淡美，似乎就是一壶清幽的淡酒，从头到尾，顺畅自然，甜美醇香，带来视觉和味觉上的享受。或许，读完这首诗之后，都会不约而同地感叹：爱情确实给了诗人一个美丽的宇宙！

枕戈

林庚

(1910—2006)

　　现代诗人、古代文学学者、文史学家。字静希，生于北京，原籍福建闽侯。二十世纪三十年代初开始发表诗歌。著有诗集《春野与窗》《夜》《北平情歌》《冬眠曲及其他》《林庚诗选》等。曾任北京大学中文系教授。

春天的心

林庚

春天的心如草的荒芜

随便地踏出门去

美丽的东西到处可以捡起来，

少女的心情是不能说的

天上的雨点常是落下

而且不定落在谁的身上

路上的行人都打着雨伞

车上的邂逅多是不相识的

含情的眼睛未必是为着谁

潮湿的桃花乃有胭脂的颜色

水珠斜打在玻璃车窗上

江南的雨天是爱人的

赏析

"春天的心如草的荒芜",自由散漫,如果你随便地出门去踏青,"美丽的东西到处可以捡起来"。看吧,少女的心情是不能说的,这就如同春天的心,荒芜而美丽。

"天上的雨点常是落下/而且不定落在谁的身上/路上的行人都打着雨伞"——好一幅"雨行图"!要知道在北方,"春雨贵如油",雨点是难得一见的;可是,这里是江南的春天,是江南的雨天,雨点是经常的,打在脸上、身上、心上,美丽而温柔,充满温馨和浪漫。

"车上的邂逅多是不相识的/含情的眼睛未必是为着谁/潮湿的桃花乃有胭脂的颜色/水珠斜打在玻璃车窗上"——这又是一幅春雨的场景:在车上,含情的眼睛、潮湿桃花,那么的细腻和温柔。

于是,诗人说"江南的雨天是爱人的",春天的心是潮湿的,浪漫而婉约。

张猛

春 野

林庚

春天的蓝水奔流下山

河的两岸生出了青草

再没有人记起也没有人知道

冬天的风哪里去了

仿佛傍午的一点钟声

柔和得像三月的风

随着无名的蝴蝶

飞入春日的田野

赏析

　　这是一首充满新鲜、活泼的青春气息的诗。在这首诗里，没有华丽的辞藻，也没有复杂的技巧，词与词、句与句之间结合得那么自然而纯粹，宛如一幕幕山水，任意流淌，率性而为。

　　"春天的蓝水奔流下山/河的两岸生出了青草/再没有人记起也没有人知道/冬天的风哪里去了"。是啊，春天的水是蓝的，典雅而宁静，活泼而散漫，蓝蓝的河水流下山，两岸生长着青草，人们沉浸在春天的温柔和浪漫中，无须思虑肃杀凄厉的冬风了。

　　"仿佛傍午的一点钟声/柔和得像三月的风/随着无名的蝴蝶/飞入春日的田野"。诗人用奔放、飘逸的语言写出了情趣两得、声色兼备的春日原野风景，比如傍午的钟声、无名的蝴蝶，悠扬、飘荡，加入到绚烂、灿烂的春野的聚会中去了。

张猛

朱湘
（1904—1933）

　　现代诗人。字子沅，安徽太湖县人，生于湘西沅陵，故名朱湘。二十世纪二十年代的"清华四子"之一。他是一位性格独特、对艺术充满执着精神的诗人。其作品语言精湛，格调高雅，清丽柔婉，热情洋溢，富有时代精神和气息，是"新月诗派"中被誉为"大将兼先行"的诗人。曾被鲁迅誉为"中国的济慈"。1933年12月5日早晨，在上海开往南京的船上投江自杀。这位"生无媚骨""才华横溢"的"纯诗人"，就此结束了短暂的一生。

采莲曲

朱湘

小船呀轻轻漂，

杨柳呀风里颠摇；

荷叶呀翠盖，

荷花呀人样娇娆。

　日落，

　　微波，

金丝闪动过小河。

　左行，

　　右撑，

莲舟上扬起歌声。

菡萏呀半天，

蜂蝶呀不许轻来，

绿水呀相伴，

清净呀不染尘埃。

　溪涧，

　　采莲，

水珠滑走过荷钱。

赏析

　　落日把荷花池水染红，晚风把岸边金柳拂醉，一叶小舟裹着歌声，穿梭于碧绿的莲叶间，采撷莲子，最后，消融于苍茫的夜色中。作者为我们营造了这样一个唯美的镜头，舒畅清丽，恬然欢快。《采莲曲》是诗人对平和宁静生活的向往和对冷酷人生的逃避的真情流露，是诗人"芳香的梦"的温暖归宿。诗人与生俱来的忧郁气质在格调轻快的《采莲曲》中消失得无影无踪，只剩下诗人送给我们的一个美丽的梦。而这首诗歌整齐的外在形式，是"新月派"提出的诗歌"建筑美"最好的体现，与此诗的内在意境美、诗人内心沉醉的艺术美合而为一，相得益彰。

　　《采莲曲》后来真被排入曲，在小船上演奏。朱湘听后，感慨万千，即席吟诗："不识歌者苦，但伤知音稀。知音如不赏，归卧故里丘。"隐遁超脱之意溢于言表。而朱湘先生故里太湖，那里正是莲的故乡。

枕戈

　　拍紧，

　　拍轻，

桨声应答着歌声。

藕心呀丝长，

羞涩呀水底深藏：

不见呀蚕茧

丝多呀蛹裹中央？

　　溪头，

　　采藕，

女郎要采又夷犹。

　　波沉，

　　波升，

波上抑扬着歌声。

莲蓬呀子多，

两岸呀榴树婆娑，

喜鹊呀喧噪，

榴花呀落上新罗。

　　溪中，

　　采蓬，

耳鬓边晕着微红。

　　风定，

　　风生，

风里荡漾着歌声。

升了呀月钩，

明了呀织女牵牛；

薄雾呀拂水，

凉风呀飘去莲舟。

　　花芳，

　　衣香，

消融入一片苍茫；

　　时静，

　　时闻，

虚空里袅着歌音。

雨 景

朱 湘

我心爱的雨景也多着呀：

春夜梦回时窗前的淅沥；

急雨点打上蕉叶的声音；

雾一般拂着人脸的雨丝；

从电光中泼下来的雷雨——

但将雨时的天我最爱了。

它虽然是灰色的却透明；

它蕴着一种无声的期待。

并且从云气中，不知哪里，

飘来一声清脆的鸟啼。

赏析

雨景，历经无数名家的名笔，在朱湘笔下却有了新的意境——新颖、清隽、细腻含蓄。种种关于雨的新鲜意象和感觉，表现了诗人对美的追求和期待。单纯而满怀惊异地描绘自然之美，展示了一个沉醉于大自然之美的纯粹诗人的卓尔不群的艺术才华。诗中既写了千姿百态的自然美，象征着丰富多彩的生活美；寂寞的云气中飘来的一声"清脆的鸟啼"——多么令人神往而深思。自然美和生活美在诗人笔下融成一片诗情美，充满了韵色与姿态。这首新颖、清隽的小诗中，抒发了诗人对大自然刹那间奇异的感受，细腻含蓄、纯净清新。朱湘的写景小诗与冰心、宗白华的小诗不同，他不是从自然中获得人生启示，而是单纯而满怀惊异地描绘自然之美，显示了一位沉醉于大自然的纯粹诗人的纯真天性。

枕戈

金克木
（1912—2000）

　　著名文学家、翻译家、学者。字止默，笔名辛竹，安徽寿县人。早期以诗歌闻名，后致力于梵语文学和印度文化研究，驰名海内外。晚年则又以文学随笔的形式继续着自己的追求和奉献。这位文学巨匠留下的主要作品有《梵语文学史》《印度文化论集》《比较文化论集》，诗集《蝙蝠集》，散文随笔集《天竺旧事》《燕口拾泥》《书城独白》，以及小说、翻译作品等几十部。

招 隐

金克木

远游的人啊，我要你快来，快来，
快来同我一起到沙漠中去。

城市是喧哗的沙漠，
这沙漠却一点也不可爱；
这里又没有风，又没有太阳，
有的只是永远蒸腾着的寂寞。

我怕这没有变化的天气，
我想一阵狂风，一阵急雨。
我想看无边的天连上无边的地；
因此我要你陪着我骑上骆驼，
到大戈壁去每夜细数天上的星，
去温习心爱的神奇的几何学。

告诉我你也喜欢深谷中的花和流水，
因此也喜欢逃到绿洲上去两人相对。
告诉我你早已被东风吹得沉醉，
因此也要再借东风之力吹到西北方去。

沙漠中蕴蓄着无穷的天堂的精华，
陪我去追天堂的绿影吧，远游的人啊。

赏析

从诗中，我们听到祖国不同地方的真挚而执着的声音——"远游的人啊，我要你快来，快来"。这种召唤里有劝导，有忠告，也有对力量的渴望。所要去的地方，有并不可爱的沙漠，有"永远蒸腾着的寂寞"，也有"神奇的几何学"，有"深谷中的花和流水"，这种号召里，激昂而不乏理性，客观而充满信心。"沙漠中蕴蓄着无穷的天堂的精华，/陪我去追天堂的绿影吧，远游的人啊。"沙漠中的天堂是绿色的，在想象和实践的对比上，远游的人为何能放弃沉醉的东风？诗人沉静的声音中写着无比的信心和憧憬。

沉醉于东风的人们，还要将东风送到西北的沙漠，那里是孕育生命的天堂。在这沉静又渴切的声音里，有谁能拒绝西北那干净的星星和与天地相连的广阔？为了自己的理想能在另一片土地上开花，也为了祖国大地每寸都是绿的精华！

枕戈

杜运燮

(1915 或 1918—2002)

　　现代诗人。福建古田人。生于马来西亚。1946年10月，第一部诗集《诗四十首》在上海出版。1951年6月，出版《热带风光》。1981年7月，与友人穆旦、郑敏、陈敬容、曹辛之、唐祈、唐湜等合辑《九叶集》。为"九叶派"代表诗人之一。

闪 电

杜运燮

有乌云蔽天，你就出来发言；

有暴风雨将来临，你先知道；

有海燕飞翔，你指点怒潮狂飙。

你的满脸愤慨太激烈，

被压抑的语言太苦太多，

却想在一秒钟唱出所有战歌。

为此你就焦急，显得痛苦，

更令我们常常感到羞惭：

不能完全领会你的诗行。

你给我们揭示半壁天空，

我们所得的只是一阵惊愕，

虽然我们也常以为懂得很多。

雷霆暴风雨终将随之而来，

但我们常常都来不及思索，

在事后才对你的预言讴歌。

因此你感到责任更重、更急迫。
想在刹那间把千载黑暗点破，
雨季到了，你必须讲得更多。

诗人把闪电比喻为暴风雨的使者，将它刻画为一位敏感的先知，在这里他可以预见所有"乌云蔽天"，也可以早早看到"有暴风雨将来临"。他是隐者又是语者，在隐忍和不懈之间证明着自己的价值。世人的无知和闪电的无奈，将明了者的理解夹在中间，漫天的诗行读不出他的笑脸，只是其转身瞬间的欣然。人们知道，在新的暴风雨来临的时候，他依旧会出现，带着同样的严肃和凛然。

正如它的名字，"闪电"，它的性格是透彻的、毫不掩饰的，往往给人们揭示他们即将遇到的"怒潮"，忍受着人们的不理解甚至误解，但它最终用自己的执着向人们证实着自己的真实。闪电，向人们点破这千载的黑暗……

枕戈

秋

杜运燮

连鸽哨也发出成熟的音调，
过去了，那阵雨喧闹的夏季。
不再想那严峻的闷热的考验，
危险游泳中的细节回忆。

经历过春天萌芽的破土，
幼叶成长中的扭曲和受伤，
这些枝条在烈日下也狂热过，
差点在雨夜中迷失方向。

现在，平易的天空没有浮云，
山川明净，视野格外宽远；
智慧、感情都成熟的季节啊，
河水也像是来自更深处的源泉。

紊乱的气流经过发酵，
在山谷里酿成透明的好酒；
吹来的是第几阵秋意？醉人的香味

已把秋天秋叶深深染透。

街树也用红颜色暗示点什么，
自行车的车轮闪射着朝气；
塔吊的长臂在高空指向远方，
秋阳在上面扫描丰收的信息。

赏析

秋，孕育丰收和残酷的季节，在经历了成长的阵痛后，终于有了"醉人的香味"。秋从来就是深沉的代名词，自身所蕴涵的力量和气息，让自然无可拒逆，何况一个沉醉于秋之气质的诗人，他用画笔在画布上天马行空般点出红叶、勾出山川、画出秋阳，然后毫不吝啬地泼上浓浓的秋色，于是，秋就这样走了下来。让成熟的风韵在整个山野泛滥开来。

暗示，也是一种智慧，就像秋的不言不语和默默回忆。一切都在顺理成章地运行着——秋的声音、秋的气息、秋的多彩、秋的智慧……成熟是美，丰腴是美，所以，秋，无疑是美的。

枕戈

陈敬容
（1917—1989）

现代著名诗人。生于四川乐山。1932年开始写诗。留下来的主要作品有《交响集》《盈盈集》《陈敬容选集》《老去的是时间》等。她的诗带给人们沉静而有力的画面感，这或许是跟她糅合古典诗词和西方诗歌所带来的文学气质分不开的。

飞鸟

陈敬容

负驮着太阳，
负驮着云彩，
负驮着风……

你们的翅膀
因此而更为轻盈
当你们轻盈地翔舞，
大地也记不起它的负重。

你们带来的心灵的春天，
在我寂寥的窗上
横一幅初霁的蓝天。

我从疲乏的肩上，
卸下艰难的负荷：
屈辱、苦役……
和几个因狱的寒冬。

赏析

一只飞鸟从诗人的心窗前一闪而逝，但诗人却看到了鸟的每种姿态，读懂了它从身上洒落的绚丽生命的投影。如果诗人给我们的时间是在黄昏，那么，傍晚的美丽唤起的却是人们对翌日朝阳的神往，何不就此卸下心头的重担，和这只飞鸟一起"翔舞"。

就像云朵与天空的亲昵一样，自由和热爱也相互为对方抛洒着神往的想象，让厚重的行李在空气里划出一个优美的弧线，然后重重地落在脚边，而自己则放开久困的心，在自由和轻松里翱翔。

这首诗是诗人在重庆磐溪所作。全诗的感触都是随着飞鸟的飞舞而起伏，一颗敏感的心在感叹飞鸟的同时，自己也已长出了一双彩翼，抛却了负荷，打开了心门，让"屈辱""苦役""囚狱的寒冬"统统融化在这个和谐轻快的天地间，只留下那颗曾经疲乏的心去尽情地畅游，享受自由……飞鸟如此具有召唤力的舞姿，如此具有自然神力的画面，带来的是整颗心的解放。

枕戈

将一切完全覆盖吧，

用你们欢乐的鸣唱；

随着你们的歌声。

攀上你们轻盈的翅膀，

我的生命也仿佛化成云彩，

在高空里无忧地飞翔。

何其芳
（1912—1977）

现代著名诗人、散文家、文学研究家。原名何永芳，四川万县人。1931年考入北京大学哲学系，却终日流连于诗歌和散文创作。著有诗集《预言》《夜歌》《何其芳诗全编》等，散文集《星火集》《画梦录》等，并和卞之琳、李广田合著诗集《汉园集》。

预 言

何其芳

这一个心跳的日子终于来临！
啊，你夜的叹息似的渐近的足音
我听得清不是林叶和夜风私语，
麋鹿驰过苔径的细碎的蹄声！
告诉我用你银铃的歌声告诉我，
你是不是预言中的年轻的神？

你一定来自那温郁的南方！
告诉我那里的月色，那里的日光！
告诉我春风是怎样吹开百花，
燕子是怎样痴恋着绿杨！
我将合眼睡在你如梦的歌声里，
那温暖我似乎记得，又似乎遗忘。

请停下你疲劳的奔波，
进来，这里有虎皮的褥你坐！
让我烧起每一个秋天拾来的落叶
听我低低地唱起我自己的歌！
那歌声将火光一样沉郁又高扬，

赏析

那一年，诗人十九岁，正值灿烂浪漫的年岁，诗人为情而歌、为爱而呼，《预言》就写出了青春年少的诗人的躁动和狂放之情。

在这首诗的开篇，我们看到诗人高呼"这一个心跳的日子终于来临"。诗人朝思暮想、辗转反侧，终于迎来了与"年轻的神"的相会。于是，诗人不敢相信似的问道："你是不是预言中的年轻的神？"是啊，幸福就在眼前，诗人陶醉了。在诗人眼中，"年轻的神"来自南方，那里月色温柔，日光吹散，燕子呢喃，如梦如歌。

火光一样将我的一生诉说。

不要前行！前面是无边的森林：
古老的树现着野兽身上的斑纹，
半生半死的藤蟒一样交缠着，
密叶里漏不下一颗星星。
你将怯怯地不敢放下第二步，
当你听见了第一步空寥的回声。

一定要走吗？请等我和你同行！
我的脚步知道每一条熟悉的路径，
我可以不停地唱着忘倦的歌，
再给你，再给你手的温存！
当夜的浓黑遮断了我们，
你可以不转眼地望着我的眼睛！

我激动的歌声你竟不听，
你的脚竟不为我的颤抖暂停！
像静穆的微风飘过这黄昏里，
消失了，消失了你骄傲的足音！
啊，你终于如预言中所说的无语而来，
无语而去了吗，年轻的神？

即便如此，诗人还是想邀请"年轻的神"停下来，稍作休息，听"我"歌唱，解除疲劳。但是，在"年轻的神"面前，诗人胆怯了，想把温存的手给她却不能。于是，诗人在激动之余大声歌唱，可是"年轻的神"如预言中所说的那样无语而来，无语而去了……

张猛

欢乐

何其芳

告诉我，欢乐是什么颜色？

像白鸽的羽翅？鹦鹉的红嘴？

欢乐是什么声音？像一声芦笛？

还是从簌簌的松声到潺潺的流水？

是不是可握住的，如温情的手？

可看见的，如亮着爱怜的眼光？

会不会使心灵微微地颤抖，

而且静静地流泪，如同悲伤？

欢乐是怎样来的？从什么地方？

萤火虫一样飞在朦胧的树荫？

香气一样散自蔷薇的花瓣上？

它来时脚上响不响着铃声？

对于欢乐，我的心是盲人的目，

但它是不是可爱的，如我的忧郁？

赏析

　　请告诉"我""欢乐是什么颜色"？诗的开篇，诗人提出了一个看似荒诞的问题——欢乐有颜色吗？没有，但似乎还是有的。"像白鸽的羽翅"还是"鹦鹉的红嘴"呢？不知；接下来，诗人写道："欢乐是什么声音？"是芦笛还是松声，或者流水的潺潺之声呢？不得而知，只能靠想象去体会了。

　　但是可把握的，如同温情的手，可看见的，如爱怜的眼光，这些是欢乐吗？"会不会使心灵微微地颤抖，/而且静静地流泪，如同悲伤？"诗人到此点题，心灵颤抖、静静流泪，这是忧郁，而不是欢乐。接下来，诗人问道："欢乐是怎样来的？从什么地方？"树荫、花瓣，"它来时脚上响不响着铃声"……在不确定的疑问中，我们看到了诗人深沉的忧郁，恍惚而迷茫。最后，诗人坦白，欢乐"如我的忧郁"——是忧郁，而不是欢乐。

张猛

后记
版权声明

　　我们这个时代还需要诗歌吗？我们的生活还需要诗歌吗？我们的成长还需要诗歌吗……

　　2012年新年到来之际，当我们精心策划、打造的这套"最美的诗"呈现在大家面前时，这样的疑问仍不绝于耳。

　　诚然，自1995年以来，随着最后一位"大众诗人"汪国真渐渐淡出人们的视野，诗歌这一文学体裁也逐渐淡出了大众的视野。从某种意义上讲，80后、90后、00后这些新生代，几乎是在诗歌"贫瘠的土壤"中成长起来的。海德格尔说得好："诗歌即历史。艺术是真理在作品中的创造性保存。"一个国家的国民素质体现在文学史的发展轨迹上，而诗歌则是其中最为重要的一环。优秀的诗歌首先应该是美的，是美好的有机部分与美的最高境界。作为文学的最高形式，诗歌拥有无可复制的"美"——语言美、意境美、音律美、形式美等。这无疑是青少年提升美育、陶冶情操不可或缺的琼浆玉露。

　　作为出版人，我们肩负着神圣的使命感和责任感，力求打造一套文学中的"高、精、尖"读物，为广大读者奉上唯美、醇正、厚重的精神飨宴。这套诗集共五册，收录了中外二百多位诗人的近五百首诗歌：所选诗人几乎囊括了东西方主要国家最具代表性的文学巨匠，其中有不少诗人是诺贝尔文学奖得主；所选诗歌亦为最具代表性的、最脍炙人口的传世佳作，首首精品。我们希望将这套诗集打

造成诗歌出版史上最权威、最经典、最全面翔实的"诗歌精选集"。

这套诗集初版因编校和版式等存在不足之处，我们重新修订并美编优化，如今重新推出。虽然我们满怀热忱努力做到尽善尽美，但疏漏不足之处恐难避免，请方家多多批评指正。当然，我们希望这套诗集越来越多地出现在青少年的书架上，出现在诗歌爱好者的床头案边，这正是我们出版这套诗集的目的——欣赏最美的诗歌，让美好留存心中！

"最美的诗"总策划人　侯开

2018 年 7 月

后记
版权声明

　　本套诗集从前期组稿到后期编辑、付梓，历时五载有余。因困难重重，编辑工作曾几度搁浅，但我们都咬牙挺了过来。这其间有檀作文、李暮先生的推荐和创意，有吴功青、赖小皮、哑巴、山鬼鸿、枕戈、王冷阳、苏爱丽等诗歌研究者在精选诗作、撰写赏析等环节所付出的艰辛劳动，其中资深编辑王冷阳先生耗时一年多，通宵达旦、呕心沥血地对书稿进行了重新整合、梳理和最终的编审。此外，诸多热心朋友对本书也给予了不同程度的支持与帮助，我们在此一并深表谢忱。

　　因这套诗集所选作品涉及作者、译者众多，我们未能一一取得联系，烦请各位作者、译者及版权持有人及时与我们联系，一经核实、确认，即致润笔，奉寄样书。

　　联系电话：（010）52059569
　　联系邮箱：houkai@girlbook.cn

"最美的诗"总策划人　侯 开
2018 年 7 月

如果我能使一颗心免于哀伤

If I can stop one heart from breaking

经典诗歌04

悦读纪 编著

江苏凤凰文艺出版社
JIANGSU PHOENIX LITERATURE AND
ART PUBLISHING, LTD

图书在版编目（CIP）数据

如果我能使一颗心免于哀伤/悦读纪编.—南京：
江苏凤凰文艺出版社，2018.7
（三月，有人呼唤我的名字）
ISBN 978-7-5594-0877-8

Ⅰ.①如… Ⅱ.①悦… Ⅲ.①诗集－世界 Ⅳ.
①I12

中国版本图书馆CIP数据核字（2018）第159219号

书　　　名	如果我能使一颗心免于哀伤
编　　　者	悦读纪
出 版 统 筹	黄小初　侯　开
选 题 策 划	侯　开
责 任 编 辑	姚　丽
特 约 编 辑	王冷阳　李宇东
装 帧 设 计	蒋　晴　刘丽霞
责 任 监 制	刘　巍　江伟明
出 版 发 行	江苏凤凰文艺出版社
出版社地址	南京市中央路165号，邮编：210009
出版社网址	http://www.jswenyi.com
印　　　刷	三河市航远印刷有限公司
开　　　本	880毫米×1230毫米　1/32
字　　　数	190千字
印　　　张	8.5
版　　　次	2018年7月第1版，2018年7月第1次印刷
标 准 书 号	ISBN 978-7-5594-0877-8
定　　　价	180.00元（全五册）

影视版权抢订热线 13911704013
江苏文艺版图书凡印刷、装订错误可随时向承印厂调换

目录 CONTENTS

第五辑
墨西哥
Mexico

第六辑
尼日利亚
Nigeria

第七辑
尼加拉瓜
Nicaragua

第八辑
印度
India

第九辑
日本
Japan

第十辑
塞内加尔
Senegal

第一辑

美国

U.S.A

埃德加·爱伦·坡

(1809—1849)

　　十九世纪美国诗人、小说家和文学评论家，侦探小说鼻祖、科幻小说先驱、恐怖小说大师、短篇哥特小说作家巅峰人物、象征主义先驱、唯美主义者。曾长期从事报刊编辑工作。受其影响的主要人物有柯南·道尔、波德莱尔、马拉美、儒勒·凡尔纳、希区柯克等。他与安布鲁斯·布尔斯、洛夫克拉夫特并称为美国三大恐怖小说家。爱伦·坡最著名的文艺理论是"效果论"。主要作品：诗歌有《乌鸦》《歌》《梦》《致海伦》《睡美人》《梦中之梦》等，小说有《耶路撒冷的故事》《失去呼吸》《绝境》《莫格街谋杀案》《汉斯·普法尔历险记》等，随笔有《写作的哲学》《装饰的哲学》《诗歌原理》等。

致海伦

埃德加·爱伦·坡

海伦，你的美对于我

犹如尼萨①的船舸，在往昔

它们滑过芬芳的海波，

把漂泊者从倦人的旅途

载回故国的陆地

经历了海风多次的吹拂——

你那风信子般的美发，你典雅的

脸庞，水仙女的风姿，带我

回到希腊的熠熠光华

和古罗马的气魄。

①古代利比亚附近的一个小岛。

看！在一个华美的窗龛

你如同雕塑那样伫立，

玛瑙明灯擎在手里！

啊，赛琪①，你来自彼岸

那不可及的圣地！

李文俊　译

---

①古希腊、罗马神话中嫁给爱神厄洛斯（拉丁名称为丘比特）的美女。厄洛斯禁止她看到自己的形象，但赛琪还是按捺不住好奇心，在夜晚看见了丈夫的模样，结果被逐出家门。

赏析

爱伦·坡的诗具有强烈的唯美主义倾向，这首诗也不例外。该诗无论在结构、意象上，还是在音韵、主题上，都很好地体现了他的唯美思想。

这首诗热烈明朗，洋溢着一种清新之美。据诗人自己说，《致海伦》是为中学一位同学年轻的母亲斯丹娜夫人写的。海伦是斯巴达王墨涅拉奥斯的王后。在这首诗里，她是理想美的象征。对于诗人来说，美是理想的故乡，这种美的理想，有古希腊的荣光和古罗马的庄严。这种为不可企及的美的倾倒，化成一首诗，便不再是一种遗憾，而是一种可以追求的理想。

小皮

致一位在天国的人

埃德加·爱伦·坡

对我来说，你曾是，爱人，

我枯竭的灵魂的依托——

是大海中的绿岛，爱人，

是清泉、一个圣洁的处所，

饰有仙果和鲜花的异芬，

这些鲜花都献自我。

啊，甜梦太美不能持久！

啊星光般的希望升起

原是为了走向衰朽！

从"未来"，一个声音催逼：

"向前走！"可昨日却是深沟，

我的灵魂在那里游移，

它载不动如许忧愁！

因为，对于我，多么可悲！

生命之光已接近黄昏！

不能——不能——再不能——

（这两个字，使得潮水
潴留沙滩，欲归不能）
伤残的苍鹰难以高飞，
雷殛的枯木怎能逢春？

昏昏沉沉，我的白天——
我每一个夜梦都苦苦
与你星眸的投射相连，
你在泉边轻盈起舞——
每一投足都泛起潋滟波光，
映入我苦思的梦庐。

李文俊　译

赏析

有多少失败的爱情，就有多少忧伤的诗。

据说这首诗是为了怀念罗伊斯特小姐而作。诗人与之相爱，却因父母反对，最终不能结合。写这首诗的时候，罗伊斯特已嫁作他人妇。对于诗人来说，她曾是"爱人"，是心底的一条深深的沟壑。昔日的恋情使诗人变得忧郁，这种忧郁和伤心被弹奏成诗，撩人心弦。昔日情人不再，她虽活着，却成了"天国的人"，相思已成枯木，不得逢春。

小皮

沃尔特·惠特曼
(1819—1892)

美国十九世纪杰出的民主主义诗人，也是美国历史上最伟大的诗人。出生于美国纽约长岛一个农民家庭。因家境窘迫，只读过几年小学，十一岁辍学。当过木工、排字工、乡村小学教师、记者、编辑等。1839年开始文学创作。

1841年出版了一些短篇故事，一年后又在纽约出版了小说《富兰克林·埃文斯》。1855年，《草叶集》第一版由他自费出版，那一年他父亲去世。一年后，《草叶集》第二版出版，其中包括了二十组诗。1881年，《草叶集》第七版出版，诗集得以畅销。惠特曼创造了一种新型诗体：自由体诗，即不受格律、韵脚的限制和束缚，任思想和语言自由发挥。《草叶集》即这种诗体的开山之作，代表着美国浪漫主义文学的高峰，是世界文学宝库中的精品。

我在路易斯安那看见一棵栎树在生长

沃尔特·惠特曼

我在路易斯安那看见一棵栎树在生长，

它独自屹立着，树枝上垂着苔藓，

没有任何伴侣，它在那儿长着，

迸发出暗绿色的欢乐的树叶，

它的气度粗鲁、刚毅、健壮，

使我联想到自己，

但我惊讶于它如何能孤独屹立

附近没有一个朋友而仍能迸发出欢乐的树叶，

因为我明知我做不到，

于是我折下一根小枝，

上面带有若干叶子，

并给它缠上一点苔藓，

带走了它，插在我房间里，

在我的视阈之内。

我对我亲爱的朋友们的思念

并不需要提醒，

（因为我相信近来我对他们

的思念压倒了一切，）

但这树枝对我仍是一个奇妙的象征，

它使我想到男子气概的爱；

尽管啊，尽管这棵栎树在路易斯安那

孤独屹立在一片辽阔中闪烁发光，

附近没有一个朋友一个情侣

而一辈子不停地迸发出欢乐的树叶，

而我明知我做不到。

飞白　译

赏析

惠特曼曾如是写道：灵感或精神进入一切事物——进入岩石，就能过一块岩石的生活；进入大海，就能觉得自己是大海……进入一只动物，就能觉得自己是一匹马、一尾鱼或一只鸟……

当进入一种审美状态时，任何生物都是充满灵性的。这首诗选择了一棵栎树作为赞美对象。栎树是以一个孤独、坚毅的硬汉形象出现的，它茕茕孑立，孤独而快乐，浑身充满了男子汉的气概。诗人由栎树联想到自己，并有所顿悟——栎树透露出一种傲然独立的精神气息，诗人虽也有孤独的时刻，但他还是做不到这种决绝，因为他还需要思念和爱，需要朋友和爱人——生活、人群，才是他生命的旷野、扎根的土地。

小皮

啊，船长！我的船长！

沃尔特·惠特曼

啊，船长！我的船长！我们可怕的航程已经终了，

航船闯过了每一道难关，我们追求的目标已经达到，

港口就在前面，钟声响在耳畔，我听见人们狂热的呼喊，

千万双眼睛望着坚定的船，它威严勇敢；

但是，心啊！心啊！心啊！

鲜红的血液在流淌，

就在这甲板上，躺着我的船长，

你倒下了，身体冰凉。

啊，船长！我的船长！起来听听这钟声；

起来——旗帜为你飘扬——号角为你长鸣，

花束和花环为你备下——人群挤满海岸，

晃动的民众向你呼唤，向你转过热切的脸；

在这里，船长！亲爱的父亲！

你的头颅枕着我的臂膀！

就在这甲板上，如同梦一场，

你倒下了，身体冰凉。

我的船长没有回应，他的嘴唇苍白僵硬，

我的父亲感觉不到我的臂膀，他没有了脉搏和生命，

船安全地靠岸抛锚，它的航程已经终了，

胜利的航船从险恶的旅途归来，它的目标已经达到；

欢呼啊，海岸，巨钟啊，敲响！

但是我满怀悲怆，

走在甲板上，这里躺着我的船长，

你倒下了，身体冰凉。

邹仲之　译

赏析

　　这首诗在美国广为流传。惠特曼是他所在时代的美国的发言人之一。林肯逝世后，惠特曼曾以多种方式纪念这位昔日的美利坚总统。惠特曼连续十三年发表了纪念林肯的演讲。就像庞德将惠特曼称为"精神上的父亲"一样，惠特曼在诗中也称林肯为"亲爱的父亲"——他将林肯视为"我的时代和国家最可爱、最睿智的灵魂"。

　　尽管这首诗在技巧上并无多少独特之处——把美国比做一条船，将总统比做船长，这些都是再寻常不过的手法，三个反复的咏唱也并没做什么高明的煽情；但是，当时的美国精神、历史意义以及诗人的精神气质，使这首诗成为美国共同的精神标志。惠特曼所表达的不仅仅是个人的哀思，也传达了美国人民的共同心声。正因如此，这首诗将和林肯、惠特曼一起成为不朽。

小皮

我歌唱一个人的自身

沃尔特·惠特曼

我歌唱一个人的自身 —— 一个单一的、个别的人；

不过要用到民主这个词、全体这个词的声音。

我歌唱从头到脚的生理学，

不只外貌和脑子，整个形体更值得歌吟；

而且，与男性平等，我也歌唱女性。

我歌唱现代的人，

那情感、意志和能力上的巨大生命，

他愉快、能采取合乎神圣法则的最自由的行动。

李野光　译

赏析

惠特曼的自由体诗歌豪迈奔放，直抒胸臆，语言粗犷有力。这首诗的题目自《草叶集》第五版开始使用，之后便一直作为《草叶集》的开卷之作。它不仅仅是《草叶集》的纲要，更是惠特曼用诗歌寻找自己的第二生命的开始。

这首诗洋溢着民主、自由的现代思想，热烈而真挚地表达了诗人对现代思想，以及在这种思想影响下成长起来的广大人民的热爱和赞美。卡夫卡曾这样评价惠特曼的诗歌："与他的生活比起来，他的作品并不十分重要，因为前者毕竟是他的真正杰作。"只有这样的人，才配得上"用到民主这个词"，歌唱广大的生活。在诗意的歌唱中，"小我"上升为"大我"。

小皮

大路之歌（节选）

沃尔特·惠特曼

1

我轻松愉快地走上大路，

我健康，我自由，整个世界展现在我的面前，

漫长的黄土道路可引我到要去的任何地方。

从此我不再希求幸福，我自己便是幸福，

从此我不再啜泣，不再踌躇，也不再要求什么，

消除了家中的嗔怨，放下了书本，停止了苛刻的非难，

我强壮而满足地走在大路上。

地球，有了它就够了，

我不要求星星们和我更加接近，

我知道它们所住的地方非常舒适，

我知道它们能够满足属于它们的一切。

（不过在这里，我仍然背负着我多年的心爱的包袱，

我背负着他们，男人和女人，我背负着他们到我所到的任何

地方。

我发誓，要我遗弃他们那是不可能的，

他们满足了我的心，我也要使自己充满他们的心。）

楚图南　译

赏析

　　《大路之歌》是惠特曼的名篇之一，这组长诗共十五节，这里仅节选了第一节。

　　惠特曼一生都在思考美国以及个人的道路，并努力使"自己要成为你在诗中所表现的那个人"。为了成为这样一个人，诗人以极大的热忱欣赏着生活道路上的美好景致，不时迸发出热情的讴歌和积极的赞美之情。

　　从这首诗中，我们可以明显地感受到一种积极的力量，一幅画面呈现在我们眼前：一位自信的英雄，迈着有力的步伐，用充满爱的眼神关注着他所遇见的风景，以及他遇见过的人。这种关注，正是一种对奇迹的等待。

小皮

小链接

　　沃尔特·惠特曼十一岁辍学，此后再无稳定职业，一直过着波西米亚式的生活，与码头工、车夫等底层人民打成一片。1848年，他应邀去新奥尔良法语区做当地报纸的编辑。他醉心于那里的拉丁激情，但三个月后却突然离去，据说他与当地的一位贵妇人有染，并差点儿闹出丑闻，所以不得不在事发前匆匆离开。他那时创作的一些表达爱慕异性的诗歌也似乎证明了这一点。后人直到1925年发现这些手稿，事情才真相大白。

艾米莉·狄金森
（1830—1886）

　　美国文学史上最伟大的诗人之一，在世界文学史上也占有重要位置，被誉为"英诗中最优秀的诗人之一""最优秀的神秘诗人"。她一生几乎都在自己的出生地马萨诸塞州度过。三十岁后，她脱离社交生活，在父亲的老房子里隐居，直至去世。狄金森生前写了一千八百首令人耳目一新的诗歌作品，只有七首诗被朋友从她的信件中抄录下来发表；死后却名声大噪。她的诗风独特，以文字细腻、观察敏锐、意象突出著称，题材多与自然、死亡、永生有关。她是美国诗歌史上从浪漫主义向现代派过渡时期的代表，英美意象派诗歌的先驱。

没有一艘船能像一本书

艾米莉·狄金森

没有一艘船能像一本书
也没有一匹骏马能像
一页跳跃着的诗行那样——
把人带往远方。

这渠道最穷的人也能走
不必为通行税伤神——
这是何等节俭的车——
承载着人的灵魂。

江枫　译

赏析

狄金森出身名门，却长期隐居，过着极其贫穷节俭的生活，但这样的生活并未影响诗人探索灵魂的秘密。相反，她比普通人拥有更加强大的精神世界。诗人用这首诗告诉人们，不必过于为物质生活伤神劳碌，只要生活适当允许，便可执着地追求精神生活的提升。精神生活需要的物质成本其实是相当少的，通过一本书，我们就可以开始美妙的精神之旅，而旅途中我们所需要的工具不是一匹骏马，而是自由的诗篇。

我们需要的很少，得到的却很多。终其一生，狄金森都平静地执着于自己单纯的内心。

小皮

说出全部真理，但别太直接——

艾米莉·狄金森

说出全部真理，但别太直接——
迂回的路才引向终点
真理的惊喜太明亮、太强烈
我们不敢和它面对面

就像雷声中惶恐不安的孩子
需要温和安慰的话
真理的光也只能慢慢地透射
否则人人都会变瞎——

灵石　译

赏析

狄金森的诗不仅充满想象力，而且极富思辨色彩。她写哲理，精辟深邃、耐人寻味、警句连篇。她主张"说出全部真理，但别太直接——/迂回的路才引向终点"——真理的强光必须逐渐释放，否则太耀眼，人们会失明。

小皮

夏之逃逸

艾米莉·狄金森

不知不觉地，有如忧伤，
夏日竟然消逝了，
如此难以觉察，简直
不像是有意潜逃。

向晚的微光很早便开始，
沉淀出一片寂静，
不然便是消瘦的四野
将下午深深幽禁。

黄昏比往日来得更早，
清晨的光彩已陌生——
一种拘礼而恼人的风度，
像即欲离开的客人。

就像如此，也不用翅膀，
也不劳小舟相送，
我们的夏日轻易地逃去，
没入了美的境中。

余光中　译

赏析

　　追忆时间的流逝是诗歌的永恒主题。什么是时间？什么样的夏季值得追忆？

　　长年幽居的狄金森显然对自然风景尤其敏感——向晚的微光和消瘦的四野，早晨的光彩，还有提前到来的黄昏……这些平常的生活图景都在提醒人们：夏天过去了，时间在一点点消逝，留给诗人的只有永恒的追忆与哀伤。

小皮

有人说，有一个字

艾米莉·狄金森

有人说，有一个字
一经说出，也就
死去。

我却说，它的生命
从那一天起
才开始。

江枫　译

如果我能使一颗心免于哀伤

艾米莉·狄金森

如果我能使一颗心免于哀伤

我就不虚此生

如果我能解除一个生命的痛苦

平息一种酸辛

帮助一只昏厥的知更鸟

重新回到巢中

我就不虚此生

江枫 译

赏析

　　如何才能使一颗心免于哀伤？诗人用三个假设作出了回答。作为狄金森最为著名的诗作之一，这首诗延续了狄金森细腻、朴实、真挚的风格，透露出一种大爱之美，表现出诗人对人和生命的同情和关切。狄金森虽长期过着修女一般孤独的生活，但她始终充满了对生活和生命的热爱，她希望能给生命带来慰藉和温情，带来希望和欢愉，从中可窥见她洋溢着爱的灵魂。全诗散发着淡淡的忧伤，充满了惋惜之情，但诗人那颗诚挚、博爱的心又让人为之动容。同时，诗歌的结构错落有致，给人美感。

小皮

小链接

　　在女性主义评论家笔下，艾米莉·狄金森是以疯女人、同性恋者、反动的女人等反叛形象出现的。她一生中最引人注目的三个行为——拒绝加入教会，隐居，只穿白衣。作为一个思想独立的女人，她对男权社会持一贯的反叛态度，这使她成为许多女性钦佩、追捧和敬仰的对象。

罗伯特·弗罗斯特

（1874—1963）

　　二十世纪最受欢迎的美国诗人，被誉为美国文坛"桂冠诗人"。生于美国旧金山，十一岁丧父，由其母抚养成人，后随母迁居新英格兰。曾当过鞋匠、教师和农场主。他在下半生才赢得社会对他的诗歌成就的承认。1897年秋，入哈佛大学。后因肺病中断学业，从事养鸡职业。1900年举家迁往新罕布什尔州德里。此后他又重新执教（1906—1912）。许多重要的诗歌作品大多是在德里创作的，却并未引起社会关注。

　　1912年，弗罗斯特全家迁居英国。伦敦一家出版公司相中了他的抒情诗集，《孩子的意愿》于1913年出版。接着，他的叙事诗集《波士顿以北》于1914年出版。三家美国出版公司遂向他约稿。在伦敦期间他结识了许多重要诗人。1915年2月重返美国，适逢他最初的两部诗集在纽约出版。他从此名声大噪。曾四次获普利策奖。在他七十五岁和八十五岁诞辰时，美国参议院曾先后向他表示敬意。主要诗集有《孩子的意愿》《波士顿以北》《山间》《新罕布什尔》《西去的溪流》《又一片牧场》《林间空地》和诗剧《理智的假面具》《慈悲的假面具》等。

未选择的路

罗伯特·弗罗斯特

黄色的树林里分出两条路，

可惜我不能同时去涉足，

我在那路口久久伫立，

我向着一条路极目望去，

直到它消失在丛林深处。

但我却选了另外一条路，

它荒草萋萋，十分幽寂，

显得更诱人、更美丽；

虽然在这两条小路上，

都很少留下旅人的足迹。

虽然那天清晨落叶满地，

两条路都未经脚印污染。

啊，留下一条路等改日再见！

但我知道路径绵延无尽头，

恐怕我难以再回返。

也许多少年后在某个地方，

我将轻声叹息把往事回顾：

一片树林里分出两条路——

而我选了人迹更少的一条，

从此决定了我一生的道路。

顾子欣　译

赏析

一个人的一生究竟能选择多少条路？或许只有亲近自然、亲近生活的人才能清晰而谨慎地思考这个问题，并作出符合自己心灵的回答。

弗罗斯特大半生在乡村度过，他熟悉乡村生活，熟悉乡村里的每一条道路，熟悉大自然的每一个隐喻，这就是他选择的生活方式。两条道路，不能同时涉足，每个人都在走着属于自己的路，对于他未能选择的路，想象力会部分地弥补异路的风景。而最重要的还是：陶醉于自己选择的道路和风景。

弗罗斯特习惯于在诗中作这样的思考，他说："一首诗应该始于情趣，而终于智慧。"

小皮

没上锁的门

罗伯特·弗罗斯特

过了许多年时光，
突然听见敲门声响，
我想门没有锁，
我无法把它锁上。

我随即吹灭了灯，
悄悄走在地板上，
同时我举起双手，
对着门祷告上苍。

但敲门声又响了起来，
我的窗户黝黝洞开；
我轻轻爬上窗台，
一纵身跳到窗外。

我又转身隔着窗台，
喊了一声"请进"，
管他敲门的人是谁，

门后会出现什么情景。

就这样，一声门响，
使我跳出了自己的牢笼，
从此投身广阔的世界，
随着岁月漂流浮沉。

顾子欣　译

赏析

这首诗堪称弗罗斯特"以小见大"的经典之作。从表面看,诗歌通俗易懂;从诗的本质去挖掘,由于诗人始终未曾指明是什么人(或物)在敲门,给读者留下了广阔的想象、阐释的空间,从而把一首简单的叙事诗变成了一首极富象征意义的作品。

有人认为,诗人当时正沉浸在深刻的孤独中,别人的来访恰恰成为自己的逃亡。对于一个坚守内心生活的人来说,他不得不向喧嚷的世界说:"尽管让他们惊讶吧,我要逃亡。"这种逃亡是一种跳出生活牢笼、奔向心灵深处广阔世界的企图。还有一种观点是敲门者可能是"良心"——尽管事隔多年,"我"依然无法面对过去的罪愆,因此在"良心"再度造访之际选择了逃避。

这首诗写得别开生面、魅力非凡,因为其多面性,每一个读者都可以尽情地展开想象力,从不同的方面和角度加以阐释。

小反

火与冰

罗伯特·弗罗斯特

有人说世界将毁灭于火，

有人说毁灭于冰。

根据我对于欲望的体验，

我同意毁灭于火的观点。

但如果它必须毁灭两次，

则我想我对于恨有足够的认识

可以说在破坏一方面，冰

也同样伟大，

且能够胜任。

余光中　译

赏析

弗罗斯特的许多诗短小精悍，有着格言的力量和味道。这几句"格言"说的是人类无穷无尽的欲望，以及人们之间的冷漠和仇恨。

强烈的欲望能点燃一个人，也能毁灭一个人。人毁灭以后，世界还存在吗？这对于人来说已经没有任何意义了。所以，弗罗斯特认为是欲望之火毁灭了人类自己。但是，世界并非仅仅是因为欲望而毁灭，人与人之间如冰的仇恨也可以使人毁灭。不论是毁于欲望还是毁于仇恨，对人类来说都一样残酷。

小皮

雪夜林边小立

罗伯特·弗罗斯特

我想我认识树林的主人
他家住在林边的农村；
他不会看见我暂停此地，
欣赏他披上雪装的树林。

我的小马准抱着个疑团：
干吗停在这儿，不见人烟，
在一年中最黑的晚上，
停在树林和冰湖之间。

它摇了摇颈上的铃铎，
想问问主人有没有弄错。
除此之外唯一的声音
是风飘绒雪轻轻拂过。

树林真可爱，既深又黑，
但我有许多诺言不能违背，
还要赶多少路才能安睡，
还要赶多少路才能安睡。

飞白 译

赏析

这首诗在中国有许多译本。众多中国译者在汉语语境里"重写"它，显然自有道理。这位"新英格兰的农民诗人"符合了中国译者和读者一致的审美趣味——从自然中聆听并获得幽微的顿悟。

《雪夜林边小立》便是如此。诗人伫立在在雪夜林间，沉醉其中，似乎聆听和感悟到了什么。这首诗不仅描写实景，且极富象征意味。它通过诗人内在形象和社会形象的对立与融合，达到了升华。诗中"我"与树林主人、"我"与马、"我"与树林的复杂关系，展现了现实的、理性的与非现实、非理性的相互对立，构成了诗人强烈的自我内部冲突。在这种强烈的自我内部冲突中，刻画出了一位忧郁、孤寂、灵魂焦虑难安的现代人形象。

小皮

华莱士·史蒂文斯

（1879—1955）

公认的美国二十世纪重要诗人之一。出生于美国宾夕法尼亚州雷丁市。曾就读于哈佛大学，后在纽约法学院获法律学位。1904年取得律师资格后，在康涅狄格州就业于一家保险公司，1934年出任副总裁。

1914年11月，《诗歌》杂志刊登了他的四首诗，作为战时特辑的一部分。他的第一本诗集《风琴》于1923年出版，显示了他对审美哲学的倾向，浸透着印象主义绘画的色彩光亮。在他临去世的前一年才出版的《诗集》，使他得到了读者和批评家的广泛承认。主要作品有：《秩序观念》《拿蓝色吉他的人》《超小说笔记》及诗歌文论集《必要的天使》等。

十三种看乌鸫的方式

华莱士·史蒂文斯

1

二十座覆盖着雪的山岭之间

唯一移动的

是乌鸫的眼睛。

2

我有三颗心，

就像一棵树上

停着三只乌鸫。

3

乌鸫在秋风中盘旋，

它是哑剧中不起眼的角色。

4

一个男人和一个女人

是一。

一个男人和一个女人和一只乌鸫

是一。

5

我不知道更喜欢哪个，

歌唱的美

或者暗示的美，

鸣叫时的乌鸫

或者鸣叫之后。

6

小冰柱在长长的窗户上

画满了野性的图案。

乌鸫的影子

在它们之间穿梭。

情绪

在影子里找到了

无法破解的原因。

7

瘦削的哈丹男人，

为什么你们只能想象金色的鸟？

难道你们没看见乌鸫

怎样绕着你们周围女人的脚

行走?

8

我知道高贵的音调

以及明晰的、注定的节奏;

但我也知道

乌鸫与我知道的

有关。

9

乌鸫在视野中消失的时候,

为众多圆圈中的一个

标明了边界。

10

看见乌鸫

在绿光中飞翔

最顾及音韵和谐的人

也会尖叫起来。

11

他乘着一辆玻璃马车，

穿过康涅狄格。

一次，他突然感到一种恐惧，

他误把行李的影子

当成了乌鸫。

12

河流在移动

乌鸫肯定在飞翔。

13

整个下午都是晚上。

一直在下雪。

而且将要下雪。

乌鸫坐在

雪松的枝丫上。

灵石　译

赏析

乌鸦是一种黑鸟，是瑞典国鸟。

这首诗采用隐喻的方式，阐释了通过乌鸦观察世界的十三种方式。诗人自认为这组诗是感觉的组合。从诗的开始，乌鸦的眼睛是唯一移动的，而其他的则都是一种静观。观察的基本对象是一出人生的哑剧。这种诗意的观察为平淡的生活注入了更为平静、丰富的色调。

小皮

坛子逸闻

华莱士·史蒂文斯

我把坛子置于田纳西州
它是圆的，立在小山顶。
它使得散乱的荒野
都以此小山为中心。

荒野全都向坛子涌来，
俯伏四周，不再荒野。
坛子圆圆的，在地上
巍然耸立，风采非凡。

它统领四面八方，
这灰色无花纹的坛子，
它不滋生鸟雀或树丛，
与田纳西的一切都不同。

飞白　译

赏析

以想象力重新赋予这个混乱的世界另一种秩序，由此而引发哲学思考，这是史蒂文斯诗歌的一大特点。

田纳西的一只坛子，它仅仅是艺术品的一个象征。但在诗中，这个坛子却使一个杂乱的世界从此有了一个中心——坛子不就是诗人自己的想象吗？他用这种想象的方式给这个世界重新安排了秩序。这只巍峨端庄的坛子意义何在？它是怎样的一个坛子？这人为的坛子，传说中的坛子，能主宰大自然的秩序，滋生出鸟雀与树丛……

在这首诗里，想象的张力是多么巨大啊！

哑巴

威廉·卡洛斯·威廉姆斯
（1883－1963）

　　二十世纪美国最负盛名的诗人之一。出身于商人家庭。埃兹拉·庞德是其同窗好友。其诗风很接近意象派，同时继承了沃尔特·惠特曼的浪漫主义传统。其首部诗集于1909年自费印行，第二部诗集《气质》在埃兹拉·庞德的帮助下出版。重要诗集还有《地狱里的科拉琴》《酸葡萄》《春天及一切》《早期诗集》及《晚期诗集》等。后期创作主要是长篇叙事诗《裴特森》，该长诗被认为是现代美国哲理诗的代表作之一。除写诗外，他也写小说、自传、剧本、论文，共约四十卷。1950年获全国图书奖，1952年获博林根奖，1963年获普利策奖。

红色手推车

威廉·卡洛斯·威廉姆斯

这么多
全靠

一辆红轮子的
手推车

因为雨水
而闪光

旁边是一群
白色的小鸡。

郑敏　译

赏析

虽然是几个简单的句子，但经过诗人的精心编排，就变成了两行一节的小诗。形式一变，诗意也就出来了。

"这么多"是什么？是不是生活本身？它为何因雨水而闪光？如果这是关于人生的暗喻，那么白色的小鸡便可能是在人生之外的一个旁观者。当然，这样的解读不需要诗人点头。因为这是一首敞开的、存在多种可能性的诗，它欢迎你进入其中。

有一些诗是际遇的馈赠。作为美国杰出的现代诗人，威廉姆斯的正业却是医生。在他的自传里，威廉姆斯谈道：有一次，他在给一个病得挺厉害的孩子看病时，偶然抬起头来，看到窗外雨水中的小车和白鸡，便有所触动，写下了这首名诗《红色手推车》。

小皮

埃兹拉·庞德
（1885—1972）

　　美国著名诗人，意象派代表人物，意象派运动主要发起人，现代文学领军人物，和T.S.艾略特同为后期象征主义诗歌的领军人物。出生于美国爱达荷州海利镇。曾就读于宾夕法尼亚大学，两年后转至哈密尔顿大学，获硕士学位。自1898年起，先后四次去欧洲。1908年定居伦敦，一度成为伦敦文坛举足轻重的人物。1908年，首部诗集《灯火熄灭之时》在意大利威尼斯自费出版。

　　翌年，诗集《人物》在伦敦出版。1910年，文集《罗曼斯精神》出版，主要收录他的早期译作及历年来学术研究的成果和见解。

　　庞德是叶芝的学生、詹姆斯·乔伊斯的挚友、T.S.艾略特的同学、海明威的老师。遗憾的是，或许是因为政治原因，庞德始终未能获诺贝尔文学奖。主要作品有《面具》《反击》《献祭》等。他从中国古典诗歌、日本俳句中生发出"诗歌意象"的理论，为东西方诗歌的互相借鉴做出了卓越贡献。

少 女

埃兹拉·庞德

树长进我的手心，

树叶升上我的手臂，

树在我的前胸

朝下长，

树枝像手臂从我身上长出。

你是树，

你是青苔，

你是轻风吹拂的紫罗兰，

你是个孩子——这么高，

这一切，世人都看做愚行。

赵 毅 衡　译

赏析

庞德是意象派的代表人物，这首诗是为了赠给早年恋人希尔达·杜立特尔而写的。

意象派诗歌通常短小、简练、形象鲜明，往往一首诗只有一个意象或几个意象。在这首诗里，诗人不可思议地想象从自己身上长出一株树。这看起来像一个充满幻想的童话。当我们为主人公担心时，却一下子遇上了"你是树"的比喻：少女昔日的爱情仍像树一样生长于诗人胸中，树的血液和肌体融入了"我"的生命……树不仅仅是诗人自己的比喻，也是少女和诗人之间的结合，具有旺盛的生命力。

如此生长的还有青苔、紫罗兰以及美丽……

小皮

刘 彻①

埃兹拉·庞德

丝绸的瑟瑟响停了，

尘埃飘落在院子里，

足音再不可闻，落叶

匆匆地堆成了堆，一动不动，

落叶下是她，心的欢乐者。

一片贴在门槛上的湿叶子。

裘小龙　译

---

①庞德当时不懂中文，读了别人译的《落叶哀蝉曲》（伪托汉武帝
刘彻思怀李夫人所作），改写了这首诗。

赏析

艾略特曾如是评价庞德："（他是）为当代发明了中国诗的人。"这原是一首中国诗，原题是《落叶哀蝉曲》，伪托为刘彻所作，诗中怀念的是李夫人。庞德是根据别人的译作改写的这首诗。

从翻译诗歌的角度来看，这无疑是一个失败的译作，但是请注意：它不仅仅是一首译诗。

我国一位翻译家说："庞德显然突破了翻译诗的界限，干脆自己新写了一个结尾。他先把去世的美人写成是长埋在落叶之下，最后又突出地把她比做一片贴在门槛上的湿叶子，使诗更为鲜活生动了。"

小皮

在一个地铁车站

埃兹拉·庞德

人群中这些面孔幽灵一般显现；
湿漉漉的黑色枝条上的许多花瓣。

杜运燮　译

赏析

　　有一些诗，虽然只有简短的一两句，却充满了无尽的意象和诗意，经得起一再品读。诗人用生花妙笔赋予了这首诗独特的美。当你结合更大的想象空间，便能更多更深刻地理解这首诗。

　　地铁站是一个特殊的地点，在那里，每个人都是从"集装箱"倒出来的灵魂，这些面孔和灵魂幽灵般地闪现和消失，仿佛凋谢的花瓣一样，落在一根潮湿、黑色的树枝上。

　　在这迅速移动的人群里，作为其中涌动着的一员，是一件多么可怕的事啊。

　　这首诗历来被看做意象派诗歌运动的代表作之一。

小皮

卡尔·桑德堡
（1878—1967）

美国当代著名诗人、传记作家、新闻记者，"芝加哥新诗运动"代表人物之一，被誉为"人民的诗人""芝加哥歌手"。曾两度获得普利策文学奖。出生于伊利诺伊州格尔斯堡一个瑞典移民家庭。1904年出版第一本诗集《在轻率的欢乐中》。1914年，他的《芝加哥》和其他八首诗发表，引起很大反响，毁誉参半。1916年出版《芝加哥诗集》，奠定了他的诗坛地位。此后相继出版诗集《剥玉米的人》《烟与钢》《太阳烧灼的西方石板》《早安，美国》，长诗《人民，是的》等。他与韦彻尔·林赛、埃德加·李·马斯特斯等创立了"芝加哥诗派"，成为美国诗歌民主传统的继承者。此外，他还撰写了《林肯传》（共六卷），著有小说《记忆石》、传记《摄影师史泰钦》等。他所著的《美国歌谣集》和《美国新歌谣集》收录了美国民谣和情歌。在他去世后，后人整理出版了他的诗作《呼吸的标记》。

雾

卡尔·桑德堡

雾来了
移动小猫的脚

它蹲下来，
静默无声，
看了看城市和海港，
又继续向前。

江枫　译

赏析

　　这首诗是受意象派的影响而创作的，写得轻巧而贴切。诗人用猫的形象来表现雾，因为两者具有共性——猫的神秘、不可捉摸，雾的虚无缥缈、不可感知。不可感知的雾，就像小猫一样。这个比喻，使得不可感知、抽象的雾的形象变成了可感知的、具体的。雾不仅象征了现代生活的瞬息万变、现代都市的神秘莫测，也象征了西方社会的荒凉景象。

　　诗人用局外人的眼光冷漠地打量这场人生的大雾，看着它像猫一样，悄无声息地穿过城市的每一个角落，最后无声无息地离去。

小皮

草

卡尔·桑德堡

让奥斯特里茨和滑铁卢尸如山积，
把他们铲进坑，再让我干活——
我是草，我掩盖一切。

让葛底斯堡尸如山积，
让依普尔和凡尔登尸如山积，
把他们铲进坑，再让我干活。
两年，十年，于是旅客们问乘务员：
这是什么地方？
我们到了何处？

我是草。
让我干活。

飞白 译

赏析

　　罪恶是诗歌诅咒的对象，而战争则是人类犯下的最残酷的一项罪恶。

　　诗里提到了五个"尸如山积"的地名，那些地方在历史上都曾发生过残酷的战争，在人类的心灵上留下了不可磨灭的创伤，单是法国凡尔登战役，伤亡人数就达一百万。在人类愚蠢的罪恶面前，他们自己的生命如同草芥，甚或连草芥都不如，莫非只配为草施肥？

　　是谁如此轻贱人类的生命？小草无言，它只知道收拾战场。

　　"我是草，我掩盖一切……我是草。/让我干活。"

小皮

自由是一件衣服

卡尔·桑德堡

自由是一件衣服

一件破旧的外套

有些人生来就穿着它

有些人却从来不知道它。

自由是廉价的

或许它又是一件

贵重的外衣

人们宁可为它付出生命

而不愿没有它。

自由是令人迷惑的:

人们占有它的时候

往往不知道有它

直到它失去,没有了

他们才想到它。

这意味着什么?

它是一个谜吗?

是的,它首先

载入谜语的入门课本。

赏析

自由是一件衣服,乍看起来这并不是一个高明的比喻;但如果你深刻地理解自由,你就发现并非这么简单。

自由既廉价,也弥足珍贵。普通人对于自由的理解,往往失之肤浅,只有在失去它时才发现它的珍贵。为了这件"外套",许多人甚至愿意用生命去交换;但在占有它时却把它视为一件破旧的衣服。自由对于普通人来说,不过是一件衣服,一句课本上的谜语。

那么自由到底是什么呢?诗人并未急于回答,只是说"自由就是如此:/你又能,你又不能"。自由在你走路、奔跑、吃饭和喝水的时候依然存在,你需要时刻感觉到它、把握着它,才能接近它。

自由不仅仅是一件衣服,它值得用生命和爱来换取。

小皮

自由就是如此：

你又能，你又不能；

行路的人只有

不偏离他们的自由

才能有自由；

奔跑的人只有不跑得太累

他们才有自由；

食者往往吃得太饱

把他们的自由吃掉；

而饮者喝得太多

喝掉了他们美好的饮水的自由。

申奥　译

小链接

　　卡尔·桑德堡一生经历坎坷，做过多种不同的工作——他当过兵，在波多黎各参加过西班牙同美国的战争，当过无票搭乘火车的流浪汉，也是一个政党组织者，还当过米尔瓦基市一位社会主义者的市长的私人秘书，当过国外通讯记者、报道劳工的记者及影评者……到了晚年，他成了一位民歌歌手。此前，他为儿童写荒谬的故事，靠到处演讲赚钱。他写的六卷《林肯传》于1940年获普利策奖。十一年后，他以《桑德堡诗全集》再度获得普利策奖。

兰斯顿·休斯

(1902—1967)

美国当代最著名的黑人诗人、作家，被誉为"黑人民族的桂冠诗人"。生于密苏里州乔普林市。中学时代开始写诗并发表处女作《黑人谈河流》。在美国文坛，尤其是黑人文学界，他是举足轻重的人物。写过小说、戏剧、散文、传记等体裁的作品，将西班牙文和法文诗作译成英文，并编辑过其他黑人作家作品。其创作主要以诗歌著称。1925年获《机会》杂志诗歌奖，后成为"哈莱姆文艺复兴"（又称"黑人文艺复兴"或"新黑人运动"）中心人物。曾到过前苏联和中国，并曾以记者身份参加西班牙内战。"二战"后，他写出歌颂工人运动、反对种族歧视的作品，如诗歌《新的歌》《让美国重新成为美国》，长篇小说《辛普尔这样主张》等。

兰斯顿·休斯的诗歌从黑人音乐和民歌中汲取营养，将爵士乐节奏融于诗中，对美国黑人文学与非洲黑人诗歌产生了重大影响。

黑人谈河流

兰斯顿·休斯

我了解河流:

我了解河流和世界一样古老，

比人类血管中的血流还要古老。

我的灵魂与河流一样深沉。

当朝霞初升，我沐浴在幼发拉底河。

我在刚果河旁搭茅棚，涛声催我入眠。

我俯视着尼罗河，建起了金字塔。

当阿贝·林肯南下新奥尔良，

我听到密西西比河在歌唱，

我看到河流混浊的胸脯被落日染得一江金黄。

我了解河流:

古老的、幽暗的河流。

我的灵魂与河流一样深沉。

赵毅衡 译

赏析

描写河流的诗歌不在少数，而兰斯顿·休斯却在诗的题目里明确标明这是"黑人"谈河流。那么，黑人谈河流到底有什么特殊意义呢？在诗中，"河流"是一个高度凝练的意象，可理解为历史的象征。黑人对河流的追溯，便是对自身历史的追溯，就是对祖先和故土的寻根。

诗人十八岁时写下了这首诗。那时候，他去墨西哥见那个和自己母亲离婚了的父亲。让他震惊的是，他的黑人父亲竟大为鄙视黑人，这给了休斯极大的刺激。在从墨西哥回来的路上，火车穿过黄昏时分的密西西比河，诗人刹那间有所触动，在一个信封的背面写下了这首诗。

黑人的历史和河流一样古老而绵长，而作为黑人，"我的灵魂与河流一样深沉"。这是一种对黑人身份的自信，是一种黑人的尊严和自豪感。

同时，这首诗也是对歧视黑人的深沉而有力的控诉，具有深刻的现实意义。

小皮

伊丽莎白·毕肖普
(1911—1979)

　　美国二十世纪最重要、最有影响力的女诗人之一。出生于美国马萨诸塞州的伍斯特。1934年毕业于瓦萨学院。1950年定居巴西。最后返回马萨诸塞州，住在波士顿，任教于哈佛大学。诗集《北方·南方》使她一举成名。她于1949-1950年间任美国国会图书馆诗歌顾问。《北方·南方》与另一部新诗集《一个寒冷的春天》合编为《诗集》，获普利策奖。诗集《旅行的问题》与《诗歌全集》牢固地奠定了她作为杰出诗人的地位。曾获古根海姆奖及1970年美国国家图书奖。另一部诗集《地理学Ⅲ》在英国出版。

渔 房

伊丽莎白·毕肖普

虽然这是在一个寒冷的夜晚，

但在一个渔房下

仍有一个老渔民坐在那里结网

他的网，在暮霭中几乎无法看见

只是一团发紫的褐色

而他的梭已被磨光用旧。

那空气中的鳕鱼气味如此强烈

让人的鼻子发酸眼含泪水

那五个渔房有尖峭的屋顶

而从阁楼的储藏室中伸下狭窄的吊桥

为手推车的上下提供方便

处处笼罩在银色之中：

慢慢地隆起仿佛在思忖着涌出地面，

那大海沉重的表面是不透明的，

但散布在荒野的乱石间

那长椅，那龙虾罐，那船桅

呈半透明的银色，

正像那经年的小建筑

在临海的墙上长出翠绿的苔藓。

那大鱼盆已经被鲱鱼的美丽的鳞片

画上重重皱纹，

而那手推车也被同样滑腻的东西涂满。

叮着厚厚一层虹彩色的苍蝇

在那屋后小小的斜坡上，

藏在反射着微光的玻璃后，

有一具古老的绞盘，破败不堪，

两个长长的把手已被磨白

铁制部分上

还有一些阴沉的斑痕，就像风干的血。

接受"好彩"烟的老人，

是我祖父的朋友。

当他等待捕鳕船到来的时候，

我们谈论人口的下降

还有鲱鱼和鳕鱼。

他的罩衫和拇指上戴着铁环，

从被肢解的鱼身上

刮去鳞片——

那最美的部分，

用一把黑色的老刀

那刀刃几已磨损殆尽。

再向下到水的边缘，

在那拖船上岸的地方，

那长长的斜坡俯身水中，细细的银色树干

穿过灰色的岩石

平行地横卧，渐次向下

中间相隔四五码的距离。

寒冷黑暗深沉而又完全地清澈，

是凡世无法忍受的元素，

对鱼和海豹……尤其是对一只海豹。

我已经夜复一夜地看着这里，

那海豹对我感到好奇。它对音乐深感兴趣，

就像我是一个沉溺的信徒，

所以我对它吟唱圣歌。

我还唱道："上帝是我坚不可摧的堡垒。"

它站立在水中向我行注目礼

慢慢地小幅移动它的脑袋

它时不时地消失一下，然后又突然出现

在同一个旋涡里，耸耸肩

就像久立妨碍了它的判断力。

寒冷黑暗而又完全地清澈

清澈的灰色冰水……后面，在我们背后，

开始那威严的杉树行列。

幽蓝幽蓝，陪伴着它们的阴影，

一百万棵圣诞树静立

等待着圣诞节的来临。那水看来悬垂着

悬垂在圆圆的蓝灰色石头上。

我已经无数次看过它，那同样的海，同样地，

轻轻地，心不在焉地敲打着石头，

冷冰冰地自在处于石头之上，

在石头之上然后在世界之上。

如果你把手浸入水中，

你的腕子立即会感到疼痛而手感到灼伤

就像那水是火之化身

消耗石头，燃烧出灰色火焰。

如果你尝那水，它开始是苦的，

然后是咸的，之后肯定会灼痛你的舌头。

这就是我想象中"知识"的样子：

黑暗，苦咸，清澈，运动而且完全自由自在，

从那世界的

冰冷的口中汲出，源自那永恒的石化乳房

淙淙流淌，我们的知识是历史性的，流动着的

转瞬便无迹可循。

桑克　译

赏析

历史往往是一个模糊的概念，但小人物的历史却往往是生动鲜活的。所谓历史，并非仅指那些进入书本的大事件。每个人都有一部自己的历史，如果个人忽视了自己的历史，那么他的生活必然是苍白无趣的。而个人的历史则往往靠回忆和想象力来书写。一个国家的历史又何尝不是如此？

诗人从一个常常被人忽略的渔民家中的渔房开始观察和书写，写得生动而具体。从中我们可以发现，最有趣、最真实的历史，往往都是生活的细节，而非宏大的叙事。只有这些琐碎的生活，才是真正的历史、真正的"知识"。

当我们拥有了自己的知识和历史，我们也就拥有了自己的信仰："上帝是我坚不可摧的堡垒。"有了这样的堡垒，我们便会更加自信、更加生动地活下去。

小皮

小链接

伊丽莎白·毕肖普虽出身富裕家庭，却自幼丧父，同时因母亲患精神病而几乎失去了母亲的关爱。她在加拿大的外祖母和美国波士顿的姨母的轮流抚养下长大，自幼就有着深刻的迁徙与漫游的经验，她的一生也因而处于不停的迁徙之中。她的个人生活极其隐秘，富于传奇性。她是一位双性恋者，偏于同性恋，有过五位关系密切的同性伴侣。她旅游、酗酒，为同性恋情中的冲突、矛盾所困；她写作的速度因而很慢，一生所写的诗加起来也不过一百多首。但她美妙的诗歌为她赢得了多项荣誉，且日益受到后人的重视。

查尔斯·布考斯基

（1920—1994）

　　美国当代著名诗人、作家之一，美国后现代主义诗歌大师，被誉为"贫民窟的桂冠诗人""放浪形骸的酒鬼诗人"。生于德国安德纳赫。母亲是有着波兰血统的德国人，父亲则是德裔美国军人，两人均信奉天主教。布考斯基二十四岁时出版第一部小说。1960年，首部诗集《花朵、拳头和野兽的哀号》问世。他是一位多产作家，一生写了数千首诗歌、数百篇短篇故事等，被誉为美国当代最伟大的写实作家之一。作品被译成希腊文、法文、葡萄牙文、德文、瑞典文等，享誉欧洲。1987年，好莱坞根据他的一部作品改编成电影，获得不菲的票房收入，影评界认为他为美国娱乐圈开辟了全新的视野。

美人盛产于法兰西大地

查尔斯·布考斯基

在令人恐惧吉他缺席的

混乱弹奏中

我并未感到过于高亢

在长颈鹿因厌弃而

逃离之处

我并未感到过于孤独

在多如细胞的招待

用浪笑提供服务的酒吧

我并未感到过于沉醉

在自杀者投身激流的

山涧

我的微笑比蒙娜丽莎还要迷人

高亢、孤独、沉醉、痛苦得龇牙咧嘴

因为我爱你

伊沙 老G 译

赏析

　　"酒鬼诗人"布考斯基是一位"堕落"的诗人，是继艾伦·金斯堡之后美国最具号召力的诗人。在美国，他不为上层社会所接受，但是下层社会那些被现代生活所逼迫的人民大众却很喜欢他、追捧他。

　　布考斯基大部分时间泡在酒吧里混日子。一开始，写作并不能使他的流浪生活有所好转。在这首诗里，我们分明看到一个在混乱的酒吧中放浪形骸的最真实的布考斯基。带有酒精味的思考甚至比他清醒时还要平静。在他的生活里，他需要适度高亢的激情，需要孤独的思考，需要一定的沉迷，需要体验濒临死亡的痛苦，因为他只能热爱这些生活的极端——在极端的生活面前他更能保持清醒。

　　　　　　　　　　　　小皮

爱情·名望·死亡

查尔斯·布考斯基

现在它就坐在我的窗外

像一个到市场购物的老娘儿们

它坐在那儿望着我，

越过电线、烟雾和狗叫

神经紧张得浑身冒汗

直到突然

我猛地用一份报纸挡着

就像拍击一只苍蝇

你能听到尖叫声

在这平原之城的上空穿过

然后离开

结束一首诗的方法

正是如此

让它忽然变得很静

伊沙 老G 译

赏析

爱情、名望和死亡是我们经常面对的问题，因为这些问题和人生的终极意义联系在一起。由于爱情、金钱和名望的诱惑，使得绝大多数人在这上面耗尽一生。诗人以日常生活的方式体验它，以诗意的方式解读它。诗人用一张报纸阻挡了对这三者的观望，停止了对这三个问题的思考，它们逐渐变得不那么重要，不再具备那样的吸引力。

结束了对这三个烦人的问题的追问，喧嚣的生活便可以归于宁静，诗歌也便到此为止了。

小皮

西尔维娅·普拉斯
（1932—1963）

　　生于美国马萨诸塞州波士顿市，是继艾米莉·狄金森和伊丽莎白·毕肖普之后美国最重要的女诗人，是美国自白派诗人的代表。曾就读于史密斯女子学院和剑桥大学的纽纳姆学院。1956年与英国桂冠诗人特德·休斯结婚。后因精神失常，曾数次自杀。1963年于伦敦自杀成功，年仅三十一岁。这位颇受争议的女诗人因其富于激情和创造力的诗篇而闻名于世，又因与特德·休斯的情感变故及其自杀的戏剧化人生而成为英美文学界一个长久的话题。她是一位女权主义者、忧郁症患者，也是一位迷乱而热烈的诗人，人们称她是被死亡诱惑了的诗人。她生前只出版过两部著作：诗集《巨人及其他诗歌》和自传体长篇小说《钟形罩》。在她去世后，特德·休斯编选了她的几部诗集，奠定了普拉斯作为一位重要诗人的地位，包括诗集《阿丽尔》《渡河》《冬树》及《普拉斯诗全集》。后者于1981年获普利策奖。诗集《巨人及其他诗歌》《阿丽尔》多描写自杀者的反常心理活动，被认为是二十世纪六十年代"自白派"诗歌代表作品。小说《钟形罩》也描写了自杀者的心理状态。

晨 歌

西尔维娅·普拉斯

爱发动你，像个胖乎乎的金表。
助产士拍拍你的脚掌，你无头发的叫喊
在世界万物中占定一席之地

我们是声音呼应，放大了你的到来。
　　　新的雕像。
在多风的博物馆里，你的赤裸
使我的安全蒙上阴影。我们围站着，
　　　墙一般空白。

云渗下一面镜子，映出他自己
在风的手中慢慢消失的形象，
我比云更不像你的母亲。

整夜，你飞蛾般的呼吸
在单调的红玫瑰间闪动。我醒来静听：
我耳中有个远方的大海。

一声哭，我从床上滚下，母牛般笨重，
穿着维多利亚式睡衣满身花纹。
你嘴张开，干净得像猫的嘴。方形的窗

变白，吞没了暗淡的星。而你现在
试唱你满手的音符
清脆的元音像气球般升起。

赵毅衡　译

赏析

作为一个母亲，描写自己孩子的诞生，或充满喜悦，或喜悦与疼痛交织。而这位母亲却十分震惊地看着自己的儿子在早晨出生，在爱里出生，在世界占有一席之地……看着这样一个完美的造物，他赤裸着，那样干净、纯洁。此时，这位诗人母亲发出的感叹是："我比云更不像你的母亲。"看着这个完美的孩子，她甚至发出了这样的赞叹——"我"甚至不配做他的母亲！

这是一种赞叹，更是一种安静的思考。诗人倾听着孩子美丽而轻盈的呼吸，像倾听远方的大海，但是，孩子的哭声还是让作为母亲的她感到震惊。可是，这个完美的孩子，他已经唱起了自己的音符。

或许，我们还应知道的是，写这首诗时，普拉斯带着幼小的儿子和女儿，同有了外遇的丈夫特德·休斯已经分居了。这样的经历让她对自己作为母亲的身份更加恐惧。此后不久，普拉斯打开煤气自杀了。

小皮

约瑟夫·布罗茨基

（1940—1996）

　　苏联裔美国籍桂冠诗人。生于列宁格勒一个犹太家庭。十五岁辍学并开始写诗。做过烧炉工等多种工作，业余时间坚持写诗、译诗。1964年因写诗被判处五年徒刑。服刑十八个月后，在一些著名作家和艺术家的干预和努力下被释放。其作品开始在国外陆续出版。自1965年起，他的诗选陆续在美国、法国、西德和英国等地出版。主要诗集有《韵文与诗》《山丘和其他》《诗集》《悼约翰·邓及其他》《荒野中的停留》等。1972年，他被驱逐出境。之后他受美国密歇根大学邀请，担任驻校诗人，任教并写作。1977年加入美国国籍。侨居国外期间，他以十多种语言出版了选集，尤以《诗选》和《言语的一部分》影响最大。另著有散文集《小于一》《论悲伤与理智》等。1987年荣获诺贝尔文学奖。

黑马

约瑟夫·布罗茨基

黑色的穹隆也比它四脚明亮。

它无法与黑暗融为一体。

在那个夜晚，我们坐在篝火旁边

一匹黑色的马儿映入眼底。

我不记得比它更黑的物体。

它的四脚黑如乌煤。

它黑得如同夜晚，如同空虚。

周身黑咕隆咚，从鬃到尾。

但它那没有鞍子的脊背上

却是另外一种黑暗。

它纹丝不动地伫立。仿佛沉睡酣酣。

它蹄子上的黑暗令人胆战。

它浑身漆黑，感觉不到身影。

如此漆黑，黑到了顶点。

如此漆黑，仿佛处于针的内部。

如此漆黑，就像子夜的黑暗。

如此漆黑，如同它前方的树木。

恰似肋骨间的凹陷的胸脯。

恰似地窖深处的粮仓。

我想：我们的体内是漆黑一团。

可它仍在我们眼前发黑！

钟表上还只是子夜时分。

它的腹股中笼罩着无底的黑暗。

它一步也没有朝我们靠近。

它的脊背已辨认不清，

明亮之斑没剩下一丝一毫。

它的双眼白光一闪，像手指一弹。

那瞳孔更是令人畏惧。

它仿佛是某人的底片。

它为何在我们中间停留？

为何不从篝火旁走开，

驻足直到黎明降临的时候？

为何呼吸着黑色的空气，

把压坏的树枝弄得瑟瑟嗖嗖？

为何从眼中射出黑色的光芒？

它在我们中间寻找骑手。

吴笛 译

赏析

阿赫玛托娃曾评价此诗充满了"俄罗斯式的诗歌想象力"。从表面上看，这首诗是在描写一匹黑马，但当我们读完之后却发现，这是一个隐喻。

诗歌的结尾——"它在我们中间寻找骑手"，显示了一种奇异的诗的想象力，使诗歌进入了一种天启般的境界。黑马是黑暗、孤独的象征，它瞪着令人恐惧的瞳孔在人群中寻找骑手。黑马同时也是命运的象征——不是我们在探索和寻找命运，而是它在向我们靠近。

小皮

明代书信

约瑟夫·布罗茨基

一

"很快即满十三载，从挣脱鸟笼的夜莺

飞去时算起。皇帝望着黑夜出神，

用蒙罪的裁缝的血冲服丸药，

仰躺在枕头上，他上足发条，

沉浸于轻歌曼舞催眠的梦境。

如今我们在人间的天堂欢庆

这样一些平淡的奇数的周年。

那面能抚平皱纹的镜子一年

比一年昂贵。我们的小花园在荒芜。

天空被屋顶刺穿，像病人的肩头

和后脑（我们仅睹其背项）。

我时常为太子解释天象。

可他只知道打趣开心。

卿卿，此为你的'野鸭'所写之信，

用水墨在皇后赐给的宣纸上誊抄。

不知何故，纸愈来愈多，米却愈来愈少。"

二

"俗话说：千里之行，始于足下。

可惜，那远远不止千里的归途呀，

并不始于足下，尤其

当你每次都从零算起。

一千里也罢，两千里也罢，

反正你此时远离你的家，

言语无用，数字更无济于事，

尤其是零；无奈是一场瘟疫。

风向西边吹，一直吹到长城，

像黄色的豆粒从胀裂的豆荚中飞迸。

长城上，人像象形文字，恐惧

而又怪异；像其他一些潦草的字迹。

朝着一个方向的运动

在把我拉长，像马的头颅。

野麦的焦穗摩擦着暗影，

耗尽了体内残存的气力。"

刘文飞　译

赏析

用诗的方式来思考历史和以历史的方式来思考历史，是两回事。诗人往往把自己扔进历史，进行与自我休戚相关的想象。一封来自明朝的"书信"对于诗人意味着什么？是一种对历史的追忆，还是一种基于历史的思考？

从零算起，什么时候才能抵达你梦想的时间和空间？历史对于人来说，究竟意味着什么？历史的书写又是一种什么样的写作？像一封信一样可以触摸到的亲切吗？我们常常回望那些被记录下来的让人恐惧的文字和历史遗迹，这种回望耗尽了我们"体内残存的气力"。

小皮

鲍勃·迪伦
（1941—）

二十世纪美国最重要、最具影响力的民谣歌手、摇滚歌手、诗人，二十世纪六十年代美国民权运动的代言人。1941年5月24日生于美国明尼苏达州，原名罗伯特·艾伦·齐默曼。曾出版发行数十张唱片专辑，十次获格莱美音乐奖。2008年获诺贝尔文学奖提名，2016年，获诺贝尔文学奖。鲍勃·迪伦堪称赋予了摇滚乐以灵魂，直接影响了一大批同时代及后来的音乐人，并入选美国《时代周刊》"二十世纪最有影响力的一百人"名单。代表作有《答案在风中飘》《暴雨将至》《像一块滚石》《沿着瞭望塔》等。

2011年4月3日、4月6日、4月8日分别在台北、北京、上海举办演唱会；4月12日起，连续三晚在香港献唱。这是现年七十岁的鲍勃·迪伦首次来中国登台演出。

答案在风中飘

鲍勃·迪伦

一个人要走多少路，

才能被称做人？

一只鸽子要飞越多少海洋，

才能在沙滩上入眠？

炮弹要掠过天空多少次，

才能被永远禁止？

这答案哪，朋友，就飘在风中，

答案在风中飘。

一座山要存在多少年，

才会被冲刷入海？

一些人还要活多少年，

才能最终获得自由？

一个人还要把头扭开多少次，

假装什么也没看见？

这答案哪，朋友，就飘在风中，

答案在风中飘。

一个人要仰望多少次，

才能看到蓝天？

一个人要长出多少耳朵，

才能听到人们的哭泣？

还要死去多少人他才明了，

已有太多人死亡？

这答案哪，朋友，就飘在风中，

答案在风中飘。

佚名　译　王冷阳　整理

赏析

这是一首反战歌曲，也是一首反战诗。鲍勃·迪伦是天才的音乐家，也是天才的诗人和小说家。

战争是人类所表现出的最愚蠢、最疯狂的罪恶，世界上任何一个有良知的人都痛恨战争。但是战火什么时候才能停止？人民什么时候才能过上和平的生活？什么时候才能拥有自由？答案仍在风中，我们听不到。这首歌每一段都包含了三个假设的问句，这些深刻的诘问把人带到残酷的战争面前，并进行深刻的反思。

这首诗写于二十世纪六十年代中期，鲍勃·迪伦敏锐地把握了当时年轻人对战争、暴力及种族不平等等方面的怀疑精神，直面现实，唱出了时代的心声。

小皮

小链接

二十世纪六十年代中期，美国流行乐坛发生了极具戏剧性的变化——作为民谣歌手的鲍勃·迪伦最先将具有丰富思想内涵的民歌融入黑人"节奏布鲁斯"与白人"乡村音乐"相结合而产生的"摇滚乐"中，从而形成了"民谣摇滚"（Folk Rock）这一崭新的乐种。这一时期，迪伦的词曲创作日臻成熟。由于深受二十世纪五十年代"垮掉派"作家艾伦·金斯堡、杰克·凯鲁亚克等人的影响，他的歌词中充满了荒诞却极富哲理的意象，且题材多样，包括人生、爱情、政治、宗教、死亡等主题。从某种意义上讲，"民谣摇滚"的产生标志着美国大众流行音乐同高雅的诗歌创作日益结合的趋势和必然的结果。

我听见你在问一个个问题：谁干掉了牛排？香蕉什么价？你是我的天使吗？

我跟着你，在闪闪发光的罐头货架之间徘徊，跟随着你，在想象中被店家雇的商场侦探盯梢。

我们在孤独的幻想中穿过宽敞的通道，品尝着洋蓟，占有一切冰冻佳肴，但从不经过收银台。

我们这是去哪儿，沃尔特·惠特曼？还有一小时就要关门了，你的胡子今夜指向何方？

（我抚摩着你的书，梦想着我们在超级市场的冒险，觉得挺荒诞。）

我们会不会整夜都在这空寂无人的街上流浪？树影幢幢，各家灯火都熄了，我们俩那么孤独。

我们会不会就这么闲逛着，梦见迷途的美国，梦见爱情，从路上蓝色的汽车边上走过，回到我们寂静的茅屋？

啊亲爱的父亲，灰胡子，孤独的勇气教师，当卡隆①停止撑篙，而你跨上烟雾笼罩的河岸，凝视渡船在忘川的黑水上消失，那时，你曾有个什么样的美国？

赵毅衡　译

————————

①希腊神话中在忘川上摆渡运送亡灵去冥府的人。

赏析

许多诗人都写过纪念沃尔特·惠特曼的诗，而作为惠特曼之后美国诗歌传统的继承人，金斯堡这首《加利福尼亚超级市场》却别有意味。

从语言上看，我们也许会觉得金斯堡和惠特曼一样，也是"粗糙的勇士"，但在这首诗中，我们却发现一种情绪弥漫于语言之中。金斯堡怀念惠特曼，怀念惠特曼描写过的美国。惠特曼眼中的美国是这样的：富饶、民主、自由，充满了希望。而如果惠特曼还活着，他会满足理想中的美国是现在这个样子吗？这个让金斯堡痛心的问题引领着他走入超市，走入现代生活颇具隐喻意义的场景中。在这个商品包围的地方，他开始怀疑惠特曼，或曰怀疑惠特曼的美国理想，怀疑一个有希望的美国。

面对这样一个现实的美国，金斯堡想象着自己将和惠特曼惺惺相惜——"我们这是去哪儿，沃尔特·惠特曼？""我们会不会整夜都在这空寂无人的街上流浪？"这些让人忧伤的发问，把诗人扔进了一个垮掉的美国梦中。

小皮

W·S·默温
(1927—)

  美国当代著名诗人、翻译家，"新超现实主义"诗歌流派的代表人物之一。1927年生于美国纽约。曾留居英国、法国、葡萄牙和马约卡群岛等地从事学术研究，同时翻译了大量法语、西班牙语古典和现代诗歌。1968年回国后即加入美国"新超现实主义"诗歌运动。曾获美国国家图书奖和普利策诗歌奖。主要诗集有《门神的面具》《移动的靶子》和《扛梯子的人》等。另有散文三卷，译作近十卷。2010年，美国国会图书馆命名默温为"第十七位美国桂冠诗人"。

十二月之夜

W·S·默温

寒冷的斜坡立于黑暗中

树木的南面摸起来却是干燥的

沉重的翅膀爬进有羽毛的月光里

我来看这些

白色的植物苍老于夜

那最老的

最先走向灭绝

而我听见杜鹃被月光一直弄醒着

水涌出经过它自己的

手指，没有穷尽

今晚再一次

我找到一篇单纯的祈祷但它不是为了人类

沈睿　译

拉尔夫·沃尔多·爱默生
（1803—1882）

　　美国著名思想家、文学家、诗人，确立美国文化精神的代表人物，美国前总统林肯称他为"美国的孔子""美国文明之父"。出生于马萨诸塞州波士顿一个牧师家庭。曾就读于哈佛大学。毕业后执教两年，之后进入哈佛神学院，担任基督教唯一的神教派牧师，并开始布道。1832年起，爱默生到欧洲各国游历，结识了浪漫主义先驱威廉·华兹华斯和塞缪尔·泰勒·柯勒律治，接受了先验论思想，对他思想体系的形成产生了很大影响。

　　回到波士顿，爱默生继续从事布道。他经常和朋友亨利·戴维·梭罗、纳撒尼尔·霍桑等举行小型聚会。这种聚会当时被称为"超验主义俱乐部"。他把自己的演讲汇编成书，即著名的《论文集》。《论文集》为他赢得了巨大声誉，使他成为美国超验主义的领袖。除《论文集》外，其作品还有《代表人物》《英国人的特性》《诗集》《五日节及其他诗》等。

大 神

拉尔夫·沃尔多·爱默生

血污的杀人者若以为他杀了人，

死者若以为他已经被杀戮，

他们是对我玄妙的道了解不深——

我离去而又折回的道路。

遥远的，被遗忘的，如在我目前；

阴影与日光完全相仿；

消火了的神仍在我之前出现；

荣辱于我都是一样。

忘了我的人，他是失算；

逃避我的人，我是他的两翅；

我是怀疑者，同时也是那疑团，

而我是那僧侣，也是他唱诵的圣诗。

有力的神道渴慕我的家宅，

七圣徒也同样痴心妄想；

但是你——谦卑的爱善者！

你找到了我，而抛弃了天堂！

张爱玲　译

赏析

　　爱默生的这首诗充满了矛盾和悖论，几乎每一句都指向自己的反面，从遣词造句上来讲，像极了中国的"老庄"哲学。爱默生的"大神"不是血肉之躯，不是道德、价值的标尺，不是光明，也不是黑暗，甚至不是光明与黑暗的结合，任何以"是"为谓语对它的描述都是错误的，任何以"否"为谓语对它的描述也同样错误。它不可描述，它的意志你捉摸不透，但它是世界的主宰，按照自己的轨迹运行，人类永远无法理解。以悖论和自相矛盾的方式去描述一个不可描述之物，这是诗人的聪明之处，但这种描述同样有危险，因为它毕竟是一种描述，而最好的方式则是沉默——"人类一思考，上帝就发笑。"老子曰："道可道，非常道。"爱默生的"大神"只有在沉默中才能真正现身。

哑巴

威斯坦·休·奥登
（1907—1973）

  英裔美籍诗人、剧作家、文学评论家，继威廉·巴特勒·叶芝和T.S.艾略特之后英美最有影响的诗人。出生于英格兰中北部临海的约克郡。1922年开始写诗，1925年入牛津大学攻读文学，在文艺青年中形成"奥登派"，或曰"奥登的一代"。他是英国左翼青年作家领袖。二十世纪三十年代，他的首部诗集《诗选》成为英国新诗代表。1936年出版代表作诗集《瞧，陌生人！》。同年与弗雷德里克·路易斯·麦克尼斯合著游记《冰岛书简》。1937年发表长诗《西班牙》。曾与克里斯多夫·依修伍德合著《战地行》及三部诗剧。1939年移居美国，1946年加入美国国籍。诗集《死亡之舞》和《双重人》，奠定了他的文坛地位。诗作《焦虑的时代》获1948年普利策诗歌奖。其他作品有《暂时》《海与镜》《阿喀琉斯之盾》等。1953年获博林根诗歌奖，1954年加入美国诗人协会，1956年获美国国家图书奖，1967年获全国文学勋章。

美术馆

威斯坦·休·奥登

关于苦难他们总是很清楚的，

这些古典画家：他们多么深知它在

人心中的地位，深知痛苦会产生，

当别人在吃，在开窗，或正作着无聊的

　　散步的时候；

深知当老年人热烈地、虔敬地等候

神灵的降生时，总会有些孩子

并不特别想要他出现，而却在

树林边沿的池塘上溜着冰。

他们从不忘记：

即使悲惨的殉道也终归会完结

在一个角落，乱糟糟的地方，

在那里狗继续过着狗的生涯，而迫害者的马

把无知的臀部在树上摩擦。

在勃鲁盖尔的《伊卡鲁斯》①里，比如说：

一切是多么安闲地从那桩灾难转过脸；

农夫或许听到了堕水的声音和那绝望的呼喊，

但对于他，那不是了不得的失败；

太阳依旧照着白腿落进绿波里；

那华贵而精巧的船必曾看见

一件怪事，从天上掉下一个男孩，

但它有某地要去，仍静静地航行。

查良铮　译

---

①勃鲁盖尔（1525—1569），全名彼得·勃鲁盖尔，十六世纪尼德兰画家，《伊卡鲁斯》为其油画。伊卡鲁斯是希腊神话中的人物，他和父亲自制翅膀飞离克里特岛，在飞近太阳时，因其翅膀是用蜡粘住的，蜡融化了，他跌落海中死去。诗人在美术馆看到这幅画，深感此画主题与他要表达的恰好吻合。

赏析

　　这首诗是关于灾难的探讨。1938年，奥登参观了布鲁塞尔的美术馆，看到了诗中提到的勃鲁盖尔的油画作品《伊卡鲁斯》，正是这幅画触发了诗人的灵感。奥登认为，任何艺术的最终目的都是揭示真理，这首诗就是要揭示灾难的真理——灾难总是具体的，一个人的灾难对另一个人来说总不是"不得了的"；没有感同身受的灾难是轻微的、不足挂齿的，一个人的灾难也可能变为另一个人眼中的奇迹，就像那抬头仰望的农夫。灾难发生了，生活还要继续——"在那里狗继续过着狗的生涯，而迫害者的马/把无知的臀部在树上摩擦。"这一切都是关于灾难的真理。

哑巴

一个暴君的墓志铭

威斯坦·休·奥登

圆满，大致就是他的追求，

他发明的诗歌很容易理解；

他熟悉人类的愚蠢犹如手背，

对军队和舰队也很有研究；

当他笑，可敬的参议员们爆出笑浪，

当他哭，孩子们死在街上。

黄灿然　译

赏析

这首诗写于1939年。当时，希特勒正准备发动第二次世界大战。但这首诗并非是专门写给希特勒的，它是对史上所有暴君的缩写。

暴君并非一味残暴，他懂得艺术，深谙人类的弱点；暴君有时也浪漫并志存高远，按照自己的意志创造或改变世界；他扫除一切障碍，力求超脱、圆满；暴君还往往有意将自己打扮成历史长河中力挽狂澜的角色，打扮成救世主。但人终究不是神，暴君的美好愿望往往成为他倒行逆施的起点，无数个体的毁灭就是他暴行的牺牲品。而在他的意念之外，世界继续运转，生活仍在继续。

奥登诗歌的简洁、精确、克制、内敛和不动声色，在这首诗中体现得淋漓尽致。"当他笑，可敬的参议员们爆出笑浪，/当他哭，孩子们死在街上。"这两句高度概括、高度精练，不正面写暴君的"暴"，一"笑"一"哭"之间，令他的残暴深入人心，令人不寒而栗，似乎不带任何感情色彩，却给人强烈的心灵震撼。

哑巴

战时（十八）

威斯坦·休·奥登

他被使用在远离文化中心的地方，
又被他的将军和他的虱子所遗弃，
于是在一件棉袄里他闭上眼睛
而离开人世。人家不会把他提起。

当这场战役被整理成书的时候，
没有重要的知识会在他的头壳里丧失。
他的玩笑是陈腐的，他沉闷如战时，
他的名字和模样都将永远消逝。

他不知善，不择善，却教育了我们，
并且像逗点一样加添上意义；
他在中国变为尘土，以便在他日

我们的女儿得以热爱这人间，
不再为狗所凌辱；也为了使有山、
有水、有房屋的地方，也能有人烟。

查良铮　译

赏析

1938年，奥登来到中国，目睹了遭受日军践踏的中国大地，此后完成了二十七首十四行诗的写作。这是其中的第十八首。

这首诗刻画了一个普通战士的死亡，探讨了个体价值与整体价值之间的关系。浩大的战争总是伴随着无数个体的毁灭，这些个体因为个人的资质和机遇，终究无法成为英雄，他们甚至连姓名也没能留下，就被"将军和虱子"遗弃，在卷帙浩繁的历史长河中，他们曾血肉丰满的生命仅仅被压缩为一个数字。而他们的血肉和魂魄又去了哪里？诗人给出了答案："他在中国变为尘土，以便在他日/我们的女儿得以热爱这人间，/不再为狗所凌辱；也为了使有山、有水、有房屋的地方，也能有人烟。"

哑巴

小链接

1964年，威斯坦·休·奥登和让-保罗·萨特、米哈依尔·肖洛霍夫一起进入了诺贝尔文学奖评奖审核的最后一轮。与两位竞争者相比，奥登是那个时代文学形式的创造者，他的散文写作也证实了自己非凡的敏锐和创新精神。奥登的不利因素是他在战后加入了美国籍，而加利福尼亚出生的小说家约翰·斯坦贝克刚刚于1962年获得诺贝尔文学奖。果然，在最后一刻，奥登以"创作高峰期早已过去"的理由被淘汰。瑞典文学院也遭遇了尴尬，两个主要竞争对手中的其中一位——让-保罗·萨特获奖后拒绝领奖，而米哈依尔·肖洛霍夫则于翌年（1965年）登上了飞往斯德哥尔摩的航班。奥登从此与诺贝尔文学奖失之交臂。

第二辑

加拿大
Canada

玛格丽特·阿特伍德

（1939—）

　　当代加拿大最有才华和思想的女诗人，被誉为"加拿大文学皇后"。1939年11月生于渥太华。先在多伦多大学和哈佛大学受教育，后在一些大学任教。曾担任加拿大国家作协主席。先后获过多种重要的文学奖项。主要诗集有《圆圈游戏》《那个国家的动物》《地下铁路的手续》《强权政治》《你是快乐的》《诗选》《真实的故事》等。此外，她还是评论家和小说家，她的评论对加拿大当代诗歌的发展具有重要意义。小说作品有《可以吃的女人》《强盗新娘》《盲刺客》《羚羊与秧鸡》《黑暗中的谋杀》等。

九 月

玛格丽特·阿特伍德

1

造物主正跪着

被雪弄脏，它的牙

在一起磨着，旧石头的声音

在一条河的河底。

你把它牵向牲口棚

我提着灯

我们弯腰看它

仿佛它正在出生。

2

这只羊被绳子倒吊着

像一个饰着羊毛的果实，正在溃败

它在等死亡的马车

去收获它。

悲痛的九月

这是一个想象，

你为我而虚构了它，

死羊出自你的头脑，一笔遗产：

杀死你不能拯救的

把你所不能吃的扔掉

把你所不能扔掉的埋葬

把你所不能埋葬的送掉

而你所不能送掉的你必须随身带上

它永远比你所想的要沉重。

沈睿　译

赏析

九月属于秋天，秋天属于深沉的思考者。

在第一部分里，诗人想象一个悲痛的九月，造物主像羊一样出生。但在第二部分里，一个严峻的问题马上扑了过来：造物主从出生开始就在等待着死亡。多么悲痛的想象！而这想象是"你"给"我"的，是"你"给"我"留下的遗产。你是死亡，诗人是在对着死亡诉说。

是死亡把我们带到最严峻的思考中来——在这严酷的生活中，舍弃你所不需要的，把不能拯救的杀死，把不能吃的扔掉，把不能扔的埋葬，把不能埋的送出，送不掉的是必需的，那就带它上路——只留下一点你必须的东西就够了，不要让你的旅行变得如此沉重。

小皮

最初，我有几个世纪

玛格丽特·阿特伍德

最初，我有几个世纪

可以等待，在山洞里，在皮帐幕里

知道你永远不会归来

接着速度加快，只有

几年时间，从你

全身披挂进出，到那一天

（又是一个春天），送信人来到

把我从绣花架旁惊起。

那样的事发生过两次，说不定

更多，有一回，不太久之间，你打了败仗，

坐在轮椅里回家

蓄了小胡子，晒得鳖黑

我简直认不出你。

上一次再上一次，我记得

足足有八个月，很多人

提起裙子在火车旁边奔跑，把

紫罗兰塞进车窗，到

打开阵亡通知书；二十年里

我眼看你的照片变黄。

这是上一次（我赶到机场

来不及换下工作服，扳钳

也忘了取出，插在后裤兜，你在那里

拉上拉锁，戴好头盔

预定行动的时间已到，你对我说

要勇敢）至少三星期之后

我才收到电报并开始悔恨自己。

可是近来，夜晚让人提心吊胆

从广播里发出警告

到爆炸，只有几秒钟：

我的双手

都来不及伸向你

这几个晚上比较平静

你却从椅子上

跳起，晚饭一口没有动

我来不及与你吻别

你已跑到街上他们已经开始射击

李文俊　译

赏析

　　女人对于战争的记忆尤其深刻。几个世纪以来的战争给人类带来的巨大灾难，男人可能认识得还不够彻底，而女人却不是这样。在部分男人那里，他们可能认为战争是男人的浪漫。但是，女人一谈起战争，就马上指出它的灾难，她们在战争中是受害者，丈夫的死亡为她们的生活带来的是更为巨大的灾难。

　　诗人用女性视角透视战争的残酷性，对战争的记忆使得战争的残酷性更加赤裸。

　　　　　　　　　　　　　　　　小皮

小链接

　　玛格丽特·阿特伍德的父亲是一位昆虫学家，因其研究工作的需要，玛格丽特六个月大时，就与全家人一起跟随着他，春天深入安大略、魁北克的北部林区，入冬前又返回城市，就这样年复一年。童年生活与在丛林和城市两个不同世界的经历，不仅为玛格丽特·阿特伍德的部分小说提供了灵感，也为她的《苏珊娜·莫迪的日记》等"自然诗"储备了大量素材。这种文明与蛮荒之间的张力成为她文学作品中最常见的主题之一。此外，丛林的四季变化和父亲研究的昆虫使"变形"成了她作品中最常见的主题和意象之一。

第三辑

阿根廷

Argentina

豪尔赫·路易斯·博尔赫斯
（1899—1986）

　　阿根廷诗人、小说家兼翻译家。生于布宜诺斯艾利斯一个有英国血统的律师家庭。1923年出版第一部诗集，1935年出版第一本短篇小说集，从此奠定了他在阿根廷文坛的地位。1950—1953年任阿根廷作家协会主席。1955年任国家图书馆馆长、布宜诺斯艾利斯大学哲学文学系教授。1950年获阿根廷国家文学奖，1961年获西班牙福门托奖，1979年获西班牙塞万提斯奖。

　　后因眼疾而双目近乎失明。博尔赫斯连续十几年获得诺贝尔文学奖提名，却始终未能获奖。著有诗集《面前的月亮》《圣马丁札记》《另一个，同一个》《铁币》《布宜诺斯艾利斯激情》《夜晚的故事》等，散文集《我希望的尺度》《探讨集》《序言集成》等，短篇小说集《恶棍列传》《梦之书》《小径分岔的花园》《虚构集》等，诗歌散文集《影子的颂歌》《深沉的玫瑰》等。此外还有《博尔赫斯全集》出版。博尔赫斯被誉为"南美洲的卡夫卡""作家中的作家"。

雨

豪尔赫·路易斯·博尔赫斯

突然间黄昏变得明亮

因为此刻正有细雨在落下

或曾经落下。下雨

无疑是在过去发生的一件事

谁听见雨落下，谁就回想起

那个时候，幸福的命运向他呈现了

一朵叫玫瑰的花

和它奇妙的、鲜红的色彩

这蒙住了窗玻璃的细雨

必将在被遗弃的郊外

在某个不复存在的庭院里洗亮

架上的黑葡萄。潮湿的暮色

带给我一个声音，我渴望的声音——

我的父亲回来了，他没有死去

陈东飙　陈子弘　译

赏析

博学的父亲对早年的博尔赫斯影
响很大，因此在父亲去世之后，博尔
赫斯时常追忆起父亲。

为什么每当一场雨来临，我们就
开始追忆往事呢？是因为簌簌的雨声
本身，还是因为我们对它的凝望，抑
或是因为地上流逝的雨水？

在黄昏的雨里，回忆让博尔赫斯
的眼前忽然明亮起来，回忆也让过去
成为更为幸福的时刻，因为回忆赋予
了过去另一种真实。这一场雨，让万
物消失，连眼前真实的庭院也消失了。
此时，诗人眼里装着一种渴望，渴望
父亲在雨中穿越死亡，渴望父亲真实
可触的声音。

小皮

我的一生

豪尔赫·路易斯·博尔赫斯

这里又一次，饱含记忆的嘴唇，独特而又与你们的相似。

我就是这迟缓的强度，一个灵魂。

我总是靠近欢乐，也珍惜痛苦的爱抚。

我已渡过了海洋。

我已经认识了许多土地；我见过一个女人和两三个男人。

我爱过一个高傲的白人姑娘，她拥有西班牙的宁静。

我见过一望无际的郊野，西方永无止境的不朽在那里完成。

我品尝过众多的词语。

我深信这就是一切而我也再见不到再做不出新的事情。

我相信我日日夜夜的贫穷与富足，与上帝和所有人的相等。

陈东飚　译

赏析

用一首诗写尽一个人的一生，这几乎是不可能的；但一首诗的力量却可以使一个人的一生更为广阔、完美。

博尔赫斯的一生是独特的，但他自知——他和每个人的一生一样，有欢乐，也有痛苦。终其一生，博尔赫斯都在寻找词语，而且赋予每一个他找到的词语以别样的意义。但他也知道，他找到的仅仅是词语本身。

我们可以沉醉于一望无际的田野，进入自然事物，甚至成为它们中的一员。博尔赫斯并不认为自己作为一个作家的身份有多重要——"我相信我日日夜夜的贫穷与富足，与上帝和所有人的相等。"正是这种"相等"，才使博尔赫斯的作品抵达不朽。

小皮

诗的艺术

豪尔赫·路易斯·博尔赫斯

看着时间和水汇成的河
会想到时间的河并不一样，
要知道我们会像河流一样消失
而脸庞像水一样流淌。

感到醒是另一种
梦见不做梦的梦，
我们的肉体惧怕的死亡
这每夜的死亡就是梦乡。

在一天或者一年当中
看到人生岁月的象征，
将对岁月的践踏
变成低语、形象、乐声。

在死亡中看到梦，
在日暮中看到忧伤的黄金，
这就是不朽而又可怜的诗歌，
既像黎明又像黄昏。

有时一张面孔，在傍晚

从镜子里将我们端详；

艺术就应该像镜子一样

揭示我们自己的脸庞。

听说乌利希斯，传奇式的英雄，

为爱情啼哭，当看到卑微的国土碧绿葱茏，

艺术就该像伊塔克①那样，

并不神奇却万古长青。

它像江河一样奔流不停，既行又止，

像赫拉克利特②一样变化无穷，

既是自身又是他物，

像江河一样无止无终。

赵振江　译

————————————

①伊塔克是《荷马史诗》中的英雄乌利希斯（即奥德修斯）的家乡。

②古希腊哲学家。他认为物质处在不停的变化之中。

赏析

　　这首诗和博尔赫斯的所有小说一样，需要反复品读，每读一遍，理解都会增多。它紧紧地抓住你，像一块磁铁，它的磁场永远是那么大，你一旦进入，便不可抗拒。

　　这首诗讲述的是时间、梦、死亡与现实，但诗人把它们全部融入一首诗里，融入到对诗的理解中："在死亡中看到梦，/在日暮中看到忧伤的黄金，/这就是不朽而又可怜的诗歌"……

　　艺术彰显了我们自己的真实，不仅仅是现实和梦；艺术彰显了永恒，而又不仅仅是神奇。所以，艺术既是一面镜子，又如河流般奔腾不息，"无止无终"。

小皮

小链接

　　博尔赫斯的母亲莱昂诺尔·阿塞韦多（1876-1975）不仅是一位英美文学的爱好者，还是一位小有名气的翻译家。她曾翻译过霍桑、梅尔维尔、福克纳的一些小说，文笔像她儿子一样优美。她不仅是博尔赫斯生活中的照料者，更是精神上的朋友与知音。博尔赫斯的精神领域里深深地刻着母亲的烙印。在庇隆专权的时代，博尔赫斯因反对独裁而深受当局迫害。某个夜晚，急促的电话铃响起，电话那端传来恐吓声："我要把你和你的儿子都干掉！"博尔赫斯的母亲答道："干掉我儿子并不难，你随便哪天都能找到他；至于我，你可得快点儿，我已经九十多岁了，如果你不快点儿，我倒要把我的死因推到你身上。"说完撂下电话熄灯睡觉。在她活着的时候，很少有人敢贸然侵入他们母子俩的生活，直至她以九十九岁高龄辞世。这位伟大的母亲用自己的一生擎起了儿子的文学天空。后人在谈起博尔赫斯的时候，也总会想起他的母亲的荣耀。

莱奥波尔多·卢贡内斯

（1874—1938）

　　阿根廷诗人，多产作家，无可争议的语言大师。生于科尔多瓦省里奥塞科城。

　　二十三岁发表诗集《金山》，一举成名。1896年在布宜诺斯艾利斯参与主办了无政府主义刊物《山》。著有诗集《花园的黄昏》《伤感的月历》《百年颂》《忠贞集》《罗曼果》《祖先的诗篇》《强盛的祖国》等。

鲜花与星辰

莱奥波尔多·卢贡内斯

寂静笼罩着安详的海面，
那是个最美的夜间。
她沉思着从地平线升起，
俯下那戴着金冠的前额。

寂静的土地里有百合萌生，
星儿乘着她的思绪爬上天庭，
她的韵律激荡着遥远的海滩，
长长的蓝线儿牵动她的心弦。

寂静不断延伸，仿佛已陷绝境，
枯萎的茉莉脱去花瓣，
似悠悠泪水潜入心底，
像消逝的流星陨落天边。

寂静的目光，庄重地扫遍世界，
她在天空俯视一切。
宇宙的颤抖来自她的冲动，

赏析

鲜花与星辰分别是人间与天上的两种美好事物。什么样的人才配同时拥有这两样事物？

在安静的阿根廷海滨之夜，当诗人的记忆之匣被打开，一切美好的风景如约而至，而这美好的事物又指向永恒——永恒到底有多遥远？

小皮

鲜花与星辰是她永恒的价值。

宫殿的果园是大地的芬芳，
夜晚用琵琶的颤音喃喃地吟唱。
在荒凉的世界上只剩下一片荷塘，
还有那无可奈何黯然伤悲的星光。

仪信　译

失去的巢

莱奥波尔多·卢贡内斯

只剩一点枯草
留在树枝上面，
一只忠贞的鸟儿
在林间伤心地呼唤。

上面是天空，下面是路径，
鸟儿的痛苦永远不会停，
站在枝头上
询问着爱情。

它已经带着怨声飞翔
沿着道路啾啾歌唱，
绵羊将柔软的绒毛
留在沿途的针刺上。

可怜、痛苦的鸟儿，
它只会歌唱，
当它歌唱时在把泪水淌
因为它再也找不到自己的巢房。

赵振江　译

赏析

　　鸟儿的痛苦到底是什么？它的巢已经被掀翻，它失去了在树上的家。作为一只鸟儿，它不能抵达天空，也不能住在大地上。

　　鸟儿的痛苦显然不仅仅因为失去了巢，它"站在枝头上，/询问着爱情"。也许，真正让它伤心流泪的是那悬在半空中的逝去的爱情，这段爱情让它"带着怨声飞翔"，让它找不到家的方向。

　　鸟儿失去了巢，鸟儿在歌唱，但歌唱的真的是鸟儿的痛苦吗？这痛苦是不是诗人自己的？人同此心，心同此感。

　　　　　　　　小皮

阿尔韦西娜·斯托尔尼

(1892—1938)

阿根廷著名女诗人、剧作家。生于瑞士，1911年回到阿根廷。早年曾任教师和新闻记者，并积极维护妇女的平等权利。前期诗作《甜蜜的创伤》《无可挽回》《消沉》和《赭石》，表现出浪漫主义和后期现代主义的特征；后期诗作《七口井的世界》《假面具与三叶草》等，则显示出向象征主义转变的倾向。其诗作题材多描写诗人痛苦的童年、谋生斗争中的遭遇、对爱情的渴望与幻灭，以及对命运的忍受与反抗等。她的剧作有《世界的主人》《两出烟火喜剧》和几部儿童剧，题材同她的诗歌相近。此外还著有散文集《爱情的诗篇》。

我就是那朵花

阿尔韦西娜·斯托尔尼

你的生命是一条大河，滔滔地奔流；
在你的岸边，我美好地生长，不为人所见。
我就是那朵隐藏在灯芯草菖蒲草里的花，
你的滋养是怜悯，然而也许你从未看我一眼。

你涨水时拖走了我，我在你的怀里死去；
你干涸时我就逐渐逐渐地枯萎在泥潭里。
但是我将会重新美好地生长，
当你滔滔奔流的美好日子又再来临。

我就是那朵迷失的花，生长在你的岸边，
我是那么谦卑沉静，在所有的春天。

王央乐　译

赏析

这是一首直白的爱情诗。

我就是那朵花，在河流边美好地生长，悄悄地开放。我就是那朵被流水忽略了的花，那朵被流水带走的花，那朵在流水中死去的花。

为什么我能获得重生，重新美好地生长？因为花的信念，因为花对流水的情意，因为那"滔滔奔流的美好日子又再来临"。

小皮

第四辑

智利

Chile

巴勃鲁·聂鲁达
（1904—1973）

　　智利当代著名诗人，1971年诺贝尔文学奖获得者。1904年7月12日生于智利中部小镇派罗。十岁开始写诗，十六岁（1920年）开始发表作品，并开始使用笔名"聂鲁达"。1924年出版诗集《二十首情诗和一支绝望的歌》，引起文学界关注，从此登上智利诗坛。其诗作继承了智利民族诗歌的传统，又借鉴了西班牙民族诗歌的特色，并受到了波德莱尔、兰波等法国诗人的影响，转而追求惠特曼的自由诗形式。主要作品包括《黄昏》《二十首情诗和一支绝望的歌》《地球上的居所》《西班牙在我心中》《诗歌总集》《伐木者，醒来吧》《元素之歌》《葡萄园和风》《新元素之歌》《一百首爱情十四行诗》《英雄事业的赞歌》等。此外，聂鲁达还是出色的翻译家，译有法朗士、威廉·布莱克、惠特曼、波德莱尔、兰波、里尔克和莎士比亚等人的作品。

死

巴勃鲁·聂鲁达

假如你突然不再存在，

假如你突然不再活着，

以及暗紫色的甜蜜。

只不过几英里的暗夜，

乡村破晓时分

潮湿的距离，

一把泥土分隔了我们，墙壁

透明

我们却不曾越过，因而生命，

此后，得以在我们之间

安排了重重海洋与大地，

而我们终能相聚，

超越了空间，

一步一步相互寻觅，

从一个海洋到另一个海洋，

直到我看见天际在燃烧

你的发丝在火光中飞扬

你带着拴不住的流星火焰

赏析

死亡是难以想象的，一切关于死亡的看法都是并且只能是从生出发的——当然这一切有可能就是死亡本身。

聂鲁达写到死亡，却没有一点悲凉。他写两个人在死亡之中的融合。在死后，我们融入生命的大气流中、火光之中……而我们该以什么样的方式存在？"当你融入我的血液，/我嘴里就尝到了/我们童年/野李子的甜蜜"。两个从童年开始分开的人又沉默地回到最初。多么美好的想象！然而这不也是对现实的一种不信任吗？"我把你紧紧抱在怀里/就像重获了生命与大地。"不更意味着现实大地和生命的沦丧吗？一首期望的曲子，同时也是一首挽歌。

吴功青

奔向我的亲吻，

当你融入我的血液，

我嘴里就尝到了

我们童年

野李子的甜蜜，

我把你紧紧抱在怀里

就像重获了生命与大地。

佚名　译

不只是火

巴勃鲁·聂鲁达

是啊，我记得，

啊你闭上的眼睛

好像从里面充满了黑色的光线，

你的全身像张开的手，

像一丛白色的月光，

以及狂欢，

当雷霆击杀我们，

当利刃砍伤根脉，

光线击向发茨，

当我们

逐渐逐渐地

复苏，

好像浮自海洋，

从沉船

负伤回到

石头与红色海藻之间。

可是

还有别的记忆,

不只是来自火焰的花朵

还有小小的萌芽

突然出现

当我搭上火车

或在街上。

我看你

洗我的手帕,

在窗口

挂我的破袜,

在你的身上, 一切欢愉

如电光石火, 一闪即逝,

你的身段依然,

再度是,

每一天的

小妻子,

再度是人,

谦卑的人,

穷得骄傲

就像你要做的, 不是

爱情灰烬消融的

敏捷的玫瑰

而是所有的生活，

所有的生活，包括肥皂与针线，

包括我所喜爱的气味

我们或将没有的厨房

在那里你的手拨弄炸土豆

你的嘴在冬天歌唱

直到烤肉上桌

这就是我要的天长地久

大地上的幸福。

啊我的生命

不只是火，燃烧我们

还有所有的生活，

简单的故事，

简单的爱情，

女人和男人

像每一个人。

程步奎　译

赏析

年轻人应当听听诗人的忠告："不只是火"。生活甚至生命，除了奔腾的激情，还有更为艰难的东西——柴米油盐，生活中"小小的萌芽"……

年轻时我们总以为生命就像蜡烛那样燃烧，却不懂得生命其实还有更为深沉的方式。而纯粹激情的爱同时也可能只是昙花一现的爱。在生活中，我们不难发现许多这样的人，他们充满激情地爱着，然而一旦在现实生活中遇到具体的事情，就会暴露出比常人更卑劣的一面。俄罗斯作家陀思妥耶夫斯基在《卡拉马佐夫兄弟》中这样写道："我要说，有两种爱：一种是形而上的爱，它是一次性的、激情的，停留在语言和空中……另一种爱，我们姑且称之为科学的爱，它是艰难的、清冷的、漫长的、泥泞的……"聂鲁达在这首诗中所说的正是第二种爱。一个女人付出的平淡的一切——洗衣、做饭，承受命运的重量。这才是最珍贵、最难以达到的。是的，生命"不只是火"，同时火也在水中流淌。激情最终要变为生命自身的深沉。

吴功青

孤 独

巴勃鲁·聂鲁达

未发生过的事情是如此突然

我永远地停留在那里，

什么都不知道，别人也不知道我，

好像我在一张椅子下，

好像我失落在夜中——

如此这样又不是这样

但我已永远地停留。

我问后面来的人们，

那些女人们和男人们，

他们满怀如此的信心在做什么

他们如何学会了生活；

他们并不真正地回答，

他们继续跳着舞和生活着。

这并没在一个已经决定

沉默的人身上发生，

而我也不想再继续谈下去

赏析

聂鲁达的孤独来自对生命和自身的要求。诗人不明白"他们满怀如此的信心在做什么/他们如何学会了生活"，就如我们的时代一样。不同的人有不同的选择，却很少有人认真思索过——不同的选择带来的不同结果以及为何要选择这种而不去选择另一种……一切都在被"另外的东西"（如金钱）所推动、左右。

诗人的孤独就在这对未来、对生命意义的追问中——我们必须停下来，思考一些事情。我们不能不去思索一些东西。"而我也不想再继续谈下去/因为我正停留在那里等待"。是的，我们必须更深沉地等待，就像等待一个人的出现……从这个意义上讲，孤独应是人存在的最根本的方式——你要思考，就不得不孤独。

吴功青

因为我正停留在那里等待；

在那个地方和那一天

我不知道发生了什么

但我知道现在我已不是同一个人。

沈睿　译

雨

巴勃鲁·聂鲁达

不，女王最好也不要认出

你的面孔，这更甜美

这方式，我的爱，远比偶像更甜美，

你的头发的重量在我手中，你还记得吗？

果树的花朵落在

你的发间？这些手指不像

洁白的花瓣：看看它们，它们像根，

它们像石头击中正滑动的

蝎子。别害怕，我们正在等待雨的降临，赤裸着，

雨，正同样地降临在马努塔拉山上。

就像习惯了敲击石子，

雨降在我们身上，温柔地把我们冲洗

到拉努拉拉库山洞下的

暗淡中。就这样吧，

别让渔夫或卖酒的摊贩看到你。

把你燃烧着的双乳埋入我的口中吧，

让你的头发成为我的小小的黑夜，

潮湿而芬芳的黑色封住了我。

夜里我梦见你和我是两株植物

长在一起，根缠在一起，

而你了解土地和雨就像知道我的嘴，

因为我们是由土地和雨制造的。有时，

我想由于死亡我们将睡着，沉入

偶像脚下的深处，查看

把我们带到这里建造和做爱的海洋。

当它们遇到你时，我的双手并未硬如铁，

另一个海的水流过它们好像流过一张网；

现在，水和石头隐藏着种子和秘密。

睡着，赤裸着，爱我吧：在岸边

你像岛屿；你困惑的爱，

你惊异的爱，隐藏在梦的深渊，

像环绕着我们的大海的波动。

当我也开始进入你的

爱的睡眠中，赤裸着，

把我的手放在你的胸前让它

与被雨弄湿了的乳头一起颤动。

沈睿　译

赏析

雨水从天而降，滋润了我们的心灵。"女王最好也不要认出/你的面孔，这更甜美"。无论你隶属什么样的民族、什么样的背景，雨水对我们一样保持缄默。"雨降在我们身上，温柔地把我们冲洗"。每一次感受雨都好像灵魂的一部分在沐浴——啊，若沉下心来，哪里都是雨声——我们睡眠的地方，我们爱的地方，听吧，这久违的温柔。

吴功青

光笼罩你

巴勃鲁·聂鲁达

夕阳用它微弱的光芒笼罩你。

沉思中的你，面色苍白，背对着

晚霞那衰老的螺旋桨

围绕着你不停地旋转。

我的女友，默默无语，

孤零零地与这死亡时刻独处

心里充盈着火一般的生气，

纯粹继承着业已破碎的白日。

一束光芒从太阳落至你黑色的衣裳。

一条条巨大的根茎在夜间

突然从你心田里生长，

隐藏在你心中的事物再度显现。

因此一个苍白的蓝色民族

一降生便从你身上汲取营养。

啊，你这伟大、丰盈而迷人的女奴

从那黑色与金黄的交替循环里，

挺拔屹立，完成了生命的创造

鲜花为之倾倒，而你充满了伤悲。

李宗荣　译

赏析

迷人的黄昏，当一个美丽的女子在夕阳下静静沉思，你会感到生命是如此自然、纯净。时光永不衰老，并且恒久延续……"我的女友，默默无语，/孤零零地与这死亡时刻独处"。美好的女性，必须能经受住生命自身的重量，并以沉思将它消化。

歌德在《浮士德》的结尾写道："永恒之女性，引领我们飞升"。她们的洁净使她们发出光芒，就像太阳凭借自身的丰盈普照万物。"因此一个苍白的蓝色民族/一降生便从你身上汲取营养。"聂鲁达说的是一位女性，蓝色民族指的是那些可爱的"根茎"。

这个美丽的人，"鲜花为之倾倒，而你充满了伤悲。"闪着晶莹的大眼睛，使生命女神惊讶地颤动！

吴功青

卡夫列拉·米斯特拉尔
（1889－1957）

  二十世纪拉丁美洲最杰出的女诗人。原名卢西拉·戈多伊·阿尔卡亚加，出生于智利首都圣地亚哥以北的埃尔基河谷。自幼生活清苦，未曾进过学校，靠做小学教员的同父异母的姐姐的辅导及自学获得文化知识。

  十四岁开始发表诗作。1914年，以《死的十四行诗》而获圣地亚哥花节诗歌比赛第一名。1922年出版第一部诗集《孤寂》，突破了当时风行于拉丁美洲的现代主义诗歌风格。1945年，"因为她那富于强烈感情的抒情诗歌，使她的名字成为整个拉丁美洲的理想的象征"，她获得了诺贝尔文学奖，成为拉丁美洲第一位获得该奖的诗人。1957年1月10日，她因病客死他乡（美国纽约），之后遗体被运回祖国。主要诗集和散文集有《绝望》《柔情》《智利掠影》《母亲的诗》《有刺的树》《葡萄压榨机》《智利的诗》等。

天 意

卡夫列拉·米斯特拉尔

一

如果你出卖我的灵魂，

大地会变成你后续的母亲。

河水会变得凄凄惨惨，

从上到下冷汗淋淋。

自从你和我订下婚约，

世界变得多么美丽动人。

当我们靠着一棵带刺的树

相对无言，默默倾心。

爱情啊，像树上的刺儿一样

将我们穿在一起，用它的清馨！

如果你出卖我的灵魂，

大地会叫你毒蛇缠身。

我要毁掉痛苦的膝盖，

你会永远断子绝孙。

耶稣的光辉将在我胸中熄灭，

一反常态——在我的家门：

乞丐的手臂会被打断,

还要驱赶受难的妇人!

二

你对人的亲吻,

会传到我的耳边,

因为深深的岩洞

为我传递你的语言。

路上的尘土

会保存你脚掌的气味,

我会像小鹿一样闻着

跟随你跑遍群山……

云彩会将你爱的人

画在我房子上面。

你像小偷一样去把她亲吻,

钻进她心里边。

当你捧起她的脸

会看到我的珠泪串串。

三

如果你不和我一起行走,

上天会叫你失去阳光；

会叫你没有水饮，

如果水中不映着我的形象；

会叫你彻夜不眠，

如果你不是枕在我的发辫上。

四

哪怕你在长满青苔的路上行进

也会震碎我的灵魂，

无论在山地还是平原

饥渴都会将你撕啃。

无论在哪个国家的黄昏

晚霞都是我创伤的血痕。

尽管你在招呼别的女人，

我仍在倾听你的声音。

我会像一股盐水，

渗入你的喉咙藏身。

无论你渴望、歌唱或仇恨，

都只能为了我一个人！

五

如果你走了并死在远方,

你要在地下等上十年。

把手捧得像瓢儿一样

让我的泪水流在里边。

你会觉得那痛苦的肌体

在使你全身发颤,

直到我的尸骨全化成粉末

撒在你的脸儿上面!

赵振江　译

赏析

爱的魔力真是巨大，它能把一个天真的姑娘变成一个女巫——愈是深刻、炽烈的爱，愈是有可能深藏着温柔的咒语。

"如果你出卖我的灵魂"——如果，仅仅是如果——我也会诅咒你。

因为此时，诗人的爱情感受是如此甜蜜而温馨，于是她天真地以诅咒的方式让恋人永远走不出她的魔咒。她甚至使用了最为恶毒的咒语，诸如"毒蛇缠身""断子绝孙"等。

对于背信弃义的人来说，爱情必将是一杯苦酒，锥心刺骨的爱情必将毁灭他们。在爱情毁灭的时候，世界也将颠倒秩序："乞丐的手臂会被打断，/还要驱赶受难的妇人！"世界没有了爱，也就无所谓怜悯。如此疯狂的爱情你敢拥有吗？如果你没有充分的心理准备和心理承受能力，请不要轻言爱情。

小皮

痴 情

卡夫列拉·米斯特拉尔

天哪，

请闭上我的双眼，

封住我的嘴唇，

时间纯属多余，

言语全然说尽。

他看着我，我看着他，

久久没有说话。

目光凝滞像丢失了魂魄，

面色惨白在惊恐挣扎。

经过了这样的时刻，

一切都成了虚话！

他声音颤抖，

我结结巴巴，

忧伤苦闷，

糊里糊涂地回答。

我讲了他和我的命运

赏析

　　米斯特拉尔早期的诗深受爱情的滋养，义无反顾的爱情燃烧了她的一生。由于用情太深，她常常陷入忧郁、担忧。几次失败的爱情在她的一生中带来更多的是痛苦和忧伤，"是血和泪的混杂"。

小皮

注定是血和泪的混杂。

从此后，我知道
一切都成了虚话!
任何脂粉都会在泪水中消融,
流下我的脸颊!

耳朵听不见声音,
嘴巴不能说话。
在毫无生气的大地上
一切都失去了意义,
无论是血红的玫瑰
还是沉默的雪花!

天哪，我不曾将你呼叫,
哪怕是辘辘饥肠,
可现在我却要求你:
让我的脉搏停止，将我的眼睛闭上!

请为我遮挡清风,
清风会把他的声音吹向远方;

请让我摆脱烈日,

烈日会驱散他的形象。

请接受我吧,

我满怀激情地前往,

激情满怀!就像注满洪水的大地一样!

赵振江　译

我不孤独

卡夫列拉·米斯特拉尔

夜晚多冷清
山地到海洋。
可我摇着你
心中不凄凉!

天空多冷清
月亮落海上。
可我抱紧你
心中不凄凉!

世界多冷清
肌体多悲伤。
可我贴紧你
心中不凄凉!

赵振江 译

赏析

　　这是一曲爱的歌谣。

　　一个充满幻想的小女孩,像呵护着她的童话王国一样守护着她的爱情。而此时,海上升起了明月,夜晚的天空清冷无边。

　　从"摇着你""抱紧你"到"贴紧你",在这样一个清冷的夜晚,她就不感到孤独了。可是,一旦他离开了呢?拥有幸福的人总是患得患失。

　　世界就是这样,有多少爱,就有多少孤独——即便不孤独也只是暂时的。

小皮

第五辑

墨西哥

Mexico

奥克塔维奥·帕斯
（1914—1998）

墨西哥著名诗人、散文家、文艺批评家、社会活动家和外交家，在当代拉美和世界文坛享有盛誉。1963年获比利时国际诗歌大奖，1981年获西班牙塞万提斯文学奖。1990年获诺贝尔文学奖，《太阳石》是他获奖的代表作。

除《太阳石》外，主要作品有《向下生长的树》《假释的自由》《火种》《清晰的过去》《转折》《孤独的迷宫》《印度纪行》等。此外，他还翻译了中国唐宋时期一些诗人的作品，收录在《翻译与消遣》中。

如一个人听雨

奥克塔维奥·帕斯

倾听我如一个人听雨,

不专注,不分心,

轻盈的脚步,细薄的微雨

那成为空气的水,那成为时间的空气,

白日还正在离开,

然而夜晚必须到来,

雾霭定形

在角落转折处,

时间定形

在这次停顿中的弯曲处,

倾听我如一个人听雨,

无须倾听,就听见我所言的事情

眼睛朝内部睁开,五官

全都警醒而熟睡,

天在下雨,轻盈的脚步,音节的喃喃低语,

空气和水,没有分量的话语:

我们曾是及现在仍是的事物,

日子和年岁,这一时刻,

没有分量的时间和沉甸甸的悲伤，

倾听我如一个人听雨，

湿淋淋的沥青在闪耀，

蒸雾升起又走开，

夜晚展开又看我，

你就是你及你那蒸雾之躯，

你及你那夜之脸，

你及你的头发，从容不迫的闪电，

你穿过街道而进入我的额头，

水的脚步掠过我的眼睛。

倾听我如一个人听雨，

沥青在闪耀，你穿过街道，

这是雾霭在夜里流浪，

这是夜晚熟睡在你的床上，

这是你的气息中波浪的汹涌，

你那水的手指弄湿我的额头，

你那火的手指焚烧我的眼睛，

你那空气的手指开启时间的眼睑，

一眼景象和复苏的泉水，

倾听我如一个人听雨，

年岁逝过，时刻回归，

你听见你那在隔壁屋里的脚步了吗？

不在这里，也不在那里：你在另一种

成为现在的时间中听见它们，

倾听时间的脚步，

那没有分量、不在何处的处所之创造者，

倾听雨水在露台上奔流，

现在夜晚在树丛中更是夜晚，

闪电已依偎在树叶中间，

一个不安的花园漂流——进入，

你的影子覆盖这一纸页。

董继平　译

s

赏析

帕斯的诗犹如迷宫，而这首诗则是一座细雨中的迷宫，我们迷失在诗人的低语中。"倾听我如一个人听雨"，诗人的内心世界与细雨蒙蒙的世界是统一的，既有雨之轻盈，也有雨之悲伤。湿淋淋的沥青的闪耀，雨雾的升起蔓延，都是诗人内心情绪的外化。通过这些意象，诗人婉转地呈现出了一个人此刻内心的迷惘、忧郁和潮湿。诗中的"你"并无确切所指，只是抒情诗中一种惯用的表述方式。实际上，这首诗从头至尾都是诗人一个人在描摹自己的内心，反思自我。

"年岁逝过，时刻回归，/你听见你那在隔壁屋里的脚步了吗？"这不过是诗人的自问罢了。

小皮

夜 曲

奥克塔维奥·帕斯

马眼睛的黑夜在黑夜里颤动,

水眼睛的黑夜在沉睡的田野上,

它是在你的颤动的马眼睛里,

它是在你的秘密的水眼睛里。

阴影的水的眼睛,

井里的水的眼睛,

梦中的水的眼睛。

寂静和孤独,

犹如两匹小兽,在月儿的引导下

就饮于这些水,

就饮于这些眼睛。

如果眼睛张开

就打开了苔藓的门的黑夜,

如果水的秘密王国打开

水就从黑夜的中心涌流。

如果它们闭上，

一条河，一条甜蜜而寂静的河水

就会从中心把你淹没，向前流，使你黑暗，

黑夜在你的灵魂里湿润了河岸。

王央乐　译

赏析

马的眼睛，水的眼睛，沉睡的田野，秘密的王国……这首诗不再是依赖词语的内涵而筑起的迷宫，而是一条在词语的音响中低语的河流。蒙着夜色，我们无法清晰地看见，但它却近在我们耳畔，如同挂在我们的耳朵上一样。然而这流水的声音到底是什么？是一种古老的智慧、一个传说，还是一种或喜或悲的情绪？不，它讲述的仅仅只是夜晚的寂静、孤独。在这样寂静、孤独的夜晚，水从万物中静静渗出，如同秘密的水的王国打开了大门，而灵魂则如孤岛，被水环抱、淹没，浸透在湿润之中。黑夜的寂静和孤独，滋养了干燥的灵魂。

哑巴

忘却

奥克塔维奥·帕斯

闭上你的眼睛，

在黑暗中消失，

消失在你眼帘的红色枝叶里。

你在声音的螺旋中沉落，

那声音嗡嗡作响，在远方回荡；

仿佛震耳欲聋的瀑布

传向有鼓的地方。

让你的存在在黑暗中下落，

淹没在你的皮肤

以及你的内脏里；

骨骼，青紫色的闪光，

使你眼花、目光迷离。

在黑暗的深渊和海湾中，

愚蠢的火张开它那蓝色的冠羽。

在梦的那种液体阴影中，

浸湿你那赤裸的肉体；

丢掉你的形状吧，

谁把泡沫丢在岸边却不知。

你消失在你那无限的

无限的存在里吧，

大海汇入另一个大海，

你忘掉自己吧，也把我忘记。

在这没有年纪也没有尽头的忘却里，

语气、亲吻、爱情，一切都会再生，

星星是黑夜的子女。

朱景冬　译

赏析

记忆是一条绳索，人们用它来维系今昔；而忘却则是内心的一场大火，将记忆的绳索焚毁。往事——时光的建筑，在这场大火噼啪的燃烧声中，灰飞烟灭；同时，自我也被忘却了，或者说自我才是忘却的核心："你忘掉自己吧，也把我忘记。"

然而忘却只是为了新的生成，犹如星辰诞生于黑暗。在一切有形之物重新回到无形、有限归于无限之后，"在这没有年纪也没有尽头的忘却里"，我们可以重新开始创造。创造即"无中生有"。

柔韧的心灵能不断地回到鸿蒙之初，开掘自我的新生之力——效仿四季，生生不息。因而当我们发现，内心已经朽坏，何妨做一个"纵火犯"——看漫天火起，凤凰涅槃。 颗明净纯洁而强大的心，必从此生成——"星星是黑夜的子女。"

哑巴

第六辑

尼日利亚

Nigeria

渥雷·索因卡
(1934—)

尼日利亚小说家、剧作家、诗人、评论家。1934年生于尼日利亚西部一个小城。十八岁考入尼日利亚伊巴丹大学，求学期间开始发表诗作。1954年获奖学金并赴英国利兹大学攻读文学，研究古希腊戏剧理论，同时广泛涉猎莎士比亚、布莱希特和贝克特等戏剧大师的作品。1960年回国，创建国家剧院，组织著名的1960年"假面剧团"、奥里森剧团等。1986年，由于他"以其广阔的文化视野和富有诗情画意的遐想影响了当代戏剧"，而获得诺贝尔文学奖。

他是第一位获此殊荣的非洲作家。主要作品有《沼泽地的居民》《雄狮与宝石》《森林之舞》《疯子和专家》《伊当洛及其他》《解释者》等。《解释者》被看做可与乔伊斯和福克纳的作品相媲美的不朽之作。

安魂曲（节选）

渥雷·索因卡

1

你把你仍在掠地飞行的

淡淡的悒郁留在静静的湖面上。

这里黑暗蹲伏，白鹭舒展羽翼

你的爱宛若游丝一缕。

2

此刻，请听干风的悲歌。这是

习艺的时刻，你在

奇异的不安中传授

没有痛苦的陨亡。

哀愁是微明对大地的亲吻。

我无意用云彩雕刻

一只软枕，让你安睡。

然而我惊异，你缠绕生长得很快

当我将你折起放进我多荆棘的胸间。

如今，你的血滴

是朦胧的白昼里我的忧伤

黄昏时苦涩的露珠，也是

头发根露珠缀成的逶迤细流

情欲从那里升起。忧伤，忧伤

你羽毛般的泪水流在

长了荆棘的拱壁间的裂隙里，很快不见，

我需要把它都吮吸干净。到那时它就像

干燥的忧伤空气，而我也能

号啕痛哭，像下雨一样。

李文俊　译

赏析

　　《安魂曲》本是哀伤的，是一种布道、一种安慰，也是一种从生命底层生发的融合。索因卡的诗，和他的戏剧一样，有着强烈的矛盾冲突。而正因这丰富的矛盾所要求的斗争，使得他笔下的《安魂曲》获得了更为深刻的意义。我们的灵魂，总是在剧烈的摇摆之后归于宁静，在宁静中弥漫着淡淡的哀伤。"哀愁是微明对大地的亲吻。"爱人的泪水，仇人的纷争，最后都要落在大地至深的怀抱里。就像我们儿时在母亲的怀中一样，没有什么能使我们恐惧。

吴功青

我想正在下雨……

渥雷·索因卡

我想正在下雨

那些舌头会从焦渴中松弛

合拢嘴的烟囱顶，与良知一起沉重地悬挂于半空

我曾看见它从灰烬中

升起突现的云朵。沉降

他们如入一轮灰环，在旋转的

幽灵内部。

哦，必须下雨

这些头脑中的围墙，把我们捆绑于

奇怪的绝望，讲授

悲哀的纯洁。

雨珠怎样在

我们七情六欲的羽翼上敲击

纠缠不清的透明体，在残酷的洗礼中

使灰暗的愿望凋敝。

雨中的芦苇，在收获的

恩赐中奏响芦笛，依然挺立

在远方，你与我土地的结合

将屈从的岩石剥得裸露无遗。

马高明　译

赏析

向往自然的人必向往自然深处的和谐与自然深处伟大的精神。默思一片雪，我们能感受到与她们一样的纯洁；怀念一束凋谢的花，其芬芳曾让我们的灵魂战栗。

"我想正在下雨"，不如说，诗人正需要一场雨！正如"哦，必须下雨/这些头脑中的围墙，把我们捆绑于/奇怪的绝望，讲授/悲哀的纯洁"。雨水从天而降，昭示着我们狭隘的生存。看看这雨吧！雨从天而降，落向苍茫大地，美得如此短暂，却又如此反复循环。收获这时刻吧！把我们全部的忧伤都用来赞颂！生命给了我们无数痛苦，更给了我们面对痛苦的信心和勇气，给了我们选择高尚和纯洁的希望——就如这雨水，将过往的一切忧郁都聚集为一瞬的幸福。

吴功青

第七辑

尼加拉瓜

Nicaragua

鲁文·达里奥

(1867—1916)

　　尼加拉瓜诗人，拉丁美洲现代主义诗歌的代表人物，是拉丁美洲迄今最负盛名的诗人，被誉为这块大陆的"诗圣"。他的诗歌对欧美诗坛产生了深远影响。鲁文·达里奥的主要功绩在于他突破了西班牙殖民时期的诗歌格律和诗风，并成功地将法国高蹈派和象征主义的风格糅进拉丁美洲诗歌，从而极大地促进了拉美诗歌的发展。

　　著有诗集《牛蒡》《兰》《亵渎的散文》和《生命与希望之歌》等。

她

鲁文·达里奥

你们认识她吗？她是令人神迷的花朵

沐浴着初升的阳光

偷来朝霞的颜色

我的心灵将她当做一首歌。

她活在我孤寂的脑海

在黄昏的星空中我方能望到

在日落失去光辉的时刻

她是天使，带走了我的祈祷。

在花儿的白色花蒂

我方能闻到她那芬芳的气息

在东方曙光中，她露出粉脸

无论何处，她都使我着迷。

你们认识她吗？她的生命便是我的生命，

她把我细细的心弦拨得铮铮：

她是我豆蔻年华的芬芳，

赏析

"她"让人嫉妒——诗人把最美好的东西都给了她，把她当做神秘的花朵，心中美妙的音乐。她如此深沉，"在黄昏的星空中我方能望到"；"她是天使，带走了我的祈祷"。是的，这些我们爱着的，不正像天使一样掠去了我们对世界全部的爱吗？

"你们认识她吗？"美好的人，她赐予了他丰富的灵感和纯净的生命，"她的生命便是我的生命，/她把我细细的心弦拨得铮铮"。为了心中所爱的，我们又怎能不更加善良？"她是我的希望，是我的哭是我的光明、未来、信心和黎明。

为她，我什么都能办到，对她的崇敬
像百合花对那晶莹的甘霖，
她是我的希望，是我的哭泣，
我的青春和神圣的理想。

我将她的爱情当做
忧伤和孤独生活中的神圣梦境
我把美妙的歌声奉献给她
这悲怆的歌声将为我过去的幻想送终。

陈光孚　译

泣，/我的青春和神圣
的理想。"多么美好
的情感！愿你的生命
中也有这样一位天使，
成为你的希望和光芒、
青春和理想，彼此深
深付出，透明而幸福。

吴功青

印度

India

罗宾德拉纳特·泰戈尔
（1861—1941）

印度著名诗人、作家、艺术家和民族主义者。生于印度加尔各答市一个有着深厚文化教养的家庭。1913年，他凭借《吉檀迦利》获得诺贝尔文学奖，成为亚洲第一位获此殊荣的作家。在长达七十年的创作生涯中，他共写了五十多部诗集，十二部中长篇小说，一百余篇短篇小说，二十多部剧本，并创作了一千五百余幅画和两千余首歌曲，印度国歌便是其中一首。著有诗集《园丁集》《新月集》《飞鸟集》《吉檀迦利》《流萤集》等，短篇小说《还债》《弃绝》《摩诃摩耶》等，中篇小说《四个人》等，长篇小说《沉船》《家庭与世界》《两姐妹》等。重要剧作有《时代的车轮》等，散文有《死亡的贸易》《在中国的谈话》《俄罗斯书简》等。1924年，泰戈尔访问中国，回国后撰写了许多文章，表达了对中国人民的友好情谊。

第一次的茉莉花

罗宾德拉纳特·泰戈尔

啊，这些茉莉花，这些白的茉莉花！

我仿佛记得我第一次双手满捧着

    这些茉莉花，

这些白的茉莉花的时候。

我喜爱那日光，那天空，那绿色的大地；

我听见那河水淙淙的流声，在漆黑的

    午夜里传过来；

秋天的夕阳，在荒原上大路转角处迎我，

如新妇揭起她的面纱迎接她的爱人。

但我想起孩提时第一次捧在手里

    的白茉莉，

心里充满着甜蜜的回忆。

我生平有过许多快活的日子，在节日

    宴会的晚上，

我曾跟着说笑话的人大笑。

在灰暗的雨天的早晨，我吟哦过许多

飘逸的诗篇。

我颈上戴过爱人手织的醉花

　　的花圈，作为晚装。

但我想起孩提时第一次捧在手里

　　的白茉莉，

心里充满着甜蜜的回忆。

郑振铎　译

赏析

　　泰戈尔的诗歌之美在文学史上是少见的，它们如蜻蜓的羽翼，柔软、唯美、透明。读他的诗，令人有种置身梦境的感觉。

　　第一次看见的茉莉花，在泰戈尔笔下，唯美至极。当诗人重新看见这些白色的花朵，过去的芬芳仿佛穿越时空，弥漫而来，连同那淙淙的流水声。"秋天的夕阳，在荒原上大路转角处迎我，/如新妇揭起她的面纱迎接她的爱人。"一朵花在大路的拐角处突然出现，不就像一位新妇对爱人的期待吗？如此深情，诗人的"心里充满着甜蜜的回忆"。这里有一种回旋的音乐感，现在和过去凝聚为一瞬。任何过去的美好都比不上这一瞬——世上最纯美的情感绽放。

　　　　　　　　　　　　　　　　吴功青

小链接

　　泰戈尔曾有一件与写作有关的趣事。

　　一天中午，泰戈尔在房间里阅读印度古诗。他忽然想模仿着写几首，于是很快就写了出来，接着想出了一个鬼主意。他找到了一个编辑朋友，对他说："有人在我家的书库里发现了一本古老的手稿残本，我从上面抄了名叫婆奴·辛格的古代诗人的几首诗。"说完，就把自己的那几首仿作给朋友看。朋友看了，大声叫好，欣喜若狂地说："这是我看到的写得最好的古诗！这是一个重大发现！我一定要立即拿去发表出来！"这几首署名婆奴·辛格的诗最终真的发表了。大家都以为是古代诗人的作品。

　　一个博士在撰写印度古代诗歌的论文时还提到了这件事。

　　谁也不知道这竟是顽皮的少年泰戈尔制造的一个骗局。

第九辑

日本

Japan

　　日本江户时代著名俳谐大师。生于伊贺上野（今三重县上野市）。松尾芭蕉在贞门、谈林两派成就的基础上把俳谐发展为具有高度艺术性和鲜明个性的庶民诗。他的作品被日本近代文学家奉为俳谐的典范，松尾芭蕉则被日本人民奉为"俳圣"。著有俳谐作品《俳谐次韵》《虚栗》《冬日》等，散文作品有《奥之细道》（又译为《奥州小道》）、《野曝纪行》《鹿岛纪行》《笈之小文》《更科纪行》《嵯峨日记》等。

古 池

松尾芭蕉

青蛙跃入池，
古池发清响。

佚名 译

赏析

周作人曾说，松尾芭蕉是俳谐开山的祖师，他将连歌从模拟与游戏中救了出来，变成一种寄托自然与人生的文艺，所写文章遂成为俳文的首源。

松尾芭蕉的名句如此简约，而意境却让人无限神往，不愧是王维"人闲桂花落，/夜静春山空"的东瀛知音，有"鸟鸣山更幽"的意韵，味道却没有王维的诗圆润，反倒有些晦涩和玄妙。上句纯写动作，没有任何渲染；下句中的"清响"一词则有着绝佳的效果，人的心绪在无边的宁静中忽然一动，又恢复了宁静。这不是一种律动，而是一种扯动。松尾芭蕉着意渲染了这种扯动，反衬出古池之幽深。这首诗是日本美学范畴中"幽玄"的显露——小小青蛙的跳跃让古池更为幽深难测。

哑巴

国木田独步
(1871—1908)

　　日本近代小说家、诗人。本名国木田哲夫，生于千叶县一个下级官吏家庭。1888年入东京专门学校（早稻田大学前身）学习，期间接受洗礼，成为基督教徒。曾任职杂志编辑、教师、新闻记者等。一生写有几十篇短篇小说和大量诗歌、评论、书简、日记等，主要成就是小说创作。著有诗集《独步吟》、抒情诗义《武藏野》、小说集《独步集》、日记《诚实日记》等。其诗歌具有平易、朴素的风格特点。

自由存山林

国木田独步

自由存山林。

每吟此句我的心潮涌。

啊！自由存山林，

我为何离弃山林。

虚荣引我走上都市之途，

十年日月在尘土中消遁。

抬头远望自由之乡，

已在云山千里之外浮沉。

拭目望天外，

远方朝阳冰雪峰。

啊！自由存山林，

每吟此句我的心潮涌。

我心中的故乡何在？

我本是那山林的儿孙。

回首千里江山，

看我自由之乡正在云底归隐。

罗兴典　译

赏析

这首诗与陶渊明的《归园田居》中的理想境界相似。诗人直抒胸臆，表达了归隐的渴望。但是，对于近代的日本人来说，山林不过是冰雪般澄明的理想境地罢了，而不是人能再返的栖息之地。

"虚荣"是人们舍弃净土、陷入红尘泥淖的根源。但是，净土自身也因虚荣而消退了。山林何在？山之高可脱离尘俗，林之深可绝世交通，从而永葆诗人天然的自由。但是诗人找遍了千里江山，却依旧未能找到山林之所在，因为山林的自由就在心中，但心已染尘，自由之乡也就在云底归隐了。现代社会中，恐怕山林只能在心中开辟，而不能在社会中找到具体所在。卢梭援引塞涅卡的话说，只要我们一心向善，就能得到拯救。而向善之心，就是赤子之心，就是天然之心。诗人反复吟咏故乡和山林的纯美而不可得，悔恨陷入尘世的困顿。但是只要心存善意，总能看到入外山林的晶莹冰雪。能一睹此景，已算是内心救赎的第一步。语调的恳切和节奏上的一唱三叹是这首诗在形式和情感上的亮点。

哑巴

岛崎藤村
（1872—1943）

　　日本诗人、小说家，日本近代诗的奠基者。原名岛崎春树，1872年生于长野县。1887年进明治学院，并与北村透谷等人共同创办《文学界》，投身于浪漫主义文学运动，开始创作新诗，系日本明治时期"明星派"代表诗人之一。诗集《嫩菜集》使他获得了"新体诗人"的称号。之后相继发表《一叶舟》《夏草》两部诗集。1901年出版第四部也是最后一部诗集《落梅集》。1899年他去小诸义塾任教，转向散文创作，创作手法由浪漫主义转向现实主义。先后发表长篇小说《破戒》《春》《家》《黎明之前》等。他是日本笔会第一任会长。于1943年逝世。

醉 歌

岛崎藤村

你我相逢在异域的旅途
权作一双阔别的知音
我满眼醉意，将袖中的诗稿
呈给你这清醒的人儿

青春的生命是未逝的一瞬
快乐的春天更容易老尽
谁不珍惜自身之宝？
一如你脸上那健康的红润

你眉梢郁结着忧愁
你眼眶泪珠儿盈盈
那紧紧钳闭的嘴角
只无声地叹气唉声

不要提起荒寂的道途
不要赴往陌生的旅程
与其作无谓的叹息

来呀，何不对着美酒洒泪叙情

混沌的春日无一丝光辉
孤寂的心绪也片刻不宁
在这人世悲哀的智慧中
我俩是衰老的旅途之人

啊，快在心中点燃春天的烛火
照亮那青春的生命
不要等韶华虚度，百花飘零
不要悲伤呀，珍重你身

你目不旁视，踽踽独行
可哪儿有你去往的前程
对着这琴花美酒
停下吧，旅途之人！

武继平　沈治鸣　译

赏析

　　此诗沿袭了中日两国传统的赠答诗的形式，融合了日本人对"春"这个季节独特的敏感性，却有着日本近代浪漫派文学的独特风格。"我"是一个沉醉于青春瞬间的旅人，写诗献给惶恐于春逝而战战兢兢的旅伴。"我"充满了醉意，流连于"青春"带来的不计后果的畅快和恣肆放达的情致。但那个旅人一看到未来，却惶惶不可终日——未来的孤寂、旅程的艰险萦绕心头，使他愁眉不展、眼泪沾襟。"我"试图劝友人摆脱这般状态，认为生命的活力在于青春的躯体，如果放弃了躯体的快乐，也就放弃了精神的活力。他劝朋友以酒为友，在销魂中忘却未来的痛楚。但友人心绪不佳，纵是美丽的春光也会引起他人生苦短的叹息和对未来无望的愁闷。他甚至告诉赠诗者："我俩是衰老的旅途之人。"于是诗人再度鼓励友人"点燃春天的烛火"，让身体燃烧，活出青春的质量。最后，诗人希望那些只望着未来苦闷的旅人，停下来享受诗和酒的青春。这首诗所传递的情绪看似昂扬，实则低沉；那个心绪低沉的旅人并非诗人批驳的对象，相反，这才是生命幽暗的底色。日本人最重春色，而樱花早谢，春色难驻，整个民族的情绪便奠基于此。这种对于"瞬间"诗酒愉悦的强调，无论在强调现世的中国，还是寄望于未来的欧洲都是非主流的格调，日本人却嗜此味，瞬间快感似乎凝固了生存的峰顶，而未来仍凄惶。

　　这大概便是这首诗的真正立意。

哑巴

初 恋

岛崎藤村

当初相遇苹果林，
你才绾起少女的发型。
前鬟插着如花的彩梳，
映衬着你的娟娟玉容。

你脉脉地伸出白净的手，
捧起苹果向我相赠。
淡红秋实溢清香啊！
正如你我的一片初衷。

我因痴情犹入梦境，
一声叹息把你的青丝拂动。
此时似饮合欢杯啊！
杯中斟满了你的恋情。

苹果林中树荫下，
何时有了弯弯的小径？
心中"宝塔"谁踏基？
耳边犹响着你的细语声声……

罗兴典　译

赏析

  这是一首关于初恋的诗。此时诗人已不再年轻，于是他将对初恋情人的记忆化为对青春的细腻回味。第一节讲到苹果林——苹果由青涩变为圆满红润，映衬着亭亭玉立的少女，类似于中国古诗中"兴"的手法，暗喻了女孩成熟中带有稚嫩。第二节，诗人恍惚从多年后进入了当年初遇恋人的情景，青丝和纤纤玉手的出现带出了诗人身上残存的暖意。他沉醉于梦境中与初恋的合欢之中，这其实是一种温柔的亲昵。在这种亲昵中，他仿佛回到了青春年代。

  第三节是诗人的感叹，深情而委婉。红艳的秋实象征爱情初结硕果，但"清香"却消融了情意的浓烈，表现了少男少女独有的那种真挚纯洁的情谊。诗人丢开梦境，流连于梦境的余味之中，那股淡淡的苹果香气弥漫于内心，从而有了这段优美的抒情。最后一节沧桑初露——

  "何时有了弯弯的小径？"诗人的追忆带着深切的缅怀和对物是人非的嗟叹。"宝塔"象征回忆永驻，此句虽是疑问句，答案却不言自明。最后一句余韵悠长——伊人远去，逝者如斯，唯有音容可堪追思……

哑巴

谷川俊太郎
（1931—）

　　日本当代最著名诗人、剧作家、翻译家，被誉为日本现代诗歌的旗手。生于1931年。二十一岁（1952年）出版处女诗集《二十亿光年的孤独》，并由此被誉为昭和时期的"宇宙诗人"。他认为，"诗歌创作不仅要考虑社会意义，同时也要考虑宇宙性的意义。诗人是通过诗与宇宙对话的人。"著有诗集《二十亿光年的孤独》《62首十四行诗》《关于爱》《谷川俊太郎诗集》《定义》《俯首青年》《凝望天空的蓝》《忧郁顺流而下》等六十余部诗集，并著有理论专著《以语言为中心》、随笔集《在诗和世界之间》、散文集《爱的思考》和影视剧本等六十余部。此外还有译著童话集《英国古代童谣集》等出版。

　　2005年，谷川俊太郎在北京与格非等中国作家同时获得第二届"21世纪鼎钧双年文学奖"，从而成为荣膺该奖的首位外国作家，获奖作品是由中国诗人田原选编并翻译的《谷川俊太郎诗选》。

小鸟在天空消失的日子

谷川俊太郎

野兽在森林消失的日子
森林寂静无语，屏住呼吸
野兽在森林消失的日子
人还在继续铺路

鱼在大海消失的日子
大海汹涌的波涛是枉然的呻吟
鱼在大海消失的日子
人还在继续修建港口

孩子在大街上消失的日子
大街变得更加热闹
孩子在大街上消失的日子
人还在建造公园

自己在人群中消失的日子
人彼此变得十分相似
自己在人群中消失的日子

赏析

这首诗是对现代工业文明的反思与批判，充满了对现在和未来的忧患意识。在现代社会中，一面是人类对大自然的肆意破坏，一面是人类对自身危机的茫然无知——更多的铁路、更多的港口、更多的公园……人类似乎是在争分夺秒地建设美好的未来，殊不知，铁路所到之处森林便消失，港口所建之处鱼群便消失。工业文明的蔓延如同一场瘟疫，扼杀着世界的生机。而在人类社会内部，人与人的趋同导致的精神呆滞也使人类的未来拐进了死胡同。"小鸟在天空消失的日子/人还在无知地继续歌唱"——唱的正是自己的挽歌。

哑巴

人还在继续相信未来

小鸟在天空消失的日子
天空在静静地涌淌泪水
小鸟在天空消失的日子
人还在无知地继续歌唱

田原　译

七个四月

谷川俊太郎

四月我上学去了
四月开着什么花我不知道
四月我上学去了
穿着短短的裤裙

四月我被送出去当女佣了
四月开着什么花我不知道
四月我被送出去当女佣了
装着守护袋在包裹里

四月有人向我求了婚
四月开着什么花我不知道
四月有人向我求了婚
酥痒得令我笑了起来

四月我成了母亲
四月开着什么花我不知道
四月我成了母亲

赏析

　　"生命""生活"和"人性"是谷川俊太郎诗歌抒写的三个重要主题。这首诗描述了一个平凡女子素淡平凡的一生——淳朴的生活，淳朴的生命，淳朴的人性，简单之中自有人生的真意与境界。民歌式的回环叠唱，既契合人物的叙述身份，又富有摇曳的韵律之美，简练、干净、纯粹，蕴涵着一种感性的东方智慧。

哑巴

孩子长得很标致

四月我成了寡妇

四月开着什么花我不知道

四月我成了寡妇

颜面有着三十二根的皱纹

四月我有了六个孙子

四月开着什么花我不知道

四月我有了六个孙子

还增添了六只小狗

四月我终于死去了

四月开着什么花我不知道

不知道开着什么花

四月我终于死去了

站在佛陀的身边　往下看

下界正盛开着樱花

田原　译

春的临终

谷川俊太郎

我把活着喜欢过了
先睡觉吧　小鸟们
我把活着喜欢过了

因为远处有呼唤我的东西
我把悲伤喜欢过了
可以睡觉了哟　孩子们
我把悲伤喜欢过了

我把笑喜欢过了
像穿破的鞋子
我把等待也喜欢过了
像过去的偶人

打开窗　然后一句话
让我聆听是谁在大喊
是的
因为我把恼怒喜欢过了

睡吧　小鸟们

我把活着喜欢过了

早晨　我把洗脸也喜欢过了

田原　译

赏析

　　这是一首微笑着唱、流着泪听的诗歌。"先睡觉吧　小鸟们"——为什么要对小鸟们说？因为只有小鸟最轻柔，最知道春天的来去，最适合一颗因疲倦、悲伤和等待而柔软的心。但也许小鸟只是孤独中诗人随口叫出的一个温暖的名字，如同下文中的"孩子们"一样。他不再呼唤别的名字。

　　"喜欢过了"——对于活着，对于活着所必然包含的悲伤、恼怒以及等待，诗人统统都是"喜欢过了"，这其中包含着他对人生最独特的理解。他热爱这人生作为一个整体，他欢欢喜喜地领受人生的一半欢乐与另一半忧愁。如果活着是一件悲伤的事，他便是把悲伤喜欢过了；如果活着是一件恼怒的事，他便是把恼怒喜欢过了……他喜欢的是"活着"这件事本身。而当这人生走到末端，他要对自己说的是——"睡吧　小鸟们"，该是闭上眼睛睡觉的时辰了。他并不要求活着以外的事情。

　　最后一句"早晨　我把洗脸也喜欢过了"，巧妙地避开了"我把活着喜欢过了"的直白，更见诗人的智慧。

哑巴

第十辑

塞内加尔

Senegal

莱奥波尔德·塞达·桑戈尔
(1906—2001)

　　塞内加尔前总统，黑人文化运动创始人之一，载誉世界文坛的诗人。1945年发表第一部诗集《影之歌》，一举成名。1960年塞内加尔独立后，他当选为共和国总统，1980年辞职。1966年，他在达喀尔主持举办了第一届黑人和非洲文艺节。1979年荣获意大利第一届"但丁国际奖"。1983年被选为法兰西学院院士。除《影之歌》外，桑戈尔的主要诗集还有《黑人牺牲品》《埃塞俄比亚人》和《夜歌》等。

黑女人

莱奥波尔德·塞达·桑戈尔

赤裸的女人，黑肤色的女人

你的穿着，是你的肤色，它是生命；是你

　　　的体态，它是美！

我在你的保护下长大成人；你温柔的双手

　　　蒙过我的眼睛。

现在，在这仲夏时节，在这正午时分，

　　　我从高高的灼热的山口上发现了你，

　　　我的希望之乡

你的美犹如雄鹰的闪光，击中了我的心窝。

赤裸的女人，黝黑的女人

肉质厚实的熟果，醉人心田的黑色美酒，

　　　使我出口成章的嘴

地平线上明净的草原，东风劲吹下颤动的草原

精雕细刻的达姆鼓，战胜者擂响的

　　　紧绷绷的达姆鼓

你那深沉的女中音就是恋人的心灵之歌。

赤裸的女人，黝黑的女人

微风吹不皱的油，涂在竞技者两肋、马里君王们

两肋上的安静的油

矫健行空的羚羊，像明星一样缀在你黑夜般的

皮肤上的珍珠智力游戏的乐趣，在你那发出

云纹般光泽的皮肤上的赤金之光

在你头发的庇护下，在你那像比邻的太阳一样的

眼睛的照耀下，我苦闷的脸上露出了微笑。

赤裸的女人，黑肤色的女人

我歌唱你的消逝的美，你的被我揉成

上帝的体态

赶在妒忌的命运把你化为灰烬、滋养

生命之树之前。

曹松豪　吴奈　译

赏析

这首描写非洲黑女人的诗，感情真挚，令人不禁潸然泪下。

生活在那片荒瘠而贫苦的土地上，负担着家庭和肤色压抑的黑女人，在诗人眼中却是滋养他生命的人。"我在你的保护下长大成人；你温柔的双手蒙过我的眼睛。"多么美的句子！我们可以想象：在一个破烂的非洲家庭，衣衫褴褛身体羸弱的女人用她的双手轻轻拂过一个男孩眼睛的情景——这温柔传递至男孩的记忆深处，成为他"终生的灵感"（诗人戈麦语）。

"赤裸的女人，黝黑的女人／肉质厚实的熟果，醉人心田的黑色美酒，／使我出口成章的嘴"……是啊，黑色从视觉上也许是最不舒适的，却是最深沉的！因为太多的苦难汇集其中，因此也更富生命力。是的，成群的黑女人在历史的不幸和现实的压迫中战斗着，她们脸上的黑色乃是人类精神的曙光！

青春的美被孩子的成长榨干，就像我们的成长使我们的母亲身子干枯、白发苍苍。"赤裸的女人，黑肤色的女人／我歌唱你的消逝的美，你的被我揉成上帝的体态"。是啊，这些可爱的黑女人，她们一定是蒙着上帝的光来到世上，不然怎会如此隐忍、谦卑和善良？

然而这美又怎会消失？至少被这诗歌深深感动的人，再也无法淡忘。

吴功青

第十一辑

突尼斯

Tunisia

艾卜勒·卡西木·沙比
(1909—1934)

　　突尼斯杰出的浪漫主义诗人。生于托泽尔市郊，从小受阿拉伯传统教育。1921年入突尼斯市宰敦伊斯兰学院，1927年入突尼斯政法学院，1930年毕业。曾参加民族解放运动。沙比受"旅美派"文学，特别是纪伯伦浪漫主义的影响较深，作品大多为牧歌式的抒情诗，洋溢着热爱自由、追求解放的感情。主要作品有《生的意志》《在爱神殿堂的祈祷》《再生的早晨》《致暴君》《雷霆之歌》《黑暗中的风暴》《无名的先知》《致全世界的暴君》等。著有诗集《生命之歌》等。他被阿拉伯文学界誉为"突尼斯民族之光"。

牧 歌

艾卜勒·卡西木·沙比

清晨来临，向酣睡的生命歌唱
山岭在轻轻摇曳的枝条下沉入梦乡
和风舞弄着憔悴干枯的花瓣
暗淡的峡谷里，徐徐飘动着霞光

清晨美妙地来临，地平线一片辉煌
花儿、鸟儿和水波伸伸懒腰
活生生的世界醒来，为生命而欢唱
醒醒吧，我的羊！过来吧，我的羊！

跟我走吧，我的羊！在鸟群间穿行
让峡谷充满咩咩叫声，还有活泼和欢欣
听小溪的细语，闻鲜花的清香
看那峡谷，正笼罩着光闪熠熠的雾云

来吧，采撷大地和新牧场上的青草
听啊，我的短笛正吹送甜蜜的乐曲
旋律从我心间涌出，恰如玫瑰的呼吸

然后飞上天空，像一只幸福歌唱的夜莺

如果我们来到森林，万木把我们荫蔽

尽情地摘吧：青草、鲜花和果实

是太阳用光明给它们哺乳，是月亮把它们抚育

它们在破晓时分，吮吸朝露滴滴

在山谷，在坡上，尽情欢乐吧

如果疲倦了，就在繁茂的绿荫下小憩

在阴影的沉默里，咀嚼青草，咀嚼思绪

听风儿歌唱，在山间的葡萄枝头

林中有鲜花和甜嫩的绿草

蜜蜂在它们四周，哼着欢歌

纯洁的香气不曾遭到豺狼呼吸的玷污

不，狐狸不曾结伴在它们上面踩过！

清新的馨香，神奇，安宁

微风步态娉婷，娇声娇气

青枝翠叶，光和美在其间起舞

常青的绿色，黑夜无法将它拭去

我的羊呀，别在蓊郁的森林久留

森林时代是孩童，淘气、甜蜜、美丽

人的时代是老汉，愁眉苦脸，迟钝沉闷

心灰意懒，在这片平原上缓行

在林中有你的草场，你美好的天地

歌声、琴韵都向黄昏时光而去

柔嫩、细弱的小草的阴影已拖长

快，快回到那安谧平和的地域

郭黎　译

赏析

你有清早去放牧的经历吗？在徐徐的霞光中，牵着水牛或小羊，来到山上，看它们默默地啃着青草……诗意在我们的心里流淌，只有诗人将它言明，把它从黑暗中拉出来，为之穿上花衣裳。

花衣裳就是词，甚至比事物本身还要美。柏拉图曾说，事物本身并不是最真实和最完满的，比如一只鸟，在你面前飞行，它可能只是对天上那个完满的鸟的理念的模仿。想抵达那最真实的理念吗？柏拉图告诉我们——得通过回忆，让灵魂通过沉思抵达与理念的合一。

现在，诗人通过词语抵达了美本身。是的，诗人写的是他的羊、他的草地、他的阳光，但词语本身的神秘已使诗意超越了单纯的放牧，成为更崇高的美了。在这首诗中，一个完美的早晨在我们眼中诞生，使我们忍不住歌唱。

吴功青

第十二辑

以色列

Israel

耶胡达·阿米亥
（1924－2000）

　　公认的以色列当代最伟大的诗人，也是二十世纪最重要的国际诗人之一。生于德国维尔茨堡，十二岁随家迁居以色列，"二战"期间在盟军犹太军队中服役。战后当过多年中学教师。著有诗集《现在及他日》《诗：1948－1962》《并非为了记忆》《耶路撒冷之歌》《神恩的时刻》《时间》等数十部，在欧美诗坛引起较大反响，被译成数十种文字。他曾多次获得国际、国内文学奖。他的小说《非此时，非此地》被视为以色列后现代文学的典范之作。

战场上的雨

耶胡达·阿米亥

雨落在我的友人的脸上，

在我活着的友人的脸上，

那些用毯子遮头的人。

雨也落在我死去的友人的脸上，

那些身上不遮一物的人。

董继平　译

赏析

　　这是一首写于"二战"期间的诗，短短五句，却表达了异常沉痛的感情——对战争的仇恨，对苦难者的悲悯，都深深地融入这简单的场景之中。诗人没有简单地控诉或者呐喊，却选择了一种描述的手法，将战争带来的灾难和人的悲伤无声地呈现给读者。"雨落在我的友人的脸上，/在我活着的友人的脸上"，"雨也落在我死去的友人的脸上，/那些身上不遮一物的人"。无论是生存还是死亡，雨水都静静地、无情地落下，这更反衬出一种面临现实无力反抗的绝望。战争所带来的最基本的事实，不是纳粹党所宣扬的人的自由、社会的民主，不是所谓的更加美好的生活，而是无尽的杀戮和死亡。冰冷的语词里流淌着诗人无限的哀伤。

　　　　　　　　　　　　吴功青

秋日将至及对父母的思念

耶胡达·阿米亥

不久秋天就要来临。最后的果实业已成熟

人们走在往日不曾走过的路上。

老房子开始宽恕那些住在里面的人。

树木随年龄而变得黯淡，人却日渐白了头

不久雨水就要降临。铁锈的气息会焕发出新意

使内心变得愉悦

像春天花朵绽放的香味。

在北国他们提到，大部分叶子

仍在树上。但这里我们却说

大部分的话还窝在心里。

我们季节的衰落使别的事物也凋零了。

不久秋天就要来临。时间到了

思念父母的时间。

我思念他们就像思念那些儿时的简单玩具，

原地兜着小圈子，

轻声嗡嘤，举腿

挥臂，晃动脑袋

慢慢地从一边到另一边，以持续不变的旋律，

发条在它们的肚子里而机关却在背上

而后陡然一个停顿并

在最后的位置上保持永恒。

这就是我思念父母的方式

也是我思念

他们话语的方式。

刘国鹏　译

赏析

秋天，果实成熟，万物向着冬天的冰冷流逝。我们在深秋看到树叶一片片从空中落下，总是感到莫名惆怅，因为我们一方面从中感受到了成熟的美，另一方面则惋惜它的消亡。

"不久秋天就要来临"，诗人在落寞而深沉的秋天寻觅着，"老房子开始宽恕那些住在里面的人"。世间的一切都包含于生命自身的美好之中。"不久雨水就要降临。铁锈的气息会焕发出新意/使内心变得愉悦/像春天花朵绽放的香味。"诗人接着说道："时间到了/思念父母的时间。"是啊！生命在秋天的路上展露的一切，难道不更使我们接近他们吗？父母给我们的，其深沉，又何尝不像一个秋天的景象？理解秋天的人哪，在这秋天将至的时刻，怎能不生出对父母更多的思念！

吴功青

奥斯维辛之后

耶胡达·阿米亥

在奥斯维辛之后，没有神学：
在梵蒂冈的烟囱，白烟滚滚——
是红衣主教们选定了宗教的讯号。
在奥斯维辛的焚尸炉，黑烟滚滚——
是上帝们的枢机团还没有选出
上帝的选民。

在奥斯维辛之后，没有神学：
灭绝营的牢友在他们的胳膊上烙着
上帝的电话号码，
您拨打的号码并不存在
或无法接通，一个接一个。

在奥斯维辛之后，有新的神学：
那些死在"焚烧炉"的犹太佬
就跟他们的上帝一样，
上帝无形亦无体，
他们也无形，他们也无体。

罗池 译

赏析

　　这首诗是耶胡达·阿米亥的经典之作。

　　奥斯维辛是"二战"期间德国纳粹党为了处置犹太人和战俘而建立的集中营，以残暴和灭绝人性著称。"在奥斯维辛之后，没有神学"。面对战争的残酷和荒谬，诗人质疑那个全知、全能、全善的上帝的存在！如果上帝果真存在，为何对人类的灾难熟视无睹？人们向那个神秘的存在呐喊，然而，"您拨打的号码并不存在/或无法接通，一个接一个"。虔诚的祈祷之后仍是焚尸炉滚滚的黑烟。"在奥斯维辛之后，有新的神学：/那些死在'焚烧炉'的犹太佬/就跟他们的上帝一样，/上帝无形亦无体，/他们也无形，他们也无体。"多么绝妙的讽刺！在基督教理论中，上帝的存在不为人的理性所认识，且无形无体；但在诗人眼里，这只是那些可怜的、无力反抗的奴隶们的幻想，因为现实只是没有任何缘由的死亡。

　　诗人告诉我们：脱离灾难的唯一途径只有反抗，承担苦难的唯一主角，只能是我们自己。

　　　　　　　　　　　　　　　吴功青

上帝怜悯幼儿园的孩子

耶胡达·阿米亥

上帝怜悯幼儿园的孩子，

不太怜悯课桌前的孩子。

对大人，他毫无怜悯。

让他们自生自灭。

某个时候，他们不得不四肢着地

在燃烧的沙地上

爬向急救站

全身流血。

或许他会怜悯那些真心去爱的人

庇护他们

就像树给睡在公园长椅上的人

遮阴一样。

或许我们也应该送给他们

我们最珍贵的、充满慈爱的硬币

那母亲遗留给我们的硬币，

这样他们的幸福就会保佑我们

在此刻，在此后的日子里。

傅浩　译

赏析

"上帝怜悯幼儿园的孩子，不太怜悯课桌前的孩子。"多么奇异而冷酷的句子！

在基督教理论中，人的出生无不是带有原罪的，随着人进入社会，罪恶就更深，更需要忏悔。而幼儿园里的孩子们，只知道玩耍的孩子们，通常扎着蝴蝶花一样的小辫子，眨着星星般的眼睛，有着我们不能想象和抵达的纯洁。在诗人眼中，他们是最无罪的。上帝怜悯他们，为他们的幸与不幸担当。

"或许他会怜悯那些真心去爱的人／庇护他们／就像树给睡在公园长椅上的人／遮阴一样。"人和上帝的关系多像我们和母亲的关系——母亲给予我们的爱不就是这种不计任何回报的付出吗？我们在母亲的怀抱里长大，怀着纯洁的梦想，日后用我们的汗水庇护已经白发苍苍的母亲。是的，上帝和我们的爱与被爱，就像母亲和儿子的相互庇护、树荫遮蔽大地一般自然，是阳光因自身的丰盈而洒落在大地上。

以色列前总理拉宾在1994年诺贝尔和平奖颁奖典礼上朗诵了这首诗，许多人都感动得落下泪来。

吴功青

爱情忠告

耶胡达·阿米亥

给美好爱情的忠告：不要去爱

那些遥远的东西。给你自己找一个邻近的。

要建一座明智的屋子还得去找

本地的石头来把它修筑，

这些石头曾遭受过同样的严寒

而且被烘干在同样的烈日下。

找出一位来，她有金色的花环

围绕着她黑眼珠的瞳孔，她

应具备足够的知识

了解你的死亡。爱情同样存在于

毁灭之中，如同把蜂蜜提炼出

力士参孙宰杀的狮子鲜肉。

另外给劣质爱情的忠告：利用

剩余下来的爱情

把先前那一个忘掉

做一个新女人给你自己吧，

然后用这个女人剩余的

再造一个新爱，

并如此继续下去

直到什么也不剩下。

罗池　译

赏析

　　无数诗人都曾写到爱情，写它的美丽、它的脆弱、它的伤害。然而，在阿米亥笔下，爱情变得更加深沉，因为它总是和神圣、战争等紧紧相连，从而使他的诗或睿智，或尖刻，或具有一种哲思的美。

　　在阿米亥眼里，爱究竟是什么？美好的爱情乃是——不要去爱那些遥远的东西，给自己找一个邻近的，这是为什么？"要建一座明智的屋子还得去找/本地的石头来把它修筑，/这些石头曾遭受过同样的严寒/而且被烘干在同样的烈日下。"遥远，并非指任何空间或阶级的隔阂，而是指那些不能真正理解你的人。美丽的幻象总让人遐思，但从爱情本身考虑，就两人的理解和交融来看，常常是脆弱的，我们美好的爱情更应建立在坚固的基础上——这个基础，就是双方内心深处最真实的默契和理解。

吴功青

第十三辑

泰国

Thailand

诗琳通
（1955—）

泰国公主，泰国国王普密蓬·阿杜德的次女，生于1955年4月2日。1979年12月5日被封为女王储，有权继承王位。她爱好文学、音乐和绘画，并兼任泰国红十字会副会长。曾多次访问中国，并著书立说，在泰国掀起"中国文化热"。她翻译了一百多首唐诗宋词，并从中选出几十首，出版了两本译集。为表彰她在传播中国文化方面的贡献，中国教育部为她颁发了"中国语言文化友谊奖"。1983年，中国出版了她的儿童小说《顽皮透顶的盖洱》；1985年11月，中国少年儿童出版社出版了她的诗画选本《小草的歌》。

青草回旋诗

诗琳通

宛如秧田一片青葱的绿意,
草儿,你是多么温柔美丽!
我喜欢在你身边憩息。
我低吟的小曲,
融合在风儿的歌唱里,
和你在一起,我心旷神怡!
宛如秧田一片青葱的绿意,
草儿,你是多么温柔美丽!
我们吸吮着你清凉的汁液。
我那温顺的牛犊爱你吗?噢,是的!
连野兔也同样喜欢你。
我无时不在陪伴着你,
宛如秧田一片青葱的绿意!

季难生 张青 译

第十四辑
黎巴嫩
Lebanon

卡里·纪伯伦

(1883—1931)

　　黎巴嫩诗人、作家、画家，被誉为"艺术天才""黎巴嫩文坛骄子"，二十世纪阿拉伯新文学道路的开拓者之一。生于黎巴嫩北部山乡卜舍里。主要作品有：短篇小说集《草原新娘》《叛逆的灵魂》，长篇小说《折断的翅膀》，散文《音乐短章》《花之咏》《我的心灵告诫我》，散文诗集《先知》（代表作）、《泪与笑》《暴风雨》《先驱者》《幸福之歌》等，诗集《行列歌》《与灵魂私语》《珍闻与趣谈》等，散文集《疯人》，诗剧《大地诸神》等。

论 爱

卡里·纪伯伦

于是爱尔美说：请给我们谈爱。

他举头望着民众，他们一时静默了。

他用洪亮的声音说：

当爱向你们召唤的时候，跟随着他，

虽然他的路程是艰险而陡峻。

当他的翅翼围卷你们的时候，屈服于他，

虽然那藏在羽翮中间的剑刃也许会伤毁你们。

当他对你们说话的时候，信从他，

虽然他的声音也许会把你们的梦魇击碎，

如同北风吹荒了林园。

爱虽给你加冕，他也要将你钉在十字架上。

他虽栽培你，他也刈剪你。

他虽升到你的最高处，抚惜你在日中颤动的枝叶，

他也要降到你的根下，摇动你的根柢的一切关节，

使之归土。

如同一捆稻粟，他把你束聚起来。

他春打你使你赤裸。

他筛分你使你脱去皮壳。

他磨碾你直至洁白。

他揉搓你直至柔韧；

然后他送你到他的圣火上去，使你成为上帝盛宴上
的圣饼。

这些都是爱要给你们做的事情，使你知道自己心中
的秘密，在这知识中你便成了"生命"心中的一屑。

假如在你的疑惧中，只寻求爱的和平与逸乐，

那不如掩盖你的裸露而躲过爱的筛打，

而走入那没有季候的世界，在那里你将欢笑，却不
是尽量地笑悦；你将哭泣，却没有流干眼泪。

爱除自身外无施与，除自身外无接受。

爱不占有，也不被占有。

因为爱在爱中满足了。

当你爱的时候，你不要说"上帝在我心中"，

却要说"我在上帝的心里"。

不要想你能引导爱的路程，因为若是他觉得你配，他就引导你。

爱没有别的愿望，只要成全自己。

但若是你爱，而且需求愿望，就让以下的做你的愿望吧：

融化了你自己，像溪流般对清夜吟唱着歌曲。

要知道过度温存的痛苦，

让你对于爱的了解毁伤了你自己，

而且甘愿地喜乐地流血。

清晨醒起，以喜悦的心来致谢这爱的又一日；

日中静息，默念爱的浓欢；

晚潮退时，感谢地回家；

然后在睡时祈祷，因为有被爱者在你的心中，

有赞美之歌在你的唇上。

冰心　译

赏析

　　这是我所听到的关于爱的最好的歌曲。因为有宗教情结，因为爱与基督的大爱相通，诗人理解的爱比世人深沉许多。"爱虽给你加冕，他也将你钉在十字架上。"我们不可能在爱中隐瞒自己，或背弃崇高。爱的光芒迫使我们赞美。十字架钉着我们，但更是一种自由——因为自由就是对善和美的承担，而爱便是承担。因此，爱给了我们美好的荣誉，更给了我们一颗与十字架（即善）紧紧相连的心。

　　因为，"爱不占有，也不被占有。／因为爱在爱中满足了。"爱本质上是一种宽容——父母对子女的，恋人对恋人的……我们生活里发生的许多悲剧都是和下述观念连接在一起的——爱人是我的，她属于我……这是一种悲哀！爱虽意味着我们拥有很深的关系，意味着灵魂的交融，却绝不意味着灵魂的不独立。你爱，但爱的人和你不是隶属关系，儿女从不属于父母，爱人更不属于对方。惟其如此，我们才能在爱中得到真正的解脱。

吴功青

论 死

卡里·纪伯伦

于是爱尔美开口了，说："现在我们愿意问死。"

他说："你愿知道死的奥秘。"

但是除了生命的心中寻求以外，你们怎能寻见呢？

那夜中张目的枭鸟，它的眼睛在白昼是盲瞎的，

不能揭露光明的神秘。

假如你真要瞻望死的灵魂，你当对生的肉体大大地

开展你的心。

因为生和死是一件事，如同江河与海洋也是一件事。

在你的希望和愿欲的深处，隐藏着你对于来后的默识；

如同种子在雪下梦想，你们的心也在梦想着春天。

信赖一切的梦境吧，

因为在那里面隐藏着永生门。

你们的怕死，只是像一个牧人，当他站在国王的座前，

被御手恩抚时的战栗。

在战栗之下，牧人岂不因为他身上已有了国王的手迹

而喜悦吗？

可是，他岂不更注意到他自己的战栗吗？

除了在风中裸立、在日下消融之外，"死"还是什么呢？

除了把呼吸从不息的潮汐中解放，

使他上升、扩大、无碍地寻求上帝

之外，"气绝"又是什么呢？

只在你们从沉默的河中啜饮时，才真能歌唱。

只在你们达到山巅时，你们才开始攀援。

只在大地索取你的四肢时，你们才真正地跳舞。

冰心　译

赏析

"假如你真要瞻望死的灵魂,你当对生的肉体大大地开展你的心。"诗人用肉体和精神来阐述生死,却和中国人的观念是一致的。在《论语》中,孔子的弟子问孔子关于死的问题,孔子的回答便是"未知生,焉知死"。可见在许多先知那里,生死并非是绝对的对立面,而是相互依存相互贯通的关系。死死生生,生生死死,永无止境——草变成水,水又回到草。在生的瞬间便已包含了死,而死也不是生的中断。

日本作家村上春树曾有一段十分动人的话:"死,并不是生的对立面,而是作为生的一部分永存于世……"在这里,生死的问题都已上升到了一种哲学和宗教的高度——"只在大地索取你的四肢时,你们才真正地跳舞。"

吴功青

论苦痛

卡里·纪伯伦

于是一个妇人说：请给我们谈苦痛。

他说：

你的苦痛是你那包裹知识的皮壳的破裂。

连那果核也是必须破裂的，使果仁可以暴露在阳光中，所以你们也

必须晓得苦痛。

倘若你能使你的心时常赞叹日常生活的神妙，你苦痛的神妙

必不减于你的欢乐；

你要承受你心天的季候，

如同你常常承受从田野上度过的四时。

你要静守，度过你心里凄凉的冬日。

许多的苦痛是你自择的。

那是你身中的医士，医治你病身的苦药。

所以你要信托这医生，静默安宁地吃他的药，

因为他的手腕虽重而辣，却有冥冥的温柔之手指导着。

他带来的药杯，虽会焚灼你的嘴唇，那陶土却是陶工

用他自己神圣的眼泪来润湿调转而成的。

冰心 译

赏析

这首诗的比喻用得非常精妙。痛苦就好像皮壳的破裂，这一瞬间一定不堪承受，但拯救也就从此开始，比如我们对自己弱点的纠正，比如一个国家的创伤。

我们首先得承认这痛苦。面对它，一切才有希望。有时候我们甚至要主动撕开这口子，使血流出来。因为不如此我们便看不到我们真实的心灵，因为"连那果核也是必须破裂的"。

"你要静守，度过你心里凄凉的冬日。"全部的难度就在于如何接受。许多痛苦本来就是荒谬的，超出了人的理解能力，比如自己的亲人突然遭遇车祸，比如爱人残酷地抛弃了自己……此时我们要相信，这都是小爱内部的残缺，不是命运这个大爱的损失。我们仍要相信命运整体的美好——忍受，忍受。这忍受不是一种妥协，而是面向痛苦的一种坚忍，是把灾难当做一种整体接受下来的态度——忍受即回报。忍受的同时便是回报。在凄凉的冬日过后，便会有无限温柔而灿烂的曙光。

吴功青

论 美

卡里·纪伯伦

于是一个诗人说：请跟我们谈美。

他回答说：你们到哪里追求美，

除了她自己做了你的道路，引导

着你之外，你如何能找着她呢？

除了她做了你的言语的编造者之外，你如何能谈论她呢？

冤抑的、受伤的人说："美是仁爱的、和柔的，

如同一位年轻的

母亲，在她自己的光荣中半含着羞涩，在我们中间行走。"

热情的人说："不，美是一种全能的可畏的东西，

暴风似的撼摇了上天下地。"

疲乏的、忧苦的人说："美是温柔的微语，在我们心灵中说话。

她的声音传达至我们的寂静中，如同微晕的光，

在阴影的恐惧中颤动。"

烦躁的人却说："我们听见她在万山中叫号。

与她的呼声俱来的，有兽蹄之声、振翼之音与狮子之吼。"

在夜里守城的人说："美要与晓暾从东方一齐升起。"

在日中的时候，

工人和旅客说："我们曾看见她凭倚在落日的窗

户上俯视大地。"

在冬日，扫雪的人说："她要和春天一同来临，

跳跃于山峰之上。"

在夏日的炎热里，

刈者说："我们曾看见她与秋叶一同跳舞，我

们也看见她的发中有一堆白雪。"

这些都是他们关于美的谈说。

实际上，你却不是谈她，只是谈着你那未曾满足的需要。

美不是一种需要，只是一种欢乐。

她不是干渴的口，也不是伸出的空虚的手。

却是发焰的心、陶醉的灵魂。

她不是那你能看见的形象、能听到的歌声，

却是你虽闭目时也能看见的形象、虽掩耳时也能听见的歌声。

她不是犁痕下树皮中的液汁，也不是结系住兽爪间的禽鸟。

她是一座永远开花的花园，一群永远飞翔的天使。

阿法利斯的民众啊，在生命揭露圣洁的面容时的美，就是生命。

但你就是生命，你也是面纱。

美是永生揽镜自照。

但你就是永生，你也是镜子。

冰心 译

赏析

纪伯伦诗歌的与众不同之处在于它有很强的思辨色彩。谈美的时候,诗人并非如常人那样直接言说,而是说到了众人心里的美——受伤的人说美是阴柔,热情的人说美是暴风雨……而诗人则尖锐地批评说:"实际上,你却不是谈她,只是谈着你那未曾满足的需要。"

是的,人们的确没有几个认真思索过美的真正本质,就如柏拉图在《理想国》里批评城邦里那些无知的人一样:他们知道这个美,那个美,但说到美本身,就都哑了口。在纪伯伦这里,不同的人眼中的美都是他们基于自身需要而作出的一种判断,它与普遍的美的本质相去甚远。

美究竟是什么呢?"美是永生揽镜自照",是永恒对永恒的自我观照,是生命的发生和维持。纪伯伦把美上升到生命自身的高度,这一点与康德、黑格尔等人的美学标准是相同的。

吴功青

言 别

卡里·纪伯伦

现在已是黄昏了。

于是那女预言者爱尔美说：愿这一日，这地方，

与你讲说的心灵都蒙福佑。

他回答说：说那话的是我吗？我不也是一个听者吗？

他走下殿阶，一切的人都跟着他。他上了船，站在舱前。

转面向着大众，他提高了声音说：

阿法利斯的民众啊，风命令我离开你们了。

我虽不像风那般的迅急，我也必须去了。

我们这些漂泊者，永远地寻求更寂寞的道路，

我们不在安歇的时间起程，

朝阳与落日也不在同一地方看见我们。

大地在睡眠中时，我们仍是行路。

我们是那坚牢植物的种子，在我们的心成熟丰满的时候，

就交给大风吹散。

我在你们中间的日子是很短促的，而我所说的话就更短了。

但等到我的声音在你们的耳中模糊，

我的爱在你们的记忆中消失的时候，

我要重来。

我要以更丰满的心，更灵敏的唇说话。

是的，我要随着潮水归来。

虽然死要遮藏我，更大的沉默要包围我，

我却仍要寻求你们的了解。

而且我这寻求不是徒然的。

假如我所说的都是真理，

这真理要在更清澈的声音中、更明白的言语里，

显示出来。

阿法利斯的民众啊，我将与风同去，却不是坠入虚空。

冰心　译

赏析

诗人借先知之口说出的离别，有着圣主耶稣临死前对门徒告别的意味，有着尼采在《查拉图斯特拉如是说》中查拉图斯特拉告诫信仰者的深意。表面上这是一个人和一群人的离别，事实上，诗人想借这种离别的情景言说——他究竟想说什么呢？

"我们这些漂泊者，永远地寻求更寂寞的道路"。原来，这离去是为了一种索求。先知们为了理想担当前进的使命，为此不得不离开。或者说，离开也是为了另一种相聚。这是一种高尚的爱。

因此，"虽然死要遮藏我，更大的沉默要包围我，我却仍要寻求你们的了解"。对真理的寻求永远不是枉然。"假如我所说的都是真理，这真理要在更清澈的声音中、更明白的言语里，显示出来。"这条决绝的道路注定艰难而辉煌。

吴功青

第十五辑

哥伦比亚

Colombia

吉列尔莫·瓦伦西亚

（1873—1943）

哥伦比亚现代主义诗人、翻译家。出自贵族家庭，当过议员，任过要职，两度竞选总统。最初模仿法国高蹈派诗人并翻译法国、意大利和葡萄牙诗歌。1898年出版第一部诗集《诗歌》。1914年出版的第二部诗集《典礼》仍是创作与译诗兼收。1929年出版的译诗集《震旦》，便是他翻译的中国古代诗集。

有一个瞬间

吉列尔莫·瓦伦西亚

有一个瞬间

使一切格外亮丽，

匆忙的步履透着从容……

它就是黄昏。

植物洒满丝绒似的光华，

高塔斜影叠彩，

连小鸟也将那影子

镂刻在蓝宝石般的水面。

沸腾的下午已然沉默，

为的是告别渐逝的妩媚。

空气带着一丝哀婉，

安宁地将自己的温柔融入未来。

仿佛整个宇宙都伸出双手，

去拥抱它的辉煌、它的亮丽

它的虔诚、它的慈祥，

以阻挡黑暗的来临……

我的生命在此时升华，
这过程充满了神奇。
我的心灵和晚霞融为一体
直感到梦幻般的惬意：

新的机遇将由此复苏，
春天般的希望将开始悸动；
花粉的馨香依稀可闻，
它来自远方邻近的花园！

仪信　译

赏析

黄昏时刻并不都是令人惋惜的。当夕阳西下，斜晖掩映，一个亮丽的黄昏将使你的一整天都变得美好。

人们对于黄昏的描述时常有些许伤感之情。但黄昏却恰恰也是一种神奇的生命升华的体验，尽管即将迎来的是黑夜的降临，但在这样的黄昏里，我们依然可以闻到花粉的馨香，感受春天的希望。

小皮

后记
版权声明

我们这个时代还需要诗歌吗？我们的生活还需要诗歌吗？我们的成长还需要诗歌吗……

2012年新年到来之际，当我们精心策划、打造的这套"最美的诗"呈现在大家面前时，这样的疑问仍不绝于耳。

诚然，自1995年以来，随着最后一位"大众诗人"汪国真渐渐淡出人们的视野，诗歌这一文学体裁也逐渐淡出了大众的视野。从某种意义上讲，80后、90后、00后这些新生代，几乎是在诗歌"贫瘠的土壤"中成长起来的。海德格尔说得好："诗歌即历史。艺术是真理在作品中的创造性保存。"一个国家的国民素质体现在文学史的发展轨迹上，而诗歌则是其中最为重要的一环。优秀的诗歌首先应该是美的，是美好的有机部分与美的最高境界。作为文学的最高形式，诗歌拥有无可复制的"美"——语言美、意境美、音律美、形式美等。这无疑是青少年提升美育、陶冶情操不可或缺的琼浆玉露。

作为出版人，我们肩负着神圣的使命感和责任感，力求打造一套文学中的"高、精、尖"读物，为广大读者奉上唯美、醇正、厚重的精神飨宴。这套诗集共五册，收录了中外二百多位诗人的近五百首诗歌：所选诗人几乎囊括了东西方主要国家最具代表性的文学巨匠，其中有不少诗人是诺贝尔文学奖得主；所选诗歌亦为最具代表性的、最脍炙人口的传世佳作，首首精品。我们希望将这套诗集打

造成诗歌出版史上最权威、最经典、最全面翔实的"诗歌精选集"。

这套诗集初版因编校和版式等存在不足之处，我们重新修订并美编优化，如今重新推出。虽然我们满怀热忱努力做到尽善尽美，但疏漏不足之处恐难避免，请方家多多批评指正。当然，我们希望这套诗集越来越多地出现在青少年的书架上，出现在诗歌爱好者的床头案边，这正是我们出版这套诗集的目的——欣赏最美的诗歌，让美好留存心中！

"最美的诗"总策划人　侯开

2018 年 7 月

后记
版权声明

本套诗集从前期组稿到后期编辑、付梓，历时五载有余。因困难重重，编辑工作曾几度搁浅，但我们都咬牙挺了过来。这其间有檀作文、李暮先生的推荐和创意，有吴功青、赖小皮、哑巴、山鬼鸿、枕戈、王冷阳、苏爱丽等诗歌研究者在精选诗作、撰写赏析等环节所付出的艰辛劳动，其中资深编辑王冷阳先生耗时一年多，通宵达旦、呕心沥血地对书稿进行了重新整合、梳理和最终的编审。此外，诸多热心朋友对本书也给予了不同程度的支持与帮助，我们在此一并深表谢忱。

因这套诗集所选作品涉及作者、译者众多，我们未能一一取得联系，烦请各位作者、译者及版权持有人及时与我们联系，一经核实、确认，即致润笔，奉寄样书。

联系电话：（010）52059569

联系邮箱：houkai@girlbook.cn

"最美的诗"总策划人　侯开

2018 年 7 月